荣如德译文集

V

上海译文出版社

陀思妥耶夫斯基《白痴》

白　　痴

〔俄〕陀思妥耶夫斯基　著

第一部

一

十一月杪，天暖雪融，上午九点左右，彼得堡—华沙铁路线上有一列火车正全速驶近彼得堡。空气非常潮湿，大雾弥漫，不知道这天色是怎么亮出来的，真难为它；从车窗里望出去，铁道左右两侧十步以外就什么也看不清楚。旅客中也有从国外归来的；但比较挤的还是三等车厢，而且以忙于营生的微末小民居多，他们一般在不太远的地方上车。经过一夜的旅程，大家照例都很疲倦，眼皮沉得抬不起来，遍体寒冷，苍白的面容微泛枯黄，跟雾的颜色有些仿佛。

在一节三等车厢里靠窗的地方，有两位旅客打天亮起处于面对面的位置。两人都还年轻，行李极其简单，衣着也算不上时髦，却都有颇为突出的相貌，而且双方都有攀谈的愿望。如果他们知道对方此时此刻特别与众不同的是什么，一定会惊诧于机缘如此奇怪地让他们在彼得堡—华沙列车的三等车厢里相对而坐。两人中的一位身量不高，年纪在二十七岁上下，一头鬈发几乎是全黑的，灰色的眼珠虽小，但目光炯炯。他的鼻子又大又塌，脸上颧骨高耸；薄薄的嘴唇老是撇着，现出一种狂妄、嘲弄乃至恶毒的冷笑；可是他的天庭却很饱满，轮廓端正，弥补了下颌发达得异样的缺陷。这张脸上尤其引人注目的是那种毫无血色的惨白，它使这位年轻人的整个面容显得憔悴不堪（尽管体型相当结实），同时还透出一股近乎痛苦的激情，这与他肆无忌惮的冷笑、傲气凌人的眼神很不调和。他穿得很暖，一件宽大的羊羔皮筒子挂了黑色的面儿，经过一宿的旅途劳顿并没有畏寒瑟缩之状，而他对面那一位对于潮湿的俄国十一月之夜是怎么回事显然没有经验，所以不得不打着寒战饱尝个中滋味。他只披一件带大风帽的肥腰身呢斗篷，十足是远在国外（例如在瑞士或北意大利）作冬季旅行的寻常装束，在这同时当然不会把从艾德库能到彼得堡这样漫长而寒冷的路程考虑进去。然而，在意大利绰绰有余的御寒用品，在俄国就不太够了。带风帽的斗篷主人是个年轻人，年龄也在二十六岁或二十七岁上下，身量略高于中等，浓密的黄发颜色极淡，两颊深凹，一绺稀稀落落的楔形胡须差不多可以说是白的。他的一双碧蓝的大眼睛凝神专注，目光蕴藉，但似有隐痛，有些人根据这种奇异的表情一眼就能猜到此君患有癫痫症。不过，这年轻人的脸倒是讨人喜欢的，清癯而又秀气，皮色本来就不红润，这时更是冻得发了青。在他手中左右晃荡的一个褪色花布小包裹，看来是他路上所带的全部家当。他足蹬一双带腿罩的厚底半高靿皮鞋，——一切都不合俄国习惯。穿挂面儿皮筒子的黑发青年多少由于闲着无聊，把这一切都看在眼里，终于开口问道：[①]

“冷吗？”

他问时带着那种不知趣的笑容，人们有时候就是会这样无顾忌、不经意地表示幸灾乐祸的心情；接着他还耸了耸肩膀。

“很冷，”对方倒极其乐意回答，“而且，请注意，这还是融雪天气。要是在上冻的时候，不知道会怎样呢！我连想也没有想过，国内竟然这么冷，反而不习惯了。”

“一向在国外，是不是？”

“是的，在瑞士。”

“嗨，您这个人哪！……”

黑发的一位吹了声口哨，然后哈哈大笑。

双方攀谈了起来。穿瑞士式斗篷的黄发青年回答黑发旅邻的每一

① 艾德库能——当时普鲁士与俄国交界处位于普鲁士一侧的铁路车站。

И. Глазунов 56г.

句问话时态度之爽直令人惊异，而且他绝不注意对方某些问题提得十分冒失和毫无意义。在答话的过程中，他表明自己离开俄国确实已经很久，有四年多了；他给送到国外去治病，因为他患有一种奇怪的神经系统病症，大概类乎羊痫风或舞蹈病，发作时要哆嗦、抽风。黑头发的那一位听着黄发青年的自叙，曾好几次暗暗发笑；及至他问："那么治好了没有呢？"对方回答说："没有，没治好。"——这时，他更是忍不住笑出声来。

"嘿！那一定花了许多冤钱，可咱们这儿愣是信他们那一套。"黑头发的那位尖刻地说。

"千真万确！"邻座一位衣着寒酸的先生加入了谈话，此人大约是个长期当书吏得不到擢升的公务员，四十左右年纪，体格健壮，鼻子通红，脸上颇有些粉刺，"千真万确，俄国人的钱财全让他们白白搂了去！"

"哦，你们把我的情况大大地估计错了，"从瑞士归来的病人以从容不迫和息事宁人的语调接过话茬，"当然，我没有资格辩论，因为我并不了解全部情况，但我的大夫尽管自己力量也有限，可还是拿出钱来让我回到此地，而且在那里供给我的生活几乎有两年之久。"

"怎么，难道没有人付钱？"黑发旅客问。

"是的，本来在那里我的生活由帕甫里谢夫先生供给，可他两年前去世了；以后我写信给此地的叶班契娜将军夫人，她是我的一位远房亲戚，但至今没有回音。我就是为这件事来的。"

"那您到了彼得堡上什么地方去呢？"

"您是问我在什么地方住下？……说实在的，我还不知道呢……反正……"

"还没有拿定主意？"

听他述说的两位旅客又都放声大笑。

"莫非您的全部财产都在这包裹里不成？"黑头发的那一位问道。

"我敢打赌，确实是这样，"红鼻子公务员非常得意地附和着，

“而且行李车上也没有其他东西；当然，富贵不由我，贫穷非罪过，这一点也必须指出。”

事实果真如此：淡黄色头发的年轻人立即以不寻常的匆忙态度承认了这一点。值得一提的是：包裹的主人瞧着他们两位，最后自己也笑了，这就使他们越发觉得可乐。

“您的包裹毕竟不是普普通通的包裹，”大家都笑够了以后，公务员继续说，“尽管可以打赌：里边没有一卷卷的金洋钱，没有拿破仑和腓特烈[1]，就连荷兰钱币也没有，单是根据裹住您那双外国皮鞋的腿罩就可以下此结论，不过……倘若在您的包裹之外再加上这样一位……嗯……一位亲戚，例如叶班契娜将军夫人，那么，甚至对这包裹也要另眼相看，自然喽，如果叶班契娜将军夫人确实跟您沾亲而不是您搞错的话……比方说因为一时心不在焉，这是谁也免不了的，完全不足为奇，或者……有时候想象力过于丰富也会搞错。”

“哦，又给您猜个正着，”黄发青年应道，“果然，我几乎弄错了，应该说，她几乎不能算我的亲戚；这份亲实在太远，所以，我在国外没有等到回音，说真的，那时我丝毫不觉得奇怪。这是在我意料之中的。”

“白白浪费了邮资。嗽……不管怎样，您毕竟天真到了极点，诚实到了极点，这倒是值得称道的！嗽……叶班钦将军我知道，那无非因为他是个名人；供您去瑞士的那位已故的帕甫里谢夫先生，我也知道，但不知他是不是尼古拉·安德烈耶维奇·帕甫里谢夫，因为他们共有两位，是堂兄弟。另一位至今还在克里米亚，可尼古拉·安德烈耶维奇已经作古，他生前受人尊敬，广交显要，当初曾经拥有四千农奴……”

“一点不错，他正是叫尼古拉·安德烈耶维奇·帕甫里谢夫。”青年应道，并且聚精会神、目不转睛地把这位无所不晓的先生打量了一番。

---

① 此处的“拿破仑和腓特烈”分别指法兰西和普鲁士的金币。

在一定的社会阶层，有时可以遇到这种无所不晓的先生，甚至相当常见。他们什么都知道，他们热衷于刨根究底的智力和能耐，以不可阻挡的势头全部用在这一方面，那当然是因为他们胸无大志、目光狭隘，——一位当代的思想家会如此说。其实，“无所不晓”这几个字所指的仅仅是一个有限得很的范围：某人在何处供职，跟哪些人有交往，有多少财产，当过什么省的省长，娶什么人为妻，得到多少陪嫁，与什么人是中表，与什么人是嫡堂，诸如此类，也不外乎此类。这种无所不晓者大抵衣着寒酸，袖子的肘部磨损得厉害，每月的薪水不过十七卢布。他们了解得如此周详的人，当然猜不透他们的动机何在；事实上，他们之中许多人拥有这些相当于整整一门学问的知识已经深感自慰，达到了自己尊敬自己的目的，甚至获得极大的精神满足。再说，它作为一门学问也是很诱人的。我见过许多学者、文学家、诗人、政治家也在这门学问中追求着或追求到自己的最大慰藉和最高目标，甚至全凭这一点飞黄腾达。在整个交谈的过程中，黑头发的那一位不时哈欠连连，漫无目标地望着窗外，巴不得旅程早点结束。他好像心不在焉，可以说非常心不在焉，简直是焦躁不安，甚至变得有点儿奇怪：往往又在听，又不像在听；眼睛又在看，又不像在看；他在笑，可自己并不知道、也不明白笑些什么。

“请问贵姓是……”那位脸上颇有些粉刺的先生忽然问带小包裹的黄头发年轻人。

“列夫·尼古拉耶维奇·梅诗金公爵。”对方回答说，完全不假思索，毫无戒心。

“梅诗金公爵？列夫·尼古拉耶维奇？不知道。连听也没有听到过，”公务员沉吟道，“我的意思并不是没有听到过这个姓氏；这个姓氏历史上有记载，在卡拉姆辛的史书中可以找到[①]，也应该找得到；我是说没有听到过这样一个具体的人，而且好像哪儿都碰不到梅诗金

① 尼·米·卡拉姆辛（1766—1826），俄国作家、历史学家。在他编写的12卷《俄国史》中确曾提到梅诗金公爵家族。

公爵这个家族，甚至消息也听不见了。”

“哦，当然如此！”公爵马上搭茬儿，“除了我，如今梅诗金公爵家族根本没有人了；我大概是最后一个。至于我的父亲一代和祖父一代人中间，有的还是独院户[①]。不过家父当过陆军少尉，是士官出身。可我不知道叶班契娜将军夫人的出身怎么也是梅诗金公爵小姐，也是她那一族类的最后一个……”

“嘻嘻！她那一族类的最后一个！嘻嘻！您这话真有意思。”公务员窃笑道。

黑头发的那位也在吃吃地笑。淡黄头发的青年因为自己说了一句相当蹩脚的双关语[②]而有些惊讶。

“哦，也许你们不相信，我说的时候连想也没有想过。”最后他解释道，表示自己也觉得奇怪。

“那是可以理解的，可以理解的。”公务员欣然附和。

“公爵，您在国外是不是也跟教授学一些什么科学？”黑头发的那位突然问。

“是的……学过……”

“可我从来没学过什么。”

“我也只是胡乱学一点罢了，”公爵找补了一句，口气差不多像在道歉。“根据我的病症，我被认为不能接受系统的教育。”

“罗果仁一家您知道不？”黑头发的旅客很快问道。

“不，不知道，完全不知道。我在俄国熟人很少。您贵姓是罗果仁？”

“是的，我姓罗果仁，巴尔菲昂·罗果仁。”

“巴尔菲昂·罗果仁？这是不是那一……”公务员特别郑重其事地刚开始说。

---

① “独院户”是俄国农奴制时代国有农民的一个等级，实为可以拥有农奴的小地主（通常一院一户）。其祖先多半是16—17世纪戍边的低级军官。

② 俄语“在自己的族类中”也可解释为“在某种意义上”。

“对，对，正是那一家，”黑发青年很快把公务员的话打断，那种不耐烦的态度相当不客气；不过，他一次也没有理睬过那位脸上有粉刺的公务员，从一开始就只跟公爵一人说话。

“可这……这怎么可能？”公务员惊呆了，一对眼珠子几乎凸出眶外，他的整个面部立刻开始现出某种诚惶诚恐、谄媚奉承甚至大吃一惊的表情，“难道令尊就是一个月前仙逝、留下二百五十万财产的那位世袭荣誉市民谢苗恩·巴尔菲昂诺维奇·罗果仁？”

“你怎么知道他留下二百五十万财产？”黑头发的那位反问道，他这一次还是没有朝公务员看上一眼，“真是的！（他向公爵眏了眏眼睛，示意这话是冲公务员说的）这号人一心想附骥尾，不知究竟有什么好处？是的，我家老爷子去世确实有一个月了，可如今我从普斯科夫回家去差点儿连靴子也穿不上。我那混蛋哥哥，还有我的母亲，他们既不汇钱，也不通知，什么也不寄给我！简直把我当作一条狗！我在普斯科夫害热病说胡话，整整躺了一个月！……”

“可现在一下子就能得到一百多万哪，这还是最低的估计数，哦，上帝啊！”公务员两手一拍。

“您倒是说说看，这关他什么事！”罗果仁又恼又恨，可仍然不给公务员一个正眼，只是向他那边略一摆动脑袋，“即使你在我面前拿大顶，我也不会给你一个戈比。”

“我就是要拿大顶，一定照办。”

“要命！可我是不会给钱的，一个子儿也不会给，哪怕你跳上一个星期的舞也是白搭！”

“你不用给！我就是要这样；你不用给！我就是要跳舞。我宁可扔下老婆，扔下年幼的孩子，也非要在你面前跳舞不可。我得向你致敬，讨你喜欢！”

“呸！”黑头发的旅客啐了一口。“五个星期以前，我跟您一样，”他对公爵说，“只带一个小包裹瞒着老爷子逃往普斯科夫姑妈家去；不料在那边害上热病躺倒了，而他竟在我离开的时候一命归阴。是中风死的。对死者当然应该永远怀念，可我当时险些乎给他置于死地。信不信由您，公爵，真的是这样！当时我如果不逃跑，他不杀了我才怪。”

“您有什么事情惹他发了火？”公爵作出反应的同时，带着一点特殊的好奇心端详着这位穿皮筒子的百万富翁。虽然百万家私和获得遗产本身也许包含着某种可观的因素，但使公爵感到惊异和产生兴趣的还有其他方面。再说，罗果仁本人不知为什么也特别乐于跟公爵交谈，尽管他现在想找个人谈谈不像出于精神上的需要，倒是无意识的成分居多；与其说他坦率直爽，毋宁说因为思想不集中，因为心中焦虑不安，只要有个人让他瞧瞧，跟他随便聊聊就行。他好像至今热病未愈，至少还没有完全退烧。至于那个公务员，他愣是死死地缠住罗果仁不放，留神倾听和琢磨着他的每一句话，连大气也不敢喘一口，简直像在寻找一颗钻石。

“他确实发了火，也许是有理由的，”罗果仁答道，“但害得我最苦的是哥哥。妈妈是妇道人家，年纪大了，不在话下。她只知道读圣徒言行录，跟一些老太太坐着闲聊；什么都是我哥哥谢恩卡说了算。他为什么不及时通知我？他的心思我明白！当时我神志昏迷，这不假。据说，电报也发来了。可电报是发给姑妈的。而她在那里已守了三十年的寡，从早到晚跟一些装疯卖傻的先知待在一起。她虽然没有出家，可比修女更像修女。她一见电报吓得什么似的，拆也没拆就交到警察分署去了，电报就在那里一直搁到现在。幸亏柯涅夫——瓦西里·瓦西里耶维奇·柯涅夫——帮忙，他把一切都写信告诉了我。哥哥夜里从父亲灵柩的锦缎罩子上把金铸的流苏通通剪去，说：‘这些东西值好多好多钱呢！’光凭这件事，他就够资格发配西伯利亚，只要我告他，因为这是亵渎神圣的行为。喂，你这个小丑！”他冲那公务员说：“从法律上讲这叫什么：是亵渎神圣吧？”

“是亵渎神圣！是亵渎神圣！”公务员连声附和。

“这罪名够不够资格去西伯利亚？”

“够资格，够资格！立即发配西伯利亚！”

“他们满以为我还在生病，”罗果仁向公爵继续说，“可我一声不吭，悄悄地坐上火车就这么来了，虽然病还没有痊愈；到时候你得给我开门，我的亲哥哥谢苗恩·谢苗诺维奇！他在老爷子面前说了我一大堆坏话，我知道。当时为了娜斯塔霞·菲立波夫娜，我的确把老爷子惹火了，这是事实。这是我一人之过，不知怎么会昏了头。”

“为了娜斯塔霞·菲立波夫娜？”公务员用谄媚的口气问，他似乎已猜透了几分。

“你不知道的事少插嘴！”罗果仁不耐烦地向他吆喝一声。

“可我知道！”公务员扬扬得意地回答。

“嗬！名叫娜斯塔霞·菲立波夫娜的多着呢！我告诉你，你真是个死乞白赖的家伙！我早就知道，总有这么一个家伙会马上把人缠住不放！”末了那句话他是跟公爵说的。

“可我也许真的知道！”公务员全身都扭动起来，“在下列别杰夫不会不知道！阁下责怪我，可要是我能说出事情的来龙去脉，又怎么样？为了那个娜斯塔霞·菲立波夫娜，老太爷曾经要用荆杖教训您。娜斯塔霞·菲立波夫娜姓巴拉什科娃，甚至可以说是名门贵族，在她那一族类中也是一位公爵小姐，可她单单跟一个姓托茨基的地主兼大资本家相交；阿法纳西·伊万诺维奇·托茨基在许许多多公司都有股份，由此而同叶班钦将军交情极深……”

“嚄，你还真有一手呢！”罗果仁终于由衷地感到惊讶，“呸，真见鬼，想不到他果然知道。”

“全知道！列别杰夫什么都知道！阁下，当初我跟随亚历克萨什卡·李哈乔夫到处跑过两个月，也在他的老太爷死后，所以这档子事我原原本本全知道；那时候他简直一步也离不开我列别杰夫。现如今他在债务监狱里，可当初我曾有机会认识阿尔曼丝、柯拉丽娅、帕茨卡娅公爵夫人、娜斯塔霞·菲立波夫娜，还有机会了解好多事情。”

“娜斯塔霞·菲立波夫娜？难道她和李哈乔夫……”罗果仁狠狠地瞪了他一眼，甚至嘴唇也变得煞白并且哆嗦起来。

“没……没什么！没……没什么！真的没什么！”公务员发觉自己走了嘴，急忙改口声明，“李哈乔夫不论花多少钱也没门儿！不，娜斯塔霞·菲立波夫娜跟阿尔曼丝可不一样。她只跟托茨基相交。晚上，她经常坐在大剧院或法兰西剧院的包厢里看戏。尽管那里的军官们最喜欢论长道短，可是就连他们也胡诌不出什么名堂来，顶多不过说一句：‘喏，她就是那位娜斯塔霞·菲立波夫娜，’——再往下却没什么可说了！因为确实什么也没有嘛。”

“事情确实就是那样，”罗果仁绷着脸、皱着眉加以肯定，“扎辽热夫当时对我也是这样说的。公爵，那时候我穿着父亲一件两年没翻新的旧外套正要过涅瓦大街，她刚好从一家商店出来登上马车。我一下子好像全身着了火。我碰见了扎辽热夫，那人跟我不一样，他打扮得像个理发店的伙计，一只眼睛夹着单照，而我们在老爷子的管教下穿的是涂柏油的靴子，喝的是净素的菜汤。扎辽热夫对我说：‘她跟你不般配，人家是名门贵族，她叫娜斯塔霞·菲立波夫娜，姓巴拉什科娃，是托茨基的相好，不过托茨基现在一心想甩掉她，因为自己真正到了年龄——五十五岁，打算娶一位全彼得堡首屈一指的美人儿做太太。’扎辽热夫告诉我，当天就能在大剧院里看到娜斯塔霞·菲立波夫娜，那天晚上她要在正厅的包厢里看芭蕾舞。然而，在我们家里，谁要是胆敢上戏园子看芭蕾舞，非给老爷子打死不可！不过，我还是偷偷跑出来一个小时，又看到了娜斯塔霞·菲立波夫娜；结果一宿没睡着。第二天早晨，老爷子交给我两张年息五厘的公债券，每张五千卢布，说：‘你拿去卖了，七千五百解到安德烈耶夫银号里去，把一万卢布中余下的直接拿来交给我，路上不准耽搁，我等你。’我把公债券卖了，拿了钱，可是没去安德烈耶夫的银号，眼睛不看别处，径直走进一家英国铺子，挑了一副耳坠子，每只都有一颗大小跟山核桃差不多的钻石；我把所有的钱都掏了出去，结果还缺四百卢布，我说了自己的姓名，他们倒是信得过我。我带着耳坠子去找扎辽热夫，言明如此这般，然后对他说：‘哥们，咱俩这就去见娜斯塔霞·菲立波夫娜。’于是我们一同前往。那时节我脚下、眼前和左右两旁是些什么，有些什么——我一概不知道，通通记不得。我们径直进入她家的客厅，她亲自出来会见我们。当时我没有说出自己就是某某人，而是让扎辽热夫说：‘这是巴尔菲昂·罗果仁为了纪念昨天的邂逅表示的一点心意，还望哂纳。’她打开来一看，笑了笑，说：‘请谢谢尊友罗果仁先生的眷顾。’接着行个礼就走了。哦，当时我为什么不立即倒毙啊！老实说，我既然去了，也不打算活着回家的。然而我觉得最气人的是：光彩全让扎辽热夫那混蛋给揽去了。我个儿小，衣着又像个跟班儿的，站着不开口，两眼直愣愣地望着她，因为自惭形秽；可是扎辽热夫打扮得非常时髦，头发拳曲油亮，脸色红润，系着格子领带，不住口地恭维讨好，又是鞠躬，又是哈腰，娜斯塔霞·菲立波夫娜那会儿必定以为他就是我！我们从她那里出来以后，我说：‘往后你休想再拣便宜，懂吗？’他笑了起来，说：‘我倒想知道，如今你怎么向令尊大人交账？’当时我确实准备家也不回投河算了，后来一想：‘反正都一样，’于是失魂落魄似的回到家里。”

“哎呀，我的天哪！”公务员做出一副怪相，甚至打起寒战来，“别说一万卢布，即使为了十个卢布，老太爷在生前也能逼死人命的。”他摆动脑袋向公爵解释道。公爵好奇地端详着罗果仁，觉得这时候他的面容似乎更苍白了。

“逼死人命！”罗果仁接茬道，“你知道什么？”他转而向公爵说：“老爷子马上就得悉了全部经过，何况扎辽热夫也逢人便吹这件事。老爷子把我抓到楼上去，关起门来足足教训了我一个钟点。他说：‘我这仅仅是先让你有个准备，回头我还要来跟你道晚安呢。’你猜怎么着？这位白发老翁竟去找娜斯塔霞·菲立波夫娜，冲着她一躬到地，一把眼泪、一把鼻涕地求她；后来她把那只小盒子取出来扔给我父亲，说：‘老胡子，把你的耳坠子拿回去，不过现在我觉得这东西比原先珍贵十倍，因为是你儿子担着偌大的风险弄来的。请向巴尔菲昂·谢苗诺维奇致意并表示感谢。’在这同时，我得到母亲的同意，向谢辽什卡·普罗图申借了二十五卢布，坐火车去普斯科夫姑妈家，到达那里的时候正发着高烧。在普斯科夫，一些老太太立刻开始向我说教，我坐着一个劲儿地喝闷酒，后来，我索性用剩下的最后一点钱到各处酒店去喝，整整一宿躺在街上人事不省，到第二天早晨竟说起胡话来了，夜间身上还被狗咬伤了好几处。好不容易才醒过来。”

“嗬，这下倒要听听咱们的娜斯塔霞·菲立波夫娜会唱起什么调儿来！”公务员搓着一双手咯咯地笑道，“这下可就精彩了！这下咱们要补给她这样一副耳坠子，管保……”

“你要是再这样提到娜斯塔霞·菲立波夫娜一句话，我向上帝起誓，我非揍你不可，不管你是不是跟随过李哈乔夫！”罗果仁狠狠抓住他的一条胳膊大声说。

“既然你要揍我，那就是说，你不会抛弃我！揍吧！揍了以后就等于盖了印戳……啊，咱们到了。”

火车果然正在进站。尽管罗果仁说自己是悄悄回来的，但站上已有好几个人在迎候。他们叫唤着，向他挥动帽子。

“嗬，扎辽热夫居然也来了！”罗果仁望着他们，一边自言自语，面有得色，甚至带着不怀好意的微笑，随后突然转向公爵。“公爵，我不知道我为什么喜欢你。也许因为是在这样的时刻遇见你，不过按说我也遇见了他(罗果仁指指列别杰夫)，可我并不喜欢他。上我家来吧，公爵。我要把你这副腿罩脱掉，让你穿上最漂亮的黄狼皮大衣，给你做一件最讲究的燕尾服，再配一件白背心什么的，往兜里塞满钞票，然后……咱们一起去见娜斯塔霞·菲立波夫娜！你来不来？”

“领情吧，列夫·尼古拉耶维奇公爵！”列别杰夫郑重其事地在一旁劝说，“可不要错过机会！可不要错过机会啊！”

梅诗金公爵连忙欠身，很有礼貌地向罗果仁伸出一只手，欣然对他说：

“我十分乐于造府拜访，并且非常感谢您喜欢我。说不定我今天就去，如果来得及的话。因为，我坦率地告诉您，我对您也很有好感，特别当您谈到钻石耳坠子那件事的时候。甚至在谈到耳坠子以前就使我产生了好感，虽然您面带愁容。还谢谢您许诺给我衣服和皮

裘，因为很快我确实会需要衣服和皮裘。至于钱嘛，眼下我几乎连一个子儿也没有。”

“钱会有的，傍晚就有，你来吧！”

“会有的，会有的，”公务员也在敲边鼓，“傍晚就有，不消等到太阳下山！”

“公爵，您对女人是不是很有兴趣？如果有兴趣，请早一点告诉我！”

“我不——不！说实在的……您也许不知道，说实在的，由于我的先天性疾病，我对女人简直一无所知！”

“哦，这样说来，”罗果仁惊呼，“公爵，你真是一位圣徒了，像你这样的人上帝会喜欢的！”

“上帝就喜欢这样的人。”公务员附和道。

“喂，苍蝇，你就跟我去吧。”罗果仁向列别杰夫说，于是三人一起走出车厢。

列别杰夫最后还是达到了目的。不久，闹嚷嚷的一帮人便朝着沃兹涅先斯基大街的方向去远。公爵得折向李捷依内大街。这天潮气很重，地湿路滑；公爵向行人问了路，知道距离他现在要去的地点还有三里[①]光景，于是他决定雇一辆街车。

二

在与李捷依内大街保持一段间隔、略略偏向主显圣容大教堂的地方，坐落着属于叶班钦将军的一幢大楼。这幢宏伟的楼房六分之五出租，其余部分是将军自己住的；此外，他在花园街还拥有一幢大楼，收入也非常可观。除了这两宗房产，叶班钦将军在彼得堡近郊有一处盈利颇丰的大田庄，在彼得堡县还经营着一家不知什么工厂。众所周知，叶班钦将军从前曾与别人合伙包税。如今，他在好几家大公司都

① 本书中的“里”是指俄里。1 俄里等于 1.06 公里。

有股份，并且拥有举足轻重的影响。他是个出名的大富翁、大忙人，而且神通广、路子宽。在某些地方，例如在他供职的那个部门，他懂得如何使自己成为必不可少的人物。而与此同时，大家也知道，伊万·费奥多罗维奇·叶班钦没有受过什么教育，出身于士兵家庭；后面那一点无疑只会给他增光，然而将军尽管是个聪明人，却也未能免俗，不喜欢人家提及某些事情。不过，他无疑是个头脑灵活、手段高明的人。比方说，他奉行的一条原则就是尽少出头露面，必要时故意退居次要位置。很多人就是器重他为人谦逊，器重他有自知之明，从不忘乎所以。其实，那些人何尝了解，有这般自知之明的伊万·费奥多罗维奇某些时候心中究竟在想些什么！尽管他在处世行事方面确有一套办法和经验，也有若干出类拔萃的本领，但他宁愿显得像在执行他人的意志，而不是自作主张，宁愿让人家认为他“忠诚不阿”[①]，甚至具有一副俄罗斯人的热心肠(符合时代精神嘛！)。关于最后那一点，外界甚至谈论着他的一些逸闻趣事；不过，将军从来不泄气，即使成为最可笑的谈助亦然如此。此外，他总是很走运，甚至打牌的手气也好；他惯于豪赌，并且非但不想隐瞒自己这个小毛病，反而故意招摇；其实，打牌的癖好对他颇有实惠，还有其他许多好处。他结交的人杂得很，各界都有，当然都是“头面人物”。他的前途无量，他有的是时间，一切都还来得及，将来什么都会水到渠成。论年纪，叶班钦将军也还处在通常所说的生龙活虎之际，才五十六岁，一点也不多，无论如何，这是**真正的**生活正式开始的茂龄盛年。健康、气色、牢固的牙齿(虽然是黑的)、敦实的身材、上午办公时专心致志的表情、晚上打牌或在伯爵大人身边时高高兴兴的神态——无不有助于他目前和未来一帆风顺，为将军阁下的道路铺满鲜花。

将军有一个美满的家庭。诚然，这里并非处处鲜花，但这里也有好些方面将军阁下早已认真而殷切地把最主要的希望和目标集中其

① 沙皇彼得一世和亚历山大一世的幸臣阿拉克切耶夫(1769—1834)在自己的族徽上标有“忠诚不阿”的字样作为铭文。

上。的确，身为一家之主，生活中还有什么目标比这更重要、更神圣的？除了把一颗心贴着家庭，还能往哪儿贴？将军的家属包括一位太太和三位千金。将军结婚很早，当时他还只有中尉军衔，娶的是一个差不多和他同年的女子，既无貌、又无才，只带来五十名农奴的陪嫁[1]，而这份妆奁却为他日后的富贵奠定了基础。不过，将军后来从不抱怨自己早年结的这门亲，从不把它说成是少不更事糊涂所致；他对太太十分敬重，有时很有点儿怕她，甚至可以说爱她。将军夫人出身于梅诗金公爵家族，这个家族虽然不算显赫，但是源远流长，将军夫人也因此而自视颇高。当初有位要人，一位什么也不用破费的保护人，表示愿意关心一下这位公爵小姐的婚姻。他为年轻的军官开了扇小门，并把他往里推了一把；而对于叶班钦中尉来说，莫道是推一把，只消看一眼就够了——没错儿！除了少数几次例外，这对夫妇长期以来一直和睦相处。将军夫人还在很年轻的时候就善于物色一些女贵人做靠山，大概因为她身为公爵小姐，又是自己家族中的最后一位，也可能她本人的品质使然。后来，丈夫升官发财，她在那个贵人圈子里渐渐地简直如鱼得水。

最近几年，将军的三个女儿——亚历山德拉、阿黛拉伊达和阿格拉雅——都已长大，像果子一样成熟了。虽然这三姐妹从的是没有爵位的父姓，但按母系论来也是公爵之后，陪嫁既可观，父亲来日又可能出任极高的官职，再有一点也是相当重要的，那就是：三姐妹的品貌个个都俊俏，即使已经二十五岁的大小姐亚历山德拉也不例外。二小姐二十三岁，最小的阿格拉雅刚满二十岁。这位三小姐简直美若天仙，在交际场中已开始非常引人注目。这还不是事情的全部；三姐妹在所受的教育、智能和才具方面也都出类拔萃。人们知道这姐妹仨始终相亲相爱，抱成一团。据说，大小姐、二小姐还为全家的宠儿三小姐作了不知什么样的牺牲。她们在人前非但不喜欢炫耀自己，甚至过

① 在 1861 年以前的俄国，地主拥有的农奴数一般表示田庄的规模，因而这里指的并不仅仅是 50 个劳动力。

于羞怯。任何人都不能指责她们傲慢骄矜，然而大家也都知道，她们自尊心很强，充分了解自己的身价。大小姐是位音乐家，二小姐作得一手好画；可是此等情况好多年内几乎无人知道，还是最近才被发现的，而且纯属偶然。总之，外界对于她们赞誉很多。但是也有人非议。有人带着恐怖的表情谈到她们读过的书数量之多。她们不急于出嫁，对于自己所属的社会阶层虽然看重，但并不过分。这一点尤其值得指出，因为她们都了解父亲的志向、性格、目标和愿望。

当梅诗金公爵在将军住所门前打铃时，已经快十一点了。将军住在二楼，居处一点也不豪华，尽管与他的身份还是相称的。一名穿号衣的侍从给公爵开了门，并且一开始就用怀疑的目光瞧了瞧他和他所带的小包裹。公爵不得不花很大的工夫向这人说明来意，不止一次明白无误地申述自己的确是梅诗金公爵，有要事必须与将军面谈，听差方始困惑不解地领他走进书房隔壁接待室前的小小过道，把他交给上午在这间前室值班、有谁来访便向将军禀报的另一个人。后面那个人身穿燕尾服，四十开外年纪，是在将军阁下书房外伺候、兼司接待通报的侍从，所以颇不小看自己。

“您到接待室去等一会，包裹可以放在这里。”他说着从容而矜持地坐到他的一把圈椅里，并以严肃而纳罕的目光看了看双手捧住包裹、就在他旁边一把椅子上坐下的公爵。

“如果可以的话，”公爵说，“我还是愿意在您这儿等一会，这比一个人待在那儿好。”

“您待在过道里不合适，因为您是来访者，也就是客人。您要见将军本人？”

侍从显然不甘心让这样一个来访者去见将军，故而决定再问一问他。

“是的，我有事要……”公爵刚欲开口。

“我并不问您有什么事情，——我的职责仅仅是给您通报。可是，我已经说过，没有得到秘书的许可，我不去禀报。”

看来这人的疑心越来越加重了，因为公爵跟那般经常可以看到的来访者实在太不一样。虽则将军经常——几乎每天——在一定的时间会客，来访者中间各色人等都有，特别是**有事**求见的人，但是，这个既非新手、又可便宜行事的侍从却有满腹疑虑，一定要先通过秘书，然后通报。

“您真是……从国外来？”他不禁问道；话刚出口，就显得有些尴尬。其实，他大概是想问：“您真是梅诗金公爵？”

“是的，才下火车。我觉得您是想问：我到底是不是梅诗金公爵？只不过出于礼貌才没有这样问。”

“嗯……”侍从打鼻子里发出惊讶之声。

“请放心，我没有对您撒谎，您也不会代我受过的。至于我怎么会落得如此模样，还带着一个小包裹，说来并不奇怪：目下我的景况不佳。”

“嗯。我担心的不是这个，您也知道。我有责任往里边通报，秘书也会来见您的，除非您……。问题就在这上头，除非……。如果可以的话，我斗胆请问：您不是来求将军接济的吧？”

“哦，不，这您完全可以放心。我有别的事情。”

“请原谅，我是瞧着您的光景才这样问的。您等秘书来吧；将军本人正在和上校谈话，回头秘书……公司的秘书会来的。”

“如果要等上好久的话，那么，我想请问您一件事：这里有没有一个地方可以抽烟？我随身带着烟斗和烟丝。”

“抽——烟？”侍从困惑中带着轻蔑看了他一眼，似乎还不大相信自己的耳朵。“抽烟？不，在这里您不能抽烟，即使在头脑里想这样做您也应当感到惭愧。嗯……真是异想天开！”

“哦，我不是要求在这间屋子里抽烟；这我知道；我只是想请您指点一个地方让我去，因为我有这个习惯，可是已经三个小时没抽烟了。不过，随您的便吧。常言道：入国问禁，入境问俗……”

“像您这么一位，叫我怎么通报好呢？”侍从不由得嘟哝出声，“第一、您不应该待在这里，应该坐到接待室去，因为您本人属于来访者，也就是客人，我有责任……。您莫非打算在我们这里住下来？”他向公爵的包裹瞟了一眼后又说。那个包裹显然使他放心不下。

“不，我没有这个想法。即使请我也不留下。我来只不过想见见面认识一下，没有别的意思。”

“什么？认识一下？”侍从惊异地问道；现在他的疑心又加重了两倍。“那您起初怎么说有事？”

“哦，其实几乎谈不上有事！不过，也可以说有一件事，无非想请求指点，但我主要是想自我介绍一下，因为我是梅诗金公爵，而叶班契娜将军夫人也是梅诗金家族的最后一位公爵小姐。除了我和她，梅诗金家族没有别人了。”

“那您还是亲戚喽？”侍从这一惊非同小可。

“这也几乎谈不上。当然，要是勉强牵扯的话，可以说是亲戚；不过这亲实在太远，简直不能算数。我在国外曾经给将军夫人写过一封信，但她没有给我答复。回国以后，我认为还是有必要来结识一下。我现在向您说明这一切，是要消除您的怀疑，因为我看得出您还不大放心。您只消通报：梅诗金公爵来访。这句话本身就能说明我的来意。如果肯见——那很好；如果不肯见——也许同样很好。只是不见好像不大可能。将军夫人肯定想见一见辈分较高的唯一本家，因为她一向非常看重自己的家族——关于这一点，我听到的说法是很确实的。”

公爵的话似乎是再老实不过的了。然而，他的话越老实，在此时此地就越是要不得，那个老练的侍从不能不产生某种想法，这种想法在一般人之间完全得体，而在客人与仆人之间就完全不得体。因为仆人通常比主子心目中的他们要聪明得多，所以这名侍从认为眼前的情况有两种可能：要么公爵是个浪荡成性的无赖，此来定系请求接济无疑；要么公爵是个十足的傻瓜，没有自尊心，因为一个有头脑、有自尊心的公爵决不会坐在过道里跟下人谈自己的事情。反正不管属于哪一种情况，这个公爵都会给他招来麻烦。

“不过，您还是请到接待室去为好。”他用尽可能坚决的口气说。

“我要是坐在那里，就没法向您解释这些情况了，”公爵笑呵呵地说，“那么，您瞧着我的斗篷和包裹，岂不直到此刻还在提心吊胆？现在，我看您也不必等秘书了，干脆直接去向将军禀报吧。”

“我不能不通过秘书给您这样的来客去禀报；再说，将军刚才特地吩咐过，在上校离开之前，任何人来访都不得打扰他，如果是加甫里拉·阿尔达里昂诺维奇，不用报告就可以进去。”

“是给公家办事的？”

“加甫里拉·阿尔达里昂诺维奇吗？不。他在公司里任职。包裹您就搁在这里吧。”

“我也这么想，只要您允许。干脆我把斗篷也脱了，您看怎么样？”

“当然，总不能穿着斗篷进去见他。”

公爵站起来，急忙卸去斗篷，露出一件旧虽旧、还相当可以、缝制得挺合身的上装。背心上有一条钢链，挂着一块日内瓦银表。

将军的侍从虽然已经断定公爵是个傻瓜，但他觉得自己继续跟一位来访者交谈毕竟有失体统，尽管不知怎么的他对公爵有好感，当然是一种独特的好感。不过，从另一方面来说，公爵又激起他强烈而粗鲁的愤慨。

“那么什么时候可以见将军夫人？”公爵问道，一边在原先的位子上重新落座。

“这不关我的事。夫人在不同的时间会见不同的对象。女裁缝即使十一点钟来也让进去。对于加甫里拉·阿尔达里昂诺维奇，也总是比别人优先接见，甚至请他共进午餐。”

“冬天，你们这儿屋子里倒比国外暖和，”公爵说，“不过，外国的街上比这儿街上暖和。冬天在国外，俄国人要是不习惯的话，屋里根本没法儿待。”

“不生炉子？”

“是的，而且房屋的构造也不一样，我是说炉子和窗户都跟咱们不一样。”

“嗯！您去了很久吗？”

“四年。不过，我差不多老待在一个地方，在乡下。”

“对于这儿反倒不习惯了？”

“的确如此。信不信由您，我自己也纳闷儿，怎么没把俄国话忘掉。比如现在我跟您说话，可我心里在想：‘我的俄国话说得蛮不错。’我的话那么多，也许正是这个缘故。真的，打昨天起我就老是想说俄国话。”

“嗯！嘀！您以前常住在彼得堡？”侍从虽然故作矜持，但是人家这样彬彬有礼、心平气和地跟你说话，总不能不搭茬儿。

“彼得堡？差不多从来没住过，只是路过。以前我对这个城市也一无所知，而现在，听说有了许多新鲜事儿，据说即使以前有所了解的人对彼得堡也得重新认识。这儿现在对审判制度谈得很多。”①

“嗯！……审判制度。是啊，对审判制度谈得很多。外国的法院是不是公正一些？”

“不知道。说我国审判制度好的话我听到很多。咱们这儿又没有死刑了。”②

“外国有没有把犯人处死的？”

“有。我在法国看见过处死犯人，在里昂。③是施奈德带我到那里去的。”

“把犯人绞死？”

---

① 俄国于 1864 年进行司法改革后，原先按阶层划分的法庭被代之以不分阶层的司法机构。与改革前的不同在于：法院当众开庭审理案件，并有陪审员和律师参加。庭审记录在报上公布。

② 俄国曾于 1753—1754 年正式废除死刑，但不久重新实行死刑作为对“叛国、触犯军法以及其他若干罪行”最严厉的惩罚。19 世纪 60 年代，为了镇压蓬勃兴起的解放运动，死刑尤被经常采用。1866 年 9 月，陀思妥耶夫斯基出国前不久，沙俄政府在彼得堡绞决了曾于当年 4 月行刺沙皇亚历山大二世未遂的青年学生卡拉柯佐夫。作者本人也曾于 1849 年被判死刑，想必为了防止公爵谈自己对死刑的看法的一些段落遭书报检查机关干涉，才故意说俄国“没有死刑”云云。

③ 在法国，公开处决刑事罪犯的做法一直沿袭到 19 世纪末。

“不，在法国都是砍脑袋的。”

“犯人叫喊不？”

“哪里来得及！才一眨眼的工夫。那是用机器执行的，叫作断头台；犯人给放到固定的位置上，一把这么宽的铡刀就会落下来，真是力猛刀沉……。甚至眼睛也来不及眨一下，脑袋已经落地。刑前的准备倒是挺费事的。在宣读判决书以后，要把犯人收拾停当，捆绑起来，押上行刑台，那才叫可怕！老百姓纷纷来到刑场，妇女也来，尽管那里不赞成妇女看杀人。”

“她们不应当看。”

“当然！当然！太惨了！……我看到的那个罪犯人挺聪明，胆儿大，力气也大，年纪已经不轻，他姓雷格罗。可是，我告诉您，信不信由您，他登上行刑台的时候哭了，脸色煞白。这怎么可能呢？这不是太惊人了吗？有谁因为害怕而哭的？我从没想到，一个四十五岁的人，又不是小孩，从来没有哭过，居然会害怕得哭起来。那时节他的心灵该有什么反应，该忍受多大的痛苦？这是对心灵的摧残，不可能是别的！《圣经》上明明写着：‘不可杀人’[①]；难道因为他杀了人，就得把他也杀死？不，不能这样。这情景我看到后已过了一个月，可是至今历历如在眼前。我还梦见了大约有五次之多。”

公爵说得甚至有些动了感情，苍白的脸上微微泛红，虽则他的语调依然是平和的。侍从同情而又好奇地注视着他，似乎已被对方深深地吸引住了；这大概也是个有想象力和试图独立思考的人。

“还好，脑袋掉下来的时候不太痛苦。”他说。

“您知道不？”公爵兴冲冲地接过话茬，“您这么说了，别人也都跟您说的完全一样，发明那机器——断头台——正是为了这个目的。我当时就产生一个想法：会不会这样更糟？您一定觉得可笑，您一定觉得荒唐；然而，只要稍微有些想象力，即使这样的想法也会在头脑里冒出来。请想一想：就拿肉刑来说吧，这当然是折磨，皮肉痛

---

① 见《圣经·旧约·出埃及记》第 20 章第 13 节。

苦，身体受伤，可这一切能把注意力从灵魂的痛苦引开去，这样便只消忍受伤痛的折磨，直到死去。其实，最主要、最剧烈的痛苦也许不在于身体的创伤，而在于明明白白地知道：再过一小时，再过十分钟，再过半分钟，现在，马上——灵魂就要飞出躯壳，你再也不是人了，而这是毫无疑问的，主要的是**毫无疑问**。当你把脑袋放到铡刀下面，听见铡刀从头上滑下来时，这四分之一秒钟才是最可怕不过的。要知道，这不是我凭空瞎想，好多人都这么说。我完全相信这一点，所以我愿把我的意见老实告诉您。对杀人者处以死刑，是比罪行本身不知要重多少倍的惩罚。根据判决杀人，比强盗杀人不知要可怕多少倍。夜里在树林中被强盗割脖子或用其他方法杀死的人，一定直到最后一刹那还抱着得救的希望。有这样一些例子：一个人喉管也给割破了，可他还没有绝望，还想逃脱，还在求饶。可是，对于被处决的人来说，这最后的一点希望却**毫无疑问**被剥夺了，抱着这点希望死去本来可以减轻十分之九的痛苦。死刑可怕的痛苦就在于此，在于明明白白地知道没有得救的希望。世上没有比这更难受的痛苦了。如果把一个士兵拉出去，叫他站到战场上一门大炮面前，然后对准他开炮，他还不至于绝望；但要是向这名士兵宣读必死无疑的判决，他会发疯或哭的。谁说人的天性忍受得了这种折磨而又不致发疯？为什么要这样侮弄人，为什么要采取这样不体面、不必要、不应该的做法？也许有这么个人，别人先对他宣读判决书，让他受一番折磨，然后对他说：'走吧，你被赦免了。'这么个人也许可以谈谈体会。[①]基督也讲到过这种痛苦和这种恐怖。不，不能这样对待人。"

侍从虽然不可能像公爵那样表达所有这些见解，但主要的意思还是能懂的，当然不是全懂——这一点甚至从他已经变得温和的脸部表情就可以看出来。

"如果您实在想抽烟的话，"他松口了，"那么就抽吧，只是得快

① 作者在这里谈的首先是他自己以及和他一起曾被判死刑的彼得拉舍夫斯基小组成员的遭遇。

一点儿。因为指不定什么时候会问到您，要是您偏偏走开了就不大好。您瞧，那边楼梯下面有一扇门。您从那扇门进去，右首有个小房间，那儿可以抽烟；不过您得把气窗打开，因为规矩是不准……”

但是公爵没能到那边去抽烟。一个年轻人忽然来到过道里，手中拿着一些文件。侍从帮他脱去皮大衣。年轻人瞟了公爵一眼。

“加甫里拉·阿尔达里昂诺维奇，”侍从开始说，语调似很机密，甚至近乎亲昵，“这一位据称是梅诗金公爵，跟将军夫人是亲戚，刚坐火车从国外回来，还提着个包裹，只是……”

底下的话公爵没有听清，因为侍从已把嗓门压得很低。加甫里拉·阿尔达里昂诺维奇仔细听着，并以非常好奇的眼神打量公爵；最后，他不再听侍从说下去，急忙走到公爵面前。

“您就是梅诗金公爵？”他十分客气地问。

这是一位很漂亮的年轻人，也不过二十八岁上下，身材略高于中等，体态匀称，头发金黄，蓄着一部拿破仑[①]式的短胡须，一张眉清目秀的脸显得挺聪明。不过，他的笑容尽管极其和蔼，总有些过于纤巧；他微笑时启露的牙齿过于像珍珠般齐整；他的目光诚然洋溢着热情和显见的厚道，但也失诸过于专注，似在窥测秘密。

“这个人在背地里恐怕完全不是这副神态，也许从来不笑。”公爵情不自禁地忖道。

公爵尽自己所能草草说明了情况，大体就是刚才向侍从以及先前向罗果仁谈过的那些。其时，加甫里拉·阿尔达里昂诺维奇似乎在记忆中搜索什么事情。

“是不是您给叶丽扎薇塔·普罗科菲耶夫娜寄过一封信？”他问，“时间大概在一年前，可能还不到一年，好像是从瑞士寄来的，是不是？”

“正是这样。”

“那么这里是知道您的，而且肯定还记得。您要见将军阁下？我

---

① 指当时的法国皇帝拿破仑三世即路易·波拿巴。

立即去报告……。他马上就有空了。只是您……最好先到接待室稍坐……”接着他声色俱厉地问侍从：“怎么让这位客人待在此地？”

“我已经说过了，这位客人不愿意去……”

这时，书房门开，一位手拿公文包的军人一边大声说话，一边连连鞠躬，从里边走出来。

“加尼亚[①]，是你在那儿吗？”书房里有人叫唤，“你上这儿来一趟。”

加甫里拉·阿尔达里昂诺维奇向公爵点了点头，急忙走到书房里去。

约莫过了两分钟，门重又打开，随即传出加甫里拉·阿尔达里昂诺维奇响亮而热情的声音：

“有请公爵！”

三

伊万·费奥多罗维奇·叶班钦将军站在书房中央，怀着极大的好奇心观看走进来的公爵，甚至向他迎上两步。公爵走到将军跟前，作了自我介绍。

“那么，”将军问道，“不知有何见教？”

“我没有什么要紧的事情；我的目的只是想跟您认识一下。按说不该冒昧造府，因为我既不知道您哪一天会客，也不知道您的时间如何安排……。可是，我刚下火车……从瑞士来……”

将军正欲莞尔一笑，但稍加考虑后制止了自己；随后又想了一下，略略眯着眼睛把来客从头到脚又打量一番，接着很快地指指一把椅子请他坐，自己坐下时身子稍偏，并且不耐烦地把脸转向公爵。加尼亚站在书房一角的抽屉柜前整理文件。

“我一向很少有时间与人结识，”将军说，“不过您肯定有什么

① 加尼亚是加甫里拉的昵称。

事情……”

“我事先已经料到，”公爵截住对方的话头，“您一定认为我的来访有特定的目的。但是，说真的，认识您是很愉快的，此外我没有任何具体目的。”

“当然，这对我也非常愉快，然而毕竟不能整天找快活，您也知道，有时候也得办理一些事务……。何况，直到现在我还看不出，我们之间有什么共同的地方……或者说，直到现在我还看不出，为了什么缘故……”

“缘故当然没有，共同的地方无疑也很少。因为单就我是梅诗金公爵、尊夫人也来自我们那个族姓来说，当然算不上缘故。这一点我完全明白。不过，我的来意却尽在于此。我离开俄国已经四年多了；而且，我几乎是在神经错乱的状态中出国的！当初我一无所知，如今更加茫然。我需要好人指点；我甚至有件事想找人商量，可是不知道该去找谁。我在柏林就这样想：‘我跟他们差不多是亲戚，先去找他们吧；也许，我们可以互相提供方便，他们为我，我为他们——只要他们是好人。’我听人家说，你们是好人。”

“非常感谢，”将军大为纳罕，“请问，您在什么地方下榻？”

“我还没有在任何地方住下。”

“这么说，您是一下火车就来找我的？而且……带着行李？”

“我的行李总共只有一个小包裹，里边是几件换洗的内衣，旁的什么也没有；平时我就把包裹拿在手里。到晚上再找个旅馆住下也还来得及。”

“您还打算去住旅馆？”

“哦，当然是的。”

“听您的口气，我还以为您是要住在舍下呢。”

“这有可能，但只能是应你们的邀请。我得承认，即使邀请我也不会住下，倒不是由于其他什么缘故，而是……性格上的原因。”

“既然如此，我没有向您提出、也不打算提出邀请——那正合适。公爵，请允许我把话先彻底讲清楚：刚才我们已经取得一致的看法，也就是我们之间完全谈不上亲戚关系，——尽管在相反的情况下我当然会感到不胜荣幸，——那么……”

“那么，就该起来告辞喽？”公爵说着已经离座，尽管他的处境显然十分尴尬，他居然还放声大笑。“说真的，将军，虽则对于此地的风土人情我实际上一无所知，但我料到我们之间一定会出现这样的局面，现在果然出现了。也许，事情只能如此……。你们本来就没有回我的信……。好了，再见吧，请原谅我烦渎了清神。”

此时，公爵的眼神非常温顺，他的笑容绝没有一丝半毫哪怕是隐蔽的恶意，致使将军骤然间克制住自己，并用另一种目光看了看这位客人；神态的转换是在一刹那的工夫中完成的。

“是这么回事，公爵，”他的声音语调已跟刚才完全不同，“我毕竟还不认识您，再说，叶丽扎薇塔·普罗科菲耶夫娜可能想见一见她的本家……。请稍待片刻，如果您愿意的话，如果您有时间的话。”

“哦，我没急事；我的时间完全可以自己支配，”说着，公爵当即把他的宽檐软呢帽放到桌上。“实话对您说，我原本也指望叶丽扎薇塔·普罗科菲耶夫娜也许会记起我曾给她写过信。刚才我在那边等待的时候，府上的仆人怀疑我是来求您接济的；我注意到了这一点，关于这类事情府上大概有严格的指示；但我确实不是为此而来，我确实只想跟人们结识一下。不过，我有些担心自己打扰了您，这使我感到不安。”

“公爵，”将军笑容满面地说，“如果您真是和您给人的印象一致的话，那么，跟您结识将是很愉快的。不过，您得谅解，我是个忙人，我马上又得坐下来看几份东西，签署一些文件，然后要去见伯爵大人，然后再去机关，因此，我虽然欢迎来访的人……我指的是好人……但是……。我确信您有很好的教养，想必……。公爵，请问贵庚是？……”

“二十六。”

“嗬！我还以为要小得多呢。”

"是啊，人家说我相貌比较年轻。至于怎样可以不妨碍您，我很快就能学会，很快就会懂得的，因为我本来就很不喜欢妨碍别人……。还有，我觉得从很多方面看来……我们是大不相同的人，恐怕我们不可能有太多的共同点；然而，最后那句话我自己并不相信，因为往往只是表面上看来没有共同点，其实共同点很多……。人们光看外表把他们自己分成不同的种类，看不到任何相通之处，这是人们的懒惰造成的……。不过，也许我已经开始讨人嫌了吧？您好像……"

"我想问一句：您有没有钱财，哪怕是一小笔？或者，您是否打算从事某项工作？请原谅我如此冒昧……"

"不必客气，我十分欣赏和理解您提的问题。目前我没有任何钱财，暂时也没有任何工作，不过应该做些事情。我花的是别人的钱，是在瑞士给我治病、指导我学习的施奈德教授给我的路费，也只够路上花的，所以现在我剩下的钱总共才几个戈比。是的，我有一件事情需要跟人商量，可是……"

"那么请问，眼下您打算靠什么维持生活？您有过一些什么样的设想？"将军截住了他的话头。

"我想找些工作。"

"哦，原来您是位哲学家；不过……您是否知道自己有什么才具、本领？大小不论，只要是能换衣食的一技之长，有没有？我再次请您原谅……"

"哦，您不用道歉。不，我认为，我既没有才具，也没有特别的本领；相反，因为我是个病人，所以没有受过正规的教育。至于衣食问题，我觉得……"

将军又把他的话打断，又提了一些问题。公爵把已经讲过的情况又讲了一遍。却原来将军听说过已经去世的帕甫里谢夫其人，甚至认识他本人。帕甫里谢夫为什么关心公爵受教育的事，连公爵自己也讲不清楚，——不过可能纯粹由于跟他已故的父亲是老朋友。双亲去世时留下的公爵还是个很小的孩子，他一生都在乡下度过，在乡下长大，因为他的身体需要乡下的空气。帕甫里谢夫把他托付给自己的亲戚——几位女地主；先为他请了一位家庭女教师，后来换一位男教师；公爵说，他虽然什么都记得，但很少几件事能讲清来龙去脉，因为很多事情他自己不理解。经常发作的癫痫把他弄成了一个白痴（公爵确实用了“白痴”这个词语）。最后他讲到，帕甫里谢夫有一次在柏林遇见了施奈德教授，这位瑞士人是专门研究这类病症的，并在瑞士的瓦莱州设有机构，用他的冷水疗法、体操疗法既治痴呆，又治癫狂，同时对病人施教，全面指导病人的精神发展。于是，帕甫里谢夫大约在五年前把公爵送往瑞士教授那里去，可他自己两年前突然死了，事先并没有作好安排。施奈德让公爵在他那里又继续治疗两年，尽管没有彻底治愈，但毕竟大有好处。最后，根据他本人的意愿，加之还冒出一个新情况，现在教授把他送到俄国来了。

将军大为惊讶。

“您在俄国没有熟人？一个也没有？”他问。

“暂时没有，但我希望……而且我收到一封信……”

“至少，”将军没有听清楚末了那句话就打岔，“您是否学过点儿什么？比方说，您的病是否会妨碍您在某个机关里担任某项并不繁重的职务？”

“哦，想必没有妨碍。要是能有个职务，我甚至非常欢迎，因为我自己很想看看自己究竟适合做些什么。我曾经连续学习四年，尽管不太正规，而是按照教授的一套特别方法学的，同时还读了好多俄文书。”

“俄文书？这么说，您是有文化的，能正确书写？”

“哦，完全能够。”

“太好了；书法怎么样？”

“我的书法出色当行。在这方面我也许有才华；我简直是个书法家。请让我马上给您写点儿什么试一试。”公爵劲头十足地说。

“那就偏劳了。这甚至是必要的……。我喜欢您这种直爽的态度，公爵，您的确非常可爱。”

“您此地有这么讲究的文房用具，有这么多铅笔、鹅毛管笔，有这么结实、上好的纸张……。您的书房真是太漂亮了！这幅风景画我知道，这是瑞士的风景。我相信画家是实地写生创作出来的，我相信我见过这个地方——这是在乌里州……”

“完全可能，尽管这画是在此地买来的。加尼亚，给公爵一些纸；这是纸和笔，请到那张小桌子上去写。这是什么？”将军问加尼亚——他刚从公文包中取出一张大尺寸的相片递给将军。“啊，娜斯塔霞·菲立波夫娜！这是她——她自己派人送给你的？”将军热切而又十分好奇地问加尼亚。

“适才我去道贺的时候她给的。我早就请她送一张给我。不知这是不是她暗示我在这样的日子空手前去，没带礼物。”加尼亚脸带苦笑添上末了那句话。

“不，不，”将军很有把握地打消对方的疑虑，“你怎么想到这上头去了，也真是！她怎么会暗示？……她完全不是那种贪财图利的人。再说，叫你拿什么去送礼？那是要花成千上万卢布的！难道你也回赠一张相片？对了，我倒要问你：她还没有要你送相片给她吗？”

“没有，还没有要过；也许永远不会向我要。伊万·费奥多罗维奇，您想必没有忘记今晚的聚会吧？您是在特地邀请的客人中间的。”

“没有忘记，当然没有忘记，我一定去。今天是她二十五岁的生日，怎么能不去！嗯……听着，加尼亚，我来向你透个信儿吧：你得作好准备。她已向阿法纳西·伊万诺维奇和我许诺，今天晚上将在自己家里宣布最后的决定：是或者不！所以你得注点儿意。”

加尼亚忽然着了慌，甚至脸色都有些发白。

“她的的确确是这样说的吗？”他问的时候声音好像颤动了一下。

“前天作的保证。我和阿法纳西·伊万诺维奇一起缠磨了好久，总算逼了出来。只是她要求先别告诉你。”

将军定睛注视着加尼亚；见加尼亚慌成这样，他显然有些不悦。

"伊万·费奥多罗维奇，您一定记得起来，"加尼亚忧心忡忡而又举棋不定地说，"她明明答应过，在她本人拿定主意之前，我有充分的自由作出抉择；即使在她定下主意之后，我还有自己的发言权……"

"你的意思难道是……难道是……"将军蓦地大吃一惊。

"我没有任何意思。"

"天哪，你究竟想跟我们开什么玩笑？"

"我并不是拒绝。也许，我有些词不达意……"

"拒绝？亏你讲得出口！"将军悻悻然说，他甚至不想抑止内心的气愤。"老弟，这可不是你拒绝不拒绝的问题，而是你应该怎样兴冲冲、乐滋滋、喜洋洋地听她宣布决定的问题……。目下，你家里那一头情况怎样了？"

"跟家里有什么相干？家里一切由我做主，只是父亲照例说疯话、干蠢事，反正他已经变成十足的怪物。现在我根本不理他，但牢牢地管着他；要不是看在母亲分上，我早就撵他走了。当然，母亲老是哭哭啼啼；妹妹整天发脾气。不过我终于直截了当告诉她们：我是自己命运的主宰，在家里我要她们……听我的。至少对妹妹我把这番话毫不含糊地都说了，当着母亲的面说的。"

"可是，老弟，我仍然不明白，"将军稍稍耸了耸肩膀，略微摊开两只手，若有所思地说，"你母亲尼娜·亚历山德罗夫娜前些日子来过——你记得是哪一天来的吗？她也唉声叹气。我问她：'您怎么啦？'她说这件事好像会使他们**丢丑**。请问，这有什么丑可丢的？有谁能在哪一点上指责娜斯塔霞·菲立波夫娜，或者她有什么地方会遭人物议？难道指责她跟托茨基相好？然而这纯粹是无稽之谈，在某种情形下尤其荒谬！你母亲对我说：'您不是不让她跟您的女儿接触吗？'真是天晓得！这位尼娜·亚历山德罗夫娜！怎么这样缺乏，怎么这样缺乏……"

"……自知之明？"加尼亚向一时找不到适当措辞的将军提示道。"她明白；您不必生她的气。后来我立即给了她一顿抢白，叫她不要管别人的事。不过，我们家直到现在还是这么个状态：最后的决定尚未宣布，可是风暴在酝酿中。如果今天宣布最后决定，那就势必要摊牌。”

公爵坐在书房一角作书法试笔的时候，这次谈话他都听见了。他写完以后，走到桌子跟前递上一张纸。

“这就是娜斯塔霞·菲立波夫娜？”他好奇地仔细看了看相片说，“漂亮得出奇！”他随即补上一句，语调中热情洋溢。

相片上的女人的确艳光袭人。她照相时穿一条黑绸连衣裙，款式非常优美大方；头发大概是茶褐色的，梳理成朴素的家常模样；眼睛黑而且深，脑门作沉思状；面部表情似乎有些傲慢。她的容颜稍稍偏瘦了些，也许还欠红润……。加尼亚和将军惊异地望着公爵……

“娜斯塔霞·菲立波夫娜！怎么，难道您连娜斯塔霞·菲立波夫娜都已经知道了？”将军问。

“是的；我进入俄国才一昼夜，可已经知道有这样一位大美人。”公爵答道，接着就谈了遇见罗果仁的经过，还把他讲的故事从头至尾复述一遍。

“这倒是新闻！”将军聚精会神听完故事之后，又忐忑不安起来，并以探测的目光看了看加尼亚。

“八成是胡闹，”加尼亚嘟哝道，他也感到有些窘，“无非一个商人的儿子摆阔而已。我已经听到过有关他的一些情况。”

“我也听说过，老弟，”将军接着说，“就在耳坠子的故事发生之后，娜斯塔霞·菲立波夫娜马上讲了它的始末经过。不过现在已经是另一个问题。也许这里头确实是百万家私和……热情在起作用，就算是卑下的情欲吧，毕竟也是热情，而这些个大爷们一旦给迷昏了头，是什么都干得出来的！……嗯！……但愿不要闹出什么丑闻来！”将军心事重重地结束了这一番话。

“您担心百万家私在起作用？”加尼亚似笑非笑道。

“你当然不担心喽，是不是？”

“公爵，”加尼亚忽然问他，“您觉得，这是个正经人，还是荒

唐鬼？您的看法如何？”

加尼亚提这个问题时，内心的活动不同寻常。好像有一个奇特的新主意在他头脑中给点亮了，并且迫不及待地从他眼睛里闪闪发光。将军倒是实在而认真地着了急，同时乜斜着眼睛也向公爵这边瞧，但似乎并不寄厚望于他的回答。

“我不知道该怎么对你们说，”公爵答道，“只是我觉得他的热情非常强烈，甚至近乎病态。而且他的模样也还完全像个病人。很可能他在彼得堡几天之内又会病倒，如果他纵情玩乐，那就尤其难免。”

“哦？您觉得如此？”将军立刻抓住这一设想不放。

“是的。”

“不过，像这类丑闻不是过几天才发生，而是在今晚以前就可能闹出什么花样来。”加尼亚向将军淡然一笑。

“嗯！……当然……。有可能。那就一切都取决于她心血来潮时产生什么想法。”将军说。

“她有时候是怎么样的，您还不知道？”

“你说她是怎么样的呢？”心烦意乱达于极点的将军又举目望着他，“听我说，加尼亚，今儿个你别太跟她怄气，要尽量……尽量那个那个……总而言之，要尽量顺着她……。嗯！……你的嘴干吗撇成这样？我倒要问一下，加甫里拉·阿尔达里昂诺维奇，现在问正合适，甚至非常合适：我们辛辛苦苦为了什么？你是明白的，在这件与我有利害关系的事情上，我自己的利益早就得到保障；不管我用什么方式处理这件事，都不会损害我的利益。托茨基已不可动摇地拿定了主意，因而我也完全放了心。由此可见，我现在如果有什么愿望的话，唯一的愿望就是让你得到好处。你自己不妨斟酌一番；难道你还信不过我？何况你是一个……一个……总而言之，你是一个明智的人，我对你抱着希望……而在目前的情况下，这一点是……这一点是……”

“这一点是主要的。”加尼亚再次帮找不到适当措辞的将军把一句话说完，并且撇嘴做出他已不想掩饰的极其刻毒的冷笑。他用一双发红的眼睛直盯着将军的脸，简直是要对方从这目光中看到他的全部思想。将军满面通红，怒形于色。

“确实如此，明智是主要的！”他表示同意，并瞪出眼睛望着加尼亚。“你这个人真可笑，加甫里拉·阿尔达里昂诺维奇！我看得出来，你听说了那个商人小子的事儿，好像挺高兴的样子，觉得这是你的一条出路。在这个问题上，恰恰需要从一开始就本着明智的态度行事；在这个问题上必须通情达理……双方开诚布公，要不也得……预先打个招呼，免得别人名誉受损，更何况曾经有充裕的时间这样做，甚至现在也还来得及，”将军意味深长地把眉毛一扬，“尽管只剩下几个小时了……。你明白不？明白不？你到底愿意不愿意？要是不愿意，你就说，尽说无妨。没有人强迫你，加甫里拉·阿尔达里昂诺维奇，没有人硬拉你上当，如果你认为其中有诈的话。”

“我愿意。”加尼亚声音很轻、但语气坚决地说，接着就低首垂目，保持阴郁的沉默。

将军满意了。适才将军冒了点儿火，但显然已经后悔自己走过了头。他忽然转身面向公爵，脸上似乎闪过一种杌陧不安的表情：他猛想起刚才公爵在场，毕竟听见了以上的对话。但他旋又宽了心：只要向公爵瞧上一眼，就可以完全放心。

“哦呵！”将军看着公爵提供的书法样品失声惊叹，“这简直像供人临摹的字帖！而且是不可多得的好字帖！加尼亚，你瞧瞧，真是天才！”

公爵在一张质地致密的高级厚纸上用中世纪俄文字体写下这样一个句子：

修道院长帕弗努季敬署[①]

① 帕弗努季，14 世纪俄国东正教会著名修士，曾在科斯特罗马省楚赫洛马县内维加河岸上创办一座修道院。

“这几个字，”公爵非常乐意而且兴致勃勃地解释道，“宗的是十四世纪修道院长帕弗努季亲笔签署的手迹。我国历史上那些老修道院长和老主教，都有一手出色的书法，他们的签名往往优美绝伦、匠心独运！将军，您这儿有没有波果晋版本[①]？此外，我在这里还写了另一种字体；这是上个世纪法国的大圆体，某些字母的写法也不一样，叫作广场体，或者代笔文书体，是从样本上临摹来的（我有一份样本），——不能否认，这种字体有一定的优点。请看这几个圆圆的 ∂ 和 α。我把法兰西风格移植到俄罗斯字母上，这是非常困难的，可效果很好。底下是又一种漂亮而独特的字体，瞧这一句：‘勤奋无坚不摧’。这是俄罗斯书吏的字体，或者可以说是军中文书体。向要人正式呈文就得这样写，这也是圆字体，绝妙的黑体，笔粗字浓，但风骨不凡。真正的书法家也许不要这些花笔道，说得确切一些是不作耍花笔道的尝试，瞧见没有，就是这些没翘起来的半吊子尾巴在书法家笔下是不会有的；而总的说来，请看，这毕竟构成一种风格，军中文书的全部特征跃然纸上：手痒痒地很想要一些花笔道，显一显才华，奈何军服的领子搭钩扣得紧紧的，从字迹中也看得出军纪森严，——真是妙！前不久有一份样本给了我极其深刻的印象，那是我偶然发现的，您猜是在什么地方发现的？在瑞士！再请看这种朴素、平常而又地道的英国字体：那艺术可称登峰造极，真如珠走玉盘，琳琅满目，令人叹为观止。而这是前者的变体，又是法国式的，我从一位法国推销员那儿模仿了这一手，请看：架子同英国字体一样，但黑笔道比英国体稍微浓一些、粗一些，明暗匀称便给破坏了。还请注意：卵形变得更圆了些，加上不排斥花笔道，而花笔道这玩意儿是极其危险的！耍花笔道切忌流于庸俗；不过，一旦花笔道运用得法，达到均衡匀称，那么，这种字体就是无与伦比的了，简直能爱煞人。”

“哦呵！您谈得精妙入微，”将军笑道，“亲爱的，您不仅是一位

---

① 俄国历史学家米·彼·波果晋（1800—1875）于 1840—1841 年刊印的两册《斯拉夫-俄罗斯古书法范例》，收集了一些古代俄文手稿中的字体样本。

书法家，您端的是一位艺术家！加尼亚，你说是不？”

“了不起，”加尼亚说，“甚至已经意识到将来靠它走马上任。”他揶揄地笑着添上一句。

“你笑吧，笑吧，可这确实是一架直上青云的梯子，”将军说，“公爵，您猜我们想要您给什么人写一些东西？依我看，一开始给您定三十五卢布的月薪也完全可以。不过，现在已经十二点半了，”他看了一下时间，“干起来吧，公爵，因为我的时间很紧，今天我也许不跟您见面了！先请坐一会；我已经向您解释过了，我不可能接待您次数太多；但我真心诚意愿帮您一点儿忙，当然只是一点儿小忙，也就是说，向您提供最必需的实惠，其余的就请自便。我可以在机关里给您找一份不是很吃重、但需要精细准确的差事。现在谈下面的问题：我来给您介绍一下我的这位年轻朋友加甫里拉·阿尔达里昂诺维奇·伊沃尔京，他的母亲和妹妹在他们家里腾出了两三间带家具的屋子，出赁给有可靠人介绍的房客，兼包伙食杂役。经我介绍，我相信尼娜·亚历山德罗夫娜一定会接受的。公爵，对您来说，这甚至比挖到一处宝藏更可贵，首先因为这样您就不再孤单，可以说是置身于一个家庭之中，而依我看，您一开始不能只身出现在彼得堡这样的都城。加甫里拉·阿尔达里昂诺维奇的母亲尼娜·亚历山德罗夫娜、妹妹瓦尔瓦拉·阿尔达里昂诺夫娜，是我非常尊敬的两位女士。尼娜·亚历山德罗夫娜的丈夫、退休将军阿尔达里昂·亚历山德罗维奇，过去是我初进军界时的同僚，不过，由于某些原因，我跟他中断了交往，但这并不妨碍我对他怀有一定的敬意。公爵，我向您说明这一切，是要您明白：既然我亲自充当您的介绍人，那就意味着我要为您作保。收费是十分公道的，但愿您的薪俸不久便足够对付必要的开支。当然，一个人也需要零花，哪怕一点儿也好；但是，请不要见怪，公爵，我劝您最好还是免去一切零花，索性兜里不带钱。我是凭您给我的印象说这话的。不过，由于眼下您的钱包空空如也，那么，作为一个开端，请允许向您提供这二十五个卢布。当然，将来您可以还我，只要您真是一个至诚老实人，同别人从言语得到的印象一致，那么，咱们之间不可能发生麻烦。我之所以这样关心您，是因为我想在您身上打些个主意；以后您自会明白。您瞧，我对您极其坦率；加尼亚，我把公爵安顿在你们家里，我想你不会反对吧？”

“哦，恰恰相反！家母一定非常高兴……”加尼亚很有礼貌而且很客气地表示同意。

“你们家里好像还只赁出去一间屋子。那个……那个……他叫什么来着？……那个菲尔德……菲尔……”

“菲尔狄宪柯。”

“对；你们那个菲尔狄宪柯我不喜欢：他像个厚脸皮的小丑。我不明白，为什么娜斯塔霞·菲立波夫娜那样纵容他？难道菲尔狄宪柯跟她果真是亲戚？”

“不，不，那完全是开玩笑！他们半点儿亲也不沾。”

“嗽，就让他见鬼去吧！那么，公爵，您觉得怎样呢？您满意不满意？”

“谢谢您，将军，您对我太仁慈了，尤其在我甚至还没有提出请求的情况下；我说这话并非出于自尊；我确实是求告无门。诚然，刚才罗果仁曾叫我到他家去。”

“罗果仁？哦，不；我要以父辈的身份——或者以朋友的身份，如果您认为这样更合适的话——奉劝您还是把罗果仁忘掉为好。反正我劝您今后尽量靠拢您即将住进去的那户人家。”

“既然蒙您如此厚爱，我有件事奉告。我接到通知……”公爵刚欲开口。

“哦，请原谅，”将军立即打断他的话头，“现在我连一分钟都不能耽搁了。我这就去把您的事告诉叶丽扎薇塔·普罗科菲耶夫娜。如果她愿意马上见您（我在介绍的时候竭力使她对您有个好印象），那么，我建议您抓住机会赢得好感，因为叶丽扎薇塔·普罗科菲耶夫娜会对您非常有用：你们不是本家吗？要是她不愿见，请勿见怪，慢慢自有机会。加尼亚，你先把这些账目看一下，刚才我跟费多谢耶夫算了好半天。别忘了把这几笔账加进去……”

将军走了出去，公爵先后有三四次启齿欲提的那件事始终没能谈出来。加尼亚点了支烟卷，并向公爵也敬一支；公爵受了下来，但并不开始攀谈，怕妨碍人家工作，所以在书房里四下观望。然而加尼亚对于将军要他看的一张写满数字的纸几乎连正眼也不给一个。他心不在焉；等到书房里只剩下他们两人的时候，公爵觉得加尼亚的微笑、眼神和若有所思的表情更令人不安了。忽然，他走到公爵跟前；其时公爵又站在娜斯塔霞·菲立波夫娜的相片旁边，正在仔细端详。

“公爵，您喜欢这样的女人？”加尼亚以犀利的目光审视着公爵，突然问道。他仿佛抱有某种奇特的打算。

“多么奇妙的容貌！”公爵回答说，“我相信，她的命运一定也不寻常。从脸上看好像挺快活，可她的经历痛苦得可怕，是不是？透露消息的是她的眼睛，还有这两根颧骨，以及面颊上端、眼睛下面这两个点儿。这张脸的主人自尊心很强，强得可怕，但不知她心地是否善良？但愿心地善良就好！这样一切都可以得到弥补！”

“**您**是否愿意跟这么一个女人结婚？”加尼亚继续提问，同时用灼热的目光直盯着他瞧。

“我不能跟任何人结婚，我有病。”公爵说。

“您认为，罗果仁愿不愿意娶她？”

“要说娶她，我认为罗果仁明天就可以这样做；然而，过一个星期恐怕就会杀死她。”

公爵的话刚刚出口，加尼亚猛然打了个寒战，公爵几乎失声惊呼。

“您怎么啦？”公爵抓住他的一只手问道。

“公爵阁下！将军阁下请您去见将军夫人。”出现在门口的侍从报道。于是公爵跟随侍从前往。

四

叶班钦将军的三位小姐个个发育良好、体格健壮，如鲜花怒放：

肩膀优美，胸脯丰满，胳臂力大如男儿；当然，由于她们身强力壮，她们有时喜欢痛痛快快地吃，而且对此完全不想加以掩饰。她们的妈妈、将军夫人叶丽扎薇塔·普罗科菲耶夫娜见她们如此放纵食欲，也会不以为然，但由于女儿对待她的一些意见尽管表面上恭敬，其实母训在她们中间早已失去了最初那种无可争议的权威，甚至到这种程度：三位小姐事事处处协同一致的联合行动，已逐渐占据上风，将军夫人为自身的尊严计，觉得还是退让不争为上策。诚然，她的性格往往不愿听从理智的抉择；叶丽扎薇塔·普罗科菲耶夫娜一年比一年变得任性、急躁，简直成了个怪人，但因为身边毕竟还有个依头顺脑的丈夫，所以，憋着的气通常都出到他的头上，然后家中又恢复亲睦和谐，其乐融融。

其实，将军夫人自己的食欲也不减退，平日总是和女儿一起在十二点半共进差不多同正餐一样丰盛的午间小膳。小姐们十点正刚醒过来就在床上先喝一杯咖啡。她们喜欢这样，于是便成了一条规矩。十二点半，在靠近妈妈房间的小餐厅开饭，假如时间容许，将军本人有时也参与这没有外人在座的家庭午膳。除了茶、咖啡、干酪、蜂蜜、黄油、肉排、将军夫人自己喜爱的特制果馅煎饼等以外，甚至还有用鸡或肉熬得又浓又热的清汤。在我们的故事开始的那天中午，母女们正聚集在小餐厅里等候答应十二点半前来的将军。哪怕只过一分钟他还未到，这里立即会差人去请；但是将军准时来了。这一回，将军走过去向夫人问候并吻她的手时，发现夫人脸上的神色颇有些异样。尽管将军昨天就预感到，这是某一件“趣闻”（据他本人的习惯用语）今天势必激起的反应，所以头天入睡前已为此杌陧不安，然而此刻仍不免胆怯。三个女儿一一走过来和父亲接吻；她们虽然不生他的气，但态度也有些异样。由于某些原因，将军固然有点儿神经过敏；不过，他毕竟是个老练的父亲和丈夫，所以旋即采取措施。

在此，笔者想停下来作一些说明，把本书开卷时叶班钦将军一家处于什么样的关系之中和什么样的情况之下，直截了当地交代清楚，也许无损于我们的故事给读者比较鲜明的印象。前文曾经提及，将军本人虽然没有受过太多教育，相反是个如他自己所说的“无师自通的人”，不过，作为丈夫却是经验丰富，作为父亲可称手段高明。比方说，他素来不催促女儿出嫁，也就是不去“讨她们的嫌”，不过分为她们的幸福操碎一片充满父爱之心致使她们不得安宁，而这恰恰是凡有女大当嫁的家庭无不发生的现象，甚至一些深明事理的家长也不自觉并且很自然地这样做。在将军的循循善诱下，连叶丽扎薇塔·普罗科菲耶夫娜居然也接受了他那套办法，虽然总的说来相当费事，——之所以费事，是因为不合常情；可是将军的论据非常有力，都建立在看得见、摸得着的事实基础上。说到底，姑娘们被赋予充分的自主权以后，自然不得不自己审时度势，事情必定大有进展，因为那时她们会把撒娇撒痴和挑精拣肥的脾性搁置一旁，乖乖地行动起来。做父母的只消比较警觉而又尽可能不动声色地注意，勿使作出奇怪的选择或发生不自然的偏差，然后抓住适当的时机一下子倾全力相助，运用全部影响拨正事态的发展趋向。别的不说，他们的财产和社会势力每年都在按几何级数递增，单单这一点就表明：随着时间的推移，姑娘们会得到愈来愈大的好处，即使作为待嫁的新娘亦然。但是，在这些无可置辩的事实中间，也夹杂着这样一个事实：大小姐亚历山德拉忽然满了二十五岁，几乎完全出人意表(这种事照例如此)。差不多与此同时，阿法纳西·伊万诺维奇·托茨基这位关系通天、财富惊人的上层社会名流，又表现出他由来已久的结婚愿望。此公行年五十有五，具有艺术家的气质和高雅脱俗的鉴赏力。他想结一门好亲；他又是一位不寻常的审美行家。从某个时候起，他和叶班钦将军成了莫逆之交，这种友谊因他们共同参与某些金融大计而格外得到加强，所以托茨基曾以征求友好忠告和请教的方式同将军谈过：他娶将军的一个女儿为妻这种设想是否可行？这一下，在叶班钦将军恬适如款款流水的家庭生活中，出现了一个显而易见的转折点。

前边已经说过，三小姐阿格拉雅是家中无可争议的美人。然而，连极端自私的托茨基自己也懂得，他不应该朝这个方向去找，对阿格拉雅不存非分之想。也许，两位姐姐对小妹妹多少有些盲目的钟爱和过于热烈的友情起了推波助澜的作用，反正她们已本着无比真诚的态度预先议定：阿格拉雅的命运不能等同于一般，而应尽可能合乎人间天堂的理想。阿格拉雅未来的夫婿必须各方面尽善尽美、一帆风顺，财富自不必说。两位姐姐甚至没有多费言辞就相互取得默契：必要时她们可以为阿格拉雅作出牺牲：打算让阿格拉雅得到一份令人咋舌的陪嫁。父母知道两个大女儿的这一默契，故而当托茨基提出咨询时，他们几乎确信，两个姐姐中的一个想必不会拒绝满足他们的愿望，何况阿法纳西·伊万诺维奇在陪嫁问题上不能斤斤计较。将军本人凭他独具的世故当即认为托茨基提出的建议有极高的价值。托茨基自己碍于某些特殊情况，目前步步留神、处处小心，还在试探虚实，所以做父母的把这件事也仅仅作为非常遥远的设想提供女儿考虑。她们对此作出的表示尽管也不十分明确，但至少是令人宽心的：大小姐亚历山德拉大概不会拒绝。这位姑娘虽有坚毅的性格，但心地善良、头脑清醒，非常容易相处。她甚至会心甘情愿地嫁给托茨基；要是她答应了，一定会诚实地履行诺言。她不喜欢招摇，非但不会制造麻烦和兴风作浪，还能把生活安排得甜蜜而宁静。她的模样长得挺不错，尽管并不那么光彩夺目。对于托茨基来说，还能有什么比这更好的？

然而，事情依然处于摸索阶段。托茨基与将军彼此友好商定：在时机成熟之前，要避免采取任何正式的、不可挽回的步骤。连做父母的也还没有打开天窗同女儿们谈过；家庭气氛中好像开始出现某些不谐和的因素：作为母亲的叶班契娜将军夫人不知何故显得快快不乐，而这一点非常重要。有一个妨碍一切的情况，一桩复杂而又麻烦的劳什子，可能成为导致全局糟得不可收拾的祸根。

这桩复杂而又麻烦的“劳什子”（托茨基本人语）由来已久，大概有十八年了吧。阿法纳西·伊万诺维奇在俄国中部某省拥有好几处极其富庶的田庄，其中一处的紧邻却是位穷得要命的小地主。此人的特点乃是连年蹇剥，运气之坏几乎到了令人难以置信的地步。他是个退役军官，叫菲立普·亚历山德罗维奇·巴拉什科夫，名门贵族出

身——在这一点上比托茨基还略胜一筹。他终年债台高筑，家产几经抵押，自己差不多像农奴一样吃苦打熬了许久以后，总算把他那个小小的田庄惨淡经营得差强人意。只要稍有一点点顺利的事情，他便大为振奋。有一次，他就是在精神振奋、满怀希望的情况下，离家数日到县城里去见自己的债主大户之一，如果可能的话，准备跟他一举谈妥。在他进城的第三天，他那个小村庄的村长骑马赶到他的住处，带着烫伤的一侧脸颊和烧焦的胡子通知他说，头天正午时分“庄院失火给烧了”，而且“太太也烧死了，孩子们倒没事儿”。巴拉什科夫一向习惯于给命运之神揍得鼻青眼肿，可是连他也禁不起这次意外的打击。他先是发了疯，一个月以后便死于谵妄。焚毁的田庄连同沦为乞丐的农奴通通变卖抵债；巴拉什科夫的两个小女孩，一个六岁，一个七岁，由阿法纳西·伊万诺维奇·托茨基慷慨地加以收养并给以受教育的机会。阿法纳西·伊万诺维奇的管事是个家口众多的退职官吏，还是个日耳曼人；那两个孤女就跟管事的孩子一起受教育。不久，两个女孩只剩下了一个娜斯珈，小的一个死于百日咳；托茨基自己住在国外，很快就把那两个孤女的事忘得一干二净。五年以后，有一次阿法纳西·伊万诺维奇趁顺道之便，想起到他那处田庄去瞧瞧，不意在他的乡间宅院里发现日耳曼管事的一家人中有个非常可爱的女孩子，估计在十二岁上下，长得聪明活泼，讨人喜欢，将来定能出挑成一个非凡的美人；在这方面阿法纳西·伊万诺维奇的眼力是万无一失的。这一回他在田庄上总共只待了几天，但已经作好安排。对此女孩的施教方式发生了重大变化：请来的一位上了年纪的家庭教师是个有学问、可尊敬的瑞士妇女，她在对女孩子实施高等教育方面颇有经验，除了法语，还能教授其他多种课程。她在乡间宅院里住了下来，于是小娜斯塔霞的学业状况大大改观。整整过了四年，这一段教育过程告终，家庭教师走后，由一位女地主来把娜斯珈接去。这位太太的田庄也和托茨基先生的田庄毗邻，不过在遥远的他省。她是受阿法纳西·伊万诺维奇的嘱托来领娜斯珈的。托茨基在那处田庄也刚造好一座木屋，虽然不大，但布置得特别雅致，而且那个村子也好像故意似的给取名为快活村。女地主把娜斯珈直接带到这座幽静的小屋里，由于她自己是个没有孩子的寡妇，家离此只有一里地，她便搬来和娜斯珈住在一起。娜斯珈身边多了一个老年管家妇和一个有经验的年轻侍女。屋内备有各种乐器、一套为少女精选的藏书、绘画、版画、铅笔、画笔、颜料、一只奇妙的哈巴狗；两个星期以后，阿法纳西·伊万诺维奇亲自驾临……。从此，他好像特别喜爱地处偏僻草原的这个小村子，每年夏季都要去住上两个月，甚至三个月。这种优哉游哉而又清雅脱俗的日子过了相当长一个时期，大概有四年之久。

某一年，阿法纳西·伊万诺维奇夏天的快活村之行为时仅两星期；约莫在四个月以后的初冬季节，有消息传来，或者说得确切些是娜斯塔霞·菲立波夫娜不知怎的风闻，阿法纳西·伊万诺维奇要在彼得堡同一位既漂亮又有钱的名门之女结婚，——总之，要攀一门赫赫炎炎的美亲。事后方知这消息在一些细节上并不确实；这门亲事当时还只是在拟议中，一切都未定局，但是娜斯塔霞·菲立波夫娜的命运却从此发生非同小可的转折。她一下子显示出不寻常的决心，表现了完全出人意料的性格。她没有多加考虑，就离开那座乡村小屋，只身来到彼得堡，突然出现在托茨基的面前。阿法纳西·伊万诺维奇大为惊讶，刚欲开口，可是没说上半句话便发现，他必须彻底改变迄今为止在运用上一直得心应手的词汇、语调、过去娓娓清谈的那些话题，还得改变逻辑——总之，一切的一切都不适用了！坐在他面前的完全是另一个女人，丝毫不像托茨基迄今所了解并且仅在当年七月份离开快活村时与之分手的那个姑娘。

首先，托茨基发现，这个与先前判若两人的女性知道得非常之多，懂得也非常之多，——她何从获得如许知识，何从形成这般准确的概念，委实令人深感诧异。（难道通通来自那套少女的藏书？）不仅如此，她甚至在法律方面也懂得好多好多，即便算不上深谙世故，至少对世间某些事情的趋势动态相当了解。其次，她已经完全不是过去那种性格，不再那样腼腆，不再像女学生那样变幻不定：时而别树一帜地天真活泼、讨人喜欢，时而忧郁、沉思、多怪、善疑、好哭、不安。

不：现今在托茨基面前哈哈大笑并用最尖刻的语言讽刺挖苦他的，是一个不能用常规加以揣度的人物，这个人物公开向托茨基表示，自己心中对他从来没有别的感情，只有无比深刻的蔑视，蔑视到恶心的程度。最初，她对托茨基一度感到惊异，但随后便只有蔑视。这位全新的女性宣称，托茨基无论娶什么人，哪怕马上结婚，她都毫不在乎，但她此来的目的却是阻挠托茨基攀这门亲，为了泄愤而加以阻挠，唯一的原因是她要这样，于是就得这样，——“哪怕只是痛痛快快把你耍笑一场也是好的，因为现在我终于也想笑了。”

至少她是这样说的；也许，她并没有把头脑里所有的想法通通抖出来。然而，当这位换了一个人似的娜斯塔霞·菲立波夫娜纵声笑着如此表态的时候，阿法纳西·伊万诺维奇在暗自考虑这件事情，尽可能把自己的一些纷乱的想法理出个头绪来。这番思考花了不少时间；他权衡再三，斟酌了差不多有两个星期。但两星期后他作出了决定。当时阿法纳西·伊万诺维奇已年近五十，他是一个高度持重而又定了型的人。他在社会上的地位早已固若金汤。他对本人、对自己的安宁和舒适爱得比世上的一切更甚，看得比世上的一切更重，这才符合十足正派人的身份。他倾注了毕生精力得有今天这般美妙的一切，决不容许遭到丝毫的破坏，发生丝毫的动摇。而另一方面，经验以及看问题的深远眼光很快而又异常准确地告诉托茨基：他现在的对手极不寻常，这正是那种不仅仅口头威胁而且一定会付诸行动的主儿，最根本的一点是她不会在任何障碍面前却步，尤其因为世上的一切在她心目中都不值得珍爱，所以甚至无法引她上钩。这里头显然另有文章，可能精神上或心底里翻腾着浑浊的汤浆，——类似某种浪漫主义的愤恨（天知道恨的是谁，天知道为什么愤恨），某种无法满足而又完全出格的鄙薄感，——总之是极端可笑和不容于上流社会的想法、做法，任何正派人遇上这么个主儿准是倒了八辈子的霉。不言而喻，凭着托茨基的财势，略施小技干一桩不足挂齿的坏事，便可以立即摆脱麻烦。而另一方面则很清楚，娜斯塔霞·菲立波夫娜若想损害他——比如说，哪怕只是法律意义的损害——几乎完全不可能；甚至闹它个满城风雨都做不到，因为只消一举手之劳就能永远把她排除。然而这一切只适用于如下的情况，即：娜斯塔霞·菲立波夫娜决定像一般人在类似处境中那样采取不过分越出常轨的行动。但是，托茨基准确的眼光在这里发挥了作用：他猜透娜斯塔霞·菲立波夫娜自己也清楚地了解，她在法律上完全无能为力；然而在她头脑里以及……一双亮闪闪的眼睛里酝酿的根本不是那么回事。娜斯塔霞·菲立波夫娜既然什么都不在乎，更不珍爱自己（在这个当儿，必须具有十分清醒的头脑和非常敏锐的洞察力，才能认识到她早已把自身置之度外，否则，像托茨基这样一个玩世不恭的怀疑论者，是不会相信她的感情要认真对待的），她有可能以无法挽回和不可收拾的方式毁掉自己，即使去西伯利亚服苦役也在所不惜，只要能羞辱那个她恨不得食其肉、寝其皮的人。阿法纳西·伊万诺维奇从不隐瞒自己胆比较小，或者称作高度保守更恰当。比方说，假若他知道，在举行婚礼的时候有人要杀死他，或对他采取类似的在社会上被认为不体面、不愉快、不像话的做法，那么，他当然害怕，但与其说怕的是自己被杀，或受伤流血，或脸上给当众啐唾沫，等等，等等，毋宁说怕的是叫他以这样乖戾矫情的方式受辱。可这恰恰是娜斯塔霞·菲立波夫娜会采取的行动，尽管还没有说出来；托茨基知道娜斯塔霞·菲立波夫娜把他看透了，对他了如指掌，也就是说，知道如何击中他的要害。由于亲事确实还仅仅是设想，阿法纳西·伊万诺维奇便低首下心，向娜斯塔霞·菲立波夫娜作了让步。

促使他作出这一决定的还有一个情况：很难想象，现在的娜斯塔霞·菲立波夫娜与从前的她面貌差异竟大到这种程度。从前，她只是一个长得挺好看的小姑娘，可现在……。托茨基久久不能原谅自己看了四年居然始终没有看清楚。诚然，很大一部分原因可归结于彼此内心都在发生急剧转折这一点。不过，他回忆起以前也有一些短暂的瞬间，例如在看那双眼睛的时候，他曾产生若干奇怪的想法，似乎从中预感到某种深邃而神秘的幽暗。那双眼睛看起人来，好像出谜题要人猜。最近两年，托茨基常常惊诧于娜斯塔霞·菲立波夫娜面色的变化；她变得全无血色，可是说也奇怪，她竟因此而显得更美。同所有一生纵情声色的体面人一样，托茨基起初带着不屑的心情认为，他把这个处子弄到手实在便宜；最近，他对自己这种观点却有些怀疑起来。不管怎样，这年春天他就拿定主意，准备不久把娜斯塔霞·菲立波夫娜嫁一个在他省任职的明事理的正派人，婚事要办得像样，陪嫁也决不菲薄。（哦，这件事现在竟招来娜斯塔霞·菲立波夫娜如此刻毒的嘲笑！）但如今阿法纳西·伊万诺维奇已对她刮目相看，甚至认为他可以重新利用这个女人。他决定让娜斯塔霞·菲立波夫娜迁居彼得堡，为她提供奢华而舒适的享受。即便失之东隅，亦可收之桑榆：在特定的圈子内，可以把娜斯塔霞·菲立波夫娜作为炫耀的手段来满足自己的虚荣心。阿法纳西·伊万诺维奇把他在这方面的名气看得极重。

五年彼得堡的生活过去了，在这段时间内许多事情已成定局。阿法纳西·伊万诺维奇的处境并不美妙；最糟糕的是，他做了一次胆小鬼以后，再也无法恢复自信。他害怕——甚至自己也不知道究竟为什么，——反正他就是怕娜斯塔霞·菲立波夫娜。头两年中有一个时期，他怀疑娜斯塔霞·菲立波夫娜自己有意同他结婚，但由于极度爱面子而保持沉默，顽固地等待他主动求婚。这应该是奇怪的妄想；阿法纳西·伊万诺维奇皱眉蹙额，日坐愁城。忽然，通过一个偶然的机会，他确信即使他主动求婚，也会遭到拒绝，这使他惊讶不置而又或多或少感到不悦（人的心便是这样！）。他有很长一段时间不能理解这一点。他认为唯一可能的解释是：“一个遭欺侮的不可思议的女人”自尊心强到这般疯狂的程度，竟然宁可借鄙夷的拒绝出一时之气，也不愿确定自己终生的地位，获得高不可攀的尊荣。最糟糕的是，娜斯塔霞·菲立波夫娜占了极大的上风。以利作饵，甚至以厚利作饵，她不上钩；她虽然接受了为她提供的享受，但自奉甚薄，五年来几乎毫无积攒。阿法纳西·伊万诺维奇为了砸碎自己身上的锁链，曾冒险施展十分狡猾的招数，用不易察觉的巧妙手段，通过种种最理想的对象去诱惑她；但是，任何十全十美的理想——无论王孙公子、轻骑兵还是使馆秘书，无论诗人还是小说家乃至社会主义者，——娜斯塔霞·菲立波夫娜对之一概无动于衷，仿佛她的心是一块石头，感情已经永远枯死。她大部分时间离群索居，看看书，甚至还学一些东西，也喜欢音乐。她很少与人交往，认识的只是一些公务员的妻子，她们大都又穷又可笑，还有两个女戏子和几个老妇人；她挺喜欢一位可敬的教师家口众多的一门，这一家子对她也十分喜爱，竭诚欢迎。晚上，经常有五六个熟人上她那儿去，但不再多。托茨基来得很勤，很有规律。最近，叶班钦将军好不容易才结识了娜斯塔霞·菲立波夫娜。在这同时，一个很年轻的公务员，姓菲尔狄宪柯的，却不费吹灰之力也结识了她，那是个非常不体面的厚脸皮小丑，一副做作的乐天派姿态，喜好杯中物。她的相识中有一个奇怪的年轻人，姓普季岑，文质彬彬、谨小慎微、仪表焕然，他出身贫穷，如今成了高利贷者。最后，加甫里拉·阿尔达里昂诺维奇也成为她家的座上客……。到头来，娜斯塔霞·菲立波夫娜获得了一种奇怪的名声：大家都知道她很美，但仅此而已；关于她，谁也没有什么可自夸的，谁也没有资格说三道四。这样的名声、她的教养、高雅的风度、机智的谈吐——这一切最终把阿法纳西·伊万诺维奇确立在一定的位置上。正是在这个当儿，叶班钦将军开始以极不寻常的积极姿态插手此事。

当托茨基诚诚恳恳地就将军某一位千金的终身大事向他征求意见时，即刻以最高尚的方式向将军作了最彻底和坦率的自供。他表示已下定决心**不惜通过任何手段**获得自由；因为，即使娜斯塔霞·菲立波夫娜亲口向他宣布今后他可以高枕无忧，他也安宁不下来；他认为空口无凭，需要最切实的保证。阿法纳西·伊万诺维奇和伊万·费奥多罗维奇两相谈妥，决定协同行事。最初打算先试试最软的手段，纯粹指望触动所谓“崇高的心弦”。他们一同去见娜斯塔霞·菲立波夫娜，托茨基开门见山地向她表示自己的处境狼狈得无法忍受。他把一切都归咎于自己；他坦率地说自己对待她的做法谈不上悔不当初，因为他是个不可救药的好色之徒，无法控制自己，但现在他想结婚，而这桩门当户对的体面亲事能否成功，决定权握在娜斯塔霞·菲立波夫娜手里——总而言之，他期待着娜斯塔霞·菲立波夫娜大发慈悲、高抬贵手。接着，叶班钦将军开始以父辈的身份劝说，措辞在理得体，避免感伤的话，仅仅提到他完全承认娜斯塔霞·菲立波夫娜有权决定阿法纳西·伊万诺维奇的命运，恰如其分地显示自己的谦恭态度，指出他的一个女儿的命运(也许还有另外两个女儿的命运)现在也取决于娜斯塔霞·菲立波夫娜。当她问到究竟要她做什么时，托茨基仍以赤裸裸的坦率态度承认自己还在五年前就被吓坏了，直到如今还没有完全放心定神，除非娜斯塔霞·菲立波夫娜自己嫁给某一个人。他当即补上一句，说这个请求从他这方面来讲当然荒唐，不过他提出这样的请求是有一些依据的。经过仔细的观察和切实的了解。他知道：有位年轻人出身于颇受尊敬的名门望族，就是娜斯塔霞·菲立波夫娜也认识并接见的加甫里拉·阿尔达里昂诺维奇·伊沃尔京；这位年轻人对她早已倾心爱慕，只要有希望赢得她的垂青，伊沃尔京一定愿意献出自己的一半生命。年轻人的这一片纯洁的心意是很久以前加甫里拉·阿尔达里昂诺维奇把阿法纳西·伊万诺维奇视为知交自己向他表白的，这事一向善待伊沃尔京的伊万·费奥多罗维奇也早已知道。说到底，只要他——阿法纳西·伊万诺维奇——没有看错，对于这位年轻人的倾慕之心，娜斯塔霞·菲立波夫娜自己也早就知道，阿法纳西·伊万诺维奇甚至觉得她对此事持宽容态度。当然，他比任何人更不便谈这个问题。但是，假如娜斯塔霞·菲立波夫娜认为，他托茨基除了自私自利和为自己谋个好下场的愿望以外，也会有一点为她着想的心意，那么，一定能够理解，托茨基瞧着她孤身独处，早就感到奇怪而又难受，其原因全在于她把一切都看得灰暗渺茫，完全失去了刷新生活的信心。其实，有了爱情和家庭，她的生活可以重新焕发光彩，从而获得新的目标。而像现在这样，不啻葬送才能(也许是非凡的才华)，故意玩味自己的郁悒，甚至有点儿浪漫主义的味道，它与娜斯塔霞·菲立波夫娜清醒的理智、高尚的品性都不相称。阿法纳西·伊万诺维奇再次声明他比任何人更不便谈这个问题，最后说他不甘心放弃这样一个希望：如果他表示出真诚的愿望要使她的未来得到保障，并向她提供一笔七万五千卢布的款子，娜斯塔霞·菲立波夫娜也许不会用蔑视来回答他。托茨基补充说明道，反正他已在遗嘱中指定把这笔款子交给娜斯塔霞·菲立波夫娜，所以这决不涉及什么补偿问题……虽则也不妨容许和原谅他想以某种方式减轻自己的内疚这样一种合情合理的愿望，等等，等等，凡是在这类场合就此题目要说的话都说了。阿法纳西·伊万诺维奇谈了很久，也很动听，并且似乎捎带着提到一个很有意思的情况：关于七万五千这档子事儿，他现在是第一次启齿，就连此刻在座的伊万·费奥多罗维奇以前也不知道，总之，**没有一个人**知道。

娜斯塔霞·菲立波夫娜的回答使这两位朋友都为之愕然。她不但没有表现出一丝一毫原来的那种嘲弄、敌意和仇恨，没有像过去那样纵声狂笑(托茨基一想起这种笑声，至今仍会不寒而栗)，相反，她似乎因终于能够坦率而友好地跟什么人谈谈而感到高兴。她承认自己早就有意听听朋友的忠告，只是脸上下不来，现在坚冰既已打破，那再好也没有了。她先是面带苦笑，继而挺开心而又顽皮地大笑一通后表示：无论如何，像以前那样的急风骤雨不会再有了；她早已部分地改变了自己对事物的观点，尽管内心没有变更，毕竟不得不承认许许多多既成事实；木已成舟，覆水难收，故而她甚至感到奇怪，怎么阿法纳西·伊万诺维奇至今犹如惊弓之鸟。接着，她转而面对伊万·费奥多罗维奇，以万分尊敬的态度向他宣布，她久闻将军的几位千金有许多好处，也久已习惯于对她们深怀真诚的敬意。如果她能为她们做一点点有益的事情，单单这个想法本身，对她来说好像便是幸福，便是骄傲。确实，她现在感到郁悒和寂寞，非常寂寞；阿法纳西·伊万诺维奇猜对了她的心思；她希望刷新自己的生活，即便不是通过爱情，也可从家庭中看到新的目标来实现；不过，关于加甫里拉·阿尔达里昂诺维奇，她几乎什么也说不上来。看来加甫里拉·阿尔达里昂诺维奇真的喜欢她；娜斯塔霞·菲立波夫娜觉得自己也可以喜欢他，只要能相信他的好感是牢靠的；然而，他即使有一片真情，毕竟还很年轻；因此娜斯塔霞·菲立波夫娜难以遽下决心。她最喜欢的是伊沃尔京有工作，自食其力，一个人挑起全家的生活担子。她听说伊沃尔京这个人有毅力，很要强，想出人头地干一番事业。还听说，加甫里拉·阿尔达里昂诺维奇的母亲尼娜·亚历山德罗夫娜·伊沃尔京娜，是一位颇受尊敬的贤德妇女；他的妹妹瓦尔瓦拉·阿尔达里昂诺夫娜，是一位出类拔萃、性格刚强的姑娘，关于这位姑娘，她听普季岑谈过很多。她听说，她们勇敢地承受着厄运的磨难。她很想跟她们结交，但她们是否欢迎她去她们家——还是个问题。基本上她对这门亲事没有什么意见，不过此事还得考虑考虑，希望不要催她。至于那七万五千卢布，阿法纳西·伊万诺维奇大可不必觉得这样难以启齿。她懂得这笔钱的价值，当然会接受下来。她感谢阿法纳西·伊万诺维奇想得周到，非但没有告诉加甫里拉·阿尔达里昂诺维奇，甚至对将军也没有谈及；不过，让那位年轻人事先知道此事有何不可？她认为，接受这笔钱，在进入他家的时候，并没有什么可惭愧的。反正她不打算为任何事向任何人请求宽恕，并希望别人知道这一点。除非她确信加甫里拉·阿尔达里昂诺维奇本人及其家属对她不暗怀任何成见，否则她就不嫁伊沃尔京。不管怎样，她认为自己没有什么过错，最好请加甫里拉·阿尔达里昂诺维奇了解一下，这五年时间她在彼得堡是以何种身份度过的，她跟阿法纳西·伊万诺维奇又是怎样的关系，是不是积攒了很多私房。说到底，如果她现在接受这样一笔钱，那决计不是出卖贞操的代价，因为在这一层上她是无可指摘的，而是作为对她被扭曲的生活的补偿。

她这样谈出自己的种种想法，临了甚至面红耳热，心火上升(不过，这是十分自然的)，叶班钦将军反倒非常满意，认为事情已经了结。但作为惊弓之鸟的托茨基，却至今不敢完全相信，老是担心花丛下面有蛇。然而谈判还是开始了，两位朋友全部计策的基点，即把娜斯塔霞·菲立波夫娜吸引到加尼亚那边去这种可能性，逐渐趋于明朗，变得现实起来，甚至托茨基有时也开始相信成功有望。其时，娜斯塔霞·菲立波夫娜已向加尼亚言明；话说得很少，仿佛她感到窘不堪言。不过，她还是容许并认可伊沃尔京表示的爱慕，但坚持不愿以任何形式束缚自己的手脚；如果他俩成婚的话，那么，在举行婚礼之前，她始终保留着说“不”的权利，直到最后一分钟为止；她也向加尼亚提供完全对等的权利。不久，加尼亚通过一个凑巧的机会获悉：他的全家对这门亲事以及对娜斯塔霞 · 菲立波夫娜本人所持的不赞成态度，在家中一再引起勃谿，娜斯塔霞 · 菲立波夫娜已知之甚详；她自己没有向加尼亚提过这一点，尽管加尼亚每天作好这样的准备。

其实，环绕着整个议婚和谈判过程发生的一桩桩、一件件故事和情况，还可以讲上很多；但笔者已经冒进了，何况某些情况还只是极不肯定的传闻。例如：据说托茨基不知从什么地方了解到，娜斯塔霞 · 菲立波夫娜同叶班钦将军的三位小姐建立了某种未定型和不让任何人知道的联系，——这纯属无稽之谈。然而，另一种传闻却不由他不信，而且像噩梦一般使他怕得要命。他从可靠方面获悉，娜斯塔霞 · 菲立波夫娜清清楚楚地知道：加尼亚娶的是钱，他心地污黑、贪婪、性急眼红，而且爱面子到了无以复加、跟什么都不相称的程度；虽然加尼亚以前确实热烈追求过娜斯塔霞 · 菲立波夫娜，可是及至托茨基和将军决定利用男女双方都刚刚露头的这种热情来达到自己的目的，企图把娜斯塔霞 · 菲立波夫娜塞给加尼亚做合法的妻子来收买他时，加尼亚竟对她恨之入骨。爱与憎似乎在他心中奇怪地交织在一起，尽管他经过痛苦的踌躇之后还是同意跟一个“坏女人”结婚，但自己暗暗发誓要为此狠狠地向她进行报复，用加尼亚自己的话来说，将来再“收拾”她。据说，娜斯塔霞 · 菲立波夫娜关于这一切都已知道，并在暗中布置对策。托茨基吓得甚至对叶班钦也不敢道出自己的忧虑；但是，作为一个怯弱的人，有一些时刻他又会重新振奋精神，很快地恢复勇气。例如：娜斯塔霞 · 菲立波夫娜终于向两位朋友许诺，在她生日那天晚上将宣布她的最后决定，于是托茨基大大地受到鼓舞。

然而，涉及可敬的伊万 · 费奥多罗维奇本人的一种流言，虽则极尽离奇和荒唐之能事，随着时间的推移，却越来越——哦，天哪！——越来越像是真的。

乍看起来，这像是彻头彻尾的天方夜谭。很难相信，伊万·费奥多罗维奇凭其头脑之灵、阅世之深，等等，等等，偌大年纪竟会自己迷上娜斯塔霞·菲立波夫娜，而且迷得那么厉害，迷到如此程度，以致这种怪癖几乎成了情欲。在这个问题上他指望什么——简直难以想象；也许，他指望加尼亚自己予以协助。至少，托茨基怀疑有这样的可能，怀疑在将军与加尼亚之间存在某种彼此心照不宣的默契。不过，众所周知，过分耽于欲念的人，尤其是他如果上了岁数的话，会变成十足的瞎子，在断乎无望的事情上也倾向于认为有希望；不唯如此，纵使他绝顶聪明，也会昏头昏脑，像愚笨的小孩那样行事。据悉，将军准备了值一笔巨款的极品珍珠首饰作为他自己送给娜斯塔霞·菲立波夫娜的生日礼物，并对这份厚礼十分重视，虽然他明知娜斯塔霞·菲立波夫娜不是贪财的女人。在娜斯塔霞·菲立波夫娜的生日前夕，他简直像热锅上的蚂蚁，尽管把自己的心情掩饰得很巧妙。将军夫人叶班契娜风闻的正是关于这份珍珠礼品的事。诚然，叶丽扎薇塔·普罗科菲耶夫娜很久以前已开始感觉到她的丈夫寡人有疾，甚至对此多少有些习惯了，但总不能放过这样的机会，因为有关珍珠的流言引起了她颇不寻常的注意。将军及时觉察到这情况；头天已经有若干言词出了口；他预感到一次严重的谈话即将来临，心中直打鼓。所以，在本书故事开始的那天上午，他老大不愿意到妻女们的圈子里去进餐。在公爵来访之前，他已决定推说事务忙避开她们。在将军的语汇中，“避开”往往不折不扣地意味着溜之大吉。他只希望太太平平挨过这一天，主要是挨过今晚。不料如此凑巧地来了一位公爵。“简直像是上帝派他来的！”将军走进餐厅去见他的夫人时作如是想。

五

将军夫人一向把自己的出身引为殊荣。过去她也曾风闻梅诗金家族中还有最后一位公爵，而此刻在毫无准备的情况下猝然听说这位本家竟是个可怜的白痴，穷得只好接受别人的施舍，跟要饭的差不多，将军夫人的心情也就可想而知了。将军正是指望击中这一要害，一下子吸引住她的注意力，以便收到转移目标的效果。

遇到非常情况，将军夫人照例把身子略微后仰，眼睛睁得极大，视而不见地望着前方，一句话也不说。这个身材高大的女人和她的丈夫年龄差不多，深色的头发覆着斑斑霜华，但还挺浓密，鼻子略呈钩状，面容瘦削，黄黄的两颊深凹，薄薄的双唇勾出一张瘪嘴。她的前额颇高，但是很窄；一对相当大的灰眼珠有时会现出完全意想不到的表情。当年她曾倾向于相信自己的眼神具有不寻常的效力；这个信念在她身上留下了不可磨灭的痕迹。

“接见？您是说，现在马上就见他？”将军夫人把眼睛尽量睁大，瞪着在她面前显得忐忑不安的伊万·费奥多罗维奇。

“哦，在这一点上不必讲究礼仪，只要你愿意见他，亲爱的，”将军急忙解释，“那是个十足的孩子，简直可怜极了；他有一种抽风的毛病；他刚从瑞士来，才下火车，衣着挺古怪，像日耳曼人，而且身上一个子儿也没有，确实如此；差点儿就要哭出来。我送了二十五个卢布给他，我想在我们机关里给他谋一份文书之类的差使。女士们[①]，请你们招待他用膳，因为他看来还饿着肚子……”

“您的话使我感到惊讶，”将军夫人仍用刚才的语调继续说，“他饿着肚子，还有抽风病！是什么样的抽风？”

“哦，那不是经常发作的，何况他就跟小孩子差不多，不过受过教育。女士们，”他又转向三个女儿说，“我想请你们对他进行一次考试，最好能了解一下他有些什么本领。”

“进行——一次——考试？”将军夫人拉长了调子说着，现出极度骇怪的表情，并且又开始翻着眼珠子，让视线在三个女儿和丈夫之间来回移动。

“啊，亲爱的，这并没有你所想的那层意思……不过，反正依你

① 原文为法文，以后不再注明，用仿宋体排印。这里将军转而向三个女儿说话。

就是；我的意思无非是好好款待他，让他到我们家来，因为这就跟行善差不多。”

“让他到我们家来？从瑞士搬来？！”

“这也无妨；不过，我再说一遍，你觉得怎么合适就怎么办。我这样考虑，是因为：首先，他是你同姓的本家，也许还是亲戚；其次，他连个安身之所也没有。我甚至认为你或多或少会感兴趣，因为归根到底他毕竟是跟我们同宗的。”

“既然对他不必太拘礼，就这么办吧，妈妈。何况，他远道而来，想必饿了，又没有旁的去处，应该请他用餐，难道不是吗？”大小姐亚历山德拉说。

“再说，这个人完完全全是个孩子，跟他还可以玩捉迷藏游戏呢。”

“捉迷藏？此话怎讲？”

“哦，妈妈，请不要再演戏了。”阿格拉雅悻悻地打断将军夫人的话头。

生性爱笑的二小姐阿黛拉伊达，忍不住笑出声来。

“爸爸，叫他来吧，妈妈答应了。”阿格拉雅断然说。于是将军打铃，吩咐有请公爵。

“不过有个条件：他在餐桌旁坐下时，脖子上一定得围餐巾，”将军夫人坚持道，“回头他吃饭的时候，叫费奥多尔，或者让玛甫拉……站在他后面看着他。不知他发病的时候会怎样？但愿他安生就好。他不手舞足蹈吗？”

“不，正相反，甚至可以说很有教养，举止也落落大方。只是有时候太天真了些……。瞧，他来了！我来介绍一下，这是梅诗金家族的最后一位公爵，你的同姓本家，也许还是亲戚，好好招待他吧。马上就要开饭，公爵，请赏光……。我已经过了时间，对不起，少陪了……”

“您急忙要到哪里去，已经不是秘密。”将军夫人神态庄重地说了一句。

“我没工夫，我没工夫，亲爱的，时间已经过了！女士们，把你们的纪念册拿出来交给他，让他在上面给你们各人写点儿什么，他的书法可真是难得啊！称得上天才！刚才他在我书房里用古体字写了一句话：‘修道院长帕甫努季敬署’……。我走了，再见。”

“帕甫努季？修道院长？等一下，等一下，您上哪儿去？帕甫努季又是怎么回事？”将军夫人固执地向着急欲逃走的丈夫悻悻喊道，声调几乎带着惊恐。

“不错，不错，亲爱的，古时候有那么一位修道院长……我要上伯爵那儿去，他等我很久了，主要是他亲自指定这个时候要我去的……。公爵，再见！”

将军快步匆匆离去。

“我知道他要上什么伯爵那儿去！”叶丽扎薇塔·普罗科菲耶夫娜用刺耳的声音说完，恼怒地把视线移到公爵身上。“刚才说什么来着？”她带着不屑和不悦的表情作追想状。“刚才究竟说什么来着？哦，对了，好像有个什么修道院长？”

“妈妈。”亚历山德拉开口正欲说话，而阿格拉雅甚至还跺了一下脚。

“别打岔，亚历山德拉·伊万诺夫娜[①]，”将军夫人故意咬着字儿对她说，“我也想知道啊。这儿坐，公爵，坐在我对面这把圈椅里。不，坐这儿，把椅子挪到亮一点的地方，靠近阳光，让我看得见。好了，那个修道院长叫什么来着？”

“修道院长帕甫努季。”公爵认认真真答道。

“帕甫努季？有意思。他怎么啦？”

将军夫人问得很快，声音尖利，显得颇不耐烦，一边目不转睛地注视着公爵；而当公爵回答的时候，她又随着对方的每一句话频频点头。

“修道院长帕甫努季是十四世纪的人物，”公爵开言道，“曾主持

① 母亲对女儿如此敬称比较反常。将军夫人为了强调其语气之严重，往往用这个办法。

伏尔加河边的一座修道院，那地方在今天的科斯特罗马省内。他以高洁的品德著称于世，曾到过金帐汗国，帮助处理当时的一些事务，在一份文件上签了名。我见过这一签字的照片，对那种书法挺喜欢，我就着手临摹。刚才将军想看看我的字写得怎样，以便为我安排工作，我就用各种不同的字体写了几个句子，其中‘修道院长帕甫努季敬署’一句是用修道院长帕甫努季本人的字体所写。将军看了很喜欢，所以他刚才提到了这件事。”

“阿格拉雅，”将军夫人说，“记住了：帕甫努季。你最好还是写下来，要不我老是忘掉。不过，我原以为可能更有趣一些。那么，这签名在什么地方？”

“好像留在将军书房桌子上了。”

“马上叫人取来。”

“我还是给您再写一次吧，如果您认为可以的话。”

“当然可以，妈妈，”亚历山德拉说，“现在还是先吃饭吧；我们已经饿了。”

“这倒也是，”将军夫人表示同意。“走吧，公爵；您是不是很饿了？”

“是的，现在我的确很饿，真是太感谢您了。”

“您很有礼貌，这非常好，我注意到，您完全不像别人所介绍的那样……古怪。走吧。您就坐在这儿，跟我面对面，”宾主到了餐厅里，将军夫人忙着给公爵安排座位，“我想看看您。亚历山德拉，阿黛拉伊达，你们来招待公爵。他完全不是那么……病态，你们说对不对？我看餐巾也不用系了……。公爵，您用餐的时候围不围餐巾？”

“以前，我大约七岁的时候，我印象中是围的；不过现在，我吃饭时通常把餐巾铺在膝上。”

“应该如此。那么发作时怎么样？”

“发作？”公爵有些惑然，“我的病现在很少发作。不过，也难说；人家告诉我，这里的气候可能对我有害。”

“他说话挺好嘛，”将军夫人向女儿们指出，同时继续随着公爵的每一句话频频点头，“我甚至感到意外。可见，跟往常一样，全都是胡说八道。吃吧，公爵，您一边吃一边告诉我：您出生在什么地方，在什么地方上的学？我全都想知道：您引起了我极大的兴趣。”

公爵道了谢，一边胃口很好地吃着，一边开始把这天上午他已经说过不止一次的那番话从头再讲一遍。将军夫人显得愈来愈满意。三位小姐也相当注意地听着。及至叙起宗亲来，公爵对自己的家谱显得知之甚详；然而，叙来叙去，在他和将军夫人之间几乎什么亲都沾不上。各人的爷爷和奶奶之间也许还算得上是远亲。这个乏味的题目使将军夫人特别高兴，因为她尽管一直想谈谈自己的家世，却几乎始终得不到这样的机会，故而当她从餐桌旁离座起身时，精神颇为振奋。

“大家一起到我们的花厅里去吧，”她说，“让他们把咖啡也送到那儿去。我们有那么一间大家合用的屋子，”她在领公爵往那里走的时候向他解释道，“其实不过是我的小客厅，没有外人的时候，我们往往一起坐在那里，各人干各人的事：亚历山德拉，就是这个，我的大女儿，不是弹钢琴，就是读书，或者做针线；阿黛拉伊达画画风景或者人像(可是从来什么都没有画成过)；而阿格拉雅坐着什么都不干。我做什么也总是提不起劲来，往往一事无成。到了，就是这一间；公爵，您坐到这里来，靠近壁炉，随便谈谈。我想知道您叙事的条理可清楚。我要了解得十分确切，等见到贝洛康斯卡雅公爵夫人的时候，我要把有关您的情况全都告诉那位老太太。我要让所有的人都对您发生兴趣。好了，谈谈吧。”

“妈妈，就这样叫人家谈多别扭啊。”阿黛拉伊达说，其时她已把画架放好，拿起画笔和调色板，正欲着手临摹一幅版画上的风景——那是她很久以前便开始了的。亚历山德拉和阿格拉雅一起坐在一张小沙发上，各自抄起双手，准备听别人谈话。公爵发现自己成了特别注意的中心。

“如果要我照这样干，我一定什么也谈不出来。”阿格拉雅说。

“为什么？这有什么可奇怪的？他怎么会谈不出来呢？又不是没有舌头。我想知道他说话的本领怎么样。来，随便谈点儿什么。谈谈你对瑞士最初的印象，喜欢不喜欢那个国家。你们瞧，他马上要开始谈了，而且头一定开得很好。”

“印象是强烈的……”公爵刚欲开腔。

“可不是，可不是？”叶丽扎薇塔·普罗科菲耶夫娜迫不及待地向女儿们说，“这不是开始了吗？”

“妈妈，您至少该让他好好儿说嘛，”亚历山德拉把她截住了。然后她向阿格拉雅附耳道：“这位公爵也许是个大骗子，压根儿不是什么白痴。”

“八成是这样，我早就看出来了，”阿格拉雅回答说，“他这样演戏实在卑鄙。他这样做想要得到什么好处？”

“最初的印象十分强烈，”公爵又说了一遍，“当年我被带出俄国，经过一座座德国城市，我只是默默地瞧着，记得那时候我几乎什么都不问。这是在我的病经过了好多次厉害而痛苦的发作之后，而只要病情加重，接连几次发作，我照例会陷入彻底麻木的状态，记忆力完全丧失，头脑虽然在工作，可是思维的逻辑脉络好像给扯断了。我没法把两三个以上的念头按顺序联结起来。我的感觉便是这样。发作渐渐减少乃至平息下来以后，我又变得健康而且强壮，就跟现在一样。我记得：当时我心中的忧郁是无法忍受的；我甚至想哭；我老是感到惑然，感到不安。有一点对我的震动很厉害，那就是：周围的一切无不**陌生**——这我明白。陌生的环境使我悲从中来。我从这种阴郁的心情中彻底猛省过来记得是在刚刚进入瑞士巴塞尔的一天傍晚，市场上的一声驴叫把我惊醒了。那头驴子对我震动极大，我不知为什么非常喜欢它，而与此同时，我的头脑似乎豁然开朗了。”

“驴子？这倒是奇怪的，”将军夫人道，“不过，也并没有什么值得奇怪的，有的女人还会爱上驴子呢[①]，”她说着狠狠地瞪了正在笑

---

① 2世纪的古罗马作家阿普列尤斯著有一部小说《变形记》（一名《金驴记》），取材于希腊民间传说，描写一个希腊青年误服魔药，由人变驴，历尽艰辛，最后经埃及女神阿希斯挽救，复为人形。

的姑娘们一眼，“古代神话里就有这种事。谈下去，公爵。”

“从那时起，我对驴子喜欢得要命。我甚至对它们有一种特殊的好感。我开始向别人询问有关驴子的情况，因为过去没有见过；我一下子就确信，这是一种大有用处的牲畜，能干活，力气大，耐性好，价格低，肯吃苦。通过这头驴子，我忽然对整个瑞士都有了好感，先前的忧郁顿时一扫而空。”

“这一切都很稀奇，不过关于驴子那一节可以略去。现在换一个题目吧。阿格拉雅，你老是在笑什么？你也是，阿黛拉伊达，笑什么？公爵关于驴子的那一节讲得挺好。他亲眼看见了驴子，可你看见了什么？你又没到过国外。”

“我见过驴子，妈妈。”阿黛拉伊达道。

“我还听到过驴子叫呢。”阿格拉雅也接过茬儿说。

姐妹仨又都笑开了。公爵也跟着她们一起笑。

“你们这样非常不好，”将军夫人指出，“您得原谅她们，公爵，其实她们心地不坏。我跟她们老是拌嘴，但我还是爱她们。她们头脑简单，冒失轻率，老是疯疯癫癫。”

“您说哪儿的话！”公爵笑道，“要是我处在她们的地位，也不会放过这样的机会。[①]可我还是拥护驴子：驴子是善良而有用的人。”

“那么您的心地善良不，公爵？我是出于好奇这样问的。”将军夫人问道。

大伙又都笑了起来。

“又扯到了这该死的驴子上头；我可并没有想到它！”将军夫人大声解释，“请相信我，公爵，我完全没有任何……”

“暗示的意思？哦，我相信，绝对相信！”

于是公爵简直笑个不停。

“您笑真是太好了。我看得出，您是个再善良不过的年轻人。”

---

① 前面阿黛拉伊达和阿格拉雅所说看见过驴子和听到过驴叫都是在拿公爵开心，而公爵完全了解，并且毫不介意。

将军夫人说。

“有时候也并不善良。”公爵回答。

“我可是善良的，”将军夫人突然插言道，“如果您不觉得刺耳的话，我是一贯善良的，这是我唯一的缺点，因为人不应当一贯善良。我经常生气，生她们的气，尤其生伊万·费奥多罗维奇的气，但糟糕的是我生气的时候心肠最软。刚才您来以前，我正在火头上，故意装做什么也不明白并且什么也没法明白的样子。我有时候就这样，简直像个小孩子。那是阿格拉雅教我的；谢谢你，阿格拉雅。不过，这些都是扯淡。我这个人看起来很愚蠢，女儿们也总想使我显得愚蠢，其实我还没有蠢到那个程度。我有自己的脾气，而且不太怕难为情。不过，我说这话并没有恶意。你过来，阿格拉雅，亲我一下，好了……亲热就到此为止，”等阿格拉雅在母亲的嘴唇和一只手上深情地吻过以后，将军夫人说，“继续谈，公爵。也许，您能回忆起一些比驴子更有意思的什么来。”

“我又无法理解，这样直溜溜地叫人怎么谈？”阿黛拉伊达再次指出，“换了我，肯定找不出一句话来。”

“可是公爵找得出，因为公爵非常聪明，至少有你十倍甚至十二倍那么聪明。我希望在这以后你能有所感觉。公爵，您向她们证明这一点吧；继续谈。不过，关于驴子之类确实可以略去。那么，除了驴子，您在国外还见过些什么？”

“其实关于驴子的话也有道理，”亚历山德拉说，“公爵讲了他病中的状况，他怎样通过一次外来的推动对周围的一切产生好感，讲得非常生动。对于人们怎样会精神失常，后来又怎样康复，我一直很感兴趣。如果这过程是突然发生的，我尤其感兴趣。”

“可不是吗？可不是吗？”将军夫人立刻兴奋起来，“我看得出，你有时候也挺聪明；好了，不许再笑！公爵，您刚才好像谈到瑞士的景色，说下去！”

“我们到了卢塞恩，我被带去游湖。我觉得湖上的风景很美，但我在游湖的时候心里难过得要命。”

“为什么？”亚历山德拉问。

“我也不明白。反正我第一次瞧着这样的景色心里总是很难过，很不安；一方面是高兴，一方面是不安。不过，这一切都还是病中的情形。”

“哦，我倒是很想瞧瞧，”阿黛拉伊达说，“我不明白，我们几时才能动身去国外。我已经有两年找不到可以入画的题材了。诗人说：

> 东方与南方早已写遍[①]

公爵，您给我找个画题吧。”

“在这方面我是一窍不通。我觉得：只要看了就可以画。”

“可我就是不会看。”

“你们究竟在打什么哑谜？我一点也不懂！”将军夫人打断了他们的交谈，“不会看？这话怎么讲？长着眼睛你就看。要是在国内不会看，到了国外也学不会。公爵，还是谈谈您自己是怎么看的吧。”

“还是这样比较好，”阿黛拉伊达附和道，“公爵是在国外学会怎么看的。”

“不知道；我在国外只是健康情况有所好转，至于是否学会怎样看事物，我不知道。不过，我几乎任何时候都很快活。”

“快活？您有本领使自己快活？”阿格拉雅大声惊呼，“那您怎么还说没学会怎样看事物？您还得教教我们。”

“请教教我们吧。”阿黛拉伊达笑道。

“我什么也教不了，”公爵也笑了，“我在国外差不多所有的时间

---

① 俄国诗人莱蒙托夫的一首诗《记者、读者与作者》(1840)中有这样两行：

> 写什么？东方与南方
> 早已写遍、唱遍。

都住在那个瑞士乡村；很少外出，即使外出也离得不远；叫我拿什么教你们呢？起初我只不过没感到寂寞；我的病情好转得很快。后来我觉得每一天都很宝贵，日子越久，越觉得宝贵，所以我开始注意这一点。我睡下的时候心情很愉快，而起床的时候更加快活。至于这一切原因何在——很难讲清楚。”

“难道您就哪儿也不想去，任何地方对您都没有吸引力？”亚历山德拉问。

“起先，刚刚开始的时候，也想到别处去，我曾经坐立不安。我老是考虑将来怎样生活，想去探索一下自己未来的命运，某些时候简直如坐针毡。你们也知道，往往有这样的时刻，特别在孤独的情况下。我们那儿有一处瀑布，并不大，像一条细细的线，几乎垂直地从山上高高地落下来，——色白如练，水声喧嚷，飞沫四溅。瀑布的起落点很高，可是看起来相当低；其实在半里以外，可是好像只相隔五十步。夜里我喜欢听瀑布的声响；在这样的时刻，我往往感到异常惶惑。有时在正午前后，我走到山上去，一个人站在半山腰里，周围都是古老、高大、清香的松树；崖顶上一座中世纪的古堡已经变成废墟；我们的小村庄在很远的山下，几乎看也看不见；阳光灿烂，碧天如洗，四周静得可怕。此时此刻，仿佛有一个声音在向我召唤，我总有这样的感觉：只要一直往前走，走上很久很久，走到天地相接的那条线后面，谜底便可揭晓，我就能看到新的生活，比我们那里丰富、热闹一千倍的生活。我老是梦想到那不勒斯那样的大城市里去，那里到处是巍峨的宫殿，到处是轰隆隆的声响，到处是沸腾的生活……。是啊，我梦想的可真不少哇！后来我觉得，在监狱里可以找到丰富多彩的生活。”

“那最后一个值得称道的想法我十二岁的时候就在《读本》上看到过了。”阿格拉雅说。

“这一切都是哲学，”阿黛拉伊达指出，“您是一位哲学家，是来开导我们的吧。”

“您也许说得对，”公爵微微一笑，“我大概确实是个哲学家，没准儿果真有意开导别人也难说……。有这样的可能，说真的，有这样的可能。”

“您的哲学跟叶甫兰比雅·尼古拉耶夫娜的一模一样，”阿格拉雅又接过了茬儿，“她是个小官吏的遗孀，常到我们家来，有点像食客。她生活的唯一宗旨就是拣便宜；一心只想少花钱过日子，说话总是斤斤计较几个戈比。其实她手里有钱，心眼儿鬼得很。这跟您所说监狱里的丰富多彩的生活差不多，也许还有您在乡村度过的四年幸福岁月，为了这份幸福，您把您的那不勒斯城都卖了，好像还赚了一笔，尽管只换得几个戈比。”

“关于监狱里的生活可以有不同的看法，”公爵说，“我听一个蹲过十二年监狱的人讲过这样一个故事。他是我那位教授的一个病人，也在接受治疗。他经常发病，有时候烦躁不安，痛哭流涕，有一回甚至企图自杀。请你们相信，他在监狱的生活是很苦闷的，但当然并不只值几个戈比。与他结交的只有一只蜘蛛和长在窗外的一棵小树……。不过，我还是给你们讲去年我遇见的另一个人的事吧。关于他有一点非常奇怪，——奇就奇在这种事情简直绝无仅有。这人跟另外几个一起曾一度被押上刑场[①]，当时对他宣读了死刑判决书：因犯有政治罪行予以枪决。二十分钟以后，却又宣读了赦免令并代之以另一等级的刑罚。然而，两次宣判之间的那二十分钟，至少也有一刻钟，他是在确信无疑的状态中度过的，肯定自己几分钟后便要突然死去。我特别喜欢听他偶尔追述当时自己的感受，我曾要他重新讲过好几遍。他对当时的一切都记得异常清楚，说是那几分钟里的任何细节他永远也忘不了。行刑台那儿站着老百姓和士兵，离台二十步左右的地上竖着三根桩子，因为犯人有好几个。第一批三名犯人给带到桩前绑起来，穿上就刑衣(白色的长褂子)，白帽子被拉得遮住他们的眼睛，这样就看不见枪了；然后对着每一根桩子有几个士兵站成一排。

① 陀思妥耶夫斯基此处借公爵之口所述实即他本人于 1849 年 12 月 22 日等候处决时的感受。

我那个熟人排在第八名，那就是说，他将轮到第三批走向桩子。神父拿着十字架挨个儿走到所有的犯人跟前。现在顶多只剩下五分钟可以活着。他说，那五分钟在他像是无穷尽的期限、数不清的财富；他觉得在那五分钟内他将度过好几生，此刻还根本谈不上最后的一瞬，所以他还作了若干安排：他估计需要跟同志们告别，为此留出两分钟时间；另外又留出两分钟，准备作最后一次默想；还有一分钟准备最后一次环顾四周。他记得十分清楚，当时安排的正是这样三件事，时间正是这样分配的。他等待就刑时二十七岁[①]，身强力壮；他记得在跟同志们告别时向其中一人提了个不甚相干的问题，甚至还很有兴致听他怎么回答。后来，他跟同志们告别完毕，他留出准备**默想**的那两分钟开始了；他事先知道自己将想些什么。他要尽快、尽可能鲜明地想象，怎么可能这样：他目前存在着，活着，而三分钟以后便将成为**某个**……某人还是某物？到底是某个什么？究竟在什么地方？这一切他打算在那两分钟内想出个名堂来！不远处有座教堂，它那金色的圆顶在灿烂的阳光下熠熠闪亮。他记得当时十分固执地望着这教堂的屋顶以及从上面反射出来的光辉；他无法移开视线不去看那光华，他觉得这光芒是他新的血肉，三分钟以后他就将通过某种方式与之化为一体……。那新东西究竟是什么，不知道；它使人感到极其可憎，但它必然会有，而且即将来临——想起来实在可怕。但是他说，彼时对他说来最难受的莫过于这样一个持续不断的念头：'如果不死该多好哇！如果能把生命追回来，——那将是无穷尽的永恒！而这个永恒将全都属于我！那时我会把每一分钟都变成一辈子，一丁点儿也不浪费，每一分钟都精打细算，决不让光阴虚度！'他说，这个念头终于变成一股强烈的怨愤，以致他只希望快些被枪决。"

公爵突然缄口不语；大家都等着他继续往下说，等着他引出结论来。

---

① 陀思妥耶夫斯基1849年被判死刑时28岁，年龄差不多。

“您讲完了？”阿格拉雅问。

“什么？哦，是的。”公爵说着从片刻的出神状态中恢复过来。

“您讲这个故事的用意究竟是什么？”

“无非是……偶然想起罢了……谈着谈着，就谈到这上头去了……”

“您倒是很会卖关子，”亚历山德拉说，“公爵，您一定想引出这样的结论：任何一刹那都不可等闲视之，有时候五分钟的价值大于一座宝藏。这一切自然值得称道，不过请问，向您述说这番痛苦经历的那位朋友……不是改判减刑了吗？也就是说，那个‘无穷尽的永恒’果然送给了他。那么，后来他把这一大笔财富怎样处置了呢？是不是每分钟都做到了‘精打细算’？”

“哦，没有，他自己告诉我的，——我曾经向他问过此事。他根本没有做到这一点；他浪费了好多好多分钟。”

“可见，已有经验摆在您面前：要真的每分钟都‘精打细算’，日子是没法过的。不知为什么，反正没法过。”

“是的，不知为什么，反正没法过，”公爵也跟着说，“我自己也有这样的感觉……。不过，我还是不大相信……”

“那么您是不是认为，您的日子能过得比谁都聪明？”阿格拉雅问。

“是的，有时候我曾有这样的想法。”

“现在还这样想吗？”

“现在……还这样想。”公爵回答时仍然面带安详甚至有些羞怯的微笑望着阿格拉雅；但他随即又笑出声来，并且高兴地向她瞧了瞧。

“多谦虚！”阿格拉雅几乎着恼地说。

“你们真勇敢，你们都在笑，可是听了他所讲的一切，我大为震惊，以后甚至做起梦来，梦见的正是这五分钟……”

他以认真探究的目光再次把四位听者一一看遍。

“你们是不是由于某种缘故生我的气？”他忽然问，似乎有些窘态，不过眼睛并不回避任何人的目光。

“生什么气？”三位小姐不约而同惊讶地叫了起来。

“我好像一直在说教……”

她们都笑了。

“如果你们生气的话，那么请不要这样，”他说，“其实我自己也知道，生活经验比谁都少，人情世故完全不懂。也许，有时候我说的话怪得很……”

说到这里，他简直窘极了。

“既然您说自己很快活，可见生活经验不比人家少，而是多；您为什么要言不由衷地道歉呢？”阿格拉雅说得相当严厉，紧紧缠住对方。“请不必考虑您是否在向我们说教，这丝毫不能显示您的高明。凭着您这种清净无为的哲学，足够使一百年的生活都充满幸福。不管是给您看死刑，还是给您看一个指头，您都能从中引起同样有教益的想法，还能感到心满意足。这样日子自然好过。”

“你这样凶干吗，我不明白，”将军夫人说。她对交谈者的面部表情已观察许久。“你们在谈些什么，我也不明白。什么指头？你胡扯些什么？公爵讲得很动听，只是有些伤感。你干吗要给他泼冷水？刚开始时他有说有笑，可现在完全蔫了。”

“没什么，妈妈。公爵，可惜您没有见过处决犯人，否则我倒想请教您一件事情。”

“我看见过处决犯人。”公爵答道。

“看见过？”阿格拉雅喊了起来，“其实我应该料到！这下事情完全清楚了。既然看见过，您怎么说自己一直很快活呢？是不是给我一语道破啦？”

“难道你们那个村子里处决犯人？”阿黛拉伊达问。

“我是在里昂看见的，我跟施奈德一起到过那儿，他带我去的。我到那个地方正好赶上。”

“您觉得怎么样，很喜欢，是不是？深受教育？得益匪浅？”阿格拉雅问。

“我一点儿也不喜欢，后来甚至病过一阵子，但我得承认，当时我简直像给钉在那个地方似的，看得眼睛都不眨一眨。”

“我也会看得眼睛都不眨一眨。”阿格拉雅说。

“那边很不赞成妇女去看，后来报纸上还发表文章议论那些妇女。”

“如此说来，既然他们认为这不是女人的事，那就是想以此表示（其实是想证明）这是男人的事。这种逻辑真是可喜可贺。当然喽，您也认为如此，对不对？”

“您谈谈处决犯人的情形吧。”阿黛拉伊达插嘴道。

“现在我非常不愿意谈……”公爵显得有些为难，甚至蹙紧了眉头。

“您好像舍不得讲给我们听。”阿格拉雅刺了他一句。

“不，我是因为关于那次看到处决犯人的情形刚才已经讲过了。”

“您讲给谁听的？”

“府上的侍从，当时我在等候……”

“哪个侍从？”问题从左右前后向他纷纷提出来。

“就是坐在过道里的那一位，头发有些花白，红红的脸；我曾坐在过道里等候进书房去见伊万·费奥多罗维奇。”

“奇怪。”将军夫人道。

“公爵是位民主派，”阿格拉雅断然说，“既然您曾讲给阿列克赛听，那您总不能拒绝给我们讲喽。”

“我一定要听。”阿黛拉伊达再次提出。

“确实，刚才您向我要画题的时候，”公爵对她说，此时他又振奋了些（他似乎很容易兴奋，热情来得很快），“我确实有意给您提个建议：画一个临刑犯人的脸，那是在铡刀落下前的一分钟，当时他还站在断头台上，即将躺到那块板上去。”

“画脸？单画一张脸？”阿黛拉伊达问，“这题材相当奇怪，那将成为一幅什么样的画呢？”

“不知道。不过，这有什么可奇怪的呢？”公爵激动地坚持道，“前不久我在巴塞尔看到过这样一幅画。[①]我很想告诉您……。将来有机会我再谈……那幅画给我留下极深的印象。”

“关于巴塞尔的那幅画，以后请您一定告诉我，”阿黛拉伊达说，“现在您给我解释一下描写死刑的画。您可以这么谈：在您自己的想象中，那是怎样的一幅画？怎么画一个犯人的脸？是不是单单画一张脸？这张脸又是怎样的呢？”

“这是临死前的一分钟，”公爵欣然开始说，他沉浸在回忆中，看来当即忘了其余的一切，“正好是他登梯到顶、刚刚踏上断头台的一瞬间。那时他冲我这边看了一眼；我朝他脸上一看，立刻全明白了……。可是，这又怎么能讲清楚呢？我非常希望，非常非常希望您或别人把这情景画出来！最好由您来画！我当时就想，那将是一幅有益的画。您知道，画家需要想象在这以前的一切，一切。那犯人待在监狱里，他估计离开处决的日子至少还有一星期；他仿佛指望办手续照例得费些时日，公文还必须送到某个地方去，过一个星期才能回来。可是不知怎么一来，这个过程给缩短了。早晨五点他还在睡觉。那是在十月末；五点钟还很暗、很冷。典狱长带一名看守悄悄走进来，小心翼翼地推了一下犯人的肩膀。犯人坐起来，用胳膊肘支住上身，看见有灯光，问道：‘什么事？’典狱长通知他：‘九点与十点之间处决。’睡意尚未全消的犯人起初不相信，开始与之争论，说公文要过一个星期才回来。及至彻底醒过来以后，才停止争论，沉默下来（人家是这样告诉我的），后来他说：‘一下子就这样……总觉得难受……’——接着又沉默下来，再也不愿说一句话。此后的三四个小时花在人所共知的一些事情上：见神父，吃早餐，——这一餐他有酒、有咖啡喝，有牛肉吃（您说，这不是一种讽刺吗？请想一想，这

---

① 陀思妥耶夫斯基于 1867 年 8 月到过巴塞尔。他指的想必是巴塞尔艺术博物馆所藏德国画家汉斯·弗里斯(1450—1520)作的画《施洗者约翰遭斩首》。这幅画描绘的是在剑已经举起的一刹那约翰的面部表情。

有多么残酷！可是另一方面，那些无辜的人这样做却是出于真心，相信这是仁爱精神)——整仪容(你们可知道犯人的仪容是怎么样的？)，然后经过城市押往断头台……。我想，犯人在给押赴刑场的途中，也觉得还可以活很久很久。他一路上多半在想：'还有好多时间能活，还有三条街呢。等过了这条街，还有那一条，然后还剩下右边有人卖面包的一条街……。车到卖面包的人那儿还有一段时间呢！'周围人山人海，叫喊声、喧嚷声闹成一片，成千上万张脸，成千上万双眼睛，——这一切都必须忍受，更重要的是必须忍受这样一个念头：'瞧这成千上万的人，他们一个也不会被处决，而我却要被处决！'好，以上这一切都是前奏部分。上断头台要登几级梯阶；他在梯阶前突然哭起来了，而他是个身强力壮、胆大包天的汉子，据说此人从前作恶多端。有位神父寸步不离地跟着他，在大车上也跟他待一起，一直在对他说话，——可他未必听见，即使开始用心听，也懂不了一句两句。想必如此。终于他开始登梯；由于脚上有铁镣，只能小步移动。神父大概是个聪明人，他不再说话，只是一个劲儿地把十字架给他吻。在梯阶下面他脸色就很难看，而登上了梯阶，站到断头台上，一下子竟变得像纸一样惨白，完全像一张书写用的白纸。八成他的两腿发软，不听使唤，他还感到恶心，——像是喉咙受到了压迫，由此觉得怪痒痒的。你们有没有过这样的感觉：在惊恐之中，或在十分可怕的时刻，神志完全清醒，可是已经丝毫做不了主？我觉得，要是面临无法避免的毁灭，比如房子在往你们身上塌下来，那时会突然产生一种强烈的愿望，只想坐下来，闭上眼睛，听天由命！……就在犯人开始现出这种软弱性的当儿，神父赶紧做了一个很快的动作，默默地把十字架突然放到他嘴唇上，——这是一个小小的银质十字架，——接着就频频向他伸过去。十字架一碰到他的嘴唇，他就睁开眼睛，又能振作几秒钟，腿脚也挪得动了。他贪婪地吻着十字架，一副猴急相，活像生怕忘了带走什么备而不用的东西，但是，要说此刻他心中有什么宗教意识，倒也未必。如此一直走到铡刀下面……。说也奇怪，在临死前这真正的最后几秒钟，很少有人晕厥！相反，头脑十分活跃地运行着、工作着，想必工作得非常紧张，非常非常紧张，像一台开足马力的机器。我想象，他有各种各样的念头在那里敲击，那都是些不完整的、或许还是可笑和不相干的念头：‘这个人在瞧着我，他脑门上有个瘊子；刽子手身上最下面的一颗扣子生了锈……’与此同时，他什么都知道，什么都记得；有那么一个点，是无论如何不会忘记的，也不会昏倒，一切都围绕着它，围绕着那个点运行、打转。请想一想，这样直到最后的四分之一秒，那时他的脑袋已经搁在架子上，他等着，并且……**明明知道**，直到突然听见自己上方铁器滑动的刺溜一声！这是一定会听见的！假如我躺在那里，我愣是要听，也一定会听见！那也许只有一瞬的十分之一，然而一定能听见！请想象一下，直到如今还有人在争论：脑袋掉下来以后，它也许还有一秒钟工夫知道自己已经掉下！这是什么观念？！如果是五秒钟又怎么样？！……请把断头台画得只能清楚地看到近处的最后一级梯阶；犯人刚踏到上面；画他的头部，他的脸惨白如纸，神父把十字架举到他面前，犯人贪婪地嘟出发青的嘴唇凑上来吻，眼睛望着它，而心里——**全知道**。十字架和犯人的头部——就这么一幅画。至于神父的脸，刽子手及其两名帮手的脸，台下的一些面孔和眼睛，——这一切都可以放在背景地位，画得模模糊糊，作为点缀……。就这么一幅画。”

公爵讲到这里为止，他看看所有的人。

“这可一点儿不像清净无为。”亚历山德拉自言自语说了这么一句。

“那么，现在请您谈谈，您是怎样爱上别人的。”阿黛拉伊达说。

公爵纳罕地瞧了瞧她。

“是这么回事，”阿黛拉伊达似乎很匆忙地说，“关于巴塞尔的那幅画，您答应以后再讲，可是现在我想听听您是怎样爱上别人的；不要抵赖，您一定爱过。此外，您一开始讲故事，那股哲学家的味儿就没有了。”

“每次您的故事刚一结束，您马上就为自己所讲的感到惭愧，”阿格拉雅忽然说，“这是为什么？”

“这话简直愚蠢。”将军夫人断然指出，并且气愤地望着阿格拉雅。

“实在不高明。”亚历山德拉也说。

“别理她，公爵，”将军夫人对他说，“她这是存心闹别扭；其实，她所受的教育完全不是那么愚蠢；她们老是这样唐突您，请不要介意。她们准是出了什么鬼点子，但她们已经喜欢您了。我看她们的脸就知道。”

“我也能从她们的脸上知道。”公爵用特别强调的语气说。

“这话怎么讲？”阿黛拉伊达好奇地问。

“关于我们的脸您知道些什么？”另外两位小姐也觉得挺新鲜。

但公爵默然不语，而且神情严肃；大家都等着听他怎么回答。

“我以后再告诉你们。”他平静而认真地说。

“您存心想吊我们的胃口，”阿格拉雅喊道，“瞧那副一本正经的样子！”

“那好吧，”阿黛拉伊达又着起忙来，“但既然您对面相这么有研究，那一定爱过人；可见我猜得不错。您就谈谈吧。”

“我没有恋爱过，”公爵还是那样平静而认真地回答，“我……得到过另一种幸福。”

“怎么样的？在哪方面？”

“好吧，我告诉你们。”公爵说时仿佛陷入了深深的沉思。

六

“现在，”公爵开始说，“你们都那么好奇地看着我，要是不让这种好奇心得到满足，你们大概会生我气的。不，我是闹着玩儿的，”他赶紧面带笑容找补一句，“那边……在国外，有好多小孩，我在那里老是跟孩子们在一起，也只跟孩子们在一起。他们是那个村里的孩子，有一大帮，都在学校里念书。我并不教他们念书；哦，不，学校里有一位老师教他们，他叫儒勒·蒂博。不过，可以说我也教他们，反正大部分时间我跟他们待在一起，我有四个年头都是这样过的。其余的我什么都不要。我把一切都告诉他们，对他们什么都不隐瞒。他们的父亲和亲属都很生我的气，因为那些孩子后来简直离不开我了，老是挤在我的周围，学校里的老师干脆跟我成了死对头。我在那边招来许多敌人，都是为了孩子们。连施奈德也指责我。其实，他们何必这样害怕？一切都可以对小孩说——一切。我老是感到很惊讶，大人对小孩怎么这样缺乏了解，甚至父母也很少了解自己的子女。对孩子什么也不该隐瞒，不该推说他们年纪小，让他们知道还早。利用这种借口是多么可悲而不幸的想法！孩子们自己很善于察觉，父亲总认为他们太小，什么都不懂，而事实上他们全懂。大人们不知道，即使遇到最困难的情况，孩子也能提出极其重要的忠告。哦，上帝啊！当这样一只可爱的小鸟用信任和幸福的目光看着你们的时候，要是欺骗这小鸟，你们难道不觉得问心有愧？我之所以管他们叫小鸟，那是因为世上没有什么比小鸟更可爱的了。不过，村里的人生我的气主要是因为发生了一件事……而蒂博对我简直是忌妒。起初，他老是摇头纳闷儿，孩子们在我身边怎么全能明白，到了他那儿简直什么都不懂；后来，他开始取笑我，因为我对他说：咱俩什么也教不了他们，还是要他们来教咱们。其实，他自己老是和孩子们待在一起，他怎么能忌妒我、诽谤我呢？跟孩子们在一起能医治心灵的创伤……。在施奈德的医疗机构里有一个病人，一个非常不幸的人。他的不幸实在太可怕了，恐怕是绝无仅有的。他被送到那里治疯癫症；据我看，他不是疯子，他只是极端可怜，——这便是他的全部病根。你们很难想象，最后孩子们对他起到了怎样的作用……。不过，关于那个病人的事我还是以后再告诉你们吧；现在先谈我提到的那件事是怎样发生的。起先，孩子们并不喜欢我。我比他们年龄大得多，而且老是笨手笨脚的；我知道自己长得也不好看……再说，我又是个外国人。最初，孩子们老是取笑我，后来，甚至向我扔石子，因为我吻玛丽给他们瞧见了。我总共才吻过她一回……。不，请你们别笑，”公爵急忙刹住他的听众脸上浮起的浅笑，“那跟爱情毫不相干。假如你们知道她有多么不幸。你们自己也会像我一样十分可怜她的。她是我们村里的。她的母亲是个老太婆，她们那座东歪西倒的小屋里只有两个窗户，经村里同意隔出一个窗户，让她母亲从这个窗户里卖些带子、针线、烟草、肥皂，都是些几个铜子儿的小买卖，她就靠这维持生活。老太婆身体有病，两腿肿得厉害，所以老是坐在一个地方。玛丽是她女儿，二十来岁，身体瘦弱；她早就患上了肺痨病，但她还总是到这户那户人家去打零工干重活——擦地板，洗衣服，扫院子，看牲畜。一个路过的法国推销员把她骗到手并且带走了，一星期以后又把她抛弃在路上，自己悄悄地溜掉。玛丽一路求乞走回家去，浑身稀脏，衣衫褴褛，鞋都磨破了。她足足步行了一个星期，夜夜在田间度过，受了严重的风寒；腿脚全是伤痕，两手肿胀、皲裂。其实，她本来就长得并不好看；只是一双眼睛安详、善良而又天真。她非常沉默寡言。有一次，那还是以前的事，她在干活的时候忽然唱起歌来，我记得当时大家都觉得奇怪，纷纷笑道：‘玛丽唱歌了！怎么？玛丽唱歌了！’那一回她窘得不得了，此后再也不开口。那时节人家还疼她，但在她害病带伤狼狈归来以后，就没有一个人对她表任何同情！人们在这方面可真残酷！他们在这个问题上的观念实在顽固！母亲第一个用狠心和鄙视来接待她：‘如今你叫我还有什么脸见人！’她第一个让玛丽公开出丑。村里人听说玛丽回来了，纷纷跑来看玛丽，几乎全村的人都跑到老太婆的小屋里来：老人、小孩、妇女、姑娘，都争先恐后来看热闹。玛丽躺在老太婆脚边地板上哭，衣不蔽体，肚子又饿。她见村里人纷纷跑来，只得让披散的头发遮住自己，脸朝下趴在地上。大家围着她，像看什么爬行动物似的；老人们严厉申斥，年轻人甚至在笑，妇女们骂她、谴责她，用厌恶的眼光看她，把她当作一只蜘蛛似的。母亲对这些一概容许，自己坐在那里，连连点头表示赞同。那时候她母亲病得很重，几乎快要死了；两个月以后她果真死了。她知道自己快要死了，可还是直到咽气都不愿跟女儿和解，连一句话也不跟她说，把女儿赶到过道里去睡，甚至差不多等于不给她饭吃。老太婆经常需要用热水浸泡一双患痛风的脚；玛丽每天给她洗脚，服侍她；母亲不声不响地接受女儿的照料，可就是没有一句好言好语对她。玛丽一切都逆来顺受，后来我认识了她，发现她自己也赞同这一切，自己也把自己看作不齿于人类的狗屎堆。等到老太婆一病不起以后，按照那里的规矩，由村里的老年妇女轮流来照看她。那时玛丽吃饭的事干脆完全没人管了；村里大家都撵她，甚至没有人再像以前那样给她活干。人人都唾弃她，而男人们简直不再当她是个女人，都冲着她说不堪入耳的脏话。偶尔，那是很难得有的，星期天人们喝醉了酒，拿她开心，把铜子儿扔给她，就这样扔在地上。玛丽默默地一个个拣起来。当时她已经开始咯血。最后，她的破衣裳完全成了碎布条，实在耻于在村里露面；她自从回来以后就一直光着脚。就在那种情况下，特别是孩子，——他们一共有四十多人，都是小学生，——往往成群结队逗她取乐，甚至往她身上扔泥巴。她要求牧人让她看牛，但牧人把她撵走。于是她不征求同意，自己跟随牛群整天离家外出。由于她给牧人帮了很多忙，牧人也注意到了，就不再撵她，有时还把自己午餐剩下的一些干酪和面包给她。牧人认为自己这样做已经是大发慈悲。玛丽的母亲死后，牧师居然好意思在教堂里当众羞辱玛丽。玛丽照旧一身破烂，站在棺材后面哭。许多人特地来看她怎么哭，怎么跟在棺材后面走。牧师的年纪还轻，他的全部抱负就是想成为一个大传教士，当时他竟指着玛丽向所有的人说：‘就是她造成了这个可敬的妇人之死，’（这不是事实，因为她母亲已经病了两年）‘现在她站在你们面前，却不敢抬头，因为上帝的手指点着她；她光着脚，衣衫褴褛，——这便是那些道德败坏者的下场！她究竟是谁？是这个妇人的女儿！’诸如此类讲了一大套。奇怪的是，几乎大家听了这种卑劣的诽谤都很满意，但是……就在这时发生了一件不寻常的事情——孩子们站出来了，因为那时节孩子们都已站到我一边，都已开始喜欢玛丽。事情还得从头说起。我想为玛丽做点儿什么；她非常需要别人给她钱，可是我在那边身上从来没有一个子儿。我有一枚小小的钻石别针，我就把它卖给一个串村走巷买卖旧衣服的小贩。他给了我八法郎，其实那别针足足值四十法郎。我开始候机会能单独遇见玛丽，等了很久，我们终于在村外篱栅旁相遇，那是在进山去的偏僻小径上一棵树背后。我把八法郎给她，叫她省着点儿，因为我再也没有钱了，然后吻了她一下，并且说，希望她不要以为我存什么歹念，我吻她并非因为爱上了她，而是因为我觉得她非常可怜，我一开始就丝毫不认为她有罪，只是认为她很不幸。我很想立刻使她得到安慰并且相信，她不应该把自己看得低人一等，但她似乎没能理解。这一点我当即看出来了，虽然她几乎自始至终一声不吭，低首垂目站在我面前，羞愧难当。我说完以后，她吻了一下我的手，我也马上抓起她的手来想吻，但她赶紧抽回去。就在这个当儿，我们忽然被一大帮孩子看见了；事后我才知道，他们早已在窥视我的行动。他们开始吹口哨，又是拍手又是笑，而玛丽急忙逃跑。我正想说话，可是他们向我扔石子。当天，这事全村的人都知道了；大伙又都把气出到玛丽头上，人们更加不喜欢她了。我甚至听说打算处罚她，不过，谢天谢地，后来总算不了了之。然而，孩子们再也不让她得到安宁，对她的恶作剧更是变本加厉。他们往玛丽身上扔垃圾，对她围赶；玛丽见他们就逃，因为肺部有病，总是喘得上气不接下气；而孩子们在后面追逐、呐喊、辱骂。有一次我甚至冲上去和他们打架。后来我开始跟孩子们谈，天天谈，一有机会就谈。他们有时也停下来听，尽管嘴里还在骂。我向他们讲述，玛丽是多么不幸；很快他们便不再骂了，而是默默地走开去。我们渐渐开始互相交谈，我什么也不瞒他们，把一切都告诉他们。他们听得很有兴趣，不久便对玛丽同情起来。有的孩子遇见玛丽，开始亲切地招呼她；按那边的习惯，不管是否相识，人们彼此遇见时要互相鞠躬，并且说：'您好。'我可以想象玛丽该有多么惊讶。有一回，两个女孩弄到了一点儿吃的，一起去送给玛丽，然后来告诉我。她们说玛丽哭了，还说她们现在非常喜欢玛丽。没过多久，孩子们都喜欢她了，在这同时，对我也一下子喜欢起来。他们开始经常来找我，老是要我给他们讲故事；我想自己大概讲得不坏，因为他们很喜欢听我讲。接下来，我学习和看书简直完全是为了能把学到和看到的讲给他们听，以后我足足给他们讲了三年。后来大家都责问我，——连施奈德也责问我，——为什么我对孩子们说话像对大人那样，什么也不瞒着他们？我回答说，对孩子们撒谎很难为情，你无论怎样瞒着他们，他们反正全都知道，其影响也许是要不得的，而从我这里知道却没有这种影响。每一个人只消回忆自己小时候的情形，就会了解这一点。他们不同意我的见解……。我吻玛丽还是在她母亲去世以前两个星期，当牧师发表那篇布道演说时，孩子们都已经站到我这一边了。我当即把牧师的行为告诉他们，并且作了分析；大伙对他都很气愤，有几个孩子甚至用石块把他家的玻璃窗也砸破了。我制止了他们，因为这种做法总是不好的；但是村里一下子全都知道了，人们纷纷指责我把孩子们引上了邪路。后来大家知道了孩子们喜欢玛丽，都吓得非同小可；但玛丽已经得到了幸福。孩子们甚至被禁止与玛丽见面，但是他们偷偷地跑到牛群那儿去找她，那地方相当远，离村子差不多有半里地。他们带些好吃的去给她，有几个跑去只是为了和她拥抱，吻她一下，对她说一声：'我喜欢您，玛丽！'——然后撒腿就往回跑。玛丽得到这样突如其来的幸福，差点儿没发疯；她连做梦也没敢这样想。她又是惭愧，又是高兴。而孩子们，尤其是女孩子，跑到她那儿去，主要是为了告诉她：我爱她，我跟他们谈她谈得很多很多。他们告诉玛丽，是我把一切都向他们讲清楚了，现在他们喜欢她，同情她，而且将永远这样。然后他们跑来找我，脸上带着兴高采烈、似乎忙得不可开交的表情向我报告，他们刚去看过玛丽，她向我问好。晚上我常到瀑布前面去，那儿有一个从村子这边完全看不见的地方，周围长着白杨；孩子们晚上常到那儿去找我，有几个还是偷偷溜出来的。我觉得，他们十分欣赏我对玛丽的爱情，而我住在那边的整个时期内，唯独在这一点上欺骗了他们。我没有去改变他们的看法，没有说我根本不是爱上了玛丽，我只是觉得她十分可怜；我从各种迹象看得出来，他们更希望事情与他们自己所想象的一样，与他们彼此商定的看法相符，所以我保持沉默，装作给他们猜对了的样子。这些幼小的心灵是多么温柔体贴啊！在他们看来，他们的好朋友莱昂①那样爱玛丽，而玛丽穿得那么破，连鞋也没有，——这可不行。你们简直想象不出来，他们给玛丽弄到了鞋、袜、内衣，甚至还有一条连衣裙；他们究竟用的什么办法——我不明白；反正他们是大伙一起干的。我问他们的时候，他们只是嘻嘻哈哈地笑得挺欢，而女孩子们则一齐拍手，吻我。我偶尔也偷偷地去看玛丽。她的病已经很重，几乎路也走不动了。后来，她不能再帮牧人干活，但仍然每天早晨跟牛群出去。她靠边坐下；那里一座差不多是笔直的悬崖有个突出部，她就坐在谁也看不见的角落里一块石头上，从早晨直到牛群回家的时刻整天坐在那里，几乎一动也不动。肺病已使她虚弱不堪，越来越多的时间只能闭着眼睛把脑袋倚在峭壁上，费力地喘着气打盹。她的脸瘦得像骷髅，额上和鬓角的汗直冒。我看到她时总是这样。我不能久留，我也不愿让人家看见。我刚一出现，玛丽立刻会打一个寒战，睁开眼睛，扑过来吻我的双手。我不再把手缩回，因为这对她是一种幸福；我坐在那儿的时候，她一直在哆嗦、哭泣；诚然，她几次试图说话，但她的意思很难听懂。她像是失去了理智，处在极度的激动和欣喜之中。偶尔孩子们跟我一起去。在那种情况下，他们通常站在不远处为我们放哨，提防出什么事或被什么人发现，这份差使对他们来说是非常愉快的。我们走后，玛丽又剩下一个人，照旧一动不动，闭上眼睛，头靠在巉岩上；她也许梦想着什么。一天早晨，她不能跟牛群出去了，只得待在自己空荡荡的家里。孩子们马上就知道了，这天几乎所有的人都到她家去探望过她。她孤零零一个人躺在床上。两天工夫完全由孩子们轮流跑来照看她，后来村里人听说玛丽真的快要死了，一些老年妇女就来到她家，坐着陪她。村里人似乎也开始觉得玛丽可怜了，至少不再像以前那样制止、责骂孩子们。玛丽一直处在昏昏沉沉的状态，她睡不安稳，因为咳嗽得厉害。老太婆们把孩子们赶走，

① 即梅诗金公爵。

但他们还是跑到窗前来，往往只待一会儿，仅仅为了说一句：‘你好，我们的好玛丽！’而玛丽只要看见他们或听到他们的声音，就会全身出现活力，立刻不听老太婆们的劝阻，挣扎着用胳膊肘撑起身子来向孩子们点头致谢。孩子们照旧给她送好吃的来，但她几乎什么也吃不下。请你们相信，多亏那些孩子，她死得几乎很幸福。多亏那些孩子，她忘却了自己悲惨的厄运，仿佛从他们那里得到了宽恕，因为她至死都把自己看作一个大罪人。孩子们像小鸟在她窗前扑着翅膀，每天早晨冲她叫喊：‘我喜欢您，玛丽。’她很快就死了。我原以为她还会拖上很久。在她咽气的头天，太阳快下山了，我去看过她，她好像认出了我，我最后一次握了下她的手。她的手枯瘦得真可怕！第二天早晨，突然有人来告诉我，说玛丽死了。这下没法阻止孩子们了。他们把她的棺材整个儿用鲜花装饰起来，还给她戴上花冠。牧师在教堂里已不再羞辱死者，参加葬礼的人也很少，只有一些人出于好奇到场看看。可是到了送殡的时候，孩子们一下子都抢着要由他们来抬棺材。因为他们自己抬不动，只好帮着抬，跟在棺材后面边哭边跑。从那以后，玛丽的坟墓由孩子们经常加以保护：他们每年用鲜花装点墓地，并在周围种上玫瑰。但是，从这次葬礼开始，全村却为了孩子们对我发起了总攻。主要的带头人是牧师和小学教师。孩子们连跟我见面也被坚决禁止，而施奈德甚至负有监督的责任。但我们还是能见面，我们老远用手势互相表达意思。他们常常给我捎来小纸条。后来这一切渐渐平息了，但当时实在好得很：通过这番围攻，我和孩子们甚至更接近了。最后一年我几乎跟蒂博和牧师也和好了。而施奈德跟我争论了很久，他说我对待孩子们的那一套‘体系’是有害的。我哪儿有什么体系！临了，施奈德向我说出了他的一个十分奇怪的想法，——那已经是在我即将回国之前，——他告诉我，他完全确信我自己是个十足的孩子，我只是身材和面容像成人，而在成熟程度、心灵、性格甚至可能在智力方面，我都算不上一个成人，即使我活到六十岁也还是那样。我听了哈哈大笑，他这话当然不对，我怎么会是个小孩呢？但有一点却是事实：我的确不喜欢跟大人、跟成年人在一起，——这我早就注意到了，——我不喜欢是因为不善于跟他们相处。无论他们跟我说些什么，无论他们待我怎么好，我和他们在一起不知为什么总觉得不自在，有机会离开他们我就高兴得不得了，急于去找我的伙伴。而我的伙伴总是孩子们，倒并非因为我自己是孩子，只不过孩子们对我有吸引力罢了。我刚开始住在乡下时，——也就是我经常到山里去独自忧伤的那个时期，——有几回，特别在中午放学的当儿，我一个人闲步转悠，会遇见这帮闹嚷嚷的小家伙带着书包、石板一路跑，一路喊叫、嬉笑、玩耍，——那时我的整个心灵一下子都会向他们飞去。不知为什么，每次遇见他们，我就产生一种非常强烈、非常幸福的感受。我停下来，看着他们老是在跑步的小腿不断晃动，看着男孩子和女孩子们在一起飞奔，看着他们笑，看着他们哭（因为在从学校跑到家里的这段路上，好多孩子已经打过架，哭过鼻子，又重归于好，还玩了一阵子），我由于心中快活而笑起来，那时我的忧伤便会通通忘掉。在以后的整整三年内，我简直无法理解，人们怎么会忧伤，干吗要忧伤？我的全部情趣都集中在他们身上。我从来不打算离开那个村庄，甚至压根儿没想过将来要到此地俄国来。我以为自己将一直待在那里，但我终于看到，我的生活不能老是让施奈德负担；这时就冒出来一桩事儿，它的重要性看来促使施奈德自己催我动身回国，并且代我向国内作了答复。我想了解一下，这究竟是怎么回事，想找人商量一下。也许，我的命运将从根本上发生变化，但归根到底这并不是主要的。主要的是我的整个生活已经改变。我在那里留下的很多很多，简直太多了。这下全部化为乌有。我坐在火车上，心想：‘现在我要走到人们中间去；也许我什么都不懂，但是新的生活开始了。’我决心诚实而坚定地去办我的事。与人们相处我也许会感到乏味和难堪。首先，我决心对所有的人都要有礼貌，要坦率。‘事实上，谁也不会对我有更多的要求。可能，在俄国人们也认为我是个孩子，——反正随它去！’不知为什么，大家还把我当白痴看待。当初，我确实病得厉害，那时候简直像个白痴。而现在，我自己明白人家把我当作白痴，那我怎么会是白痴呢？我每次去见什么人，总是这样想：‘他们把我当作白痴，其实我还是有头脑的，可他们根本没料到……’我经常有这个想法。在柏林，我收到瑞士来的几封小小的信(他们已经给我写信了)，那时我才明白自己多么爱他们。收到第一封信的滋味可真不好受！他们送我的时候简直难过极了！他们在一个月以前就开始为我送行：‘莱昂要走了，莱昂再也不回来了！’我们照旧每天晚上聚集在瀑布旁，总是谈将要分手的事。有时候大家挺快活，跟过去一样；只是在各自回去睡觉之前，他们紧紧地、热烈地和我拥抱，这是过去所没有的。有几个孩子瞒着大家一个个跑来找我，目的仅仅为了和我个别拥抱、亲吻，而不是当着大家的面。到了我动身上路的时候，他们一齐出动，一直送我到车站。火车站离我们的村庄大约有一里地。他们竭力忍住不掉眼泪，但好多孩子还是忍不住哭出声来，尤其是女孩子。我们心里很急，生怕赶不上火车，但不时有某个孩子半道上突然从人群中向我扑过来，用两条小小的胳膊搂住我亲吻，仅仅为了这个而拖住大家。尽管当时行色匆匆，但大家还是停下来等他跟我告别。我进了车厢，火车开动了，他们一齐向我高呼‘乌拉！’还在那里站了很久，直到火车去远。我也望着他们……。我可以告诉你们，刚才我进来的时候，向你们可爱的脸上一看，——现在我很注意观察人们的脸，——听你们说最初的几句话，我心中便感到舒坦，这是从那以后第一次感到舒坦。刚才我已经在想，也许我真的是个有福之人，因为我知道，一下子就喜欢的人是不容易遇见的，而我才下火车，就见到了你们。我很清楚地知道，随便跟人谈自己的感受怪难为情的，可我现在告诉你们，我并不觉得难为情。我这个人不善交际，今后也许很久不上你们这儿来。请不要以为这包含着什么不好的意思。我这样说并非由于不珍视你们的盛情，请你们也不要以为我动了什么气。你们问过我对你们的面相的看法，问我从你们的脸上看到了什么。我十分乐于说出我的看法。阿黛拉伊达·伊万诺夫娜，您的面相得天独厚，是你们三位中间最讨人喜欢的。此外，您长得很俊，人家瞧着您会说：‘她的脸像一个心地善良的姐妹的脸。’您平易近人，性格开朗，但也善于很快了解别人的心。这就是您的面相给我的印象。亚历山德拉·伊万诺夫娜，您的脸也很美、很可爱，但您也许有某种藏在心里的忧愁。您的心地无疑是极其善良的，但您并不快活。您脸上有一种特殊的色调，就像德累斯顿那幅霍尔拜因的圣母像[①]。我对您的面相的看法便是如此；我是不是一个好相家？你们自己把我当作相面的术士。现在谈谈您的面相吧，叶丽扎薇塔·普罗科菲耶夫娜，”他忽然转向将军夫人，“关于您的面相，我不光是感觉，我简直确信：在一切方面，在一切事情上，好事也罢，坏事也罢，您完完全全是个孩子，尽管您已经上了岁数。我这样说，您不生我的气吧？您不是知道我把孩子看作什么吗？请不要以为我是由于头脑简单才这样坦率地向你们谈你们的面相；哦，不，完全不是！或许，我也有自己的用意在。”

七

公爵说完以后，大家都挺高兴地望着他，连阿格拉雅也是这样，但特别高兴的是叶丽扎薇塔·普罗科菲耶夫娜。

“不是要你们考考他吗，结果怎么样？”她大声说，“诸位小姐，你们自以为要对他作为一个穷亲戚加以关照，可他几乎是屈尊才瞧得起你们的，而且还附带声明，今后只能偶尔来此。我们都当了傻瓜，我倒是很高兴；而最可笑的要算伊万·费奥多罗维奇。妙极了！公爵，刚才她们奉命要对您进行一次考试。您关于我的面相所说的话一点儿也不错：我确实是个孩子，这我也知道。还在您告诉我以前，我就知道这一点；我的思想恰恰被您一语道破。我认为您的性格和我十分近似，简直一模一样，我非常高兴。只不过您是男，我是女，我也没到过瑞士；全部差别尽在于此。”

---

① 指德国画家小汉斯·霍尔拜因(1497—1543)所作的一幅画《圣母与市长雅各布·迈耶尔一家》。1867年，陀思妥耶夫斯基在德累斯顿美术馆见过此画的摹本(原作藏达姆施塔特博物馆)。在19世纪70年代以前，德累斯顿那幅由荷兰画师复制的摹本，一直被误认为是霍尔拜因的真迹。

“别忙，妈妈，”阿格拉雅喊道，“公爵说，他刚才作那番自白有特别的用意在，不是无缘无故的。”

“对，对。”另外两位小姐也笑道。

“你们别逗他了，亲爱的，兴许他比你们仨合在一起还机灵呢。不信你们瞧着。不过，公爵，关于阿格拉雅您怎么一句也没说？阿格拉雅在等着听您，我也等着。”

“现在我什么也说不出来；我以后再说。”

“为什么？她好像不算不起眼吧？”

“哦，当然不是这样。阿格拉雅·伊万诺夫娜，您美丽非凡。您是那么漂亮，简直叫人不敢看您。”

“就这些？那么内涵呢？”将军夫人紧追不舍。

“美是很难评判的；我还没有作好准备。美是一个谜。”

“您这是给阿格拉雅出了个谜题，”阿黛拉伊达说，“猜吧，阿格拉雅。那么她漂亮不，公爵，漂亮不？”

“非常漂亮！”公爵向阿格拉雅看了饶有兴味的一眼后，热情洋溢地答道，“几乎跟娜斯塔霞·菲立波夫娜一样，虽然容貌完全不一样！……”

母女们个个惊讶地面面相觑。

“跟什——么——人一样？”将军夫人拉长声调说，“跟娜斯塔霞·菲立波夫娜一样？您在什么地方看见过娜斯塔霞·菲立波夫娜？您说的是哪一个娜斯塔霞·菲立波夫娜？”

“刚才加甫里拉·阿尔达里昂诺维奇给伊万·费奥多罗维奇看了一张照片。”

“什么，给伊万·费奥多罗维奇拿来了照片？”

“是给他看看。今天娜斯塔霞·菲立波夫娜送了一张自己的照片给加甫里拉·阿尔达里昂诺维奇，他拿来让伊万·费奥多罗维奇看看。”

“我要看！”将军夫人勃然大怒，“那张照片在什么地方？既然是送给他的，就应该在他那儿，而他当然还在书房里。他每逢星期三都来工作，四点钟以前是决不会走的。马上把加甫里拉·阿尔达里昂诺维奇叫来！ 不，我不是那么十万火急地想见他。公爵，劳您的驾，亲爱的，到书房去走一趟，向他要那张照片，把它拿到这里来。您告诉他，我们想看看。请吧。”

“人倒是不错，就是太天真了。”等公爵走出去以后，阿黛拉伊达说。

“是啊，的确太天真了，”亚历山德拉也说，“甚至因此显得有些可笑。”

她们俩似乎都没有把自己的想法全部说出来。

“不过，他给我们大家相面，真难为他相得如此圆滑，”阿格拉雅说，“把每个人都恭维到了，连妈妈也在内。”

“请不要耍嘴皮子！”将军夫人喝道，“他倒没有恭维，而是我飘飘然了。”

“你认为他在耍滑头？”阿黛拉伊达问。

“我觉得他并不那么天真。”

“哼，又来了！”将军夫人很生气，“依我看，你们比他更可笑。他虽天真，可是有头脑，当然是就最正派的意义而言。完完全全和我一样。”

公爵一边往书房里走去，一边暗自思忖，心中感到有些内疚：

“当然，我把照片的事说出来实在糟糕。不过……我无意间说了出来也许倒是件好事……”

一个奇怪的设想开始在他头脑里一闪一闪，不过还完全没有清晰的轮廓。

加甫里拉·阿尔达里昂诺维奇还坐在书房里，埋头处理文件。看来，他确实没有白拿股份公司的薪水。公爵问起了照片，并且告诉他照片的事是怎么给她们那边知道的，他听了以后，慌得不知如何是好。

“唉！您跟她们说这些干什么呀！”他又气又恼，急得直叫，“您什么也不知道……”接着，他暗自嘀咕了一句：“白痴！”

“对不起，我根本没加考虑，只是话到口边漏了出来。我说阿格拉雅几乎跟娜斯塔霞·菲立波夫娜一样美。”

加尼亚要他讲得详细一些；公爵照办了。加尼亚重又以讥诮的目光看了看他。

“娜斯塔霞·菲立波夫娜让您着了魔……”他喃喃地说，但是话没完就陷入沉思。

他显然心神不宁。公爵提醒他：照片尚未拿去。

“听我说，公爵，”加尼亚蓦地说，他好像突然想到一个主意，“我想请您帮个大忙……。不过我实在不知道该怎么……”

他窘态毕露，欲言又止，似乎为了下什么决心正在自己跟自己斗争。公爵默默等待着。加尼亚以专注的审察性眼光再次把他打量一番。

“公爵，”他开始说，“她们那边目前对我……由于某种奇怪透顶……而又荒唐可笑的情况……这不是我的过错……总而言之，这没有必要……她们那边好像有点儿生我的气，所以有一段时间……如果没有传唤，我不想到那里去。现在我迫切需要跟阿格拉雅·伊万诺夫娜谈一谈。我预先写好了几句话，”这时他手中出现一张折得很小的纸，“可是不知道怎么递交。公爵，能不能麻烦您把它立刻转交阿格拉雅·伊万诺夫娜？但是只能单独交给阿格拉雅·伊万诺夫娜，不要让任何人看见，明白不？这也不是什么了不起的秘密，里边完全没有那种……不过……您能不能帮忙？”

“我不太乐意干这种事。”公爵回答。

“啊，公爵，我实在是出于无奈！”加尼亚开始央求，“她也许有回音……。请您相信，我只有在不得已、万不得已的情况下才会求告……。我能托什么人捎信呢？……这是非常重要的……。对于我非常非常重要……”

加尼亚生怕公爵不答应，怕得不得了，所以提心吊胆而又苦苦哀求地注视着他的眼睛。

“好吧，我去交给她。”

“但一定不能让任何人看见，”转忧为喜的加尼亚恳求道，“公爵，我希望您能以诚实来担保，行吗？”

“我不给任何人看。”公爵说。

“这短信没有加封，但是……”过于慌忙的加尼亚刚要想说，又不好意思地顿住了。

“哦，我不会看的。”公爵落落大方地回答，然后拿起照片走出书房。

加尼亚只剩下一个人的时候，立刻抱住自己的脑袋。

“只要她一句话，我……说真的，我也许就吹！……”

焦急等待的心情使他再也无法坐下来处理文件，于是他在书房里从一个角落到另一个角落走来走去。

公爵一路走，一路思忖。这次接受的委托给他的印象是不愉快的，加尼亚给阿格拉雅写信一事也使他感到不快。但他走到离客厅还有两间屋子的地方时，忽然站住，仿佛想起什么事情，四顾张望了一下，走到窗前较亮处，开始看娜斯塔霞·菲立波夫娜的照片。

他似乎想猜透这张脸隐藏着什么东西刚才使他如此惊讶。刚才的印象几乎一直萦绕在他脑际，现在他好像急于重新加以印证。这张美得异乎寻常而且另外还有其不同凡响处的脸，现在使他更吃惊了。这张脸仿佛蕴含着无比的傲慢和轻蔑，差不多是憎恨，同时又有一种信赖的表情，一种天真得出奇的东西。如此鲜明的对比令人瞧着这面庞甚至会产生某种同情。这炫目的艳光委实叫人承受不了：苍白的脸色、几乎凹陷的面颊、一双燃烧的眼睛——多么奇异的美！公爵看了有一分钟左右，随后恍然若有所悟，立即环顾四周，把照片匆匆放到唇边吻了一下。过了一会，他走进客厅时，他的面部表情完全平静如常。

但是，他刚刚跨入餐厅（餐厅与客厅还隔着一间屋子），从里边出来的阿格拉雅在门口几乎跟他相撞。除了阿格拉雅，没有旁人在场。

“加甫里拉·阿尔达里昂诺维奇要我向您转交。”公爵说着把信递给她。

阿格拉雅站住了接过信来，用奇怪的目光望着公爵。她的眼神中没有丝毫窘色，充其量只流露出一点儿纳罕，看来也仅仅涉及公爵一人。阿格拉雅通过这眼神好像在要求他说明，他怎么会同加尼亚一起卷进这件事情中去？她以平静的、居高临下的姿态提出这样的要求。他们面对面站了眨两三下眼睛的工夫。最后，阿格拉雅脸上现出一丝淡淡的嘲意；她微微一笑，然后走开。

将军夫人略带不屑的神情对娜斯塔霞·菲立波夫娜的照片默默地端详有顷，看时把照片拿在向前伸出的一只手里，推得离眼睛远远的，以期加强效果。

“哦，不错，”她终于说，“甚至很美。我见过她两次，不过都是远看。那么，您是欣赏这种美的喽？”她突然向公爵问道。

“是的……是这种……”公爵回答得有些费劲。

“您是说正是这一种？”

“正是这一种。”

“为什么？”

“这张脸上有……许多痛苦……”公爵不由自主地说；他像是在自言自语，而不是在回答问话。

“不过，您也许在说胡话，”将军夫人断然言毕，做了个傲慢的动作把照片往桌上一扔。

亚历山德拉拿起照片，阿黛拉伊达也走到她跟前，两人一起仔细观看。这时，阿格拉雅又回到客厅里来。

“了不起的力量！”从姐姐肩后贪婪地盯着照片的阿黛拉伊达骤然叫了起来。

“在哪儿？什么力量？”叶丽扎薇塔·普罗科菲耶夫娜厉声问道。

“这样的美是一种力量，”阿黛拉伊达热烈地说，“凭这样的美可以颠倒乾坤！”

她若有所思地回到她的画架前面去。阿格拉雅对那张照片只匆匆投了一瞥，眯着眼睛噘出下唇，随即走开去，两臂交叉起来坐在一旁。

将军夫人把铃打响。

“把加甫里拉·阿尔达里昂诺维奇叫来，他在书房里。”她吩咐走进来的一名仆人。

“妈妈！”亚历山德拉意味深长地叫了一声。

“我要向他说几句话——三言两语就够了！”将军夫人说得很快，口气坚决，不容异议。她显然很恼火。“您瞧，公爵，我们家里如今全是秘密。全是秘密！因为不这样不行，算是顾全体面，简直荒唐！偏偏这是在最需要坦率、明确、诚实的事情上头。一门门亲事在拟议中，我可不喜欢这些个亲事……”

“妈妈，您这是怎么啦？”亚历山德拉又急于阻止她。

“你干吗挡住我，我的好闺女？难道你自己喜欢？至于公爵听见也不妨，反正我们是朋友。至少我跟他是。上帝找人当然是找好人，坏人和反复无常的人上帝不要，尤其不要那些朝三暮四、今天决定这样、明天又说那样的人。您可明白，亚历山德拉·伊万诺夫娜？公爵，她们说我古怪，其实我有鉴别力。因为心是主要的，其余的都是扯淡。头脑当然也需要……也许，头脑是最主要的。别冷笑，阿格拉雅，我并不自相矛盾：一个有心而没有头脑的傻瓜，跟一个有头脑而没有心的傻瓜一样，都是可怜的傻瓜。这是古老的真理。我是一个有心而没有头脑的傻瓜，而你是个有头脑而没有心的傻瓜；咱娘儿俩一样可怜，一样苦恼。”

“您究竟为什么这样苦恼，妈妈？”阿黛拉伊达忍不住问；看来，在场的人中间唯独她还保持着愉快的心情。

“首先因为有你们这些才女，”将军夫人立即给以抢白，“光这一点已经足够，其余的也就用不着细说。口舌费得够多了。咱们不妨走着瞧，你们俩（我把阿格拉雅除外）凭着你们的多才多话能搞出什么名堂来？尊敬的亚历山德拉·伊万诺夫娜，您和您那位可敬的先生会不会幸福？……啊！……”她见加尼亚在走进来，发出一声感叹，“又是一门亲事来了。您好！”她向鞠了一躬的加尼亚答礼，却不请他坐下。“您快成亲了吧？”

“成亲？……怎么讲？……成什么亲？……”摸不着头脑的加甫里拉·阿尔达里昂诺维奇喃喃地说。他窘得要命。

“您是不是要结婚了？如果您比较喜欢这样的说法，我就这样问。”

“没有……我……没有这回事，”加甫里拉·阿尔达里昂诺维奇撒了个谎，顿时羞得满面通红。他向坐在一边的阿格拉雅匆匆瞥了一眼，急忙把视线移开。阿格拉雅冷淡、专注、平静地看着他，目不转睛地观察他的窘态。

“没有？您说：没有这回事？”铁面无情的叶丽扎薇塔·普罗科菲耶夫娜紧紧追问，“够了，我将记住，今天，星期三上午，您回答我的问题时说了：‘没有这回事。’今儿个星期几？是星期三吧？”

“好像是星期三，妈妈。”阿黛拉伊达回答。

“他们从来不知道日子。今天是几号？”

“二十七。”加尼亚回答。

“二十七？倒是挺好记的。再见吧，您大概很忙，我也该更衣外出了。把您的照片拿去。代我向可怜的尼娜·亚历山德罗夫娜问好。再见，公爵，亲爱的！您常来走走，我要特地去见贝洛康斯卡雅老太婆，把您的事告诉她。听我说，亲爱的：我相信，上帝正是为了我把您从瑞士带到彼得堡来的。您也许还有别的事情，但主要是为了我。上帝正是这样安排的。再见了，诸位。亚历山德拉，你到我那儿来一趟，我的孩子。”

将军夫人走了出去。垂头丧气、惘然若失的加尼亚憋着一肚子怨气从桌上拿起照片，面带苦笑向公爵说：

“公爵，我马上就回家。如果您没有改变住在舍间的意图，我可以带您去，因为您连地址也不知道。”

“等一下，公爵，”阿格拉雅忽然从圈椅里站起来说，“您还要在纪念册上给我写点儿什么。爸爸说您是位书法家。我马上给您去拿来……”

她走了出去。

“再见，公爵，我也要走了。”阿黛拉伊达说。

她紧紧地握了一下公爵的手，向他作一个亲切和蔼的微笑后走了。她没有朝加尼亚看一眼。

“都是您，”等她们母女都出去以后，加尼亚突然咬牙切齿地向公爵兴师问罪，“是您向她们捅了出去，说我要结婚！”他嘟嘟囔囔说得很快，声音却很低，怒容满面，眼睛里几乎射出火来，“您是个没羞没臊的饶舌鬼！”

“请您相信，您说得不对，”公爵从容而有礼貌地答道，“我根本不知道您要结婚。”

“刚才您听到伊万·费奥多罗维奇说，今晚一切都将在娜斯塔霞·菲立波夫娜家决定，您就把这事捅了出去！您明明在撒谎！要不，她们怎么会知道？除了您，还有谁能告诉她们？见鬼！老太婆不是向我暗示了吗？”

“如果您认为确实向您暗示了这个意思，那么，是谁告诉了她们，您应该更清楚。反正我对这件事只言未提。”

“信转交了没有？回音呢？”加尼亚像热锅上的蚂蚁似的一下子把公爵的话打断。但就在这个当儿，阿格拉雅回来了，所以公爵什么也没来得及回答。

“给，公爵，”阿格拉雅把一本纪念册放到小桌上说，“您挑选一页为我写点儿什么。这是笔，还是新的。笔尖是钢的不碍事吧？我听说书法家不用钢笔尖写字。”

在和公爵谈话的时候，她似乎完全没注意到加尼亚在场。但是，当公爵调整笔尖、寻找空页、准备书写之际，加尼亚走到壁炉旁此刻站在公爵右侧的阿格拉雅跟前，用发颤的、断断续续的声音几乎附在她耳边说：

“只要一句话，只要您一句话，——我就能得救。”

公爵很快转过头来向他们俩看看。加尼亚脸上的表情真正可说是孤注一掷；看起来，他是不加思考、不顾一切说出这话的。阿格拉雅对他看了有几秒钟，平静中流露出纳罕，同刚才看公爵的眼神完全一样；她这种平静的纳罕，这种似乎由于完全不懂别人在跟她说些什么而现出的疑惑，此刻对于加尼亚却比最最强烈的鄙视还要可怕。

“叫我写些什么好呢？”公爵问。

“我来向您口述，”阿格拉雅转脸向着他说，“准备好了没有？请写，‘我不做交易’。现在请写上年月日。让我瞧瞧。”

公爵把纪念册递给她。

“好极了！您写得非常出色；您有一手绝妙的书法！谢谢您。再见，公爵……。等一下，”她补上一句，好像忽然想起了什么，“请跟我来，我要送一点东西给您留个纪念。”

公爵跟在她后面走去；但是，到了餐厅里，阿格拉雅站住了。

“您看看这个。”她说着把加尼亚的信递给公爵。

公爵接过信来，困惑不解地望着阿格拉雅。

“我知道您没有读过这信，也不可能做这个人的代表。请看吧，我希望您读一读。”

短简显然在仓促中写就：

今天将决定我的命运，您知道将怎样决定。今天我必须最后表示我的态度。我没有任何权利企求您的同情，也不敢抱任何希望；但您以前说过一句话，只有一句，而这句话彻底照亮了我生活的黑夜，成为我的灯塔。现在请再说一句这样的话，您就能拯救我免于毁灭！只要您对我说：**扯碎一切**，我今天就把一切通通扯断、撕得粉碎。哦，说这句话对您又算得了什么！我只是请求您通过这句话表示您对我的怜悯和恻隐之心，如此而已，**如此而已**！别无他求，**别无他求**！我不敢存什么奢望，因为我不配。但是，只要有您一句话，我愿重新安于我的贫穷，我将甘心忍受我的绝境。我会去面对斗争，欢迎斗争，并通过斗争增添力量，获得新生！

请捎给我这句表示恻隐之心的话（我需要的**仅仅**是恻隐之

心，我可以向您起誓！）。请不要对一个绝望者的放肆行为发怒，不要对一个溺水者发怒，他胆敢作最后的挣扎无非想使自己免遭灭顶之灾。

加·伊

“这个人声称，”等公爵读完以后，阿格拉雅断然说，“‘**扯碎一切**’这句话不会置我于尴尬的境地，也不要我负任何责任。您看，此信算是他自己给我这方面的书面保证。请注意，他是多么天真地急急忙忙强调某些字句特别意味深长，可是他的用心掩盖得又是多么拙劣，结果是藏头露尾。其实他知道，假如他自己扯碎一切，假如是他独自作出的决定，并不等待我表示态度，甚至不告诉我要这样做，什么也不指望从我这里得到，那么，我会改变我对他的感情，也许会成为他的朋友。他明明知道这一点！但他的灵魂是肮脏的。他明明知道，就是不敢下决心；他明明知道，可还是要求得到保证。他不敢凭信念下决心。他要我给他与我结合的希望，以取代十万卢布。至于他信中提到，好像我以前说过的一句话照亮了他的生活，——他这是在撒弥天大谎。我只不过一度觉得他可怜罢了。但是他野心大、脸皮厚；那时候他立刻滋生出侥幸可能如愿的念头——我当即看清楚这一点。从那时起，他就想把我抓住，至今还在抓。不过已经够了；您把信拿去还给他，等你们一走出我们的家门，马上还给他，当然不要在这以前。”

“有什么话要我转告他吗？”

“当然没有。这是最好的回答。那么，您是想住到他家去？”

“刚才令尊大人出面介绍我住到他家去。”公爵说。

“那可要提防着他，我预先告诉您。待会儿您把信还给他，他是不会原谅您的。”

阿格拉雅略微握了一下公爵的手后走出餐厅。她紧绷着脸，神情严肃；当她向公爵点头作别时，甚至没有现出一丝笑容。

“我马上来，”公爵对加尼亚说，“等我把我的小包裹拿来，咱们就走。”

加尼亚不耐烦地跺了一脚。他的脸竟气得发黑。末了，两人总算走到街上，公爵手里拿着他的小包裹。

“回音呢？回音呢？”加尼亚迫不及待地问他，“她对您说了什么？您把信交给她啦？”

公爵把加尼亚的信默默地交还给他。加尼亚目瞪口呆。

“怎么？我的信！”他失声惊呼，“信没有交给她！哦，我应该料到这一着！哦，该死的……。怪不得刚才她一点也不明白！ 您怎么会，怎么会，怎么会没交给她的呢？哦，该死的……”

“很抱歉，恰恰相反，在您把信交给我以后几乎不到一分钟，我马上就转交了，而且完全是按您的要求做的。信又出现在我这里，是因为阿格拉雅·伊万诺夫娜刚才把它还给了我。”

“什么时候？什么时候？”

“我刚在纪念册上写好了字，她请我跟她去。（您不是听见了吗？）我们走到餐厅里，她把信递给我，要我读一下，并且要我把它还给您。”

“让您读信！”加尼亚几乎直着嗓子大叫，“让您读信！您读了没有？”

他再次直撅撅地站住在便道当中发愣，而且惊愕到把嘴都张大这样的程度。

“是的，我读了，才不多一会儿。”

“是她自己给您看的？她自己？”

“是的，请您相信，如果不是应她之请，我不会去读它。”

加尼亚沉默片时，苦思冥想了一阵，接着忽然喊道：

“这不可能！她不可能要您读信。您在撒谎！是您私自读的。”

“我说的是实话，”公爵仍以原来那种微波不兴的语调回答，“请您相信我： 这件事对您留下如此不愉快的印象，我感到非常遗憾。”

“但是，可怜的倒霉蛋，她在这样做的同时总该对您说些什么吧？总该有什么答话吧？”

“是的，当然有。”

“那就说呀，快说呀，哦，真是见鬼！……”

穿着套鞋的加尼亚把右脚在便道上跺了两下。

“等我看完了信，她就对我说，您想抓住她，说您其实是想把她置于尴尬的境地，为的是从她那里得到如愿的希望，以便凭借这个希望放弃可得十万卢布的另一个希望而不至蒙受损失。她说，假如您不跟她进行交易就这样做，假如您不向她事先索取保证就扯碎一切，那么，她也许会成为您的朋友。大概就说这些。对了，还有。我接过信以后还问她有什么话要我转告。于是她说，没有回答就是最好的回答，——好像是这么说的。如果我把她的原话忘了，请您原谅；我是按照我自己的理解转述的。”

无法用什么尺度来衡量的怨恨已使加尼亚失去自持，他的怒气竟毫无节制地迸发出来。

“啊！原来如此！”他咬牙切齿地说，“居然把我的信往窗外扔！哼！她不做交易，——我做！咱们走着瞧！我手中的牌还多着呢……咱们走着瞧！……我能把她收拾得服服帖帖！……”

他脸色发青，唾沫四溅，连连作出怪相，频频扬起拳头。他们这样走了几步。加尼亚在公爵面前毫无顾忌，就像一个人在自己屋子里那样，因为他压根儿没把公爵放在眼里。可是，他考虑了一下，似乎猛想起什么来。

“究竟凭什么，”他忽然对公爵说，“究竟凭什么您(这个白痴！——他在心中还骂了一声)跟她初次见面才两个小时就一下子赢得如此信任？怎么会这样的？”

他本来已经够痛苦了，现在又添上忌妒。他被忌妒一口正好螫在心坎上。

“这事我可没法向您解释清楚。”公爵答道。

加尼亚恶狠狠地瞪着他。

“她叫您到餐厅去，莫非就是把她的信任送给您？她不是打算送一点东西给您吗？”

“除了这样理解，我不知道还能怎样理解。”

“那么究竟为什么呢？真是活见鬼！您在那里做了什么？人家凭什么喜欢您？听我说，”他心慌意乱达于极点（此时他头脑里完全是一团乱麻，他没法把自己的思想理出个头绪来），“听我说：您在那边究竟说了些什么，您能不能回忆回忆，把所有的话从头至尾都理一理？您有没有发表过什么见解，您是否想得起来？”

“哦，完全可以，”公爵回答，“从一开始我走进屋子跟她们见面的时候说起，我们谈了瑞士的情况。”

“得，瑞士就去它的吧！”

“然后谈到死刑。”

“谈到死刑？”

“是的，那是从一件事情谈起的……后来我向她们讲述我在那边住了三年的情况，还讲了关于一个可怜的乡下女子的故事……”

“得，可怜的乡下女子也去她的！底下呢？”加尼亚急于刨根究底。

“随后谈到施奈德就我的性格发表的看法，他强迫我……”

“让施奈德见鬼去吧！他的看法关我屁事！底下呢？”

“底下，我从某个来由开始谈到面相，谈到面部的表情；我说阿格拉雅·伊万诺夫娜几乎跟娜斯塔霞·菲立波夫娜一样漂亮。就是在这样的情况下我不小心说出了照片的事……”

“不过您没有转述，没有把先前在书房里听到的那些话向她们转述，是不是？是不是？”

“我向您再说一遍：没有。”

“那么究竟从什么地方……准是有鬼……。噢！阿格拉雅有没有把信给老太婆看？”

“这一点我可以让您绝对放心，她没有这样做。我始终在场；而且，她也没有时间这样做。”

“某些情况也许您自己没有注意……。哦，该死的白痴！”他完全忘其所以地骂道，“简直什么也说不清楚。”

加尼亚既已骂开了头而又未遇到反抗，渐渐地失去了任何控制，这在某些人身上是一贯作风。他暴跳如雷到了这样的程度：再过一会儿，他也许要啐唾沫。然而，恰恰是这种暴怒蒙住了他的眼睛，否则他早该注意到，被他如此糟践的这个“白痴”，有时却能快得惊人而又精细入微地理解一切，并且还能表达得头头是道。但就在这个时候，发生了一桩意想不到的事情。

“加甫里拉·阿尔达里昂诺维奇，我必须告诉您，”公爵忽然说，“过去我确实病得很厉害，真的跟白痴差不多；但是那个时期早已过去了，因此，您当面管我叫白痴，我是有些不愉快的。虽然考虑到您遭遇的挫折也许情有可原，但是您在恼怒中甚至骂了我两回。我非常不愿意听到，特别是初次见面您就这样骂人。既然现在您我站在十字路口，咱们是不是分手为好：您向右回自己家里去，我往左拐。我有二十五个卢布，我定能找到一处带家具出租的房间的。”

加尼亚感到非常不好意思，甚至羞得脸都红了。

“请原谅，公爵，”他声情激越地说，一下子把辱骂的语调改成非常客气的口吻，“请看在上帝分上，原谅我吧！您也看到了，我处在多大的不幸之中！您还几乎完全不了解底细，但是，如果您知道了一切，那您一定会原谅我两三分。不过，毫无疑问，我是不可原谅的……”

“哦，我并不需要这样郑重其事的道歉，”公爵急忙回答，“我明白，您心里非常不痛快，所以您会骂人。好吧，咱们就到府上去吧。我欣然从命……”

路上，加尼亚不时用愤恨的眼光瞅着公爵，心想：

“不，现在不能就这样放他走。这个滑头把我的底全摸去了，后来又一下子摘去假面……。这事儿后面有文章。咱们走着瞧！一切都能得到解决，一切，一切！今天就解决！”

他们已经站在那幢房屋前面。

八

从十分洁净、明亮而又宽敞的扶梯登上三楼，便是加尼亚的家，那是由大小六七间屋子组成的一套住所。房间虽然极普通，但是，一个有家累的公务员，即使有两千卢布的年薪，恐怕也不太住得起。不过，加尼亚及其家属租下这套住所还不到两个月，目的是想招一些房客（兼包伙食杂役）。加尼亚本人极不乐意，但拗不过母亲尼娜·亚历山德罗夫娜及妹妹瓦尔瓦拉·阿尔达里昂诺夫娜的再三要求，因为她们也想起一些作用，希望对于家计不无小补。加尼亚老是绷着脸，把招房客说成丢人现眼；因为他惯于以一个风度翩翩、前程远大的年轻人的姿态出现在社会上，而现在他觉得在人前似乎有失体面。所有这些对命运作出的让步，所有这种令人恼火的紧巴巴的状态，都是他心中很深的创伤。从某一个时候起，他变得动不动就为些许小事发天大地大之火，如果说他暂时还同意让步和忍耐，那仅仅因为他已下决心在不久的将来使整个局面发生变更、彻底改观。然而，他决意采取的这种改变局面的办法，本身就是一道不小的难题，解决这个难题也许会招致变本加厉的麻烦和痛苦。

整套住所由一端直起过道的走廊分隔开来。准备赁给“经特别介绍的”房客的三间屋子都在走廊的一侧；此外，走廊这一侧的尽头处厨房旁边，还有第四间比其他各间都狭小的斗室，身为家长的退职将军伊沃尔京便睡在里边一张大沙发上，而他进出住所却必须通过厨房，走后梯。这间斗室中还住着加甫里拉·阿尔达里昂诺维奇的弟弟、十三岁的中学生郭立亚，他也得挤在这里做功课，睡在另一张很旧的、又窄又短的小沙发上（被褥都是破的），而主要是照料和**看管**愈来愈少不了这种照看的父亲。梅诗金公爵给安置在三间客房的当中一间，右边第一间住的是菲尔狄宪柯，左边第三间还空着。但是，加尼亚先带公爵到另一侧。这一侧包括一间需要时可作餐室的堂屋；一间客厅仅在上午算是客厅，晚上便是加尼亚的书房兼卧室；第三间屋子很小，门老是关着，那是尼娜·亚历山德罗夫娜和瓦尔瓦拉·阿尔达里昂诺夫娜的卧室。总而言之，这住所里的一切都挤得很紧，显得局促。加尼亚只是在暗地里咬牙切齿。虽则他对母亲也有做一个孝顺儿子的愿望，但一到他们那里，谁都看得出来：他在家中是称王称霸的。

尼娜·亚历山德罗夫娜不是一个人待在客厅里，瓦尔瓦拉·阿尔达里昂诺夫娜也坐在那里。母女俩都在做一些编织活儿，一边跟一位客人伊万·彼得罗维奇·普季岑交谈。尼娜·亚历山德罗夫娜看来在五十岁上下，面孔瘦削，腮颊凹陷，眼睛底下有两摊很深的黑色晕圈。她的气色不大健康，还略带几分忧戚，但她的相貌和眼神还是相当给人好感的；只消听她说几句话，一个庄重严肃、真正懂得自尊自爱的性格立即出现在你的面前。尽管忧形于色，你还是会感觉到她有坚强的毅力甚至果断的决心。她的穿着非常简朴，衣服的颜色很深，完全是老太婆的打扮；然而，她的举止、谈吐和整个气派，无不显露出这是一个见过世面的女人。

瓦尔瓦拉·阿尔达里昂诺夫娜是位约莫二十三岁的姑娘，不高不矮，但相当瘦，容貌虽不算十分漂亮，但蕴含着一种秘密，能不凭美色令人喜爱，甚至着迷。她很像她的母亲，由于完全不爱打扮，连衣着也几乎跟母亲一样。她的一对灰眼珠偶尔会现出非常快活和亲切的表情，惜乎在绝大多数情况下显得颇为严肃、心事重重，甚至有些过分，特别是最近一个时期。从她的脸上也看得出坚毅和果断，但你会感到这种坚毅甚至可能比她母亲更有活力、更富于锐气。瓦尔瓦拉·阿尔达里昂诺夫娜脾气相当急躁，她哥哥有时也有点儿怕她这种火暴性子。此刻在座的那位客人伊万·彼得罗维奇·普季岑也有点儿怕她。这一位还相当年轻，不到三十岁；穿着朴素，但颇雅致；举止得体，但似乎过于持重了些。深褐色的短髯表明他不是一个公职人员。他谈吐不俗，不过较多的时间保持沉默。总的说来，他给人的印象还是挺不错的。他显然属意于瓦尔瓦拉·阿尔达里昂诺夫娜，并且不掩藏自己的感情。瓦尔瓦拉·阿尔达里昂诺夫娜待他很友好，但是对于他提出的某些问题还迟迟没有作出回答，甚至不喜欢听；不过，普季岑也远远没有灰心丧气。尼娜·亚历山德罗夫娜对他挺热情，最近更是把许多体己话也告诉他。有一个情况是人所共知的：普季岑专门接受比较可靠的抵押品放高利贷赚钱。他和加尼亚是莫逆之交。

加尼亚十分淡漠地向母亲问过好，跟妹妹连一句招呼的话也不说，随即把普季岑从客厅里不知带到哪儿去。听了加尼亚详细的、但不大连贯的介绍以后，尼娜·亚历山德罗夫娜向公爵说了几句表示欢迎的话，吩咐探头进来的郭立亚带他到当中那间屋子去。郭立亚这少年生就一张快乐而又相当可爱的脸，率直天真，憨态可掬。

“您的行李在什么地方？”他带领公爵进屋时问道。

“我有个包裹；我把它搁在过道里了。”

“我去给您拿来。我们家的用人只有一个厨娘和玛特辽娜，所以我也帮着干点儿活。瓦丽雅[①]姐姐什么都要管，她脾气挺大。听加尼亚哥哥说，您今天刚从瑞士来？”

“是的。”

“瑞士那边好吗？”

“很好。”

“有山？”

“是的。”

“我马上去把您的那些包裹搬来。”

瓦尔瓦拉·阿尔达里昂诺夫娜走进来。

“玛特辽娜这就给您铺床。您有箱子没有？”

“没有，只一个包裹。令弟去取了；在过道里。”

“那儿除了这小包裹什么也没有。您把行李放在什么地方啦？”郭立亚又回到屋里问。

“除了这个，本来就没有别的东西了。”公爵接过包裹答道。

“啊——啊！我还以为别是给菲尔狄宪柯拿走了呢。”

“别胡说。”瓦丽雅厉声喝道。她甚至跟公爵说话也是冷冰冰的，只是比较注意礼貌。

“亲爱的巴蓓特[②]，对我可以稍微客气点儿，我又不是普季岑。”

---

① 瓦丽雅是瓦尔瓦拉的昵称。

② “巴蓓特”是“瓦尔瓦拉”这个名字的法国化昵称。

“对你还用得着家法呢，郭立亚，因为你还蠢得厉害。您需要什么，可以问玛特辽娜要。正餐时间是四点半；您可以跟我们一起用餐，也可以在自己房间里吃，悉听尊便。郭立亚，咱们走吧，别妨碍人家。”

“走吧，好干脆的性格！”

他们出来时碰见了加尼亚。

“父亲在家吗？”加尼亚问郭立亚。他得到肯定的回答后，便向郭立亚附耳说了些什么。

郭立亚点点头，跟在瓦尔瓦拉·阿尔达里昂诺夫娜后面走出去。

“公爵，有句话我忘了对您说，都是给这些个……事儿打了岔。我求您一件事：请帮个忙，——如果这对您不是太费劲的话，——既不要在此地乱讲我和阿格拉雅之间刚才发生的情况，也不要到**那边**去讲您在这儿看到的情形；因为此地讨厌的事儿也够多的。不过，这一切反正通通都得见鬼去！……至少今天得请您忍着点儿，免开尊口。”

“请您相信我，刚才我说的话远远没有您想象的那么多。”公爵说；听了加尼亚的指责，他有点儿恼火。他们之间的关系看得出在愈变愈坏。

“得了，今天您已经让我吃够了苦头。总之一句，我请求您少开口。”

“我还要请您说说清楚，加甫里拉·阿尔达里昂诺维奇，刚才我究竟受到什么义务的约束，为什么我不能提到那张照片？您事先并没有要求我别提。”

“嗬，这屋子真糟糕！”加尼亚用轻蔑的目光四周环顾着说，“光线既暗，窗户又朝着院子。无论从哪方面看，您来得都不是时候……。反正这不关我的事；我不是房东。”

普季岑探头进来叫加尼亚；加尼亚匆匆瞥了公爵一眼就走出去，尽管他还有话要说，但显然举棋不定，似乎羞于启齿，结果把房间骂一通，大概借以掩饰窘态。

公爵才洗了一把脸，稍稍整饬一下自己的仪表，这时门又被打开，出现的是个新的主儿。

这是一位三十岁左右的先生，个儿不小，肩膀宽阔，大脑袋上的鬈发略带棕红色。他的脸肥软红润，嘴唇挺厚，鼻子宽而且扁，一双嘲弄人的小眼睛陷在肉堆里，好像老是在那里一映一映向你示意。总的说来，这一切造成的印象是：此人颇不知趣。他的衣着也比较邋遢。

他先把门打开一点点，刚刚够伸进他的脑袋。这颗伸进门来的脑袋把屋子打量了有五秒钟，然后门慢慢地给推开，整个身躯出现在门口。可是这位客人还不进来，而是站在门口继续眯着眼睛把公爵细细端详。最后，他把门关上，走过来，在一把椅子上坐下，紧紧抓住公爵的手，让他坐到沙发上斜对自己。

"菲尔狄宪柯。"他自报姓氏，同时带着疑问的目光定睛注视公爵的脸。

"有何见教？"公爵回答时差点儿笑了出来。

"房客。"菲尔狄宪柯又说，一边依然凝视着对方。

"您是想跟我认识一下？"

"唉！"来客叹一口气，把头发搔得蓬蓬松松，开始望着对面的一个角落。"您有钱吗？"他突然问公爵。

"不多。"

"究竟有多少？"

"二十五卢布。"

"让我瞧瞧。"

公爵从背心小兜里取出一张二十五卢布的钞票递给菲尔狄宪柯。菲尔狄宪柯把钞票展开来看了一下，然后翻到另一面，再对着光瞧瞧。

"真奇怪，"他若有所思地说，"它们怎么会变成棕色的？这种二十五卢布的钞票往往泛出棕色来，泛得很厉害；而另一些钞票又相反，掉色掉得一塌糊涂。拿去吧。"

公爵收回了钞票。菲尔狄宪柯离座起身。

“我是来要您注意：首先，不要借钱给我，因为我一定会提出这样的请求。”

“好。”

“您在这儿打算付账不？”

“打算付。”

“我可不打算付；谢谢。我住这儿您右边第一扇门内，刚才您瞧见没有？您不必经常劳驾去找我；我会上您这儿来的，请放心。这儿有位将军您看见了吗？”

“没有。”

“也没听说过？”

“当然没有。”

“那您一定会看见和听到的；何况他甚至向我也要借钱！我向您打过招呼了。[①] 再见。您说说，带着菲尔狄宪柯这么个姓，难道能过日子？啊？”

“为什么不能？”

“再见。”

说罢，他向门口走去。事后公爵才了解到，这位先生好像承担了一项义不容辞的任务，要以自己奇特而乐天的作风使大家惊诧，不过似乎从来没有取得成功。某些人对他甚至印象不佳，这使他由衷地感到伤心，但这项任务他还是不撂下。到门口他像是恢复了常态，也许因为碰上一位先生正要进来。菲尔狄宪柯让公爵不认识的这位后来者进了屋子，自己从他背后向公爵映了几下眼睛要对方注意，这才满不在乎地走开。

后来的一位先生身材高大，相当肥胖，年纪有五十五岁，也许还不止；一张皮宽肉垂的脸红得发紫，镶着浓密的灰色连鬓胡子，嘴上边也有蓄髭，一双大眼睛相当暴突。此人的仪态本来倒是挺神气的，

---

① 原来的词义是“致读者”或“出版说明”。

惜乎如今有那么一副落拓、寒酸乃至肮脏相。他身穿一件很旧的常礼服，肘部都快磨穿了；衬衫也不干净，——不像做客的打扮。在他身旁可以闻到一点儿伏特加的味儿，但他的举止讲究工架，显得训练有素，看得出他竭力想给人以庄重的印象。这位先生走到公爵跟前，态度从容，面带亲切的微笑，默默地握住他的手，对他的脸端详了一些时候，仿佛在辨认记忆中熟悉的相貌。

“是他！是他！”他轻轻地、但郑重其事地说，“一模一样！我听他们一再提到一个熟悉而亲爱的姓氏，想起了一去不返的往事……。您是梅诗金公爵？”

“正是在下。”

“敝姓伊沃尔京，一个退休和倒霉的将军。请教尊驾的大名和父名是？……”

“列夫·尼古拉耶维奇。”

“对，对！我的朋友、也可以说是我的童年伙伴尼古拉·彼得罗维奇敢是令尊？”

“家父名叫尼古拉·里沃维奇。”

“里沃维奇，”将军纠正了自己的说法，但不慌不忙，而是充满自信，似乎他丝毫也没有忘却，只不过无意间说错罢了。他坐下来，也抓住公爵的手让他坐在自己旁边。“我还抱过您呢。”

“真的吗？”公爵问，“家父见背已经二十年了。”

“是啊，二十年了，二十年零三个月。我们是同学；我直接进入了军界……”

“家父也在军界待过，他曾经是瓦西里科夫斯基团的一名少尉。”

“是别洛米尔斯基团。他给调到别洛米尔斯基团这件事差不多是在他临死的前夕。当时我站在旁边送他上了走向永恒之路。您的妈妈……”

说到这里，将军顿了一下，似乎有点儿往事不堪回首的样子。

“半年以后她也因感风寒而去世了。”公爵说。

“不是因感风寒。请相信一个老头儿的话，不是因感风寒。当时我在那儿，是我把她殡葬的。她是为公爵伤心而死，并非死于风寒。是啊，公爵夫人对我说来也是难忘的！青春哪！为了您的妈妈，我和公爵这么一对从小要好的朋友，差点儿闹得互相残杀。”

公爵开始抱着不太相信的态度听他讲述。

“我曾经热恋过您的母亲，当时她还没有出嫁，但已是我的朋友的未婚妻。公爵发觉了以后大为震惊。一天早晨，还不到七点，他来找我，把我叫醒。我一边穿衣，一边纳闷儿；双方都不作声；我全明白了。他从兜里掏出两支手枪。距离为一条手绢。不请证人。反正五分钟以后我们彼此把对方送上西天，何必要证人？我们装上子弹，拉直手绢，站好位置，互相把枪对准心口，看着对方的脸。忽然，从两人的眼眶里同时泪如雨下，我们的手一齐哆嗦。两个人不约而同！接下来自然是拥抱和争相慷慨谦让。公爵高声喊道：‘她是你的！’我也大声嚷嚷：‘她是你的！’总而言之……总而言之……您到舍间来是……住在这儿？”

“是的，也许住一段时间。”公爵说的时候好像有点儿吞吞吐吐。

“公爵，我妈请您去一趟。”郭立亚进门来叫了一声。公爵起身要走，但是将军用右手掌按住他的肩膀，挺友好地让他重又坐到沙发上。

“作为您父亲的真正朋友，我想先告诉您，”将军说，“您自己也看得出来，我是落难了，由于遭到一场惨变，但没有经过审讯！没有审讯！尼娜·亚历山德罗夫娜是个不可多得的女人！瓦尔瓦拉·阿尔达里昂诺夫娜——我的女儿——也是不可多得的女儿！我们为环境所迫，招房客以为生计，实在是潦倒不堪！我本来马上要当总督了！……但不管怎样，对您我们永远表示欢迎。然而，我这里家门不幸！”

公爵用疑问的眼光十分好奇地望着他。

“一门亲事在安排中，一门罕见的亲事。一方是个名声难听的女子，一方是个本来可以取得宫廷职称的青年。那个女子将要被带进家门，而这里有我的女儿和我的妻子！但是，只要我还有一口气，她就休想进门！我要躺在门槛上，除非她从我的尸体上边跨过去！……我现在和加尼亚几乎话也不说，甚至避不见面。我特地向您打个招呼。既然您要住在我们这里，反正会亲眼看到的。但您是我的朋友的儿子，我有权指望……”

“公爵，劳您驾到我客厅里来一趟。”尼娜·亚历山德罗夫娜已亲自到门口来请。

“你一定很难想象，亲爱的，”将军向她喊道，“公爵小时候我还抱过他呢！”

尼娜·亚历山德罗夫娜带着责备的意味瞧了将军一眼，再以探究的目光看看公爵，但是一句话也不说。公爵跟在她后面走去；可是，他们才到客厅里坐下，尼娜·亚历山德罗夫娜刚开始匆匆忙忙而又轻口低声告诉公爵什么事情，将军忽然自己到客厅里来了。尼娜·亚历山德罗夫娜立即缄口不语，带着明显的不悦之色低头做她的编织活计。将军也许注意到了这种不悦，但继续保持着好得不能再好的情绪。

“原来是我朋友的儿子！”他向尼娜·亚历山德罗夫娜大声说，“而且来得这样突然！我早就连想也不敢想了。可是，亲爱的，难道死去的尼古拉·里沃维奇你不记得了？你不是还赶上见他最后一面的吗？……在特维尔。”

“我不记得尼古拉·里沃维奇。那是您的父亲？”尼娜·亚历山德罗夫娜问公爵。

“正是家父；不过，他好像不是死在特维尔，而是在叶里萨维特格勒，”公爵不好意思地向将军指出，“我是听帕甫里谢夫说的……”

“在特维尔，”将军重申，“他是在临死之前调到特维尔的，甚至还在病势加剧之前。当时您还很小很小，调动和旅途中的事情都不可能记得。帕甫里谢夫完全可能弄错了，虽然他是个最好不过的人。”

“您也认识帕甫里谢夫？”

“一个不可多得的人。不过，我是亲眼看到的。是我在他临终的床边为他祝的福……”

“家父却是在押候审的时候去世的，”公爵再次指出，“尽管我从来没能了解到究竟为了什么事情。他是死在医院里的。”

“哦，那是为了列兵柯尔帕科夫的案件，而且，公爵毫无疑问可以无罪获释。”

“真的？您能够肯定？”公爵特别感兴趣地问。

“当然！”将军嚷道，“法庭什么也没有裁决就解散了。这是一桩不可思议的案件！甚至可以说是件神秘的奇案。连长拉里昂诺夫上尉死了，公爵被指定临时代理连长的职务。好。列兵柯尔帕科夫干了偷窃的勾当——把同伴的靴料偷去买酒喝了。好。公爵把他训了一通，——请注意，当时有一名中士和一名下士在场，——并且警告说要用树条抽他。很好。柯尔帕科夫回到营房去躺在铺位上，一刻钟以后就死了。好得很。但事情实在出人意表，简直无法想象。且不去管它。柯尔帕科夫的尸体得到了殡殓安葬。公爵向上级报告了这件事，然后把柯尔帕科夫除名。这事好像已经完全了结，可不是吗？可是时隔半年，在一次旅的阅兵式上，列兵柯尔帕科夫竟若无其事地出现在诺沃节姆良斯基步兵团的二营三连，还是那个师、那个旅！”

“是吗？”公爵失声惊呼。

“不是这么回事，这是一个错误！”尼娜·亚历山德罗夫娜忽然向他说，同时几乎以痛苦的目光望着他。“我丈夫弄错了。”

“但是，亲爱的，说弄错自然容易，可你自己来解释解释这样的怪事！所有的人都如堕五里雾中。我第一个可以说是别人弄错了。可偏偏我是目击者，还亲自参与了调查。所有的当面质对无不证明，这正是半年前按常规列队鸣鼓埋葬的那个列兵柯尔帕科夫。事情实实在在绝无仅有，简直令人难以置信，这我也同意，但是……”

“爸爸，给您开饭了。”瓦尔瓦拉·阿尔达里昂诺夫娜走进客厅来宣布。

“啊，好极了，太好了！我毕竟饿了……。不过，这件事甚至可以说是心理学的课题……”

“汤又要凉了。”瓦丽雅催促着。

“就来，就来，”将军喃喃地说着走出客厅，从走廊里还传来他的声音，“尽管作了种种查询……”

“如果您要在我们这里住下，您必须多多原谅阿尔达里昂·亚历山德罗维奇，”尼娜·亚历山德罗夫娜对公爵说，“不过，他不会过于讨您的嫌；他吃饭也是单独吃的。想必您也会同意，每个人都有自己的缺点和自己的……奇特之处，某些人也许比他们惯于指指戳戳议论的对象缺点更多。有一件事我请您务必注意：万一我丈夫向您要房租，您就对他说，已经付给我了。当然，付给阿尔达里昂·亚历山德罗维奇的钱还是算您付的，但我纯粹是为了避免差错才请求您……。这是什么，瓦丽雅？”

瓦丽雅回到屋里来，默默地把娜斯塔霞·菲立波夫娜的照片递给母亲。尼娜·亚历山德罗夫娜打了个寒战，起先似乎有些愕然，后来则怀着压倒一切的痛苦心情把照片仔细看了一段时间。最后，她把疑问的目光投向瓦丽雅。

“这是今天她亲自送给加尼亚的，”瓦丽雅说，“晚上他们就要把一切决定下来。”

“今天晚上！”尼娜·亚历山德罗夫娜似乎绝望地低声重复一遍。“怎么办？现在已不存在任何怀疑，也不再有任何希望。通过送照片这件事，她已经表明了一切……。是不是加尼亚自己给你看的？”母亲用诧异的口气补问了一句。

“您知道，我们已经整整一个月几乎没有说过一句话。普季岑把一切都告诉了我，而照片就撂在那儿桌子旁边的地上，我把它拣了起来。”

“公爵，”尼娜·亚历山德罗夫娜忽然对他说，“我想问您，——我请您到这里来正是为了这件事，——您认识我儿子是不是很久了？他好像说您今天刚从什么地方来到彼得堡？”

公爵简单谈了一下自己的情况，一大半都已略去。尼娜·亚历山德罗夫娜和瓦丽雅听他讲完。

“我问您的目的不是想探听有关加甫里拉·阿尔达里昂诺维奇的什么事情，”尼娜·亚历山德罗夫娜指出，“您在这一点上不要有所误解。如果他有什么事情自己不能对我讲的，我也不愿绕过他去打听。我请您来是为了这么回事：刚才加尼亚当着您的面说过，后来您走开时我向他问起您，他也这样回答：‘他全知道，不必有什么顾虑！’这话指的是什么？我的意思是想了解一下，那是在何种程度上……”

加尼亚和普季岑突然走了进来，尼娜·亚历山德罗夫娜立刻不再说下去。公爵仍坐在她身边的一把椅子上，瓦丽雅则退到一旁；娜斯塔霞·菲立波夫娜的照片平放在尼娜·亚历山德罗夫娜的一张小小工作台上最显眼的地方，正好摆在她面前。加尼亚看到后蹙紧眉头，悻悻然从台上拿起照片，扔到放在房间另一端的他自己的书桌上去。

“就在今天，加尼亚？”尼娜·亚历山德罗夫娜蓦地问道。

“什么今天？”加尼亚先是一愣，接着马上把气撒到公爵头上。“啊，我明白了，您又上这儿干好事来了！……您到底是怎么回事？这是一种病还是怎么着？难道您就忍不住非说不可？我的公爵大人，我得跟您讲讲明白……”

“这都是我的过错，加尼亚，不能怪任何人。”普季岑插进来说。

加尼亚用目光向他质问。

“这样不是更好吗，加尼亚？何况，从一方面说事情算是了啦。”普季岑嘟哝道，然后退到一边，在桌旁坐下，从兜里取出写满铅笔字的一张纸片，开始仔细观看。

加尼亚沉着脸站在那儿，不安地等待着一场勃豀爆发。至于向公爵道歉，他连想都没有想过。

“既然一切都已了结，那么，伊万·彼得罗维奇的话当然有道理，”尼娜·亚历山德罗夫娜说，“请不要皱眉头，也不必恼火，加尼亚，你自己不愿说的事我什么也不问，你可以放心，我已经完全认命了。求求你，不要心神不定。”

她说这番话的时候，始终没有停下手中的活，看起来确实心平气和。加尼亚感到惊讶，但保持谨慎的沉默望着母亲，期待她把话说得更明白些。家庭的不和已使他付出高昂的代价。尼娜·亚历山德罗夫娜注意到了这种谨慎的态度，便带着苦笑补充几句：

“你还不放心，还不相信我；别担心，不会像过去那样向你流泪哭泣、苦苦哀求了，至少我不再如此。我的全部愿望就是为了使你幸福，这你也知道；我认命了，但我的心永远和你在一起，不管我们将来仍在一起还是分开。当然，我只代表我自己；你不能同样要求你的妹妹……”

“啊，又是她！”加尼亚喊着把嘲弄和仇恨的目光投向妹妹。“妈妈！我再次发誓信守曾经向您作出的保证：只要我在此地，只要我活着，任何人任何时候都不敢对您有所轻慢。无论涉及的是什么人，无论是谁跨进我们的家门……我都坚持要求那人对您绝对尊敬。”

加尼亚大喜过望，以致差不多像是和解那样、几乎是深情地望着母亲。

“我没有为自己担过一点儿心，加尼亚，这你知道。整个这段时间我始终不是为自己忧虑、苦恼。据说，你们今天就要决定一切？究竟决定什么？”

“今天晚上，她答应将在自己家里宣布：同意还是不同意。”加尼亚答道。

“我们差不多有三个星期避而不谈这事，这样比较好。现在，既然一切都已定局，我只想冒昧问你一句话：既然你不爱她，她怎么会向你许婚，甚至把她的照片送给你？难道你能把她这样……这样一个……？”

“一个有经验的女人，是不是？”

“我并不想用这样的字眼。难道你居然能把她蒙骗到这种程度？”

一股异乎寻常的愤懑之情骤然从这句问话中透露出来。加尼亚站了一会，考虑片刻后，带着不加掩饰的嘲弄意味说：

“妈妈，您太冲动了，又不能控制自己。咱们每次总是这样吵起来的。您说：既不问长问短，也不埋怨责备。可是已经开始质问、开始责备了！还是不谈为妙，真的，还是不谈吧。至少您原来的意图还是……。我任何时候无论如何不会把您撇下；别人有这样一个妹妹至少也会逃跑，——瞧她现在望着我的那分儿德行！咱们到此为止吧！我本来倒是挺高兴的……。您怎么知道我在欺骗娜斯塔霞·菲立波夫娜？至于瓦丽雅么，随她的便，——就这么回事！够了，现在确确实实已经够了！”

加尼亚越说越火，同时无目的地在房间里走来走去。这样的谈话立刻触到全体家庭成员的痛处。

“我说过，要是她进这儿的门，我就从这儿出去，我也决不食言。”瓦丽雅说。

“那是因为顽固！”加尼亚大声嚷着，“因为顽固你才不出嫁！你冲我用鼻子吭气干什么？我压根儿不在乎，瓦尔瓦拉·阿尔达里昂诺夫娜！您愿意的话，哪怕马上实现您的打算也行。您使我腻烦透了！哦！公爵，您总算决定离开我们了。”见公爵离座起身，加尼亚冲他喊道。

从加尼亚的语气听得出来，他已经恼怒到了这等程度，那时一个人几乎自己欢迎这股怒气，不加任何克制地把自己交给感情摆布，并且越来越觉得这简直是一种享受而置一切于不顾。公爵走到门口回过头来，本想回敬几句，但是从出口伤人的对方脸上痛苦的表情看到，只要再加一滴，便会满极而溢，——便转身默默地走了出去。过了一会，他根据客厅里传出来的声音知道，谈话从他走后变得更加激烈、更表面化了。

他经由堂屋走进过道，准备从走廊回到自己房间里。当他从正对楼梯的前门近旁经过时，听到并发现门外有人在使劲打铃，但是门铃大概出了点儿毛病：只见它微微晃动，可是没有声响。公爵拔栓开门，接着惊讶地倒退一步，甚至全身打了个寒噤：站在他面前的竟是娜斯塔霞·菲立波夫娜。公爵因见过照片一下子就认出是她。她看见了公爵，眼睛里闪起一束恼恨的火花。她很快地进了过道，用肩膀把他捅开，一边甩去身上的皮裘，一边怒冲冲地说：

“你要是懒得把铃修好，至少也该坐在过道里应门。瞧，这下又把我的大氅掉地上啦，饭桶！”

皮大氅的确掉在地上。娜斯塔霞·菲立波夫娜不等公爵帮她脱下来，自己连看也不看就从后面把大氅往他手上一甩，但是公爵没来得及接住。

“应该叫你卷铺盖滚蛋。快去通报。”

公爵想要说些什么，但实在不知何所措手足，竟一句话也说不出来，就拿着从地上拣起来的皮裘往客厅走去。

“嗬，这下又带着大氅往里走！你把大氅拿去干吗？哈哈！你是不是有神经病？”

公爵转回来，直眉瞪眼瞧着她；当她笑起来的时候，公爵也莞尔一笑，但舌头还是不听使唤，开不了口。公爵在给她开门的最初一刹那，自己的脸色是苍白的，现在一下子涨得通红。

“哪来这么个白痴？”娜斯塔霞·菲立波夫娜冲他一跺脚，气愤地嚷道，“喂，你上哪儿去？我问你，你通报时说我是谁？”

“娜斯塔霞·菲立波夫娜。”公爵喃喃地回答。

“你怎么认识我的？”对方向他问得很快，“我从来没有见过你！通报去吧……。那边大叫大嚷是怎么回事？”

“在吵架。”公爵回答后向客厅走去。

他进去正好赶上一个非常关键的时刻：尼娜·亚历山德罗夫娜几乎完全忘记她已“认了命”，不过，她是在保护瓦丽雅。瓦丽雅旁边还站着普季岑，他已经搁下那张写满铅笔字的纸片。瓦丽雅自己也不胆怯，她本来就不是个胆小怕事的姑娘；但她哥哥那些无礼的话越说越放肆，越来越难听。在这种情况下，她通常缄口不语，只是面带无声的讥笑目不转睛望着哥哥。她知道，这一着能惹得加尼亚冲决最后一道堤防。就在这个当儿，公爵跨进客厅宣布：

“娜斯塔霞·菲立波夫娜到！”

九

客厅里顿时鸦雀无声；大家都望着公爵，似乎不明白他说的是什么，而且——也不愿意明白。加尼亚吓得呆若木鸡。

娜斯塔霞·菲立波夫娜的来到，尤其在此时此刻，对所有的人都是最奇怪、最伤脑筋的意外。别的且不说，娜斯塔霞·菲立波夫娜这是第一次光临，单单这一点就非同小可。迄今为止，她的态度一直是那么傲慢，在跟加尼亚交谈中甚至没有表示过同他的亲属见见面的愿望，而最近对他们压根儿连提也不提，就像世上没有这些人似的。加尼亚虽则在某种程度上乐于让这样一次对他来说非常棘手的谈话得以推迟，然而心中还是把这一傲慢的表现记在账上。反正加尼亚更多的是准备从她那里听到对自己家属的讥讽和挖苦，而不是登门来访。加尼亚可以肯定：娜斯塔霞完全了解，为了他的亲事，他家里目前处于什么状况，他的亲属对她是怎样看的。**现在**，在赠送照片之后，又是在她的生日，在她答应要决定他命运的日子，她的来访所意味着的几乎就是这一决定本身。

大家莫名其妙地望着公爵，不过这种困惑之状没有持续太久，因为娜斯塔霞·菲立波夫娜已自己出现在客厅门口，在走进房间的时候又轻轻一搡，把公爵搡开些。

“总算进来了……你们干吗把门铃系住？”她高兴地说着向急忙过来迎接她的加尼亚伸出一只手，“您为什么这样拉长着脸？请给我介绍一下吧……”

完全慌了手脚的加尼亚首先把她介绍给瓦丽雅；这两个女子在互相伸出手来之前，先交换了一下奇怪的目光。娜斯塔霞·菲立波夫娜笑着装作兴致勃勃的样子，但瓦丽雅不愿作假，硬是注视着对方，脸上甚至没有现出起码的礼貌所要求的一丝笑意。加尼亚愣住了；劝说已经无用，也来不及了，于是他向瓦丽雅瞪了富于威胁性的一眼，致使妹妹根据这目光的力量懂得，此时此刻对于她的哥哥意味着什么。看来她终于决定向哥哥作出让步，朝着娜斯塔霞·菲立波夫娜微微一笑。(这一家人毕竟还是彼此相爱的。)尼娜·亚历山德罗夫娜把局面稍稍扭转了些，而彻底昏了头的加尼亚在向瓦丽雅介绍之后，竟然颠倒把母亲带到娜斯塔霞·菲立波夫娜面前。但是，尼娜·亚历山德罗夫娜刚开始表示她"非常高兴"，娜斯塔霞·菲立波夫娜不等她说完，很快就转向加尼亚，一边在靠窗的角落里一张小沙发上坐下(还没有得到邀请)，一边大声嚷嚷：

"您的书房在哪儿？还有……房客在哪儿？你们不是招房客来住的吗？"

加尼亚的脸直红到耳根，支支吾吾地正欲回答，可是娜斯塔霞·菲立波夫娜马上又说：

"这里哪儿还能招房客住哇？您连一间书房也没有。这样划得来吗？"她忽然又转而问尼娜·亚历山德罗夫娜。

"麻烦是有一些的，"后者答道，"自然也应当有所收益。不过，我们还刚刚……"

但是娜斯塔霞·菲立波夫娜已经又不听了：她望着加尼亚，笑着冲他大叫：

"瞧，您这张脸像个什么？哦，我的上帝啊，这会儿您的脸可真够瞧的！"

这一阵笑持续了好大一会儿工夫，加尼亚果然神色大变。他那种目瞪口呆的模样、他那副可笑的胆怯狼狈相一下子都不见了；但他的面色煞白煞白的，嘴唇像抽风似的扭曲着；他以不祥的眼光定睛注视着还在笑的女客人。

在场的还有一位旁观者，他见到娜斯塔霞·菲立波夫娜以后几乎成了哑巴，这时也还没有恢复过来。他虽然像一根木桩那样站在客厅门口原来站的地方，但他已经注意到加尼亚煞白的面色和他脸上预兆不祥的变化。这位旁观者就是公爵。他几乎怀着惊恐的心情不自觉地突然向前走去。

“去喝点儿水，”他向加尼亚悄悄地说，“别这样看人……”

显然，他说这话绝无心计，没有任何特别的用意，纯粹出于本能的推动。但是他的话产生的效果却异乎寻常。看来，加尼亚的全部怒气一下子都发泄在公爵头上；他抓住公爵的肩膀，默默地望着对方，像有什么深仇大恨似的，一句话也说不出来。这一举动引起了大家一阵慌乱：尼娜·亚历山德罗夫娜甚至发出一声轻轻的喊叫；普季岑紧张地跨步向前；出现在门口的郭立亚和菲尔狄宪柯则愕然止步；唯独瓦丽雅和先前一样紧绷着脸，但在留神观察。她并不坐下，而是抄着手靠边站在母亲身旁。

不过，加尼亚旋即发觉情况有异，这几乎就在他作出如此举动的一刹那间，接着神经质地纵声大笑。他完全清醒过来了。

“怎么，公爵，莫非您是大夫不成？”他尽可能显得愉快、天真地大声说，“简直吓我一跳。娜斯塔霞·菲立波夫娜，我可以向您介绍：这是一件稀世的珍宝，尽管我自己也是上午才认识他。”

娜斯塔霞·菲立波夫娜望着公爵，莫名其妙。

“公爵？他是公爵？您简直无法想象：刚才在过道里我以为他是佣人，还打发他到这里来通报呢！哈哈！”

“不打紧，不打紧！”菲尔狄宪柯接过了话茬，他急忙走过来，见他们笑了起来感到高兴。“不打紧，虽然不是真的……[①]”

“我差不多还骂了您，公爵。请您原谅。菲尔狄宪柯，这个时候您怎么在这儿？我以为至少是不会遇见您的。您说他是谁？什么公爵？梅诗金？”她没有听清加尼亚此时所作的介绍（他的手还抓住公爵的肩膀）。

“我们的房客。”加尼亚又说了一遍。

显而易见，公爵被当作一件稀有之物（也是对大家都凑手的摆脱尴尬局面的办法）端出来，迹近硬塞给娜斯塔霞·菲立波夫娜。公爵

① 原文为意大利文。全句应该是：“虽然不是真的，却也煞有介事。”意指加尼亚本来很有可能对公爵动武。

甚至还清楚地听到“白痴”一语，好像是菲尔狄宪柯在他背后向娜斯塔霞·菲立波夫娜解释时低声说的。

“请问，我犯了那么可怕的错误，把您当作……刚才您为什么不纠正我？”娜斯塔霞·菲立波夫娜继续说，同时又极不含蓄地从头到脚打量着公爵；她急切地等候回答，似乎对于回答定将愚蠢得令人没法不笑起来有十成把握。

“我感到很意外，会那么突然看到您……”公爵讷讷地说。

“您怎么知道是我呢？您以前在什么地方看见过我？这到底是怎么回事？说真的，我好像也在哪儿看见过他。请问，刚才您为什么站着发呆？我身上有什么地方能叫人目瞪口呆的？”

“说呀说呀！”菲尔狄宪柯继续扮着鬼脸。“快说呀！哦，老天爷，换了我，对这样的问题不知能答上几车话！快说吧……。公爵，你也太不中用了！”

“我处在您的位置，也能说上好多话，”公爵冲菲尔狄宪柯笑了起来，“前不久，您的照片使我非常惊讶，”他继而向娜斯塔霞·菲立波夫娜说，“后来我跟叶班钦将军的夫人、小姐们谈起过您……而今天一清早，还在火车进入彼得堡之前，巴尔菲昂·罗果仁又跟我说过很多关于您的事情……。刚才我给您开门的那个当儿，我正好也在想您，不料您突然来了。”

“那您怎么认出是我呢？”

“根据照片，还……”

“还有什么？”

“还因为我想象中的您正是这样的……。我好像也在什么地方看见过您？”

“在哪儿？哪儿？”

“我仿佛在什么地方看见过您的这双眼睛……但这是不可能的！这纯粹是我的幻觉……。我从来没有到过此地。也许，在梦中……”

“好样儿的，公爵！”菲尔狄宪柯叫了起来，“不，刚才我说过：虽然不是真的——我现在收回。不过……不过……他说这些话完全是因为头脑简单！”他惋惜地添上这么一句。

公爵说那几句话的语调很不平静，时断时续，频频喘气。一切都表明他内心非常激动。娜斯塔霞 · 菲立波夫娜好奇地望着他，但已经不笑了。正在这个时候，从紧紧围着公爵和娜斯塔霞 · 菲立波夫娜的人圈子后面，忽然又冒出一个说话很响的声音，这声音称得上在人丛中开出一条路，把他们分成两半。站在娜斯塔霞 · 菲立波夫娜面前的是这一家之长、伊沃尔京将军本人。他身穿燕尾大礼服和洁白的胸衬；他的唇髭用油膏抹得乌亮……

这可就超出了加尼亚所能忍受的限度。

他爱面子、好虚荣到了神经过敏的地步，几乎成了一种病态；两个月以来，他一直在寻求一个可以让他站得比较体面、在人前显得比较高贵的支撑点；他觉得自己在所选择的那条道路上还是个新手，恐怕走不下去；在无计可施的情况下，他终于决定在自己称王称霸的家里采取彻底蛮横的态度，而在娜斯塔霞 · 菲立波夫娜面前却不敢如此，因为直到最后一分钟娜斯塔霞 · 菲立波夫娜始终叫他捉摸不透，始终狠心地对他占据上风；用娜斯塔霞 · 菲立波夫娜的话来说，他是一个“不耐烦的穷光蛋”——已经有人把这话告诉他；他赌咒起誓将来要狠狠地跟她算这笔账；与此同时，间或他又稚气十足地暗暗梦想能把对立各方扭合在一起，使之和解——可是现在，他还得喝下这杯要命的苦酒，更主要的是在此时此刻！又一次预料不到的、但对于一个好虚荣的人来说却是最最可怕的折磨——在自己家里为自己的亲属脸红的痛苦落到了他的身上。在这一瞬间，加尼亚头脑里甚至闪过一个想法：“归根到底，这代价是否超过了报酬本身？”

此时此刻所发生的，正是这两个月以来他每夜做噩梦看到、吓得他浑身冰凉、羞得他脸上发烧的事情：他父亲和娜斯塔霞 · 菲立波夫娜终于翁媳相会。有时他故意刺激自己，试着想象在他的婚礼仪式上将军会是怎么个样子，可是从来没能把这幅不堪设想的图画完工，总是急忙搁下。也许，他过于夸大了糟糕的程度，但是好虚荣的人总是这样。在这两个月内，他经过反复思考，决定无论如何要把他父亲管起来，至少一段时间不许他乱说乱动；有可能的话甚至让他从彼得堡销声匿迹，不管母亲同意不同意。十分钟以前，娜斯塔霞·菲立波夫娜刚进来时，他太震惊、太惶恐了，竟完全忘却阿尔达里昂·亚历山德罗维奇可能登上舞台，所以没有作任何安排。如今将军已出现在大家面前，还郑重其事地作了准备，穿上燕尾礼服，而且偏偏在娜斯塔霞·菲立波夫娜“一心想找机会恣意嘲弄他和他家的人”的时候。（这一点他是确信无疑的。）说实在的，眼下她的来访若非为了这个目的，还能意味着什么？她此来是为了同他的母亲和妹妹友好结交，还是为了在他家里把她们羞辱一场？但从双方的阵势来看，已毋庸置疑：他的母亲和妹妹坐在一旁，仿佛遭到了唾弃；而娜斯塔霞·菲立波夫娜简直像是忘了她们和她在同一间屋子里似的……。既然她摆出这般姿态，当然有她自己的目的！

菲尔狄宪柯扶住将军，搀着他走过来。

“阿尔达里昂·亚历山德罗维奇·伊沃尔京，”将军含笑鞠了一躬，庄重地自我介绍，“一个不幸的老兵兼一家之长，而这个家感到荣幸的是有希望接纳这样一位如花……”

他没有把话说完；菲尔狄宪柯很快端了一把椅子放在他背后，将军在这餐后时分站着有些腿软，所以咕咚一声坐在——或者不如说倒在——椅子上；不过，这并没有使他受窘。他不偏不倚正对娜斯塔霞·菲立波夫娜坐好了，以边式的姿态从容而又潇洒地把她的纤手放到自己嘴边。一般地说，要使将军受窘相当不容易。除了有些不修边幅以外，他的仪表还是相当体面的，这一点他自己知道得很清楚。过去，他曾出入于高雅的上流社会，而他被彻底摈斥于那个社会之外还只是两三年以前的事。从那个时候起，他对自己的某些癖好过于放纵了些；但是，飘逸脱俗的风度在他身上至今还保留着。关于阿尔达里昂·亚历山德罗维奇，娜斯塔霞·菲立波夫娜事先当然已有所闻，现在这位将军的出现似乎使她分外高兴。

“我听说，我的儿子……”阿尔达里昂·亚历山德罗维奇刚要开口。

“是的，您的儿子！您这位做爸爸的也真够意思！为什么在我家里从来没见过您？是您自己躲着我，还是儿子把您藏了起来？您完全可以去看我而无损于任何人的名誉。”

“十九世纪的父与子……”将军又欲开腔。

“娜斯塔霞·菲立波夫娜！请让阿尔达里昂·亚历山德罗维奇出去一会儿，有人找他。”尼娜·亚历山德罗夫娜高声说。

“让他出去？要知道，关于他我听到过很多很多，早就想见一见！他有什么事情？他不是退休了吗？将军，您不要把我撇下，不要走，好吗？”

“我向您保证，他一定会自己去拜访您的，但是现在他需要休息。”

“阿尔达里昂·亚历山德罗维奇，据说您需要休息！”娜斯塔霞·菲立波夫娜摆出一副觉得扫兴和讨厌的神气嚷道，活像一个任性的傻妞儿被夺去了一件玩具。

将军偏偏竭力把自己可笑的处境弄得更糟。

“亲爱的！亲爱的！”他一本正经地面向妻子，把一只手按在心口上，以责备的口气说。

“妈妈，您不离开这儿？”瓦丽雅大声问。

“我不走，瓦丽雅，我要一直待到底。”

娜斯塔霞·菲立波夫娜不可能没听到这一问一答，但是她的心情仿佛因此更快活了。她马上又向将军提出一连串问题，五分钟以后，将军宛如已置身最隆重的场合，在众人响亮的笑声中慷慨陈辞。

郭立亚扯了一把公爵外套的后摆。

“您想个办法把他带走吧！行吗？我求求您！”可怜的少年眼眶里甚至闪耀着悲愤的泪花。“哦，该死的加恩卡[①]！”他补上的这一句别人都听不见。

“我和伊万·费奥多罗维奇·叶班钦过去确实很要好，”将军滔

① 加恩卡也是加甫里拉的小名，但有些鄙夷的色彩。

滔不绝地回答娜斯塔霞·菲立波夫娜的问话，“我一个，他一个，还有已故的列夫·尼古拉耶维奇·梅诗金公爵[①]，——阔别二十年以后今天我刚和他的儿子拥抱，——我们三人形影不离，就像是一支马队：阿托斯、波尔托斯、阿拉米斯[②]。可是，哀哉，如今一个被诽谤和子弹送进了坟墓，另一个在诸位面前，还在同诽谤和子弹搏斗……”

“同子弹搏斗？”娜斯塔霞·菲立波夫娜惊呼。

“它们在这里，在我的胸膛里，是在卡尔斯[③]附近负的伤，每逢阴雨天我便感觉到它们。在其他各个方面，我过着哲学家般的生活，散步，转悠，像个赋闲纳福的布尔乔亚那样在我常去的一家咖啡馆里下跳棋，看《独立报》[④]。但是，自从发生前年铁路上那件事情以后，我跟我们的波尔托斯——叶班钦——彻底决裂了。就为了一条巴儿狗。”

“巴儿狗？这是怎么回事？”娜斯塔霞·菲立波夫娜特别感兴趣地问道，“为了一条巴儿狗？而且，您说是在铁路上！……”她好像在记忆中搜索。

“哦，那是一桩无聊的事件，不值得重提。事情都因贝洛康斯卡雅公爵夫人的家庭教师施米特太太而起，但是……不提也罢。”

“您一定得讲讲这件事情！”娜斯塔霞·菲立波夫娜劲头十足地嚷着。

“我也还没有听过呢！”菲尔狄宪柯说，“这是一件新闻。”

“阿尔达里昂·亚历山德罗维奇！”又是尼娜·亚历山德罗夫娜恳求的声音。

---

① 伊沃尔京将军曾经把已故公爵的父名弄错过一次（见第108页），经纠正后现在又把教名和父名记颠倒了。其实，列夫·尼古拉耶维奇是本书主人公梅诗金公爵的教名和父名，他的父亲叫尼古拉·里沃维奇·梅诗金公爵。

② 法国作家大仲马所著小说《三个火枪手》中的三个好朋友。

③ 土耳其东北部一城市，1878年后曾被纳入俄国版图，第一次世界大战后又划归土耳其所有。

④ 指的是1830—1937年在布鲁塞尔出版的法文《比利时独立报》。

“爸爸，有人找您！”郭立亚叫了一声。

“无聊的事件，三言两语就可以讲完，”将军扬扬自得地说开了，“两年前，——对，差不多有两年了！——当时新辟的某一条铁路刚通车不久，我（已经穿的是便装大衣）正忙于办理对我来说非常重要的移交事宜。我买了一张头等票，走进车厢，坐下来抽烟。我是说，我在继续抽烟，烟是早先点的。单间里就我一个人。吸烟并不禁止，但也不许可：通常属于所谓半许可状态，反正要看是什么人。窗子开着。忽然，就在汽笛拉响之前，两位女士带了条巴儿狗在我对面坐下；她们差点儿没赶上车。其中一位打扮得花枝招展，一身浅蓝色；另一位素雅些，身穿带披肩的黑绸外衣。这两位长得不错，神态傲慢，讲的是英国话。我当然不在意，照旧抽我的烟。不，应该说我是考虑了一下，不过还是继续冲着窗外抽烟，因为车窗开着。巴儿狗躺在穿浅蓝色衣服的那位膝盖上，它很小，只有我的拳头那么大，黑毛白爪，委实少见。颈圈是银质的，上面还有铭文。我不予理会。我只注意到，那两位女士好像在生气，当然是为了我的雪茄。其中一位举起长柄眼镜来盯着我瞧，还是玳瑁框子的。我依然不理会，因为她们什么也不说！要是她们说话，打个招呼，要求别抽，倒也罢了；她们又不是哑巴！可愣是不开口……。突然，——我得告诉你们，事先没有打任何招呼，连最起码的表示也没有，完全像一下子发了疯似的，——穿浅蓝的那一个抢走我手中的雪茄就往窗外扔。火车在飞奔，我像个傻瓜那样望着她。那女人凶得很，简直是个野女人，完全处于未开化的状态；不过，她的个儿可够大的，长得又高又胖，金色的头发、红彤彤的脸（委实太红了），眼睛瞪着我闪闪发光。我一句话也不说，非常客气、彬彬有礼、可以算得上温文尔雅地向那条巴儿狗伸出两个指头，小心翼翼地夹住颈皮把它提起来扔出窗子，让它去追我的雪茄！只听得一声尖叫！火车继续飞奔……”

“您可真狠心哪！”娜斯塔霞·菲立波夫娜发出惊呼，同时拍手大笑，犹如一个小女孩。

“妙极了，妙极了！”菲尔狄宪柯喊道。普季岑也忍俊不禁，尽管他对于将军的出场也颇感不快；甚至郭立亚也笑起来喊叫一声：“妙极了！”

“而且我做得对，做得对，完完全全做得对！”得意非凡的将军激昂慷慨地继续说，“因为车厢里既然不准吸烟，当然更不准带狗。”

“干得妙，爸爸！”郭立亚兴高采烈地欢呼，“太棒了！我也一定这么干，一定！”

“可是那位女士又怎样呢？”娜斯塔霞·菲立波夫娜焦急地刨根究底。

“您问她？哦，一切不愉快的根子都在这上头，”将军皱紧眉头继续说，“她一声不吭，也不预先打个招呼，挥手就给了我一个耳巴子！这野女人，完全处于未开化的状态！”

“那您呢？”

将军低垂双目，扬起眉毛，耸耸肩膀，闭紧嘴唇，摊开两手，半晌不作声，尔后忽然说了一句：

“一时太冲动了！”

“打得厉害不？厉害不？”

“不厉害，真的！事情是闹开了，但打得并不厉害。我只挥了一次手臂，只有唯一的一次。可不知是什么鬼使神差：偏偏那穿浅蓝的一个是英国人，在贝洛康斯卡雅公爵夫人那里当家庭教师，也许还是她家的什么朋友；而穿黑衣服的那一个是最大的贝洛康斯卡雅公爵小姐——将近三十五岁的老姑娘。大家知道，叶班契娜将军夫人跟贝洛康斯卡雅一家的关系有多么密切。所有的公爵小姐一齐昏倒，然后是眼泪鼻涕，为她们心爱的巴儿狗举哀，六位公爵小姐加上那个英国女人的尖声哭叫——简直像到了世界末日！当然喽，我登门赔礼，请求原谅，还写了道歉的信，可她们愣是不接受：既不见我，也不收信。叶班钦跟我就此闹翻，接下来则是开除、驱逐！”

“不过我要请教，这到底是怎么回事？”娜斯塔霞·菲立波夫娜忽然问，“五六天以前，我从《独立报》上读到过一个相同的故事，——我是经常阅读《独立报》的。跟您说的一模一样！那是在莱茵河沿岸一条铁路线上的火车车厢里，事情发生在一个法国男人和一个英国女人之间：也是这样一支雪茄被夺去，也是这样把一条巴儿狗扔出窗外，结果也跟您所说的相同。甚至衣服也是浅蓝色的！”

将军的脸涨得通红，郭立亚也红了脸，双手紧紧捧住脑袋。普季岑急忙把身子转过去。只有菲尔狄宪柯一个人还在放声大笑。至于加尼亚，就不必谈了：他一直站在那里，硬着头皮在默默地熬这难以忍受的痛苦。

“请相信我，”将军喃喃地说，“我也碰到过和这完全一样的事情。”

“爸爸跟贝洛康斯卡雅她们的家庭教师施米特太太确实发生过不愉快，”郭立亚急得直叫，“我记得。”

“有那么巧？分毫不差？同一个故事发生在欧洲的两端，而且连所有的细节都一模一样，直至浅蓝色的衣裳！”娜斯塔霞·菲立波夫娜仍不罢休，一点情面也不留。“我可以把《比利时独立报》派人给您送来！”

“但是请注意，”将军依然坚持着，“两年以前我确实碰上了……”

“难道就碰上这事？”

娜斯塔霞·菲立波夫娜笑得跟歇斯底里发作差不多。

“爸爸，请您跟我出去一下，有两句话要谈，”加尼亚不自觉地一把抓住父亲的肩膀，用发颤的、受够了折磨的声音说。无限仇恨从他的眼神中溅出火花。

就在这一刹那，过道里的门铃响了，响得异乎寻常。如此猛拉会把门铃整个儿扯下来的。迹象表明这是一次不寻常的来访。郭立亚急忙跑去开门。

十

过道里一下子变得人声嘈杂，喧闹异常。待在客厅里可以听到，好像从外面来了好几个人，而且还有人在走进来。好几条嗓子在同时说话、叫唤；扶梯上也有人说话、叫唤，根据声音判断，过道通楼梯的门没有关上。看样子这是一次非常奇怪的来访。大家你瞧着我，我望着你；加尼亚急忙奔向堂屋，但堂屋里也已经进去了好几个人。

“啊，他在此地，这犹大！”公爵听到一个熟悉的声音在叫嚷，“你好哇，加恩卡，你这个混蛋！”

“对，正是他！”另一个声音加以肯定。

公爵确信不可能听错：一个声音是罗果仁，另一个则是列别杰夫。

加尼亚站在客厅门口愣住了，默默地眼看着十至十二人跟在巴尔菲昂·罗果仁后面一个接一个走进堂屋而不加拦阻。这一伙人杂得很，非但五花八门，而且不成体统。有几个人进门后大衣和皮氅也不脱，就跟在街上一般。不过，完全醉了的倒也没有，虽则看来个个带有好几分酒意。他们好像需要互相支持才敢进来；其中任何一个都没有勇气单独行动，但在一起便有了互相推动的力量。甚至罗果仁走在人群之首也留神三分，但他抱有某种目的，而且显得怒容满面、心急火燎。其余的人只是帮腔或者说是助威的。除了列别杰夫，还有头发拳曲的扎辽热夫(他把皮氅脱在过道里，大大咧咧、神气活现地走进来)以及两三位像他那样的先生，显然也是商贾。有一个身穿既似军装又像便服的大衣；一个很矮却又奇胖的人老是笑个不停；一位身高达两俄尺十二俄寸[1]的先生也胖得非凡，他脸色特别阴沉，绝少开口，显然信赖自己的拳头。其中有一个攻医科的大学生；一个小个子波兰人不知怎么也混在里边。有两位女士从楼梯上朝过道里张望，但不敢进来；郭立亚冲她们砰的一声把门关上，再搭上钩子。

“好哇，加恩卡，你这个混蛋！怎么，没想到巴尔菲昂·罗果仁会来吧？”罗果仁再次说着走到客厅门口面对加尼亚站住。但这时他忽然看清楚娜斯塔霞·菲立波夫娜正对着他坐在客厅里。很明显，罗果仁决计没想到会在这里遇见她，因为罗果仁见到她以后作出的反应

① 1俄尺等于16俄寸；1俄寸等于4.44厘米。此人身高达1.95米。

异乎寻常，脸色煞白，甚至嘴唇发青。“看来，这确是事实！”他轻轻说了一句，好像只给自己听，全然是一副惘然若失的神情。“完了！……好吧……我就找你算账！”他突然恶狠狠地瞪着加尼亚，咬牙切齿地说。“好极了！……”

他气急败坏，连说话也很费劲。他下意识地往客厅里挪动身躯，但是，才进房门，忽然看见了尼娜·亚历山德罗夫娜和瓦丽雅，尽管自己激动得厉害，还是感到有些难为情地止步不前。像影子一般和他寸步不离并且已经有些醉醺醺的列别杰夫，跟在罗果仁后面走进来，随后是大学生、紧握拳头的先生、向左右两边连连鞠躬的扎辽热夫，最后挤进来的是那个矮胖子。鉴于有好几位女士在，他们还有些忌惮，显然感到诸多不便，当然顶多维持到**开台**为止，只要一有机会，他们立即会大叫大喊，**开台**唱戏……。那时，无论什么样的女士对他们都不成其为障碍。

“怎么？公爵，你也在此地？”罗果仁心不在焉地说，在此遇见公爵他多少有些诧异。“还裹着腿罩，唉！”他发出一声叹息，但旋即忘记公爵的存在，目光又转向娜斯塔霞·菲立波夫娜，身体像被磁铁吸住一般逐步向她移近、靠拢。

娜斯塔霞·菲立波夫娜也感到紧张而又好奇地望着这帮不速之客。

加尼亚终于定下神来。

“请问，这究竟是什么意思？”他正色把进来的人们打量了一番，主要向着罗果仁大声说，“诸位，你们走进的不是马棚，这里有我的母亲和妹妹……”

“我们不是没有看见你的母亲和妹妹。”罗果仁从牙缝里吐出字来。

“看得出是母亲和妹妹。”列别杰夫在一旁帮腔。

紧握拳头的那一位先生八成以为时机已到，口中开始嘟哝出声。

“但是，不管怎样，”加尼亚猛然间爆炸性地拔高嗓门，高得过了头，“首先，请大家到堂屋里去；其次，请问您是……”

“嗬，还要问呢，”罗果仁依然站在原地不动，龇牙咧嘴地说，“连罗果仁也不认识了？”

“就算我在什么地方跟您见过面，但是……”

“嗬，在什么地方见过面！总共才三个月以前，我把父亲的两百卢布输给了你，这事儿老头子到死一直不知道；是你把我拉入了局，而克尼夫做了手脚。不认识啦？普季岑可以作证！现在只要我从兜里掏出三个卢布给你瞧瞧，要你四肢着地爬到瓦西里岛上去拿你也会干的——你就是这号人！你的灵魂就是这个样！我这次来的目的正是要用钱把你整个儿买下来。你别瞧我穿着这样的靴子进来，老弟，我有的是钱，你整个儿的人连同你的全部家当我都买得起。我愿意的话，把你们通通买下来也行！”罗果仁愈说愈冲动，愈来愈像撒酒疯。“嗨！”他叫了一声，“娜斯塔霞·菲立波夫娜！请不要撵我，您只要说一句话：您是不是就要跟他结婚？”

罗果仁像一个六神无主的人向神明提出这个问题，然而勇气近乎一名已经没有什么可失去的死囚。他抱着等死的苦痛心情等候答复。

娜斯塔霞·菲立波夫娜用嘲笑和傲慢的目光把他从上到下打量一番，但她向瓦丽雅和尼娜·亚历山德罗夫娜看了一眼，又瞧了瞧加尼亚，忽然改变了语调。

“当然不，您怎么啦？您怎么会想到问起这件事来？”她从容而严肃地回答，似乎还略感诧异。

“您说不？不！！”罗果仁叫了起来，他高兴得几乎要发狂。“您真的不？！可他们告诉我……。啊！太好了！……娜斯塔霞·菲立波夫娜！他们说，您跟加恩卡订了婚！跟他？这难道是可能的吗？（我对他们所有的人都这么说！）我花一个卢布就可以把他整个儿买下。如果我给他一千，顶多三千，要他滚蛋，他会在举行婚礼的前夜逃跑，把新娘留给我。加恩卡，难道你不干，混蛋？你肯定会收下三千卢布！瞧，钱在这里！我来正是向你要这么一张收条！我说了要买——就必定买到！”

“立刻从这儿出去，你喝醉了！”脸上红一阵、白一阵的加尼亚大喝一声。

他这一声喊突然引起好几条嗓子轰然炸响：罗果仁一帮人等第一个信号早已有点不耐烦。列别杰夫非常卖劲地在罗果仁耳边叽叽咕咕不知说些什么。

“不错，你这个公务员！”只听得罗果仁回答说，“不错，你这个酒鬼！嗨，试试看吧。娜斯塔霞·菲立波夫娜！”他像个疯子似的定睛看着她喊道，从畏怯一下子胆壮到放肆的程度。“这里是一万八千！”他把裹着白纸并用橡皮筋按十字形扎好的一包钞票唰的一声扔在她面前的小桌上。“给！而……而且还有！”

他没敢把他想说的话都说出来。

“不，不，不！”列别杰夫大惊失色地又向他叽叽咕咕说开了；可以猜到，他被罗果仁出价之巨吓坏了，建议先开一个小得不能比拟的价钱试试。

“不，老兄，你是个傻瓜，不懂得在跟谁打交道……是啊，看来我跟你一样也是个傻瓜！”罗果仁在娜斯塔霞·菲立波夫娜熠熠闪亮的目光下若有所悟地打了个寒战。“唉！我听从你的馊主意，把事儿给弄糟了。”他十分懊悔地补充说。

娜斯塔霞·菲立波夫娜凝视着罗果仁拉长的脸，忽然扬声笑了起来。

“一万八千，给我？果然马上露出乡巴佬的本性！”她一下子用很不客气的语调添上一句，并且从沙发上站起来，像要准备离去。加尼亚提着一颗几乎停止跳动的心静观其变。

“那就给四万，四万，不是一万八！”罗果仁急叫，“万卡①·普季岑和比斯库普答应在七点钟以前为我凑齐。四万！分文不少。”

这一幕愈演愈不像话，但是娜斯塔霞·菲立波夫娜依然笑呵呵地不走，俨如果真存心让戏拖延下去。尼娜·亚历山德罗夫娜和瓦丽雅也从各自的座位上站起来，惊恐地保持沉默，且看此事伊于胡底。瓦

① 万卡即伊万的小名。

丽雅的眼睛闪闪发亮，但是这一切在尼娜·亚历山德罗夫娜身上引起的反应是痛苦的；她哆嗦不已，眼看就要晕倒。

“好吧，我豁出去了——给十万！今天就送上十万卢布！普季岑，帮帮忙，这下你可发横财啦！”

“你发疯了！”普季岑突然轻轻地说，一边迅速走过去抓住他的一条胳膊。“你喝醉了，人家要去叫警察啦。你可知道你自己在什么地方？”

“他是醉后吹牛皮。”娜斯塔霞·菲立波夫娜说，但这话似乎在故意逗他。

“我不吹牛，一定有的！到晚上一定有的。普季岑，帮帮忙吧，你不是专放高利贷的吗！随你要多少利息，到晚上你得给我弄到十万卢布。我要让你们瞧瞧，我罗果仁愣是不打退堂鼓！”罗果仁一下子亢奋到了如醉如狂的程度。

“喂，这到底是怎么一回事？”怒气冲冲的阿尔达里昂·亚历山德罗维奇突然气势汹汹地大喝一声，并且一步步向罗果仁走近。在这以前一直默不作声的老头此举完全出人意表，因而使之增添不少滑稽的成分。接着笑声四起。

“这又是打哪儿冒出来的？”罗果仁笑道，“走吧，老头儿，去喝个痛快！”

“这太卑鄙了！”郭立亚忍不住喊道。由于羞愧和愤恨，他已潸然泪下。

“难道你们中间就没有一个人能把这个不识羞的女人从此地拖出去？”气得全身哆嗦的瓦丽雅忽然大声责问。

“好哇，管我叫不识羞的女人！”娜斯塔霞·菲立波夫娜带着轻蔑的快乐表情反唇相讥，“我像个傻瓜似的还特地来请她们晚上到我家去呢！加甫里拉·阿尔达里昂诺维奇，瞧您的妹妹把我当什么货色看待！”

加尼亚给妹妹这一举动吓呆了，像被闪电击中一般站着半晌不能动弹；但他看到娜斯塔霞·菲立波夫娜这回真的要走了，竟像个疯子向瓦丽雅扑去，怒不可遏地抓住她的胳臂。

“你干了什么？”他瞪眼看着她大叫，似乎恨不得把她立地化为齑粉。他完全失去了自持力，已经昏头昏脑。

“我干了什么？你要把我拖到哪儿去？莫非要我向她赔礼道歉，因为她侮辱了你的母亲，因为她特地来出你一家的丑，是不是？你这个卑劣的小人！”瓦丽雅以胜利者的姿态再次大声责问，并且用挑战的目光望着她的哥哥。

他们面对面这样站着，互相对峙达好几秒钟。加尼亚还一直抓住妹妹的胳臂。瓦丽雅扯了一下，又扯一下，所有的力气都用上了，但终于忍无可忍，突然情不自禁地冲她哥哥脸上啐了一口。

“好厉害的姑娘！”娜斯塔霞·菲立波夫娜喝起彩来，“有种！普季岑，我祝贺您！”

加尼亚只觉得眼前一阵漆黑，他完全忘其所以地使出全力朝妹妹打去。这一下势必打在她面门上。但是，忽然有另一只手在半道上挡住了加尼亚的手。

站在他们兄妹之间的是公爵。

“住手，够了！”他说得非常坚决，尽管也在浑身哆嗦，看来是精神上受到剧烈的震荡之故。

“怎么，莫非你要永远跟我作对不成？”加尼亚咆哮起来，他把瓦丽雅的胳臂一甩，在最高一级的狂怒推动下，挥起空出来的那只手给了公爵狠狠的一巴掌。

“啊！”郭立亚两手一拍失声惊呼，“啊，我的上帝！”

惊呼声发自四面八方。公爵面色惨白。他用奇怪和责备的目光逼视加尼亚的眼睛，嘴唇哆嗦着竭力想说些什么，结果扭曲成一丝异样的、完全不合时宜的微笑。

“好吧，这一下由我来挨……可是想要打她……我就是不许！……”他终于轻声说道；但是，他忽然顶不住了，就撇下加尼亚，双手捂住自己的脸，退到角落里面壁而立，用断断续续的声音说：

“哦，您将为自己的行为感到多么羞耻呵！”

加尼亚站在那里，确实如同自己遭到了羞辱。郭立亚急忙跑过去和公爵拥抱、亲吻；随后，罗果仁、瓦丽雅、普季岑、尼娜·亚历山德罗夫娜——所有的人，甚至老头儿阿尔达里昂·亚历山德罗维奇也在内——都纷纷往这边挤过来。

“没事儿，没事儿！”公爵喃喃地向左右前后连声表示，那一丝不合时宜的微笑还挂在唇边。

“他会后悔的！”罗果仁直着嗓门说，“加恩卡，你侮辱这样的……一头绵羊(他找不到旁的字眼)，一定会害臊的！公爵，我的好人，别理他们，冲他们吐一口唾沫，咱们走！我要让你知道，罗果仁怎么对待朋友！”

加尼亚的行为和公爵的回答也使娜斯塔霞·菲立波夫娜大为震惊。她那通常苍白、忧郁的面容，跟她刚才有点做作的笑声一直很不协调，此刻恰似一池死水被新的感受所激荡，然而她好像还是不愿流露自己的心思，所以力图让嘲弄的表情留在脸上。

“我确实在什么地方看见过他的脸！”她忽然又想起刚才自己提出的这个问题，便改用严肃的口吻说。

“您就不觉得害臊？您难道真是您刚才扮演的那种人？这是可能的吗？”公爵突然高声问道，语调包含着深沉而又痛心的责备。

娜斯塔霞·菲立波夫娜感到惊异，莞尔一笑，但在这一笑中似乎掩藏着什么。她稍微有点儿窘，向加尼亚看了一眼，然后移步走出客厅。但是，还没有到过道里，她就折回来，很快地走到尼娜·亚历山德罗夫娜跟前，拿起她的一只手放到自己嘴唇边。

“他猜对了，我的确不是那种人。”她低声说得很快，情意热切，一下子两腮发烫，满脸通红；然后，她转身就走，这一次脚步快得谁也来不及弄明白她为什么去而复返。大家只见她跟尼娜·亚历山德罗夫娜悄悄说了些什么，好像还吻了她的手。但是，瓦丽雅什么都看到和听见了，并且惊讶地目送她出去。

加尼亚如梦初醒，赶紧跑去送娜斯塔霞·菲立波夫娜，但她已经走了。加尼亚在楼梯上才追上她。

“不用送了！”她向加尼亚叫了一声，“再会，晚上见！您一定要来，听见没有？”

加尼亚回到屋里，惶惑不安，忧心忡忡；痛苦的焦虑压在他心上，压得比原先更加沉重。公爵的身影也在眼前晃动……。他出神到了这种程度，几乎没有看清楚罗果仁一帮人如何从他身旁一涌而出，在门口甚至把他推来搡去，跟在罗果仁后面匆匆离开他家。他们直着嗓门哇啦哇啦议论着什么。罗果仁本人和普季岑走在一起，翻来覆去地谈着某一件重要的、看样子还是十分紧急的事情。

“你输了，加恩卡！”罗果仁打他身边走过时，冲着他喊了一嗓子。

加尼亚惊恐地望着他们的背影。

十一

公爵离开客厅，到自己房间里把门关起来。郭立亚立刻跑去安慰他。可怜的少年现在好像再也舍不得离开他了。

“您走得好，”他说，“接下来那边会比刚才闹得更凶，我们家每天这样，全都是为了那个娜斯塔霞·菲立波夫娜。”

“郭立亚，你们家糟心的事情不少；冰冻三尺非一日之寒。”公爵指出。

“您说得对，是不少，甭提有多糟心。一切都怨我们自己。可我有一个好朋友，这个人更加不幸。要不要我介绍你们认识一下？”

“非常愿意。是您的同学？”

“嗯，跟同学差不多。以后我把这一切详细给您解释……。您认为娜斯塔霞·菲立波夫娜漂亮不？在这以前我还从来没看见过她，可我竭力想见一见。刚才我简直看傻了。要是加恩卡真心爱她，我对加恩卡什么都可以原谅。可他干吗要人家的钱？这就太糟糕了！”

“是的，我不太喜欢您的哥哥。”

“那还用说！发生了这样的事，您怎么还能……。不过，您要知道，我最讨厌那些世俗之见。一个疯子，或者一个蠢货，或者一个神经错乱的恶棍，打了某人一下耳光，这人便一辈子蒙受耻辱，怎么也没法洗刷干净，除非用血，或者别人跪在他面前求他宽恕。依我看，这很荒唐，是霸道。莱蒙托夫的戏剧《假面舞会》情节便是这样，我认为这是愚蠢的。不，我是想说，这不自然。其实，他几乎是在童年时代写这部戏剧的。”

“我很喜欢您的姐姐。”

“她往加恩卡可恶的脸上吐唾沫真够味儿！瓦丽雅有胆量！可是您没有吐，我相信这不是因为缺乏胆量。瞧，咱们才提起她，她就来了。我知道她会来的：她品德高尚，尽管有她的缺点。”

“这儿没你的事，”瓦丽雅一来就熊她的弟弟，“上爸爸那儿去。公爵，他老缠着您，是吗？”

“完全不是这样，恰恰相反。”

“又来了，我的姐姐！她就是这个毛病。哦，你说起爸爸，我原以为爸爸一定会跟罗果仁一起走的。这会儿他一定在后悔。我去瞧瞧他究竟怎样。”郭立亚走出房门时补上末了一句。

“谢天谢地，我总算把妈妈扶走让她躺下了，那一切没有再重新开始。加尼亚颜面扫地，心事很重。也的确够他认真想一想的。该记取教训了！……我来是为了再一次向您表示感谢，公爵，并且想问您一件事：在这以前您是不是认识娜斯塔霞·菲立波夫娜？”

“不，不认识。”

“那您怎么会当面对她说，她不是‘那种人’？而且，好像是给您猜中了。现在看来，也许她的确不是那种人。不过，她这个人我摸不透！当然，她的目的是要叫人受辱，这很清楚。过去，我也听说过有关她的很多奇怪事儿。但既然她来邀请我们，那她起初怎么能这样对待我母亲？普季岑非常了解她，可是也说没法猜透她刚才是怎么回事。她对罗果仁又是怎么个德行？一个懂得自爱的人是不能这样说话的，何况这个家是她……。妈妈对您也觉得十分过意不去。”

“没关系！”公爵说着把手一甩。

“她怎么竟会听您的话……”

“您指的是什么？”

“您对她说，她应该觉得害臊；她果然一下子神色大变。公爵，您具有影响她的力量。”瓦丽雅暗暗一笑补充末了这句话。

门开了，进来的是加尼亚，真是出人意料。

他甚至见瓦丽雅再也没有犹豫，仅在门口站立片刻，便毅然决然走到公爵面前。

“公爵，我的行为是卑鄙的，宽恕我吧，亲爱的朋友。”他忽然怀着强烈的感情说。

他的面容表现出剧烈的痛苦。公爵瞧着颇感诧异，所以没有立即作出回答。

“来，宽恕吧，快宽恕吧！”加尼亚急切地说之再三，“如果您愿意的话，我马上吻您的手！”

公爵大为感动，用双手默默地抱住加尼亚。两人诚心诚意地互相亲吻。

“我万万没想到您是这样的人，”公爵终于费劲地喘着气说，“我原以为您……做不到。”

“做不到知过认错？……先前我怎么会把您说成白痴的！您能看出别人永远看不出来的东西。跟您可以好好谈谈……然而，还是不谈为妙！”

“您还得向这一位认错。”公爵指着瓦丽雅说。

“不，这些都是我的敌人。请您相信我，公爵，已经作过许多次尝试；这里的人是不会真心诚意原谅的！”加尼亚激动地说罢，扭过身去不看瓦丽雅。

“不，我会原谅的！”瓦丽雅突然说。

“晚上你能上娜斯塔霞·菲立波夫娜那儿去？”

“你要我去，我就去，不过你还是权衡一下为好：现在我哪里还有上她那儿去的一点点可能？”

“她不是那种人。你也看到了，她往往出一些谜题叫人猜！这是她耍的把戏！”说到这里，加尼亚发出一阵冷笑。

“我知道她不是那种人，知道她是在耍把戏，可这是什么样的把戏？还有，难道你看不出，她自己认为你是什么样的人？就算她吻了妈妈的手。就算这都是耍的把戏，但她毕竟嘲笑了你！为了七万五千卢布忍受这一切实在不值得，真的不值得，哥哥！你还能表现出高尚的情操，因此我对你说这话。我劝你自己也别去！我劝你提防着点儿！这样下去不会有好结果！”

说完这番话，激动万分的瓦丽雅迅速走出房间……

“他们全都这样！”加尼亚淡然笑道，“难道他们以为我自己不知道这一切？其实，我知道的比他们多得多。”

加尼亚言毕，在沙发上坐下，显然还不想走。

“既然您自己知道，”公爵提问的口气相当不好意思，“为什么要选择忍受这样的痛苦？您不是明知为了七万五千卢布受这份罪不值得吗？”

“我指的不是这个，”加尼亚喃喃地说，“不过，既然提起了，倒要请您告诉我：您认为，受这份‘罪’换七万五千卢布值不值得？我正是想所听您的意见。”

“依我看，不值得。”

“嗯，我知道您会这么说。这样结婚是可耻的？”

“非常可耻。”

“很好。那么我告诉您，我就是要结婚，而且非结不可。前不久我还犹豫动摇，现在不了！您不必再说！我知道您要说什么……”

“我要说的不是您所想的。我是对您这种异乎寻常的自信感到奇怪。您确信……”

“确信什么？什么自信？”

“确信娜斯塔霞·菲立波夫娜一定会嫁给您，确信这一切都已定局；其次，即使她嫁给了您，那七万五千就能落到您的兜里？当然，有许多情况我并不了解。”

加尼亚挪动身子向公爵那边大大靠拢。

“当然，您不了解全部情况，”他说，“难道我会无缘无故背这个包袱？”

“我看，到处都有这样的情况：人们为了钱娶老婆，可是钱在老婆手里。”

“不，不，我们不会这样……。这里头……这里头有一些情况……”加尼亚在惶惑中若有所思地喃喃自语，“至于她会作出怎样的回答，那是毫无疑问的，”他很快地补充说，“您根据什么认为她将拒绝和我结婚？”

“除了我看见的以外，我什么也不知道；刚才瓦尔瓦拉·阿尔达里昂诺夫娜也说……”

“嗳！他们反正就知道说这些。她嘲笑的是罗果仁，您可以相信我的话，这一点我清楚了。这是看得出来的。起初我有些害怕，可现在清楚了。或许，是指她对母亲、对父亲、对瓦丽雅的态度？”

“还有对您。”

“也许如此。但这无非是女人进行报复的老一套手段罢了。她是一个动不动就发脾气、极度神经质、极度爱面子的女人。活像个少加了一级薪俸的公务员！她想表现一下自己，想充分显示她多么瞧不起他们……对，也瞧不起我；这是事实，我不否认……。可她还是会嫁给我。您决计料想不到，虚荣心能促使一个人要什么样的把戏。她认为我是卑劣小人，因为我明明为了钱才娶她这样一个别人的情妇，殊不知换上另一个人，也许会用更卑劣的手段欺骗她。另一个人会缠住她，先是用自由主义的进步思想对她吹得天花乱坠，再搬出各种妇女问题的理论来炫耀一番，她会像一根线整个儿穿进那人的针眼。那一位会使这个虚荣心重的傻女人相信（这太容易了！），娶她纯粹是看她‘心地高尚而命途多舛’，其实还是为了钱。人家不喜欢我，因为我不愿卖好讨俏，尽管必须这样做。可她自己干的是什么？不也是那么一回事吗？既然如此，她又凭什么瞧不起我，为什么要这些把戏？因为我不愿屈服，并且显示出我有自尊心。哼，走着瞧吧！”

“难道在这以前您爱她？”

“最初爱过。好了，不谈这些……。有些女人只配做人家的情妇，其他毫无用处。我并不是说她做过我的情妇。如果她愿意过安生日子，我也跟她相安无事；如果她撒野造反，我马上甩掉她，钱我可要带走。我不愿让人笑话；最要紧的是不愿让人笑话。”

“我总觉得，”公爵措辞谨慎地指出，“娜斯塔霞·菲立波夫娜相当聪明。既然她预感到将来会有这样的痛苦，她为什么要自投罗网？她不是可以嫁别人吗？我就是纳这个闷儿。”

“文章就做在这上头！您不了解其中全部情况，公爵……其中……再说，她满以为我爱得她发疯，我敢向您起誓，而且，我非常倾向于认为她也爱着我，不过是一种独特方式的爱。您知道有句俗话说：‘打是情来骂是俏。’她将一辈子把我当作一张方块J[①]（也许这正是她所需要的），可还是会按她的方式爱我。她打的乃是这样的算盘，这也是性格使然。我告诉您，她是一个十足的俄罗斯女人。不过，我也准备着我的一手去对付她。刚才跟瓦丽雅发生的冲突虽然不是故意的，但是对我有利：她现在看到了并且确信我的一片忠诚，确信我为她不惜六亲不认。所以，我们也不是傻瓜，请放心。对了，您莫非以为我的嘴是一只漏斗？亲爱的公爵，也许我确实不该把什么都告诉您。但正因为您是我碰到的第一个品德高尚的人，我才向您扑了过来，——请不要把‘扑过来’当作双关语。您不再为刚才的事生气了吧，啊？也许，我这是整整两年来第一次说心里话。这里老实人简直少得可怜；没有一个比普季岑更老实。怎么，您好像在笑，是不是？小人喜欢君子，——这道理您没听说过？而我是个……。其实，请您凭良心对我说，我哪一点是小人？他们为什么都跟着她骂我是小人？要知道，她这样骂，他们这样骂，接下来我自己也骂自己是卑鄙的小人！反正卑鄙的总是卑鄙的！”

---

① 纸牌中的J代表“侍从”；方块是苦役的象征（沙俄时代的苦役犯囚衣背上缀有黄色菱形标记）。

“现在我再也不认为您是小人了，”公爵说，“刚才我已经完全把您当作恶魔，可您忽然使我喜出望外。这也是一次教训：没有经验不要判断。现在我看到了，非但不能把您当作恶魔，而且也不能把您当作脾气太坏的人。据我看，您只是一个最平常不过的人，顶多软弱得很，可一点儿也不特别。”

加尼亚暗自冷冷地一笑，但没有则声。公爵看到对方不以他的见解为然，感到不好意思，也默然不语。

“父亲向您要过钱吗？”加尼亚突然问。

“没有。”

“会向您要的，别给他。可他从前甚至是个很体面的人，我还记得。一些显要的门庭他都进得去。然而，所有这些体面人老来都是那么快就完蛋！一旦情况稍起变化，过去的一切通通烟消云散！过去他不这样信口开河，您可以相信我；过去他只是太容易兴奋，可如今——竟落到这般地步！当然，酒是祸根。您可知道，他还养着个情妇？他现在已不单单是一个无伤大雅的吹牛小丑。我不明白妈妈耐性怎么这样好。父亲没有对您讲过围困卡尔斯城的故事？或者他的一匹拉边套的灰色马怎样开口说话？他已经到了这个程度。”

加尼亚忽然纵声大笑。

“您干吗这样瞧着我？”他问公爵。

“我感到奇怪的是您笑得那样真诚。说真的，您还能发出孩子般的笑声。刚才您进来和解的时候说：‘您愿意的话，我马上吻您的手，’——这跟小孩子言归于好一模一样。也就是说，您还能有这样的言语和动作。可是接下来您突然开始发表长长一大篇宏论，谈那笔不光彩的交易和那七万五千卢布。说真的，这一切实在有点儿荒唐，简直是不可能的。”

“那么您由此得出什么结论呢？”

“我的结论是：您的行动是否太轻率了些？您是否应该三思而行？瓦尔瓦拉·阿尔达里昂诺夫娜的话也许是对的。”

“啊，说教！至于我还是个毛孩子，这我自己也知道，”加尼亚急躁地打断对方的话，“否则我怎会跟您谈这些？公爵，我不是贪图便宜做这笔不光彩的交易，”他继续说，就像一个自尊心受到伤害的年轻人那样话到口边留不住，“如果贪图便宜，非栽跟头不可，因为我的头脑和性格都还不坚强。我是出于激情、出于强烈的欲望才这么干，因为我有一个总的目标。您大概认为，七万五千到手以后，我立刻买一辆马车。才不呢！那时我还要把前年做的旧外套继续穿破，跟我那些俱乐部里的三朋四友通通断交。我们中间很少坚忍不拔的人，尽管都是些放高利贷的，而我要做到坚忍不拔。最要紧的是坚持到底——关键全在于此！普季岑十七岁的时候睡过马路，卖过削笔刀，从一戈比的买卖做起，如今他拥有六万资财，可这是熬过多少苦日子才得到的！我正是想完全跳过这番苦熬，一开始便重本厚利。十五年后，人们将说：‘瞧，这是犹太人的王伊沃尔京。’[①]您对我说，我这个人并不特别。请注意，亲爱的公爵，对于我们这个时代和我们这一种类的人来说，最气人的莫过于告诉他：他并没有什么与众不同之处，性格软弱，缺乏特殊才干，是个普普通通的人。您甚至不肯赏脸把我看作一个够格的卑劣小人，老实告诉您，为此刚才我恨不得把您一口吞下去！您比叶班钦把我侮辱得更厉害，他认为我可以把妻子卖给他！（请注意，他没有经过商量，没有施加诱惑，就那么一厢情愿地认为如此。）我的公爵爷，这一点早就使我火冒三丈，而我需要钱。等我有了钱，您瞧着，我将成为一个与众大不相同的人。金钱的可鄙和可恨之处就在于它甚至能制造才干，而且还将继续制造，直到世界末日。您会说，这一切像小孩子做游戏，或者可以说有点儿虚无缥缈，——那又怎么样，我觉得这样更好玩，反正目的一定要达到。我要坚韧不拔地干到底。最后笑的人才算是笑！叶班钦为什么这样欺侮我？是出于憎恨吗？绝对不是。无非因为我太渺小。哼，到那时……。不过，话已经说够，我该走了。郭立亚已经把鼻子探进来过

① 据福音书所载，在耶稣被钉死的十字架上方安了一个牌子，写着：“这是犹太人的王耶稣。”但此处“犹太人的王”隐喻当时欧洲的财阀罗特希尔德家族。

两回：他叫您去用餐呢。我要出去一趟。我有时候会来看看您。您在我们家将过得不坏；现在他们会把您完全当作自己人看待。注意别出卖我。我觉得咱俩要么成为朋友，要么变成仇敌。公爵，您认为，如果我刚才吻了您的手，将来我会因此成为您的仇敌吗？”

“一定会，但不是永久的，以后您忍不住又会把我宽恕。”公爵考虑片刻后笑了起来回答。

“嗬！对您可真得留点儿神哪。只有鬼知道，您在这里头也灌注了毒液。也许，您是我的仇敌，谁拿得准？这是捎带着说的，哈哈！我忘了问一件事：您对娜斯塔霞·菲立波夫娜的好感似乎有点儿过分，不知我的感觉对不对，啊？”

“是的……是有好感。”

“爱上啦？”

“不。”

“可是脸红到了耳根，一副害相思的可怜相。别难为情，没关系，我不笑话您；再见。您可知道她是个守身如玉的女人，这您能相信吗？您以为她跟那个人——托茨基——同居？绝对不！已经有很久了。您是否注意到，刚才她自己显得极不老练，有几秒钟还挺狼狈？的确如此。这种人就是喜欢摆布别人。好了，再见吧！”

加尼亚出去比进来的时候松散多了，情绪挺好。公爵一动不动地待着思考了十来分钟。

郭立亚又向门内探头进来。

“我不想进餐，郭立亚；刚才我在叶班钦家午饭吃得很饱。”

郭立亚整个儿走进房门，把一张便条递给公爵。便条是将军写的，折起来并加了封。从郭立亚的脸上可以看出，他实在不愿意递交。公爵读了以后，站起身来拿帽子。

“那地方很近，没几步路，”郭立亚感到很窘，“他正坐在那儿喝酒。我弄不懂，他用什么办法能在那里赊账？公爵，亲爱的，过后请您别告诉我们家的人，说我递了条子给您！我曾经上千次赌咒不给传递这些条子，可总是不忍心。不过，请您别跟他客气：给一点儿零钱，事情就结了。”

“郭立亚，我自己本来就有这样的打算；我要见您爸爸……有一件事……。咱们走吧……”

十二

郭立亚领着公爵没走多远，把他带到李捷依内大街一家设在临街底层的弹子房咖啡馆。那儿靠右手的角落里有一小间雅座，阿尔达里昂·亚历山德罗维奇俨然以老主顾的姿态坐着，面前小桌上一瓶在目，他手里果真拿着一份《比利时独立报》。他在等候公爵；一见公爵来到，立刻放下报纸，开始激昂慷慨而又啰啰唆唆地进行解释，不过公爵从中几乎什么也没听懂，因为将军差不多已经“水到渠成”。

“我没有十个卢布，”公爵把他的话打断，“只有这一张二十五卢布的钞票，您把它破开了，找我十五个卢布，因为我自己一个子儿都不剩了。”

“哦，一定照办；请您放心，我马上就……”

“另外，我有件事求您，将军。您从来没有到娜斯塔霞·菲立波夫娜家去过？”

“我？我没去过？您是问我？我去过好几回，亲爱的，好几回！”将军在一阵得意忘形的讽刺劲头冲动下叫了起来，“但后来我自己不去了，因为我不愿赞许这门不光彩的亲事。您自己也看到了，今儿白天的事情您是目击者。我做了一个父亲所能做的一切，但那是一个温顺、迁就的父亲。接下来登上舞台的将是大不一样的父亲，那时且看：究竟是一个久经沙场的老兵将战胜一场阴谋，还是一个不知羞耻的茶花女将进入一户清白高尚的人家。”

“我正是想请求您，今晚您能不能以熟人的身份带我去见娜斯塔霞·菲立波夫娜？我一定要今晚就去；我有事情；但我完全不知道有什么办法能进去。刚才我虽然被介绍过，但毕竟没有得到邀请，而今晚那边都是应邀的客人聚会。不过，我准备跳越若干礼节，甚至让人家笑话我也无所谓，只要想办法进去。”

“您和我的想法完全合拍，我的年轻朋友，完全合拍！”将军兴高采烈地大声说，“我把您找来不是为了这些许小事！”他继续说，不过还是很快地把钱接过来放进兜里，“我找您正是为了请您跟我结伴向娜斯塔霞·菲立波夫娜家进军，或者说得更确切些，是去征讨娜斯塔霞·菲立波夫娜！伊沃尔京将军和梅诗金公爵！她对此将作何感想？借祝贺生日客套一番之名，我最后将宣布自己的意愿——用间接的办法，不是直截痛快，但效果跟单刀直入一样。那时让加尼亚自己决定该怎么办：是要久经沙场的……老子……还是要……所谓的……其他等等……。反正，要发生的事情就让它发生吧！您的主意太妙了！九点钟咱们出发，现在还有时间。”

“她住哪儿？”

“离此地很远：在大剧院附近梅托夫卓娃的一幢楼房里，差不多就在广场边上，她住二楼……。那儿不会有太多客人，尽管今天是她的生日，而且散得也早……”

时间早已到了晚上；公爵还坐在那儿等着，听将军一个接一个地开始讲无数逸闻故事，可是没有一个能够讲完。公爵来了以后，将军又要了一瓶酒，一小时以后把它喝光；接着又要第三瓶；把它也解决了。想必这段时间已足够将军把他一生的全部经历通通讲完。最后，公爵站起来说，他不能再等下去。将军喝完了瓶底里最后的几滴酒，离座起身，往外走去，脚步很不稳健。公爵暗暗叫苦。他不明白自己怎么如此愚蠢轻信。其实他完全没有轻信；他仅仅指望借助于将军进得门去见到娜斯塔霞·菲立波夫娜，甚至准备发生若干失礼之处，但是不打算出太大的洋相。现在将军已醉得厉害，他口若悬河，滔滔不绝，而且情怀激越，心中含泪。他不住口地声称，由于他家全体成员的不良行为，一切都搞得乱七八糟，这种局面该结束了。

他们终于走上李捷依内大街。雪还在继续融化；令人沮丧的暖湿秋风满街呼啸，马车在泥浆中汩汩地行进，骏马和驽马的蹄铁与路面接触发出的声音很响。一群群湿漉漉的行人无精打采地走在便道上。间或可以看到其中有喝醉了的。

“这些灯火通明的二楼好房子您瞧见没有？”将军说，“住在这儿的都是我的同僚，而我是他们中间资格最老、吃苦最多的，却在步行往大剧院那儿去上一个不清不白的女人之门！我，一个胸膛里有十三颗子弹的人……您不相信？当年皮罗果夫曾特地为我向巴黎发了电报，暂时撂下被围困的塞瓦斯托波尔[①]；而内拉通[②]——巴黎的太医——以科学的名义设法取得通行证，来到被围的塞瓦斯托波尔给我会诊。这事连最高当局也知道：‘啊，伊沃尔京，就是身上留着十三颗子弹的那个人！……’他们谈起我来总是这么说的！公爵，这幢房屋您瞧见没有？这里的二楼住着我的老朋友索科洛维奇将军和他的品德极其高尚、人丁极其兴旺的一家子。这一家和涅瓦大街的三家以及莫尔斯卡亚街的两家——目前便是我的整个熟人圈子，我指的是我个人的熟人圈子。尼娜·亚历山德罗夫娜早已认了命。我还是忘不了……还是要到我过去的同僚和部下等人有教养的圈子里去休息休息，他们直到现在还崇拜我。这个索科洛维奇将军（不过我已有很久没去他家，很久没看到安娜·费奥多罗夫娜了）……您要知道，亲爱的公爵，如果自己不款待别人，也就会不自觉地不上人家的门。可是……嗽……您好像不相信我……。不过，为什么不把我最好的朋友和童年伙伴的儿子带到这户可爱的人家去呢？伊沃尔京将军和梅诗金公爵！您将看到一个出色的姑娘，而且不止一个，而是两个，甚至三个。她们是京都之花，上流社会的骄子：相貌好、学问高、志向大……妇女问题、诗歌文学——所有这一切加在一起，合成美不胜收的杂拌儿，还不算每人至少八万卢布现金的陪嫁，而这笔钱永远不会

① 俄国杰出的外科医生尼·伊·皮罗果夫（1810—1881）于 1854—1855 年曾参加克里米亚半岛上的塞瓦斯托波尔保卫战，主持对伤员的救护工作。1855 年 6 月，他确曾离开克里米亚，但与将军的胡诌无干。

② 奥居斯特·内拉通（1807—1873），法国外科名医，巴黎医学科学院院士。

是累赘，不管存在什么妇女问题、社会问题……总而言之，我无论如何应该带您去，无论如何必须带您去。伊沃尔京将军和梅诗金公爵！”

“现在？马上？但是您忘了。”公爵刚开始说。

“没有，我什么也没有忘记，走！跟我来，上这座气派堂皇的楼梯。奇怪，怎么没人看门？哦，对了……今儿个是节日，看门的放假。他们还没有把这个酒鬼撵走。这个索科洛维奇能有今天这样称心如意、官运亨通，全是靠的我，全仗我一人之力，别人都不相干，可是……我们到了。”

公爵不再表示反对，顺从地跟着将军走，免得惹他生气，满心希望索科洛维奇和他的全家会像海市蜃楼一样渐渐消散，原来纯属子虚乌有，于是他们就可以心安理得地转身下楼。但是，公爵惊恐地发现这个希望正在落空：将军带领他上楼的神态，俨然这里真有朋友熟人，还不断穿插介绍一些履历和地形方面的细节，而且都精确非凡。及至他们登上二楼，在右边一套豪华的住所门前站住，将军已经要拉门铃的把手，公爵才决定逃之夭夭；但是，一个奇怪的情况把他暂时留住。

“您弄错了，将军，”他说，“门上写着的是库拉科夫，可您要找的是索科洛维奇。”

“库拉科夫……。这不说明任何问题。这是索科洛维奇家，我要打铃找索科洛维奇。我才不管什么库拉科夫……。有人来开门了。”

门的确开了。一名仆人探头出来说，主人不在家。

“真遗憾，真遗憾，太不凑巧！”阿尔达里昂·亚历山德罗维奇万分怅惋地重复说了好几遍，“回头请转告贵东家，就说伊沃尔京将军和梅诗金公爵特来拜访不遇，感到非常、非常遗憾……”

这时，从内室开着的门里又有一人探头朝外张望，看样子是个管家妇，或许还是家庭教师，反正是位四十岁上下、穿黑色衣服的女士。她听到伊沃尔京将军和梅诗金公爵的名字后，带着好奇和怀疑的神情走近来。

“玛丽亚·亚历山德罗夫娜不在家，”她说，一边特别仔细地打量着将军，“她带亚历山德拉·米哈依洛夫娜小姐上老太太那儿去了。”

“亚历山德拉·米哈依洛夫娜也一起去了？哦，上帝啊，真没有福气！您简直没法想象，太太，我老是这样不走运！麻烦您转达我的问候，至于对亚历山德拉·米哈依洛夫娜，只要她能够想起……总之，请向她转告，我由衷地希望她自己星期四晚上在肖邦的叙事曲琴声中所表示的心愿能够实现；她记得的……。衷心希望她能够如愿！伊沃尔京将军和梅诗金公爵！”

“我一定不会忘记。”那位女士行礼作答，怀疑的成分已减去不少。

下楼时，将军心中余波未平，还在惋惜他们来得不巧，致使公爵失去同这样一户可爱的人家结识的机会。

“您知道不，我亲爱的朋友，我有几分诗人的气质，您注意到了没有？不过……不过，咱们好像找错了地方，”他忽然得出这么一个完全出人意表的结论，“现在我想起来了，索科洛维奇家住在另一幢楼里，而且，眼下他们好像在莫斯科。是的，我的记性出了点儿差错，但这……不要紧。”

“我只想了解一点，”公爵沮丧地说，“我是否应该停止对您存任何指望？是否应该我一个人去？”

“停止？指望？一个人去？这话从何说起？要知道，现在这对我是最重要不过的一件大事，它将在很大的程度上决定我全家的命运！但是，我的年轻的朋友，您对伊沃尔京还很不了解。提到‘伊沃尔京’就是提到‘一座山’。还在我开始戎马生涯的骑兵连内，人们就这样说：依靠伊沃尔京吧，他像一座山一样可靠。我顺道只要到一户人家去一会儿，自从遭遇惊涛骇浪和种种磨难之后，我的心在那里得到休息已经有好多年了……”

“您要到家里去？”

“不！我要……去看看一位大尉的太太杰连企耶娃，她那死去的丈夫杰连企耶夫大尉曾是我的部下……还是朋友……。在大尉太太那里，我可以得到精神上的复苏，我总是把生活和家庭中的烦恼带到那里一吐为快……。因为今天我精神上恰好背着很大的包袱，所以我……”

“我觉得，刚才我麻烦您，这已经是做了一件愚不可及的蠢事，”公爵含糊地说，“何况您现在……。再会！”

“可是我不能，我不能放您走，我的年轻朋友！”将军跳了起来。“一位寡妇，又是家里的母亲，她从自己心中抽出一根根弦来把它们拨响，这声音会在我全身引起共鸣。去看望她一下只要五分钟，在这户人家我熟不拘礼，我跟住在这里差不多。我梳洗一番，在仪表方面作一些必不可少的修饰，然后咱们雇一辆马车直奔大剧院。请您相信我，整个晚上我都需要您……。瞧，就在这幢房子里，咱们已经到了……。啊，郭立亚，你已经在这里了？怎么，玛尔法·博里索夫娜在家吗？还是你自己也刚到？”

“哦，不，”正好在门口碰上他们的郭立亚答道，“我早来了，跟伊波里特在一起。他的情况不好，今儿早晨就躺下了。我是下来到小店里去买纸牌的。玛尔法·博里索夫娜在等您。可是，爸爸，您怎么搞成这个模样？！……”郭立亚仔细看着将军走路和站立的姿态，一切都明白了。“唉，那就上去吧！”

与郭立亚的巧遇促使公爵陪同将军去见一见玛尔法·博里索夫娜，但只能待一会儿。公爵需要郭立亚；他拿定主意无论如何不再跟着将军跑，并且无法原谅自己刚才怎么会想到把希望寄托在他身上。他们从边梯往上走了很久，直要登上四楼。

“您想给公爵介绍一下？”郭立亚边走边问。

“是的，孩子，要介绍一下：伊沃尔京将军和梅诗金公爵。可是……不知玛尔法·博里索夫娜怎样？……”

“听我说，爸爸，您还是不去为好！她会把您吞下去的！您已经三天没露面，可她在巴巴地等着钱。您干吗答应给她弄钱来？您老是这样！现在您自己去收拾。”

到了四楼，他们在一扇低矮的门前站住。将军显然心里发毛，所以把公爵推在头里。

“我就待在这儿，”他喃喃地说，“我想给她来一个出其不意……”

郭立亚第一个进去。一位搽了大量脂粉的女士从门内朝外一看，将军的“出其不意”顿告破裂。这位女士四十岁左右，趿着便鞋，穿一件小袄儿，头发编成几条辫子；她一见将军，立刻大叫起来：

“果然是他，这个卑鄙而阴险的人，我的心早有预感！”

“进去吧，没事儿。”将军向公爵含含糊糊说了一声，一边犹自天真地讪讪而笑。

但是这里并非没事儿。他们穿过又暗又矮的过道，刚走进一间摆着五六把柳条椅和两张小牌桌的狭窄堂屋，女主人马上用一种训练有素的哭闹音调继续说：

“真不要脸，真不要脸，你这个野蛮人、坑害我一家的魔王，野蛮人和狠心贼！你把我抢得精光，吸干了我的汁水，还不满足！要我对你忍受到几时，你这个没羞没臊、丧尽天良的人哪！”

“玛尔法·博里索夫娜，玛尔法·博里索夫娜！这位是……梅诗金公爵。伊沃尔京将军和梅诗金公爵。”慌了手脚的将军哆嗦着喃喃地说。

“您简直不能相信，”大尉太太忽然对公爵说，“您简直不能相信，这个没羞耻的人连我的几个孤儿也不放过！把什么都抢去，什么都搬走，卖的卖、押的押，什么也不留。叫我拿着你出的那些借据怎么办，你这个老奸巨猾、伤天害理的人？你回答，老滑头，回答我，贪心鬼：叫我拿什么，拿什么养活我那些孤儿？醉成这个模样才来，连站也站不稳……。我究竟作的什么孽招来了上帝的惩罚？你回答，下流而荒唐的老滑头！”

但是将军顾不上这些。

“玛尔法·博里索夫娜，二十五卢布……这是我所能提供的一切，还多亏一位无比高尚的朋友相助。公爵！我真是大错特错！这就是……生活……。可是现在……请原谅，我软得很，”将军继续说着，人站在屋子中央，朝每一个方向连连鞠躬，“我软得很，请原谅！莲诺琦卡！给我枕头……亲爱的！”

莲诺琦卡——一个八岁的小女孩——立即跑去拿了个枕头来，把它放在一张硬邦邦的漆布面破沙发上。将军在沙发上坐下，本来还打算说许多话，可是屁股才触到沙发，身体马上一歪，脸朝墙转过去，顿时熟睡沉沉。玛尔法·博里索夫娜客气而又愁苦地给公爵指指牌桌旁的一把椅子，自己在他对面坐下，一手托住右侧的腮帮子，眼睛望着公爵，开始默默地叹气。三个小孩——两女一男，其中莲诺琦卡最大——走到桌子跟前，把三双小手搁在桌上，三双小眼睛也都凝神注视着公爵。郭立亚从另一间屋子里走来。

“我很高兴在这里遇见您，郭立亚，”公爵对他说，“您能不能帮我一个忙？我一定要到娜斯塔霞·菲立波夫娜家去。本来我请阿尔达里昂·亚历山德罗维奇带我去，可是他睡着了。您送我去吧，因为我不认得路，也不知在哪条街。不过，地址我有：大剧院附近，梅托夫卓娃的一幢楼房里。”

“娜斯塔霞·菲立波夫娜？她从来没在大剧院附近住过，父亲也从来没有到她家去过，如果您愿意知道的话。奇怪的是，您怎么能指望他干出什么名堂来？娜斯塔霞·菲立波夫娜住在弗拉基米尔街一带，靠近五角地，离这儿不远。您这就要去？现在是九点半。好吧，我送您到那儿。”

公爵和郭立亚立即走了出去。要命！公爵连雇车的钱也没有，只得步行前往。

“我本想让您认识一下伊波里特，”郭立亚说，“他是那个穿小袄儿的大尉太太的大儿子，他在另一间屋子里，身体不好，今儿个躺了一整天。可是这个人很怪；他的自尊心强得要命，我觉得他会感到没脸见您，因为您在这个时候来到……。我到底不像他那么难为情，因为一个是我的父亲，而另一个是他的母亲。两者还是有差别的，因为这种情况对男人不算耻辱。不过，这也许是男尊女卑的偏见。伊波里特实在是个好样儿的，但是他受到某些偏见的束缚。”

“您说他有肺病？”

“是的；我觉得还是快点儿死了的好。我要是处在他的地位，一定巴不得死去。他舍不得兄弟姐妹，就是那几个小的。要是办得到，只要有钱，我愿意和他两个人另外租房子住，离开我们各自的家。这是我们的理想。您可知道，刚才我把您的事情告诉他，他听了竟大发其火，说让人家打了耳光而不要求决斗，是个滥小人。不过，他的脾气大得不得了，我已经不跟他争辩。这么说，娜斯塔霞·菲立波夫娜一下子就邀请您到她家去，是不是？”

“就因为没有邀请。”

“那您怎么去呢？”郭立亚大声惊问，甚至在便道中央站住不走了。“而且……穿着这样一身衣服，可那边在举行的晚会客人都是事先专门邀请的！”

“说真的，我不知道怎么能进去。如果接待的话——最好；不接待——事情就放过去了。至于衣着么，那有什么办法？”

“您有事情？还是您仅仅为了消磨时间，和‘上等人’待在一起？”

“不，其实我……应该说，我是有事情……我觉得这很难表达清楚，但是……”

“究竟什么事情我不管，我只要知道您不是死乞白赖想去参加晚会，挤进由那些茶花女、将军、高利贷者组成的美妙圈子。如果真是那样的话，对不起，公爵，我会嘲笑您、鄙视您的。这里头正直的人实在少得可怜，简直没有人值得尊敬。别人会不由自主地瞧不起他们，可是他们都要求别人尊敬。瓦丽雅第一个瞧不起他们。您已经看到了，公爵，如今这个时代到处都是冒险家！特别在咱们俄国，在咱们这个可爱的祖国。究竟怎么会搞成这样的——我不明白。当初它站得多稳，可现在怎样呢？人人都在谈论，到处写文章揭露。在俄国，人人都在揭发阴私。做父母的率先翻悔，对他们自己过去的道德感到羞愧。在莫斯科，有个做父亲的怂恿儿子排除**一切障碍**去弄钱——这事报上都登了。[1]再请看看我的那位将军，他变成了什么？不过，说老实话，我觉得我的那位将军是个好人；真的，一点儿也不假！这都是乱七八糟的状况和酒造成的。真的，一点儿也不假！甚至怪可怜的；只是我不敢说，因为大家都会笑我；其实真是怪可怜的。而他们——那些聪明人——又是什么东西？全都是放高利贷的，没有一个例外！伊波里特为高利贷辩护，说这是需要的，什么经济动荡、此消彼长等等，除非鬼能懂。听他说这样的话我很苦恼，但他给惹火了。您想想：他的母亲，就是那个大尉太太，从将军那儿拿了钱，又放高利借给他——这太可耻了！要知道，妈妈——我的妈妈、尼娜·亚历山德罗夫娜、将军夫人——经常给钱、给衣服等等接济伊波里特，还通过伊波里特多少周济一下那几个小孩子，因为他们的母亲不管他们。瓦丽雅也给。”

“瞧，您说没有好人，没有坚强的人，人人都唯利是图；坚强的人——您的母亲和瓦丽雅——这不是有了吗？此时此地、在这样的处境下帮助别人，难道不是具有坚强的道德力量的明证吗？”

“瓦丽雅这样做是出于要强，表现自己，不甘落在妈妈之后；而妈妈是真心……我敬佩。是的，我敬佩她，认为她做得对。甚至伊波里特也有所触动，而他几乎是铁石心肠。最初他加以嗤笑，说妈妈的做法是卑劣的；但是现在他有时也开始有所触动。哞！您认为这是力量？我会注意这一点的。加尼亚不知道，要不，他会说这是姑息纵容。”

---

[1] 作者通过郭立亚之口说的是19世纪60年代轰动一时的达尼洛夫案件中的一个细节，以后还有若干次提到此人。1866年1月，19岁的大学生达尼洛夫在莫斯科对高利贷者波波夫及其女仆诺尔德曼犯了抢劫杀人罪。这一案件引起了陀思妥耶夫斯基极大的兴趣。同时代人曾指出，达尼洛夫的罪行与《罪与罚》的情节相似。1867年2月，达尼洛夫被判处九年苦役。同年11月，与达尼洛夫关在同一监狱的囚犯格拉兹柯夫供称：据达尼洛夫自述，他并非一人作案，而是在他的父亲同意和参与下做的。父亲曾教儿子“不择手段，为了自己的幸福（按指结婚），哪怕通过犯罪这条路，也一定要弄到钱”。作者有意影射民主主义思想产生了极大的危害。

“加尼亚真的不知道？看来，加尼亚还有许多事情不知道。”公爵不自觉地沉吟道。

“您知道不，公爵，我很喜欢您。今天下午发生在您身上的那件事始终在我脑海里转。”

“我也很喜欢您，郭立亚。”

“我问您，您打算怎样在这里过日子？不久我要找些工作做，也好挣点儿钱。咱们——我、您，还有伊波里特——三个人另外租一个住所一起过；让将军常来咱们那儿走走。”

“我十分愿意。不过，还得以后再说。我现在心里很乱……非常乱。什么？已经到了？就在这幢楼里？……正门口的气派好大！还有司阍。哦，郭立亚，不知道这事儿结果会怎么样。”

公爵站在那里感到茫然。

“明天告诉我！不用太发慌。让上帝保佑您成功，因为我自己在各方面跟您的看法一致！再见。我仍到那边去告诉伊波里特。她一定会接待您的，这毫无疑问，不用担心！她这人与众不同。从一楼的这道扶梯上去，司阍会给您指路！”

十三

公爵登楼的时候，心中忐忑不安，但又竭力壮自己的胆。“大不了，”他忖道，“来一个‘不见’，并且对我产生不好的想法，或者也可能见是见了，却把我当面取笑……。嗳，不去管它！”的确，这还不是太可怕，但是，“我到了那里该怎样做，我的目的又是什么？”——对这个问题他怎么也找不到比较满意的答案。即使可通过某种方式抓住机会对娜斯塔霞·菲立波夫娜说：“不要嫁给这个人，不要害了自己，他并不爱您，而是爱您的钱，这是他自己告诉我的，阿格拉雅·叶班契娜也这么对我说，我是来向您转述的，”——即便如此，也未必完全恰当。摆在他面前还有一个问题悬而未决，而且是最根本性的，公爵甚至怕去想它，简直不能也不敢存这个念头，不知该如何措辞，一想起此事立刻脸上发烧，身子打战。然而，尽管心神不宁，疑虑重重，最后他还是进去求见娜斯塔霞·菲立波夫娜。

娜斯塔霞·菲立波夫娜住着一套不太大、但确实非常精美的公寓。她住在彼得堡的这五年中，最初有一个时期阿法纳西·伊万诺维奇特别不惜在她身上花钱。当时他还指望得到她的爱情，还想诱惑她，主要是通过豪华舒适的享受，因为他知道：奢侈的习惯很容易染上，但在奢侈渐渐成为必需以后，想要摆脱却非常困难。在这方面托茨基丝毫不加改变地遵循可靠的老传统，无限敬重感官影响的常胜威力。娜斯塔霞·菲立波夫娜并不拒绝奢华的享受，甚至相当喜欢，但是——这似乎非常奇怪——她始终不受其束缚，好像随时都可以放弃这一切，甚至几次表明自己的态度，致使托茨基非常不快。不过，娜斯塔霞·菲立波夫娜有许多地方常常使阿法纳西·伊万诺维奇不快(后来甚至感到厌恶)。她有时跟一些不登大雅之堂的人来往，而且喜欢跟他们接近，这已经不在话下。除此之外，她往往还会流露出若干奇怪透顶的倾向：两种迥异的情趣在她身上可以骇人听闻地混合在一起；某些东西和某些办法简直是体面高雅的人所不能设想有其存在的，她却能将就并以此为满足。事实上，假如娜斯塔霞·菲立波夫娜表现出某种娇憨可爱的无知，比方说，不知道农妇不能穿她自己所穿的上等麻纱内衣，那么，阿法纳西·伊万诺维奇也许会得意非凡。按照托茨基设计的方案(这方面他是很在行的)，对娜斯塔霞·菲立波夫娜的施教一开始就完全着眼于取得这样的结果；然而，惜乎！结果却是非常奇怪的。尽管如此，娜斯塔霞·菲立波夫娜身上过去有、现在仍然保留着某种气质，它有时甚至使阿法纳西·伊万诺维奇自己也感到异常别致和饶有情趣，感到它有一股力量，而且至今偶尔还吸引着他，虽则他原先在娜斯塔霞·菲立波夫娜身上打的主意现在已完全落空。

接待公爵的是个姑娘(娜斯塔霞·菲立波夫娜一向只雇女佣人)。使他纳罕的是：当他请求通报自己的姓名时，姑娘没有现出任何困惑的表情。公爵稀脏的靴子、宽檐的呢帽、无袖的斗篷和怪不好意思的神态，都没有引起姑娘半点犹豫。她帮公爵卸去斗篷，请他在应接室少待，自己马上去通报。

在娜斯塔霞·菲立波夫娜这里聚会的是她最常来往的一些熟人。与过去一年一度逢到这种日子的聚会相比，甚至可以说客人相当少。首先和主要的有阿法纳西·伊万诺维奇·托茨基和伊万·费奥多罗维奇·叶班钦；两人都蔼然可亲，但两人都在一定程度上怀着鬼胎，掩饰不住焦急的心情等待女主人按预先的许诺就加尼亚的事宣布决定。除了他俩，当然还有加尼亚——他也心事重重、神情阴郁，甚至近乎“不逊”，大部分时间靠边站在稍远处保持沉默。他不敢带瓦丽雅来，娜斯塔霞·菲立波夫娜也没有问起她；但刚和加尼亚互相招呼以后，立即提到下午他跟公爵之间的那场冲突。叶班钦将军还没有听说过，便问是怎么回事。于是加尼亚用干巴巴的、冷静的语调，但是十分坦率地把下午发生的事情都说了，还说他已经去向公爵赔礼道歉。与此同时，他却热烈地提出自己的看法，说天知道为什么有人莫名其妙地把公爵叫作“白痴”，他认为“恰恰相反，此人肯定胸有城府”。娜斯塔霞·菲立波夫娜十分注意地听完他这番评价，同时好奇地观察加尼亚，但话题立即转到罗果仁头上，因为下午那出戏里他扮演了举足轻重的角色，而阿法纳西·伊万诺维奇和伊万·费奥多罗维奇也对此人感到极大的兴趣。原来普季岑能提供有关罗果仁的特别情况；为了罗果仁的事儿，普季岑跟他一起张罗，几乎直忙到晚上九点。罗果仁坚决要求今天无论如何得弄到十万卢布。“他自然喝醉了酒，”普季岑在叙述的过程中指出，“但不管事情多么困难，十万卢布大概能给他弄到，但不知是否今天都能凑齐。目前已出动了好多人：金德尔、特列巴洛夫、比斯库普。不论利息多高他都要，当然这都是醉后趁着一时高兴说的……”普季岑最后说。以上这些消息引起了大家的关注，其中不免包含紧张的成分；娜斯塔霞·菲立波夫娜保持缄默，看得出是不愿发表意见；加尼亚同样如此。叶班钦将军暗暗担忧的程度几乎超过所有的人，因为他还是在上午送来的珍珠是被客客气气地收下的，这种客气已迹近冷淡，甚至带着一种特别的浅笑。宾客中唯独菲尔狄宪柯一人兴高采烈、喜气洋洋，有时候放声大笑，也不知笑些什么，无非因为他自己派自己扮演一个小丑的角色。阿法纳西·伊万诺维奇素以讲故事精妙入微著称，过去在这样的晚会上他通常驾驭着谈话的方向，今天却显然心神不定，甚至有些慌张，这在他是反常的。其余为数不多的客人(一个教书的穷酸小老头儿，天晓得把他请来干什么；一个年纪很轻的陌生人，他极其怕羞，始终不开口；一位四十岁上下、动作麻利的女士，八成是演戏的；还有一位年轻的女士长得非常漂亮，衣着非常华丽，可是绝少说话)——他们非但起不了多大作用促使谈笑风生，甚至有时候根本不知道该说些什么。

在这种情势下，公爵的出现可说正是时候。女仆刚报出他的姓名，引起的反应是困惑和一些奇怪的微笑，尤其在看到娜斯塔霞·菲立波夫娜惊讶的样子后，大家知道她根本没考虑过邀请此人。但是，娜斯塔霞·菲立波夫娜继惊讶之后忽然显得如此高兴，于是大多数人马上准备用笑声和快乐的气氛欢迎这位不速之客。

“就算这是出于他的天真，”伊万·费奥多罗维奇·叶班钦宣称，“而且鼓励这种倾向无论如何是相当危险的，但是，说真的，他忽然想到在这个时候光临实在不坏，尽管是以这样奇特的方式。根据我对他的了解，他也许能把我们逗乐，至少我这样认为。”

“何况他是不请自来！”菲尔狄宪柯当即插了一句。

“那又怎么样？”对菲尔狄宪柯恨得要命的将军语气生硬地问。

“他得付入场券的代价。”菲尔狄宪柯作了说明。

“哼，梅诗金公爵毕竟不是菲尔狄宪柯。”将军忍不住说，直到现在，他一想起自己与菲尔狄宪柯置身同一圈子，而且与他平起平坐，实在于心不甘。

“嗳，将军，您就饶了菲尔狄宪柯吧，”后者嬉皮笑脸地答道，“我有特殊身份。”

“您有什么特殊身份？”

“上次我已经有幸向诸位作了详细说明；现在我为您阁下再说一

遍。您也看到，将军阁下，大家都会说俏皮话，可是我没这个本领。作为补救的办法，我求得了说真话的许可，因为大家都知道，只有不会说俏皮话的人才说真话。再者，我是一个睚眦必报的人，这又是因为缺乏机智的缘故。我什么气都受得了，但只到对手自己失利为止。只要他刚一失利，我立即记起前账，立即通过某种方式进行报复，踢上几脚，正像伊万·彼得罗维奇·普季岑把我形容的那样，当然，他自己从来不踢人。阁下，您知道克雷洛夫的寓言《狮子和驴子》吗？您和我就是狮子和驴子，这则寓言写的正是咱们俩。”

“您大概又走了嘴，菲尔狄宪柯。”将军勃然大怒。

“您怎么啦，将军阁下？”菲尔狄宪柯接过了话茬，他本来就指望着有机会接过话茬，可以更加放肆地胡言乱语，“请放心，将军阁下，我有自知之明。既然我说咱俩是克雷洛夫寓言中的狮子和驴子，那么，驴子的角色当然归我，而阁下您当然是狮子喽，正如克雷洛夫寓言中说的那样：

威猛的狮子，森林之王，
到老来气亏力衰。①

至于我，将军阁下，是一头驴子。”

“最后一点我同意。”将军脱口说道。

这一切当然干得很粗，也是存心的，但是让菲尔狄宪柯扮演小丑的角色已经是既成事实。

“这里之所以让我进来，不把我撵走，”有一次菲尔狄宪柯大声宣称，“正是要我这样说话。要不，能接待我这样的人吗？这道理我不是不明白。要不，能让我这么个菲尔狄宪柯同阿法纳西·伊万诺维奇这样高雅的绅士坐在一起吗？自然而然只剩下一种解释：这样做恰恰因为这是不可思议的。”

---

① 所引克雷洛夫的寓言诗《狮子老了》开头几行，与原诗字面上有些出入。

尽管说得粗俗，毕竟也算辛辣，有时甚至辣得厉害，这大概正合娜斯塔霞·菲立波夫娜之意。凡是一定要做她座上客的人，只得硬着头皮容忍菲尔狄宪柯。菲尔狄宪柯也许猜透了个中底细，他估计自己之所以得到接待，因为从第一次开始托茨基就无法忍受他在这里。加尼亚也吃了他数不清的苦头，在这一点上菲尔狄宪柯非常善于为娜斯塔霞·菲立波夫娜效劳。

"我料想公爵会唱一首流行的浪漫曲开头。"菲尔狄宪柯断言，同时看看娜斯塔霞·菲立波夫娜会怎么说。

"我不这样想，菲尔狄宪柯，请不要太激动了。"她毫无表情地指出。

"啊——啊！既然他受到特殊的庇护，那么我也口下留情……"

但娜斯塔霞·菲立波夫娜已站起来不理会他，径自走去迎接公爵。

"我很抱歉，"她一下子出现在公爵面前说，"下午匆忙中忘了邀请您到舍间来，现在您自己给我一个机会对您的勇气表示感谢和赞赏，我感到非常高兴。"

她说这话的时候凝神谛视着公爵，力图向自己对他此举作出某种解释。

公爵当然可以对她这番客气的话回答一些什么，但是他震惊和失诧到了这种程度，简直说不出一句话来。娜斯塔霞·菲立波夫娜满意地注意到这一点。这天晚上她全副盛装，确实不同凡响。她挽起公爵的手带他到宾客们那里去。将要进入客厅之前，公爵骤然站住，激动异常地向她匆匆低语：

"您身上无不完美……甚至您的憔悴和苍白也是完美的……叫人不愿想象您会是另一种样子……。我是那么想来见您……我……请原谅……"

"不要请求原谅，"娜斯塔霞·菲立波夫娜笑了起来，"这样会破坏整个奇异和独特的形象。有人说您是个奇人，看来这话不假。这么说，您认为我是完美无缺的，是吗？"

“是的。”

“虽然您是猜谜的行家，不过还是错了。今天我会向您提起这一点的……”

她把公爵向宾客作了介绍，其中大部分人对他已有所了解。托茨基当即说了些很客气的话。大家似乎活跃了起来，一下子谈笑风生。娜斯塔霞·菲立波夫娜让公爵坐在自己旁边。

“其实，公爵的来临有什么值得奇怪的呢？”菲尔狄宪柯嚷得比谁都响，“事情很清楚，事情本身就说明问题。”

“事情的确太清楚，太说明问题了，”一直保持沉默的加尼亚突然接过话茬儿。“从上午公爵在伊万·费奥多罗维奇桌上第一次看见娜斯塔霞·菲立波夫娜的照片的一刹那起，今天我几乎一直不断地对他进行观察。我记得很清楚，当时我就产生这样的想法，而现在已确信不疑，顺便告诉诸位，公爵也向我作了自白。”

加尼亚这话说得非常认真，没有半点开玩笑的意味，甚至板着脸，不由人感到有些奇怪。

“我没有向您作过自白，”公爵涨红了脸回答，“我只是回答了您的问话。”

“精彩，精彩！”菲尔狄宪柯喝起彩来，“至少是真诚的，既狡猾又真诚。”

大家都高声笑了起来。

“别嚷嚷，菲尔狄宪柯。”普季岑表示厌恶地压低嗓门向他指出。

“公爵，我没想到您竟志在千里，”伊万·费奥多罗维奇指出，“您可知道，这有谁需要？我原以为您是个哲学家呢！是啊，这叫作人不可貌相！”

“这样纯洁无邪的玩笑话把公爵羞得像个纯洁无邪的大姑娘，根据这一点我可以断言，作为一个品德高尚的年轻人，他心中有着最值得赞许的意愿，”在这以前始终一语不发的小个子老头儿完全出人意料地说——其实只是发出一阵咿咿唔唔的声音，因为没有牙。谁也没有料到这位七十岁的老教书匠今晚居然会开口，所以大家笑得更厉害了。老头儿想必以为人们被他的俏皮话逗乐了，于是他看着大家，自己笑得更欢，结果凶猛地咳嗽起来，致使娜斯塔霞·菲立波夫娜马上对他加以爱抚、亲吻，吩咐再给他斟茶。（不知什么缘故，娜斯塔霞·菲立波夫娜非常钟爱所有这些古里古怪的老头儿、老太太乃至装疯卖傻的“先知”。）她向进来的一名女仆要了一件披肩把自己裹起来，命她往壁炉里再添些柴，然后问现在几点钟。女仆回答说，已经十点半了。

“诸位，要不要喝些香槟酒？”娜斯塔霞·菲立波夫娜忽然提议，“我这儿准备着。也许，你们的兴致会更高。请吧，不要客气。”

娜斯塔霞·菲立波夫娜建议喝酒，尤其是用这样天真的言词相劝，颇有点儿奇怪。大家都知道，在她过去举行的一些晚会上一切都循规蹈矩。总的来说，今天的晚会气氛愈来愈轻松，但有些异样。不过，酒并没有被拒绝，首先是将军表示赞成，其次是动作麻利的那位太太，接着是小老头儿、菲尔狄宪柯，随后大家都同意。托茨基也拿起一杯，指望对开始出现的那种新的气氛作适当的调谐，尽可能赋予逢场作戏的性质。只有加尼亚一人什么也不喝。娜斯塔霞·菲立波夫娜也拿起酒杯，宣称她今晚要干上三杯。从她奇怪的、有时非常急遽的举措中，从她无缘无故的笑声以及突然与之交替出现的默默沉思乃至郁悒幽愤中，很难弄清楚什么原因。有人怀疑她有寒热，后来才开始注意到她好像自己也在等待着什么，频频看钟，显得焦急、走神。

“您莫非有点儿怕冷？”麻利的太太问道。

“不是一点儿，而是冷得紧，所以我用披肩裹起来。”娜斯塔霞·菲立波夫娜回答，她的确脸色更苍白了，还仿佛不时克制着自己内心一阵阵剧烈的寒战。

大家着急起来，纷纷移动身子。

“咱们是不是让女主人休息吧？”托茨基瞧了瞧伊万·费奥多罗维奇说。

“绝对不要，诸位！我请求你们坐着。今天我特别需要你们在场。"娜斯塔霞·菲立波夫娜忽然用固执而着重的语气宣布。由于宾客几乎都已知道预定在今晚要作出一项十分重要的决定，这话的分量就显得不一般了。将军和托茨基再次互相递了个眼色，加尼亚的身体神经质地扭动一下。

"要是玩一种什么小型游戏倒不坏。"麻利的太太说。

"我知道有一种妙不可言的新式小型游戏，"菲尔狄宪柯立即插嘴，"不过以前只玩过一回，而且也并不成功。"

"那是怎么回事？"麻利的太太问。

"有一次我们几个朋友聚在一起，大伙喝了点儿酒，这是事实。忽然有人提议：我们每人讲一件自己的事情，不用从桌旁站起来，坐着讲，但必须是他凭自己的良心认为一生中自己所做的全部坏事中最坏的一桩行为。条件是必须说真话，主要是说真话，不许撒谎！"

"奇怪的主意。"将军说。

"是啊，还有什么能比这更奇怪的，将军阁下？不过，妙就妙在这里。"

"可笑的主意，"托茨基说，"其实也不难理解：这是一种特殊形式的自夸。"

"也许，需要的正是这个，阿法纳西·伊万诺维奇。"

"可是玩这样的小型游戏只会哭，不会笑。"麻利的太太说。

"这玩意儿完全要不得，荒唐透顶。"普季岑表示。

"结果成功不？"娜斯塔霞·菲立波夫娜问。

"不正是没成功吗！结果很糟糕。每人倒的确都讲了一些，许多人讲了真话，你们也许很难想象，有几个人甚至津津乐道。可是后来每一个人都感到难为情，毕竟受不了！不过总的说来很有趣儿，当然是从特殊意义上说的。"

"这办法倒不错！"娜斯塔霞·菲立波夫娜指出，并且一下子劲头也来了。"这倒不妨试一试，诸位！的确，咱们好像不太快活。要是咱们每个人都同意讲点儿什么……也属于那一类的事情……当然，要本人同意，这里完全自愿，各位意下如何？也许咱们受得了。至少非常新奇……”

“天才的主意！”菲尔狄宪柯马上响应，“不过，女士们不在此例，由男宾们先讲。咱们用抓阄儿的办法，就跟那回一样。一定这么办，一定！谁要是实在不愿意，当然可以不讲，但是这也未免太不礼貌了！请诸位先生把你们的阄儿拿到这儿来，放在我的帽子里，由公爵来抓。这道题十分简单，讲自己一生中最坏的一桩行为，——这太容易了，先生们！你们会明白的！谁要是忘了，我立刻负责提醒他。”

这个主意谁也不欣赏。有人皱眉头，有人皮笑肉不笑。有几位提出异议，但有气无力，比如伊万·费奥多罗维奇，他看到这个怪主意强烈地吸引着娜斯塔霞·菲立波夫娜，不愿拂其意。娜斯塔霞·菲立波夫娜一旦说出了她有什么愿望，总是表现得不可遏止和不顾一切，即使这是极其任性甚至对她自己毫无意义的愿望。现在她像歇斯底里发作似的来回奔忙，不自然地、阵发性地大笑，尤其是笑惊慌不安的托茨基所表示的异议。她的黑眼睛闪闪发光，苍白的面颊上泛起两团红晕。某几位客人脸上灰溜溜和不屑的表情，也许更加刺激着她嘲弄的欲望；也许，她正是欣赏这个主意不顾颜面、残酷无情。也有人相信她这样做有特别的打算。不过，他们都陆续开始表示同意；这事儿至少还是挺新奇的，而对于其中好几位来说更是非常诱人。菲尔狄宪柯忙得不亦乐乎，比谁都卖劲。

“万一有什么事情不便……当着女士们的面讲的，怎么办？”一直不吭声的青年不好意思地问。

“那您就别讲这个，难道除此以外的恶劣行为还少吗？”菲尔狄宪柯答道，“唉，您这个年轻人也真是！”

“我就是不知道，我的哪一桩行为是最坏的。”麻利的太太插了一句。

“女士们可以不讲，”菲尔狄宪柯重申，“但只是解除其义务；有自告奋勇者当然可以，而且竭诚欢迎。男宾中有实在不愿意的，也可以不讲。”

“可是怎样能够证明我说的不是谎话呢？”加尼亚问，“如果我撒谎，游戏就毫无意义。那么究竟谁说的不是谎话呢？每一个人肯定都会撒谎。”

“单是看看一个人怎么撒谎就够诱人的了。加尼亚，你不用特别担心自己会撒谎，因为你最恶劣的行为本来是人所共知的。诸位，请大家想一想，”菲尔狄宪柯忽然灵机一动喊叫起来，“大家只要想一想，各人讲了故事以后，比方说明天，咱们见面时将是怎样一副表情呢？”

“这像话吗？难道这是当真的，娜斯塔霞·菲立波夫娜？”托茨基煞有介事地问。

“怕狼的就别到树林子里去！”娜斯塔霞·菲立波夫娜说着淡然一笑。

“请问，菲尔狄宪柯先生，难道这样能搞成小型游戏吗？”托茨基仍不死心，他越来越感到紧张。“我敢说，这种玩意儿决计不会成功；您不是自己说这已经失败过一次了吗？”

“失败？！上一回我讲了自己怎样偷三个卢布的事，这不是一下子就讲出来了吗？”

“就算这样。但是要知道，怎么能证明您讲得像事实，而且人家相信了您的话呢？刚才加甫里拉·阿尔达里昂诺维奇说得完全正确：只要听出一点点做假的味道，这游戏便毫无意义。只有在偶然的情况下才可能有真话，那就是在一种特殊类型的自夸情绪驱使之下，而这样的低级趣味在此地是无法想象和绝对不体面的。”

“不过，您真是一位高雅微妙到了极点的人，阿法纳西·伊万诺维奇，甚至使我也感到惊讶！”菲尔狄宪柯大声说，“诸位，请注意：阿法纳西·伊万诺维奇说我不可能把自己的偷窃行为讲得像事实，他通过这一极其微妙的方式暗示，我不可能真有偷窃行为(因为这话不便直说)，尽管他心中也许完全相信菲尔狄宪柯很可能行窃！不过，诸位，咱们还是言归正传吧。阄儿已经收齐，阿法纳西·伊万诺维奇，您也投入了自己的阄儿，可见没有人拒绝参加。公爵，抓阄吧！”

公爵默默地把一只手伸进帽子，抓出了第一张阄儿——菲尔狄宪柯，第二张——普季岑，第三张——将军，第四张——阿法纳西·伊万诺维奇，第五张——公爵自己，第六张——加尼亚，余不一一。女士们没有投阄儿。

“哦，上帝啊，多么不幸！”菲尔狄宪柯嚷道，“我原以为第一个将是公爵，第二个会轮到将军。不过，感谢上帝，至少伊万·彼得罗维奇紧跟在我后面，我还能收之桑榆。当然喽，诸位，我应该做出表率，但是此刻最使我感到遗憾的是：我是那么渺小，没有一点儿出众的地方，连我的头衔也是个芝麻绿豆官。说真格的，菲尔狄宪柯干了桩丑事儿有什么值得一提的？再说，究竟哪一桩是我最坏的行为？这里有一个挑不胜挑，无所适从的问题。除非把那桩偷窃行为再讲一遍，好让阿法纳西·伊万诺维奇相信，不是贼也能偷。”

“菲尔狄宪柯先生，您现在正使我相信，讲自己的丑恶行为的确能感到满足乃至陶醉，尽管没有人问起这些……。不过……请原谅，菲尔狄宪柯先生。”

“开始吧，菲尔狄宪柯，您哪来这么多废话，老没个完！”娜斯塔霞·菲立波夫娜不耐烦了，恼火地下命令道。

大家注意到，在刚才的阵发性大笑之后，她一下子变得阴郁、烦躁、易怒，然而还是固执而专横地坚持她的怪脾气。阿法纳西·伊万诺维奇的日子非常难过。伊万·费奥多罗维奇也使他怒火中烧：这位将军坐着若无其事地呷香槟，没准儿还打算在轮到自己时讲点儿什么呢。

十四

“因为我没有机智，娜斯塔霞·菲立波夫娜，所以废话多！”菲尔狄宪柯开始讲自己的故事。“我要是有阿法纳西·伊万诺维奇或者伊万·彼得罗维奇那样的机智，今天我也会像阿法纳西·伊万诺维奇和伊万·彼得罗维奇那样老坐在那里一声不吭。公爵，允许我向您请教您的看法：我总觉得世界上做贼的比不做贼的多；即使最诚实的人，要说毕生一次也没有偷过任何东西，这样的人是没有的。这是我的看法，不过，我决不由此得出结论：所有的人个个都是贼，尽管——说真的——有时候实在很想下这样的结论。您的看法如何？”

“算了吧，您讲得太蹩脚，”达利雅·阿列克谢耶夫娜——那位动作麻利的太太——首先作出反应，“而且完全是胡说八道。不可能所有的人都偷过点儿什么；我就从来没有偷过任何东西。”

“您从来没有偷过任何东西，达利雅·阿列克谢耶夫娜；但是一下子满脸通红的公爵会怎么说呢？”

“我觉得您的话有道理，不过您太夸大了。”确实不知为什么涨红了脸的公爵说。

“那么，公爵，您自己什么也没偷过？”

“嗬！多么可笑！别太忘乎所以，菲尔狄宪柯先生。”将军插进来说。

“无非因为事情到了点子上讲起来难为情，所以您想把公爵也拖下水，反正他是不会回敬的。”达利雅·阿列克谢耶夫娜咬字清楚、顿挫分明地说。

“菲尔狄宪柯，要么讲您自己的，要么请闭嘴，不要牵扯别人。再好的耐性也给您耗尽了。”娜斯塔霞·菲立波夫娜说，语气生硬，怒形于色。

“马上讲，娜斯塔霞·菲立波夫娜；但既然公爵已经承认——我坚持认为公爵等于已经承认了，——那么，一旦别人（这里不点任何人的名）如果想说真话，他还能说什么呢？至于我，诸位，简直再也没有什么可说了；事情很简单，很愚蠢，也很糟糕。但是请你们相信，我不是贼；我不知道是怎么偷的。那是前年的事，在谢苗恩·伊万诺维奇·伊宪柯的别墅里，那天是星期日，他家请客。席散以后，男人们留下喝酒。我想到一个主意——请主人的女儿玛丽亚·谢苗诺夫娜小姐弹钢琴。我穿过角上一间屋子，见玛丽亚·伊万诺夫娜的小作台上放着一张三卢布的绿色钞票：想必是女主人拿出来作一项什么家用开支的。屋里一个人也没有。我拿起那张钞票放进自己兜里，为什么这样做——我不知道。是什么附上了我的身——我不明白。我只记得自己赶紧回到客厅里，在桌旁坐下。我坐着、坐着，且看有什么动静；心里激动得厉害，嘴上扯淡个没完；说说笑话，嘻嘻哈哈；后来又坐到女士们那里去。大约过了半小时，钱的事发觉了，几名女仆开始受到盘问。一名叫达利雅的女仆成了怀疑对象。我表现出了不寻常的好奇和热心，我记得当达利雅慌得手足无措的时候，我甚至还劝她认错，并且用脑袋担保玛丽亚·伊万诺夫娜一定会发善心——这话是当着大家的面说的，谁都听见。所有的人都看着，我感到非常得意，那恰恰是因为我在开导别人，而钞票却在我兜里。这三个卢布当天晚上我就在馆子里买酒喝了。我走进去，要了一瓶拉斐特[①]；在这以前我从来没有这样单要一瓶酒，旁的什么也不要。我想尽快把钱花掉。不管在当时还是以后，我都没有特别感到良心的责备。第二次肯定不会再干；这话你们信还是不信，悉听尊便，我不感兴趣。好了，就这些。”

“不过，这当然不是您最坏的行为。”达利雅·阿列克谢耶夫娜带着厌恶的表情说。

“这是心理学的病例，而不是行为。”阿法纳西·伊万诺维奇指出。

“那女佣人后来怎样？”娜斯塔霞·菲立波夫娜并不掩饰极度的憎厌问道。

“不消说得，女佣人第二天就被撵走了。那是一户规矩很严的人家。”

“您居然听之任之？”

“那有什么？！难道我该去自首？”菲尔狄宪柯嘻嘻地笑了起

① 一种红葡萄酒，得名于它的产地——法国南部的拉斐特城堡。

来；不过，大家对他的故事所作出的反应太不愉快了，这使他多少有些吃惊。

“这太肮脏了！”娜斯塔霞·菲立波夫娜高叫。

“嗬！您要听人家讲最恶劣的行为，同时又要求冠冕堂皇！最恶劣的行为总是很肮脏的，这一点咱们马上会从伊万·彼得罗维奇那里听到。表面上冠冕堂皇的事多着呢！因为有自备马车，所以想显示仁义道德。有自备马车的人还少吗？……可都是用什么办法得来的？……”

总之，菲尔狄宪柯已完全失去自持，一下子发起火来，简直到了忘情的程度，“豁了边”；甚至他的整个面貌都走了样。说来尽管奇怪，但很可能他预期自己的故事会收到的效果完全不是这样。这种低级趣味的“失误”和“特殊类型的自夸”（托茨基语），在菲尔狄宪柯身上是家常便饭，完全符合他的性格。

娜斯塔霞·菲立波夫娜甚至气得发抖，她定睛注视着菲尔狄宪柯；菲尔狄宪柯霎时间慌了，哑了，几乎吓得手脚冰冷——自己毕竟走得太远了。

“咱们是不是就到此结束吧？”阿法纳西·伊万诺维奇狡黠地问。

“下面轮到我了，但我有权请求豁免，所以不讲。”普季岑说得很坚决。

“您不想讲？”

“我不能，娜斯塔霞·菲立波夫娜；反正我认为这样的小型游戏是要不得的。”

“将军，好像该轮到您了，”娜斯塔霞·菲立波夫娜对他说，“要是您也拒绝，下面就会跟着您通通告吹，那将使我感到遗憾，因为我打算最后讲‘我自己一生中’的一桩行为，但是只想在您和阿法纳西·伊万诺维奇之后讲，因为你们一定会使我得到鼓励。”说完末了那句话，她笑了起来。

“哦，既然您也答应，”将军劲头十足地大声表示，“那么，要我把自己的一生一股脑儿讲给您听也愿意；不过，说老实话，我在依次等候时已经准备好了我自己的故事……”

“只要看将军阁下的神态便可以断定，他在加工自己的故事过程中得到了多么不寻常的创作乐趣。”菲尔狄宪柯面带不怀好意的笑容又大胆插话，虽然窘色犹在。

娜斯塔霞·菲立波夫娜向将军瞥了一眼，也暗暗一笑。但是看得出，幽愤和烦躁在她身上愈来愈加剧。阿法纳西·伊万诺维奇听到她答应要讲故事，加倍紧张起来。

“诸位，和每个人一样，我在自己的一生中也做过一些不太漂亮的行为，”将军开始说，“但最奇怪的是，我自己认为下面要讲的一个小故事是我一生中最最恶劣的故事。事情过去差不多有三十五年了，但是回忆起来，我始终不能摆脱某种所谓揪心的印象。不过，事情是非常愚蠢的；当时我还是个准尉，在军队里当苦差。准尉嘛，大家都知道是怎么回事：热血沸腾，可是穷得够呛。当时我有个勤务兵叫尼基佛尔，他拼命为我把家，缝补、打扫、洗刷样样干，处处撙节，甚至到处去偷能够到手的一切，但求增添家当——总之是个最最忠心、最最老实的人。当然，我待人严格，但是公平。有一个时期我们驻扎在一座小城。我的房子号在城郊一个退伍少尉的寡妇家里，那是个八十岁的老太婆，至少也近八十了。她的一所小木屋已经破旧得厉害，家里穷得连个女佣人也没有。但是，她最主要的特点是过去曾有过人数极多的家族和亲属，不过一部分先她而死，一部分散处他乡，一部分把老太婆给忘了，而她四十五年前就安葬了自己的丈夫。几年前，有个侄女儿跟她住在一起，那是个很凶的驼背女人，据说跟妖婆差不多，有一次甚至把老太婆的手指头咬了一口，可是连她也死了，所以老太婆已将近三年全靠自己一个人苦撑。我住在她家无聊得很，而且她这人也够乏味的，什么也挤不出来。后来，她偷了我一只公鸡。这件事直到现在还是稀里糊涂，但除了她没有别人。为了那只公鸡，我跟她吵了一架，吵得很凶，那时恰巧上级根据我才提出的请求给我换了住所，搬到另一头城郊一个人口众多的家中去，我至今记得房东是位留着大胡子的商人。我和尼基佛尔高高兴兴搬了家，气冲冲地把老太婆撇下。过了三天，我操练回来，尼基佛尔向我报告：‘长官先生，咱们不该把盆子留在以前的房东那里，现在没有家伙盛汤了。’我当然莫名其妙，就问：‘咱们的盆子怎么会留在房东那里？’尼基佛尔也感到奇怪地继续报告说，我们搬走时，房东老太婆不肯把我们的一只盆子给他，理由是我打破了她的一只罐子，现在她扣住我们的盆子赔她的罐子，据说是我自己向她提出的办法。老太婆这种卑劣的行径自然把我的肺都气炸了，身体里的血像开了锅。我跳起来，飞也似的跑了出去。我到老太婆那里时，火已经像俗话所说的冒穿了天灵盖。我一看，她一个人坐在过道角落里，好像在躲避太阳，一只手托住腮帮子。我立刻把雷霆之怒一齐发到她头上，骂她这样，骂她那样，——你们都知道，俄国话是怎么个骂法。只是我瞧着、瞧着，觉得不大对头：她坐在那里，脸冲着我，眼睛瞪圆，一句话也不回答，总是非常非常奇怪地望着我，身体似乎在摇晃。我终于渐渐平复下来，定神仔细看她，问她，还是一言不答。我站着犹豫了一会儿：苍蝇嗡嗡地叫，太阳即将下山，周围一片寂静。我讨了一场没趣，最后茫然离去。我还没走到新的住处，就被叫去见少校，后来又到连里去了一趟，回到家里已是晚上。尼基佛尔见面第一句话就告诉我：‘您可知道，长官先生，咱们的房东老太婆死了。’我问：‘什么时候死的？’他说：‘今天傍晚，大约一个半钟头以前。’也就是说，恰恰在我骂她的时候，她正在离开这个世界。这件事给了我当头一棒，老实告诉你们，我简直给打闷了。心里老是排遣不开，夜里甚至还做起梦来。我当然不迷信，但是第三天我还是上教堂去参加了葬礼。总之，时间隔得越久，就越是排遣不开。虽说不是怎么疑神疑鬼，可有时候眼前总会出现那么一幅景象，日子就不好过。那么，我认为主要的问题到底在哪儿呢？首先，一个女人，一个在咱们这时代常被称作血肉之躯的有生命的人，她生活着，活了很久，甚至太久了。她曾经有孩子、丈夫、家庭、亲人，这一切曾使她周围显得所谓热气腾腾，可以说处处有笑脸，后来一下子变成一片空白，一切都烟消云散，只剩下她一个人，犹如……一只苍蝇，生下来就遭到诅咒。最后，上帝总算把她带到终点。在夏季里一个宁静的傍晚，我的房东老太太随着夕阳西下也飘然魂归——当然，其时她头脑里不无劝世诫俗的思想；可就在这一刹那，非但没有告别的眼泪，相反，一名冒失的年轻准尉两手叉腰站成中字状①，居然用绷脆的俄国骂人话送她离开尘世，就为了失去一只盆子！毫无疑问，我有过错，虽然由于事隔多年和性情的变化，我看待自己这一行为早已像看待别人的行为那样，但悔恨之心至今存在。所以，我再说一遍，我甚至感到奇怪，尤其是因为：即便我有错，也不能全怪我，她为什么偏偏要在这个时候死呢？不言而喻，对此只有一种解释：我的行为在某种程度上是心理状态的表现。但是，我仍然不能心安理得，直到十五年以前为止——那时，我自己掏钱在养老院里供养了两个长年害病的老太婆，目的是想让她们在人间的最后一些日子过得好些。我在考虑遗赠一笔款子作为慈善事业的长期基金。好了，故事已经讲完。我再说一遍：我一生也许做过许多错事，但这件事我凭良心认为是我一生中最坏最坏的行为。”

“将军阁下，您非但没有讲最坏最坏的行为，反而讲了自己一生中的一件好事，把菲尔狄宪柯蒙了过去！”菲尔狄宪柯加以评论道。

“的确，将军，我意想不到您毕竟有一颗善良的心；简直可惜。”娜斯塔霞·菲立波夫娜漫不经心地说。

“可惜？为什么？”将军发出和善的笑声问，并且面有得色地呷了一口香槟。

但是底下已轮到阿法纳西·伊万诺维奇，他也作好了准备。大家估计他不会像伊万·彼得罗维奇那样拒绝，并且，出于某些原因，都以特别好奇的心情等着听他的故事，同时又经常朝娜斯塔霞·菲立波夫娜这边瞧瞧。阿法纳西·伊万诺维奇摆出一副庄重非凡、与他轩昂的仪表十分配称的神态，用平和婉顺的语调开始讲他自己的一个“动人的故事”。这里附带交代一下：他这个人仪表堂堂，身材较高；头

① 原文是“站成字母 Ф 的形状”。俄文字母 Ф 读如 f。

略有些秃，稍稍夹杂几茎华发；体型相当肥硕，柔软红润的两腮微微松垂，口中镶有几颗假牙。他的服装比较宽舒，做工讲究，内衣都是精美的上品。他那一双白净肥软的手令人百看不厌。右手食指上戴着一枚价值很高的钻戒。在他讲故事的时候，娜斯塔霞·菲立波夫娜始终在凝神端详自己衣袖上所镶的花边，用左手的两个指头把它抻平，一次也没有去看讲故事的人。

“对于我完成任务最有利的一点是，”阿法纳西·伊万诺维奇开始说，“规定必须讲自己一生中最坏的行为，不讲别的。在这种情况下自然不可能犹豫不决，因为良心和记忆马上会向我提示该讲什么。我痛心地认识到，在我一生多得不可胜数的、也许是轻率和……浮躁的行为中，有一桩行为在我的记忆中留下的印象委实太沉重了。事情发生在大约二十年前；那时我到普拉东·奥尔登策夫的田庄上去做客。他刚刚被选为首席贵族，正和年轻的妻子一起在乡下度冬假。恰巧安菲萨·阿列克谢耶夫娜的生日也快到了，预定要举行两场舞会。当时小仲马的那本优美的小说《茶花女》在上流社会一炮刚刚打响，正红得发紫；依我看，这部充满诗意的杰作注定将永垂不朽，而且将永葆青春。外省小地方的女士们，至少那些读过此书的女士们，都如醉若狂。动人的故事、对主人公命运别出心裁的安排、那个被刻画入微的诱人世界以及书中比比皆是的那些美妙细节(例如根据不同情况交替使用白茶花和红茶花的花束)，——总之，不论是这一切可爱的小地方还是合在一起的全貌，无不令人拍案叫绝。茶花成了风靡一时的热门货。大家都要茶花，到处去觅茶花。请问：人人都要物色茶花去参加舞会，尽管舞会并不太多，可是在小小一个县内，到哪儿去弄这么多茶花？可怜的彼嘉·沃尔霍夫斯科依当时正为安菲萨·阿列克谢耶夫娜神魂颠倒。说实在的，我不知道他们之间是否有些什么，不，我是想说，彼嘉是否可能认真抱有某种希望。可怜的彼嘉为了想在入晚之前弄到茶花给安菲萨·阿列克谢耶夫娜舞会上用，急得像热锅上的蚂蚁。据悉，从彼得堡来到省长太太处做客的索茨卡娅伯爵夫人，还有索菲雅·别斯巴洛娃，肯定会带着白色的花束前来。安菲萨·阿列克谢耶夫娜为了创造某种特殊的气氛，要红色的。可怜的普拉东给逼得团团转；本来嘛，他是丈夫，曾保证弄到一束，可结果呢？花在头天给卡捷琳娜·亚历山德罗夫娜·梅季谢娃抢先捞走了；她在各方面都是安菲萨·阿列克谢耶夫娜的劲敌，两人宛如针尖对麦芒。反正歇斯底里、昏倒之类是免不了的。普拉东这下完了。不难明白，倘若彼嘉在这微妙的时刻能从什么地方弄到一束花，他的事情可能取得重大进展，因为女人在这种情况下是无限感激的。他拼命奔走，可是毫无办法，连一点眉目也没有。在生日舞会的前夕，时间已经是晚上十一点，我在奥尔登策夫的邻居玛丽亚·彼得罗夫娜·祖布科娃那里忽然碰到彼嘉，只见他眉开眼笑。我问：'你怎么啦？'他高兴得直叫：'找到了！发现了！[①]'我说：'老弟，你使我太惊奇了！在哪儿找到的？怎么发现的？'他说：'在叶克晒斯克(那是二十里外的一个小城，不是我们那个县)有个姓特列巴洛夫的商人，大胡子，很有钱，和他的老伴住一起。他们没有孩子，尽养些金丝雀。老两口都是种花迷，他们家有茶花。'我说：'喂，这也许靠不住；万一人家不给，怎么办？'他说：'我就跪在他脚下苦苦哀求；他不给，我一直不走！'我问：'你什么时候去？'他说：'明儿一大早，五点钟。'我说：'那就让上帝保佑你吧！'我很为他高兴；后来我回到奥尔登策夫家。已经过了深夜一点钟，可这件事老在我头脑里转。我正要上床睡觉，忽然想到一个无与伦比的主意！我立刻到厨房里去叫醒马车夫萨维利，给了他十五个卢布，叫他'半个钟头之内给我套好马！'当然，半小时以后，一辆雪地篷车已经在大门口等候。有人告诉我，安菲萨·阿列克谢耶夫娜正犯偏头痛，在发烧，还说胡话。我坐上马车就走。四点多钟我到了叶克晒斯克，在一家客店里等天亮，也只等到天亮。没敲七点，我已经在特列巴洛夫家。我说明了来意，问他：'有茶花没有？老伯，亲爹，帮帮忙，救救命，我给你磕头！'那老头

① 原文为希腊文。相传古希腊学者阿基米德(前287—前212)在洗澡时恍然大悟，这样欣喜若狂地喊叫着跑回家去验证他的理论——关于浮力的阿基米德定律。

儿个子很高，头发花白，看样子非常严厉，是个怪吓人的老头儿。他说：‘不行，不行！我不答应！’我扑通一声跪倒在他脚下，愣是躺在地上！他简直吓坏了：‘您怎么啦，先生，您这是干什么？’我冲他喊道：‘这可是人命关天的大事啊！’他说：‘既然这样，那就看在上帝分上拿去吧。’我剪了好些红色的茶花。他有整整一座小棚子全都是茶花，好看极了，非常可爱！老头儿浩叹连连。我掏出一百卢布。可是他说：‘不，先生，请您不要用这样的方式伤害我的感情。’我说：‘既然如此，尊敬的老伯，请把这一百卢布捐赠给本地的医院充作改善伙食等用途。’他说：‘这就另当别论了，先生，这样的善举既高尚，又虔诚；我一定照办——为您积德。’告诉你们，我开始喜欢这个俄罗斯老头儿了，这是个所谓土生土长的俄国人，正宗直系。我因大功告成而欣喜非常，当即登上归程；回去是绕道而行的，免得碰上彼嘉。一到主人家里，我立刻派人把花束赶在安菲萨·阿列克谢耶夫娜醒来之前给她送去。你们可以想象，主人有多么高兴、多么感激，流了多少感激的眼泪！普拉东——那个昨天还像掉了魂儿似的、跟死人差不多的普拉东——伏在我胸前号啕大哭。唉！天下做丈夫的从上帝创……创造合法婚姻以来都是这样！我不敢再补充什么，不过这段插曲使可怜的彼嘉希望彻底破灭。起先我以为他知道后会宰了我，甚至准备好他来找我，但是发生的事情我简直不敢相信：他先是昏倒，傍晚开始说胡话，到天明热病发作，像个小孩子似的失声痛哭，不时惊厥抽风。过了一个月，病刚好，他就志愿去高加索。这真是一部罗曼蒂克的小说！最后他在克里米亚战争中阵亡。那时他的哥哥斯杰潘·沃尔霍夫斯科依还在指挥一个团，立了战功。坦白说，事后甚至有好多年我一直受到良心的责备：当时我为什么要给他这样的打击？何苦呢？如果当时我自己爱上了女主人，倒也罢了。可事实上纯粹是恶作剧，无非为了献点儿殷勤，别无他图。倘若我不抢在他前头夺走那束花，这人至今还活着亦未可知，也许还很幸福，有所成就，他做梦也不会想到去跟土耳其人打仗。”

阿法纳西·伊万诺维奇沉默下来，神态跟开始讲故事的时候一样庄重。人们注意到，在阿法纳西·伊万诺维奇说完时，娜斯塔霞·菲立波夫娜的眼睛里闪起一种异样的光芒，甚至嘴唇也颤动了一下。大家好奇地望着他俩。

“菲尔狄宪柯上当了！这明明是蒙人！不，这样蒙人太厉害！”菲尔狄宪柯用哭哭啼啼的声音说，他懂得现在可以而且应该插那么一两句话。

“谁叫您自己不懂事呢？得向聪明人学着点儿！”达利雅·阿列克谢耶夫娜几乎以胜利者的姿态加以抢白。她是托茨基的忠实朋友和老搭档。

“您说得对，阿法纳西·伊万诺维奇，这小型游戏实在无聊，得快些结束，”娜斯塔霞·菲立波夫娜漫不经心地说，“等我把答应了的讲完以后，咱们一起开始玩牌。”

“可是答应了的故事最要紧！”将军兴冲冲地加以鼓励。

“公爵，”娜斯塔霞·菲立波夫娜出人不意地猛然转向他说，“我的这两位老朋友——将军和阿法纳西·伊万诺维奇——老是要我嫁人。请您告诉我，您认为我该不该嫁人？您怎么说，我就怎么做。”

阿法纳西·伊万诺维奇大惊失色，将军目瞪口呆；所有的人都睁大眼睛，伸长脖子。加尼亚在原地一动也不动。

“嫁……嫁谁？”公爵的声音悠悠忽忽地问。

“嫁给加甫里拉·阿尔达里昂诺维奇·伊沃尔京，”娜斯塔霞·菲立波夫娜的态度跟刚才一样，语调刺耳，口气坚决，咬字清楚。

好几秒钟在沉默中过去了，公爵似乎奋力想要开口，可是说不出话，就像有可怕的重物压在他胸口一般。

“不……不要嫁！”他最后轻轻吐出这么一句，接着就费力地喘了一口气。

“那就这么办！加甫里拉·阿尔达里昂诺维奇！”娜斯塔霞·菲立波夫娜以下命令和近乎庆胜利的口吻对他说。“公爵作出的决定您听见没有？这也就是我的回答。这件事就这样永远了结！”

“娜斯塔霞·菲立波夫娜！”阿法纳西·伊万诺维奇的声音在

发抖。

“娜斯塔霞·菲立波夫娜！”将军的语气似欲进行劝说，但是声音充满惊慌。

座间起了一阵小小的骚动，大家都紧张起来。

“你们怎么啦，诸位？”娜斯塔霞·菲立波夫娜依然故我，她似乎感到惊奇地望着客人们。“你们干吗一下子都紧张起来？瞧你们各人脸上的表情！”

“可是……请回忆一下，娜斯塔霞·菲立波夫娜，”托茨基结结巴巴地说，“您曾经作出承诺……完全是自愿的承诺，按说可以多少表现一些恻隐之心……。我不知说什么是好……我当然感到尴尬，可是……。总而言之，现在，在这样的时刻，当着……大庭广众，就这样……用小型游戏的方式来结束一件严肃的事情，结束一件名誉攸关的终身大事，未免……要知道，这件事关系到……”

“我不懂您的意思，阿法纳西·伊万诺维奇；您确实称得上语无伦次。首先，什么叫作‘当着大庭广众’？难道我们不是在熟不拘礼的好朋友圈子里吗？其次，为什么说是用小型游戏的方式？我确实想讲我自己的故事，这不是讲了吗？难道不精彩？为什么您认为这不严肃？难道这样不严肃？您也听到了，我对公爵说：‘您怎么说，事情就怎么办，’他要是说‘行’，我立刻表示同意，但他说了‘不’，所以我拒绝了。我的终身大事处在千钧一发的关头，还有什么比这更严肃的？”

“但是为什么要公爵说了算？归根到底，公爵究竟是什么？”将军喃喃地说，他几乎已经克制不住自己的愤怒，由于公爵拥有这样的权威，他委实感到气不忿儿。

“对于我来说，公爵是我一生中遇到的第一个真正信得过的人。一见面他就对我表示信任，我也信任他。”

“我只能感谢娜斯塔霞·菲立波夫娜以这样体贴入微的态度来……对待我，”脸色煞白的加尼亚终于用颤抖的声音撇着嘴说，“当然，这本来就在情理之中……。但是……公爵……。公爵在这件事情上……”

“……志在七万五千，是不是？”娜斯塔霞·菲立波夫娜遽然打断他的话，“您是不是想这样说？阿法纳西·伊万诺维奇，我忘了补充一点：这七万五千请您收回，还可以告诉您，我无条件让您获得自由。够了！您也该松口气了！九年零三个月！明天将开始新的一页，而今天是我的生日，我生平第一次自己做主！将军，把您的珍珠也拿回去送给您的夫人，给；从明天起，我要永远搬出这所公寓。再也不举行晚会了，诸位！”

说完，她站起来，仿佛要走。

“娜斯塔霞·菲立波夫娜！娜斯塔霞·菲立波夫娜！”叫声起自四座。大家都激动起来，大家都纷纷离座，把她围住。大家都怀着不安的心情听这些激烈、冲动、狂热的话，大家都感到不大对头，可是谁也摸不着头脑，谁也不可能弄懂什么。正在这节骨眼上，忽然铃声大作，就跟下午加尼亚家里响起的铃声毫无两样。

“啊——啊！戏要收场了！终于来了！十一点半！”娜斯塔霞·菲立波夫娜大声说道，“诸位请坐下，这是戏的收场！”

说了这话，她自己坐下。一丝奇怪的笑意在她的嘴角颤动。她静坐不语，急切地等待着，眼睛朝门那边看。

“毫无疑问，准是罗果仁和十万卢布。”普季岑嘟嘟哝哝地自言自语。

十五

女仆卡嘉非常惊恐地走进来。

“娜斯塔霞·菲立波夫娜，天知道是怎么回事，外面闯进了十来个人，都喝得醉醺醺的，一定要到这儿来，说是姓罗果仁，还说跟您本人认识。”

“不错，卡嘉，马上放他们所有的人进来。”

“您是不是说……放所有的人都进来？……娜斯塔霞·菲立波夫

娜，他们已经完全不成样子。简直太可怕了！”

“都放，所有的人都放。卡嘉，别害怕，让每一个人都进来，你不放他们也会进来的。听，他们已经闹起来了，就跟不久前一样。诸位，”她向宾客们说，“我当着你们的面接待这帮人，也许要你们受委屈了。我很抱歉，并且请你们原谅，但事非得已，而我又非常非常希望你们都能同意在这最后一场戏里做我的见证，不过，当然得由你们自己决定……”

宾客们惊讶不迭，继续在交头接耳，互递眼色，但已经十分清楚：这一切都是事先估计到和安排好的，现在要娜斯塔霞·菲立波夫娜改变主意已不可能，虽然她无疑是发了疯。人人都被好奇心无情地折磨着。然而也没有人过于害怕。此地女客只有两位：一位是动作麻利的太太达利雅·阿列克谢耶夫娜，她什么场面都见过，要她感到尴尬是不容易的，另一位是非常漂亮、但沉默寡言的陌生女士。不过，沉默寡言的那位未必能弄清楚什么，因为她是外地来的日耳曼人，俄国话一句也不懂；再者，她愚蠢的程度大概不下于她的漂亮。她新来乍到，却已经不时有人邀请她参加某些晚会，让她穿上华丽的服装，头发梳得像参加表演似的，把她当作一幅好看的画置于座间以装点晚会，恰如某些人为了举行晚会向熟人借一张画、一只花瓶、一尊塑像或一座屏风作一次之用。至于在座的男宾，比如普季岑本来就和罗果仁相知；菲尔狄宪柯则如鱼得水；加尼亚还没有定下神来，但他恍恍惚惚而又不可遏止地感到一种强烈的欲望，要在自己的耻辱柱旁一直站到底；不知就里的老教书匠，从周围以及他当作自己孙女儿一般钟爱的娜斯塔霞·菲立波夫娜身上感觉到某种异常的焦虑，吓得委实瑟瑟发抖，几乎要哭出来，但宁可死也不肯在此时此刻把她撇下。说到阿法纳西·伊万诺维奇嘛，当然，他是不会让自己在这类奇遇中出丑的，但他在这件事情中决计不是局外人，尽管事态竟然出现如此疯狂的趋势，何况娜斯塔霞·菲立波夫娜也有两三句话出口是针对他的，所以在情况没有彻底搞清楚之前，他无论如何不能走。他决定奉陪到底，但绝对不开口，只作壁上观，这当然也是他的尊严所要求的。只有叶班钦将军在这以前刚刚因礼物被那样不客气而又可笑地退还而大为动气，现在，所有这些出格的咄咄怪事，或者例如罗果仁的出现，自然会使他更加恼火。再说，像他这样身份的人肯与普季岑和菲尔狄宪柯坐在一起，本来已经过于屈尊；而欲念的力量能做到的，最终也可能被责任感，被义务、官衔、身价的意识乃至被自尊心所战胜，因此，有将军阁下在场，无论如何不能容许罗果仁一帮人进来。

他刚向娜斯塔霞·菲立波夫娜声明这一点，对方立即把他的话打断：

“啊，将军，我把这事给忘了！但是请您相信，关于您的问题我是预先考虑过的。既然您如此见怪，那我也不强留，虽然现在我恰恰非常希望能看到您在我身边。不管怎么样，我们相识一场，深承眷注，对此我十分感激，但既然您怕……”

“欸，娜斯塔霞·菲立波夫娜，”将军在一阵骑士精神冲动下慨然表示，“您怎么跟我说起这样的话来？单凭对您的忠诚，现在我也要留在您身边，万一有什么危险……。此外，坦白地说，我也怀着极大的好奇心。我只是担心他们会把地毯弄脏，兴许还会打破什么东西……。依我说，干脆不见他们算了，娜斯塔霞·菲立波夫娜！”

“罗果仁本人到！”菲尔狄宪柯宣布。

“阿法纳西·伊万诺维奇，照您看，”将军匆匆忙忙低声问他，“她是不是疯了？这不是比喻的说法，我是从真正的医学角度提出这个问题。您怎么看？”

“我对您说过，她随时都有这种倾向。”阿法纳西·伊万诺维奇低声作了模棱两可的回答。

“加上还有寒热……”

罗果仁一伙几乎就是下午的原班人马，只添了两个人：一个不成器的老东西，他当初编过一张专门揭人隐私的黄色小报，关于此公流传着一个笑话，说他把自己口中所镶的金牙都当出去买酒喝了；还有一名退役的少尉，就其行当和职能而言是下午那位拳头先生强劲的竞争对手，他和罗果仁一伙中任何人都不相识，无非是从涅瓦大街向阳的一面搭来的。他在街上拦住行人，用马尔林斯基[①]的词语要求资助，其狡猾的理由是：他自己“从前资助别人一出手就是十五个卢布”。两位竞争者立即互相采取敌对态度。在“求助者”被接纳入帮以后，拳头先生甚至认为自己被亏待了，由于生性很少说话，只是偶尔像熊一样瓮声咆哮，并且以极大的轻蔑看待“求助者”迎合他、讨好他的种种表示，其实少尉是个长于交际、善使手腕的人。从表面上看，少尉“遇事”比较倾向于智取而不是力敌，他的个儿也比拳头先生矮些。他很知趣，并不参与公开争论，但自夸得厉害，曾几次提到英国式拳击的长处，反正是个彻头彻尾的西方派。拳头先生听到“拳击”一语，只是现出鄙夷和气愤的冷笑，他也不屑与对手公开辩论，有时就不声不响像是无意地出示(或者说举示更确切)一件地地道道的国粹——一个巨大的拳头，上面青筋暴突、疙疙瘩瘩，覆盖着一层棕红色的绒毛。人人心里都明白，要是这件不折不扣的国粹命中目标的话，对方势必变作一团肉酱。

同下午一样，他们中间完全“水到渠成”的又是一个也没有，这是罗果仁亲自竭力维持的结果，因为他整天念念不忘要来拜访娜斯塔霞·菲立波夫娜。他本人几乎已经完全清醒，倒是他在这乱七八糟的、与他一生中度过的任何日子都不相似的一天内得到的种种感受，简直把他闹糊涂了。只有一件事没有一分钟、没有一瞬间不留在他的头脑里、记忆中、心坎上。唯独为这**一件事**，他在无穷的痛苦和焦虑中度过了从下午五点直到晚上十一点的全部时间，同金德尔、比斯库普之流纠缠不休，而那些放高利贷的犹太佬为了满足他的需要，也像发了狂一般没命地奔波忙碌。不过，娜斯塔霞·菲立波夫娜用讥诮的口吻极不明确地信口提到的十万现款，总算凑齐了，至于利息怎么计算，连比斯库普在同金德尔商量时也不好意思大声谈论，只是悄悄

① 马尔林斯基是俄国十二月党人作家亚·亚·别斯图热夫(1797—1837)的笔名。别林斯基曾批评他的一部中篇小说语言雕琢古怪。

地说。

同下午一样，罗果仁走在最前头，其余的人跟在他后面渐渐趋近，尽管他们充分意识到优势在自己一边，仍不免有些胆怯。而且，天知道为什么缘故，他们主要是怕娜斯塔霞·菲立波夫娜。其中某些人甚至认为，他们一定会给“从楼梯上摔下去”。这里不妨提一下，作如是想的也包括那颗风流情种扎辽热夫。但其他人，尤其是这位拳头先生，口头上虽然不说，内心却对娜斯塔霞·菲立波夫娜怀着无比深刻的轻蔑乃至憎恨，到她这里就像来攻城夺寨一般。但是，前两间屋子里美轮美奂的装潢、他们从来没有看到过和从来没有听说过的物件、罕见的家具、图画、巨大的维纳斯塑像——这一切使他们不由得肃然起敬，以至于有些惶恐。当然，这并不妨碍他们怀着毫不掩饰的好奇心跟随罗果仁一个个逐渐挤进客厅。然而，当拳头先生、“求助者”以及另外几人发现宾客中有叶班钦将军时，顷刻之间竟泄气到这样的程度，甚至开始向另一间屋子里一步步退缩。只有列别杰夫胆子最大、信心最足，他几乎与罗果仁并排前进，因为他深知一百四十万家财以及此刻捧在罗果仁手中的十万现款意味着什么。不过，必须指出，他们所有的人，连行家列别杰夫也不例外，在认识他们的力量限度方面都有些吃不准：他们现在真的干什么都行，还是不行？有些时刻列别杰夫敢起誓说行，但在另一些时刻又忐忑不安地感到有必要从记忆中搜索若干法律条款——主要是能起壮胆和安慰作用的条款，以防万一。

但是，娜斯塔霞·菲立波夫娜的客厅给罗果仁本人的印象与他所有的追随者迥然不同。帷幕刚卷起来，他一看到娜斯塔霞·菲立波夫娜，其余的一切对他说来顿时不再存在，就像今天下午那样，甚至比下午更彻底。他脸色一下子变白，霎时间站住不走；可想而知，他的心在扑腾扑腾直跳。他一眼不眨，胆怯而失神地对娜斯塔霞·菲立波夫娜看了有几秒钟。突然，他好像丧失了全部理智，踉踉跄跄地走到桌子跟前；半道上把普季岑坐的椅子撞了一下，他那双沾满泥浆的大靴脚还踩着了沉默寡言的日耳曼美女那条浅蓝色漂亮连衣裙的花边。他没有道歉，甚至没有发觉。到了桌子跟前，他把走进客厅时双手捧在自己前面的一件奇怪的东西放在桌上。这是一个大纸包，约莫三俄寸高，四俄寸长，用一张《交易所新闻》包得硬邦邦的，再用绳子从每一边都捆扎结实，最后交叉绕上两道，就像包扎圆锥形大糖块那样。然后，他一句话也不说，垂手而立，仿佛在听候对他作出判决。他穿的还是下午那身衣服，只是脖子上系了一条翠绿间红的全新丝围巾，上面缀有一枚做成甲虫形状的钻石大别针，右手邋遢的指头上戴着一枚巨型钻戒。列别杰夫在距离桌子还差三步的地方止步，其余人等正如上文所述陆续进入客厅。娜斯塔霞·菲立波夫娜的两名女仆卡嘉和帕莎也跑来深怀惊诧和恐惧隔着卷起的帷幕朝里边张望。

“这是怎么回事？”娜斯塔霞·菲立波夫娜专注和好奇地把罗果仁打量了一番，用眼神指着那包东西问道。

“十万！”罗果仁几乎无声地回答。

“啊，说话兑了现，好！请坐，坐这把椅子；回头我有话要对您说。跟您一起的都是谁？刚才的原班人马？那就让他们进来坐吧；那边沙发上可以坐，这儿还有沙发。那儿有两把圈椅……怎么，他们不愿意还是怎么着？”

的确，有几个人大大慌了手脚，纷纷退到另一间屋子里去坐等；但另一些人留下来，按主人所请各自就座，只是尽量离桌子远点儿，大都挨着角落，其中有的还想稍敛锋芒，有的却快得反常地故态复萌，而且愈来愈甚。罗果仁也在指给他看的椅子上就座，但没坐多久；他很快就站起来，以后没再坐下。渐渐地，他开始辨认和打量这里的宾客。看到了加尼亚，他不怀好意地一笑，暗暗说了一句：“瞧他这德行！”他瞧见将军和阿法纳西·伊万诺维奇时并没有露出窘色，甚至并不太感兴趣。但是当他发现娜斯塔霞·菲立波夫娜身旁有梅诗金公爵时，惊讶得难以名状，很久没能把视线从他那儿移开，似乎对于会在此地同他相遇百思不得其解。恐怕有理由怀疑，某些时候罗果仁的神志处于严重不清的状态。除了这一天之内受到的历次震荡，他昨夜还在火车上度过整整一宿，差不多有两天两夜没睡觉了。

“诸位，这是十万卢布，”娜斯塔霞·菲立波夫娜以某种狂热焦躁的挑战姿态向所有的人说，“就在这肮脏的纸包里。下午他曾像个疯子似的大叫大嚷，说晚上要给我送十万卢布来，我一直在等他。他是打算买我，开始出价一万八，接着一下子跳到四万，后来就出到这十万之数。他的话到底兑现了！啊，他脸色多苍白！……这一切都是下午在加尼亚家里发生的：我去拜访他的妈妈，那里也是我未来的家，可是他的妹妹当着我的面大喊：‘难道没有人把这个不识羞的女人从此地撵出去？’还冲加尼亚——她的哥哥——脸上啐了唾沫。真是个有性格的姑娘！”

“娜斯塔霞·菲立波夫娜！”将军用责备的口吻叫了一声。

他开始有点明白是怎么回事，不过是按他自己的方式理解的。

“怎么，将军？不体面，是吗？装腔作势已经够了！过去，我像端庄贞淑的闺阁千金坐在法兰西剧院的包厢里，像野生动物一般躲避五年来一直在追逐我的那些人，摆出一副神圣不可侵犯的样子，——这都怨我自己太愚蠢！瞧，现在当着你们的面，他来把十万卢布放到桌上，那是在守身如玉的五年之后，想必他们还备好了三匹马拉的车在等我。他认为我值十万！加尼亚，我看得出，你直到现在还在生我的气，是不？难道你真想把我带进你的家？把我——一个罗果仁的女人？！刚才公爵怎么说来着？”

“我没有说您是罗果仁的，您不是罗果仁的！”公爵说这话的声音在颤抖。

“娜斯塔霞·菲立波夫娜，够了，我的姑奶奶，够了，亲爱的，”达利雅·阿列克谢耶夫娜一下子没法再沉住气，“既然他们使你这样难受，还理他们干吗？难道你要跟这么个人走，尽管他出十万卢布！的确，十万——这不是个小数目！你把十万卢布收下，把他赶走了事，对他们就得这么办。嗳，要是我处在你的位置，准把他们通通……一点儿不假！”

达利雅·阿列克谢耶夫娜简直真的发了火。这是一位善良而又极容易动感情的女人。

“别生气，达利雅·阿列克谢耶夫娜，”娜斯塔霞·菲立波夫娜向她淡然一笑，“我又不是在对他说气话。难道我责备他了？我真的不明白自己为什么这样傻，居然想进入一户清白人家。我见到了他的母亲，吻了她的手。加尼亚，至于我下午在你家里搞的恶作剧，那是我故意想要最后一次亲自看看：你自己会走到哪一步？说真的，你确实使我感到惊讶！我有充分的思想准备，但没有估计到这种程度！你不是不知道，几乎在你结婚的前夕，他送给我这样的珍珠，而我收下了，——你明明知道，难道你还能要我？还有罗果仁！他在你家里，当着你母亲和妹妹的面，出价钱要买我；而在这以后，你仍然来求亲，差点儿还要把妹妹带来！罗果仁说过，你为了三个卢布可以四肢着地爬到瓦西里岛，难道果真如此？”

“他会爬去。”罗果仁忽然轻轻说了一句，但是显得有极大的把握。

“如果你穷得快要饿死倒也罢了，可是据说你的薪水相当高！除了这一切，除了蒙受耻辱，还要把自己憎恨的妻子带进家门！（因为你确实恨我，这我知道！）不，现在我相信了，这样的人为了钱可以杀人！这些人现在都被贪心蒙得昏头昏脑，他们财迷心窍，好像都变傻了。自己还是个孩子，可一心想放高利贷！前不久我从书上看到，有人用一块绸子裹在剃刀上，把它扎牢，从背后悄悄地走过去，把他的朋友杀了。[①]是啊，你真不识羞耻！我不识羞，可是你还要坏。至

① 1866 年发生在莫斯科并于 1867 年 11 月开审的马祖林杀死卡尔梅科夫一案，曾对当时正在构思本书情节的陀思妥耶夫斯基产生一定的影响。莫斯科富家子弟马祖林在父亲死后继承了两百万卢布的遗产，但到作案时已挥霍殆尽。马祖林把珠宝商卡尔梅科夫请到自己家里来，从背后用剃刀杀死了他。事发后，除凶器剃刀外，在马祖林家还发现沾有血迹的菜刀一把。据马祖林供称，这把菜刀是他在作案之前很久买来家里用的。马祖林杀死卡尔梅科夫后，用油布把尸体盖起来，并在旁边放了四盆消毒除臭的“日丹诺夫药水”。尸体被藏在凶手家中上锁的箱凳里达数月之久。陀思妥耶夫斯基在本书中采用了上述若干细节。

于送一束鲜花的那位，我更不必说了……”

“这难道是您，娜斯塔霞·菲立波夫娜，这能是您吗？！”将军双手一拍，他倒是真心难过，“您一向高雅脱俗，思想这样精微，可是！……用这样的语言！这样的字眼！”

“我现在醉了，将军，”娜斯塔霞·菲立波夫娜一下子笑了起来，“我要玩个痛快！今天是我的日子，我的假日，一年一度的节日，我早就盼着这一天。达利雅·阿列克谢耶夫娜，你瞧那位送花束的先生，那位‘茶花男’，他坐在那里笑咱们……”

“我不在笑，娜斯塔霞·菲立波夫娜，我只是在洗耳恭听。”托茨基不失尊严地顶了一句。

“就说他吧，我何必把他折磨整整五年，又不肯放手？他值得我这样做吗？他无非就是那么个人，他只能是那么个人……。想必他还认为我对不起他：他给我受教育，让我过伯爵夫人那样的生活，钱，钱花了多少哇！当初他也曾为我找到过一个诚实的丈夫，如今又找到了加尼亚；信不信由你，这五年我没有跟他同居，可他的钱我照拿，并且认为我是对的！哦，我把话扯远了！刚才你说：十万卢布收下，把人赶走了事，如果感到恶心的话。的确，是叫人感到恶心……。其实我早就可以嫁人，不是嫁给加尼亚，但我也觉得这实在太叫人恶心。我何必把我的五年光阴浪费在这口怨气上呢？你也许不相信，四年前我有时这样想：我索性嫁给我那位阿法纳西·伊万诺维奇不好吗？当时我是出于愤恨这样考虑；那个时候我脑子里什么念头都产生过；说真的，我能够迫使他就范！他自己主动提出过，你相信不？当然，他是在撒谎，不过他很容易上钩，顶不住的。后来，感谢上帝，我认为：他不值得这样恨！那时，我突然对他感到那么恶心，即使他自己向我求婚，我也不嫁。我就这样整整装了五年的假正经！不，还是到马路上去，那是我应该待的地方！要么跟罗果仁去纵情玩乐，要么明天就去给人家洗衣裳！因为我自己一无所有；我走的时候一定把什么都扔还给他，什么都不带走，而一无所有的我谁要？你不妨问问加尼亚，他要不要？连菲尔狄宪柯也不会要我！……”

“菲尔狄宪柯大概不会要，娜斯塔霞·菲立波夫娜，我是个坦率的人，”菲尔狄宪柯插言道，“不过公爵会要！您光顾坐在那里发牢骚，可是您瞧瞧公爵！我已经观察半天了……”

娜斯塔霞·菲立波夫娜好奇地向公爵转过头来。

“真的？”她问。

“真的。”公爵轻轻回答。

“一无所有，光一个人，您要？”

“要，娜斯塔霞·菲立波夫娜……”

“这倒是故事的新发展！”将军嘀咕道，“其实应该料到。”

公爵以悲切、严峻和洞察幽微的目光正视着还在继续端详他的娜斯塔霞·菲立波夫娜。

“居然还找到了！”她忽然又转向达利雅·阿列克谢耶夫娜说，“这一位倒是真正出于好心，我了解他。我找到了一位善心人！不过，人家也许说得对，说他是……**那个**。那么，你怎么过活呢？既然你如此见爱，愿意娶一个罗果仁的女人，而你自己是公爵……”

“我娶的不是罗果仁的女人，你是清白的，娜斯塔霞·菲立波夫娜。”公爵说。

“你是说我？我是清白的？”

“您。”

“哦，这都是……从小说里看来的！亲爱的公爵，这些胡话都老掉了牙，如今世界变聪明了，你还尽信那些扯淡！你怎么能娶老婆，你自己还要个保姆照看呢！”

公爵站起来，声音发颤，语气羞怯，然而态度十分坚决地说：

“我什么也不懂，娜斯塔霞·菲立波夫娜，我什么世面也没见过，您说得对，但我……我认为，是您将给我荣幸，而不是我给您。我是个一无足道的人，而您受过许多苦，能出这样的地狱而不染，这是了不起的。您何必感到羞愧而想跟罗果仁走？这是狂热……。您把七万五千还给了托茨基先生，并说要把这里所有的一切通通扔下，这是此地任何人都做不到的。娜斯塔霞·菲立波夫娜……我……我爱您。我愿为您去死，娜斯塔霞·菲立波夫娜。我不允许任何人说您一句闲话，娜斯塔霞·菲立波夫娜……。如果我们穷，我可以工作，娜斯塔霞·菲立波夫娜……”

在公爵说到末了几句时，可以听到菲尔狄宪柯和列别杰夫吃吃的笑声，连将军也大不以为然地干咳了几声。普季岑和托茨基忍俊不禁。其余的人则惊讶得干脆张大了嘴。

“……但我们也许并不穷，而是可能富得很，娜斯塔霞·菲立波夫娜，”公爵继续用那种不好意思的语调说下去，“不过我不敢肯定，遗憾的是今儿一整天直到现在我还什么也没有打听到，但是我在瑞士接到一位萨拉兹金先生从莫斯科写来的信，他通知我，说我可以得到一笔很大的遗产。这就是信……”

公爵果然从兜里取出一封信来。

“莫非他说起胡话来了？”将军咕哝道，“简直成了一所疯人院！”

客厅里出现了极短暂的静默。

“您好像说这信是萨拉兹金写给您的？”普季岑问，“这个人在他那一界很有名；这是一位很有名的律师。如果真是他通知了您，您完全可以相信。好在我认得笔迹，因为不久前我跟他打过交道……。要是您给我看一下，我也许能告诉您些什么。”

公爵默默地、颤颤巍巍地把信递给他。

“怎么回事，怎么回事？”将军像个疯子望着大家，突然想起了什么。“难道有遗产？”

所有的目光都集中到看信的普季岑身上。大家的好奇心获得了新的、强大的推动力。菲尔狄宪柯坐不住了；罗果仁现出困惑不解的神色，他十分紧张地把视线忽而投向公爵，忽而移向普季岑。达利雅·阿列克谢耶夫娜焦急得如坐针毡。甚至列别杰夫也沉不住气走出角落，几乎把身体折成两截，从普季岑肩后向信上张望，其神态像是担心马上会有人因此赏他一拳头。

十六

“靠得住，”普季岑终于宣布说，并且把信折起来交还公爵。“根据令姨母立下的无可争议的遗嘱，您无需费什么周折就可以得到一笔非常可观的财产。”

“不可能！”将军喝道，简直像放了一枪。

众人再次张口结舌。

普季岑作了解释，主要是向伊万·费奥多罗维奇解释：五个月以前，公爵有一位他从来不认识的姨妈亡故，她是公爵母亲的同胞姐姐，贫困破产而死的莫斯科三等商人[①]帕普申的女儿。但是，这个帕普申的哥哥是位有名的富商。大约一年以前，他仅有的两个儿子几乎在同一个月内相继去世。这给老头儿的打击太大了，所以不久他自己也得病而死。老头鳏居多年，除公爵的姨妈——老帕普申的亲侄女——以外，没有任何继承人。而她是个很穷的女人，长期寄人篱下；这位姨妈患有水肿病，在得到遗产时已经快要死了，但她立即开始寻访公爵，把这事委托给萨拉兹金，并且立下了遗嘱。看来，无论公爵还是在瑞士为他提供帮助的那位大夫，都不想等官方正式通知或提出查询，于是公爵兜里揣着萨拉兹金的一封信决定亲自回国……

“我只想告诉您一点，”普季岑临了对公爵说，“这一切肯定可靠，不用怀疑，凡是萨拉兹金本人给您的信上所写有关此事确凿和合法的每一句话，您都可以当作是自己兜里的现钱。恭喜您，公爵！或许，您也能得到一百五十万左右，说不定更多些。帕普申是位非常有钱的富商。”

“好一个硕果仅存的梅诗金公爵！”菲尔狄宪柯直着嗓子大叫起来。

“乌拉！”列别杰夫用他给酒泡哑了的声音发出欢呼。

---

① 旧俄时代的大商人按资产规模分成三个纳税等级，一般小商人是不入等级的。

“而我刚才还借了二十五卢布给这个可怜的人呢，哈哈！真是奇谭怪闻，没说的！”几乎惊呆的将军也说，“恭喜，恭喜！”他从座位上站起来，走到公爵跟前和他拥抱。

继他之后，别人也纷纷离座起身，挤到公爵这边来。甚至退到帷幕以外的几位也陆续出现在客厅里。嘈杂的交谈和惊叹声混成一片，甚至有人吵着要开香槟酒庆贺；大家你推我搡，挤挤插插。一时间差点儿把娜斯塔霞·菲立波夫娜给忘了，忘了她毕竟是这个晚会的主人。但是，渐渐地，所有的人几乎同时想起，公爵刚才向她作了求婚的表示。这样一来，事情更显得有原先三倍那么疯狂和怪异。托茨基也大为纳罕地耸耸肩膀；几乎只有他还坐着，其余的人都乱哄哄地挤在桌子周围。

事后大家都认为，正是从这一刻起，娜斯塔霞·菲立波夫娜发了疯。她继续坐在那里，用一种奇怪和惊诧的目光对所有的人看了半晌，似乎感到不解，并竭力想要弄明白。而后她突然转向公爵，柳眉倒竖，把他仔细打量，但只有短短的一瞬；也许她忽然觉得，这一切都是开玩笑、恶作剧；然而公爵的神情立即打消了她这个念头。她沉思有顷，然后又微微一笑，自己仿佛并不明确意识到在笑什么……

“这么说，真是公爵夫人了！”她以嘲讽的口吻低声自语，无意间抬头望见达利雅·阿列克谢耶夫娜，就放声笑了起来。“出人意料的结局……我……预想的可不是这样……。诸位，你们都站着干吗？快请坐，给我一点面子，祝贺我得到一位公爵！刚才好像有人要香槟酒；菲尔狄宪柯，您走一趟吩咐下去。卡嘉，帕莎，”她忽然看到自己的两名女仆在门口，“快来，我要出嫁了，你们听见没有？嫁给公爵；他有一百五十万家财。那就是梅诗金公爵，他要娶我！”

“那就让上帝保佑你吧，亲爱的，这正是时候！不要错过机会！”达利雅·阿列克谢耶夫娜高声说道；事态的发展使她深受震惊。

“你坐到我身边来，公爵，”娜斯塔霞·菲立波夫娜继续说，“对，就坐这儿。酒拿来了。诸位，来祝贺吧！”

“乌拉！”好多条嗓子齐声欢呼。许多人挤过来要酒，而罗果仁一伙几乎全部在内。虽然他们在欢呼，也愿意欢呼，虽然情况和局面怪诞绝伦，但其中不少人感觉到形势正在起变化。另有些人迷惑不解，不太相信地等着瞧。还有好些人在交头接耳，说这种事情稀松平常，什么公爷爵爷娶各种女人的都有，甚至有从野营地娶吉卜赛姑娘为妻的。罗果仁本人站在那里看着，扭曲的脸上现出一副呆滞的、莫名其妙的笑容。

“公爵，亲爱的，你醒醒！”将军从侧面走过去，扯着公爵的衣袖，惊恐地低声说。

娜斯塔霞·菲立波夫娜注意到了，立刻放声大笑。

“不，将军！现在我也是公爵夫人了，您听见没有：公爵决不让我受欺负！阿法纳西·伊万诺维奇，您得祝贺我呀；往后我到哪儿都挨着尊夫人坐。您觉得怎么样，有这样一个丈夫合算不？一百五十万，还是公爵，再加是他们所说的白痴——还有什么比这更好的？真正的生活现在才开始！你来晚了，罗果仁！把你的纸包拿走，我要嫁给公爵，我自己比你更有钱！”

但是罗果仁已经弄清楚了是怎么回事。无法形容的痛苦在他脸上反映出来。他双手一拍，从胸中发出一声呻吟。

“让路吧！”他向公爵喊道。

周围笑声纷起。

“给你让路？”达利雅·阿列克谢耶夫娜得意扬扬地接过话茬。“哼，钱往桌子上乱扔，土包子！公爵是娶她做妻子，而你是捣乱胡闹来的！”

“我也娶她做妻子！现在就娶，马上就娶！我什么都愿意拿出来……”

“去你的，小酒店里出来的醉鬼，应该把你赶出去！”达利雅·阿列克谢耶夫娜愤怒地重申。

大家笑得更厉害了。

“你听听，公爵，”娜斯塔霞·菲立波夫娜对他说，“这汉子要买你的未婚妻是怎样出价钱的。”

“他喝醉了，”公爵说，“他很爱您。”

“你的未婚妻差点儿没跟罗果仁一走了事，将来你不会觉得羞愧？”

“那是您处在狂热之中，您现在还没有冷静下来，就像发高烧说胡话似的。”

“要是将来有人对你说，你的妻子从前是托茨基养着的，你也不觉得羞愧？”

“不，不觉得羞愧……。您依靠托茨基生活不是自愿的。”

“永远不责备？”

“不责备。”

“可得注意，不要打一辈子包票！”

“娜斯塔霞·菲立波夫娜，”公爵好像深怀同情地轻声说，“刚才我对您说过，您的同意我将看作是一种荣幸，并且是您给我荣幸，而不是我给您。您听了这话莞尔一笑，我听到周围的人也都笑了。也许我的措辞很可笑，我这个人也很可笑，但是我总觉得，我……懂得什么是荣幸，也相信我说的是真话。刚才您是想毁了您自己，不可挽回地毁掉，因为将来您永远不能原谅自己，如果真的这样做了的话。而您是完全无辜的。您的一生不可能已经彻底被毁。罗果仁来找您，加甫里拉·阿尔达里昂诺维奇想欺骗您，那有什么？您又何必老是提这些？您所做的很少有人能做到，这话我不是第一次对您说；至于您想跟罗果仁走，那是您在一阵病态的冲动下打算采取的做法。您现在还在发病，您最好是去躺在床上。您宁可明天就去给人洗衣服，也不会跟罗果仁待在一起。您的自尊心很强，娜斯塔霞·菲立波夫娜，但是，您也许太不幸了，以致真的认为是自己的过错。对您需要悉心照看。我会照看您的。不久前我看到您的照片，我好像认出了一张熟悉的脸。我立刻觉得，您似乎曾经召唤过我……。我……我将终生对您尊敬，娜斯塔霞·菲立波夫娜。”公爵突然结束自己的话，大概一下子如梦初醒，意识到他是当着哪些人在说这话，所以涨红了脸。

普季岑难为情地低头看着地上。托茨基暗自忖道："虽然是个白痴，可是懂得十八般武艺都不如拍马屁；这也是本能使然！"公爵也注意到，加尼亚的眼睛从角落里射出火花，恨不得用目光把公爵烧成灰烬。

"真是个善良的人！"达利雅·阿列克谢耶夫娜感动之余发出赞叹。

"是个有教养的人，但是不可救药！"将军低声嘀咕了一句。

托茨基拿起帽子，准备站起来悄然离去。他和将军互相丢了个眼色，打算一起走。

"谢谢，公爵，在这以前从来没有人跟我说过这样的话，"娜斯塔霞·菲立波夫娜说，"人人都出价要买我，可是还没有一个正派人表示要娶我做妻子。您听见没有，阿法纳西·伊万诺维奇？您听了公爵说的那些话有何感想？难道不觉得有失体面？……罗果仁！你等一等再走。我看得出，你也不打算走。没准儿我还会跟你一起去的。你打算把我带往什么地方？"

"叶卡捷林果夫！"列别杰夫从角落里用报告的声调回答，而罗果仁只是打一个寒噤，睁大眼睛望着她，简直不相信自己。他已完全晕头转向，好像脑袋上挨了狠狠的一击。

"你说什么，我的姑奶奶，你怎么啦？真的像在发病；你疯了还是怎么着？"达利雅·阿列克谢耶夫娜给吓了一大跳。

"难道你真的以为我能坑害这样一个小孩子？"娜斯塔霞·菲立波夫娜纵声笑着从沙发上霍地站起来，"这事儿阿法纳西·伊万诺维奇干起来最合适：他最喜欢小孩子！咱们走吧，罗果仁！准备好你的钞票！别管你是不是愿意娶我，反正钱得照付！也许我还不愿意嫁你呢。你以为，既然你愿意娶我，钞票还是在你那儿？没门儿！我是压根儿不识羞的！我做过托茨基的姘头……。公爵！你现在该娶的是阿格拉雅·叶班契娜，而不是娜斯塔霞·菲立波夫娜！否则，菲尔狄宪柯会指指点点笑话你的！你不害怕，可是我会害怕把你坑了，怕你将来责备我！至于你表示我将给你荣幸，关于这一点托茨基心里明白。可是你，加尼亚，把阿格拉雅·叶班契娜给错过了；你自己知道吗？你要是不跟她做交易，她一定会嫁您的！我奉劝你们：要么跟不规矩的女人相交，要么跟规矩女人相交——两者必须择其一！否则一定会搞糊涂的……。瞧，将军瞪着眼睛，张开嘴巴……”

“这是道德败坏，道德败坏！”将军频频耸着肩膀重复道。他也从沙发上站起来；大家又都离开了座位。娜斯塔霞·菲立波夫娜简直像中了邪。

“难道真的这样想？”公爵扭绞着双手呻吟道。

“你以为不吗？我也许很傲慢，尽管不识羞耻！刚才你把我说成完美无缺。试问：仅仅为了夸口，竟把百万家财和公爵夫人的名位踩得稀烂，甘心去住贫民窟，这叫完美？既然如此，我怎么能做你的妻子？阿法纳西·伊万诺维奇，我确实把百万家财往窗外扔了出去！您怎么以为我能把嫁给加尼亚、嫁给您的七万五千卢布看作幸福？七万五千你拿回去，阿法纳西·伊万诺维奇（还不到十万，罗果仁的手面也比你阔！）；至于加尼亚，我自己会给他安慰，我想到了一个主意。现在我要玩儿个痛快，我本来就是马路天使。我蹲了十年监狱，现在该我享福啦！你还愣着干吗，罗果仁？快准备，咱们马上出发！”

“出发！”罗果仁大喜若狂地吼叫起来，“嗨，你们……给所有的人……来酒！哦！……”

“多备些酒，我要喝。音乐有没有？”

“会有的，会有的！不许靠近！”罗果仁没命地喊道，他见达利雅·阿列克谢耶夫娜正向娜斯塔霞·菲立波夫娜这边走过来。“她是我的！一切都是我的！我的女王！事情结束了！”

他高兴得上气不接下气。他绕着娜斯塔霞·菲立波夫娜转圈子，冲所有的人大喊大叫：“不许靠近！”他的那一帮子已经全都挤进客厅。有的喝酒，有的嚷嚷，有的大笑，个个都兴奋异常，无拘无束。菲尔狄宪柯开始尝试和他们搭讪。将军和托茨基又作急于离去状。加尼亚也把帽子拿在手里，但他默默地站着，仿佛还舍不得这幅展现在他面前的景象。

“不许靠近！”罗果仁嚷着。

“你嚷什么！”娜斯塔霞·菲立波夫娜冲他哈哈大笑，“我还是此地的主人；我还可以把你撵出去，只要我愿意。我还没有收下你的钱，钞票还放在桌上；你把钱拿来，一捆全拿来！这一捆是十万？嘀，真叫人恶心！你怎么啦，达利雅·阿列克谢耶夫娜？难道要我坑害他不成？”她指了指公爵。“他怎么能结婚，他自己还需要个保姆。那边的将军会当他的保姆，——瞧，他老跟着公爵转！公爵，你瞧，你的意中人收下了钱，因为她是个放荡女人，而你竟想娶她！你哭什么？心里痛苦，是不是？你学我的样子笑，”娜斯塔霞·菲立波夫娜继续说，而她自己有两颗很大的泪珠在腮帮上泫然闪光。“相信时间吧——一切都会过去的！还是现在三思为好，免得将来……。你们全都怎么啦？连卡嘉也哭起来了！你怎么啦，卡嘉，亲爱的？我会给你和帕莎留下许多东西，我已经作了安排，现在让我们分手吧！我一直让你这样一个规矩的姑娘侍候我这么个放荡女人……。还是这样比较好，公爵，确实比较好，否则将来你会鄙视我的，你我都不会幸福！你不要起誓，我不信！再说，这该有多么可笑！……不，咱们还是好离好散，否则没有好处；要知道，我自己也是个幻想家！我自己又何尝没想过你？你说得对，我早就有这样的幻想，那还是在乡下他的田庄里，我孤单单一个人过了五年。我想啊，想啊，整天都在做梦，老是梦想着你这样一个善良、诚实的好人，也是那么傻乎乎的，会突然到来，对我说：‘您是无辜的，娜斯塔霞·菲立波夫娜，我敬爱您！’有时候会想入非非，简直要发疯……。那时来的却是这一位：每年来住上一两个月，带来的是耻辱、委屈、愤怒、堕落，然后扬长而去。我曾经一千次想投入池塘，可是没有勇气，真可鄙！行啦，现在……罗果仁，准备好了没有？”

“准备好了！不许靠近！”

“准备好了！”好几个人的声音纷纷回答。

“三驾马车等在那里，都挂着铃铛！”

娜斯塔霞·菲立波夫娜把一捆钞票抓到手里。

“加恩卡，我想到一个主意：我想给你一点补偿，因为……何必叫你落得一场空呢？罗果仁，你说他为了三个卢布能爬上瓦西里耶夫斯基岛？”

“他一定干！”

“好，那么你听着，加尼亚，我想最后一次看看你的灵魂。你自己足足折磨了我三个月；现在轮到我了。你看见了这捆钞票，里边是十万卢布！我现在要把它扔进壁炉，当着大家的面，请大家作见证！等整捆钞票都烧着了，你把手伸进壁炉，但不许戴手套，袖口可以翻起来，光用两只手把一捆钞票从火中扒出来！扒出来就归你，十万卢布全是你的！只不过稍微烫着点儿手指头，——可这是十万哪，想一想吧！扒出来要不了多大一会儿工夫！我可以欣赏一下你的灵魂，看看你怎样到火中去拿我的钱。大家都可以作证，一捆钞票将归你！你要是不拿，就让它烧光，我不许任何别人去拿。让开！通通让开！钱是我的！是我从罗果仁那儿作为一夜的代价得来的！罗果仁，钱是不是我的？”

“是你的，我的欢乐！是你的，我的女王！”

“好，那就叫所有的人都让开，我爱怎么干就怎么干！别拦住我！菲尔狄宪柯，把火捅旺！”

“娜斯塔霞·菲立波夫娜，我可下不了手哇！”惊呆了的菲尔狄宪柯答道。

“欸！”娜斯塔霞·菲立波夫娜发出一声懊恼之叹，抓起火钳，把两段快烧完的木柴扒开，等火焰刚蹿起来，就把一捆钞票扔进去。

周围响起一片惊呼声；许多人甚至连连在胸前画十字。

“她疯了，她疯了！”只听得喊声四起。

“咱们是不是……是不是应该……把她捆起来？”将军悄悄地问普季岑。“或者派人去叫……。她明明疯了，这不明明是疯了吗？不是疯了吗？”

“不，也许这不完全是疯狂。”普季岑悄悄地回答；他面如土色，哆嗦不已，视线没法从欲燃未燃的那捆钞票上移开。

“她这不是疯了吗？这不明明是疯了吗？”将军又缠住托茨基不放。

“我对您说过，这是个**色彩强烈**的女人。”阿法纳西·伊万诺维奇喃喃地说；他的脸色也多少有些变白。

“可是，要知道这有十万哪！……”

“上帝啊，上帝啊！”惊叹声此落彼起。大家都挤在壁炉周围，大家都争着观看，大家都连声惊叹……。有几位甚至跳到椅子上，隔着别人的脑袋从高处看过去。达利雅·阿列克谢耶夫娜急忙跑到另一间屋子里去，惊恐地跟卡嘉和帕莎窃窃私议。那个日耳曼美人儿则已经逃之夭夭。

“我的姑奶奶！女王陛下！万能的女神！”列别杰夫号叫着在娜斯塔霞·菲立波夫娜面前膝行，向着壁炉伸出双手。“十万！十万哪！我亲眼看到的，包扎的时候我在场！姑奶奶！开开恩吧！只要你下命令，我马上整个儿爬进壁炉，把我的一头白发伸到火中去！……我老婆病得不能起床，十三个孩子没人抚养，上星期我刚把父亲埋葬，他是饿死的，娜斯塔霞·菲立波夫娜！！”说完，他要往壁炉里爬去。

“滚开！”娜斯塔霞·菲立波夫娜喊着把他推开，“大家都让开！加尼亚，你还站着干吗？别怕难为情嘛！快去呀！别错过了你的幸福！”

但加尼亚今儿一个白天和一个晚上所遭受的已经太多了，对于这最后一次考验实在没有准备。人群在他们前面成两半分开，于是他和娜斯塔霞·菲立波夫娜相距三步形成面对面的状态。娜斯塔霞·菲立波夫娜站在壁炉跟前等着，以燃烧的目光定睛注视着他。加尼亚身穿燕尾礼服，一只手拿着帽子和手套，胳膊交叠在胸前，默默地站在她面前无言对答，眼睛望着炉火。一丝失去理智的苦笑飘忽在他惨白如纸的脸上。诚然，他的视线没法离开欲燃未燃的那一捆钞票；但是，看来有一个新的念头在他心中萌生。他像是起了誓要熬过这顿刑罚，所以在原地一动也不动。过了几秒钟，大家都明白：他不会去拿那捆钞票，他不愿意去。

“欸，烧光了，人家会羞你的，”娜斯塔霞·菲立波夫娜向他喊道，“回头你非上吊不可，我不是开玩笑！”

原先在两段快烧完的木柴之间蹿起来的火焰，被扔上来的一捆东西压住了，起初有熄灭之势。但一朵小小的蓝色火苗还从下面攀着底下那根柴的一只角。后来，一条细长的火舌舔着了那捆东西，攀住以后，火就顺着纸角很快地爬上来。忽然，整个纸包在壁炉中全烧着了，只见辉煌的火焰往上一蹿。众人发出“啊”的一声。

“姑奶奶！”列别杰夫还在那里号叫，又想扑上前去，但是罗果仁重又把他拖住、推开。

罗果仁自己则整个儿化作了一道凝滞的目光。他盯住娜斯塔霞·菲立波夫娜看出了神，魂灵儿陶醉在九霄云外。

“这才是女王的气派！”他不住口地重复着，不管左右前后见人便说，“这就是我们的气派！”他得意忘形地叫嚷着，“喂，你们这班骗子手，这一着你们哪一个使得出来，啊？”

公爵忧伤地观望着，保持沉默。

“只要给一千，我会用牙把它叼出来！”菲尔狄宪柯提出这样一个建议。

“用牙我也敢！”拳头先生从大家背后说着，简直穷凶极恶地把牙咬得咯噔噔响。“妈——的！烧着了，马上就要烧光！”他看见了火焰直喊。

“着了，着了！”人们异口同声地喊起来，几乎所有的人也同时都向壁炉前拥去。

“加尼亚，别装腔作势了，我最后一次对你说！”

“快去呀！”菲尔狄宪柯没命地冲到加尼亚跟前，扯着他的衣袖狂叫，“快去呀，还拿什么臭架子！都快烧光啦！哦，该死的！”

加尼亚使劲推开菲尔狄宪柯，转身向门口走去；但是，没走上两步，身子一晃，就砰的一声倒在地上。

“昏倒了！”周围喊声纷起。

“姑奶奶，快烧光啦！”列别杰夫号叫着。

“白白烧光啦！”人们从各处高呼。

“卡嘉，帕莎，给他一点水、酒精！”娜斯塔霞·菲立波夫娜吩咐一声，立刻拿起火钳把纸包扒了出来。

包在外面的纸几乎都烧成了灰在冒烟，但马上就看得出，里边的东西没有烧坏。钞票是用全张报纸折成三层包起来的，所以完好无损。众人都松了一口气。

“顶多只有千把卢布烧焦了一点儿，其余的都好好儿的。”列别杰夫激动地说。

“通通归他！整个儿一捆全归他！诸位，你们听见没有？”娜斯塔霞·菲立波夫娜宣布说，同时把一捆钞票放在加尼亚身旁。“他到底没去拿，顶住了！这就是说，他贪财，但更要面子。不要紧，他会醒过来的！要不是这样，他恐怕会杀人……。瞧，他已经开始苏醒。将军，伊万·彼得罗维奇，达利雅·阿列克谢耶夫娜，卡嘉，帕莎，罗果仁，你们听见没有？这捆钱是他的，加尼亚的。我把所有权全部交给他，算是补偿……随便补偿什么，不去管它！请你们告诉他。就让这捆东西放在他身旁……。罗果仁，出发！别了，公爵，我第一次见到了人！别了，阿法纳西·伊万诺维奇，谢谢！”

罗果仁一帮人跟在罗果仁和娜斯塔霞·菲立波夫娜后面穿过一间间屋子拥向出口，一路吵吵嚷嚷、乒乒乓乓、大喊大叫。在堂屋里侍女把皮裘给她穿上；厨娘玛尔法也从厨房里跑来。娜斯塔霞·菲立波夫娜一一和她们吻别。

“小姐，难道您真的要就此离开我们？您究竟到哪儿去呀？而且是在您生日这一天！”女仆们泪汪汪地问，并且吻她的手。

“到马路上去，卡嘉，你已经听见了，那里正是我的去处，要不，就当洗衣妇！阿法纳西·伊万诺维奇已经叫我受够了！你们代我向他致意；我有什么对不起你们的地方，请不要记恨……”

公爵飞也似的向大门口冲去，那里停着四辆挂铃铛的三驾马车，罗果仁他们正在上车就座。公爵还没有跑下楼梯，已经被将军追上了。

“喂，公爵，你清醒一下！”将军抓住他的胳膊说，“算了！你没看见她是什么东西？我以父辈的身份对你说……”

公爵对他看了看，但是一句话也不说，甩掉他径自跑下去。

在三驾马车刚刚离去的大门口，将军见公爵拦住他遇到的第一辆街车，叫车夫跟上前面的三驾马车去叶卡捷林果夫。随后，将军的一匹灰色骏马把车拉过来，载着将军回家，同时也载着新的希望和打算，还有刚才那件珍珠首饰——将军毕竟没有忘记带走。在盘算过程中，他头脑里曾两次闪现娜斯塔霞·菲立波夫娜迷人的倩影。将军发出一声浩叹：

“可惜！真可惜！一个堕落的女人！一个疯狂的女人！……不过，公爵现在要的不是娜斯塔霞·菲立波夫娜了……”

娜斯塔霞·菲立波夫娜的客人中另有两位决定步行一程，他们在交谈中也说了一些带有劝世和总结教训意味的话，内容大同小异。

“您可知道，阿法纳西·伊万诺维奇，据说日本人也有类似的做法，”伊万·彼得罗维奇·普季岑说，“那边的人受了侮辱，要去找侮辱他的主儿，对他说：‘你侮辱了我，为了这件事我来当着你的面切腹。’说着果真在对方眼前把自己的肚子剖开，想必还感到极大的满足，好像确实报了仇。世上有些人的性格实在奇怪，阿法纳西·伊万诺维奇！”

“于是您认为，刚才这件事也差不多，”阿法纳西·伊万诺维奇含笑接着说，“嗨！不管怎样，您很俏皮……打了个巧妙的比方。不过，您也看到了，亲爱的伊万·彼得罗维奇，我做了所能做的一切；我总不能超越可能的限度，您说对不？但是，您也得承认，这个女人具备一些了不起的长处……一些出类拔萃的特点。刚才我甚至想大声告诉她，但是在这场疯人院式的闹剧中我没法这样做，——我想告诉她，她本人就是我反驳她的全部责难、为自己辩护的最好理由。请问：谁能不为这个女人着迷，有时候甚至迷到失去理智和……忘记一切的程度？就拿罗果仁说吧，这个土包子给她捧来了十万！刚才在那里发生的一切就算只是昙花一现，就算是肤浅的、不体面的，但毕竟色彩强烈、别出心裁，这一点您不能不同意。上帝啊，这样的性格加上这样的美貌本来还有什么不能造就的？！然而，尽管花了这么多心血，尽管给她受教育，——全部付诸东流！这是一颗未经琢磨的金刚钻——我几次说过这话……”

阿法纳西·伊万诺维奇发出一声长叹。

第二部

一

本书第一部是以娜斯塔霞·菲立波夫娜家晚会上发生的奇闻而告终的，两天后，梅诗金公爵匆匆前往莫斯科去办理接受那笔意外的遗产事宜。当时有人说，他这样仓促成行也可能另有原因；但是，关于这件事，正像公爵在莫斯科以及他在离开彼得堡期间的其他经历一样，我们可以奉告的实在少得可怜。公爵整整半年不在彼得堡，甚至有这样那样的理由关心他命运的那些人，有关他在整个这一时期内的情况能了解到的也实在太少。诚然，虽则次数极少，还是有若干消息传到某些人那里，但大部分都很奇怪，而且几乎总是互相矛盾的。对公爵最感兴趣的自然是叶班钦一家，公爵临走甚至没有来得及向他们辞行。不过，当时将军曾和他见面达两三次之多，他们认真商谈过什么事情。但叶班钦自己虽然见过公爵，却没有把此事告诉家里的人。再说，最初一个时期，也就是公爵走后差不多整整一个月内，在叶班钦家根本不兴谈起此人。只有将军夫人叶丽扎薇塔·普罗科菲耶夫娜最初曾经提到，说她“过去对公爵的看法大错特错”。后来，过了两天还不知三天，她又作了补充，不过已经不提公爵，而是笼而统之地说，她“一生最主要的特点就是不断看错人”。最后，大约过了十天，她不知为什么事情生女儿们的气，便下了格言式的结论：“错够了！往后再也不犯错误。”同时不能不指出，他们家里有相当长一段时间一直存在着某种不愉快的气氛。大家总觉得不舒畅、不自然，有话憋在心里，彼此互存芥蒂，人人皱眉蹙额。将军日夜忙于事务；别人很少见过他有比这更忙碌、更卖力的时候，——尤其是在公务方面。家里人几乎见不到他的面。至于叶班钦的三位小姐，她们当然什么都没有说出口。或许，就是在她们姐妹之间也说得极少。这几位小姐自尊心很强，又傲慢，甚至相互间有时也怕难为情；不过，她们只要片言只语乃至只要看一眼即可彼此会意，所以往往无需多说。

旁观者——如果有那么一个人的话——只能得出这样一个结论：从上述为数不多的迹象来看，公爵毕竟已给叶班钦一家留下特殊的印象，尽管他总共只来过一次，而且时间很短。也许这不过是公爵异乎寻常的际遇引起的好奇心。不管怎样，反正留下了印象。

渐渐地，本来已在彼得堡传开的流言也罩上了神秘的阴影。传说有那么一个呆头呆脑的小公爵（没有一个人能确切地说出他姓甚名谁），忽然得到一笔巨大的遗产，娶了巴黎来的一个在花之宫[1]跳康康舞[2]出名的法国女人。可也有人说，得遗产的是一个将军，而娶跳康康舞出名的法国女人的是个俄国商人，财产数不清的大富豪，他在自己的婚礼宴上喝醉了酒，纯粹为了夸口，把七十万卢布最近一期的有奖公债券凑在蜡烛上烧了。但是，所有这些流言很快就平息下来，这在很大程度上是由某些情况促成的。例如，罗果仁一帮中好多人本来颇有些东西可以谈谈，而他们在罗果仁本人率领下全体开往莫斯科去了，那差不多正好是在叶卡捷林果夫车站给闹翻天之后一个星期，当时娜斯塔霞·菲立波夫娜也在场。极少数关心者从某些传闻中得悉，娜斯塔霞·菲立波夫娜在大闹叶卡捷林果夫的次日就逃得无影无踪，据说最后被发现是到莫斯科去了；因此，人们认为罗果仁去莫斯科与这一传闻有些相合。

关于加甫里拉·阿尔达里昂诺维奇·伊沃尔京，同样出现过若干流言；此人在他那个圈子里也相当有名。但他也发生了一个情况，致

---

① 巴黎一游乐场名。

② 一种以大腿踢得很高为主要特点的舞蹈。

使所有于他不利的传说很快冷却下来，而后更是完全消失。这个情况就是：他病得不轻，非但不可能前往任何交际场所，连办公地点也去不了。病了大约一个月以后，他已恢复健康，但不知为什么辞绝了股份公司中的职务，他的位置现由别人接替。叶班钦将军家中他也没去过一次，所以有另一名职员去给将军当秘书。加甫里拉·阿尔达里昂诺维奇的敌人可能料想，他出了那样的丑，没脸再出来见人；其实他真的有病，甚至陷入郁悒寡欢的状态，满怀愁绪，动辄发怒。瓦尔瓦拉·阿尔达里昂诺夫娜就在接下来的那个冬季嫁给了普季岑。认识他们的人都把这婚姻归因于加尼亚不愿回去干原来的工作，他不但停止负担家庭生活，甚至自己也开始需要别人接济，几乎还要人照料他。

这里附带说明一下，叶班钦家中对于加甫里拉·阿尔达里昂诺维奇简直从来不提起，好像世界上(不光是他们家中)根本没有这样一个人。然而他们都知道(甚至在极短时间内就知道了)有关他的一个十分值得注意的情况：就在对他说来是致命的那天夜里，在娜斯塔霞·菲立波夫娜家弄得不欢而散之后，加尼亚回到家里没有睡下，而是焦急万分地等待公爵归来。驱车前往叶卡捷林果夫的公爵，到翌晨五点多钟才从那边返回。于是加尼亚走进他的房间，把有些烤焦的一捆钞票放到他面前的桌子上。这是加尼亚昏倒在地时娜斯塔霞·菲立波夫娜送给他的，他执意要求公爵一有机会就把这笔赠款还给娜斯塔霞·菲立波夫娜。加尼亚走进公爵房间时怀着敌对情绪，近乎横下一条心；但他和公爵不知交谈了几句什么话，接着加尼亚在公爵屋里坐了两个小时，一直哭得非常痛心。两人分手时彼此是友好的。

传到叶班钦全家耳朵里的这个消息，事后证明完全属实。当然很奇怪，此类消息为何这么快就能传出来并为人所知道；比如，在娜斯塔霞·菲立波夫娜家所发生的一切，叶班钦一家几乎第二天便知晓，连细节都相当准确。有关加甫里拉·阿尔达里昂诺维奇的消息，可以推测是瓦尔瓦拉·阿尔达里昂诺夫娜带到叶班钦家去的，因为她忽然开始出现在叶班钦的三位小姐那里，而且很快就和她们过从甚密，这使叶丽扎薇塔·普罗科菲耶夫娜大为纳罕。但是，瓦尔瓦拉·阿尔达里昂诺夫娜虽则由于某种原因认为有必要同叶班钦家如此接近，却肯定不会和她们谈论自己的哥哥。这也是个自尊心相当强的女人，只是别具一格，尽管她跟几乎把她哥哥撵走的那户人家结交。在这以前，她虽也认识叶班钦的三位小姐，但很少见面。不过，她现在同样几乎不在客厅里露面，而是从后面的台阶进出，简直来去匆匆。叶丽扎薇塔·普罗科菲耶夫娜无论过去还是现在对她始终没有好感，尽管非常尊敬尼娜·亚历山德罗夫娜——瓦尔瓦拉·阿尔达里昂诺夫娜的母亲。将军夫人又是纳罕，又是生气，认为同瓦丽雅结交是女儿们忽发奇想和自作主张的表现，说她们"已经想不出什么办法来跟她作对"，可是瓦尔瓦拉·阿尔达里昂诺夫娜在嫁前嫁后仍继续到她们那里去。

但在公爵离开彼得堡以后大约一个月，叶班契娜将军夫人收到两星期前去莫斯科看望已婚长女的贝洛康斯卡雅公爵夫人写来的一封信，此信对她产生了显而易见的影响。虽然信的内容她既不向女儿、也不向伊万·费奥多罗维奇透露只字片言，但家里人从许多迹象可以看出，她似乎特别兴奋，甚至激动异常。她跟女儿的谈话变得特别奇怪，而且老是谈些不同寻常的题目；她显然想要一吐为快，但不知为什么克制着自己。接信那天，她对大家都挺亲热，还吻了阿格拉雅和阿黛拉伊达，说自己有件事情对不起她们，但究竟什么事情，她们没能弄清楚。甚至对已经足足有一个月得不到好看待的伊万·费奥多罗维奇也忽然宽容起来。当然，第二天她又为自己昨日动了感情而大发脾气，没到正餐时间就跟所有的人一一吵遍，但傍晚天边又复见霁。总的说来，她整整一星期心境相当开朗，这是久矣乎没有的现象。

但是，又过了一星期，从贝洛康斯卡雅那里又来了一封信，这回将军夫人决意一吐为快。她郑重宣布，"贝洛康斯卡雅老太婆"（她背地里一直如此称呼公爵夫人）告诉她有关那个……"怪人，也就是公爵"的一些十分令人宽慰的情况。老太婆在莫斯科访到了他，向别人打听他的情况，了解到一件非常好的好事儿；后来，公爵自己去看了她，给她的印象简直太好了。"这是看得出来的，因为她邀请公爵每天下午一点到两点去看她，而公爵每天必到，至今没有使她讨厌，"

将军夫人得出结论，并且补充说，通过“老太婆”的关系，公爵已开始在两三户体面人家受到接待。“他不在家里闷坐，也不像书呆子那样怕羞，这很好。”小姐们听了向她们介绍的这些情况，很快就发现，信上还有许多话妈妈却瞒着她们。也许她们通过瓦尔瓦拉·阿尔达里昂诺夫娜了解到这一点，因为后者可能知道，至少普季岑有关公爵及其在莫斯科的情况所了解的一切，她肯定也都知道。而普季岑可能了解的甚至比别人更多。但他这个人在事务方面口很紧，不过对瓦丽雅自然会讲。因为这个缘故，将军夫人随即越发加深了对瓦尔瓦拉·阿尔达里昂诺夫娜的反感。

但是不管怎样，坚冰已经打破，关于公爵一下子可以出声谈了。此外，公爵在叶班钦家中激起的那种大得失了分寸的兴趣，还有他给人留下的那种不寻常的印象，再次明显地表露出来。将军夫人对于来自莫斯科的消息在她女儿们身上引起的反应简直感到惊讶。而女儿们也感到惊讶，她们的妈妈竟然如此郑重地向她们宣布，她“一生最主要的特点就是不断看错人”，可同时又拜托“神通广大”的贝洛康斯卡雅老太婆对公爵多多关照，而请她关照当然得再三央告，因为“老太婆”在某些情况下是很难推得动的。

然而，坚冰刚一打破，风向稍一转换，将军也急忙说出自己的看法。却原来他也感到极大的兴趣。不过，他仅仅谈了“问题实质性的一面”。事情是这样的：他为了公爵的利益，曾委托两位非常可靠而又在莫斯科拥有独特势力的先生注意公爵的动态，尤其要注意替他运筹帷幄的萨拉兹金。有关遗产——“应该说有关是否存在遗产这一事实”——的种种说法，已证明属实，但是这笔遗产本身完全不像最初传说的那么可观。全部财产中一半是成问题的；有债务未了，也有人提出各种要求，加上公爵自己的做法又极不精明，虽然有人帮他出主意。“当然，但愿上帝保佑他”；目前，“沉默的坚冰”已经打破，将军“真心诚意地”乐于表明这一态度，因为“此君尽管有点儿那个”，毕竟值得另眼相看。不过，他还是干了不少蠢事。比如：有些人冒出来，凭一些有争议的、不足道的文件声称死去的商人还欠他们的债；另有些人嗅出了公爵的味儿，索性什么文件都没有也来了，——结果怎样呢？公爵几乎满足了所有人的要求，尽管朋友们认为这班所谓的债权人之类根本没有任何权利；公爵之所以满足其要求，是因为其中某些人确实吃过亏。

听了这番话，将军夫人说，贝洛康斯卡雅在给她的信上所写也是如此；叶丽扎薇塔·普罗科菲耶夫娜还断然补上一句：“这实在傻得可以，傻极了；傻瓜是没药可治的。”不过从她脸上的表情可以看出，她喜欢这个“傻瓜”的行为。总之，将军注意到，他的夫人关心公爵犹如关心亲儿子一般，而且对阿格拉雅也格外疼爱起来。见此状，伊万·费奥多罗维奇有一段时间摆出一本正经的姿态。

然而，这种愉快的气氛又没有持久。才过去两个星期，忽然又不知起了什么变化，将军夫人的神色阴沉，将军耸了几次肩膀以后，再次屈服于“沉默的坚冰”。事情是这样的：总共两个星期以前，他暗中获悉——消息虽然简短，因而也不十分清楚，但是可靠，——说起初在莫斯科失踪、后来仍在莫斯科被罗果仁找到的娜斯塔霞·菲立波夫娜，此后又不知去向，随后又被罗果仁找到，最后几乎向罗果仁保证要嫁给他。不料仅隔两个星期，将军阁下忽然又得到消息，说娜斯塔霞·菲立波夫娜第三次逃跑，这一回几乎是从婚礼仪式上不知躲到外省什么地方去了，而同时梅诗金公爵也离开莫斯科不知去向，把事情都托付给萨拉兹金，“是跟她一起跑的，还是追她去了——不知道，反正总有点儿关系，”这是将军得出的看法。叶丽扎薇塔·普罗科菲耶夫娜同样收到一些不愉快的消息。结果是，在公爵走了两个月以后，有关他的任何信息在彼得堡几乎完全沉寂下来，而在叶班钦家中，“沉默的坚冰”再也没有打破。不过，瓦尔瓦拉·阿尔达里昂诺夫娜照旧来看望三位小姐。

为了把所有这些传闻和消息告一段落，这里还要补充一点：春天来到以前，叶班钦家发生了许许多多大变动，以致很难不忘记杳无音信的公爵——也许他自己不愿人家知道他的下落。在整个冬季内，他家渐渐地终于决定夏季到国外旅行，由叶丽扎薇塔·普罗科菲耶夫娜母女们去，将军自然不能把时间浪费在“无聊的消遣”上。这一决定是在小姐们的强烈要求下作出的，她们绝对认定，父母之所以一直不愿带她们去国外，是因为父母念念不忘为她们找女婿、把她们嫁出去。或许，父母终于想通了：在国外也能找到女婿，出去过一个夏季非但坏不了事，说不定还能“成事”。在此不妨提一下，原先拟议中的阿法纳西·伊万诺维奇·托茨基与叶班钦家大小姐的那门亲事吹了，托茨基根本没有正式求婚。这个结果好像是自然而然形成的，没有费什么口舌，也没有任何勃谿。自从公爵走后，一下子双方都不谈此事了。正是这一情况构成了彼时叶班钦家中沉闷气氛的原因之一，尽管将军夫人当即表示她“现在乐于举双手画十字”。将军虽处在“看脸子”的状态，自己也觉得有错，毕竟闷闷不乐为时颇久；他舍不得阿法纳西·伊万诺维奇“这么大的家财和这样精明的一个人”！不久以后，将军得知阿法纳西·伊万诺维奇迷上了来自法国上流社会的一个保皇派女侯爵，他们的婚姻已成定局，而且阿法纳西·伊万诺维奇将跟着去巴黎，然后再到布列塔尼的什么地方去。将军认为：“跟一个法国女人搞上了，非完蛋不可。”

叶班钦家正在做夏季旅行的准备。忽然发生一个情况再次改变了整个局面，出国之行又被搁置起来而使将军夫妇大为高兴。有一位公爵——Щ公爵——从莫斯科光临彼得堡，他是位名人，一位从非常非常好的角度来看的名人。他甚至称得上是当代的活动家，这种人正直、谦虚，真诚而自觉地想做好事，他们总是在工作，而且具备一种难能可贵的品质，就是任何时候都有工作可做。Щ公爵不喜欢出头露面，尽量避开激烈而又无谓的党派之争，不认为自己属于什么头儿脑儿，却对当前局势中很多事情知之甚详。过去他曾担任公职，后来参加地方自治活动。此外，他还与俄国好几个学会保持有益的通信联系。他和一位懂行的朋友一道，通过调查搜集到的材料，使设计好的一条极其重要的铁路改取更为正确的走向。他现年三十五岁。他是“最上流社会”中人，另外，他的财产状况也是“好的，可观的，无可争议的”，——这是将军的说法，他有机会为一件相当重要的事在自己的上司伯爵那里同Щ公爵见面结识。公爵出于某种特殊的好奇心，从不回避同俄国的“实业界人士”交往。接下来，公爵还认识了将军一家。二小姐阿黛拉伊达·伊万诺夫娜给他留下相当深刻的印象。及至春天将临，公爵表示了爱慕之意。阿黛拉伊达对他颇有好感，叶丽扎薇塔·普罗科菲耶夫娜也喜欢他。将军非常高兴。不言而喻，出国旅行的事给搁了下来。婚礼定于春天举行。

本来，要走的话到仲夏或夏末也走得成，哪怕只是由叶丽扎薇塔·普罗科菲耶夫娜带着留在她身边的两个女儿去作一两个月的短期旅行，以排遣由于阿黛拉伊达离开她们而产生的惆怅。但是又冒出了一个新情况：春季快结束时(阿黛拉伊达的婚期有些耽搁，已推迟到仲夏)，Щ公爵把自己的一位远亲(不过他很了解此人)带到了叶班钦家中。这位叶甫盖尼·帕甫洛维奇·P年纪还轻，才二十八岁，是御前的侍从武官，长得一表人才，“出身名门”，机智诙谐，风度翩翩，非常“摩登”，“学问惊人”，至于财产之大更属闻所未闻。关于最后这一点，将军一向小心谨慎。他打听的结果是：“的确像有那么一回事，不过还得核实一下。”贝洛康斯卡雅老太婆从莫斯科反映的情况，又大大抬高了这个年轻“有为”的御前侍从武官的身价。只是他有一种名声比较伤脑筋：据说他有若干暧昧关系，有人还断言他“战绩辉煌”，曾使好些颗心为他而碎。自从见到了阿格拉雅，他在叶班钦家总是非常坐得住。诚然，什么话都还未曾明说，连任何暗示也没有作出，但做父母的还是认为今夏出国之行不应考虑。阿格拉雅本人可能另有看法。

这事几乎就发生在本书主人公再度登场之前。从表面上看，到那时可怜的梅诗金公爵在彼得堡已被彻底遗忘。如果现在他一下子出现在认识他的人中间，那简直就像是从天上掉下来的。不过，笔者还是要交代一件事实，从而结束本书第二部的引言。

自公爵走后，郭立亚·伊沃尔京起初日子仍过得和原来一样，也就是上学念书，经常去看他的好朋友伊波利特，照料父亲，帮瓦丽雅操持家务，主要是给她跑跑腿。但房客很快都不见了：在发生了娜斯塔霞·菲立波夫娜家那桩奇闻之后三天，菲尔狄宪柯搬到别处去了，不久便无影无踪，音信杳然；有人说他在什么地方喝酒，但不肯定。公爵到莫斯科去了，房客就此散尽。稍迟，瓦丽雅出嫁以后，尼娜·亚历山德罗夫娜和加尼亚也跟她一起搬到伊兹迈洛夫团普季岑的家中去住。说到伊沃尔京将军，那么，几乎在这同时，他发生了一个完全预料不到的情况：被关进了债务监狱。打发他到那里去的是他的相好大尉太太，凭的是将军先后写给她的价值两千卢布的借据。这一切对他来说如同晴天霹雳，可怜的将军无疑成了"过于相信人心普遍高尚而上当的牺牲品"。他习惯于心安理得地在借钱的信和字据上签名，压根儿没料到它们有朝一日会起作用，始终认为这**无所谓**。然而事实证明并非无所谓。"往后怎么还能相信人，怎么还敢表示高尚的信任？"——这是他和几位新相识一起坐在塔拉索夫大楼[①]里喝酒时痛心地发出的感慨，同时又向他们讲述卡尔斯被围困和一个士兵死后复活的故事。不过，他适应得挺不错。普季岑和瓦丽雅都说，那里正是他待的地方；加尼亚表示完全赞同。只有尼娜·亚历山德罗夫娜一人在暗中哭得伤心（这甚至使家里人感到奇怪），还拖着病痛不断的身子尽可能经常到伊兹迈洛夫团去探望丈夫。

但是，自从"将军出了事儿"（郭立亚语），反正自从姐姐出嫁以后，郭立亚几乎完全成了脱缰之马，甚至发展到近来已难得回家过夜。据传，他交了许多新朋友；此外，债务监狱里认识他的人也太多了。尼娜·亚历山德罗夫娜去那里少他不得；家里对他现在也不问长问短。瓦丽雅过去对他那么严厉，如今压根儿不问他在哪儿游荡。加尼亚虽然心情郁悒，在和郭立亚说话和对待他的态度方面有时简直十分友好，这是过去所从来没有的，从而使家里人大为纳罕；因为二十七岁的加尼亚自然不会给予十五岁的弟弟丝毫善意的关怀，一向对他很粗暴，并要求家里人也一味严厉对待他，经常扬言要"揪他的耳朵"，致使郭立亚认为自己要被逼出"人所能忍受的最大限度"。可

① 彼得堡的债务监狱就设在那里。这栋楼位于伊兹迈洛夫团（彼得堡一地区名）。

以设想，现在加尼亚有时候甚至少不了郭立亚。加尼亚退还那笔钱的事给他印象极深；为此他可以原谅哥哥许多事情。

公爵走后过了三个月，伊沃尔京一家听说郭立亚忽然结识了叶班钦一家，并且受到小姐们很好的接待。这事瓦丽雅很快就知道了；不过，郭立亚不是通过瓦丽雅，而是“自己代表自己”去的。渐渐地，叶班钦家对他有了好感。将军夫人起先很不喜欢他，但不久便疼起他来，因为他“坦率，不拍马屁”。郭立亚不拍马屁这一点完全确实；他在叶班钦家能保持平等和独立的地位，尽管有时也给将军夫人念念书报，——但他一向助人为乐。不过，他和叶丽扎薇塔·普罗科菲耶夫娜大吵了两回，公然称她是专制女王，并表示再也不上她家的门。第一次争吵是为了“妇女问题”，第二次则起因于什么季节捉金翅雀最好这个问题。说来也许难以相信，但将军夫人在争吵后的第三天就派听差给他送去一封便简，请他无论如何光临；郭立亚没有端架子，立即去了。唯有阿格拉雅不知什么缘故经常对他比较冷淡、傲慢。然而郭立亚恰恰使她在相当程度上吃了一惊。有一回，——那是在复活节期间，——郭立亚抓住没有第三者在场的短暂时机，把一封信交给阿格拉雅，只说自己受命仅向她一人转交。阿格拉雅对这个“自命不凡的小子”狠狠地瞪了一眼，但郭立亚不等对方说什么就走了出去。阿格拉雅展开短简，见上面写着：

> 我曾经有幸得到您的信任。也许，您现在已把我完全忘却。那我怎么会给您写这封信的呢？我不知道，但我感到有一种不可遏制的愿望，想让您知道我的存在，而且仅仅让您知道。我曾有过好多次非常需要你们三姐妹，但我在想象中看到的只有您一个人。我需要您，非常需要。我没有什么可给您写的，没有什么可以奉告。我也不想这样做；我强烈地希望您快乐幸福。您感到幸福不？这就是我要对您说的。
>
> 您的兄弟
>
> **列·梅诗金**公爵

读完这封寥寥数语而且不知所云的短简，阿格拉雅突然满脸通红，陷入深思。她的思绪脉络笔者很难言传。仅知她问过自己：“要不要给别人看？”她似乎有些难以为情。不过，最后她面带嘲弄和奇怪的微笑把信扔进自己一张小桌子的抽屉了事。第二天她又拿出来把它夹在一本厚厚的、装订牢固的书里(她总是这样放置她的文件，需要时找起来比较快)。直到一星期后她才看清那是本什么书。原来是《拉曼恰的骑士堂吉诃德》。阿格拉雅放声大笑，笑得非常厉害——不知道为什么。

她有没有把信给哪个姐姐看过——同样不知道。

但是，还在她读信的时候，就曾忽然想到：难道这个自命不凡、夸夸其谈的小子竟被公爵选作通信的对象，说不定还是他在此地唯一的通信对象？尽管摆出非常瞧不起的姿态，但她毕竟对郭立亚进行了讯问。然而，一向容易动气的“小子”，这一回却全然不计较对方所表示的轻蔑。他极其简短而又相当淡漠地向阿格拉雅说明，他虽曾在公爵正要离开彼得堡之际把自己的固定通信地址告诉公爵，同时表示自己愿为公爵效劳，但这是他从公爵那儿接受的第一次委托，也是公爵给他的第一封短信。为了证明自己所言不妄，郭立亚还出示了他本人收到的信。阿格拉雅老实不客气地拿来看了。在给郭立亚的信上写的是：

亲爱的郭立亚，劳您的驾把附在这里的一封信交给阿格拉雅·伊万诺夫娜。祝您健康。

喜欢您的

列·梅诗金公爵

“信托这样一个娃娃总归是可笑的。”阿格拉雅傲气十足地说，同时把短信还给郭立亚，带着不屑的神情打他身旁走了过去。

这已超出了郭立亚所能容忍的限度，要知道，他为这个目的特地向加尼亚借了一条簇新的绿色围脖系上，也没有向他说明理由。郭立亚的自尊心受到了极大的伤害。

二

六月初，少有的好天气在彼得堡已经持续整整一个星期。叶班钦一家在巴甫洛夫斯克自己有一所富丽的别墅。叶丽扎薇塔·普罗科菲耶夫娜一下子心血来潮，说走就走；接着，经过不到两天的忙碌，便举家前往。

在叶班钦一家去别墅以后的第二或第三天，列夫·尼古拉耶维奇·梅诗金公爵乘早车从莫斯科抵达彼得堡。车站上没有人接他；但走出车厢时公爵忽然产生一种幻觉，在把坐这趟列车到达的旅客团团围住的人群中，似乎有一双眼睛向他射来奇异而灼热的目光。他定神仔细看看，却再也没有发现什么。当然，这仅仅是幻觉，但留下的印象并不愉快。何况公爵本来就闷闷不乐、若有所思，似乎怀着隐忧。

街车把他送到距李捷依内大街不远的一家旅馆门前。这家旅馆相当蹩脚。公爵租下两个小房间，光线既暗，陈设又差。他盥洗以后，换好衣服，什么也不问，便匆匆出去，仿佛怕耽误了时间，遇不上他要找的人。

在半年前他初次来彼得堡时认识他的那些人中间，如果有谁现在对他一看，恐怕会得出这样的结论：他的外表朝好的方向大大改观了。其实未必如此。只有衣着已全部更新：所有的服装都是在莫斯科由高明的裁缝制作的。但这方面也有缺点：衣服做得太时髦了(一些讲究质量、但是缺少些才华的裁缝每每如此)，加之穿在一个对此毫无兴趣的人身上，故而，倘有一位酷爱嘲弄者对公爵仔细一看，也许会发现若干可供莞尔一笑之处。但是，世上可笑的事情难道还少吗？

公爵雇了一辆街车前往沙滩地。在圣诞区的一条街上，他很快找到一座不大的木屋。使他纳罕的是这小屋居然相当漂亮，干干净净、井然有序，小庭院里还种着花。临街的窗户开着，从里边滔滔不绝地

传来生硬的话声，几乎是叫喊，好像有人在朗读，甚至可能在演说；那话音时而被好几个人响亮的笑声所打断。公爵走过院子，登上台阶，问列别杰夫先生是否住在此地。

“就在那儿。”开门的是一个袖子捋到齐肘处的厨娘，她回答时手指头朝客厅里戳了一下。

这间糊着深蓝色壁纸的客厅布置整洁，还颇有些讲究：一张圆桌，一张沙发，一座带玻璃罩子的青铜台钟，窗间墙上挂一面狭长的镜子，天花板上用铜链吊着一盏古色古香的、带玻璃坠子的枝形小灯架。列别杰夫先生本人站在房间中央，背朝着正在走进去的公爵，只套背心，没穿外衣，已是夏天装束；他捶着自己的胸膛，正在就某个题目发表悲壮的讲话。听众有：一个十五岁上下的男孩，长着一张相当快活和聪明的脸，手里捧着一本书；一个二十来岁的姑娘，全身丧服，怀抱着一个婴儿；一个十三岁左右的女孩，身上也穿孝，她笑得很厉害，同时还张大嘴巴；最后一位非常奇怪的听者躺在沙发上，是个二十来岁的小伙子，他的相貌颇英俊，微黑的皮肤、浓密的长头发、乌亮的大眼睛，鬓角和下巴颏儿上刚刚长出一点点胡子。看来就是这一位经常打断列别杰夫的宏论并与他抬杠；其余的听众笑的想必也正是这一点。

“鲁基扬·季莫菲耶维奇，喂，鲁基扬·季莫菲耶维奇！真要命！你往这儿瞧瞧！……咳，你们都是吃饱了撑的！”

厨娘两手一甩走了，她甚至气得满脸通红。

列别杰夫回过头来看见了公爵，像遭到雷殛似的站立有顷，接着堆起谄媚的笑容向他扑过来，半道上再次愣住，不过口中念念有词地说了一句：

“公——公——爵——阁下！”

但是，他仿佛仍然没法现出自然的神态，突然又转过去，没头没脑地先是叱呵怀抱婴儿的戴孝姑娘；那姑娘猝不及防，甚至倒退几步。列别杰夫随即把她撇下，转而冲十三岁的女孩大喝一声。女孩站在通另一间屋子的门口，还在咀嚼刚才那一阵笑的余味，经列别杰夫一声叱喝，吓得马上逃到厨房里去了。列别杰夫还在她背后跺了几脚，进一步吓唬吓唬她；但遇到公爵大惑不解的目光以后，他解释道：

“这是表示一点……敬意，嘻嘻！”

“您这是何苦呢？……”公爵刚要开口。

“我马上就来，不消一分钟……就像一阵风！”

说着，列别杰夫很快从房间里消失了。公爵惊讶地看看那个姑娘和十五岁上下的男孩，再看看躺在沙发上的那位；他们都在笑。公爵也笑了起来。

“他穿礼服去了。”男孩说。

“没想到带来这许多麻烦，”公爵开始说，“我原先以为……请告诉我，他……”

“您想问他是不是醉了？”沙发上那位大声说，“半点儿也不！不过喝了那么三四小杯，顶多五杯吧，这算得了什么？——老规矩。”

公爵正欲转身面对沙发上那位，但这时姑娘俏脸庞上带着极诚恳的表情开口说：

“他早上从来不喝多；如果您找他有什么事情，那么现在就跟他谈。这正是时候。他傍晚回家有时候醉醺醺的；不过最近他临睡前往往要哭，还给我们念一些《圣经》上的段落，因为我们的妈妈死了才五个星期。”

“他跑出去是因为不知道该怎么应付您，”小伙子从沙发上呵呵地笑道，“我敢打赌，他一定会糊弄您的，这个当儿正在那里想点子。”

“才五个星期！总共才五个星期！”列别杰夫接过了话茬，他已经穿上燕尾服回来，一边眨着眼睛，一边从兜里掏出手帕来擦眼泪。“撇下一大堆孤儿！”

“您干吗穿得这么破破烂烂出来？”姑娘问，“门背后不是放着您的一件新外套吗？您没看见？”

“住口，死丫头！”列别杰夫冲她喝道，“哼，你呀！”他又开始冲她跺脚。但这一回，姑娘的反应只是大笑。

“您不用吓唬我，我又不是塔尼雅，不会给吓跑的。可是小柳芭恐怕要给您吵醒，还会发起急惊风来……您咋呼什么！”

“不许你这么说！烂掉你的舌头！……”列别杰夫忽然吓得什么似的，急忙走到在女儿怀里睡着的婴儿跟前，惊恐万状地画了好几个十字。“上帝保佑，上帝保佑！这是我的新生小女儿柳芭，”他转向公爵说，“百分之百的合法婚生，她母亲、我的妻子叶列娜最近死于难产。这个戴孝的不起眼的姑娘是我女儿薇拉……。至于这一个……这一个……哦，这一个嘛……”

“怎么顿住啦？”小伙子大声说，“你往下说嘛，别不好意思。”

“公爵阁下！”列别杰夫忽然感情冲动起来。“报上关于热马林一家被杀的消息您注意到没有？”①

“我看过。”公爵有点惊异地说。

“那么，这一个就是杀死热马林一家的真正凶手，正是他！”

“您这是什么意思？”公爵问。

“我这是比喻的说法：如果会有第二户热马林那样的人家，他将是未来的第二名凶手。他走的就是这条路……”

大家都笑了起来。公爵想到，列别杰夫也许果真在装疯卖傻，无非因为他预感到公爵要提出问题，而他不知道该如何回答，所以在争取时间。

“他要造反！他在策划阴谋！”列别杰夫叫嚷着，仿佛再也无法克制自己。“请问，这样一个满口诽谤的狂徒，这样一个简直跟婊子一样不要脸的恶棍，我怎能承认他是我的亲外甥——我死去的姐姐安妮西娅的独生儿子？”

“住口吧，你这个酒鬼！您也许不相信，公爵，现在他想当起律

---

① 1868年3月，商人热马林的母亲、妻子、11岁的儿子、一个亲戚、厨娘和扫院子的——一共六人被杀。凶手是18岁的中学生维托尔德·戈尔斯基。陀思妥耶夫斯基认为凶手是受到60年代“虚无主义”思想不良影响的那部分青年的代表。

师来了，准备给人家打官司；整天练口才，在家里用夸张的言语跟子女说话。五天以前，他在治安推事们面前发表过一次讲话。您猜他为谁辩护？一个老太婆央告他，恳求他，因为有个放高利贷的混蛋夺去了她五百卢布，等于把她的全部财产占为已有；可是他不为老太婆辩护，却为那个放高利贷的犹太人载德勒尔辩护，因为载德勒尔答应给他五十个卢布……”

“要我赢了才给五十卢布；要是输了只有五个卢布。”列别杰夫解释道，声调一下子变得跟刚才完全两样，好像他从来没有叱喝过、咋呼过。

“当然喽，他出了洋相，现在不是过去那套制度，人家只把他笑了一通。可他自己还得意得要命。他说：‘铁面无私的推事先生们，请你们想一想，一个境遇凄凉的老者，又经常缠绵病榻，靠诚实的劳动为生，竟要被剥夺他的最后一块面包。请你们想一想立法者一句英明的话：“让宽容主宰法庭。”’信不信由您，他每天上午在此地向我们重述这篇讲话，同在法庭上讲的一字不差；今天是第五遍了；您来到之前他正在表演，实在太得意了。他自我欣赏到了无以复加的地步。他还打算为什么人辩护。您大概是梅诗金公爵吧？郭立亚跟我谈起过您，说他在世界上至今还没有遇见过比您更聪明的人……”

“说得对！说得对！更聪明的人世上根本没有！”列别杰夫马上接过话茬儿。

“当然，这一位是在瞎说。郭立亚是爱您，这位是拍您马屁；我可完全不打算奉承您，这一点希望您知道。您是有一定头脑的，不妨为我跟他评评理。喂，要不要让公爵来评评理？”他问舅舅，“我很高兴，公爵，您来得正好。”

“要！”列别杰夫断然大叫一声，并且不自觉地看看重又开始聚拢来的听众。

“你们这里在做什么？”公爵皱了皱眉头说。

他确实感到头痛，加之他越来越确信列别杰夫想欺骗他，能够拖延时间对于列别杰夫可谓正中下怀。

“先说事由。我是他的外甥，这一点他没有瞎说，尽管他老是撒谎。我大学没有念完，但我想念完并且一定要念完，因为我有性格。目前为了生存，我在铁路上找了一份月薪二十五卢布的工作。另外，我承认，他已经帮助过我两三回。我本来有二十个卢布，可是给我赌输了。信不信由您，公爵，我是那么卑鄙，那么下流，竟把钱给输了！”

“输给了一个无赖，你压根儿不该把钱付给那个无赖！”列别杰夫嚷着。

“是的，输给了一个无赖，但钱应该付，”小伙子继续说，“至于他是个无赖，这一点我也愿意作证，不光是因为他坑了我。公爵，那是一个部队里不要的军官，过去也是罗果仁一帮里的退役中尉[①]，眼下在教拳击。自从罗果仁把他们轰走以后，他们现在都成了散兵游勇。但最糟糕的是：我明知他是无赖、流氓、小偷，可还是跟他一起坐下来赌钱。我在赌最后一个卢布的时候(我们玩的是“帕尔基”)，心想：‘要是输了，我去找鲁基扬舅舅，向他行个礼——他不会拒绝的。’这确实可鄙，没说的！这是有意识的卑劣行径！”

“这确实是有意识的卑劣行径！”列别杰夫跟着把他的话重复一遍。

“且慢，别得意，再等一下，”做外甥的恼火地喝住他，“他正高兴呢。公爵，我来到他这里，承认了一切；我的姿态够高的了，我没有宽恕自己；我在他面前狠狠地骂我自己，这里都是见证。为了得到铁路上那个位置，我一定得把自己的装备更新一下，因为我穿的都是破衣裳。瞧这双靴子！否则没法去上班，而要是我在指定的期限不去报到，别人会占了那个位置，那时我又将抛锚，不知什么时候才能找到另一份工作。现在我只向他借十五个卢布，并且保证永远不再求他帮忙，此外，今后三个月内我一定向他还清全部债务，分文不少。我说话是算数的。我能靠面包和克瓦斯坚持几个月，因为我有性格。三

① 前面介绍此人时作者交代他是少尉(见第 180 页)，从这里开始说是中尉。

个月我可以领到七十五卢布。连同前账我总共该他三十五卢布。也就是说，我不会付不起账。他要什么样的利息都可以，妈的！难道他不认识我？公爵，您可以问他：过去他帮我忙，我还了没有？现在他究竟为什么不干？因为他恨我向那个中尉付了赌账，没有其他原因！他就是这么个人——占着茅坑不拉屎！”

“他竟赖着不走！”列别杰夫吼叫起来，“他躺在这里，愣是不走。”

“我就是这么对你说的。你不给钱，我就不走。公爵，您好像在微笑。您大概认为是我不对？”

“我不在笑，但是，依我看，您确实有些不大对。”公爵颇不乐意地回答。

“您还是直截了当说我完全不对，别拐弯抹角地说什么‘有些不大对’。”

“如果您不觉得不中听的话，那么就说完全不对。”

“什么中听不中听！笑话！难道您以为我自己不知道这样的做法说不过去？钱是他的，该由他做主，我这样做岂不是强人所难？但是您，公爵……您不了解生活。如果不教训教训他们，那就没有好处。得教训教训他们。我问心无愧。凭良心说，我不会让他吃亏，我会加利奉还。他在精神上也得到满足：他看见了我忍受的屈辱。他还要怎么样？他要是不作出点儿贡献，他这种人要来何用？您可知道他自己在干些什么？您不妨问一问：他是怎样对待别人，怎样叫人家上当的？他这所房子是怎么赚来的？我敢担保，他已经让您上了当，而且还想好了点子怎样叫您进一步上当；如果不是这样，就砍我的脑袋！您在笑，您不信？”

“我觉得，这一切跟您所说的事情没有太直接的关系。”公爵指出。

“我躺在这里已经是第三天，我看够了！”小伙子不加理会地喊道，“您想想：他对这么个天使，也就是这个现在失去了母亲的姑娘、我的表妹、他自己的女儿，竟每天夜里在她屋子里搜索情郎！他还悄悄地到我这儿来，在我睡的沙发底下寻找。他疑神疑鬼简直发了疯；觉得每个角落里都有贼。整夜动不动就从床上跳起来，一会儿看看窗户关好了没有，一会儿试试门是不是牢靠，还朝炉内探头张望，这样平均一宿要折腾七回。在法庭上他专门为坏人辩护，可自己每夜要起来做三次祈祷，就在这间堂屋里，跪下来磕头，一次就要半个小时。他喝醉了以后，您知道他为什么人祈祷，为什么事哀号？他在为杜巴里伯爵夫人[①]的灵魂得到安息而祈祷，这是我亲耳所闻；郭立亚也听见的。他完全疯了！”

“公爵，您看见了，您听到了，他是怎样糟蹋我的？”列别杰夫涨红了脸大叫，他确实火了。“他不知道，我这个酒鬼、流氓、强盗、恶棍，也许单凭一点就不是毫无价值的：当初，这个贫嘴薄舌的坏蛋还是个婴儿的时候，我经常把他裹在襁褓里，在木盆里给他洗澡；在我那做了寡妇、一贫如洗的姐姐安妮西娅家里，同样一贫如洗的我常常通宵不睡，守在那里照看他们生病的娘儿俩，到楼下扫院子的人那里去偷木柴，给这个小子唱歌，打榧子哄他，我自己饿着肚皮；好容易把他拉扯大了，现在他竟然嘲笑我！即使我真的在脑门上画过十字祈求杜巴里伯爵夫人的灵魂得到安息，又关你什么事？公爵，三天以前，我有生以来第一次从词典里读到她的生平。你可知道，杜巴里——她是怎么样一个人？你说，你知道不知道？”

“嗽，难道就你一个人知道？”小伙子用揶揄的口吻、但不大情愿地嘟哝道。

“这是一位伯爵夫人，她从耻辱中闯出来，成为不戴王冠的王后，有一位伟大的女皇在写给她的亲笔信中称她‘ma cousine’[②]。罗马教皇的使节、一位红衣主教在帝王起床穿衣的仪式时（你可知道什

---

① 让娜-玛丽·杜巴里（1743—1793），伯爵夫人、法王路易十五的情人，法国大革命期间被处决。下文将提到的杜巴里生平中若干事例是陀思妥耶夫斯基从伪造的《杜巴里伯爵夫人回忆录》中摘取的。

② 法语中这一称呼适用范围很广，除表姐妹、堂姐妹外，还可用于较远的其他平辈女性亲戚。这里表示连那个女皇也承认与她“沾亲”。

么叫帝王起床穿衣的仪式？）自告奋勇给她把一双丝袜套在光光的腿上，还认为是一种荣幸，——这样显赫、神圣的人物尚且如此！这你知道吗？从你脸上我就看得出你不知道！她是怎么死的，你知道不？你回答呀，既然知道的话！”

“去你的！你老缠着我干吗？”

“她是这样死的：享尽了这般荣耀之后，刽子手参孙把这位当年权势大如天的无辜女人拖上断头台，让那些做小买卖的巴黎娘们开心，而她自己吓得莫名其妙，不知道这是怎么回事。她见刽子手把她的脖子按到铡刀下面去，还用脚踢她，——那些瞧热闹的人都在笑，——她就喊了起来：‘Encore un moment, monsieur le bourreau, encore un moment！’意思是：‘再等一会儿，刽子手先生，再等一会儿！’也许，上帝就看在这一会儿分上会宽恕她，因为不能想象人的灵魂还能忍受比这更大的痛苦。你可懂得痛苦这个词是什么意思？告诉你，那就是痛苦。我从书上读到伯爵夫人那一声要求等一会儿的惨叫时，我的心简直像被钳子夹住一个样。我临睡前想到在祈祷中提一下她这个伟大的女罪人[①]，跟你这么一条蛆虫有什么相干？我之所以提到她，也许因为自从上帝创造世界以来，想必任何人任何时候都不曾为她在脑门上画过一个十字，压根儿没有人这样想过。没准儿她在另一个世界会感到愉快，因为总算有那么一个和她一样的罪人在这个世界上为她做一次祈祷，哪怕只有一次。你笑什么？你是无神论者，自然不信。可你又怎么知道呢？你偷听了我的祷告，可是你说得不对。我不光为杜巴里伯爵夫人一个人祈祷。我是这样念的：‘求上帝让伟大的女罪人杜巴里伯爵夫人以及像她那样的人的灵魂得到安息。’这和你说的是完全不同的两码事，因为像这等伟大的女罪人和命运无常的典型有很多，她们吃了不少苦，如今正在那边恓惶、呻吟、期待。当时，我为你，为其他像你这样的人，为和你一样蛮横无

① “伟大的女罪人”在原文中可以作“罪孽深重的女人”解释。这里的“罪”是宗教意义上的，与前面所说的“无辜”并不矛盾。

理、目无尊长的小子也做了祈祷，既然你偷听我的祷告……”

“得了，得了，你爱为谁祈祷随你的便，见你的鬼去吧，别再直着嗓子穷嚷嚷！”做外甥的烦躁地截住他的话头，“我这个舅舅肚子里的学问可大咧，公爵，您过去不知道吧？”他面带有点儿尴尬的冷笑找补说，“他现在老是看这一类的各种书和回忆录。”

“令舅毕竟……不是没有心肝的人。”公爵勉强说了一句。他对这个小伙子越来越反感。

“他恐怕要被您捧得骨头不到四两重！瞧，他已经把一只手按在心口，嘴巴张成V字形，马上舔起嘴唇来了。也许他不是没有心肝，可这副心肝实在太黑，糟就糟在这里；加上还是个酒鬼，全身的螺钉都松了，就像一个醉了好多年的人那样，所以叽叽嘎嘎直响。他爱自己的孩子，这不假，也尊敬死去的舅妈……。他甚至也喜欢我，真的，还在遗嘱中给我留了一份儿……”

“我什么也不留给你！”列别杰夫愤然喊道。

“喂，列别杰夫，”公爵口气坚决地说；他转身不再理会小伙子，“我根据经验知道，您是个讲究实际的人，只要您愿意……。我现在时间很少，如果您……。对不起，我忘了您的名字和父名。”

“季——季——季莫菲。”

“还有？”

“鲁基扬诺维奇。”

屋子里所有的人又都笑开了。

“撒谎！”他的外甥高叫，“连这也要撒谎！公爵，他根本不叫季莫菲·鲁基扬诺维奇，而是鲁基扬·季莫菲耶维奇！你说，你为什么撒谎？其实，鲁基扬也罢，季莫菲也罢，对你还不是一样？公爵哪管你这些？公爵，他撒谎完全是习惯成了自然，您可以相信我的话！”

“难道真是这样？”公爵不耐烦地问。

“确实是鲁基扬·季莫菲耶维奇。”列别杰夫承认，并且感到不好意思，他恭顺地低首垂目，一只手再次按住心口。

“您这究竟是做什么？唉，我的上帝！”

“表示我的谦卑。”列别杰夫轻声说，脑袋越垂越低，越发显得恭顺。

“嗳，谁要什么谦卑！我要是知道现在哪儿能找到郭立亚就好了！”公爵说罢，转身要走。

“我告诉您郭立亚在什么地方。”那小伙子又挺身而出。

“不，不，不！”列别杰夫赶紧加以阻止，他急得手忙脚乱。

“郭立亚昨夜住在这里，今天一清早就去找他的将军老子，上帝知道您为什么把他从班房里赎了出来，公爵。将军昨天答应到这里来过夜，可是没有来。八成是住到离此很近的‘天平旅馆’去了。所以，郭立亚可能在那里，或者在巴甫洛夫斯克叶班钦家。郭立亚身边有钱，他昨天就想到那儿去。总而言之，不在‘天平’就在巴甫洛夫斯克。”

“在巴甫洛夫斯克！在巴甫洛夫斯克！……咱们到这儿的小花园里……去喝杯咖啡……”

列别杰夫拉住公爵的手就走。他们步出房间，穿过院子，跨进一扇小门。这里的确有一座很小而又很可爱的花园，由于天气好，那里的树芽都已经开放。列别杰夫让公爵坐在插入地下的一张绿色桌子旁边的绿色木凳上，自己坐在他对面。过了一会儿，咖啡的确端来了。公爵没有拒绝。列别杰夫继续谄媚而贪婪地注视着他的眼睛。

“我不知道您有这么一份家业。”公爵说话的神态似乎在想与此毫不相干的事情。

“她撒手把我们都撇下了，”列别杰夫扮起一副愁苦相正欲诉说，但骤即暂停，因为公爵心不在焉地望着前方，显然已经忘了自己刚说的话。又过了片刻；列别杰夫在觑气色、等时机。

“怎么样？”公爵恍然说道，“哦，对了！列别杰夫，您自己也知道咱们之间有什么事情。我是收到了您的信来的。说吧。”

列别杰夫心里直发毛，他有话要说，可只是咿咿唔唔了一阵，什么也没说出来。公爵等了一会，然后凄然一笑。

“我大概很理解您的心情，鲁基扬·季莫菲耶维奇。很可能，您没想到我会来。您以为我不会一接到您的通知马上从偏僻角落里赶来，您写那封信是抱着试试看的态度。可是我来了。得了，别骗人啦。一仆事二主的把戏该结束啦。罗果仁来到此地已有三个星期，我全知道。您是不是又跟那一回一样向罗果仁出卖了她，是不是？说真话。”

“是那个恶煞自己打听到的，不是我。”

“别骂他；当然，他不应该那样对待您……”

“他打我，把我打得半死！”列别杰夫激动万分地马上接下去说，“还在莫斯科放狗满街追我；他放的是一条猎狗，一条凶猛得不得了的母狗！”

“您把我当作小孩子对待，列别杰夫。告诉我：她在莫斯科是不是真的离开了罗果仁？”

“真的，真的，又是在正要举行婚礼的时候逃走的。罗果仁已经在一分钟一分钟地数时间，可她一下子溜到这里彼得堡，直接来找我，说：‘救救我，保护我，鲁基扬，你不要告诉公爵……’公爵，她怕您比怕罗果仁更厉害，这实在是个令人百思不得其解的谜！”

说到这里，列别杰夫狡黠地把一个指头按在脑门上。

“现在您又把他们拉到一块儿？”

“公爵阁下，我怎么能……怎么能不让呢？”

“好吧，这已经够了，我自己会把一切弄清楚的。您只要告诉我，眼下她在什么地方？在罗果仁那里？”

“哦，不！绝对不是！她还不是身不由主。她说：‘我是自由的。’公爵，您可知道，她始终坚持说：‘我还完全自由！’她还在彼得堡岛[①]我的小姨子家里住，我在给您的信上已经写了。”

“现在还在那里？”

“在，除非因为天气好到巴甫洛夫斯克达利雅·阿列克谢耶夫娜

① 彼得堡岛，芬兰湾中的一个岛，是圣彼得堡的一个行政区。

的别墅去。她说：'我是完全自由的。'昨天她还向尼古拉·阿尔达里昂诺维奇[1]说了很多夸耀自己自由的话。这是不祥之兆！"

列别杰夫咧嘴做了个鬼脸。

"郭立亚常去看她？"

"他不太稳重，有点莫名其妙，也不善于保守秘密。"

"您自己很久没到那里去了？"

"每天都去，每天都去。"

"这么说，昨天还去过？"

"不，三天以前。"

"真遗憾，您喝了一些酒，列别杰夫！否则我想问问您。"

"不，不，不，我一点儿没醉。"

列别杰夫两眼直盯着他。

"告诉我，您离开她的时候，她怎么样？"

"寻寻觅觅……"

"寻寻觅觅？"

"她好像老是在寻找什么，好像丢失了什么。关于即将举行的婚礼，她简直一想起就恶心，认为是一种侮辱。她把罗果仁看得跟一块橘子皮差不多，根本不放在眼里；不过，也放在眼里，那是由于害怕、恐慌，甚至不许别人提起。他们见面除非万不得已……罗果仁对此太难想开了！反正事情是没法避免的！……她心神不定，自嘲嘲人，言不由衷，动辄发怒……"

"言不由衷，动辄发怒？"

"动辄发怒；上一回她为了一次谈话差点儿揪住我的头发。我用《启示录》[2]去劝她。"

"您说什么？"公爵问；他以为自己听错了。

"念《启示录》。她是一位想象力过于活跃的女士，嘻嘻！我还

---

① 尼古拉是郭立亚的正式教名。列别杰夫故意使用敬称以讨好公爵。

② 《圣经》的最后一部分，内含所谓"世界末日"和"末日审判"的预言。

观察到，对于一些严肃的题目，哪怕跟自己并不相干，她也过于认真。她喜欢听这些，甚至认为这是人家特别尊重她的表现。是的。我在阐述《启示录》方面很有研究，我已经解释了十四年。她同意我的看法，我们正处在第三匹马即黑马的时代，骑在马上的手里拿着天平；因为当今一切都要称分量，都要按合同办事，人人一心谋自己的权利：'一钱银子买一升小麦，一钱银子买三升大麦'……可在这同时还想保住自由的精神、纯洁的心灵、健康的肉体和上帝所赐的一切。但是光凭权利是保不住的，随后到来的将是一匹灰色马，骑在马上的名字叫作死，再后面便是地狱……。[①]我跟她见面就谈这些，她听了很有感触。"

"您自己相信是这样吗？"公爵问，同时用奇怪的目光打量着列别杰夫。

"我相信，也是这样解释的。因为我是个穷光蛋，在茫茫人海中只是一颗泥沙。谁瞧得起列别杰夫？人人都把我当作练挖苦本领的靶子，人人几乎都要踢我一脚。可是在解释经典方面，我不比王公贵族差。因为这靠智慧！即使王公贵族领悟到了其中的道理，在我面前……坐在安乐椅上照样发抖。尼尔·阿列克谢耶维奇大人阁下前年复活节前听说了，——那时我还在他大人阁下机关里上班，——特地通过彼得·扎哈罗维奇把我从值班室叫到他自己办公室里去，把旁人屏退以后单独问我：'听说你是解释世界末日的专家，这是真的吗？'我并不隐讳，便说：'岂敢。'于是我向他阐释、描述，不冲淡恐怖的色彩，反而展开比喻的画卷有意增浓加重，并且举出一连串数字。大人阁下含笑微微，但听到数字和其他相似之处[②]直打寒战，要我把书合上，打发我走。到复活节，他还命令对我作了嘉奖，可是不出一个星期就见上帝去了。"

---

① 见《圣经·新约·启示录》第 6 章第 5—8 节。

② 《圣经·新约·启示录》中的一些数字自然可加以牵强附会的解释用来预卜"吉凶"，判测"寿限"。

“您说什么，列别杰夫？”

“正是这样。在一次宴会之后从马车里跌出来……太阳穴撞在灯柱底座上，简直跟小孩子一样，当场呜呼哀哉，简直跟小孩子一样，享年七十有三。平时红光满面，银发斑斑，全身遍洒香水，老是笑眯眯、笑眯眯的，简直跟小孩子一样。当时彼得·扎哈罗维奇想起了复活节前的事，对我说：‘应了你的预言。’”

公爵准备告辞。列别杰夫见他起身要走，感到惊奇，甚至大惑不解。

“您变得淡漠多了，嘻嘻！”他带着谄媚的表情鼓起勇气来指出。

“说实在的，我觉得不大舒服，我头疼得厉害，也许是旅途劳顿的缘故。”公爵皱眉回答。

“您应该到乡下别墅去住一阵。”列别杰夫小心翼翼地加以引导。

公爵站着开始思索。

“我自己再过三天准备带全家到别墅去，一方面为了保住新生的幼雏，另一方面利用这段时间把这所小屋全部整修一下。我也去巴甫洛夫斯克。”

“您也去巴甫洛夫斯克？”公爵猛然问道，“怎么这里的人都去巴甫洛夫斯克？您说，您在那里自己有别墅？”

“不是所有的人都去巴甫洛夫斯克。伊万·彼得罗维奇·普季岑把他便宜到手的别墅让了一处给我。那里地方好，位置高爽，草木葱茏，价钱便宜，趣味高雅，乐声悠扬，所以人们纷纷前往巴甫洛夫斯克。不过，我只住侧面的厢房，别墅的正屋……”

“租出去了？”

“没——没有。还没——没有说定。”

“租给我。”公爵忽然提出。

看来，列别杰夫正是要把他引到这点上来。这个主意是三分钟以前在他头脑里闪现的。其实他并不需要招房客；已经有人到他那儿来过，并且表示大概要租他的别墅。列别杰夫知道得很清楚，对方不是“大概”，而是肯定要租。但是现在他忽然想出一个据他估计非常有利可图的主意：利用原先要租的人没有正式敲定，把别墅租给公爵。他的想象中忽然出现“一场精彩的冲突和事态的全新发展”。公爵的建议他简直怀着狂喜的心情接受下来，因此，当公爵正面问起租金时，他甚至双手乱摇。

“好吧，那就随您的便，回头我打听一下行情；反正不让您吃亏。”公爵说。

他们一起正在步出花园。

“深受尊敬的公爵，我可以向您……我可以向您……如果您愿意的话，我可以向您提供一个极有意思的情况，也是有关这一问题的。”列别杰夫含糊其辞地嘟哝着，同时高兴得在公爵的一侧不住扭动身躯。

公爵停了下来。

“达利雅·阿列克谢耶夫娜在巴甫洛夫斯克也有一处小小的别墅。”

“唔？”

“某一位女士跟她是朋友，看来在巴甫洛夫斯克经常想去拜访她。那是有目的的。”

“唔？”

“阿格拉雅·伊万诺夫娜……”

“啊，算了吧，列别杰夫！”公爵带着一种不愉快的感觉打断他的话，好像被触到了痛处。“这一切……都是误解。您还是告诉我，你们打算什么时候搬去住？对我来说越快越好，因为我在住旅馆……”

他们边谈边走，出了花园，没有再进屋去，径直穿过院子走到栅栏门前。

“最好的办法是。”列别杰夫临了又想出一个主意，“您干脆从旅馆搬到我家来住吧，今天就搬来。后天，咱们一起去巴甫洛夫斯克。”

“我考虑考虑。”公爵若有所思地说着走出栅栏门。

列别杰夫望着他的背影。公爵突然显得如此心不在焉，使他大为惊异。临走时，他甚至忘了说“再见”，连头也没有点一下，这不符合一向为列别杰夫所知道的公爵在待人接物方面彬彬有礼的态度。

三

时间已经十一点多。公爵知道，现在到叶班钦家去，只能遇到因公留在城里的将军一人，而且也不能肯定。他考虑到将军说不定还会立刻带着他一起前往巴甫洛夫斯克[1]，而在这以前他很想先去另一个地方。公爵明知错过时机就得推迟到明天才能去巴甫洛夫斯克，可还是决定去寻找他非常想进去的一所住宅。

不过，这次走访对于他在某种意义上说是冒险的。他感到为难，心中有些彷徨。他知道那幢房屋在豌豆街，距离花园街不远，打算先朝那边走，希望在到达目的地之前能最终拿定主意。

快要走到豌豆街和花园街的交叉路口时，他自己对自己异乎寻常的激动心情也感到惊讶；他没料到自己的心会带着那样的痛楚猛跳。有一幢房子大概凭它独特的外貌老远就开始吸引他的注意，事后公爵记得当时他曾对自己说：“一定是那幢房子。”他怀着强烈的好奇心走过去验证自己的猜测；他觉得，要是他猜对了，自己会感到格外不愉快。这是一幢阴暗的大楼，共三层，呈浊绿色，毫无建筑风格可言。建于十八世纪末的这类房屋，在一切都变得那么快的彼得堡，还有为数很少的几幢仅存于那几条街上，几乎没有变样。它们造得很牢固，墙壁很厚，窗户极少，底层有些窗户还装上铁栅。楼下大部分是

[1] 按照俄国有钱去乡间消夏者的惯例，在城里公干的人每天下班后坐火车到别墅与家人“共享天伦之乐”。

兑换铺。掌柜的是个阉割派[1]教徒，自己的住房租在楼上。这房子里里外外都显得那么冷漠，没有一点好客的气氛，仿佛一切都隐瞒着、躲藏着；至于为什么单凭房屋的外观就有这样的印象——这就很难解释了。当然，建筑的线条配合自然有它的秘密。住这些房子的几乎全是商贾。公爵走到大门口，朝牌子上一看，上面的字样是："世袭荣誉公民罗果仁宅"。

他不再犹豫彷徨，推开玻璃门走进去，门在他背后砰的一声关得很响；他开始从大扶梯往二楼拾级而上。楼梯是石砌的，黑咕隆咚，构筑粗糙，梯旁的墙壁漆成红色。他知道这幢沉闷的房屋整个二楼都是罗果仁和母亲、哥哥住的。给公爵开门的一名仆人未经通报就引他往里走了好长一段路。他们穿过铺着栎木方块地板、墙壁花纹仿大理石的大厅，那里的家具都是二十年代的，粗糙而笨重；他们还穿过一些小小的斗室，时而拐弯，时而绕行，忽而登上两三磴梯级，忽而又跨下这么几磴，最后才在一扇门上敲了几下。开门的是巴尔菲昂·谢苗诺维奇本人；见了公爵，他脸色唰地变白，站在原地半晌未动，活像一尊石雕，两眼发直，目光惊恐，嘴扭曲成极度困惑的微笑状，仿佛他把公爵的来访看成一件不可思议的、近乎奇迹的怪事。公爵尽管有所准备，但还是估计不足，甚至感到愕然。

"巴尔菲昂，也许我来得不是时候，我可以走。"他终于不好意思地说。

"是时候！是时候！"巴尔菲昂总算定下神来，"欢迎得很，进来吧！"

他们相互都不用敬称。他们在莫斯科经常聚首，一起度过不少时光；他们过去的会晤有若干时刻在彼此心中留下的印象太难忘了。现在他们已有三个多月没有见面。

罗果仁脸上还没有恢复血色，肌肉还在那里作间歇性的微微抽搐。他虽然招呼客人进去，但那种大大出格的窘态还在继续。当他把

[1] 俄国的一个教派，宣扬用阉割的办法"与肉欲作斗争"。

公爵带到好几把安乐椅那儿、让他在桌旁坐下时，公爵曾偶然向他转过脸去，在他异常奇怪而凝滞的目光下情不自禁地站住了。公爵想起了没多久以前得到的一个不愉快的印象，一时感到黯然。他并不就座，一动不动地站着，对准罗果仁的眼睛注视有顷；在最初的一刹那，这双眼睛似乎射出更加强烈的目光。最后，罗果仁淡然一笑，但还是带着几分尴尬，大概不知如何是好。

“干吗你这样直盯着我瞧？”他嘀咕道，“坐呀！”

公爵于是坐下。

“巴尔菲昂，”他说，“你实话告诉我，你知道我今天要到彼得堡来，是不是？”

“你要来——这在我意料之中，事实上我料得不错，”罗果仁刻毒地笑着找补一句，“可是你今天要来——我怎么知道？”

这句反问的口气比较生硬，有些冲动，显得异样地烦躁，使公爵更加惊愕。

“即使你知道正是今天，又何必发这么大的脾气？”公爵惑然不解地轻轻说道。

“那你又何必问呢？”

“早晨我下火车的时候，看到过一双眼睛跟你刚才从后面瞧我的眼神完全一样。”

“嗬！那是谁的眼睛呢？”罗果仁带着疑心嘟哝道。公爵觉得他好像打了个寒战。

“不知道；那是在人丛中，我甚至以为自己眼岔了；近来我常常会产生幻觉。巴尔菲昂老兄，我的自我感觉就跟五年前差不多，那时候我的病还经常发作。”

“也可能是幻觉；我说不上……”巴尔菲昂喃喃地说。

此刻，他脸上亲切的微笑与他不相配称，仿佛这笑容有什么地方破碎了，而巴尔菲昂无论怎样努力也没法把它拼凑拢来。

“是不是又要到国外去？”他问了一句，接着忽然又附加说：“你可记得去年秋天咱们在火车上那一段？我从普斯科夫回彼得堡来，你……披着斗篷，裹着腿罩，还记得吗？”

罗果仁骤然间笑了起来，这一回带着露骨的怨恨，好像总算找到发泄的方式而感到高兴。

“你在此地定居下来了？”公爵问，一边环顾这间书房。

“是的，这是我的家。我还能待在哪儿？”

“你我很久没见面了。我听到一些关于您的传说，说的简直不像是你。”

“由他们说去。”罗果仁表示不感兴趣。

“不过你把那帮人通通赶跑了，如今乖乖地待在老家，这不是挺好吗？这房子归你个人所有还是你们共有？”

“房子是妈妈的。从这里的走廊过去是她的房间。”

“你哥哥住在哪里？”

“我哥哥谢苗恩·谢苗诺维奇住厢房。”

“他成家没有？”

“我嫂子死了。你问这干吗？”

公爵对他看看，并不回答，一下子沉思起来，好像没有听到问话。罗果仁等他开口，但不追问。两人静默片刻。

“刚才来的时候，我在百步以外就猜中哪幢房子是你的。”公爵说。

“怎么猜中的？”

“我完全说不上来。你这幢房屋有你们整个家族的面貌，有你们罗果仁家生活方式的特征；可要是问我怎么得到这样的结论，——我没有任何办法解释。当然，这是凭空瞎想。我甚至有些害怕：为什么我这样惴惴不安？以前我从没想过你住在这样一幢楼里，可是我一看见这幢楼，马上产生这样的想法：‘他家的房屋一定是这样的！’”

“哦！”罗果仁作了个没有明确涵义的浅笑，他不太明白公爵朦胧的话语。“这幢楼房还是我爷爷造的，”他说，“当初这里住的全是阉割派教徒。有一家姓赫鲁佳科夫的，至今还是我们的租户。”

"多暗哪。你简直蹲在黑暗中。"公爵一边说，一边向书房四周看看。

这是一间既高且大的屋子，可是光线暗淡，摆满了各种家具——主要是一些大办公桌、抽屉台、橱柜，里边放着账册文件，一张宽阔的摩洛哥皮沙发显然充作罗果仁的床铺。公爵看到，在罗果仁给他指定的座位前边桌上有两三本书；其中一本索洛维约夫编的《俄国史》翻开着，并且夹着东西作为标记。墙上金色已经褪落的画框里挂着几幅油画，暗沉沉、乌糟糟的，很难看清画些什么。一幅全身画像把公爵的注意力吸引住了：画中人五十岁左右，他身上的外套属于德国款式，不过是长襟的，脖子上挂着两枚奖章，略呈灰白的短须稀稀拉拉，一张黄脸皱纹不少，眼神多疑、隐讳而忧愁。

"这是你的父亲？"公爵问。

"正是。"罗果仁带着不愉快的笑意回答，似乎以为对方马上要说什么不客气的笑话拿他死去的老子开心。

"他不是旧派教徒吧？"

"不，他也上现在的教堂，不过他说旧式的信仰比较正确。对于阉割派他也很敬重。这屋子原来是他的书房。你为什么问他是不是旧派教徒？"

"你要在彼得堡举行婚礼？"

"是的。"罗果仁回答；这突如其来的问题差点儿使他为之一震。

"快了不？"

"你自己也知道，这难道取决于我？"

"巴尔菲昂，我不是你的仇敌，决计不想妨碍你。以前，几乎也在这样的时刻，我曾经声明过一次，现在我再次重申。你在莫斯科准备结婚时，我没有妨碍你，这你是知道的。第一次，差不多就在举行婚礼那天，**她**自己跑去找我，要我从你手中'救救'她。我现在告诉你的是她的原话。后来她又从我那儿逃跑，你再次找到了她，准备和她结婚；可是，据说她第三次从你那儿逃跑到了彼得堡。是不是这样？列别杰夫是这样告诉我的，所以我来到此地。至于你们在这里又说妥了，这是昨天我在火车上才第一次从你过去的一个朋友那里得悉；如果你愿意知道，我可以告诉你，是扎辽热夫。我到彼得堡来是有意图的：我有意最终说服**她**去国外恢复一下健康；她已经心力交瘁，特别是头脑受到的刺激太深，我认为她需要十分细心的照料。我自己不想陪她去国外，而是打算在我不去的前提下安排这一切。我向你说的绝对是真话。如果你们那件事确实又谈妥了，那么我可以根本不在她眼前露面，也永远不再来找你。你明明知道，我不骗你，因为我对你始终襟怀坦白。我从来不向你隐瞒自己对这个问题的想法，我一直说，跟你结婚对于**她**必然是毁灭。对于你也意味着毁灭……可能比她更惨。如果你们再次分手，我将感到欣慰；但我个人不打算对你们挑拨离间。你可以放心，不用怀疑我。你自己也知道，我什么时候做过你的**真正**敌手？甚至在她跑去找我的时候也不例外。你现在笑了起来；我知道你在笑什么。是的，那时我们分住两处，不在一个城里，这一点你可以**完全肯定**。我以前也向你解释过，我对**她**的爱‘不是爱情，而是怜悯’。我认为我这个说法是确切的。当时你说你能理解我的话；是不是这样？你真的理解吗？你现在的目光充满了敌意！我来是想让你放心，因为你对我来说也是可贵的。我很喜欢你，巴尔菲昂。现在我要走了，以后永不再来。望你珍重。”

公爵站起身来。

“陪我坐一会吧，”巴尔菲昂轻轻地说，身体并不从座位上抬起来，脑袋斜靠在右手掌上。“我很久没看见你了。”

公爵重新坐下。两人又静默不语。

“只要你不在我眼前，我立刻对你感到怨恨，列夫·尼古拉耶维奇。在我没看到你的这三个月里，我每时每刻都在恨你，真的。恨不得用什么毒药把你毒死！事情就是这样。现在你和我一起坐了还不到一刻钟，我的全部怨恨都快消散了，我觉得你又同过去一样可爱。陪我坐一会吧……”

“我和你在一起的时候，你相信我；我不在你身边的时候，你马上不相信我，又生疑心。你真像你的老子！”公爵说着作了个友好的微笑，并且竭力不表露自己的感情。

“我和你坐在一起的时候，我相信你的声音。我不是不明白，咱俩没法相比，我和你……”

“你何必添加这一句呢？我瞧你又恼火了。”公爵说；他瞧着罗果仁，禁不住感到奇怪。

“老弟，在这种事情上无人征求你我的意见，”罗果仁回答，“这是人家不跟咱们商量决定的。你我爱的方式也不一样，各方面都有差异，”他稍事停顿后平心静气地继续说。“你说你对她的爱是怜悯。我对她根本没有这种怜悯。她对我的仇恨也比什么都厉害。现在我每天夜里梦见她，老是梦见她和另一个男人一起嘲笑我。老弟，她就是这样干的。她说是同意和我结婚，可心中干脆把我给忘了，就像换一只鞋似的。信不信由你，我已经五天没看到她，因为我不敢去见她，怕她问：‘你来干吗？’她叫我蒙受了多少耻辱！……”

“耻辱？你怎么这样说？”

“你装作没事人似的！刚才不是你自己说的吗：她‘就在举行婚礼那天’从我那儿逃跑，同你一起私奔了。”

“可是你自己也不相信……”

“难道在莫斯科她和军官泽姆久日尼科夫没叫我蒙受耻辱？我断定她干了这种事，而且，那是在她自己指定了举行婚礼的日子以后。”

“不可能！”公爵大声说。

“我敢肯定，”罗果仁很有把握地重申，“难道她不是那样的人？老弟，不必说她不是那样的人了。这完全是空话。她对你不是那样的，恐怕她自己也怕干这种事情，可是对我恰恰是那样的。事实便是如此。她把我看作一堆垃圾。我可以肯定她跟凯勒尔——那个搞拳击的军官——纯粹为了笑话我，就干过一档子事儿……。你还不知道，她在莫斯科对我耍了多少把戏！可是钱，钱我花了多少呵！……”

“那……那你现在怎么还要娶她？……往后你又怎么办呢？”公

爵惊恐地问。

罗果仁用阴沉而可怕的眼神看了看公爵，没有作任何正面的回答。

“我已经五天没上她那儿去，”他沉默片刻后又说，“老是怕她撵我。她说：‘我还是自己的主人；我随时可以叫你滚蛋，自己到国外去’（她已经对我说过要到国外去），”他像是在括弧中附带指出这一点，并且用异样的目光向公爵瞧了瞧，“不错，有时候她只是吓唬吓唬人的，反正不知为什么她总喜欢讥笑我。另有一次她真的皱紧眉头，虎起脸，一句话也不说；我怕的正是这一着。前些日子，我心想：我不要空手去见她，——结果反而惹她取笑，后来她甚至发起火来。我曾经送给她一条围巾，——尽管她以前过惯奢侈的生活，恐怕也还没见过这样的精品，——可她竟把围巾送给使唤的丫头卡嘉。至于什么时候举行婚礼的事连一个字儿也提不得。连去见她都害怕的人哪像是新郎？所以我蹲在家里，实在忍不住了，便偷偷地打她屋前的街上走过去，或者躲在拐角后面。前不久，我在她家的大门口差不多直守到天亮，——当时我觉得总有点儿不大对头。她从窗子口看见了我，后来对我说：‘要是你发现我欺骗了你，你会把我怎么样？’我实在沉不住气，就说：‘你自己知道。’”

“她知道什么？”

“我又怎么知道呢？”罗果仁发出一阵怨愤的强笑，“在莫斯科的时候，我没能捉住任何人跟她在一起，虽然我捉了很久。那个时候有一回我一把拉住她说：‘你答应和我结婚，准备进入一户清白人家，可是你知道你现在是什么东西？’我说了她是什么什么东西。”

“你对她说了？”

“说了。”

“底下呢？”

“她说：‘现在你即使做我的听差，我也许还不要哩，别说要我做你的妻子。’我说：‘那我就不走，反正同样是完蛋！’她说：‘我马上去把凯勒尔叫来，让他把你扔到大门外去。’我向她扑过去，当场把她打得青一块紫一块的。”

“这不可能！”公爵失声惊呼。

“我告诉你：这是真的，”罗果仁并不提高嗓门，但是忽闪着一双眼睛确认道。“我整整三十六小时没睡觉，不吃也不喝，不走出她的房间，跪在她面前，说：‘我死也不出去，直到你宽恕我为止；要是你叫人拖我出去——我就去投河；因为，我现在怎么能没有你呢？’那一整天她像发了狂似的，一会儿哭，一会儿要用刀子杀我，一会儿骂我。她把扎辽热夫、凯勒尔和泽姆久日尼科夫等人都叫了来，让他们瞧我的德行，羞辱我。她说：‘诸位，今晚咱们全体上戏园子去，让他待在这里，既然他不愿出去。我又没给拴住非在这儿陪他不可。巴尔菲昂·谢苗诺维奇，我出去以后，用人会给您送茶点来，想必您今天饿了。’后来她一个人从戏园子里回来，说：‘他们都是些胆小鬼，他们怕你，鬼头鬼脑的，还吓唬我，说你不会就这样走的，恐怕会杀人。可我偏要到卧室里去，而且不锁房门；瞧我怕不怕你！这一点我要让你知道，也要让你看到！你喝茶了没有？’我说：‘没有，也不要喝。’她说：‘反正我已尽到责任，这种行为和你是很不相称的。’说完，她真的这样做了，没有把门锁上。第二天早晨，她从卧室里出来，笑着说：‘你发疯了还是怎么着？你这样会饿死的！’我说：‘那你饶恕我。’她说：‘我不愿饶恕你，我不愿嫁给你——这话已经说过了。难道你在这圈椅里坐了一宿，没睡觉？’我说：‘是的，没睡。’她说：‘真是太聪明了！你还打算不喝茶、不吃饭？’我说：‘我说过不嘛；饶恕我吧！’她说：‘这跟你实在不相称，老实告诉你吧，就像马鞍子跟牛一样。莫非你想用这个办法来吓我？你饿肚皮又不损伤我一根毫毛，怎么吓得了我！’她发火了，但没多大一会儿工夫，又开始挖苦我。我瞧着她，心中直纳闷儿：她为什么一点也没有那种怨恨呢？事实上她是记恨的，对别人的恨老记在心里！于是我产生这样一个念头：她把我看得太卑微了，以至于不能把像样的愤恨倾注到我身上。确实是这样。有一回她问我：‘你知道罗马教皇是怎么回事吗？’我回答：‘听说过。’她说：‘巴尔菲昂·

谢苗诺维奇，世界史你一点儿也没学过。’我说：‘我什么也没学过。’她说：‘我给你看一本书：曾经有那么一个教皇，他生一个皇帝的气，那皇帝三天不吃不喝，光着脚一直跪在他的宫殿门前，直到教皇宽恕他为止。你猜猜：那皇帝跪在地上的三天内想了些什么，发了什么誓？……等一下，我来把这一段念给你听！’她霍地跳起来，去拿来一本书，说：‘这是诗，’并开始给我念一段诗，里边写到那皇帝在这三天之中怎样发誓要向那个教皇报仇。她问我：‘巴尔菲昂，难道你不喜欢吗？’我说：‘你念的那些很有道理。’她说：‘哈哈！你自己说有道理，这表明你或许也在发誓：“等她嫁给我以后，我要把一桩桩一件件都叫她记起来，那时我非狠狠地拿她开开心不可！”’我说：‘我不知道，或许我会这样想。’她说：‘你怎么不知道？’我说：‘我确实不知道，因为现在我没有心思想这些。’她问：‘那现在你在想些什么呢？’我说：‘我在想：回头你从座位上站起来，打我身旁走过去，我就这样望着你，注意你的一举一动；你的衣裳发出窸窸窣窣一阵响声，我的心就往下沉；等你从这间屋子里走出去，我会想起你说过的每一句话，包括声调和字眼；昨夜整整一宿我什么也不想，一直听着你在睡梦中的呼吸，你还两次挪动身子……’她笑了起来：‘那么你打我的事恐怕也不想，也不记得了？’我说：‘也许想过，反正我不知道。’她问；‘要是我不宽恕，也不嫁给你呢？’我回答：‘我已经说过，我会投河自杀。’她说：‘在这以前恐怕你会先杀了我，’……说完，她沉思起来。此后她一怒之下走出房间。过了一个小时，她来到我那儿，脸色阴沉地说：‘我还是嫁给你吧，巴尔菲昂·谢苗诺维奇，并不因为我怕你，而是因为左右不出毁灭二字。哪条路还不都是一样？你坐下，马上有人给你开饭。如果我嫁给你，’她补充说，那就要做你忠实的妻子，这一点你不用怀疑，只管放心。’她沉默一会儿以后又说：‘你终究不是奴才；过去我以为你是个十足地道的奴才。’她当时定下了婚期，可是一星期以后就从我那儿逃跑来到彼得堡列别杰夫家里。我找到她那儿，她对我说：‘我并不彻底回绝你；我只不过还想等一等，等多久由我决定，因为我还是自己的主人。你也等着吧，如果愿意的话。’我们现在就是这么个状态……。你对这一切有何感想，列夫·尼古拉耶维奇？”

“你自己有何感想？”公爵黯然望着罗果仁反问道。

“我难道还有什么感想可言？”他脱口说了这么一句。本来他还想补充些什么，但在无法宣泄的郁闷中把话咽了下去。

公爵站起来又想走了。

“我反正不会妨碍你的。”他语调平和、用近乎幻想的口吻说，好像在答复隐藏在自己内心深处的某种想法。

“我有句话想对你说！”罗果仁一下子来劲了，他的眼睛开始闪亮。“我不明白，你怎么能就这样让给我？难道你一点儿也不爱她了？以前你毕竟害过相思；我明明看到过。那你现在为什么匆匆忙忙赶奔到彼得堡来？是出于怜悯？”说到这里，他的脸扭曲成一副恶意嘲弄的怪相。“嘿嘿！”

“你以为我在骗你？”公爵问。

“不，我相信你，只是在这一点上我无法理解。最正确的解释恐怕是你的怜悯比我的爱情更伟大！”

他脸上燃烧起一种恶毒的愿望，想要立刻一吐为快。

“怎么说呢，你的爱和恨没法区别开来，”公爵莞尔一笑，“而一旦爱情成为过去，情况可能更糟。巴尔菲昂老兄，我现在就对你说这话……”

“我会杀了她？”

公爵打了个寒噤。

“为了这种爱情，为了你眼下忍受的这一切痛苦，你将会非常恨她。我感到最不可思议的是：她怎么又会同意嫁给你？昨天我听到了这个消息，简直没法相信，同时觉得说不出的难受。她明明已经两次把你甩掉，在婚期来临时逃跑；这说明她还是有某种预感！……现在她图你个什么？难道图你的钱？这是没有的事。何况钱恐怕你已经花得够厉害了。难道仅仅为了找个丈夫？除了你，她又不是找不到别人。她嫁任何人都比嫁给你强，因为兴许你真的会杀死她，这一点她现在恐怕太清楚了。难道她同意是因为你爱她爱得这么强烈？的确，除非为了这个缘故……。我听人家说过，有些女人找的正是这样的爱情……只不过……”

公爵顿住了，沉浸在深思中。

“你干吗又在笑我父亲的画像？”罗果仁问；他极其仔细地注意着公爵脸上的任何变化，留神每一点瞬息即逝的动静。

“我为什么笑？我在想：如果你不着这个魔，不产生这种爱情，你大概会跟你父亲一模一样，而且就在不久的将来。你会和一个依头顺脑、服服帖帖的妻子无声无息地在这幢房子里蹲下去，只有很少但是严厉的话语，一个人都不信赖，而且完全没有这个必要，在死气沉沉的静默中一味聚财。顶多不过赞赏几本古书，对于旧派教徒用两个指头比划十字的规矩发生兴趣，而且连这些也要到老来才会出现……”

“你笑吧。不久以前她说过和你完全相同的话，也是在端详这幅画像的时候！真是奇妙，如今你们在任何事情上都唱同一个调子……”

“难道她已经到你这里来过？”公爵好奇地问。

“来过。她对画像看了很久，问我许多有关先父的事情。末了她笑道：‘你也能成为和这完全一样的人。巴尔菲昂·谢苗诺维奇，你有强烈的欲望，这种欲望足够把你送到西伯利亚去服苦役，如果你同时没有头脑的话；其实你有很发达的头脑，’她真是这样说的，你信不信？我第一次听到她说这样的话。‘你还是早日结束现在这样的胡闹吧。由于你是一个完全没有受过教育的人，你大概会开始聚财，像你父亲一样蹲在这所房子里和那班阉割派为伍；到晚年恐怕你自己也会接受他们的信仰，并且你将会那么爱你的钱财，能够积起的兴许不止两百万，而是一千万，最后饿死在一袋袋金银财宝上，因为你对一切都抱有欲望，你会把一切感情变成欲望。’她正是这样说的，这些差不多完全是她的原话。过去她还从来没有这样跟我谈过！她老是跟我不谈正经，要不就讥笑我；连那一次也是笑着开始谈的，可后来神色变得那么阴沉，不断走来走去察看这幢房子，好像越看越害怕。我说：‘我要把这一切通通改变，重新装修，要不然，我干脆另外买一座房子结婚。’她说：‘不，不，不要改变这里的任何东西，咱们就这样过。等我做了你的妻子，我要在你母亲身边过日子。’我带她去见了母亲，——她对我母亲很敬重，就像女儿孝顺娘似的。我母亲的神志好像过去就不太清醒(她有病)，到现在已经有两年了，打从父亲死后索性变得跟小孩子一样，不会说话，不会走路，不论看见谁，她都坐着给人家行礼；即使不给她吃东西，大概她自己三天也不会发觉。我拿起母亲的右手，把指头叠好[①]，说：‘娘，您给她祝福吧，她要和我结婚了。’她带着感情吻了我母亲的手，说：‘想必你母亲受过许多苦。’她看见了我桌上这本书，问：‘你怎么，读起《俄国史》来了？’(其实，在莫斯科有一次是她自己对我说的：‘你也该稍微往自己脑袋瓜儿里塞点儿什么，哪怕读一读索洛维约夫的《俄国史》也好，你实在什么都不知道。’)接着她说：‘你这样很好，照这样做吧，读下去。我自己来给你开一份单子，规定首先必须读哪些书；好不好？’以前她从来没有这样跟我说过话，从来没有，所以我简直受宠若惊，第一次缓过一口气来，像个活人的样子。”

“我对此感到很高兴，巴尔菲昂，”公爵怀着真挚的感情说，“非常高兴。也许是上帝把你们安排在一块儿的也难说。”

“那是永远不会有的事！”罗果仁愤激地叫了起来。

“听我说，巴尔菲昂，既然你这样爱她，难道你不想赢得她的尊敬？既然想，难道你就不抱希望？刚才我说过，我对一个问题百思不得其解：她为什么同意嫁给你？尽管我无法解答，但我毫不怀疑其中必有充分的、说得通的理由。她确信你是爱她的，但她一定还确信你有若干优点。否则绝不可能！你刚才的一番话证实了这一点。你自己说的，她发现有可能用完全不同于过去对你惯用的语言跟你说话。你疑心重，忌妒心也重，因此夸大了过去注意到的一切不好的方面。

① 用右手的大拇指抵着食指和中指在某人头上画十字，表示为某人祝福。

当然，她没有把你想得像你所说的那样坏。要知道，如果不是这样，那就意味着：她嫁给你是自己找死。这难道可能吗？有谁会自觉地往水中跳，往刀上扑？”

巴尔菲昂始终带着苦笑听公爵这番声情激越的话。看来他的观念已不可动摇、一成不变。

“你现在瞧着我的这副神态真叫人受不了，巴尔菲昂！”公爵禁不住带着沉重的感觉说。

“往水中跳，往刀上扑！”罗果仁终于说，“嘿！她准备嫁给我正是因为料定要挨我的刀子！公爵，难道你真的直到现在还没有发觉问题的根子在哪里？”

“我不明白你的意思。”

“那好吧，也许你真的不明白，嘿嘿！人家说你有点儿……**那个**。告诉你吧：她爱另一个人！我现在爱她有多深，她现在爱那另一个人也有多深。而那另一个人你知道是谁？就是**你**！怎么，你过去不知道还是怎么着？”

“我？”

“你。从那个时候起，从她生日那天开始，她就喜欢你了。只是她认为不可能嫁给你，因为她觉得这样会使你蒙受耻辱，会毁了你的前程。她说：‘人家都知道我是什么货色。’她自己至今咬住这句话不放。这都是她自己直接对我讲的。她怕毁了你，怕辱没了你；而嫁给我反正无所谓，——这就是她对我的看法，这点也请你注意！”

“那她怎么离开你跑到我那儿去，又……离开我……”

“又离开你跑到我这儿来？嗨！她心血来潮的事儿多着哩！她现在老像在发高热似的。一会儿冲我大叫：‘我嫁给你就跟跳到水里去一样。赶快结婚吧！’她自己催我，自己指定日期；可是婚期临近了，她又害怕起来，或者产生其他念头——上帝知道究竟是怎么搞的。你自己也看到过：她又是哭，又是笑，狂热地哆嗦着。她也从你那儿逃跑——这有什么不可理解的？当时她从你那儿逃跑，是因为她自己发觉她太爱你了。她在你那儿已经觉得待不下去。刚才你说我那时在莫斯科找到了她；这不对，是她自己离开你跑来找我的，她说：‘你定日期吧，我嫁给你！来香槟酒！咱们到吉卜赛人那儿去！’一个劲儿地嚷嚷！……要是没有我，她早已投水死了；这我敢肯定。她之所以没有投水，也许因为我比水更可怕。她是抱着破罐子破摔的态度同意嫁给我的……。如果她嫁给我，我敢肯定是**破罐子破摔**。”

“你怎么能这样……你怎么能这样！……”公爵提高了嗓门，但是没有说完。他惊恐地望着罗果仁。

“你为什么不把话说完？”罗果仁龇牙咧嘴地反问，“要不要我来说你此时此刻心里在想什么？‘往后她怎么能做他的妻子？我怎么能听任她走到这一步？’我知道你在想些什么……”

“我到彼得堡来的目的不是为了这个，巴尔菲昂，我告诉你，我头脑里没有这个想法……”

“可能不是为了这个目的，也可能没有这个想法，可是现在这肯定已经成为你的目的，嘿嘿！够了，到此为止吧！你干吗这样哭丧着脸？难道你原先真的不知道？你使我感到惊讶！”

“这都是出于忌妒，巴尔菲昂，这是一种病态，你把这一切夸大得太过分了……”公爵激动异常地嘀咕道，“你怎么啦？”

“别动它。”巴尔菲昂说着很快夺去公爵从桌上书旁拿到手里的一柄小刀，仍把它放回原处。

“火车快到彼得堡时，我好像知道，好像有预感……”公爵继续说，“我本不想到这里来！我想把这里的一切通通忘掉，从心中拔除干净！好吧，望你珍重……。你怎么啦？”

公爵说话时心不在焉，又把那柄小刀从桌上拿到手里，罗果仁再次把小刀从他手中夺下扔在桌上。这小刀式样很普通，柄是鹿角的，不能折叠，刀身长三俄寸半，宽则与之相应。

罗果仁见两次从公爵手中夺去这柄小刀引起了对方的特别注意，便悻悻然拿起小刀来夹在书中，把书往另一张桌子上一扔。

“你是不是用它裁书页？”公爵问，但是有些心不在焉，似乎还满怀愁绪沉浸在深思之中。

“是的，裁书页……”

“可这把刀是园艺上用的，对吗？”

“对，是园艺上用的。难道园艺上用的刀子就不能用来裁书页？”

“不过刀……还是全新的。”

“新的又怎么样？难道我现在不能买一把新刀子？”罗果仁越说越恼火，终于发狂似的吼叫起来。

公爵打了个寒战，定睛注视着罗果仁。

“咱俩啊！”他完全醒悟过来后，一下子笑了。“当我的脑袋就像现在这样沉的时候，你得原谅我，老兄，还有这病……近来我变得那么心不在焉，实在可笑。我压根儿不想问这事儿……我不记得问什么了。望你珍重……”

“不打这儿走。”罗果仁说。

“我忘了！”

“这儿走，这儿走，来，我给你指路。”

四

他们穿过公爵来的时候所经过的那些房间；罗果仁走在稍前，公爵跟在他后头。他们走进一间大厅。这里的墙上挂着好几幅画，都是些主教画像和什么也看不清楚的风景画。在通另一间屋子的门上方挂着一幅尺寸相当奇特的画：宽大概有两俄尺半，可是高顶多不过六俄寸。画的是刚刚从十字架上取下来的救世主。公爵向画上瞥了一眼，似乎在回忆什么，不过没有停下，打算过这扇门。他心情很沉重，只想快些离开这幢房子。但罗果仁忽然在画前止步。

“这儿所有这些画，”他说，“都是先父在拍卖时花一个卢布两个卢布买下来的，他很喜欢。有个懂行的人把这儿所有的画一件件都看过，说全是垃圾，不过这一件——就是门上方那幅画，也是两个卢布买来的——不是垃圾。父亲在世时，就有一个人肯出三百五十卢布向他买，而伊万·德米特里奇·萨维里耶夫，一个有收藏癖的商人，出到了四百；上个星期，有人竟向我哥哥谢苗恩·谢苗诺维奇出价五百卢布。我留下自己要。”

“嗯，这……这是临摹汉斯·霍尔拜因之作[①]，”公爵仔细看过那幅画后说，“虽然我不十分在行，但是看来临摹得很出色。我在国外见过这画，总忘不了。可是……你这是怎么啦？……”

罗果仁忽然撇下那幅画，径自循原路往前走。当然，这种急遽的动作未始不可用思想不集中以及在罗果仁身上突然显露的异样烦躁的情绪来解释，然则公爵毕竟感到莫名其妙，为什么这次并非由他发端的谈话突告中断，而且罗果仁甚至没有回答他。

“列夫·尼古拉耶维奇，我早就想问你一件事：你信不信上帝？”罗果仁走了几步，忽然又说。

“你问得真奇怪！还有……你的眼神也真怪！”公爵情不自禁地指出。

“我喜欢看那幅画。”罗果仁沉默片刻后嘟哝道，好像又忘了自己提的问题。

“看那幅画？！”公爵在一个猛想起来的念头影响下突然惊呼，“那幅画？那幅画能使某些人丧失信仰！”

“反正信仰正在失去。”罗果仁出人意料地表示赞同。他们已经走到最外面的一重门口。

“什么？”公爵骤然站住，“你怎么啦？我几乎是开开玩笑的，可你这么认真！还有，你为什么问我信不信上帝？”

“没什么，随便问问。我以前也曾想问。现如今不信的人多得很。有个人喝醉了酒对我说，咱们俄国不信上帝的人比其他任何地方

---

① 指小霍尔拜因1521年创作的《基督在棺中》。本书第3部第6章还有关于此画的详细描写。1867年，陀思妥耶夫斯基曾在巴塞尔看到这幅画，留下极深的印象。

要多。你说说，你在外国待过，这话对不对？他说：‘咱们在这点上比他们日子好过，因为咱们走得比他们远……’”

罗果仁辛辣地一笑；他提了这个问题以后，忽然把门打开，握着锁门的把手，等公爵出去。公爵感到奇怪，但走了出去。罗果仁跟在他后面走到楼梯口，随手把门关上。两人相对而立，那神态好像两人都忘了来到什么地方和现在要做什么。

“望你珍重。”公爵伸出一只手说。

“珍重。”罗果仁说时紧紧地、但纯属下意识地握着向他伸出的手。

公爵跨下一磴梯级，回过头来。

“关于信仰的问题，”他微微一笑开始说；他显然不愿就这样离开罗果仁，再者，猛然想起的一件事也把他的劲头提了起来，“关于信仰的问题，上星期我在两天之内接触到四个不同的事例。上午，我在一条新辟的铁路线上坐火车和一位C某[①]谈了四个小时，当即互相结识。以前我就听说过关于他的许多传闻，其中包括说他是无神论者。他确实是一位饱学之士，我很高兴有机会同一位真正的学者交谈。另外，他还具有罕见的高度教养，所以跟我谈话时完全把我当作知识和理解水平与他相等的人看待。他不信上帝。有一点给我的印象很深：他好像完全不在谈这个问题，始终如此。我之所以对此印象深刻，恰恰因为：过去我无论接触到哪些不信上帝的人，无论读哪些这样的书，我总觉得，他们谈的或在书里写的虽然表面上看来是这个问题，其实好像完全不是这个问题。当时我就把这个想法对他说了出来；但是，也许我说得不清楚，或者词不达意，因为他什么也没有懂……。晚上，我在县里一家旅馆下榻，那里刚刚发生过一桩命案，就在头天夜里，所以我到达的时候，大家都在谈论这件事。两个上了

① 陀思妥耶夫斯基青年时代有一知己厄·亚·斯佩什涅夫(1821—1882)，也是彼得拉舍夫斯基小组成员。此人主张用暴力推翻沙皇制度，鼓吹无神论和土地国有。曾被判处死刑，后改为10年苦役。这里的“C某”指的可能是他。

年纪的农民，既没有喝醉，又是相识多年的朋友，喝完茶以后打算一起睡在一间斗室里。但甲最近两天发现乙有一块银表，挂在用黄色玻璃珠子串起来的细绳上，大概甲以前不知道乙有这块表。甲这个人不是小偷，甚至是个老实人，按农民的标准来说也完全不穷。可那块表实在叫他喜欢，他终于抵制不住这样的诱惑，就拿起刀子，乘他的朋友转过身去时，小心翼翼地从背后走近乙；甲两眼朝天，用手画了个十字，沉痛地默默祷告：'主啊，看在基督分上宽恕我吧！'——然后一下子把乙杀了，就像宰一只羊似的，并且掏走了乙的表。"

罗果仁纵声大笑起来。他笑得前仰后合，简直像什么病发作似的。不多一会儿以前，情绪还那么阴暗；现在看他笑成这样，委实令人感到奇怪。

"我就喜欢这样！不，这比什么都精彩！"他神经质地喊道，几乎上气不接下气。"一个完全不信上帝，而另一个又信到这种程度，连杀人的时候也要先做祈祷……。不，公爵老弟，这不可能是凭空捏造的！哈哈哈！不，这实在比什么都精彩！……"

"第二天早晨，我到城里去走走，"等罗果仁稍一停顿，公爵又继续说，虽然神经质的笑还在一阵阵地牵动罗果仁的嘴唇，"我看见一个喝醉的士兵打着趔趄走在木板便道上，样子十分狼狈。他走到我跟前，说：'大爷，把这个银十字架买去吧，我只要两毛钱；是银的！'我见他手中拿着一个十字架，大概刚从自己脖子上摘下来，拖着一条很脏的蓝色丝带，但一看就知道绝对是锡制的，尺寸相当大，共有八端[①]，是完整的拜占庭图案。我掏出一枚二十戈比的银毫子交给他，当即把十字架套在自己脖子上。从他脸上可以看出，他非常得意，因为蒙过了一个不识货的大爷；他把十字架换来的钱马上就去买酒喝掉，——这一点是肯定无疑的。老兄，当时我觉得，我到俄国以

---

① 一般十字架为四端，而东正教的十字架也有多一横（六端）和多两横（八端）的；这两横分别象征安在耶稣头上的牌子和十字架底座。八端十字架多为旧派教徒佩戴。

后向我汹涌袭来的那一切，给我的印象实在太强烈了；过去我对俄国一无所知，好像我是在聋哑状态中长大的，后来在国外这五年对它只有一些奇幻的回忆。我一路走，一路寻思：‘不，暂时还是不要急于谴责那个出卖基督的醉汉。因为在这些脆弱的、醉醺醺的心中究竟包含些什么，只有上帝知道。’一小时以后，我在回旅馆的路上遇见一个女人带着一个吃奶的孩子。女人还年轻，孩子才一个半月。孩子向她笑了一下，根据她的观察，这还是孩子出生以来的第一次。只见她非常非常虔诚地画了个十字，我问她：‘你在想什么，大嫂？’（那时我什么都爱问。）她说：‘做母亲的第一次发现自己的孩子在笑，心里有多么高兴；上帝每一次看到有罪的凡人真心诚意地跪在他面前做祈祷，我想一定也是那么高兴。’这是一个乡下女人对我说的，原话同这差不多，她说出了非常深刻、非常精细而又真正是宗教的思想，一下子表达了基督教的全部精神实质：上帝好比我们的父亲，上帝喜欢人犹之乎父亲喜欢自己的亲生孩子——这个概念正是基督最根本的思想！一个普通的乡下女人！是的，她是母亲……谁知道，也许这女人就是那个士兵的妻子。听我说，巴尔菲昂，刚才你向我提出一个问题，这就是回答：宗教感情的实质同任何错误或犯罪行为、同任何无神论都不相干；这里头不是那么个问题，永远不是那么个问题；这里头的问题各种各样的无神论永远只会擦着滑过去而永远不能说到**点子**上。但主要的是：这一点在俄国人心上可以发现得最快，看得最清楚，——这便是我的结论！这是我从咱们俄国得出的最重要的信条之一。可做的事情有的是，巴尔菲昂！在咱们俄国这个天地里可做的事情有的是，相信我的话！回想一下在莫斯科有一个时期咱俩经常在一起交谈的情形……。我根本没打算在这个时候回到彼得堡来！我也完全没想到会这样和你见面，完全没想到！好了，没什么可说的了！……望你珍重，再见！愿上帝不要把你撇下！”

他转过身去开始下楼。

“列夫·尼古拉耶维奇！”当公爵走到楼梯第一处拐弯的小平台时，巴尔菲昂从上面喊道，“那个十字架，就是你从士兵那儿买来的那个，是不是在你身上？”

“是的，在我身上。”

公爵又停下来。

“拿来给我瞧瞧！”

又是咄咄怪事！公爵考虑了一下，回上去，拿出十字架给他看，但没有从脖子上取下来。

“给我吧。”罗果仁说。

“做什么？难道你？……”

公爵像是舍不得那个十字架。

“我来戴它，我把自己的摘下来给你戴。”

“你是想交换十字架？既然这样，那好吧，巴尔菲昂，我很乐意；咱俩做一对弟兄吧！”

公爵摘下自己胸前的锡十字架，巴尔菲昂摘下他的金十字架，两人互相交换。巴尔菲昂默默无言。公爵怀着沉重的惊异心情注意到，先前那种不信任，先前那种近乎嘲弄的苦笑似乎仍然没有从他的义兄脸上消失，至少曾在不止一次的瞬间强烈地表露出来。接着，罗果仁默默地握住公爵的手站了一会儿，像要做一件事又下不了决心；最后，他突然拉住公爵就走，只用几乎听不出的声音说了一句：“跟我来。”他们穿过楼梯平台，在他们刚出来的那扇门对面的门前打铃。很快就有人给他们开门。一个弓腰曲背、穿黑衣、系头巾的老妇人默默地向罗果仁深深打了一个躬。罗果仁匆匆问了她一句什么话，没停下来等回答，就带领公爵往屋里走。这里又是一个个暗沉沉的房间，随处保持着一种异样的、寒气森森的整洁状态，古老的家具都罩着洁白的套子，显得阴冷、严峻。罗果仁未经通报直接把公爵引进一个像客厅的小房间，那里隔着一道亮闪闪的红木板壁，两侧各有一扇门，板壁的那一边想必是卧室。客厅一角靠近炉子的圈椅里坐着一位身材矮小的老太太，看样子非但不算太老，一张蔼然可亲的圆脸上气色还挺健康，但头发已完全花白，并且一眼就可以断定患有老年痴呆症。她身穿黑色绸服，脖子上系着一条很大的黑色巾帕，头戴配有黑色丝带的洁白软帽。她的脚搁在一张小凳上。她旁边还有一位干干净净的老太太，年龄比她大，也穿孝服，也戴白色软帽，默默地在织袜子，大概是寄食于此的。她们俩大概整天不说话。前面那位老太太一见罗果仁和公爵进来，便向他们现出笑容，亲切地连连颌首表示欣慰。

“娘，”罗果仁先吻了她的手，然后说，“这是我的好朋友列夫·尼古拉耶维奇·梅诗金；我和他交换了十字架；在莫斯科有一段时间他等于是我的亲兄弟，为我出了很多力。娘，你给他祝福吧，就像你给亲生儿子祝福一样。等一等，老娘亲，让我先给你把手指叠好……”

但是，老太太不等巴尔菲昂帮忙，就举起她的右手，叠好三个指头，虔诚地在公爵头上画了三个十字。然后，她再一次向公爵亲切而慈祥地点点头。

“好了，咱们走吧，列夫·尼古拉耶维奇，”巴尔菲昂说，“我领你来就为了这个……”

当他们又走到楼梯口时，罗果仁接下去说：

“她根本不懂得别人说些什么，我的话她也完全不明白，可还是为你祝了福，可见她愿意……。好吧，咱们就此分手，对你对我都是时候了。”

他把自己那一边的门打开。

“至少该让我和你拥抱一下再分手吧，你这个人真怪！”公爵在埋怨的同时却以深情的目光望着他，想和他拥抱。但巴尔菲昂的胳膊刚要举起来旋又放下。他举棋不定，侧过脸去避免和公爵对视。他不想和公爵拥抱。

“放心吧！我虽然拿了你的十字架，可不会为了一块表把你杀死！”他含糊不清地嘀咕道，忽然奇怪地笑了起来。但他的脸一下子整个儿变了样：面色惨白，嘴唇哆嗦，眼睛闪亮。他张开双臂，紧紧抱住公爵，大口大口地喘着气儿说：

“你就把她拿去吧，这是命！她是你的！我让给你！……别忘了罗果仁！”

说完，他撇开公爵，也不看他，径自匆匆走进自己屋里去，随手砰的一声把门关上。

五

时间已经太晚，快两点半了，公爵在叶班钦家没遇上将军。他留下一张名刺，决定到“天平旅馆”去找郭立亚；如果他不在那里，就留一张便条给他。“天平旅馆”的人告诉公爵，说尼古拉·阿尔达里昂诺维奇“一大早就出去了，但临走时曾经吩咐，倘有人来找他，就告诉来客，说他大约三点钟回来。如果到三点半还不回来，那就是说，他坐火车到巴甫洛夫斯克叶班契娜将军夫人别墅去了，饭也在那里用”。公爵坐下等候，并利用这段时间进了餐。

到三点半，甚至四点钟，仍不见郭立亚回来。公爵走出旅馆，下意识地信步走去。初夏的彼得堡偶尔有一些美妙的日子——明亮、炎热、宁静。碰巧这正是这样难得的一天。公爵漫无目的地闲逛了一段时间。他对这个城市并不熟悉。有时他在交叉路口一些房屋门前或广场上、桥上站立片刻；一次他走进一家食品店休息了一会。有时他带着很大的好奇心开始仔细观察过往的行人；但绝大部分时间既不注意行人，也不知道自己究竟走在哪里。他处在痛苦的紧张与不安之中，同时又渴望清静。他需要一人独处，完全消极地听任这种折磨人的紧张心情摆布，不寻求任何解脱。他对涌入他心灵的一连串问题感到厌恶，不想去解答。“难道这一切都是我的错？”他喃喃自语，但又几乎并不意识到自己在说话。

将近六点钟，他来到去沙皇村的铁路线站台上。孤独不久便使他无法忍受；一阵新的冲动把他的心搅得热烘烘的，他的灵魂幽囚其间的一片黑暗霎时被耀眼的光明所照亮。他买了去巴甫洛夫斯克的票，不耐烦地急于离去；但是，他肯定遭到某种事物的追逐，这某种事物乃是现实，而不是幻觉，尽管他或许倾向于作如是想。几乎快要上车时，他忽然把刚买的车票扔在地上，在惶惑和沉思中重又走出车站。过了一会，他在街上好像猛然记起了什么，似乎骤然间明白了一个非常奇怪的、已经使他许久不得安宁的现象。他顿时意识到自己做某件事情已经持续了很长时间，但在这以前他一直没有发觉。已经有好几个钟头，还在“天平旅馆”的时候，甚至在到“天平旅馆”之前，他动不动就开始像要在自己周围寻找什么。接着便忘了，而且为时相当长，大约半个小时；随后突然又不安地四顾张望，东寻西找。

但是，他刚一发现自己这种病态的、迄今为止完全不自觉的动作，而且自己被它支配已有很久，他脑海中倏地闪起另一段回忆，引起他极大的注意。他回忆起，就在他发现自己老是在周围寻找什么的那个时刻，他正站在便道上一家铺子的窗前，兴致勃勃地端详摆在橱窗里的商品。现在他一定要核实一下：刚才，大约仅仅五分钟以前，他是否确实站在这家店铺的窗前？莫非这是他的幻觉，莫非他搞错了什么？这家铺子和这件商品是否果真存在？他确实感到今天自己的情绪特别反常，几乎跟过去他的老毛病开始发作之前一样。他知道，在发病前一个时期他总是思想非常不集中，甚至往往把东西或面孔搞错，除非高度集中注意观看。但他之所以亟欲核实当时他是否站在一家店前，还有一个特殊的原因：陈列在橱窗里的各色商品中间有一件曾引起他注目，他甚至估计这东西约值六十银戈比[1]。他记得有这么回事，尽管思想不集中，心里惶惑不安。因此，如果有这家店铺，而且这件东西确实陈列在其他商品中间，那么，他正是为了这件东西而驻足。也就是说，这件东西是他所极感兴趣的，甚至在他刚刚走出火车站、心情如此沉重恓惶的那个当儿，还是引起了他的注意。他往回走，差不多如饥似渴地朝右边看，他的心迫不及待地跳个不停。瞧，就是那家店铺，他终于找到了！当他忽然想起往回走时，距离店

① 所谓“银卢布”、“银戈比”不一定是银币，而是一次币制改革时发行的新币，与旧币(称纸卢布)的比值为 1：3.5 。

铺已有五百来步。瞧，这就是那件六十戈比的东西；“当然不过六十戈比，多了不值！”现在他加以肯定后笑了起来。但他的笑是歇斯底里的；他感到非常难受。现在他清清楚楚地记起，正是在这里，站在这橱窗前，他曾突然回过头去，就像上午下火车时发现罗果仁的目光射到他身上一样。在确信自己没有弄错以后(其实，他在核实之前也完全有把握)，他离开那家店铺，赶紧走得远远的。这一切必须尽快好好思考一番；现在已经明白，他在火车站所感到的也不是幻觉，他的确发生了实实在在的事情，而且一定同他先前整个杌陧不安的状态有关。但是，发自内心的一种不可抗拒的厌恶感再次占了上风：他什么也不愿思考，他也不去思考；他开始想另一件完全不相干的事。

其实，他是在想：他的癫痫症几乎紧挨着每次发作之前总有那么一个阶段(除非不是醒着的时候发作)，在忧郁、压抑和精神上的一片黑暗之中，他的大脑突然会不止一次地燃起转瞬即逝的光焰，他的生命力在不寻常的冲动之下会一下子全部动员起来。在那些持续时间不比闪电更长的瞬息中，生命的感觉、对自我的意识几乎增强十倍。思想和心灵被一种异光所照亮，他所有的激动、所有的怀疑和所有的不安顿时都告平息，化为最高级的安谧，充满明朗、和谐的欣悦和希望，充满理智和最终的答案。但这些即闪即逝的瞬息还只是发作随之真正开始的最后一秒钟(至多一秒钟)的前奏。而这一秒钟自然是最难熬的。事后，在已经恢复健康的状态下，他反复思量这短暂的时刻，常常对自己说：所有这些最高级自我感受和自我意识亦即“最高级存在”的闪电式出现，并非其他，恰恰是病，是正常状态被破坏的结果；既然如此，那就根本不是什么最高级存在，相反应该列为最低级。然而，他最终还是得出一个似乎荒谬绝伦的结论。“是病又怎么样？”末了他认为。“是反常的亢奋又怎么样？反正结果本身，反正产生感觉的时刻事后在健康状态下追忆和回顾起来，的确是最高级的和谐、最高级的美，能提供迄今为止闻所未闻、亦无人猜透的充实感和分寸感，使你觉得同最高级的生命综合物重归于好，在虔

诚的极乐中与之融为一体。”这些朦朦胧胧的词语在他自己心目中是很明白的，尽管表现力还太差。对于这确实是“美和虔诚”，确实是“最高级的生命综合物”，他确信不移，不容半点怀疑。要知道，他在这倏忽之间又不是看到类似大麻膏、鸦片或酒所引起的幻象，那种不正常、不真实的幻象只会使理性变得卑下，使心灵趋于畸形。对此，他在发病过程结束后能够清醒地作出判断。这些瞬间仅仅是自我意识的高度强化，——如果要用一个名词来表达这种状态的话，那就称之为自我意识，同时也是最直接的自我感受。既然那一秒钟，也就是发作前神志清醒的最后一刹那，他还来得及明确而自觉地对自己说：“是的，为了这一刹那不妨付出一生！”那么，这一刹那本身自然也抵得上一生。不过，他并不坚持这一结论的辩证部分。麻木、精神上一片黑暗、痴呆作为这些“最高级瞬间”的后果明摆在他面前。不言而喻，他不会认真与谁辩论。在这个结论中，即在他对这一瞬间的评价中，无疑包含着错误，但是感觉的实在性毕竟在一定程度上使他困惑不解。对待这样的实在性又有什么办法呢？事情明明是这样，在这一秒钟内他自己明明对自己说了：凭他充分感觉到的无限的幸福，这一秒钟恐怕抵得上一生的价值。“在这一刹那，”有一次他对罗果仁说；那是他们在莫斯科经常碰头的时候，“在这一刹那，我好像懂得了一句不寻常的话：**不再有时日了**。[①]想必，”他微笑着补充道，“这正是穆罕默德钵子里的水还来不及泼翻，而这位患癫痫的先知已经把安拉的住处览遍的那一秒钟。[②]”是的，在莫斯科他和罗果仁经常碰头，也不止谈这一个题目。“刚才罗果仁说那个时候我好比他的兄弟；这话是他今天才第一次说。”公爵忖道。

他是坐在夏园一棵树下的长椅上想这个问题的。时间已近七点。园中空荡荡，夕阳有一会儿工夫给蒙上一层阴影。空气沉闷，像是预

---

① 引自《圣经·新约·启示录》第 10 章第 6 节。

② 相传伊斯兰教的创始人穆罕默德（约 570—632）患有癫痫症，发作时会见到种种幻象。

告雷雨的远兆。现在这种沉思冥想的状态对他具有某种吸引力。他的记忆和理智会被外界每一件东西粘住，他也喜欢这样：他总想忘却目前紧要的某件事情，但只要向自己周围一看，他马上又认出了自己阴郁的思绪，认出了自己渴望摆脱的念头。他想回忆刚才在小饭馆里用餐时跟跑堂的谈起最近闹得满城风雨的一桩离奇命案。但他刚回忆起这事儿，他身上忽然又发生了某种特殊情况。

一种奇特的、不可抗拒的愿望，几乎是一种诱惑，一下子使他的全部意志发生麻痹。他从长椅上站起来，离开夏园径直朝彼得堡岛走去。刚才在涅瓦河边，他曾请一位行人隔着涅瓦河向他指点哪儿是彼得堡岛。人家指给他看了；但当时他没有往那边走。反正今天去也无用；这一点他知道。地址他早就有了，他可以轻而易举地找到列别杰夫的亲戚家；但他几乎能够肯定她不会在家。“她一定到巴甫洛夫斯克去了，否则，按照约定的做法，郭立亚在‘天平旅馆’会留言的。”那么，现在他去当然不是为了要见她。另有一种阴郁的、痛苦的好奇心吸引着他。他突然产生了一个新的念头……

但是对他说来，他迈出了步子并且知道往哪儿去，这就足够了，太够了。一分钟后，他已经又专心致志地走得飞快。再要进一步去想这个“突然产生的念头”，他立刻感到极度厌恶，简直没法往下想。他拼命集中注意谛视映入他眼帘的一切，看天空，看涅瓦河。他跟路上遇见的一个小孩子也谈起话来。也许，他的癫痫状态越来越加剧。雷雨好像确实在迫近，尽管很慢。远处已开始传来殷殷的雷声。空气闷得厉害……

不知什么缘故，现在他老是想起上午他见到的列别杰夫的那个外甥，正像一支俗不可耐的曲调有时候你不去想它，它也会跟你纠缠不休。奇怪的是：他老是以上午列别杰夫向公爵介绍外甥时提到的那个凶手的形象出现在公爵头脑里。是的，还在没多久以前，他曾读到过有关那个凶手的报道。自从他来到俄国，这类事情他读到和听到的很多；他密切注意着这一切。刚才他在跟跑堂的谈话中甚至表现出过于浓厚的兴趣，他们谈的正是热马林一家被杀这件案子。他记得跑堂的同意他的看法。他也想起了那个跑堂的：这是个有头脑的小伙子，稳重而谨慎。“不过，他究竟是怎么样一个人，只有上帝才知道。在陌生的地方要看透陌生的人很不容易。”然而，他开始对俄罗斯灵魂产生强烈的信心。哦，这六个月他接触到许许多多对他说来是完全陌生的事情，都是过去无法理解、闻所未闻和意想不到的！但是，别人的灵魂黑咕隆咚，俄罗斯灵魂也是黑咕隆咚的，对于很多人是个谜。比如，他跟罗果仁交往已久，关系很密切，“称兄道弟”，——可是，他了解罗果仁吗？在这方面，在所有这类问题上，有时候实在是一片混乱，一锅稀粥，一塌糊涂！且看列别杰夫那个外甥，这是个多么自鸣得意、多么叫人恶心的小脓包！“不过，我这是怎么啦？”公爵继续漫无边际地想下去，“那几条命、那六个人难道是他杀的？我大概搞错了……真是奇怪！我好像有点儿头晕……。列别杰夫的大女儿一张脸多么讨人喜欢，多么可爱，就是抱着一个小孩站在那里的一个；她脸上的表情多么天真，简直跟小孩子一样，笑声也跟小孩子差不多！奇怪，我几乎把这张脸给忘了，现在才想起来。列别杰夫尽管冲自己的孩子们跺脚，想必对他们个个都爱得要命。但最没有疑问的一点是，列别杰夫对他那个外甥也爱得要命，正像二乘二等于四一样肯定！

“其实，我凭什么这样武断地对他们论长道短？我今天刚到，凭什么作出这样的判决？就拿列别杰夫来说吧，他今天就将了我一军。我何尝料到列别杰夫会是这样的？过去我难道了解列别杰夫是这样的？列别杰夫和杜巴里夫人，——我的老天爷！不过，罗果仁即使要杀人，至少不会这样乱砍乱剁。这样的一团糟不会发生。凶器是按图样预制的，在完全疯狂的状态中一连干掉六个人！罗果仁难道有按图样预制的凶器？……他……但是……难道罗果仁肯定要杀人？！”公爵骤然间打了一个寒战。“我这样肆无忌惮地作出这样的预测，岂不是一种卑劣的犯罪行为！”他失声惊呼，并且顿时大为赧颜。他感到愕然，像根桩子似的直撅撅站在路上。他一下子想起了今天经过的巴甫洛夫斯克车站和尼古拉耶夫斯克车站，想起了向罗果仁正面提出的关于**眼睛**的问题，想起了目前戴在他身上的罗果仁的十字架，想起了罗果仁自己带他去见他的母亲，想起了他母亲的祝福，想起了下午罗果仁在楼梯口最后那次神经质的拥抱和最后宣布放弃的声明。在发生了这一切之后，突然意识到自己老是在周围寻找什么，还有那家店铺，那件商品……太卑鄙了！在发生了这一切之后，他此刻抱着“特殊的目的”，专门带着“突然产生的念头”正在走去！绝望和痛苦攫住了他的整个灵魂。公爵想立即掉转方向回自己下榻的旅馆去，甚至已经扭头走了；但是，一分钟后他停下来，思考了一番，重又转过身去朝原先的方向走。

他已经身在彼得堡岛上，离那个地址不远了。现在他往那儿走可不是抱着原来的目的，可不是带着那个奇特的念头！而刚才怎么会这样的呢？是的，他的病正在复发，这是肯定无疑的；也许，不出今天就要发作。精神上的这一片黑暗由此而起，“念头”也由此而产生！现在黑暗消散了，恶魔驱除了，怀疑已不存在，他心中有的是欣悦！还有——他已经很久没有看到**她**了，他必须见她，还有……对，他现在真想遇见罗果仁，拉住他的手，和他一起去……。他问心无愧；他难道是罗果仁的竞争者？明天他自己会去告诉罗果仁，说看到了她。正如刚才罗果仁说的那样，他飞也似的赶奔到彼得堡来，不正是为了要见她吗！也许他还能在那里遇上她，她并不一定到巴甫洛夫斯克去了！

“对，现在这一切必须加以澄清，必须让所有的人都看清楚对方的心，再也不要出现像刚才罗果仁宣布的那种凄惨和痛心的弃权声明，要让这一切做得心情舒畅而又……光明磊落。难道罗果仁做不到光明磊落？他说自己不是像我那样爱她，说自己身上没有同情，‘根本没有这种怜悯’。诚然，后来他又说：‘也许你的怜悯比我的爱情更伟大，’——但他是在诽谤自己。唔，罗果仁在读书，——这不是‘怜悯’是什么，不是‘怜悯’的起点是什么？单是桌上有这本书不是已经证明他充分意识到了自己对**她**的态度吗？还有刚才他讲的那个故事。不，这比单纯的情欲要深刻得多。她的脸难道只能激起情欲？即便是这张脸，难道现在还能激起情欲？它激起的是痛苦，它把你整个灵魂紧紧揪住，它……”一阵灼热的、令人肠断的回忆忽然在公爵心头掠过。

是的，是令人肠断的。他回忆起不太久以前第一次发现她有疯狂的征候时，自己为之肠断的情形。那时他几乎感到绝望。当她离开他逃到罗果仁那里去的时候，他怎能撒手不管呢？他应当自己去追她，而不是等候消息。但是……难道罗果仁至今没有发现她的疯狂？……嗯……罗果仁在任何事情上只看到另外的原因，只看到情欲的原因！多么疯狂的忌妒！他刚才所作的预测是什么意思？（公爵忽然脸红了，好像有什么东西在他心中颤动了一下。）

其实，回想这些有什么用？这里头疯狂是两方面的。而他——公爵——若以情欲去爱那个女人，几乎是不可想象的，几乎是残忍的、不人道的。对，正是如此！应该说，罗果仁是在诽谤自己，他有宽广的胸怀，既能受苦，又能同情。一旦他了解全部真情，一旦认识到那个受损害的、精神失常的女人有多么可怜，——那时难道他不会宽恕她，把旧账一笔勾销，忘掉自己所受的种种折磨？他难道不会成为她的仆人、兄长、朋友、天命！恻隐之心会使罗果仁自己明白过来、受到教育。恻隐之心是整个人类存在最主要的法则，可能也是唯一的法则。哦，他对不起罗果仁，这是不可原宥和极不光彩的过失！不，并不是“俄罗斯灵魂黑咕隆咚”，而是他自己的灵魂一片漆黑，否则怎能设想出如此恐怖的景象？为了在莫斯科说过一些热情诚挚的话语，罗果仁已经称他为兄弟，而他……。但这是病，是谵妄！这一切都会得到解决！……刚才罗果仁说他“正在失去信仰”，这话多么凄惨！这个人一定痛苦万分。他说他“喜欢看这幅画”；其实并不是喜欢，而是他感到需要。罗果仁并不是一颗只有情欲的灵魂；这毕竟是个斗士，他要通过斗争夺回失去的信仰。现在他迫切需要信仰，迫切到不堪折磨的地步……。是的！总得相信什么！总得相信谁！不过，霍尔拜因那幅画实在奇怪……。啊，就是这条街！大概是这所房子。对，十六号，“十二级文官之妻菲里索娃宅”，正是这家！公爵打铃问娜斯塔霞·菲立波夫娜是否在里边。

这家的女主人亲自回答他，说娜斯塔霞·菲立波夫娜早晨就到巴甫洛夫斯克去找达利雅·阿列克谢耶夫娜了，“甚至可能要在那边待上几天”。菲里索娃是个身材矮小、尖眼尖脸的女人，四十岁左右，目光狡黠而专注。她问公爵尊姓时，仿佛有意给这句问话添上神秘的色彩；公爵起先不想回答，但旋又回去坚请对方把他的姓名告诉娜斯塔霞·菲立波夫娜。菲里索娃接受了这项坚决的请求，她的态度显得特别殷勤、分外诡谲，看得出想以此表示：“请放心，我明白。”公爵的姓名显然给她留下极深刻的印象。公爵心不在焉地对她看看，转身回自己的旅馆去。但他从菲里索娃家出来时的神情已非打铃时可比。仿佛霎时间在他身上又发生了异常的变化：他走在路上，面色苍白、精神萎靡、表情痛苦、内心激动；他的双膝直哆嗦，一丝茫然的、淡淡的笑意悠悠忽忽地漂浮在他发青的嘴唇上。他那个“突然产生的念头”一下子得到了证实，可见是正确的，于是——他又相信了自己心中的恶魔！

但是，果然证实了吗？果然是正确的？为什么他又这样哆嗦，又这样冒冷汗，精神上又是这样一片黑暗和冰凉？是否因为刚才他又看见了这双**眼睛**？他从夏园走来唯一的目的就是为了看到这双眼睛！这正是他“突然产生的念头”！他非要看看这双“已经见过的眼睛”不可，为的是使自己绝对相信，他一定会在**那边**，在这家住宅附近与之相遇。这是他迫不及待的愿望，那么，既然刚才他的确看见了，为什么这件事又使他如此沮丧和震惊？仿佛为他始料所未及！是的，这**正是那双**眼睛（这一点现在已经毫无疑义！），今天上午他在尼古拉耶夫斯克站下车时，**正是那双**眼睛在人丛中向他一闪；后来在罗果仁家就座时，他又发现自己肩后有那双眼睛（绝对是那一双！）投来的目光。当时罗果仁否认了，还带着令人心寒的冷笑反问：“那是谁的眼睛呢？”刚才，在去沙皇村的铁路车站上，他正要上车到巴甫洛夫斯克去找阿格拉雅，忽然又看见了那双眼睛（已经是这一天内的第三次）；当时公爵非常想走到罗果仁跟前去对**他**说：“那是谁的眼睛呢！”但公爵跑出了车站，直至站在刀剪铺门前对一件鹿角柄的东西估价约值六十戈比的那个当儿方始如梦初醒。奇怪而可怕的恶魔死死地缠住了他，再也不肯离开。当他坐在夏园里一棵椴树下遐想出神的时候，这个恶魔曾在他心中悄悄地说，罗果仁既然从早晨开始就这样密切注意他的行动，处处盯着他，那么，只要发现他没有去巴甫洛夫斯克（这对罗果仁当然是当头一棒），罗果仁势必要到**那边**去，即彼得堡岛上的那家住宅，势必在那里守候几小时前还信誓旦旦地说"不再去见她"，说自己"不是为了这个目的到彼得堡来"的公爵。偏偏公爵疯疯癫癫地赶奔到那个地方去！他在那里果真遇见了罗果仁又怎样呢？他见到的无非是一个心绪极坏、但很可理解的不幸的人。这个不幸的人现在甚至不再藏掖躲闪。是的，中午时分罗果仁不知为什么矢口抵赖，但在车站上几乎不加遮掩地站着。倒是他——公爵——在藏掖躲闪，而不是罗果仁。而刚才在菲里索娃家门外，他索性把两臂交叉起来，站在马路斜对面的便道上，距离约为五十步，摆出一副等候的架势。这一回别人完全可以看见他，好像他故意要让人看见。他是作为揭发者兼法官站在那里，而不是作为……。而不是作为什么人？

他——公爵——为什么不自己向他走过去？为什么转身离开他，装作什么也没有发现似的，尽管他们的目光相遇了。（是的，他们的目光相遇了！他们彼此都看了对方。）刚才他——公爵——不是自己想拉住他的手和他一起到**那边**去吗？他不是自己打算明天去告诉罗果仁，说自己看到了她吗？在去菲里索娃家的半道上，当欣悦一下子充满他的灵魂时，他不是和自己心中的恶魔一刀两断了吗？难道在罗果仁身上，在此人**今天的**整个形象中，在他的全部言语、动作、行为、眼神里，真有什么能证明公爵可怕的预感是正确的，能证明恶魔在公爵心中悄悄地说的混账话有道理？难道真有某种东西本身虽然看得见，但很难分析和述说，更不可能用充分的理由加以论证；然则，尽管存在着这样的困难和不可能性，它还是给人以极其完整和不可抗拒的印象，并在不知不觉中变为百分之百的确信？……

确信——确信什么？（哦，这种确信、"这种卑鄙的预感"实在太骇人听闻、太“下流”了，使公爵痛苦非凡，他狠狠地责怪自己！）“你说，如果你有胆量的话，到底确信什么？”他以指责和挑战的姿态不断对自己说。“把你的全部思想都形诸语言，毫不含糊、毫不犹豫、准确地表达出来，你敢吗？哦，我真可耻！”他涨红了脸愤怒地重复着，“从今以后，我这一辈子还有什么脸去见这个人！哦，这是什么样的一天啊！上帝啊，这简直是一场噩梦！”

在走完从彼得堡岛归去这段漫长而痛苦的路程时，有片刻工夫公爵突然产生一个无比强烈的愿望——马上去找罗果仁，非等到他不可，然后带着羞惭、带着眼泪和他拥抱，把一切都告诉他，一下子了结一切。但他已经站在自己所住的旅馆前面……。他刚到此地就不喜欢这家旅馆、这些走廊、整个这幢房子、他的房间，从看第一眼开始就不喜欢；这一天里他曾几次怀着特别厌恶的心情想起必须回到此地来……。“我这是怎么啦，像个害病的女人似的，今天对什么样的预感都相信！”他在大门口止步，烦躁地暗暗挖苦自己。[①]又一阵难堪的愧恧，几乎是绝望，使他在门洞入口处简直就地生了根。他停下来片刻工夫。有时候，人们突然想起不堪回首的往事，尤其是与羞愧交织在一起的，往往会这样就地停下一会儿。“是的，我是一个没心肝的人，一个懦夫！”他惨然重复着，倏地迈开脚步，但是……又停了下来……

这个门洞本来就暗沉沉的，这会儿更是黑得厉害，因为雷雨前的满天乌云吞噬了傍晚的微明；正当公爵走近旅馆时，云层忽然裂开一道口子，顷刻间大雨如注。在他站住片刻之后倏地迈开脚步的那个当儿，他正处在大门口，即由街上到门洞的入口处。在门洞深

---

① 此处有一段为译者手头的俄文本（1957年莫斯科版）所无，今据英译本补译如下，供参考：此刻在他脑海中出现了今天发生的一个情况，但他想这件事的时候是“冷静的”，“非常沉着”，“不感到恐怖”。他突然回忆起下午在罗果仁桌上看到的那柄刀子。“其实，罗果仁在他的桌上愿意放几把刀就放几把刀，有什么不可以的？”他对自己深感惊讶地问；就在这个当儿，他猛想起自己在刀剪铺门前站住的情景，不由得吓呆了。“可是其中会有什么联系呢？”他终于喊出声来，但遽然打住。

处的幽暗中，紧挨扶梯的地方，他忽然看到有一个人。这人仿佛在守候着什么，但很快地一晃就不见了。公爵没能看清楚这人的模样，当然完全说不准他是谁。何况这儿来来往往的人又那么多；这儿是旅馆，不断有人进进出出，一会儿跑到走廊里去，一会儿从走廊里来。但他突然产生一个不可抗拒和绝对肯定的信念：他认出了这个人，这人一定是罗果仁。紧接着，公爵冲上扶梯向他的背影追去。他的心直往下沉。“马上一切都可以解决了！”他怀着奇怪的信心默默地说。

公爵从门洞里奔上去的扶梯通往一楼和二楼的走廊，旅馆的客房就设在这两层楼面。如同所有的老房子一样，这扶梯也是石砌的，又暗又窄，绕着一根很粗的石柱子盘旋而上。在扶梯第一次拐弯的小平台上，这石柱有个像壁龛那样凹进去的地方，宽不过一步，深只有半步。然而，那里容得下一个人。尽管暗得很，但公爵跑上小平台，立即看出有一个人不知为什么躲在这凹处。公爵忽然想要不朝右边看就打旁边经过。他已经跨了一步，但忍不住回过头来。

两只眼睛，**正是那一双**，忽然与他的目光相遇。躲在石柱凹处的人已从那里跨出一步。有一秒钟他俩几乎紧贴着相对而立。公爵蓦地抓住他的肩膀，朝扶梯那边稍亮处转过去：他想把此人的脸看得更清楚些。

罗果仁的眼睛凶光毕露，狞笑把他的面目都扯歪了。他的右手举了起来，手中有件明晃晃的东西唰地一闪；公爵没想加以制止。他只依稀记得自己叫了一声：

“巴尔菲昂，我不信！……”

接着好像有什么在他面前砉然崩裂：**发自内部的**异光照亮了他的灵魂。这一瞬或许只持续了半秒钟，他却清楚而自觉地记得自己一声惨叫开始的第一个音，这一声号叫自然而然地从他胸中迸发出来，他用任何力量都阻挡不住。随后他的意识霎时熄灭，底下是一片漆黑。

这是已经很久没有折磨他的癫痫症复发。癫痫亦即**羊痫风**顷刻之

间就能发作，这是人所共知的。在这顷刻间，病人会一下子变得面目全非，尤其是眼神。抽搐和痉挛遍及全身以及面目五官。难以想象的、同什么都不一样的惨叫从胸中冲口而出；随着这一声号叫好像所有的人味一下子都消失了，旁观者怎么也不可能、至少很难设想和推测，正是这个人在叫。甚至以为是这人身体里边另外有谁在叫。至少有许多目击者如此描述他们得到的印象，癫痫症患者发作时的样子会引起很多人肯定无疑和难以忍受的恐怖，其中甚至包括某种神秘的成分。想必是这种突如其来的恐怖感交织着那一瞬间其他种种可怕的印象，一下子把罗果仁吓得在原地不能动弹，从而使公爵幸免于本来逃避不了的、已经向他落下来的一刀。紧接着，罗果仁还没来得及想到这是癫痫发作，只看见公爵身子朝后一晃，从扶梯上直挺挺地仰面倒下去，后脑勺猛撞在石头梯级上。罗果仁飞也似的冲下去，绕过倒在地上的身体，几乎在失去意识的状态下逃出旅馆。

抽搐、挣扎和痉挛使病人的身体顺着至多十五级石阶滚下去，直至扶梯尽头。很快，不超过五分钟，躺在地上的人就被发现，人们纷纷围拢来。脑袋旁边的一摊血泊引起了疑惑：是这个人自己撞破的呢，还是“有谁造了什么孽”。不过，旋即有几个人看出这是羊痫风；一名茶房认出公爵是刚来的旅客。凑巧有一个情况使这阵慌乱终于非常顺利地得到解决。

郭立亚·伊沃尔京本来说四点钟要回“天平旅馆”的，结果到巴甫洛夫斯克去了；由于忽然产生了一个想法，他没在叶班契娜将军夫人那儿“用饭”，而是返回彼得堡，大约在晚上七点赶到“天平旅馆”。他根据留条得知公爵在城里，急忙按便条上的地址来找他。在旅馆里获悉公爵出去了，郭立亚便到下面地室小吃部去等候，一边喝茶、听风琴。他无意间听说上面有人发羊痫风，立刻在正确的预感驱使下赶往出事地点并认出是公爵。当时立即采取了必要的措施。公爵被抬到他的房间里；他虽然醒了过来，但相当长时间神志没有完全恢复。被请来检查头部损伤的一位大夫在上面作了湿敷，并且认为挫伤没有造成什么危险。过了一小时，等公爵的神志恢复到相当程度，郭立亚才雇一辆马车把他从旅馆搬到列别杰夫家去。列别杰夫以非凡的热情和恭敬接待了病人。为了公爵，他还加紧做好去别墅消夏的准备；第三天，他们都已到了巴甫洛夫斯克。

六

列别杰夫的别墅并不大，但是舒适，甚至挺美。原先打算出租的那部分还特地髹漆一新。从外面进屋要经过一座相当宽敞的廊台，那里好些绿色的大木桶里种了若干香橙、柠檬、茉莉之类的树，按照列别杰夫的设想，这应该构成最具魅力的画面。其中有些树是他和别墅一起买下的，它们在廊台上造成的效果使列别杰夫大为倾倒，以致他决定趁机会在一次拍卖时又买下一些这类种在木桶里的树配套。及至所有的树都运到别墅布置停当，列别杰夫这一天曾多次从廊台下梯阶跑到街上，站在街上欣赏自己的财产，每次都在想象中提高准备向未来的别墅房客提出的租金。精神疲软、心情苦闷、身体搞垮的公爵很喜欢这所别墅。不过，在迁往巴甫洛夫斯克那天，亦即发病后第三天，公爵外表上已和健康的人差不多，尽管内心仍觉得自己没有复原。这三天内，他对在自己周围看到的每一个人都感到喜欢，喜欢几乎寸步不离开他的郭立亚，喜欢列别杰夫全家的人，喜欢列别杰夫本人，甚至欣然会见了还在城里时去探望过他的伊沃尔京将军。迁居那天到达时已近黄昏，廊台上来了不少客人聚在他周围。第一个来的是加尼亚，公爵差点儿认不出他，——这段时间他变了样，人也瘦了。随后到的是瓦丽雅和普季岑，他们也在巴甫洛夫斯克消夏。伊沃尔京将军几乎经常在列别杰夫城里的家中，甚至好像跟他一起搬来了。列别杰夫叫他待在自己屋里，竭力不让他到公爵那儿去。列别杰夫对待将军挺友好，看样子他们早已相识。公爵注意到，在那三天之中，他们曾不止一次地在一起长谈，经常提高嗓门，大概争论的还是些学术问题，这显然使列别杰夫感到满足。不妨认为他甚至需要将军。但在迁到别墅以后，从一开始列别杰夫就对他的全家采取对将军一样的防范措施：在不要打扰公爵的借口下，他不准任何人去见公爵，跺脚斥退他的几个女儿，对薇拉和怀抱婴孩也不例外，只要有一点儿怀疑她们正在走向公爵所在的廊台，立即追上去把她们轰走，虽然公爵再三请求不要驱赶任何人。

“首先，如果放任她们不管，就会没规没矩；其次，对于她们也有所不便……”在公爵的正面诘问之下，他最后如此解释。

“为什么？”公爵认为毫无道理，“老实说，您这种监视和守卫对于我简直是折磨。我一个人感到无聊，我已经对您说过好几次，可您不断地挥手和蹑手蹑脚走来走去，反而加重我的烦闷。”

公爵暗示的是这样的事实：列别杰夫虽以病人需要安静为借口，把家里人都打发开，但他自己在这三天之内几乎每分钟都要走进公爵的房间，而且每次都是先推开房门，探头进去向屋子里扫视一周，似乎想要确定：人是不是在里边？有没有逃跑？然后用脚尖把步子放得又慢又轻地走到圈椅前，因而无意间往往把他的房客吓一跳。列别杰夫没完没了地问他是不是需要什么，当公爵终于要求对方别管他时，列别杰夫才依头顺脑、一语不发地转过身子，蹑着脚一步一步向门口走回去，一路连连挥手表示他无非进来看看，决不说一句话，现在已经走出去，不来了；可是，隔不了十分钟，至多一刻钟，又出现了。郭立亚由于出入无禁，随时可见公爵，使列别杰夫感到极大的屈辱，甚至恼羞成怒。郭立亚发现列别杰夫往往站在门外偷听他和公爵谈些什么，一站就是半个小时；不言而喻，郭立亚把这事告诉了公爵。

“您好像把我当作了私有财产，老是把我锁起来，”公爵提出抗议，“至少到了别墅我要求改变这种局面。告诉您，我爱见谁就见谁，喜欢上哪儿就上哪儿去。”

“那绝对没有一点儿问题。”列别杰夫连连挥手道。

公爵把他从头到脚仔细打量一番。

“鲁基扬·季莫菲耶维奇，您是不是把原来吊在您自己床头墙上的一架小柜搬到此地来了？”

“没有，没搬来。”

“难道您把它留在城里了？”

“没法儿搬，得从墙里拔出来……。嵌得很牢固，很牢。”

“那么，也许此地也有同样的一架？”

“还要好些，还要好些，是和别墅一道买下来的。”

“啊——啊！刚才您不让谁到我这里来？大约一小时前。”

“那是……是将军。我确实没让他来，他也不该来找您。公爵，我对这个人深怀敬意，他是……是个伟大的人物；您不信？哦，将来您会明白的；不过……最尊敬的公爵阁下，您最好还是不要在您这边接见他。”

“请问，那是为什么？另外，列别杰夫，为什么您现在踮起脚站着，而每次走到我跟前来的时候，总是想要附耳告诉我什么秘密似的？”

“我实在卑琐，实在卑琐，我自己也觉得，”列别杰夫突然回答说，一边带着感情捶自己的胸膛，“可是，在您看来，这位将军是否过于好客了？”

“过于好客？”

“对，过于好客。首先，他已经打算住在我家；这倒没什么，可他总是热情太高，马上就攀起亲戚来。我和他已经排过好几次辈分，原来我们俩还是姻兄弟。论起来您也是他的表外甥呢，他昨天才向我解释清楚。既然您是他的表外甥，那么，最尊敬的公爵阁下，咱俩也是亲戚喽。这还不打紧，反正无伤大雅，但他刚才竟然声称，他这一辈子，从当准尉开始一直到去年六月十一日为止，每天在他家坐下来吃饭的决计不少于二百人。最后干脆说他们不起来了，又是午餐，又是晚餐，还要喝茶，反正一昼夜十五个小时坐在餐桌旁，而且三十年如一日，几乎连换台布的时间也没有。一个起身走了，另一个又来坐下，逢到假日和皇家节日人数要达到三百。而在俄罗斯立国一千周年那天，他点了数，竟有七百人。这可不得了；这样的话是很坏的迹象；这样好客的阔佬待在自己身边简直可怕，所以我这样想：此公在您和我看来是否过于好客了？”

“您跟他好像关系挺不错嘛？”

“简直像哥儿俩，反正我不当真；就算是姻兄弟，对我又怎么样？不是更有面子吗！即使他说二百人吃饭和俄罗斯立国一千年的事，我仍看得出他是个非常了不起的人物。公爵，您刚才提到了秘密，也就是说我走到您跟前好像要告诉您什么秘密。其实秘密倒是真有：那位女士刚才表示非常想跟您秘密会晤一次。”

“为什么要秘密会晤？决不。我自己会上她那儿去的，今天就去也行。”

“绝对不行，绝对不行，”列别杰夫连忙摇手，“她怕的并不是您可能考虑到的问题。顺便告诉您：恶煞每天都来询问您的健康情况，您知道不？”

“您好像经常称他为恶煞，我对这一点非常疑心。”

“您不可能有任何疑心，完全不可能，”列别杰夫赶紧把话岔开，“我只是想说明，那位女士怕的不是他，而是另一回事儿，完完全全是另一回事儿。”

“到底是什么，快说呀。”公爵看着列别杰夫装腔作势、故弄玄虚的姿态，不耐烦地追问。

“秘密就在其中。”

列别杰夫暗暗一笑。

“谁的秘密？”

“您的秘密。最尊敬的公爵阁下，您自己禁止我在您面前说……”列别杰夫嘟哝着；他把对方的好奇心刺激到痛苦的焦躁程度，从而获得极大的满足，然后遽下断言：“她怕的是阿格拉雅·伊万诺夫娜。”

公爵皱起眉头，半晌没开口。

“说真的，列别杰夫，我要离开您的别墅，”他突然说，“加甫里拉·阿尔达里昂诺维奇在哪里？普季岑夫妇在哪里？在您那边？您把他们也拉到自己一边去了。”

“他们马上就来，马上就来。连将军也跟着就来。我把所有的门都打开，把我的女儿通通叫齐，通通叫齐，马上办到，马上办到。”列别杰夫惊恐地喃喃自语，同时不停地摆动双手，从一扇门奔向另一扇门。

正在这个当儿，郭立亚从街上进来出现在廊台上，并且宣布说：他后面有客人要来——叶丽扎薇塔·普罗科菲耶夫娜带着她的三个女儿。

“还要不要让普季岑夫妇和加甫里拉·阿尔达里昂诺维奇到这里来？还要不要让将军到这里来？”列别杰夫听到这个消息，大吃一惊，身体跳了起来。

“为什么不？让所有愿意来的人通通到这里来！告诉您，列别杰夫，您恐怕从一开始就没有正确理解我的态度；您不断地犯错误。我绝对没有必要回避任何人。”公爵笑了起来。

列别杰夫望着他，认为自己有义务跟着笑起来。列别杰夫尽管激动得不得了，可是看得出也满意得不得了。

郭立亚报告的消息是正确的；他只比叶班契娜母女们先到几步，为的是通报她们要来，所以客人们一下子从两个方向同时出现：叶班契娜母女们从廊台上来；普季岑夫妇、加尼亚和伊沃尔京将军则从里屋来。

有关公爵生病以及他目前在巴甫洛夫斯克的消息，叶班契娜母女们刚刚从郭立亚那里获悉；在这以前将军夫人一直处于难堪的困惑之中。前天，叶班钦将军就把公爵留下的名片带给家里人；这张名片使叶丽扎薇塔·普罗科菲耶夫娜有充分把握认为公爵本人一定会随这张名片之后到巴甫洛夫斯克来同她们晤面。尽管三位小姐一再指出，一个有半年没来信的人恐怕现在也远远不会那么着急，也许在彼得堡除她们以外旁的事情也够他忙的，——谁知道呢？可是将军夫人听了大为生气，她表示愿意打赌，认为公爵最迟明天一定来，虽然“这已经相当晚了”。第二天，她等了整整一个上午，等他来吃饭，再等他来共度黄昏，直至天完全黑了，叶丽扎薇塔·普罗科菲耶夫娜对什么都大发脾气，跟所有的人都大吵其架，当然在吵架的起因方面只字不提公爵。第三天整个白天也没有一句话提到他。阿格拉雅在进餐时无意间随口说了一句妈妈因为公爵不来而生气，将军立即指出，“这可怨不得他”，——这时，叶丽扎薇塔·普罗科菲耶夫娜霍地站起来，愤怒地离开餐桌。傍晚，郭立亚终于带来他所知道的全部消息以及有关公爵全部奇遇的详尽描述。结果叶丽扎薇塔·普罗科菲耶夫娜高兴极了，不过郭立亚挨了狠狠的一顿抢白：“你整天在这儿转悠，撵也撵不走，即使自己不想光临，至少也该透个信儿嘛。”郭立亚听到“撵也撵不走”立刻想发脾气，但还是把这笔账搁到下次再算，要不是这句话欺人太甚，他也许可以完全不计较，因为叶丽扎薇塔·普罗科菲耶夫娜获悉公爵生病以后所表现的激动和紧张使他喜不自胜。将军夫人坚持必须立即派专差去彼得堡，请某一位头等名医坐第一班火车赶到此地来。但三个女儿好不容易才说服她放弃了这个主张；不过，当妈妈迅即作好准备要去探望病人时，她们也不甘落后。

“他在病床上已经奄奄一息，”叶丽扎薇塔·普罗科菲耶夫娜心急慌忙地说，“可我们还在这里讲究礼仪！他是不是我们家的朋友？”

“不过，深浅未明不可贸然下水。”阿格拉雅刚要发表意见。

“那你就别去，这样甚至更好，否则，叶甫盖尼·巴甫洛维奇来的时候，连接待的人也没有。”

这么一说，阿格拉雅自然立刻跟大家一起前往，其实她本来就打算要去。和阿黛拉伊达一起坐着的Щ公爵，应她之请当即同意陪女士们同往。以前，他在结识叶班钦一家之初，听他们谈起这位梅诗金公爵，就产生了浓厚的兴趣。原来Щ公爵认识梅诗金公爵，他们是不久前在某一个地方结交的，曾一起在某小城住过两星期左右。这大约是三个月以前的事。Щ公爵能谈很多有关梅诗金公爵的事情，对他颇有好感，故而现在由衷地欣然前往拜访老相识。伊万·费奥多罗维奇·叶班钦将军这天晚上不在别墅。叶甫盖尼·巴甫洛维奇也还没来。

叶班钦的别墅与列别杰夫的别墅相距不过三百步。叶丽扎薇塔·普罗科菲耶夫娜在梅诗金公爵处得到的第一个印象就不佳：她见公爵周围聚集着一大批客人，更不用提其中有两三个是她十分憎恶的；第二点使她惊讶的是，她发现一位看上去完全健康的年轻人衣着入时、笑容可掬地向他们迎上前来，而不是她所预想的那样在病床上行将咽气。她甚至莫名其妙地愣住了，使郭立亚非常得意。当然，在她还没有从自己的别墅起步之前，郭立亚完全可以向她说明，根本没有任何人奄奄一息，也没有人行将咽气。但郭立亚没有说明，因为他调皮地预料到：将军夫人发现她真诚的朋友梅诗金公爵好好儿的，一定大为恼火，这将是多么滑稽的愤怒。郭立亚偏偏如此不知趣，还把自己的推测说了出来，想惹得叶丽扎薇塔·普罗科菲耶夫娜火冒三丈；他跟将军夫人经常斗嘴怄气，有时闹得很凶，尽管两人之间存在着友谊。

"等一等，别高兴得太早了，亲爱的，当心乐极生悲！"叶丽扎薇塔·普罗科菲耶夫娜回敬道，一边在梅诗金公爵为她摆好的圈椅里坐下来。

列别杰夫、普季岑、伊沃尔京将军忙着给三位小姐搬椅子。阿格拉雅的椅子是将军掇给她的。列别杰夫为Щ公爵也摆好一把椅子，同时还通过弯腰的动作表达了异常的恭敬。瓦丽雅照例用欣喜的低语招呼小姐们。

"公爵，由于惊恐，我在想象中把情况夸大到这种程度，的确以为大概要在病床上看见你；我决不撒谎，刚才我发现你满面春风，反而气得要命，但我起誓这仅仅是来不及思考之前一刹那的反应。我经过思考以后，做的事和说的话总是聪明一些；我想你也是这样。说真的，假定我有亲生儿子，看到他病体康复，我也不会像看到你恢复健康这样高兴；如果你不相信我这话，应当感到羞愧的是你，而不是我。这个不安好心眼的小家伙对我搞的恶作剧比这更凶的还有哩。你好像在充当他的保护人，所以我预先通知你，总有一天，我会放弃继续与他交往的荣幸，请相信我的话。"

“我到底有什么错？”郭立亚喊道，“无论我对您说多少遍公爵几乎已经复原了，您也不愿意相信的，因为想象他在病床上临终的情形要精彩得多。”

“来我们这儿住多久？”叶丽扎薇塔·普罗科菲耶夫娜向公爵问道。

“打算住整个夏季，也许会待得更久。”

“你还是一个人？没结婚？”

“没有，没结婚。”公爵把这句幼稚的刻薄话付之一笑。

“没什么可笑的；这种事也有。我是说别墅的事；你干吗不搬到我们那儿去住？我们有一排厢房完全空着，反正随你的便。你这是向他租的？向这个人？”她压低嗓门找补一句，同时朝列别杰夫那边略一摆动脑袋。“他干吗老是这样拿腔作势的？”

这时，薇拉正好从里屋出来走到廊台上，手中照例抱着婴孩。列别杰夫正扭动身躯在椅子附近来往张罗，见状简直不知如何是好，但又死也不肯离开，于是突然冲着薇拉咋呼起来，对她双手乱摇，把她从廊台上赶开，甚至忘其所以地跺脚。

“他有神经病？”将军夫人忽然补充问道。

“不，他……”

“也许喝醉了？你周围的人实在不怎么样，”她用目光连带着把其余的客人也扫遍后断然说，“不过，这姑娘真可爱！她是谁？”

“她叫薇拉·鲁基扬诺夫娜，就是那个列别杰夫的女儿。”

“啊！……非常可爱。我想和她认识一下。”

但是，列别杰夫听到了叶丽扎薇塔·普罗科菲耶夫娜的赞语，已经自己把女儿拖过来向她介绍。

“都是孤女，都是孤女！”他一边走近，一边用催人泪下的声调说。“她抱着的这个也是孤女，是她的小妹妹柳芭，百分之百的合法婚生，她母亲、我的妻子叶列娜六个星期以前死于难产，那是上帝的旨意……所以……当姐姐的就挑起了做母亲的担子，尽管她无非是……无非是……无非是……”

“我瞧你啊，先生，无非是个傻瓜，对不起。够了，我想你自己也明白。”叶丽扎薇塔·普罗科菲耶夫娜一下子怒不可遏地给了他一顿抢白。

“千真万确！”列别杰夫毕恭毕敬地深深鞠了一躬。

“请问，列别杰夫先生，据说您会解释《启示录》，是真的吗？”阿格拉雅问。

“千真万确……已经有十四年以上的历史。”

“我听人家谈起过您。好像报上也登载过有关您的报道，是不是？”

“不，那是关于另一个解释者的，那个人也死了，如今我是仅存的硕果。”列别杰夫得意忘形地说。

“既然我们是邻居，我想叨这点光，改天找个时间请您给我解释解释。我对于《启示录》一窍不通。”

“我不能不提请您注意，阿格拉雅·伊万诺夫娜，这一切都是他的江湖骗术，请相信我，”伊沃尔京将军突然很快地插进来说；他已经巴巴地等了半天，千方百计想开口参与谈话；他在阿格拉雅·伊万诺夫娜旁边坐下，“当然，消夏时节有可以通融的地方，”他继续说，“也有独特的乐趣，而请这么一位与众不同的自封的权威去解释《启示录》，也不失为一种消遣，甚至是一种别出心裁的消遣，但我……。您好像用惊奇的眼光在看我，是吗？我很荣幸向您作自我介绍：伊沃尔京将军。您小时候我抱过您，阿格拉雅·伊万诺夫娜。”

“见到您非常高兴。我认识瓦尔瓦拉·阿尔达里昂诺夫娜和尼娜·亚历山德罗夫娜。”阿格拉雅含糊应道，竭力克制着不让自己纵声大笑。

叶丽扎薇塔·普罗科菲耶夫娜发火了。在她胸中蓄积已久的愤懑突然需要宣泄。她极其讨厌伊沃尔京将军；他们过去认识，不过那是很久以前的事了。

“你在瞎说，先生，这是你的老习惯了；你从来没有抱过她。”

她冲着伊沃尔京将军厉声怒喝。

“您忘了，妈妈，他确实抱过，在特维尔，”阿格拉雅忽然加以肯定，“当时我们住在特维尔。那时候我六岁，我记得。他给我做过一副弓和箭，并且教我怎样射箭，我还射死了一只鸽子。您记得吗，我和您一起射死过一只鸽子？”

“当时他也给我带来过一顶硬纸板做的头盔和一柄木头做的剑，我也记得！”阿黛拉伊达喊道。

“这事我也记得，”亚历山德拉插话证实，“那时你们为一只受伤的鸽子吵架，结果被罚分开站壁角；阿黛拉伊达就这样头戴纸盔、手执木剑站在那里。”

伊沃尔京对阿格拉雅说从前抱过她，这是**有口无心**的，目的仅仅在于打开话匣子，纯粹因为他跟所有的年轻人谈话几乎一贯都是这样开的头，如果他认为有必要跟他们结交。但这一回他说的事情偏偏属实，而且偏偏他自己忘了这一事实。现在阿格拉雅肯定他们曾一起射中一只鸽子，顿时，他的记忆豁然开朗，于是他自己把这一切直至最微小的细节都想了起来；上了岁数的人回忆某一件遥远的往事每每如此。这段回忆中哪一点会对这位可怜的、照例带着几分醉意的将军产生如此强烈的影响，很难言述；反正他一下子大为感动。

“记得，我全都记得！”他大声说，“那时我是一名上尉。您只有那么一丁点儿大，怪招人疼的。尼娜·亚历山德罗夫娜……加尼亚……。我常去你们家，伊万·费奥多罗维奇……”

“瞧你现在落到这般田地！”将军夫人接过话茬说下去，“既然你能这样受感动，那就是说，你还没有把自己高尚的情操通通喝光！可你把妻子害苦了。不好好给子女做出表率，你反倒蹲进了债务监狱。从这儿走开吧，先生，找个地方站到门背后去向隅而泣吧，回想一下自己清白的过去，兴许上帝会宽恕你。去吧，去吧，我跟你说的是正经话。最好的自新之路莫过于带着悔恨的心情回忆过去。”

但重申对他说的是正经话无此必要。同一切经常喝得醉醺醺的人一样，伊沃尔京将军非常容易动感情；也同一切堕落得太深的酒鬼一样，架不住对幸福往昔的回忆。他站起来，顺从地向门外走去，致使叶丽扎薇塔·普罗科菲耶夫娜马上又觉得他可怜。

“阿尔达里昂·亚历山德罗维奇，亲爱的！”将军夫人冲他的背影叫了一声，“等一等；我们都是有罪的凡人；等你觉得受良心责备较轻的时候，你来找我，我们一起坐下来聊聊过去的事情。没准儿我的罪孽还比你深重五十倍；好了，现在先分手，你走吧，这儿没你的事……”将军夫人忽然害怕他也许会转身回来。

“您暂时不要跟着他，”公爵挡住了想跑去追父亲的郭立亚，“否则他过一会儿又懊恼起来，那就会前功尽弃。”

“说得对，暂时不要碰他；过半小时再去。”叶丽扎薇塔·普罗科菲耶夫娜表示同意。

“一生中哪怕只说一次真话就把他感动得掉下眼泪！”列别杰夫大胆插了一句话。

“先生，如果我所听到的属实，那么，你恐怕也是个好样儿的。”叶丽扎薇塔·普罗科菲耶夫娜当即把他止住。

聚集在公爵身边的全体客人相互之间的关系渐渐地确定了下来。公爵自然能够领受、也充分领受了将军夫人母女们对他的关切，并且真心诚意地告诉她们：在她们来访之前，他自己就打算今天一定要上她们那儿去，尽管身体有病，时间也已经晚了。叶丽扎薇塔·普罗科菲耶夫娜看了看他周围的客人，表示要去现在也行。普季岑是个有礼貌而且非常知趣的人，他很快就站起来告退到列别杰夫的厢房里去，同时很想把列别杰夫也带走。列别杰夫答应马上就来；其时瓦丽雅和小姐们谈入了港，留下没走。她和加尼亚非常乐于看到将军离去；加尼亚自己继普季岑之后也旋即告退。他当着叶班契娜母女们的面待在廊台上的那几分钟，态度不卑不亢，叶丽扎薇塔·普罗科菲耶夫娜曾两次用带有成见的目光把他从头看到脚，加尼亚也丝毫没有慌乱。的确，过去认识他的人会觉得他有了很大的变化。阿格拉雅对此非常满意。

“刚才是加甫里拉·阿尔达里昂诺维奇走了出去？”她忽然问

道。这是她有时候喜欢采用的办法：声音很响，突如其来，用自己的问题打断别人的谈话而又不向任何具体的对象提问。

“是他。”公爵回答。

“我几乎没认出他来。他变多了，而且……大大变好了。”

“我非常为他高兴。”公爵说。

“他生了一场大病。”瓦丽雅以欣喜和同情的口吻补充了一句。

“他哪一点变好了？”叶丽扎薇塔·普罗科菲耶夫娜表示气愤和不解，她几乎吓了一跳。“你有什么根据？我看一点也没有变好。你究竟觉得他什么地方变好了？”

“再也没有比‘可怜的骑士’更好的了！”一直站在叶丽扎薇塔·普罗科菲耶夫娜椅子旁边的郭立亚突然宣布。

“我自己也有同感。”Щ公爵说着笑了起来。

“我完全赞同。”阿黛拉伊达郑重表示。

“什么‘可怜的骑士’？”将军夫人问；她困惑而不悦地把说话者一一看遍，但是见阿格拉雅一下子脸色绯红，便生气地又添加说：“搞什么鬼名堂！什么‘可怜的骑士’？”

“您宠信的这个小家伙已经不是第一次对别人的话加以曲解！”阿格拉雅傲慢而愤恨地回答。

阿格拉雅每次发怒(她动不动就要发怒)，尽管看起来疾言厉色，毫无转圜的余地，其实差不多总是流露出还有点儿孩子气的、不耐烦的小学生脾性，而且掩饰得并不高明，因而别人瞧着她有时候不可能不笑出来，这又恰恰惹得阿格拉雅非常恼火，她不明白人家在笑什么，不明白“他们怎么能笑，怎么敢笑”。现在，她的两个姐姐和Щ公爵都笑了起来，连列夫·尼古拉耶维奇·梅诗金公爵也不知为什么红着脸微微一笑。郭立亚纵声大笑、得意非凡。阿格拉雅这下气得非同小可，却显得加倍妩媚。她发窘的神态对她非常配称，而此时她还为这种窘态自己生自己的气。

“您的话被他曲解的还不够多。”她添了一句。

“我是以您自己的感慨为依据的！”郭立亚高声说，“一个月以前，您在翻阅《堂吉诃德》的时候发出了这样的感慨，说再也没有比‘可怜的骑士’更好的了。我不知道当时您指的是谁：是指堂吉诃德，或者指叶甫盖尼·巴甫洛维奇，还是指另外某一个人，反正必有所指。当时讨论了很长时间……”

“我看，你未免有些过于妄猜臆测，亲爱的。”叶丽扎薇塔·普罗科菲耶夫娜悻悻地不让他说下去。

“难道是我一个人的看法？”郭立亚不愿住口，“当时大家都说的，现在也这么说；刚才Щ公爵、阿黛拉伊达·伊万诺夫娜以及所有的人都表示支持‘可怜的骑士’，这说明‘可怜的骑士’是存在的，确有其人，照我看来，要不是阿黛拉伊达·伊万诺夫娜的缘故，我们大家早已知道‘可怜的骑士’是谁。”

“怎么怪起我来了？”阿黛拉伊达笑道。

“您不愿意画像——所以要怪您！当时阿格拉雅·伊万诺夫娜请您给‘可怜的骑士’画一幅像，甚至把她自己构思的画题故事也全讲了，还记得吗？您不愿意……”

“可是叫我怎么个画法？画谁？根据画题的故事，这位‘可怜的骑士’

> 用钢丝罩遮住面部，
> 从不在人前把它卸除。

那么画面上会出现怎么样的一张脸呢？画什么：钢丝罩？无名无姓的蒙面人？”

“我一点儿也不明白，什么钢丝罩！”将军夫人生气地说，其实她心中已开始清楚地懂得“可怜的骑士”指的是谁（想必这早已是约定的代号）。但特别把她气炸的是公爵列夫·尼古拉耶维奇也难为情起来，后来简直羞得像个十岁的孩子。“这种愚蠢的游戏有完没有？你们到底肯不肯向我解释这个‘可怜的骑士’是怎么回事？莫非是个什么可怕的秘密，绝对不能让别人沾边？”

但大家只是不停地笑。

“说穿了很简单，无非有一首奇怪的俄罗斯诗歌，”Щ公爵终于出来说明；他显然想快些把这次谈话收场，换个题目，“内容是关于一个‘可怜的骑士’，没头没尾，只有一个片段。大约一个月以前，大家饭后在一起说笑，同时照例为阿黛拉伊达·伊万诺夫娜下一幅画寻找素材。您也知道，为阿黛拉伊达·伊万诺夫娜搜集画题很久以来一直是全家的共同任务。于是就谈到了‘可怜的骑士’，至于谁第一个提起，我不记得了……”

“是阿格拉雅·伊万诺夫娜！”郭立亚喊道。

“也许是这样，不过我记不得了，”Щ公爵继续说，“有的人认为这个素材可笑，有的则说没有比这更精彩的了，但画‘可怜的骑士’总得画脸；于是就把所有熟人的脸逐个加以议论，合适的一个也没有，事情只得作罢；全部经过便是这些。我不明白，为什么尼古拉·阿尔达里昂诺维奇突然想起来重新提到这一切？当初感到可笑、适合时宜的话题，现在一点也没有意思。”

“因为又想出了什么愚蠢的新花样，既促狭又气人。”叶丽扎薇塔·普罗科菲耶夫娜断言。

“没有任何愚蠢的花样，只有深深的敬意。”阿格拉雅大大出人意表地用郑重而严肃的语气说；她已经克服刚才的窘态完全定下神来。不但如此，别人瞧着她，根据某些迹象会产生这样的想法：现在她自己欢迎这个玩笑越开越微妙，而她身上发生这个转折的一刹那，恰恰是在公爵的窘态不断增强、达到非常厉害的程度并且变得太明显的时候。

“一会儿笑得像疯子，一会儿又是什么深深的敬意！神经病！这敬意究竟从何说起？马上给我说，为什么你无缘无故一下子产生了深深的敬意？”

“深深的敬意之所以产生，”阿格拉雅还是那样严肃而郑重地回答母亲这个几乎存心跟她过不去的问题，“是因为这首诗确实刻画了一个有理想的人；其次，他一旦为自己树立了理想，能够把它作为信仰，而有了信仰，能够盲目地为之贡献自己的一生。这在我们的时代是不多见的。那首诗没有说明‘可怜的骑士’的理想究竟是什么，但看得出这是一个光明的形象，‘冰清玉洁的美的形象’，而这位深情的骑士不系围巾，却把一串念珠挂在脖子上。是的，那里有句含义晦涩的铭文，那是他写在自己盾牌上的三个字母 A. M. B. ……”

“A. M. D.。”郭立亚作了纠正。

“我说是 A. M. B.，我就爱这么说，”阿格拉雅悻悻地不让别人插嘴，“不管怎样，有一点是很清楚的：这位可怜的骑士并不在乎他的意中人是谁，做过什么事。反正是他选中的，他相信这个意中人是‘冰清玉洁’的，接下来干脆永远拜倒在她的脚下。即使她以后成为小偷，可怜的骑士仍然必须相信她，必须为了捍卫她的‘冰清玉洁’而挥戈奋战，——正是这种精神可歌可泣。诗人大概想要通过一个非凡的形象概括一位纯洁、崇高的骑士心目中整个中世纪骑士柏拉图式爱情的巨大概念；当然，这一切都是理想。而这种情操在‘可怜的骑士’身上已经登峰造极，到了禁欲苦行的地步；必须承认，具备这样的情操是了不起的，能给人留下深刻的印象，从某一方面来说还是十分可嘉的，且不说什么堂吉诃德。‘可怜的骑士’也是一位堂吉诃德，不过是严肃的，而不是滑稽的。最初我不理解，认为很可笑，可是现在我喜欢这位‘可怜的骑士’，主要是敬佩他了不起的精神。”

阿格拉雅谈到这里为止，别人瞧着她，很难断定她这是说的正经话，还是在嘲笑。

“反正他是个傻瓜，他的精神也够愚蠢的！”将军夫人下了断语。“你也真能吹，我的姑奶奶，滔滔不绝足足讲了一堂课；我认为你这样是要不得的。至少很不得体。究竟是什么样的诗？你朗诵一遍，你肯定记得！我一定要知道这是什么诗。我一辈子讨厌诗歌，总觉得这玩意儿成事不足。看在上帝分上，公爵，你忍耐一下，看来你我得一块儿受这份罪。”她向公爵列夫·尼古拉耶维奇说。她非常恼火。

公爵列夫·尼古拉耶维奇本想说些什么，但一直窘得什么也说不出来。只有“讲课”讲得如天马行空的阿格拉雅一点也不窘迫，甚至好像挺高兴。她立即站起来，还是那样严肃而且郑重其事，似乎预先准备了这一着，只等别人提出就走到廊台中央，面对继续坐在圈椅里的公爵站好。大家有些惊异地望着她，几乎所有的人——Щ公爵、两个姐姐、母亲——都怀着不愉快的感觉静观这出新编的闹剧，认为她毕竟走得太远了。但阿格拉雅显然正是喜欢她摆开架势朗诵诗歌之前这一整套煞有介事的姿态。叶丽扎薇塔·普罗科菲耶夫娜差点儿没把她轰回原座，但就在阿格拉雅刚要开始朗诵这首著名的歌谣之际，又有两位客人大声说着话从街上莅临廊台。这是伊万·费奥多罗维奇·叶班钦将军和跟在他后面的一位年轻人。他们的来临少不得引起一阵小小的忙乱。

七

随同将军到来的一位年轻人大约二十八岁，身材高大，体态匀称，英俊的面庞才气横溢，一双黑色的大眼睛炯炯有神，充满机智和嘲弄。阿格拉雅对他甚至没看一眼，继续朗诵那首诗，继续煞有介事地单单望着梅诗金公爵，单单面向他一人。公爵开始明白，这样做她是别有心计的。总算新来的客人稍稍缓和了他的尴尬状态。公爵一见到他们，立刻欠身坐起来，老远就客气地点头和将军打招呼，示意不要打断朗诵，自己乘机退到圈椅后面，把左臂肘搁在椅背上继续听歌谣，这样姿势算是比较自然，不像坐在圈椅里那么“滑稽”。叶丽扎薇塔·普罗科菲耶夫娜也用命令的手势向刚进来的人摇了两下，要他们止步。其时，公爵对于刚刚随将军同来的年轻客人发生了莫大的兴趣；他肯定这一位就是他已多次听说和多次念及的叶甫盖尼·巴甫洛维奇·拉多姆斯基。只是来客所穿的便装使他感到惑然，因为他听说叶甫盖尼·巴甫洛维奇是军人。在朗诵进行过程中，这位客人的嘴角始终浮泛着嘲弄的微笑，好像有关“可怜的骑士”的由来他也已经听到过了。

“也许是他自己出的点子。”公爵思量着。

但是阿格拉雅则完全不同。她开始朗诵时那股煞有介事和有意夸张的架势已被她认真和专注的态度所掩盖，她全身心地深入诗作的精神实质，本着深刻的理解以最朴实的声调念出这首诗的每一个词，以致在朗诵完毕时不但吸引住全场的注意力，并且通过再现歌谣的崇高气质表明，刚才她郑重其事地走到廊台中央时那种一本正经的夸张架势或多或少有些道理。现在可以认为，这种严肃的姿态仅仅表示她对于自己所要再现的诗作怀着无限的、恐怕还有些天真的敬意。她的眼珠子亮晶晶的，灵感和欣悦掠过她的俏脸庞，曾使面部肌肉神经质地微微抽动了两下，几乎看不出来。她念道：

世上有位可怜的骑士，
他质朴单纯，沉默终日，
容颜苍白，表面阴沉，
浑身是胆，禀性耿直。
一个不可思议的形象，
在他眼前翩然浮晃，
那无与伦比的倩影，
深深地印在他心坎上。

烈火已把他的灵魂烤焦，
从此他对女人瞧也不瞧，
跟任何女人话也不说，
心如止水，至死不动摇。

他用钢丝罩遮住面部，
从不在人前把它卸除，
脖子上代替围巾

佩戴的是一串念珠。

心中充满纯洁的爱，
甜蜜的梦想永不忘怀，
他用自己殷红的鲜血
把 A. M. D.[①]写上盾牌。

彼时在巴勒斯坦的荒漠中，
骑士们不顾巉岩峥嵘，
高呼着心上人的名字
跃马向战场上猛冲。

天国的光明，圣洁的玫瑰！[②]
他的吼声震动危崖，
异教徒闻风丧胆，
畏之如同凶神恶煞。

他回到遥远的城堡，
足不出户以家为牢，
不言不语，如痴如呆，
忧忧郁郁魂归凌霄。[③]

公爵事后回想这片刻的情景，曾有很长时间为一个他百思不得其解的问题感到极大的困惑和苦恼：怎么可能把如此真挚、美好的感情同如此明显、刻薄的嘲弄结合在一起？对于有没有嘲弄的意味这一

① 拉丁文 Ave Mater Dei（伟哉圣母）的缩写。
② 原文为拉丁文。
③ 引自普希金的剧作《骑士时代场景》。

点，他深信不疑；他清清楚楚体会到了个中的滋味，而且是有根据的。在朗诵的时候，阿格拉雅擅自把 A. M. D. 三个拉丁字母换成了 Н. Ф. Б.[①]。他没有误解，也没有听错，——这一点他不可能存疑（后来被证实了）。阿格拉雅此举当然是开玩笑，虽则过于轻率，近乎恶作剧，至少是故意的。在这以前，关于“可怜的骑士”大家谈了（而且认为很可笑）已有一个月。然而，无论公爵事后怎样努力回忆，事实总是：阿格拉雅读出这三个字母时非但没有任何开玩笑的样子或者暗暗发笑，甚至没有在这三个字母上加重一点点语气以便突出隐藏其中的涵义，相反，她照旧读得那样认真，那样天真无邪地朴实，使人以为歌谣中也是这三个字母，书上印的亦然如此。一种沉重而不愉快的感觉触到公爵的痛处。叶丽扎薇塔·普罗科菲耶夫娜当然既没有发觉字母被更换，也不理解其中的奥秘。将军伊万·费奥多罗维奇只知道朗诵的是一首诗。其余的听者中有很多人明白内情，对于此举的大胆及其用意感到惊讶，但都保持沉默，而且尽量不露声色。但是叶甫盖尼·巴甫洛维奇不但懂得（公爵敢打赌），还竭力要显示自己懂得：他的莞尔一笑中嘲弄的意味太明显了。

“美妙极了！”将军夫人真的陶醉了，朗诵刚结束，她就发出赞叹。“谁写的诗？”

“普希金，妈妈，别叫我们丢丑吧，这该有多难为情啊！”阿黛拉伊达说。

“你们不叫我当更大的傻瓜才是怪事！”叶丽扎薇塔·普罗科菲耶夫娜反唇相讥，“没羞！回去以后，马上把普希金的这首诗拿给我看！”

“咱们那儿大概压根儿没有普希金的书。”

“有两卷破破烂烂的，”亚历山德拉补充道，“不知从什么时候起一直搁在那儿。”

“立刻差费奥多尔或阿列克赛坐第一班火车到城里去买，——还

---

① 这是“娜斯塔霞·菲立波夫娜·巴拉什科娃”的俄文缩写。

是差阿列克赛去。阿格拉雅，你过来！吻我一下，你念得很精彩。不过，”她轻得近乎耳语似的附带指出，“假如你出于真心这样念，我为你惋惜；假如你这样念是取笑他，那么我认为你这种感情是不足取的，所以归根到底还是干脆不念为好。你懂吗？去吧，小姐，我以后再跟你谈，咱们在这儿已经坐得太久了。”

其时公爵正和将军伊万·费奥多罗维奇互道契阔，将军向他介绍了叶甫盖尼·巴甫洛维奇·拉多姆斯基。

“我从半道上把他拖了来，他才下火车，听说我要上这儿来，而且我家的人都在这儿……”

“我获悉您也在此地，”叶甫盖尼·巴甫洛维奇把将军的话打断，“因为我早就立意不但要和您结识，还想获得您的友谊，所以我不想错过机会。您贵体违和？我刚刚听说……”

“现在完全好了，认识您非常高兴，我也久闻大名，还跟Щ公爵谈起过您。”列夫·尼古拉耶维奇回答，一边伸出手去。

寒暄已毕，两人互相握手，彼此都凝神看了看对方的眼睛。霎时间谈话流于浮泛。公爵注意到（现在他很快而且急切地什么都注意到，甚至根本没有的事他或许也会注意到），叶甫盖尼·巴甫洛维奇穿的便装正引起大家非常强烈的诧异，以致其余的印象一时竟全部忘怀和磨灭了。可以认为，换装这件事儿大有文章。阿黛拉伊达和亚历山德拉疑惑地向叶甫盖尼·巴甫洛维奇问长问短。他的亲戚Щ公爵简直大为不安；叶班钦将军则几乎感到紧张。唯独阿格拉雅有些好奇、但十分沉着地对叶甫盖尼·巴甫洛维奇看了一会儿，似乎想比较一下，是军装还是便服对他更合适，然而随即扭过头去不再看他。叶丽扎薇塔·普罗科菲耶夫娜也不想问什么，尽管她或许也有些不安。公爵得到一个印象：将军夫人对于叶甫盖尼·巴甫洛维奇好像不很欣赏。

“他使我深感意外、大为惊讶！”伊万·费奥多罗维奇在回答纷纷提出的问题时一再表示。“刚才我在彼得堡遇见他的时候，我就不愿相信。费解的是：为什么突然这样决定？他自己一向大声疾呼反对砸椅子[①]。”

从接下来的谈话中可以知道，叶甫盖尼·巴甫洛维奇早已预告要退役；但每次都说得极不正经，所以不能相信他的话。他这个人即使说正经事也总是那么半真不假的，根本没法猜透他的心思，尤其在他自己不愿人家猜透的时候。

“我只不过是暂时退役，大概几个月，顶多一年。”拉多姆斯基笑着说。

“完全没有必要，至少据我对于您的情况的了解是这样。”将军依然非常激动。

“不是要到各处田庄去转一转吗？这是您自己提出的忠告。另外，我还想到国外去……”

话题倒是转得很快；但是，如此强烈而且仍在继续的不安情绪，在作为旁观者的公爵眼里毕竟过了头，其中肯定有文章。

“这么说，‘可怜的骑士’又上台了？”叶甫盖尼·巴甫洛维奇走到阿格拉雅跟前才问了一句。

公爵感到惊讶的是：阿格拉雅用不解和疑问的目光把叶甫盖尼·巴甫洛维奇打量了一番，仿佛要让对方知道，他们之间关于“可怜的骑士”没什么可谈的，她甚至不明白对方的问话是什么意思。

“太晚了，太晚了，现在差人到城里去买普希金的书太晚了！”郭立亚正在一个劲儿地同叶丽扎薇塔·普罗科菲耶夫娜争辩，“我已经对您说过不下三千遍：太晚了。”

“是的，现在差人到城里去的确太晚了，”叶甫盖尼·巴甫洛维奇赶紧撂下阿格拉雅顺势说，“我想，彼得堡的店铺也已经关门，现在八点多了。”他掏出怀表来证实这一点。

---

① 果戈理所作《钦差大臣》第1幕中，市长谈起一位教员时说：“他有满腹经纶……可是讲起课来常常激动得忘其所以。有一次我去听他上课……他讲到马其顿王亚历山大的时候……我以为失火了呢，真的！他从讲台上跑下来，抓起一把椅子就使劲往地上摔。当然，马其顿王亚历山大是伟人，但又何必砸椅子呢？”此后，“砸椅子”在俄语中成了“做过头”的同义语。

“既然那么多日子也将就过来了，我看熬到明天也可以。”阿黛拉伊达插了一句。

“再说，上流社会的人对文学太感兴趣也不体面，”郭立亚补充道，“不信可以问叶甫盖尼·巴甫洛维奇。还是关心红轱辘的黄色敞篷马车体面得多。”

“您又是从书上看来的。”阿黛拉伊达指出。

“他说的话都是从书本上看来的，”叶甫盖尼·巴甫洛维奇接过了话茬，“往往把评论文章整段整段搬过来。我早已有幸了解尼古拉·阿尔达里昂诺维奇的谈话，但这一回他说的并非来自书本。尼古拉·阿尔达里昂诺维奇显然是指我的红轮子黄色敞篷马车。不过我已经换了一辆，您报道的是过时旧闻。”

公爵留神听着拉多姆斯基的话……。他觉得叶甫盖尼·巴甫洛维奇的举止非常得体，平易近人，轻松活泼；公爵尤其欣赏他抱着完全平等、友好的态度同撩拨他的郭立亚说话。

“这是什么？”叶丽扎薇塔·普罗科菲耶夫娜问薇拉——列别杰夫的女儿，因为薇拉正站在她面前，双手捧着几册装订得很好、差不多还是新的大开本书。

“普希金，”薇拉说，“我们家的普希金。是爸爸吩咐我拿来给您的。”

“怎么？那怎么可以？”叶丽扎薇塔·普罗科菲耶夫娜感到非常意外。

“不是作为礼物，不是作为礼物！我不敢！”列别杰夫从女儿肩后跳出来说。“我是原价割爱。这是我们家传的藏书，安年柯夫编的《普希金文集》[①]，这个版本现在已经找不到了，——我是原价割爱。我诚惶诚恐地献出此书，想把它卖了，从而使将军夫人阁下无比崇高而又如此迫切的文学爱好可以得到满足。”

---

① 指1885—1887年间在彼得堡出版的七卷本《普希金文集》，由帕·瓦·安年柯夫（1813—1887）主编。这是在研究手稿基础上出版普希金著作集的第一次尝试。

“啊，你肯卖，那就谢谢了。反正不让你吃亏；不过请别拿腔作势，先生。我听说你读过好多好多书，将来咱们聊聊。这些书你自己给我送去，好不好？”

“敢不从命！一定诚惶诚恐……恭恭敬敬送到府上！”得意非凡的列别杰夫照旧拿腔作势地扭动身躯，并立即把书从女儿手中夺过去。

“可不要把我的书给弄丢了，你送去时倒不需要恭恭敬敬，但有一个条件，”将军夫人定睛打量着他附加说，“我只准你到门槛外面，我今天可不打算接待你。要是差你的女儿薇拉去的话，现在也行，我挺喜欢她。”

“您怎么不把那些人的事告诉他？”薇拉焦急地对父亲说，“要是这样的话，他们会自己闯进来的，现在已经闹起来了。列夫·尼古拉耶维奇，”她向已经拿起帽子的公爵说，“那边早已来了四个人要见您，正等在我们那儿骂人，可是爸爸不让他们上这儿来见您。”

“什么客人？”公爵问。

“他们说是有事情找您，不过看这些人的样子，即使现在不让他们进来，他们在路上也会拦住您的。列夫·尼古拉耶维奇，还是现在见他们的好，免得以后麻烦。加甫里拉·阿尔达里昂诺维奇和普季岑正在那边劝说，可他们不听。”

“那是帕甫里谢夫的儿子！帕甫里谢夫的儿子！别理他们！别理他们！”列别杰夫双手乱摇，“他们的话根本不值得一听！最尊敬的公爵阁下，您为他们伤自己的精神太犯不着了！的确是这样！他们根本不配……”

“帕甫里谢夫的儿子！我的上帝啊！”公爵非常尴尬地惊呼，“我知道……可是我……我不是已经把这件事交给加甫里拉·阿尔达里昂诺维奇去办了吗？刚才加甫里拉·阿尔达里昂诺维奇告诉我说……”

但是加甫里拉·阿尔达里昂诺维奇已经从里屋出来走到廊台上；普季岑跟在他后头。在最近的一间屋子里响起了喧哗声和伊沃尔京将军很高的嗓门儿，他似乎想盖过好几个人的声音。郭立亚立即向发出喧嚣的地方跑去。

“这倒是很有趣的！”叶甫盖尼·巴甫洛维奇指出，这句话谁都听得见。

“可见他了解情况。”公爵心想。

“什么帕甫里谢夫的儿子？打哪儿冒出来什么帕甫里谢夫的儿子？”将军伊万·费奥多罗维奇莫名其妙地问，同时以好奇的目光把在场的人一一看遍，发现事态的这一新发展只有他一个人不知道，心中暗暗纳罕。

的确，在场的人个个激动异常，紧张地等待着。公爵深感诧异的是：这件只涉及他个人的私事，已经引起所有在场的人如此强烈的关切。

“如果您立即**亲自**把这件事情了结的话，倒是非常好的，”阿格拉雅神态特别严肃地走到公爵面前说，“请允许我们大家做您的见证。人家想要污蔑您，公爵，您应当理直气壮地为自己辩护，我已经预先为您感到万分高兴。”

“我也希望这场无理取闹的风波能彻底结束，”将军夫人大声表示，“得好好教训教训他们，公爵，不能客气！这件事我已经听得耳朵里嗡嗡直响，我为你气得要命。我倒要瞧瞧。你把他们叫来，我们都坐下。阿格拉雅出的主意很好。您听说过这件事没有，公爵？”最后那一句她是向Щ公爵说的。

“当然听到过；是在府上听说的。但我很想看一下那些年轻人。”Щ公爵答道。

“是否就是那些虚无主义者？”

“不，也不能说他们是虚无主义者，”列别杰夫跨步上前说；他也紧张得几乎在发抖，“他们是另一种特殊的类型，我的外甥说他们比虚无主义者走得更远。将军夫人阁下，您以为有你们在场他们不会过于放肆，您想错了；他们不会收敛的。虚无主义者有时候毕竟还懂道理，甚至有学问；而这班人走得更远，因为他们首先讲究实惠。说起来这也是虚无主义造成的某种后果，但不是通过直接的途径，而是受到道听途说的间接影响；他们不在报刊上发表文章宣扬自己的主张，而是直接表现在行动上。比如：他们不谈什么普希金毫无意义，也不谈什么俄国必须分裂等等。不，他们现在索性理所当然地认为：如果一心想要得到什么，那就决不在任何障碍面前却步，即使在这同时要弄死八条人命也在所不惜。所以，公爵，我劝您还是不要……”

但是公爵已经走过去给来客开门。

“您这是诽谤，列别杰夫，”他含笑道，“令外甥把您给气坏了。叶丽扎薇塔·普罗科菲耶夫娜，别信他的话。我敢向您担保，戈尔斯基和达尼洛夫仅仅是个别的，而这一些人仅仅……有些错误的想法罢了……。不过我不想在这里当着大家的面处理这件事。请原谅，叶丽扎薇塔·普罗科菲耶夫娜，等他们进来后，我让你们见一见他们，然后我把他们带走。请进来吧，先生们！”

其实，使公爵更为不安的是另一个对他说来很痛苦的念头。他依稀觉得：这事儿会不会是有人预先安排好了的？不早不晚偏偏在这个时候发生，故意让这么多人目睹，也许正是等着他出丑，而不是希望他取得成功？但是，他觉得自己这种“骇人听闻和不怀好意的疑心病”太可悲了。他简直宁愿死也不愿让任何人知道他脑袋里有这样的念头。当他的这批新客人进来的那个时刻，他打心眼里愿意承认，在周围所有的人中间，自己的品德是最卑下、最卑下的。

进来的人一共五位：四位是新来的客人，他们后面的第五位是伊沃尔京将军，他面红耳赤，激动得厉害，正处在饶舌的巅峰状态。“这一位肯定站在我一边！”公爵露出笑容忖道。郭立亚混在他们一起溜了回来；他正向来客中间的伊波利特热烈地说着什么，伊波利特似笑非笑地听着。

公爵请客人们坐下。他们都还那么年轻，有的甚至尚未成年，因此，眼下的局面以及连带着产生的一整套礼仪，委实令人纳闷。就拿伊万·费奥多罗维奇·叶班钦来说，他对于这一“新发展”一无所知、莫名其妙；他瞧着这班嘴上无毛的小子，本来肯定会以某种方式发作起来，但看到他的太太对公爵的私事表现出如此奇怪的热心，也就按捺住自己。不过，他按兵不动一方面是出于好奇，另一方面是出于好心，甚至准备助一臂之力，认为必要时他的权威总是有利无弊的。但是，伊沃尔京将军一进来就远远地向他鞠了一躬，又把他惹恼了；他紧锁双眉，决心缄口不语。

四位年轻的来访者里边一位已有三十来岁，他就是罗果仁那帮人中的退役中尉、自己“从前资助别人一出手就是十五个卢布”的拳击手。不难料想，他是以至交的身份陪同其余几位给他们壮胆的，必要时作他们的后盾。其余三人之中处于首要地位并起首要作用的是被称作“帕甫里谢夫的儿子”的那一位，尽管他自己报的姓名是安季普·布尔多夫斯基。这位年轻人衣着寒酸，不修边幅，上装的衣袖油光光的可当镜子照，邋遢的背心扣子一直扣到脖子底下，衬衫不知何处去，系着的黑色丝围巾脏得无以复加，卷得像条绳子；一双手久矣乎未洗，脸上长着不少粉刺，头发是淡黄色的，眼神既天真率直又傲慢无礼——如果可以这样形容的话。他身材不矮，但比较瘦，年龄在二十二岁左右。他脸上没有丝毫讽刺的意味，也没有半点内省的表现；相反，他顽固地认定自己拥有当仁不让的权利，与此同时又认为必须经常不断地使自己显得受了委屈，并且使自己觉得受了委屈，这已经到了出奇的程度。他说起话来很激昂、很着急，结结巴巴、哩哩啰啰，似乎口齿不清，甚至像个外国人，事实上却是纯粹的俄罗斯血统。

他的同伴一个是读者已经知道的列别杰夫的外甥，另一个是伊波利特。伊波利特还非常年轻，才十七岁，也许十八岁，疾病在他聪明的、但总是火气很大的脸上打下了可怕的烙印。他瘦得像具骷髅，皮色蜡黄，眼睛明亮，腮帮上燃烧着两团红晕。他咳嗽不止，每说一句话乃至每喘一口气都夹着嘶嘶的罗音。肺病显然已经入了膏肓。看起来他至多只能再活两三个星期。他十分疲惫，所以最先在椅子上坐下。其余几位进来时略为客气一番，几乎有些不好意思，不过摆出一本正经的样子，似乎生怕有失体面，这与他们的名声出奇地格格不入；通常他们被说成无视所有的繁文缛节，认为什么都是偏见，除了自身的利益差不多对世上的一切都持否定态度。

“安季普·布尔多夫斯基。”被称作“帕甫里谢夫的儿子”的那位性急而有些口吃地通名。

“弗拉基米尔·多克托连科。”列别杰夫的外甥口齿清楚、发音准确地自我介绍，甚至带着点儿自夸的味道。

“凯勒尔！”退役中尉只报了姓氏。

“伊波利特·杰连企耶夫。”最后开口的竟是一条出人意表的尖嗓子。

四个人终于都在公爵对面的一排椅子上就座。他们报了姓名以后，马上绷紧面孔，故作镇静地各自把帽子从一只手换到另一只手，人人都准备说话，可是人人都不张嘴，摆出挑战的架势不知在等什么，那副神气分明在说：“不，朋友，你甭想要花招，没门儿！”可以感觉到，只要随便什么人吐出一个字儿开个头，他们立刻会争先恐后、互相打岔同时说起话来。

八

“先生们，我没想到你们中任何一位会来，”公爵开始说，“我本人在今天以前身体一直不好，您那件事，”他向安季普·布尔多夫斯基说，“我一个月前已委托加甫里拉·阿尔达里昂诺维奇·伊沃尔京去办，并且当时就通知了您。尽管如此，我并不回避直接由本人进行解释，不过，想来您也同意，在这个时候……我建议跟我到另一个房间里去，如果时间不长的话……。眼下我的朋友都在这里，请相信……”

“朋友……爱请多少都行，不过，也请允许我们说一句，”列别杰夫的外甥突然把他的话打断，用的十足是教训人的口气，虽则嗓门还没有扯得很高，“您对待我们可以放客气点儿，不该叫我们在您的用人屋子里等上两个小时……”

“而且，当然……我也……这是摆公爵架子！这好比……您是将军！我可不是您的用人！我……我……”安季普·布尔多夫斯基一下子激动异常地讷讷说道；他由于无比委屈而声音发颤，嘴唇哆嗦，口沫四溅，好像整个儿破裂或爆炸了，但又急得要命，故而他开口不久底下的话已完全不知所云。

“这是摆公爵架子！”伊波利特也跟着喊了一声，嗓音尖细而又震颤。

“如果我碰上这等事儿，”拳击手嘟哝道，“我是说，如果用这样的态度对待珍惜荣誉的人是直接冲我来的，那么，我处在布尔多夫斯基的位置……我……”

“先生们，我得悉你们在此地的消息总共还不到一分钟，真的。”公爵再次声明。

“公爵，我们并不怕您的朋友，不论他们是谁，因为我们是在维护自己的权利。”列别杰夫的外甥重申。

“但是，请问您有什么权利把布尔多夫斯基的事交给您的朋友们评断？”伊波利特又尖声说，但火气已经上来。“也许我们并不愿意让您的朋友们来评断；您的朋友们会作出什么样的评断完全是不问可知的！……”

“但是，如果您，布尔多夫斯基先生，不愿在这里谈的话，”公爵总算得到插话的机会；这样的开端使他大为愕然，“那么，我对您说，我们可以马上到另一间屋子里去；至于你们几位，我再说一遍，我还是一分钟前才听说……”

“反正您没有权利，没有权利，没有权利！……您的朋友……。瞧！……”布尔多夫斯基忽然结结巴巴地又开腔了，同时用怯生和担心的眼神环顾周围的人，越激动就越生疑、越胆怯，“您没有权利！”说完这一句，他猝然顿住，声音戛然而止，一双暴突的近视眼布满相当粗的红丝睁得老大，带着无言的疑问盯着公爵，整个身体向前倾斜。这一回公爵实在太惊讶了，自己也说不出话来，同样瞪出眼睛看着他，一言不发。

“列夫·尼古拉耶维奇！”叶丽扎薇塔·普罗科菲耶夫娜突然叫

他，“你立刻把这读一下，马上读，这跟你这件事直接有关。”

她匆匆递给公爵一份属于幽默刊物的周报[1]，用手指点着一篇文章。当那四位客人刚进来时，列别杰夫就从旁边跳到他所巴结的叶丽扎薇塔·普罗科菲耶夫娜跟前，一句话也不说，从边兜里取出这份报纸，指着用笔画出的一条版面直接端到她眼皮底下。叶丽扎薇塔·普罗科菲耶夫娜读了这篇东西，震惊和激动得非常厉害。

“不过，还是不要念出声来为好，”公爵喃喃地说；他感到十分为难，“回头……我一个人读……”

“还是你来读吧，马上读，念出声来！念！”叶丽扎薇塔·普罗科菲耶夫娜向郭立亚说，同时不耐烦地把公爵刚拿到手的报纸又抢过来。“念给大家听，让每个人都听到。”

叶丽扎薇塔·普罗科菲耶夫娜是一位容易冲动、感情用事的女士，往往未经仔细考虑，不问天气好坏，一下子决定起锚出海。伊万·费奥多罗维奇不安地挪动身子。但是，当大家在最初的一刹那愣住了莫名其妙地等着的时候，郭立亚已经打开报纸，从列别杰夫跳过来指给他看的地方开始出声念道：

无产者与贵族苗裔

每天发生的白昼抢劫事件之一例！

进步！改革！公正！

在我们被称作神圣的俄罗斯，在我们这个改革和合作的时代，在重视民族问题和每年把成亿卢布输往国外的时代，在实业得到鼓励和劳动力陷于瘫痪的时代，等等，等等，总之，在这个其特征不胜枚举的时代，咄咄怪事层出不穷，因此，诸位，还是开门见山。怪事发生在我国某破落地主贵族（哀哉！）的一位苗裔身上，他属于这样的一类苗裔：他们的祖父在轮盘赌上输得倾家荡

---

[1] 暗指1859—1873年间在彼得堡出版的幽默杂志《火花》。该刊由诗人瓦·斯·库罗奇金和漫画家斯杰潘诺夫主编，具有革命民主主义倾向。

产，父亲不得不在军队里当士官、尉官，并且照例因一时疏忽挪用了公款于在押候审时死去，而他们自己则如同本文主人公那样长大成为白痴，甚或卷进刑事案件（不过，陪审团总是会帮他们开脱，希望他们接受教训，幡然悔改），或者临了做出使公众大吃一惊、给我们这个本来已经够可耻的时代再添些耻辱的事来。大约半年前，这位苗裔像外国人那样裹着一副腿罩，穿一件既无毛皮又无衬里的薄外套，冷得瑟瑟发抖，冒着严冬从他去治白痴症（！）的瑞士回到俄国。应当承认，此人运气实在好。撇开他在瑞士想治好的那种病症不谈（试想，白痴岂是治得好的？！！），此人可用自身来证明一句俄国谚语言之有理：福星只照贵人，横财不富穷汉。诸位请想一想：我们这位爵爷襁褓丧父，据说他父亲是一名中尉，因为赌牌把全连的军饷"突然弄丢"了，可能还因为对下属滥用笞责（诸位该记得过去是什么时代！）要按军法论处，可是在候审时死了，于是有一位拥资巨万的俄国地主出于慈悲之心收养了我们的小爵主。这位俄国地主——我们姑且称之为帕某——在昔日的黄金时代曾拥有四千农奴（四千魂灵[①]！诸位，你们是否明白这个词儿的意义？我不明白。得查一下详解词典。真是："纵非远古旧闻，亦难令人置信。"[②]），显然属于游手好闲的俄国寄生虫之列，他们毕生逍遥国外，夏季在温泉避暑疗养，冬季在巴黎的"花之宫"寻欢作乐，一辈子花在那里的钱财不计其数。可以肯定，这位昔日农奴主的全部租赋收入至少有三分之一落进"花之宫"老板的腰包（想必也是个有福之人！）。不管怎样，反正无忧无虑的帕某按公爵苗裔的规格抚育了这位失去怙恃的小少爷，为他延聘家庭教师（自然少不了漂亮的家庭女教师），而且都是他自己从巴黎带回来的。无奈这位末代贵族苗裔

① 俄文"农奴"和"魂灵"是同一个词。果戈理的小说《死魂灵》意即"死农奴"。

② 语出俄国诗人格里鲍耶陀夫的诗剧《聪明误》第2幕第2场。

是个白痴。来自“花之宫”的家庭女教师无济于事，我们的爵主爷直至二十岁居然没有学会说任何一国语言，包括俄国话在内。不过最后这一点情有可原。后来，帕某的俄国农奴主脑袋忽发奇想，认为白痴在瑞士可以学乖，——其实，生此奇想也是合乎逻辑的：作为寄生虫的财主自然会想象，花钱在市场上甚至可以买到智慧，尤其在瑞士。在瑞士一位著名教授那里经过五年的治疗，钱花去了千千万万，白痴当然没有变聪明，但是据说毕竟比较像个人样了，——对待这话无疑应持一定的保留态度。不料帕某溘然长逝。不言而喻，遗嘱根本没有，产业事务照例一团糟，穷凶极恶的继承人有一大堆，他们哪里顾得上在瑞士靠接济治先天性白痴症的末代贵族苗裔。苗裔虽是个白痴，却曾经试图蒙哄给他治病的教授，据说有两年一直把恩人之死瞒着教授，不花分文接受他的治疗。但教授自己本是个老滑头；他终于给这条二十五岁的寄生虫囊空如洗和食欲惊人(这是更重要的原因)吓坏了，便把自己的旧腿罩给他裹上，把自己的破外套也送给他，掏腰包买了张三等车票，把他从瑞士打发走，**到俄国去**[①]。我们的主人公看起来要走背运了。但事实远非如此。让整省整省的老百姓饿死的命运女神，却把她的礼品一下子全部赐给这位贵人，犹如克雷洛夫寓言中的**乌云**飞越干旱的田野，化作倾盆大雨落入汪洋。差不多就在他从瑞士来到彼得堡的同一时刻，他母系的一个亲戚(不用说，他母亲是商人家庭出身)、一个无儿无女的老光棍、蓄大胡子的老派商人、旧派教徒，在莫斯科一命呜呼，留下好几百万硬邦邦、响当当、不折不扣、实实在在的遗产(读者，要是留给你我该有多好！)，全部属于这位贵族苗裔，全部传给在瑞士治白痴症的爵主爷！这下可抖起来了！在这位不久前还裹着腿罩、一度热烈追求某名媛兼情妇的爵爷周围，一下子聚集了一大帮三朋四友，甚至有攀亲戚的，特别值得一提的是名门千金也趋

① 原文为德文。

之若鹜，她们如饥似渴地指望结成合法婚姻。本来嘛，还有比这更好的吗：贵族、百万富翁、白痴——样样齐全，这样的如意郎君上哪儿找去？即使定做也做不出来！……

"这……这简直莫名其妙！"伊万·费奥多罗维奇怒不可遏地咆哮起来。

"别念了，郭立亚！"公爵用恳求的语调喊道。

人们从周围各处纷纷作出强烈的反应。

"念！无论如何要念下去！"叶丽扎薇塔·普罗科菲耶夫娜斩钉截铁地说；她显然正以了不起的努力克制着自己。"公爵！如果不念下去，咱们非闹翻不可。"

没有办法，气愤得面红耳赤的郭立亚心潮翻腾、声音激动地往下念：

正当我们这位暴发的百万富翁过着所谓神仙般的日子之际，发生了一件完全不相干的事情。一天早晨，有个人去找他。来访者神态从容严肃，说话客客气气，但是得体而且在理，衣着简朴大方，思想带有明显的进步色彩，他三言两语讲明了来意：他是一位有名的律师，受一个年轻人的委托办理一件事，现在是代表他来的。这个年轻人并非别人，乃是已故的帕某之子，虽然所用的是另一个姓氏。好色的帕某自己年轻时诱奸了奴婢中一个清清白白的姑娘。姑娘虽穷，却受过欧洲式的教育(这无疑是昔日农奴主的特权在起作用)。帕某发现这种关系不可避免的结果日益迫近，便急急忙忙把姑娘嫁给一个做买卖、甚至担任公职的正派人，这人很早就爱着那姑娘。起初帕某曾接济这小两口，但不久有骨气的丈夫便拒绝接受他的帮助。过了一些时日，帕某渐渐地忘掉了那姑娘，也忘掉了他和那姑娘所生的儿子，以后，正如大家知道的那样，他没有做出安排就死去。他的儿子形式上属于合法婚生，却是顶着别人的姓氏长大的。他母亲的丈夫是个厚道人，完全把他视为亲生，后来也死了。这样一来，帕某的儿子便失去一切倚靠，还有他那苦命的母亲在遥远的外省缠绵病榻。他本人在首都给商人家的孩子授课，每天凭自己高尚的劳动挣钱，先是维持自己上中学，后又去听对他有益的讲座以求深造。但是，从俄国商人那里靠教一毛钱一课的书又能挣得几何？何况还有一个卧病在床的母亲，最后她虽然死在边远省份，却几乎没有减轻儿子的负担。现在的问题是：我们这位贵族苗裔应该如何公正地看待此事？读者当然估计他会对自己说："我一生全仗帕某的施舍，为了让我受教育，为了聘请家庭女教师，为了治我的白痴症，不知花了多少钱，单是流到瑞士去的就不下数万。如今我有了几百万，而帕某的儿子正在把高尚的情操消耗在授课上，尽管他那做事轻狂而且早已把他忘掉的父亲造成的恶果完全不应由他负责。花在我身上的钱，按理说都应当花在他身上。为我花掉的巨额款项实质上并不是我的。这纯粹是命运之神盲目造成的错误；那些钱应该属于帕某的儿子，应该用在他身上，而不是用在我身上。现在的局面是轻率而健忘的帕某悖情逆理的产物。如果我能完全做到高尚、知趣、公正，我应当把我得到的全部遗产分一半给他的儿子；但我首先是个精明人，而且对于此事法律管不着这一点了解得太清楚了，所以我不会把我的数百万家私分去一半。然而，帕某用于给我治白痴症的钱不下数万，倘若现在我不把这笔钱还给他的儿子，这在我至少过于卑鄙无耻（苗裔忘了，这也是不精明的）。做人必须凭良心、讲公道！要知道，假如没有帕某抚育了我，假如他不来关心我而是去关心他的儿子，我会怎么样呢？"

不，诸位！我们的贵族苗裔可不是这样看问题的。年轻人的律师受理此事为他奔走纯粹是出于友谊，几乎违背自己的意愿，几乎是被迫的。尽管律师向苗裔晓以大义，向他阐明道德、名誉、公正乃至单纯为自身计要求他做什么，这位瑞士来的受惠者竟丝毫不为所动！你们猜怎么着？这还算不了什么，另一点才是真正不可宽恕而且不能用任何罕见病症为理由予以原谅的。这位刚刚脱去教授所赠腿罩的百万富翁，居然连这点道理都辨不清：把高尚的情操消耗在授课上的年轻人并非求他施舍和帮助，而是要他自己的权利和应得的一切，虽然不是法律所规定的；况且，也不是他提出要求，而是朋友们在为他抱不平。贵族苗裔陶醉于他所得到的仗财欺人的权力，神气活现地掏出一张五十卢布的钞票作为侮辱性的施舍寄给品德高尚的年轻人。诸位，你们无法相信，是不是？你们义愤填膺，你们受到了侮辱，你们发出愤怒的呐喊；但是他这样干了！不用说，钱立刻退还给他，可以说是往他脸上扔回去的！ 这件事又该如何解决呢？它不属于法律所管的范围，唯一的办法是诉诸舆论！ 我们把这段故事公之于众，保证所述确凿可信。据说，我们有一位大名鼎鼎的幽默家当即口占绝妙的打油诗一首，这首讽刺短诗刻画我们时代的世态人情，不但能使外省书刊生辉，即使见诸京都报端也了无愧色：

施奈德* 一件外套，
廖瓦** 穿了整整五年；
疯疯癫癫无所用心，
浑浑噩噩打发时间。
紧裹腿罩黯然归国，
转眼到手百万遗产。
祷告上帝满口虔诚，
欺侮学生太觉刁钻。

附注 *瑞士教授。 **苗裔小名。

郭立亚念毕，急忙把报纸递给公爵，自己一句话也不说，跑到角落里去，双手捂住面孔向隅而立。他羞愧难当，他那稚嫩的、还不惯于接触卑污勾当的心灵遭到了无法忍受的伤害。他觉得刚才发生了一件糟不可言的坏事，一下子把什么都摧毁了；而他把那篇文章念出来这一事实本身，差不多已经证实他是这件坏事的根由。

看来大家都有类似的感觉。

姑娘们感到非常难堪、十分羞惭。叶丽扎薇塔·普罗科菲耶夫娜按捺着非同小可的愤怒，或许也在痛悔自己不该卷进此事；现在她保持沉默。公爵此时的反应犹如过分敏感的人在类似情况下往往会作出的反应一样：他为别人的行径感到无比羞耻，替这几位客人感到万分惭愧，最初有一会儿他连看也不敢向他们看一眼。普季岑、瓦丽雅、加尼亚乃至列别杰夫——个个显得有些尴尬。最奇怪的是：伊波利特和"帕甫里谢夫的儿子"似乎也为之惊讶；列别杰夫的外甥同样显露出不悦之色。唯独拳击手一人泰然坐在那里捻弄胡髭，姿态一本正经，眼睛有些朝下，但并非不好意思，相反，仿佛是谦虚的美德和过于明显的胜利使然。一切迹象表明，他非常欣赏这篇文章。

"鬼知道这算什么名堂，"伊万·费奥多罗维奇嘀咕道，"就像是五十名杂役凑在一起编出来的。"

"请问，亲爱的先生，您怎么可以进行这种侮辱性的揣测？"伊波利特指出，并且激动得全身发抖。

"对一个高尚的人作这样的……这样的……这样的揣测，将军，您应当承认，如果是高尚的人所写，这是对他的侮辱！"拳击手哩哩啰啰地说；他出于某种原因也一下子蹦了起来，同时继续捻他的胡髭，扭动肩膀和身体。

"首先，不要你们称我'亲爱的先生'；其次，我不想对你们作任何解释。"勃然大怒的伊万·费奥多罗维奇非常生硬地回答，随即离座起身，一句话也不说，走到廊台出口处，背向众人站在最高一级台阶上。他对直至现在还不打算离开的叶丽扎薇塔·普罗科菲耶夫娜恼火到了极点。

"诸位，诸位，该允许我讲几句话了，诸位，"公爵又伤心、又激动地发出呼吁，"我恳求你们，让我们用能够达成互相谅解的态度来说话。诸位，关于这篇文章我没有什么意见，随它去吧；不过，诸位，文章里所说的明明都不是事实。我之所以这样说，是因为你们自己也知道这一点；这简直难为情。如果这是你们中间某一位所写的话，那我实在感到惊讶。”

“直到此刻之前，我对于这篇文章一无所知，”伊波利特表示，“我不赞同这篇文章。”

“我虽然知道已经写好这么一篇文章，但是……我也不主张发表，因为为时尚早。”列别杰夫的外甥作了补充。

“我知道，但我有权利……我……”那位“帕甫里谢夫的儿子”讷讷地开始说。

“什么？这都是您自己编出来的？”公爵好奇地望着布尔多夫斯基问道，“这不可能！”

“然而，我们可以不承认您有权提出这样的问题。”列别杰夫的外甥插话道。

“我只是感到惊讶，布尔多夫斯基先生居然会……不过……我是想说，既然您已经把这件事公之于众，那么，刚才我当着我的朋友们谈起此事的时候，您为什么又如此生气呢？”

“着哇！”叶丽扎薇塔·普罗科菲耶夫娜窝着一肚子火嘀咕了这么一句。

“还有，公爵，您忘了，”列别杰夫忽然从椅子间钻进来；他实在耐不住了，几乎像热锅上的蚂蚁，“您还忘了，您接见他们并且听取他们的意见，完全是出于您的善意和无与伦比的好心，而他们根本没有权利提出这样的要求，况且您已经委托加甫里拉·阿尔达里昂诺维奇办理此事，——您也是本着过于善良的态度才这样做的。尊敬的公爵阁下，现在您置身于经过挑选的朋友中间，您不能为了这几位先生而牺牲您的朋友；老实说，您可以立刻把这几位先生通通从台阶上打发走，而我，作为房屋的主人，甚至非常乐于……”

“完全正确！”伊沃尔京将军突然从房间深处大声援应。

“算了，列别杰夫，算了，算了……”公爵刚一开口，他的话立刻被一阵突然爆发的愤怒抗议所吞没。

“不，对不起，公爵，对不起，这事儿现在可不能就此算了！”列别杰夫的外甥喊得比谁都响，“现在必须把事情的性质说说清楚，确定下来，因为这件事显然被误解了。刚才已经有人从法律角度挑眼找碴，扬言要以此作为根据把我们从台阶上轰出去！公爵，难道您认为我们会傻到这种程度，难道我们自己不懂得这件事根本不属于法律争端？如果从法律角度来分析，我们连要您拿出一个卢布的合法权利也没有。但是，我们恰恰懂得，即使没有法律上的权利，却有合乎人情、顺乎自然的权利；这是属于常识和良心范围的权利。尽管我们这种权利没有写进人类任何一部腐臭的法典，但一个高尚和诚实的人，反正只要是具备常识的人，即使在没有写进法典的那些问题上也有义务做到高尚和诚实。正因为如此，我们才到这里来，不怕人家把我们从台阶上扔下去，而你们刚才扬言要那样做，无非因为我们**不是乞讨**而是**要求**，无非因为这么晚来访不合礼仪(其实不是我们来得晚，而是您迫使我们在用人屋子里等了这么久)。我再说一遍，我们之所以无所畏惧地来到此地，正因为我们料想您是个具备常识的人，也就是讲诚实、凭良心的人。不错，我们进来时没有点头哈腰，不是仰您鼻息、有求于您的，而是作为昂首挺胸的自由人；决不向您乞讨，而是自由地、骄傲地提出要求(听着，不是乞讨，而是要求，这一点务必牢牢记住！)。我们怀着自尊心毫不含糊地把问题摆在您面前：在布尔多夫斯基这件事情上，您认为自己有理还是无理？您是否承认自己身受帕甫里谢夫的恩惠，也许您的命还是他救的？如果您承认(这是明摆着的)，那么您是否打算，或者凭良心认为应不应该，在自己得到几百万以后，对帕甫里谢夫穷困的儿子进行补偿，尽管他现在姓布尔多夫斯基？是还是不？如果**是**，换句话说，如果您还有一点你们称为诚实和良心、而我们认为更确切的名称叫作常识的东西，那么，您就满足我们的要求，事情便可了结。但是我们既不央告，也不致谢，不要期待我们求您、谢您，因为您不是为我们，而是为了公道才这样做的。如果您不愿满足我们的要求，也就是回答**不**，那么我们马上离开此地，事情也到此结束。我们要当着您的全体见证冲您说：您是个不识好歹和智力低下的人；从今以后您休想自命为、也没有资格自命为讲诚实、凭良心的人；您想买得这种资格，没那么便宜！我的话完了。我已经把问题提了出来。现在您把我们从台阶上赶下去吧，只要您敢。您可以这样做，您办得到。但要记住，我们毕竟是提出要求，而不是乞讨。是要求，不是乞讨！……”

列别杰夫的外甥气势汹汹地说到这里为止。

“是要求，是要求，是要求，不是乞讨！……”布尔多夫斯基口齿不清地说；他的脸红得像煮熟的龙虾。

列别杰夫的外甥一席话说下来，众人都有所动作，甚至腾起一阵喧哗，然而看得出在场的人一致回避插手此事，唯独热锅上的蚂蚁列别杰夫例外。（奇怪的是：显然站在公爵一边的列别杰夫，在他的外甥那一席话之后，现在好像有些为自家人感到骄傲，至少露出一种特别得意的神态向所有的人环顾一周。）

“照我看来，”公爵相当沉着地开始说，“照我看来，多克托连科先生，您刚才那一番话有一半说得极是，甚至有一大半是对的；要不是您在那番话里遗漏了一些什么，我可以完全同意您的观点。至于您究竟遗漏了什么，我没法准确地对您表述，我说不上；但您的话肯定还缺少点儿什么，还不能算完全正确。不过，还是谈正题为宜。请问，先生们，你们为什么要登这篇文章？其中明明每一句话都是诽谤；因此，先生们，我认为你们这样做是卑下的。”

“什么？！……”

“亲爱的先生！……”

“这……这……这……”从情绪激动的四位来访者那边同时发出起哄的声音。

“关于这篇文章，”伊波利特尖声接着说，“关于这篇文章我已经对您说过，我和另外几个人并不赞同！文章是他写的，”他指着坐在他旁边的拳击手，“写得不成体统，我承认，文理也不通，用的就是和他一样的退役军人那路笔法。他愚蠢，加以是个不务正业的人，我承认，这话我每天都当面对他说；但他还是有一半道理。公开真相是每一个人的合法权利，可见布尔多夫斯基也有这权利。文章中不成体统的地方由写作者自己负责。至于刚才我代表大家对于您的朋友们在场提出抗议，我认为有必要向诸位解释一下。我提出抗议纯粹是为了表明我们的权利，但实际上我们甚至希望有人作见证，在我们还没有走到这里来的时候，我们四个人在这一点上意见已经一致。不管由谁作见证，哪怕都是您的朋友，他们也不能不承认布尔多夫斯基的权利（因为他的权利是明摆着的，像数学一样没有疑问），那么，如果证人都是您的朋友反倒更好，真理会更加明显。”

“的确如此，我们意见一致。”列别杰夫的外甥加以证实。

“既然正合你们的心意，那刚才为何一开口就大叫大嚷？”公爵颇为纳罕。

“关于这篇文章，公爵，”拳击手插言道；他拼命想插嘴，现在大有眉飞色舞之概（有理由怀疑，是女士们在场对他产生了明显而强烈的影响），“关于这篇文章，我承认作者确实是我，虽然我这位有病的朋友刚才对它作了严厉的批评，不过我惯于原谅他，因为他身体太弱。但文章是我所写，也是我作为一篇通讯把它发表在一位知己的杂志上。只有那首诗不是我所写，而确实是一位著名幽默家的手笔。我仅仅念给布尔多夫斯基听了，也没有全念，立刻得到他的同意去发表；不过，即使不得到同意我也可以发表，这一点你们无法否认。公开真相是普遍的、崇高的、造福于人的权利。我希望您，公爵，不至于闭塞到这种程度，连这种权利也会否认……”

“我什么也不否认，但是您应该同意，这篇文章……”

“您是想说太尖锐了，是不是？但是要知道，这可以说是对社会有利，我想您也会同意的；再说，怎么能放过这样一件令人发指的事例呢？反正谁有错就是谁活该，最要紧的是社会效益。至于某些地方不太确切，那是所谓夸张的笔法，想必您也会同意，出发点是最重要的，首先应当看目的和动机，重要的是端出一个有教育意义的例子，然后再分析具体细节。最后，说到文体嘛，这里有所谓幽默作品的特点，何况大家都是这样写的，想必您也会同意！哈哈！”

“你们完全走错了路！先生们，我敢肯定，”公爵大声说，“你们发表这篇文章是假定我坚决不同意满足布尔多夫斯基先生的要求为前提的，于是就想恫吓我，通过某种手段对我进行报复。但是，你们怎么知道我一定不同意呢？也许，我已经决定满足布尔多夫斯基的要求。现在，当着大家的面，我毫不含糊地向你们表示，我准备满足……”

“着哇！这才是聪明而高尚的人所说的聪明而高尚的话！”拳击手宣称。

“上帝啊！”叶丽扎薇塔·普罗科菲耶夫娜惊呼。

“这是无法容忍的！”叶班钦将军咕哝道。

“听我说，诸位，请允许我把事情的经过交代一下，”公爵再三恳请，“布尔多夫斯基先生，五个星期以前，您的代理人和律师切巴罗夫到 З 地找我。凯勒尔先生，在您的文章里对他可谓恭维备至，”公爵忽然笑起来向拳击手说，“但他给我留下的印象十分不佳。从第一次见面我就明白，事情的总根子就在这位切巴罗夫身上。坦率地说，也许正是他利用了您的糊涂，布尔多夫斯基先生，怂恿您提出这样的要求。”

“您没有权利这样说……我……不是糊涂人……这……”布尔多夫斯基一激动，口齿就不清。

“您没有权利作这样的推测。”列别杰夫的外甥用教训人的口气说。

“这太气人了！”伊波利特尖声抗议，“这样的推测毫无根据，也不切题，完全是气人的！”

“对不起，先生们，对不起，”公爵急忙道歉，“请原谅；这是因为我觉得我们彼此开诚布公来谈也许更好；但是，一切悉听尊便。我告诉切巴罗夫，由于我不在彼得堡，我立即全权委托一位朋友处理这件事情，而且会通知您，布尔多夫斯基先生。现在我直截了当地对你们说，诸位先生，我觉得这件事是一个不折不扣的骗局，正因为有切巴罗夫插手……。哦，诸位，请不要见怪！看在上帝分上，请不要见怪！”公爵惊恐地叫了起来，因为又看到布尔多夫斯基愤懑的反应及其朋友激动和抗议的表情，“我说我认为这是个骗局，并不等于这就是你们干的！当时我并不认识你们中任何一位，连你们姓什么也不知道；我仅仅根据切巴罗夫来判断；我指的是一般情况，因为……你们哪里知道，自从我得到遗产以后，人家是怎么挖空心思欺骗我的！”

“公爵，您实在天真得可以。”列别杰夫的外甥以讥诮的口吻指出。

“同时却又是公爵兼百万富翁！尽管您的心地或许是善良和憨厚的，您毕竟摆脱不了一条普遍的规律，当然摆脱不了。”伊波利特宣称。

“也许如此，很可能如此，诸位先生，”公爵急忙说，“虽则我不明白您说的普遍规律是指什么，但我还是要谈下去，只是请不要生无谓之气；我可以起誓，我丝毫不想侮辱你们。说真的，先生们，这样简直没法谈下去：只要说一句由衷之言，你们马上认为是侮辱！但是，首先使我大吃一惊的是存在着一个‘帕甫里谢夫的儿子’，而且，根据切巴罗夫向我说明的情况，他的处境非常困苦。帕甫里谢夫是我的恩人，也是我父亲的朋友。啊，凯勒尔先生，在您这篇文章里提到我父亲时，您为什么要写这样的谎话呢？根本没有盗用连队军饷的事，也没有侮辱部下的行为，——在这方面我是坚信不疑的，您在写这样的诽谤文字时怎么下得了笔的呢？至于您写到帕甫里谢夫时用的字眼更是绝对不能容忍的。您把这位忠厚长者称作轻狂的好色之徒，下笔如此果断，口气这样肯定，好像您说的真是事实；而实际上这是一位世上最规矩的人！他还是一位杰出的学者，他和许多受尊敬的科学家有通信联系，曾对科学事业提供大量资助。至于他的心肠和他的善举，哦，当时我确实如您所写的那样，同白痴差不多，什么也不懂（尽管我还是能说、也能懂俄国话），不过，凡是现在我记得起来的事情，我并非不识其价值……”

“您不觉得这些话感情色彩太浓吗？”伊波利特尖声指出，“我们不是小孩子。刚才您表示要直接讨论本题，现在快十点了，请不要忘记。”

“很好，很好，先生们，”公爵当即表示同意，“由于一开始产生的怀疑，我认为自己可能错了，帕甫里谢夫也许确有一个儿子。但是，这个儿子竟然如此随便地——我的意思是如此公开地——抛出自己出生的秘密，而更主要的是让自己的母亲蒙受耻辱，这使我震惊得不得了。因为切巴罗夫当时就曾向我扬言要把此事公之于众……”

“简直荒唐！”列别杰夫的外甥喊道。

“您没有权利……没有权利！”布尔多夫斯基高呼。

“儿子不能对父亲道德败坏的行为负责，而母亲是无辜的。”伊波利特情绪激昂地尖叫。

“所以我觉得更应当给予怜悯……”公爵有些胆怯地说。

“公爵，您不仅天真，您也许比这走得更远。”列别杰夫的外甥作了一个冷笑。

“您有什么权利？！……”伊波利特的尖嗓门拔高到极不自然的程度。

“完全没有，完全没有！”公爵赶紧截住对方的话头，“这一点您说得对，我承认，但这并不是故意的。当时我马上对自己说，我不应当感情用事，因为我既然承认自己有义务满足布尔多夫斯基先生的要求，聊表我对帕甫里谢夫的一点心意，那么，不管我是否尊敬布尔多夫斯基先生，我都应该满足他的要求。先生们，我之所以谈起这个问题，是因为儿子用这样的方式公开母亲的秘密，在我看来总有些反常……。总而言之，主要由于这个缘故，我确信切巴罗夫一定是个坏蛋，是他用欺骗的手段把布尔多夫斯基先生拉进了这一骗局。”

“这太不能容忍了！”他那几位客人纷纷叫嚷，有的甚至从椅子上跳起来。

“诸位，正因为如此，我才认为不幸的布尔多夫斯基先生是个糊涂的弱者，容易上骗子的当，因而我更有义务像帮助‘帕甫里谢夫的儿子’那样帮助他，——首先是抵制切巴罗夫先生，其次是凭我的诚意和友情给他指明方向，第三是决定给他一万卢布，也就是据我估计帕甫里谢夫可能花在我身上的全部款项……”

“什么？才一万卢布？”伊波利特叫起来。

“公爵，您的算术实在不高明，或者非常非常精明，尽管您装出傻乎乎的样子！”列别杰夫的外甥也嚷道。

“一万卢布我不答应。”布尔多夫斯基说。

“安季普！答应下来！”拳击手隔着伊波利特的椅背从后面俯身向布尔多夫斯基提示，他说得很快，声音虽轻，但清晰可闻。“先答应下来再说。”

“听着，梅诗金先生，”伊波利特尖声发言，“要明白，我们不是傻瓜，不是庸俗的蠢货，而您的客人一定都认为如此，还有这些恶狠狠冲我们狞笑的女士，特别是这位风度翩翩的先生，”他指着叶甫盖尼·巴甫洛维奇，“当然，我没有与他结识的荣幸，但我多少已经听说过一些关于他的事……”

“别急，别急，诸位，你们又没有理解我的意思！”公爵激动地向他们呼吁，“首先，凯勒尔先生，在您这篇文章里对我的财产所作的估计非常不确切；我根本没有得到数百万遗产，我大概只有您估计的八分之一或十分之一那么多。第二，我在瑞士的时候治病花去的钱也没有数万之巨；施奈德每年收费六百卢布，而且总共只收了头三年。帕甫里谢夫从来没有到巴黎去请过什么漂亮的家庭女教师；这又是诽谤。我估计，花在我身上的钱总共还远远不到一万，但我决定拿出一万；你们也会同意，作为偿还债务，我决不能向布尔多夫斯基先生付得更多，即便我爱他爱得不得了，单从知趣这一点考虑我也不能那样做，因为我是还欠他的债，而不是向他施舍。先生们，我不知道你们怎么连这点道理都不明白！但是，我想以后用我的友情来弥补这一切，我要切实关心不幸的布尔多夫斯基先生的命运，他显然受骗上了当，否则他不会同意这种卑劣的做法，例如今天在凯勒尔先生这篇文章里把他母亲的事情公之于众……。诸位，你们为什么又发火了呢？这样我们绝对没法互相了解！事情没有出我所料！现在通过亲眼目睹，我确信我的推测是正确的。”公爵心急如火燎地竭力劝说，想使他们心平气和，却没有注意到结果适得其反。

“什么？确信什么？”公爵遭到了近乎狂怒的围攻。

“要说也可以。首先，我已经看清楚布尔多夫斯基先生的模样，现在我明明看到他是怎么个人……。这是一个无辜的人，但是人人都能骗他上当！这个人缺乏保护自己的能力……因此我必须怜惜他。其次，我把这件事委托了加甫里拉·阿尔达里昂诺维奇以后，已有很久没有从他那里得到消息，因为我自己在旅途之中，接下来又在彼得堡病了三天；刚才，大约一小时前我们别后第一次见面，他忽然告诉我，说他已完全摸清切巴罗夫的意图，他有证据表明切巴罗夫正是我估量的那种人。诸位，我知道有许多人把我看成白痴，切巴罗夫根据我出手松的名声认为很容易糊弄我，他的算盘就打在我对帕甫里谢夫的感情上。但主要的是，——请你们听我说完，先生们，请听我说完！——主要的是，现在一下子发现：布尔多夫斯基先生根本不是帕甫里谢夫的儿子！刚才加甫里拉·阿尔达里昂诺维奇把这一情况通知了我，并且要我相信他已获得充分可靠的证据。请问你们对此会作何感想？在事情已经闹到这般地步的现在，这不是令人难以置信吗？可是请听：证据是充分可靠的！我还不相信，我自己也不相信，确实如此；我还有些怀疑，因为加甫里拉·阿尔达里昂诺维奇还没有来得及把全部详情都告诉我，但切巴罗夫是个坏蛋——这一点现在已没有任何疑问！他欺骗了不幸的布尔多夫斯基先生，也欺骗了你们诸位，虽然你们都抱着崇高的愿望来此支持你们的朋友（因为他显然需要你们的支持，这一点我不是不理解！）；他糊弄了你们所有的人，把你们拖进一个骗局——要知道这实质上就是欺诈行为，就是骗局！”

“怎么是骗局？……怎么不是帕甫里谢夫的儿子？……这绝不可能？……”但听得喊声纷起，布尔多夫斯基一伙顿时陷入无法形容的惶惑之中。

“当然是骗局！要知道，如果布尔多夫斯基先生现在被证明不是‘帕甫里谢夫的儿子’，那么，布尔多夫斯基先生的要求就是不折不扣的欺诈性勒索（当然，他本人并不知道真相！）。但问题恰恰在于他被人骗了，正因为如此，我坚持他是无辜的，也正因为如此，我说他糊涂而值得同情，并且不应当不给他帮助，否则他也会落得一个骗子的恶名。我认定他本人完全被蒙在鼓里！在去瑞士之前，我自己也曾处在这样的状态，说话讷讷不清，语无伦次，——心里想表达的意思硬是表达不出来……。我理解这种心情，我可以表示深切的同情，因为我自己也是这样的，我可以说这样的话！尽管现在已没有‘帕甫里谢夫的儿子’，这一切都是子虚乌有的神话，尽管如此，我还是不改变我的决定，愿意还一万卢布作为对帕甫里谢夫的纪念。在布尔多夫斯基先生此事发生之前，我本来就想用这一万卢布兴办一所学校纪念帕甫里谢夫，现在已无所谓：办学也好，给布尔多夫斯基先生也好，反正都一样。即使布尔多夫斯基先生不是帕甫里谢夫的儿子，也跟帕甫里谢夫的儿子差不多，因为他本人也被别有用心之徒骗了，他本人真以为自己是帕甫里谢夫的儿子！诸位，请你们听加甫里拉·阿尔达里昂诺维奇发言，然后我们把这件事情了结，请坐下，不要生气，不要激动！加甫里拉·阿尔达里昂诺维奇马上会把一切都向我们解释清楚，说实在的，我自己也非常想了解全部底细。他告诉我，他特地去普斯科夫找了令堂，布尔多夫斯基先生，令堂完全不像文章里所写的那样病得快要死了，那是别人故意如此……。请坐下，先生们，请坐！”

公爵自己坐下，并且再次劝说从椅子上跳起来的布尔多夫斯基一伙重新就座。刚才的一二十分钟他说话心急气粗，又响又快，力图用自己的声音压倒所有人而顾不得克制感情，事后他少不得要痛悔此时脱口而出的某些措辞和假设。要不是被逼急了几乎完全失去自持，他不会让自己如此露骨和匆忙地说出他的某些猜测和若干过于坦率的话。但是，他刚刚坐下来，一阵火辣辣的懊悔之感立即刺痛他的心房。且不说他公开怀疑布尔多夫斯基也患有他自己曾去瑞士治疗的那种病，从而“得罪了”布尔多夫斯基，——除此以外，那取代办学的一万卢布，他觉得自己在提供的方式上也不够细致谨慎，像是一种施舍，问题就在于话是当着众人的面说出来的。“应该稍等一下，明天单独向他提供，”公爵立即自怨自艾，“而现在已无可挽回！是的，我是个白痴，地地道道的白痴！”在羞愧和极度懊恼的冲动下，他对自己下了这样的结论。

原先一直待在旁边坚决保持沉默的加甫里拉·阿尔达里昂诺维奇，此时应公爵之请走上前来站在他近旁，开始从容不迫、有条不紊地就公爵委托他办的事提出报告。其余的话声顿时都静下来。所有的人怀着非常好奇的心情在听，尤其是布尔多夫斯基一伙。

九

“您当然不会否认，”加甫里拉·阿尔达里昂诺维奇一开始就直接对布尔多夫斯基说；后者向他愕然瞪出眼睛，全神贯注地听着，显然处于极大的惶惑之中，“您不会否认，当然您也不愿当真否认，您出生是在令堂与十等文官布尔多夫斯基先生亦即令尊合法结婚整整两年之后。证实您的出生年月是再容易不过的，因此，凯勒尔先生的这篇文章不顾您和令堂的名誉歪曲这一事实，这只能解释为凯勒尔先生本人的想象力过于活跃，他以为这样可以使您的权利更显得无可争议，从而有助于维护您的利益。凯勒尔先生说他事先曾把文章念给您听，不过没有全念……毫无疑问，他没有把这一段念给您听……”

“这一段的确没有念……”拳击手插言道，“但所有的事实都是由某知情人告诉我的，所以我……”

“对不起，凯勒尔先生，”加甫里拉·阿尔达里昂诺维奇打断了他的话，“请让我说下去。我可以告诉您，等一会还要谈到您的这篇文章，那时您再解释不迟，现在最好不要打乱顺序。靠着一个完全偶然的机会，通过舍妹瓦尔瓦拉·阿尔达里昂诺夫娜·普季岑娜的帮助，我从她的好友、一位地主的遗孀薇拉·阿列克谢耶夫娜·祖布科娃那边得到已故的尼古拉·安德烈耶维奇·帕甫里谢夫二十四年前从国外写给她的一封信。我结识薇拉·阿列克谢耶夫娜以后，蒙她指点去找了当年曾与帕甫里谢夫先生十分要好的远亲季莫菲·费奥多罗维奇·卫亚佐夫金。我从卫亚佐夫金那里又得到尼古拉·安德烈耶维奇的两封信，也是从国外写来的。根据这三封信，根据其中写明的日期和事实，可以排除任何反驳或怀疑的可能确凿地证明，布尔多夫斯基先生，在您出生以前一年半，尼古拉·安德烈耶维奇就到国外去了，并在国外连续待了三年。您也知道，令堂从未离开俄国……。此刻我不打算念这些信。现在时间太晚了；我只是宣布这一事实。但如果您，布尔多夫斯基先生，愿意指定一个时间，哪怕明天上午也行，到我那儿去晤谈，并把您的见证（人数不限）和专家带来核对笔迹的话，那么，我有绝对把握使您不得不确信，我所说的事实是明明白白的真情。倘若如此，这件事当然根本无法成立，问题也就迎刃而解了。”

随后众人又纷纷通过动作、神态作出激烈的反应。布尔多夫斯基本人突然从椅子上站起来。

“倘若如此，那我受骗了，上当了，但不是上切巴罗夫的当，而是由来已久；我不需要专家，不需要见证，我相信，我弃权……一万卢布我也不要……再见……”

他拿起帽子，推开座椅要走。

“如果可能的话，布尔多夫斯基先生，”加甫里拉·阿尔达里昂诺维奇用柔婉的语调把他留住，“请再多留五分钟。在办理此事的过程中还发现了若干非常重要的事实，对您尤其关系重大，至少是饶有兴味的。依我的愚见，您不应该对这些情况一无所知，而且，一旦问题彻底澄清以后，您本人可能也会感到比较愉快……”

布尔多夫斯基默默地坐下，脑袋微垂，看来深深地陷入了沉思。原已站起来想陪他一同走的列别杰夫的外甥，也跟着坐下；这一位虽然没有着慌或胆怯，但看得出困惑异常。伊波利特紧锁双眉，愁容满面，似乎大为惊讶。不过这时候他咳嗽得厉害，咯出的血把手帕都弄脏了。拳击手则嗒然若丧。

“哎，安季普！”他懊恼地喊道，“那时……前天我就对你说过，你可能真的不是帕甫里谢夫的儿子！”

一阵有节制的笑声随之而起，有两三个人笑得特别响。

“凯勒尔先生，您刚才提到的一件事实极有价值，”加甫里拉·

阿尔达里昂诺维奇立刻接着说。“尽管如此，根据十分确凿的材料，我仍有充分理由断言，布尔多夫斯基先生固然毫无疑义地熟知自己的出生年月，但他完全不了解帕甫里谢夫大半生在国外度过、回俄国向来只作短期逗留这样一个情况。此外，当时他又出国去了这一事实本身寻常得很，即便是跟帕甫里谢夫很熟的人在时隔二十多年之后也记不起来，何况是那个时候尚未出生的布尔多夫斯基先生。当然，现在进行调查并非没有可能；但我得承认，目前我所掌握的材料完全是偶然到我手里的，本来很可能得不到。因此，对于布尔多夫斯基先生来说，甚至对于切巴罗夫来说，从事这方面的调查简直是不可能的，就算他们想要调查的话。但是他们也许根本想不到这样做……”

“请问，伊沃尔京先生，”伊波利特忽然烦躁地打断他的话，“说这些废话——恕我直言——有什么用呢？现在事情已经弄清楚，对主要的事实我们表示相信，又何必把这种伤害自尊心的无谓痛苦再拖下去？也许，您想炫耀您的调查手段之高明，在我们和公爵面前显示您是一位多么能干的侦探、包打听？还是想通过证明布尔多夫斯基因不知就里而陷进此事来为他辩护、开脱？但这太狂妄了，亲爱的先生！告诉您，布尔多夫斯基不需要您为他辩护、开脱！他感到屈辱，他现在已经够痛苦的了，他的处境很难堪，您应当料到、理解这一点……”

“够了，杰连企耶夫先生，够了，”加甫里拉·阿尔达里昂诺维奇截住了对方的话头，“冷静一下，不要惹您自己发火；您好像身体很不好？我同情您。既然您愿意如此，那我算讲完了，可是我不得不把事实扼要介绍一下，我确信全面了解这些事实也不是多余的，”他注意到众人作出好似不耐烦的反应后又找补一句。“我只想运用证据告知所有与此事有关的人，您布尔多夫斯基先生的母亲之所以得到帕甫里谢夫的关照和眷注，唯一原因就在于令堂与尼古拉·安德烈耶维奇·帕甫里谢夫在他青年时代初期爱上的那个婢女是亲姐妹；他对那个姑娘爱到这种程度，要不是姑娘突然夭亡的话，帕甫里谢夫一定会娶她为妻。我有材料证明这一十分确凿可信的家事绝少为人所知，甚至完全被遗忘了。接下去我可以解释，您母亲还是个十岁的孩子时就由帕甫里谢夫先生当作亲属加以抚育，并且专门拨出一笔可观的款项作为她的嫁妆，所有这些关怀在帕甫里谢夫为数众多的亲属中间却产生了惶惶不可终日的流言蜚语。有人甚至以为他要娶自己抚育的这个女孩子，但最后她在将满二十岁那年自己挑选(我可以准确无误地证实这一点)嫁给了测地公务员布尔多夫斯基先生。我这里收集到一些绝对可靠的事实，可以证明，布尔多夫斯基先生，您的父亲绝不是一个精明人，他得到您母亲的一万五千卢布嫁妆以后，就扔下本职工作不干，去搞商业投机，结果让人骗了，把本钱赔光，便借酒浇愁，由此得了病，最后在和您母亲婚后的第八个年头过早地死了。令尊去世以后，据令堂本人所述，她落得一贫如洗，如果没有帕甫里谢夫向她慷慨提供每年近六百卢布的经常性补助，势必陷于绝境。此外还有充足的证据表明您小时候非常为他所喜欢。根据这些材料以及再次得到令堂证实的情况来看，他喜欢您主要是由于您小时候怪可怜的，说话不清楚，像个有残疾的儿童；我从确凿的证据得出结论，帕甫里谢夫一生对于受折磨和遭到先天性不幸的一切，尤其对于这样的孩子怀有某种特殊的慈爱之心——这一事实我深信对于弄清本题真相至关重要。最后，我可以自夸对这一主要的事实作了十分精细的探究，就是：帕甫里谢夫如此不寻常地怜爱您(靠他的资助您进了中学，并在特殊监护下读书)，渐渐地终于在帕甫里谢夫的亲戚和家属中间产生一种想法，以为您是他的儿子，而令尊不过是个受骗的丈夫。但主要的问题在于这个想法直到帕甫里谢夫生前的最后几年才形成牢固而一致的观念，那时大家都在为遗嘱提心吊胆，原始事实却被忘了，而查问又无从着手。毫无疑问，这种观念也传到了您的耳朵里，布尔多夫斯基先生，并且把您完全控制住了。我有幸认识的令堂对于这些流言蜚语虽然有所了解，可直到现在还不知道(我也瞒起了她)，您——她的儿子——也处在流言的影响之下。布尔多夫斯基先生，我在普斯科夫见到可敬的令堂体弱多病，她在帕甫里谢夫死后处境极为困苦。她含着感激的眼泪告诉我，现在她全靠您和您的帮助才活在世上；她对您的前途寄予厚望，对您未来的成就怀有热烈的信心……”

“这实在叫人受不了！”列别杰夫的外甥忽然不耐烦地大声宣告，“干吗来这一套感伤的玩意儿？”

“令人作呕，不成体统！”伊波利特说时还通过动作表示强烈的不满。

但布尔多夫斯基没有任何表示，甚至毫不动弹。

“干吗？为什么？”加甫里拉·阿尔达里昂诺维奇故作惊讶状，同时刻毒地准备端出自己的结论。“第一，布尔多夫斯基先生现在也许已经充分相信，帕甫里谢夫先生喜欢他是出于慷慨，并非把他作为儿子。至少这一事实必须让布尔多夫斯基先生知道，因为刚才读了文章以后他对凯勒尔先生还表示肯定和赞同。我之所以这样说，是因为我把您看作一个高尚的人，布尔多夫斯基先生。第二，事实上这里丝毫不存在什么欺诈或骗局，甚至可以把切巴罗夫包括在内；这一点即使对我也很重要，因为公爵刚才一时急躁提到我也认为这桩不幸的事情是个骗局。恰恰相反，有关各方都深信不疑，虽则切巴罗夫也许确实是个大骗子，但在这件事情上他扮演的角色仅为无事生非、包揽词讼的牟利者。他指望以律师的资格搂大钱，他的算盘不仅打得精细、高明，而且万无一失：他吃准公爵出手松，对已故的帕甫里谢夫感佩敬重，最最重要的是他吃准公爵在名誉和良心的义务问题上持一定程度的骑士观点。至于布尔多夫斯基先生本人，甚至可以说，由于自己早有定见，他在切巴罗夫以及自己周围的人鼓动下情绪十分激昂，他着手此事几乎完全不为谋利，而是差不多把它看作一种为真理、进步和人类服务的举动。现在事实已经说清楚，不管表面上看来怎样，布尔多夫斯基先生毕竟是清白的，这一点大家都已经明白，公爵也会比先前更加情愿、更加乐意向他提供友好的支持以及刚才他谈起办学纪念帕甫里谢夫时所提到的那种实际帮助。”

“别说了，加甫里拉·阿尔达里昂诺维奇，别说了！”公爵真的吓坏了，想叫他住口，但为时已晚。

“我说了，我已经说过三次，”布尔多夫斯基烦躁地喊道，“钱我不要。我不接受……这算什么？……我不要……我走了！……”

他简直像逃跑一般急欲离开廊台。但列别杰夫的外甥抓住他的胳膊，向他悄悄地说了些什么。布尔多夫斯基迅即回来，从身边掏出一个没有封口的大信封，扔在公爵旁边的一张茶几上。

“钱在这里！……您怎么敢……怎么敢！……钱！……”

“这是您擅敢通过切巴罗夫以施舍的方式捐给他的二百五十卢布，”多克托连科作了说明。

“文章中说是五十卢布！”郭立亚高声指出。

“都是我不好！”公爵走到布尔多夫斯基跟前说，“我很对不起您，布尔多夫斯基，但我不是作为施舍捐给您的，请您相信。现在也是我不好……刚才是我不好，”公爵非常懊恼，样子显得疲惫而又虚弱，说话不甚连贯。“我说了骗局……但不是说您，我错了。我说您……跟我一样，——也有病。但您跟我不一样，您……在授课，您在赡养母亲。我说您败坏了令堂的名誉，但您是爱她的；她自己说的……我本来不知道……加甫里拉·阿尔达里昂诺维奇刚才没向我说完……都怪我。我斗胆向您提供一万卢布，但我很抱歉，我应该通过其他方式做这件事，可是现在……不行了，因为您鄙视我……”

“这里变成疯人院了！”叶丽扎薇塔·普罗科菲耶夫娜叫了起来。

“当然成了疯人院！”阿格拉雅也忍不住尖刻地说了一句，但是她的话在群情哗然中给淹没了。

所有的人都高谈阔论起来，有的在互相争辩，有的在笑。伊万·费奥多罗维奇·叶班钦已濒于怒不可遏的边缘，他摆出一副尊严受到损害的姿态在等着叶丽扎薇塔·普罗科菲耶夫娜。列别杰夫的外甥最后插进一段话：

“是的，公爵，应当为您说句公道话，您确实善于利用您的……说得客气一些，您确实善于利用您的疾病；您以如此巧妙的形式提供您的友谊和金钱，弄得现在任何一个高尚的人都绝对不可能接受。这种做法要么过于天真，要么过于狡猾……反正您心里明白……”

“对不起，先生们，”加甫里拉·阿尔达里昂诺维奇叫了起来，其时他已把信封里的钱取出，“这里总共一百卢布，而根本不是二百五十。公爵，我希望说说清楚，免得发生误会。”

“算了，算了。”公爵连连向加甫里拉·阿尔达里昂诺维奇摇手。

“不，不能‘算了’！”列别杰夫的外甥立刻揪住不放，“公爵，您的‘算了’是对我们的侮辱。我们不回避，我们公开宣布：是的，这里只有一百卢布，而不是二百五十，但这难道不是一样吗？……”

“不，不一样。”加甫里拉·阿尔达里昂诺维奇故作天真的困惑状插了一句。

“别打岔，我们并不像您估计的那么傻，律师先生，”列别杰夫的外甥恼恨地说，“自然，一百卢布不等于二百五十卢布，二者是不一样，但重要的是原则；在这个问题上骨气最要紧，至于短少一百五十卢布，那是次要的。重要的是布尔多夫斯基不接受您的施舍，公爵阁下，他把您的施舍当面掷还给您，从这个意义上说，一百和二百五十没什么两样。布尔多夫斯基没有接受一万卢布，这你们已经看到；如果他不知羞耻的话，他也不会归还一百卢布！那一百五十卢布支付了切巴罗夫去找公爵的盘缠。你们可以笑我们不精明，笑我们不会办事，反正你们千方百计要出我们的洋相；但是不许你们说我们不知羞耻。亲爱的先生，那一百五十卢布我们一定凑还给公爵，哪怕每次一个卢布，哪怕加上利息也要归还。布尔多夫斯基是穷光蛋，布尔多夫斯基没有百万家私，而切巴罗夫回来后开出了账单。我们原先指望会赢的……。试问：处在他的位置，谁不会这样做？……”

“这算什么话？”Щ公爵惊问。

“我在这儿非发疯不可！”叶丽扎薇塔·普罗科菲耶夫娜大叫一声。

“这有点像前不久某律师一篇著名的辩护词，”站在一旁作壁上观已有多时的叶甫盖尼·巴甫洛维奇笑道，“这位律师把贫穷作为理由为一下子杀死六条人命进行抢劫的被告辩护，最后突然得出与此相类似的结论，他说：‘被告由于贫穷而起意杀死六个人，这很自然；处在他的位置上，谁不会产生这样的念头？’大意如此，反正有趣得很。”

“够了！”几乎气得发抖的叶丽扎薇塔·普罗科菲耶夫娜蓦地宣布，“该结束这等胡搅蛮缠了！”

她处于极其可怕的愤激之中，只见她威风凛凛地昂起脑袋，目光炯炯地以傲慢、急躁的挑战姿态扫视所有在场的人，此刻恐怕未必区分什么敌友。按捺了很久的愤怒终于爆发，在这个节骨眼上，她巴不得马上投入战斗，马上跟什么人干起来，越快越好。了解叶丽扎薇塔·普罗科菲耶夫娜的人，立即感觉到她的反应异常。伊万·费奥多罗维奇在第二天对Щ公爵说：“这种状况在她身上是有的，但像昨天那样的程度即使在她身上也很少见，大概三年才发生一次，决不会更多！决不会更多！”他特地添加一句以加深印象。

“够了，伊万·费奥多罗维奇！别管我！”叶丽扎薇塔·普罗科菲耶夫娜在咆哮，“干吗现在您才屈着您的胳膊向我凑过来？刚才为什么不把我带走？如果我蠢得不听您的话，不肯走，您身为丈夫，是一家之主，您应当揪住耳朵把我拉出去。至少得为女儿们着想一下！现在不劳引领我们也迷不了路，这样的耻辱够消受整整一年……。等一下，我还要向公爵道谢！……谢谢你的款待，公爵！我竟会泡在这里听年轻人说话……。这简直卑鄙，简直卑鄙！这太不像话，太不成体统，连做噩梦也不会比这更糟！难道他们这等人如今很多？……住口，阿格拉雅！住口，亚历山德拉！这不干你们的事！……别老围着我转，叶甫盖尼·巴甫洛维奇，您使我讨厌！……你呀，亲爱的，”她又向公爵继续说，“居然还请求他们原谅，说什么‘都怪我不好，竟敢向您提供一笔钱’……笑什么，你这个大言不惭的人？”她忽然冲列别杰夫的外甥大发雷霆。“说什么‘我们拒绝钱财，我们是提出要求，不是乞讨！’故意装作不知道这个白痴明天还会去向他们提供友情和钱财！难道不是吗，公爵？你会不会去？”

“会去的。”公爵用柔顺的语气应道。

“听见没有？你明明算准了这一步，”她又转向多克托连科说，

“这钱现在就跟已经到了你的兜里一样，所以你尽可以说大话糊弄我们……。不，年轻人，你另外找一些个傻瓜去吧，我可看透了你们……。你们那套把戏我已经看穿了！”

“叶丽扎薇塔·普罗科菲耶夫娜！”公爵急得直叫。

“咱们离开这儿吧，叶丽扎薇塔·普罗科菲耶夫娜，早就该走了；咱们把公爵也带走。”Щ公爵尽可能心平气和、笑容可掬地说。

三位小姐站在一旁，几乎给吓坏了；将军这一惊更是非同小可；总之所有的人都感到诧异。有些站得较远的在吃吃暗笑、窃窃私议；列别杰夫则喜形于色，得意到了极点。

“不像话、不成体统的事情到处都有，夫人。”列别杰夫的外甥一时颇觉莫名其妙，不过还是说了一句。

“可没有这样的！没有像你们刚才这样干的，先生们，没有这样的！”叶丽扎薇塔·普罗科菲耶夫娜简直像歇斯底里发作一般紧接着反唇相讥，“你们别管我，行不行？”她冲那些劝她的人大吼，“不，叶甫盖尼·巴甫洛维奇，刚才您自己说过，连辩护律师在法庭上也宣称，由于贫穷弄死六个人是再自然不过的，——这表明世界末日真的已经来临。我还从来没有听说过这样的高论。现在我全明白了！这个话也说不清楚的人，”她指了指正大惑不解地望着她的布尔多夫斯基，“难道不会杀人？我敢打赌，他会杀人！你的钱他也许不要，也许出于良心上的考虑而不要你的一万卢布，可是夜里他会来杀死你，再把钱从匣子里拿走。出于良心上的考虑把钱拿走！这对他来说并不可耻！这是‘高尚的愤怒的一种发泄’，这是‘抗议’，或者……鬼知道还有什么说法……。呸！全都乱了套，一切都颠倒。一个姑娘在家里长大，忽然在大街中央跳上马车喊道：‘妈妈，前些日子我嫁给某个卡尔雷奇或伊万内奇了，再见吧！’[①]照你们说起来，这样做是对的？是自然的，值得尊敬的？妇女问题？这个娃娃，”她指了一下

① 影射车尔尼雪夫斯基所著长篇小说《怎么办？》第1章第20节中薇拉·巴甫洛夫娜辞别母亲的情景。

郭立亚，“连他也在最近争论说，这正是‘妇女问题’。就算母亲是个傻瓜，你总该把她当人看待！……你们刚才进来的时候干吗那么趾高气扬？一派‘快快让路，我辈来也’的架势。‘把所有的权利都给我们，可不许你在我们面前说一个不字。你得对我们表示种种简直闻所未闻的敬意，而我们可以把你看得连最低微的听差都不如！’口口声声寻找真理、维护权利，可是在文章里昧着良心污蔑他。说什么‘我们是提出要求，不是乞讨，您休想听到我们道一声谢，因为您是怕受自己良心的责备才这样做的！’真是奇怪的道理！既然你不会作出任何感激的表示，那么公爵也可以回答你：他对帕甫里谢夫没有任何感激之心，因为帕甫里谢夫做好事是怕受自己良心的责备。可事实上你的算盘恰恰打在他对帕甫里谢夫的感激上头！他又没向你借过钱，什么也不欠你，你不利用他的感激之心又想利用什么？这不是自己打自己的嘴巴子吗？真是一群疯子！社会被认为野蛮、不人道，因为这个社会羞辱一个被骗的姑娘。既然你承认社会不人道，也就是承认社会的非难使这个姑娘感到痛苦。既然痛苦，你为什么自己在报上当着这个社会的面出她的丑，却要求她不因此而感到痛苦？疯子！一群虚荣的疯子！不信上帝，不信基督！虚荣和傲慢已经把你们蛀空，最后你们将互相吃光，我现在向你们预言。这难道不是乱了套？这像话吗？成何体统？可是发生了这一切以后，不识羞的这一位还要去向他们赔礼道歉！像你这样的人究竟有多少？你们笑什么？笑我陪着你们一起丢人现眼？我反正已经现了眼，已经没有办法了！……你还是别笑，瞧你这脏样！”她忽然向伊波利特发动攻击。“自己都快要咽气了，还把别人引上邪路。这个娃娃就是让你给带坏的，”她又指了一下郭立亚，“他整天说胡话夸你，你教他无神论，你不信上帝；其实还满可以打你一顿屁股，亲爱的先生，去你们的吧！……公爵列夫·尼古拉耶维奇，你明天要不要去找他们？要不要去？”她几乎上气不接下气地又向公爵问道。

“要去。”

“那我再也不愿认识你了！”她迅速地扭头就走，但忽然又折回来。“你也要去找这个无神论者？”她指了指伊波利特，“你冲我笑什么？”她发出一声不自然的叫喊，猛地向伊波利特扑去，想必无法忍受他刻毒的冷笑。

“叶丽扎薇塔·普罗科菲耶夫娜！叶丽扎薇塔·普罗科菲耶夫娜！叶丽扎薇塔·普罗科菲耶夫娜！”一时呼唤声四起。

“妈妈，这多丢脸哪！”阿格拉雅大声嚷道。

“不用紧张，阿格拉雅·伊万诺夫娜，”伊波利特镇静地回答；叶丽扎薇塔·普罗科菲耶夫娜跳到他身旁，不知何故牢牢地抓住他的一只胳膊，站在他的面前，用狂怒的目光逼视着他，“不用紧张，您的妈妈会明白向一个垂死的人动武是不应该的……我愿意解释我为什么笑……我非常乐于得到许可……”

说到这里，他突然凶猛地咳嗽起来，足足有一分钟怎么也止不住。

“人都快咽气了，还发什么议论！”叶丽扎薇塔·普罗科菲耶夫娜慨叹着放开他的胳膊，并且大惊失色地看他抹去嘴角的血。“你别说了吧！你应该去躺下才对……”

“是该这样，”伊波利特轻轻地答道，声音沙哑，近似耳语，“今天我一回去就躺下……据我所知，两个星期以后我就会死去……。这是上个星期博特金[①]亲自向我宣布的……。因此，要是您允许的话，我想对您说两句临别之言。”

“你疯了不成？扯淡！你需要养病，现在不是谈话的时候！去吧，去躺下！……”叶丽扎薇塔·普罗科菲耶夫娜吓得直叫。

“我一躺下就起不来了，直到死去，”伊波利特淡然一笑，“本来我昨天就想躺下等死，后来决定推迟到后天，趁两条腿还能支持……今天跟他们一起到这里来……只是我已经很累了……”

“你坐下，坐下，干吗站着？给你椅子。”叶丽扎薇塔·普罗科菲耶夫娜跳过去亲自搬给他一把椅子。

---

① 谢·彼·博特金(1832—1889)，俄国内科名医。

"谢谢您，"伊波利特低声继续说，"您请坐在对面，咱们谈谈……一定得谈谈，叶丽扎薇塔·普罗科菲耶夫娜，现在我坚持这个主意……"伊波利特又向她淡然一笑。"要知道，今天是我最后一次在户外跟人们在一起，过两个星期肯定入土。因此，这可以说是我与人们、与大自然的诀别。我虽然不是十分善感的人，可是，说实话，我对于这一切发生在此地巴甫洛夫斯克觉得很高兴，不管怎样，至少可以瞧瞧树木都披上了绿叶。"

"现在不是谈话的时候，"叶丽扎薇塔·普罗科菲耶夫娜愈来愈害怕，"你全身都在发烧。刚才你扯开尖嗓门拼命喊叫，现在上气不接下气，喘成这个样！"

"我马上就能喘过气来。您为什么不肯满足我最后的愿望呢？……您可知道，我早就梦寐以求地想跟您认识，叶丽扎薇塔·普罗科菲耶夫娜；关于您的情况我听到过很多……是郭立亚告诉我的；几乎只有他还没有把我撇下……。您是个与众不同的人，脾气很特别，现在我亲眼看到了……您可知道，我甚至有点儿喜欢您。"

"上帝啊，可我刚才差点儿打了他。"

"是阿格拉雅·伊万诺夫娜阻止了您，我没有搞错吧？这位不是您的女儿阿格拉雅·伊万诺夫娜吗？她长得那么美，刚才我一看就猜中是她，尽管我从来没有见过她。让我此生最后一次瞧瞧一位美人也是好的，"伊波利特做了一个不自然的、近乎扮鬼脸的微笑，"公爵也在这里，还有您的丈夫，大家都在。为什么您不肯满足我最后的愿望呢？"

"给我椅子！"叶丽扎薇塔·普罗科菲耶夫娜大声说，但她自己拖了一把椅子过来，在伊波利特对面坐下。"郭立亚，"她吩咐道，"你必须和他一起走，把他送回去，明天我一定亲自去……"

"如果您允许的话，我想请公爵给我一杯茶……。我觉得很累。我知道，叶丽扎薇塔·普罗科菲耶夫娜，您不是要带公爵到你们那儿去喝茶吗？您就在此地多待一会，咱们一起聊聊，想必公爵会招待咱们所有的人喝茶。原谅我这样自作主张……。但我知道您心肠好，公爵也是好心肠……咱们都是近乎滑稽可笑的大好人……”

公爵立刻行动起来，列别杰夫飞也似的从屋里跑去张罗，薇拉也跟在他后面赶去帮忙。

“真格的，”将军夫人断然规定，“你只能说得轻一点，不许冲动。我实在瞧你可怜……。公爵！本来你不配留我在这里喝茶，可我还是留下来，尽管我不准备向任何人道歉！决不！没门儿！不过，假如我骂了你的话，公爵，你得原谅，——反正随你的便。哦，我不勉强任何人留下，”她勃然大怒地向丈夫和女儿们说，仿佛他们在什么事情上大大地对不起她似的，“我一个人也能到家……”

但她没能把话都说出来。人们都走过来热情地把她围住。公爵当即恳请大家留下用茶，并为自己一直没想到这一点表示歉意。甚至叶班钦将军也客气地说了些请他不必介意的话，然后体贴地问叶丽扎薇塔·普罗科菲耶夫娜，她是不是觉得在廊台上太凉了？他甚至差点儿要问：伊波利特读到大学几年级了？但没有问。叶甫盖尼·巴甫洛维奇和 Щ 公爵一下子都显得蔼然可亲、笑容可掬；阿黛拉伊达和亚历山德拉的脸上透过持续的惊讶居然现出高兴的神情。总之，看得出人人都在庆幸环绕着叶丽扎薇塔·普罗科菲耶夫娜的一场危机总算过去了。只有阿格拉雅绷着脸默默地坐在稍远处。其余的人也都留下，谁也不想走，包括伊沃尔京将军在内，不过，列别杰夫打他身旁经过时向他低声说了些什么，想必不是十分愉快的话，因为将军马上悄悄地躲到角落里去了。公爵也走到布尔多夫斯基和他的朋友跟前邀请用茶，无一遗漏。他们表情尴尬地说是要等一下伊波利特，随即退到廊台最远的一角，又并排坐在一起。茶水想必早已在列别杰夫那儿为他自己准备好，因为他一去茶就来了。这时钟敲十一点。

十

伊波利特用薇拉·列别杰娃递给他的一杯茶先浸润一下嘴唇，把杯子放在茶几上，然后像是一下子不好意思起来，几乎难为情地看了看前后左右。

“您瞧这些茶杯，叶丽扎薇塔·普罗科菲耶夫娜，”他挺奇怪地说得很急，“这些瓷杯——估计是精美的瓷器——一直放在列别杰夫家餐具橱的玻璃门内，还上了锁，从来不用……照例如此，因为这是他老婆的嫁妆……他家有这样的传统……现在他拿出来给咱们喝茶，自然是表示对您的敬意，可见他高兴到什么程度……”

他还想说些什么，但一时找不到话。

“到底不好意思了，我料到他会这样的！”叶甫盖尼·巴甫洛维奇忽然向公爵附耳道，“这难道不危险吗？这是极灵验的迹象，表明他为了泄愤马上就要有所出格的举动，恐怕叶丽扎薇塔·普罗科菲耶夫娜会坐不住的。”

公爵用疑问的目光望着他。

“您不怕出格的事情？”叶甫盖尼·巴甫洛维奇又说，“我也不怕，甚至欢迎。老实说，我一心希望我们这位可爱的叶丽扎薇塔·普罗科菲耶夫娜受到惩罚，而且一定要在今天，立刻受到惩罚，否则我不愿离开。您好像在发烧。”

“以后再说，先别打岔。是的，我不舒服。”公爵心不在焉、甚至不耐烦地回答。他听见提到自己的名字，伊波利特正谈起他。

“您不信？”伊波利特发出歇斯底里的笑声，“我知道您不相信，可公爵一下子就会相信，一点儿也不以为奇。”

“听见没有，公爵？”叶丽扎薇塔·普罗科菲耶夫娜向他转过头来问道，“你听见没有？”

周围的人笑了。列别杰夫一个劲儿地往前挤，老是在叶丽扎薇塔·普罗科菲耶夫娜身边打转。

“他说，你的这个装腔作势的房东……给那位先生改过文章，就是刚才念的那篇骂你的文章。”

公爵诧异地望着列别杰夫。

“你干吗不说话？”叶丽扎薇塔·普罗科菲耶夫娜甚至跺起脚来。

“没什么可说的，”公爵继续凝视着列别杰夫勉强应道，“现在我看得出是他改的。”

“当真？”叶丽扎薇塔·普罗科菲耶夫娜迅速转向列别杰夫问道。

“千真万确，将军夫人阁下！”列别杰夫一只手按在心口上斩钉截铁地回答。

“还逞能！”她差点儿从椅子上跳起来。

“我真卑鄙，真卑鄙！”列别杰夫喃喃地说着开始捶胸，而且头愈垂愈低。

“我不管你卑鄙不卑鄙！他以为只要自认卑鄙就可以没事儿了。公爵，我还要说一遍：你跟这等小人混在一起不害臊吗？我永远不能原谅你！”

“公爵会原谅我的！”列别杰夫做功十足而又很有把握地说。

“纯粹是为了义气，”凯勒尔突然跳过来正对叶丽扎薇塔·普罗科菲耶夫娜高声说，“纯粹是为了义气，夫人，为了不出卖名誉受损的朋友，我刚才隐瞒了修改文章的事，尽管正是他打算把我们从台阶上摔下去，这您也听到了。为了恢复事情的本来面目，我承认确实去找过他，还给了他六个卢布，但绝不是请他润色，而只是为了了解大部分我都不知道的事实，因为他是知情人。有关腿罩，有关在瑞士教授那里吃饭的胃口，有关二百五十卢布改成五十卢布，总而言之，所有这些细节通通是他提供的，报酬是六个卢布，但文字没有润色。”

“我必须指出，”在不断扩散开来的笑声中，列别杰夫迫不及待地用一种充满抑扬顿挫的语调打断他的话，“我只改了文章的前半部分，因为改到一半我们的意见发生分歧，在一个问题上争吵起来，后半部分我没有改，所以凡是其中文理不通的地方（里边确有文理不通之处！），这不能算到我的账上……”

“原来他急于撇清这一点！”叶丽扎薇塔·普罗科菲耶夫娜喊道。

“请问，”叶甫盖尼·巴甫洛维奇向凯勒尔说，“文章是在什么时候修改的？”

“昨天上午，”凯勒尔回答，“我们见了面，双方都用诚实担保决不泄露秘密。”

“那时他正在你面前点头哈腰，口口声声表示要为你效忠！嘿，这班小人！你的《普希金文集》我不要了，也不要你的女儿到我那里去！”

叶丽扎薇塔·普罗科菲耶夫娜正想站起来，但忽然怒冲冲地向正在发笑的伊波利特说：

“怎么，年轻人，你是想叫我在这里招人笑话不成？”

“天地良心，绝对没有这个意思，”伊波利特现出扭曲了的笑容，“但最使我惊异的是您非常独特的怪脾气，叶丽扎薇塔·普罗科菲耶夫娜；我承认把话题引到列别杰夫身上是故意的，我知道什么办法可以激动您，激动您一个人，因为公爵确实会原谅的，而且很可能已经原谅了……也许连情有可原的理由都在头脑里找到了；我说得对不对，公爵，难道不是吗？”

伊波利特喘得厉害，一种异常的亢奋状态随着他说的每一句话在加剧。

“嗯？……”叶丽扎薇塔·普罗科菲耶夫娜愤怒地问；伊波利特的语调使她感到惊讶。“嗯？”

“关于您的情况我已经听说过很多，大抵属于这一类……我十分高兴……大大学会了尊敬您。”伊波利特继续说。

他说的是一码事，但给人的印象似乎他想用这话表达的完全是另一码事。他说话时带有嘲弄的意味，同时又激动得颇不相称，疑神疑鬼地四顾张望；语无伦次，上文刚一出口，下文已经忘记。这一切和他的痨病模样合在一起，加上那亮得异样、近乎疯狂的目光，不能不继续吸引别人对他的注意。

“我承认自己不谙世故，不过我感到奇怪，刚才您非但自己留下与我们为伍，还让这几位……小姐待在这里听一件丑闻，虽然她们在小说中都已经读到。不过，我也许不知道……因为我说话颠三倒四，但不管怎样，除了您，谁会应……应一个孩子的请求留下来（是的，我再次承认是个孩子），和他共度一个晚上，并且参与……一切……到第二天……还会感到羞惭……（不过，我词不达意，这一点我同意。）对于这一切我非常赞赏并且深表钦佩，虽然单从您的丈夫将军阁下的脸上就可以看出，这一切对于他有多么不愉快……。嘻嘻！”他吃吃地暗笑，自己则已完全不知所云，忽然又咳嗽起来，有两分钟没法继续说话。

“喘得气也顺不过来！”叶丽扎薇塔·普罗科菲耶夫娜冷漠、生硬地说，并以严厉而又好奇的目光端详着他。“唉，亲爱的小伙子，你算了吧。该走啦！”

“请允许我也向您指出，亲爱的先生，”再也沉不住气的伊万·费奥多罗维奇突然气冲冲地开言道，“我妻子是在我们共同的朋友和邻居、公爵列夫·尼古拉耶维奇这里，年轻人，您没有资格对叶丽扎薇塔·普罗科菲耶夫娜说三道四，同样也没有资格当着我的面公然议论我脸上有什么表情。您没有资格。我的妻子留在此地，”他越往下说，火气就越大，“主要是出于诧异，先生，出于如今人人都能理解的好奇心，想看看一些奇怪的年轻人。我自己也没有走，有时候在街上看见了什么值得一顾的现象也会停下来，就像……就像……就像……”

“就像瞧什么稀罕的东西一样。”叶甫盖尼·巴甫洛维奇从旁提示。

“好极了，对极了！”一时找不到恰当比喻的将军阁下喜出望外。“的确就像瞧什么稀罕的东西一样。但不管怎样，最使我惊讶甚至痛心的是，——如果语法上可以这样说，——年轻人，您竟然不能理解，叶丽扎薇塔·普罗科菲耶夫娜现在陪着您，是因为您有病，——如果您确实病入膏肓的话，——可说是出于恻隐之心，是看您说得可怜，先生，而任何污蔑在任何情况下都无损于她的名誉、品德和身份……。叶丽扎薇塔·普罗科菲耶夫娜！”临了将军面红耳赤地说道，“要是你愿意走的话，咱们就向好心的公爵告辞……”

“谢谢您的教训，将军。”伊波利特严肃而出人意表地打断他的话，同时若有所思地望着他。

“走吧，妈妈，还磨蹭什么！……”阿格拉雅不耐烦地愤然说着从椅子上站起来。

“再待两分钟，亲爱的伊万·费奥多罗维奇，如果你允许的话，”叶丽扎薇塔·普罗科菲耶夫娜庄重地转向丈夫道，“我觉得他在发烧，说的无非是胡话；根据他的眼神我可以断定这一点，不能就这样撇下他不管。列夫·尼古拉耶维奇！能不能让他在你这里住一宿，免得今夜再把他拖回彼得堡去？亲爱的公爵，您觉得无聊吗？”不知为什么她忽然问Ш公爵。“过来，亚历山德拉，把头发理一理，我的孩子。”

她给亚历山德拉理了一下其实没什么可理的头发，然后吻了她——叫她就为此事。

“我认为您具备发展的条件……”伊波利特摆脱若有所思的状态，又开言道，“对！这正是我要说的，”他高兴起来，大概猛然想起了什么，“布尔多夫斯基真心想卫护他的母亲，可不是吗？结果恰恰使她蒙受耻辱。公爵也想帮助布尔多夫斯基，诚心诚意向他提供友情和金钱，也许是你们中间唯一不嫌弃他的人，可是他俩现在相对而立，十足像冤家对头……。哈哈哈！你们全都憎恨布尔多夫斯基，因为在你们看来，他对待自己的母亲做得不优美、不高雅，对不对？对不对？对不对？你们都极其讲究形式的优美和高雅，可不是吗？（我早就料到你们只讲究这些！）既然如此，那我就告诉你们：你们中间也许没有一个人像布尔多夫斯基那样爱过自己的母亲！公爵，我知道您通过加尼亚暗暗捐钱给布尔多夫斯基的母亲，可我敢打赌，”他歇斯底里地呵呵笑道，“我敢打赌，布尔多夫斯基一定会责怪您采取的做法不得体和不尊重他的母亲，绝对是这样，哈哈哈！”

至此，他又喘个不停，并咳起嗽来。

“怎么样，完了没有？现在你的话总该说完啦？好吧，现在你去睡觉，你在发烧，”叶丽扎薇塔·普罗科菲耶夫娜一直不安地注视着伊波利特，这时不耐烦地插话道，“啊，天哪！他还在说！”

“您是不是在笑？您为什么老是嘲笑我？我注意到您老是在笑我。”伊波利特烦躁不安地骤然冲着叶甫盖尼·巴甫洛维奇质问；他在笑。

“我只是想问您……伊波利特……先生，对不起，我忘了尊姓。”

“杰连企耶夫先生。”公爵说。

“对，是杰连企耶夫，谢谢您，公爵，刚才曾进入我的一只耳朵，可是从另一只耳朵飞了出去……。我想请问，杰连企耶夫先生，我听说您有这样的把握：您只要在窗口向民众讲一刻钟话，民众立即会拥护您的一切主张，马上跟您跑，——这是真的吗？”

“很可能这样说过……”伊波利特回答时似乎在回忆什么事情，“一定说过！”他忽然追加了一句，并且又兴奋起来，目光坚定地望着叶甫盖尼·巴甫洛维奇，“那又怎么样？”

“绝对没什么；我只是想了解一下，得到完整的概念。”

叶甫盖尼·巴甫洛维奇没再往下说，但是伊波利特还望着他，好像等得不耐烦的样子。

“怎么样，完了没有？”叶丽扎薇塔·普罗科菲耶夫娜问叶甫盖尼·巴甫洛维奇，“快点儿结束吧，朋友，他该睡了。是不是你不会收场？”她窝着一肚子火。

“其实，我很想补充一下，”叶甫盖尼·巴甫洛维奇微笑着继续说，“我从您的伙伴那里所听到的一切，杰连企耶夫先生，以及刚才您以明白无疑的才华所阐述的一切，据我看来可以归结为权利至上论，首先是权利，不及其余甚至排斥其余，也许还先于研究权利是怎么一回事。可能我说得不对。”

“当然不对，我甚至不懂您的意思……底下呢？”

坐在廊台角落里的那几位也为之哗然。列别杰夫的外甥低声咕哝了些什么。

“底下几乎什么也没有了，”叶甫盖尼·巴甫洛维奇继续说，“我只想指出，从这样的角度看问题可以直接跳到强权论上去，也就是凭借个人的拳头确立为所欲为的权利，不过世上以此告终的事例也是够多的。蒲鲁东[1]主张用暴力争权利。美国南北战争中许多最进步的自由主义者宣布拥护种植园主，认为黑奴毕竟是黑奴，低于白色人种，因而强权属于白人……”

“怎么样？”

“这么说，您不否定强权？”

“底下呢？”

“您确实称得上始终如一；我只想指出，从强权论到老虎与鳄鱼即公理是很近的，甚至距离达尼洛夫与戈尔斯基也不远了。”

“我不知道；底下呢？”

伊波利特几乎不在听叶甫盖尼·巴甫洛维奇的话，虽然时而对他说“怎么样？”时而又问“底下呢？”也主要是交谈时的老习惯使然，并非专心好奇。

“底下没有了……完了。”

“不过，我并不生您的气。”伊波利特完全出人意外地说，并且伸出一只手去，还带着微笑，不过他未必充分意识到自己在做什么。叶甫盖尼·巴甫洛维奇先是纳罕，但随即一本正经地碰了一下向自己伸过来的手，仿佛在接受对方的宽宥。

“我不能不附带表示我的谢忱，”他仍以那种半真不假的恭敬口吻说，“感谢您这种容我说话的雅量，因为据我多次观察的结果，我们的自由派从来不允许任何人持有独特的信念，一听到异己的意见马上用辱骂回敬，甚至比这更坏……”

“您说得完全正确，”将军伊万·费奥多罗维奇指出，然后把两手反抄在背后，做出百无聊赖的样子退到廊台的阶梯旁，悻悻然打了个哈欠。

---

① 蒲鲁东（1809—1865），法国小资产阶级经济学家、社会学家，无政府主义创始人之一。

“得了，得了，公子爷，”叶丽扎薇塔·普罗科菲耶夫娜忽然向叶甫盖尼·巴甫洛维奇宣告，“您的话我都听腻了……”

“该走了，”伊波利特猛地站起来，面有忧色，简直近乎恐惧，莫名其妙地看看周围，“我耽搁了您的时间；我想把所有的话都对您说……我想反正是最后一次了……这是空想……”

看得出，他的亢奋是阵发性的，有时忽然从十足的梦呓状态中复原短短的几分钟，便十分清醒地一下子什么都能记起来，说话多半没头没脑，大概是他独自在病床上熬过漫长的失眠时光之际早已想透和背熟了的词句。

“好吧，别了！”他猝然说得很生硬，“你们以为我向你们说一声‘别了’是好受的吗？哈哈！”他懊丧地自嘲这句话陷自己于窘境[①]；接着，好像恼恨自己老是词不达意似的，一下子愤愤然大声说：“将军阁下！我荣幸地请您参加我的葬礼，如果您肯赏光的话，还有……请你们诸位也都随将军同往！……”

他又笑了起来；但这已是狂人的笑声。叶丽扎薇塔·普罗科菲耶夫娜惊恐地走到他跟前，抓住他的胳膊。伊波利特直盯着她瞧，还是那样笑着，但这笑没有持续下去，仿佛在他脸上停住、凝滞了。

“您可知道，我到此地来是为了看看树木？就是这些……”他指指林苑里的树木，“这不可笑吗，啊？这一点儿也不可笑，您说是不？”他认真地问叶丽扎薇塔·普罗科菲耶夫娜，接着忽然思索起来；嗣后，过了一会儿，他抬起头来，好奇地用目光在人们中间寻找。他在找叶甫盖尼·巴甫洛维奇，其实后者站在他右边，距离很近，还是原来的地方，但他已经忘了，尽向周围寻找。“啊，您没有走！”他终于发现了叶甫盖尼·巴甫洛维奇，“刚才您老是笑我想要朝窗外讲一刻钟话……。其实我不是十八岁；我靠在这枕头上躺了十八年，朝这窗外望了十八年，思考了十八年……把所有的人都想遍

① 俄语中告别时如要强调久别甚至永别的意思，不说 до свидания！（再见！）而说 прощайте！（别了！）但是，прощайте 也可作“请原谅”解释。伊波利特在“别了”出口之后，发现别人可能以为他有意语含双关，故云。

了……凡是……。死人是没有年龄的，您知道。上星期一天夜里醒来的时候，我就想过这事儿……。您可知道您最怕的是什么？您最怕我们的坦率，尽管您瞧不起我们！这也是我那天夜里在枕头上想到的……。您以为刚才我要取笑您吗，叶丽扎薇塔·普罗科菲耶夫娜？不，我没有取笑您，我只想称赞……。郭立亚说公爵把您称作小孩……这很好……。可是，我还想说……说什么来着？……”

他双手捂住面孔思索了一会。

“对了！刚才您告别的时候，我忽然想起：这里的一些人，我再也看不见他们了，再也看不见了！树也看不见了，——只有一堵红色的砖墙，迈耶尔那栋楼的……就在我的窗对面……我想，那就把这一切告诉他们……告诉他们试试看；这位小姐多美……可你是个死人，你就自我介绍是个死人，告诉他们‘死人什么都可以说’……公爵夫人玛丽雅·阿列克谢耶夫娜不会骂的，哈哈！[1]……你们不笑？”他环视所有的人表示不信。“要知道，我靠在枕头上想到过许多念头……要知道，我认定了自然界是很会嘲弄人的……。您刚才说我是无神论者，但您可知道这个自然界……。为什么你们又在笑？你们太残酷了！”他骤然间郁愤地说，同时把众人一一看遍。“我没有把郭立亚带坏。”他结尾的语调和刚才大不相同，变得严肃而坚定，好像他忽然又想起了什么。

“这里没有人笑你，一个也没有，你别胡思乱想！”叶丽扎薇塔·普罗科菲耶夫娜差不多在忍受折磨。“明天请另一个大夫给你看病，以前那个错了；坐下，你站都站不稳！你在说胡话……。啊，现在该拿他怎么办呢？”她忙着让伊波利特在一把圈椅里坐下。一颗泪珠在她面颊上闪光。

伊波利特简直愣住了，他举起一只手，怯生生地伸过去碰到了那

---

① 格里鲍耶陀夫的诗剧《聪明误》第4幕法穆索夫的独白结尾为：“啊！我的上帝！公爵夫人玛丽雅·阿列克谢耶夫娜会怎么说呢？”以后这句话常被用来代替“人家会怎么说呢？”

颗泪珠。他露出有点孩子气的微笑。

“我……对您……”他高兴地说，“您不知道，我对您……他向我谈起您来总是那样眉飞色舞，就是他，郭立亚……我喜欢他那股子劲儿。我没有把他带坏！我就是舍不得他……我想撇下所有的人，通通撇下，——可是没有这样的人，一个也没有……。我想干一番事业，我有权利……。哦，我想做的事情太多了！现在我什么也不要，什么也不想要，我已经发誓什么都不要，让别人去寻找真理吧，我不干了！是的，自然界是会嘲弄人的！为什么，”他一下子又亢奋起来，“为什么它创造了最优秀者然后又加以嘲弄？是它把公认为世上唯一的完美无缺者向人们展示以后，又使之说出导致大量流血的话，要是这些鲜血一下子同时涌流，人们非淹死不可！哦，好在我快死了！否则，兴许我也会扯上一个弥天大谎，自然界就是会耍这样的把戏！……我没有带坏任何人……。我曾想活着为人们造福，去发现真理、宣扬真理……。我望着窗外迈耶尔大楼的墙，心想：只要让我讲上一刻钟，便能说服所有的人，所有的人……可我一生中就遇上了……您，尽管没遇上人们！结果怎么样呢？不怎么样！结果您瞧不起我！可见人家不需要我，可见我是个傻瓜，可见我可以休矣！连一点回忆都没能给别人留下！无声无息，无影无踪，没有建立任何业绩，没有传播任何信仰！……不要取笑一个愚鲁之人！忘掉吧！忘掉一切……请忘掉吧，别那样狠心！您可知道，要不是染上这肺痨病，我会自己杀了自己……”

他大概还有许多话要说，但没有说完就废然倒在圈椅里，双手掩面，像个小孩子似的哭了起来。

“咳，这下叫我拿他怎么办呢？”叶丽扎薇塔·普罗科菲耶夫娜惊呼一声，急忙走过去捧住他的脑袋，把他紧紧地搂在自己怀里。伊波利特抽噎得厉害。“哎呀呀！好了，别哭，行啦，你是个好孩子，上帝会宽恕你年幼无知；行啦，拿出男子汉的样子来……。再说，回头你会害臊的……”

“我家里，”伊波利特说着竭力想抬起头来，“我家里有一个弟弟和几个妹妹，都还很小，他们是无辜的，怪可怜的……。她会把他们带坏的！您是个圣徒，您……自己也是小孩，——救救他们吧！把他们从那个女人手里夺过来……她是……耻辱……。哦，请您帮助他们，帮一帮吧，为此上帝会给您百倍的补偿，看在上帝分上，看在基督分上！……”

“伊万·费奥多罗维奇，您倒是说呀，现在该怎么办！”叶丽扎薇塔·普罗科菲耶夫娜悻悻然喊道，“请行行好，打破您那庄严的沉默吧！要是您不拿主意，那我告诉您，我要自己留在这里过夜；您把我在您的专制暴政下欺压得够了！”

叶丽扎薇塔·普罗科菲耶夫娜满怀激愤地提问，并且立等回答。但在类似的情况下，在场的人即使为数甚多，也大都保持缄默，袖手旁观，不愿把任何事情揽到自己身上，直到事后很久才发表他们的想法。在场的人中间有几位宁肯坐到天亮也不发一言，如瓦尔瓦拉·阿尔达里昂诺夫娜便是，整个晚上她一直不声不响坐在不显眼的地方，始终异常仔细地听着，这样做可能有她自己的理由。

“依我看，亲爱的，”将军开言道，“此时此地需要的是一名护士，而不是我们的激动，同时恐怕要有一个可靠的、头脑清醒的人陪夜。不管怎样，得问一下公爵，然后……立即让病人安睡。明天还可以关心他。”

“现在是十二点，我们要走了。他跟我们一起走，还是留在您这儿？”多克托连科没好气地问公爵。

“如果愿意的话，你们也可以和他一起留下，”公爵说，“这儿有地方。”

“将军阁下，”凯勒尔先生突然兴高采烈地蹦到叶班钦将军面前，“如果需要一个合格的人陪夜，我愿意为朋友作出牺牲……这是个多好的人哪！我早就认为他很伟大，将军阁下！当然，我才疏学浅，但要是他批评起来，那真是字字珠玑，将军阁下！……”

将军绝望地扭过头去。

“如果他能留下，我非常高兴，他赶路当然有困难。”公爵在叶丽扎薇塔·普罗科菲耶夫娜火气挺大的提问下表示。

“莫非你睡着了不成？你要是不愿意，我的爵爷，我会让他住到我那儿去的！上帝啊，你自己连站都站不稳！你是觉得不舒服还是怎么着？”

刚才，叶丽扎薇塔·普罗科菲耶夫娜发现公爵并非在病床上行将咽气，却又根据外表夸大了他的健康状况过得去的程度；其实，最近的一场病以及与病俱来的痛苦的回忆，加上今晚忙忙碌碌造成的劳累，还有“帕甫里谢夫的儿子”这一事件，现在又得为伊波利特作出安排——凡此种种，委实把公爵病态的敏感心理加剧到近乎狂乱的程度。除此以外，此刻从他的眼神中还可以看出另一种焦虑，甚至是恐惧：他提心吊胆地望着伊波利特，仿佛预料他还会搞出什么名堂来。

忽然，伊波利特站起来，面色煞白，五官变了样的脸上带着可怕的、简直是绝望的愧色。这主要表现为他又恨又怕地望着众人的那种目光，表现为浮晃在他哆嗦的嘴唇上那丝迷茫、扭曲的冷笑。他当即垂下眼睛，脚步踉跄，脸上还带着笑，向站在廊台口的布尔多夫斯基和多克托连科那儿走去；他要跟他们同行。

“啊，我担心的正是这一着！”公爵叫道，“事情必然会是这个样子！”

伊波利特向公爵迅速回过头来，他那怒不可遏的脸上每一道线条好像都在震颤，都在说话。

“啊，您担心的正是这一着！您认为‘事情必然会是这个样子’？我可以告诉您，如果问我憎恨这里的什么人，”他扯开尖嗓门大吼，声嘶力竭，唾沫四溅，“我恨你们所有的人，个个都恨！但我最恨的是您，您这个假仁假义、口蜜腹剑的小人、白痴、百万富翁慈善家，您比世上所有的人，比世上的一切更可恨！我早就看透了您，我听别人说起您的时候就已经恨您，以我心中的全部憎恨来恨您……。目前这一切都是您精心策划的！是您把我逼到了这般地步！您迫使一个垂死的人出乖露丑，是您，您，您害得我表现出卑鄙的怯弱！如果我还能活下去，我会杀了您！我不需要您的善举，我不接受任何人的恩惠，听见没有，我什么也不要！刚才我说的是胡话，你们休要得意忘形！……我诅咒你们每一个人，永不改变！”

说到这里，他已完全喘不过气来。

“他为自己流的眼泪感到难为情了！”列别杰夫悄悄地向叶丽扎薇塔·普罗科菲耶夫娜说，“‘事情必然会是这个样子！’公爵真有眼力！看到了他的骨子里……”

但是，叶丽扎薇塔·普罗科菲耶夫娜连正眼也没有给他一个。她昂首挺胸傲然站在那里，好奇而又鄙夷地瞧着“这班小人”。当伊波利特说完的时候，将军曾耸了耸肩膀；叶丽扎薇塔·普罗科菲耶夫娜愤怒地把他从头到脚打量一番，似乎在问他这动作是什么意思，然后立即转身面向公爵。

“谢谢您，公爵，谢谢您——我家的怪脾气朋友——让我们大家度过了一个愉快的夜晚。您把我们也牵扯到您这出异想天开的闹剧中去，想必现在您打心眼里感到高兴……。够了，亲爱的本家，谢谢，至少您让我们终于把您看清楚了！……”

她愤激地开始抻她的披风，等“那一帮子”动身。这时，有一辆轻便街车来载“那一帮子”，那是一刻钟以前多克托连科差遣列别杰夫的中学生儿子去雇的。将军紧接在太太之后也插了一句：

“的确，公爵，我决计没料到……既有过去种种，既有那些友好往来……再说，叶丽扎薇塔·普罗科菲耶夫娜也……”

“怎么能这样！怎么能这样！”阿黛拉伊达连声说着很快地走到公爵跟前，向他伸出一只手作别。

公爵带着茫然的神情向她微笑。忽然，一阵热切而又极快的低语简直烫着了他的耳朵。

“要是您不马上甩掉这些可恶的人，我将恨您一辈子，一辈子恨您一个人！”阿拉格雅悄悄说道。她激动得什么似的，但公爵还没来得及看她一眼，她已经扭头走开。

不过，公爵已经没有什么可以抛弃，没有什么人可以甩掉：病重的伊波利特其时已被胡乱扶上车座，街车走了。

“伊万·费奥多罗维奇，这局面要拖上多久？您怎么看？我受这些凶恶小子的气得忍受到什么时候？”

“是啊，亲爱的，我……我自然有意……而且……公爵……他也……”

伊万·费奥多罗维奇还是向公爵伸出一只手，但没顾得上握手，就跟在咯噔噔、气呼呼走下台阶的叶丽扎薇塔·普罗科菲耶夫娜后面跑了。阿黛拉伊达和她的未婚夫以及亚历山德拉诚恳而亲切地向公爵道别。叶甫盖尼·巴甫洛维奇也这样做了，而且只有他一个人兴致勃勃。

“果然不出我所料！不过遗憾的是也殃及了您这个可怜的人，”他悄悄地说这话时笑得极其甜蜜。

阿格拉雅不辞而别。

然而，这个夜晚的戏文到此尚未告终；叶丽扎薇塔·普罗科菲耶夫娜还得忍受一次完全意想不到的偶遇。

她还没来得及下台阶踏上环绕林苑的道路，突然有一辆光彩夺目的马车打公爵住的别墅旁边飞驶而过。这是一辆套着两匹白马的四轮车，车上坐着两位盛装的女士。但是，马车驶过还不出十步之遥，忽然在前面停下；其中一位女士迅速回过头来，似乎意外瞥见了什么她要找的熟人。

“叶甫盖尼·巴甫洛维奇！是你？”一条清脆、美妙的嗓子蓦地叫道，这声音使公爵，也许还使别的人为之震惊。“啊，我真高兴，总算找到了！我派人到城里去给你送信，派了两个！他们找了你一整天！”

叶甫盖尼·巴甫洛维奇如同遭到雷击一般站在梯阶上。叶丽扎薇塔·普罗科菲耶夫娜也站着不动，但并不像叶甫盖尼·巴甫洛维奇那样目瞪口呆；她同五分钟以前看“那班小人”一样带着傲慢而冷漠的鄙夷神情望了一下那位旁若无人的女士，旋即把专注的目光移向叶甫盖尼·巴甫洛维奇。

"告诉你一个消息！"那清脆的嗓音继续说，"你不用为库普费尔手中的借据担心了；罗果仁已经出三万卢布把它们买下来了，是我劝他这样做的。你至少可以再消停三个月。至于跟比斯库普那班混蛋想必总能商量得通的，反正都是熟人。所以，也就是说，一切都顺利。打起精神来吧。明天见！"

马车重又起动，很快就消失不见。

"这是个疯女人！"叶甫盖尼·巴甫洛维奇这才喊道，他气得面红耳赤，困惑地四顾张望。"她说的事情我一点都不知道！什么借据？她究竟是什么人？"

叶丽扎薇塔·普罗科菲耶夫娜继续望着他大约又有两秒钟之久，这才陡然迈着很快的步子向自己的别墅走去，其余的人都跟在她后面。一分钟以后，叶甫盖尼·巴甫洛维奇激动异常地回到公爵那儿的廊台上。

"公爵，说真的，您可知道这是什么意思？"

"我什么也不知道。"公爵答道，他自己的心情也极度紧张，痛苦非凡。

"不知道？"

"是的。"

"我也不知道，"叶甫盖尼·巴甫洛维奇一下子笑了起来，"天地良心，我跟什么借据之类没有发生过任何关系，请相信我的话是诚实的！……您怎么啦？您快晕过去了？"

"哦，不，不，请放心，不会的……"

十一

直至三天以后，叶班钦一家才算完全息怒。虽则好多事情公爵照例都责怪自己，并且真心诚意准备接受惩罚，然而起初他内心还是充分相信叶丽扎薇塔·普罗科菲耶夫娜不可能认真生他的气，而是多半生她自己的气。因此，这样长时间的不友好状态到第三天已使公爵陷于极其苦闷的绝境。造成这种心境的还有其他原因，但主要是其中一个情况。整整三天，这一情况在公爵的想象中不断显得愈来愈严重(公爵最近责备自己犯有正反两个极端的毛病：既怪自己那种少见的轻信，轻信到“荒唐和讨厌”的程度，同时又怪自己“阴鸷、卑劣地”多疑)。总而言之，及至第三天行将结束时，那位奇怪的女士从四轮马车里向叶甫盖尼·巴甫洛维奇说话这件事，在公爵头脑里已具有可怕而神秘的规模。除了其他各个方面，这个谜的实质对于公爵来说在于一个可悲的问题：这一新的“骇人听闻之举”是否也该归咎于他，还是仅仅归咎于？……但是他没有说出别人是谁。至于 Н.Ф.Б.那三个字母，照他看来纯粹是无伤大雅的淘气行为，甚至是十足孩子气的淘气行为，故而就连或多或少去考虑这件事都是难为情的，从一种意义上说甚至是不名誉的。

不过，在公爵甘当“罪魁祸首”的那个荒唐“晚会”后的第一天，他上午就很高兴地接待了Щ公爵和阿黛拉伊达：他们两人出来散步，顺便来看看他，**主要**是了解一下他的身体可好。阿黛拉伊达刚才注意到林苑里有一棵奇妙的古树，它那繁密的虬状枝柯伸得很长，树干上有一个窟窿和一道裂缝，可是全身披着绿油油的嫩叶；她一定要画这棵树，一定要画！在这次来访的足足半个小时内，阿黛拉伊达差不多尽谈这件事。Щ公爵和往常一样蔼然可亲，他向梅诗金公爵问一些往事，回忆他们初会时的情景，对昨天的事情几乎只字不提。最后，阿黛拉伊达还是忍不住，她笑着承认他们此来是别人不知道的[①]；不过自白仅止于此，虽然从别人不知道的这个词儿已经可以看出，她的父母(其实主要是叶丽扎薇塔·普罗科菲耶夫娜)目前对梅诗金公爵特别不满。但是，阿黛拉伊达和Щ公爵在这次访问过程中绝口不提叶丽扎薇塔·普罗科菲耶夫娜，也不提阿格拉雅，甚至没有谈及伊万·费奥多罗维奇。当他们告辞继续去散步时，也没有邀请梅诗金公爵同行。关于请公爵上她那儿去一节，更是压根儿没有这回事儿

① 原文为意大利文。

似的；在这方面，阿黛拉伊达甚至漏出一句很能说明问题的话。谈到她作的一幅水彩画时，阿黛拉伊达忽然表示很想让公爵看看那幅画。“这事儿怎样才能快一点办到？有了！我或者今天让郭立亚捎给您，如果待会儿他到我们那儿去的话；或者明天我跟Щ公爵出去散步的时候自己带来，”最后她这样结束自己的困惑状态，并为她能以如此巧妙而又对大家都方便的办法解决这个难题感到高兴。

临了，几乎已经在道过别以后，Щ公爵好像忽然想起一件事来。

“哦，对了，”他问道，“亲爱的列夫·尼古拉耶维奇，您是否知道，昨天从马车上向着叶甫盖尼·巴甫洛维奇大声说话的那个人是谁？”

“那是娜斯塔霞·菲立波夫娜，”公爵说，“难道您还不知道是她？跟她一起的那一位我不认识。”

“我知道，我听到了！”Щ公爵马上接着说，“但她喊的话是什么意思？坦白说，这对于我实在是个谜……我和其他人都莫名其妙。”

Щ公爵说时明显地现出非常惊诧的神情。

“她说的是有关叶甫盖尼·巴甫洛维奇一些借据的事，”梅诗金公爵用很平常的语气答道，“由于她从中说项，这些借据从某个高利贷商人手中转到了罗果仁那里，并说罗果仁可以等叶甫盖尼·巴甫洛维奇一个时期。”

“我听到了，听到了，亲爱的公爵，然而这是不可能的事！叶甫盖尼·巴甫洛维奇不可能立任何借据！凭他拥有的财产……。不错，以前他做过一些糊涂的事情，我还为他解过围……。但是，凭他这样的财力，向高利贷商人立据借钱，并且为之忐忑不安——这不可能。而且，他与娜斯塔霞·菲立波夫娜的关系也不可能亲密到熟不拘礼的程度，——主要是这一点费解。他赌咒说完全不明白是怎么回事，我充分相信他。但是，亲爱的公爵，问题是我想问问您，您是否有所了解？是否有什么风声非常奇妙地传到您的耳朵里？”

“没有，我什么也不知道，您可以相信我的话，这件事我绝对没有插手。”

“啊，公爵，您怎么说起这种话来！今天我简直认不出您了。难道我能设想您会参与这等事情？……今天您心绪不佳。”

他拥抱并且吻了梅诗金公爵。

“所谓‘这等’事情究竟是什么意思？我看不出任何‘这等’事情的迹象。”

“毫无疑问，此人想用某种方式给叶甫盖尼·巴甫洛维奇制造某种麻烦，故意当着别人的面把他没有、也不可能有的品质强加于他。”Ш公爵回答时语调相当枯涩。

公爵列夫·尼古拉耶维奇窘住了，可是仍用疑问的目光注视着对方；然而Ш公爵并不则声。

“莫非不单单是几张借据？是否不完全如昨天她所说的那样？”梅诗金公爵终于不大耐烦地咕哝道。

“我不是对您说吗，您自己可以作出判断，在叶甫盖尼·巴甫洛维奇和……她再加上罗果仁之间能有什么共同之处？我再向您说一遍：他拥有巨大的家财，这我完全了解，而且他还能从伯父那里得到另一宗财产。无非是娜斯塔霞·菲立波夫娜……”

Ш公爵一下子又不则声了，显然因为他不愿在梅诗金公爵面前继续谈论娜斯塔霞·菲立波夫娜。

“那么，至少他们是相识的喽？”公爵列夫·尼古拉耶维奇沉默片时后忽然问。

“看来是这样；他这人比较浮！不过，即使如此，那也是过去很久的事，还在两三年以前。他跟托茨基也认识。现今不可能再有这一类事情，他们绝不可能熟不拘礼！您也知道，她一直不在此地，哪儿也见不到她。很多人还不知道她又出现了。我注意到那辆马车大概已有三天，仅此而已。”

“马车非常漂亮！”阿黛拉伊达说。

“是的，马车非常漂亮。”

他俩离去时对公爵列夫·尼古拉耶维奇的态度还是十分友好，可以说亲如手足。

可是对于本书主人公说来，这次访问甚至包含着极其重大的意义。诚然，从昨夜起(也许更早些)，他自己也颇有所疑，但是直到他们来访之前，他一直不敢完全相信自己并非无端忧天。现在局面已经清楚：Щ公爵对事情的理解当然不正确，但他终究徘徊在真相周围，毕竟明白其中有**诈**。（“其实，他心里也许透亮，”梅诗金公爵忖道，“只是不愿说出来罢了，因此故意往错误处理解。”）最明显不过的是，刚才他们来看他(而且来的恰恰是Щ公爵)，指望听他作出解释；倘若如此，那他们委实认为他是同谋。此外，倘若这一切果真如此而且确实很重要，那么，她一定怀有某种可怕的目的。到底是什么目的？太可怕了！“可是又怎么能制止**她**呢？一旦她抱定宗旨，就没有任何可能制止**她**！”这一点公爵根据经验已然知道。“疯狂。疯狂。”

但是，这天上午其他不得其解的问题也都纷至沓来，而且都凑在同一时间，都要求立刻解决，因此公爵很是闷闷不乐。薇拉·列别杰娃抱着小柳芭到他这儿来，边说边笑聊了好半天，略微消解他的烦闷。接着，薇拉的妹妹、嘴巴老是张开的塔尼雅也来了；继她们之后，列别杰夫的中学生儿子来说，《启示录》中所述落到众水泉源上的“茵陈星”[①]，据他父亲的诠释，乃是遍布欧洲的铁路网。公爵不信列别杰夫会如此解释，决定一有机会当面问他本人。公爵从薇拉·列别杰娃那里得悉，凯勒尔打昨天起就在他们这儿安营扎寨，而且一切迹象表明他短期内不会离去，因为他找到了搭档，跟伊沃尔京将军交上了朋友；不过，他声称留在他们这儿纯粹是为了修完学业。总的说来，列别杰夫的孩子们开始一天比一天为公爵所喜欢。郭立亚整天不见人影：他一大早就去彼得堡。(列别杰夫也是天刚亮便办自己的

① 《圣经·新约·启示录》第8章第10—11节：“第三位天使吹号，就有烧着的大星，好像火把从天上落下来，落在江河的三分之一和众水的泉源上。这星名叫茵陈，众水的三分之一变为茵陈，因水变苦，就死了许多人。”

一些个事情去了。)但公爵焦急地等待着加甫里拉·阿尔达里昂诺维奇来访，他今天非来找公爵不可。

他过了下午六点才来，刚好在饭后。公爵向他一看，立刻产生一个想法：至少这位先生应当准确无误地了解全部底细，——他拥有像瓦尔瓦拉·阿尔达里昂诺夫娜及其丈夫那样的伙伴，还能不了解？但是，公爵同加尼亚之间的关系总有些特异。比方说，公爵委托他办理布尔多夫斯基这件事，可以说是竭诚敦请；然而，尽管有这种信任，尽管有已经达成的谅解，两人之间还经常保留若干似乎彼此商定绝不触及的敏感点。有时候公爵觉得，加尼亚也许希望他无保留和最友好地推诚相见；例如现在，他刚走进来，公爵马上感到加尼亚满怀信心地认为，此时此刻正好打破他们之间在一切敏感点上的坚冰。(不过，加甫里拉·阿尔达里昂诺维奇很匆忙；他妹妹在列别杰夫那里等他；他俩都急着要去办一件什么事情。)

但是，如若加尼亚果真准备面对一连串迫不及待的询问、情不自禁的诉说和推心置腹的自白，那么，他当然大失所望。在他来访的二十分钟时间内，公爵始终神思恍惚，几乎心不在焉。原先估计会提的许多问题，或者更确切些说是加尼亚等待他提的一个主要的问题，根本谈不上。于是，加尼亚也决定说话作很大的保留。他滔滔不绝地讲了整整二十分钟，尽是些轻松愉快的闲聊，嘻嘻哈哈，叽叽嘎嘎，却不涉及主要之点。

加尼亚只是顺便谈起，娜斯塔霞·菲立波夫娜来到巴甫洛夫斯克这里才四天工夫，却已经引起大家的注意。她住在水手街某处达利雅·阿列克谢耶夫娜的一所寒碜小屋里，可是她的马车在巴甫洛夫斯克几乎是首屈一指的。在她周围已经聚集了老老少少一大群追求者；她的车有时有骑者伴送。娜斯塔霞·菲立波夫娜和从前一样择交很严，接待的人都经过挑选。尽管如此，她身边还是形成了整整一支队伍，必要时愿意为她挺身而出的大有人在。为了她，一位消夏客已经同正式订了约的未婚妻吵架，一位年迈的将军差点儿要诅咒自己的儿子。她常常带一个才十六岁的可爱的少女一起坐车兜风；那少女是达利雅·阿列克谢耶夫娜的远亲，有一条出色的歌喉，因此，她们的小屋到晚上总是吸引人们的注意。不过，娜斯塔霞·菲立波夫娜举止非常规矩，衣着并不华丽，但极为雅致，女士们都“羡慕她的风度、美貌和马车”。

“昨天那桩怪事，”加尼亚终于开了头，“当然是存心的，当然不应该算在内。想要挑她的什么眼，除非故意找茬儿，或者造谣中伤，不过这样的事马上就会来的，”加尼亚说罢，估计公爵这时一定要问：为什么他认为昨天的事是存心的？为什么马上会有人造谣中伤？但是公爵没有问这事。

关于叶甫盖尼·巴甫洛维奇的情况也是加尼亚自己谈出来的，而不是盘问的结果，这颇有点儿奇怪，因为加尼亚毫无由头地把他拖进了话题。照加甫里拉·阿尔达里昂诺维奇看来，叶甫盖尼·巴甫洛维奇不认识娜斯塔霞·菲立波夫娜，而且直到现在对她也知道得很少很少，因为四天前在散步时才由别人为他们互相介绍，叶甫盖尼·巴甫洛维奇恐怕一次也未曾随其他人去过娜斯塔霞·菲立波夫娜的寓所。至于借据的事也是可能的(对此加尼亚甚至很有把握)；叶甫盖尼·巴甫洛维奇固然拥有巨大的家财，但是“庄园方面的某些情形确实比较糟糕”。在这个饶有兴味的题目上加尼亚忽然住了口。关于娜斯塔霞·菲立波夫娜昨夜的举动，除了以上所述之外，他也没有再说一句话。最后，瓦尔瓦拉·阿尔达里昂诺夫娜来叫加尼亚，她待了一会儿，也是在未经询问的情况下谈起，叶甫盖尼·巴甫洛维奇今天或许明天要去彼得堡，她丈夫(伊万·彼得罗维奇·普季岑)也在彼得堡，大概也是为了叶甫盖尼·巴甫洛维奇的事情，那边确实出了什么问题。临走时她还补充说，叶丽扎薇塔·普罗科菲耶夫娜今天心境坏得无以复加，最奇怪的是阿格拉雅跟全家人都吵翻了：不光跟父亲和母亲，跟两个姐姐也吵，“这实在不是好兆”。末了那个消息(对于公爵是极其意味深长的)就好像顺便告知一般，然后这兄妹俩便走了。关于“帕甫里谢夫的儿子”那件事，加尼亚也只字不提，可能是出于虚假的谦逊，也可能是“不忍伤害公爵的感情”，不过公爵对于他出力了结那段公案还是再一次表示感谢。

公爵很高兴终于只剩下他一个人了；他走下廊台，穿过马路，步入林苑；他想就一个步骤进行思索并作出判断。但这个“步骤”不是经得起思索的那一种，而恰恰是不假思索、只能说干就干的那一种。他忽然渴望撇下这里的一切，自己回到所自来的地方，前往一个遥远、偏僻的去处，立刻动身，甚至不向任何人告别。他预感到，只要他在此地再待上几天，就一定会无可挽回地卷入这个圈子，而且往后他将永远跳不出这个圈子。但他考虑还不到十分钟，当即认为逃跑是“不可能的”，因为这无异于怯懦，而摆在他面前的一个个难题责成他非加以解决不可，至少他没有权利不使出全部力量去解决。他沉浸在这样的思绪中返回寓所，散步恐怕连一刻钟也不到。此时他不幸至极。

列别杰夫还没有回家，因此傍晚时分凯勒尔得以闯到公爵这边来；他没有喝醉，但带来一肚皮的知心话要作自白。他开门见山地表示，此来是要向公爵谈谈自己的一生，他正是为了这个目的才留在巴甫洛夫斯克。想把他撵出去委实一点可能都没有：他决不肯走的。凯勒尔准备讲上很久，而且语无伦次，可是几乎才开了个头，一下子就跳到结尾，并且宣称他丧失了“最起码的一点点道德心”（那完全是不信万能的上帝之故），竟然已沦为小偷。“这种事您能想象吗？”

“听我说，凯勒尔，要是我处在您的位置上，还是不作这样的自供为妙，除非万不得已，”公爵开言道，“不过，您也许是故意往自己脸上抹黑？”

“我向您承认，我只向您一个人承认，唯一的目的是想促进我的成长！此外不告诉任何人；我到死也要在尸衣下面把我的秘密带走！但是，公爵，您哪里知道，在我们这个时代弄钱有多么难，您哪里知道呵！时至今日，请问：到哪儿弄钱去？回答到处都一样：‘拿黄金或钻石来作抵押，我们就给钱，’也就是说，要的恰恰是我所没有的东西，这种事您能想象吗？最后我火了，故意站了一阵子以后，问道：‘拿翡翠作抵押，给不给钱？’对方回答：‘翡翠作抵押也给。’

我说：‘好极了，’然后戴上帽子走了出来，心想：‘你们这班混蛋，见鬼去吧！’真是这么回事！”

“难道您有翡翠？”

“我哪有什么翡翠！哦，公爵，您对生活的看法还是那样光明和天真，甚至可以说还是田园情调！”

最后，要说公爵开始感到歉意还不确切，他好像问心有愧似的。他头脑里甚至闪起一个想法：“难道就不能通过某人的好影响使这个人有所转变？”出于某些原因，他认为自己的影响完全用不上，——倒不是妄自菲薄，而是由于对事物有一种特殊的看法。渐渐地，他们谈得入了港，居然到了不想分手的程度。凯勒尔异常爽快地承认自己的若干行径，你简直无法想象，这些事怎么说得出口。每当一个故事开头之际，他总要郑重声明自己感到悔恨，内心“充满热泪”，可是讲起来却好像把这般行径引以为荣，而且有时说得那么滑稽，以致他和公爵一起纵声大笑，犹如两个疯子。

“主要的是，您身上有一种像小孩子那样什么都相信的趋向和不寻常的诚实，”到后来公爵竟说，“您可知道，单凭这一点就足以补偿其他许多方面。”

“豪杰气概，侠义心肠！”凯勒尔美滋滋地加以认可，“但是，公爵，我告诉您，这一切只能是空想，只存在于所谓醉乡之中，实际上绝对做不到！究竟为什么？我无法理解。”

“别灰心。现在可以肯定地说，您把自己的全部底细已向我和盘托出；至少在我看来，除了您所讲的以外，什么也不可能再补充了，难道不是这样吗？”

“不可能？！”凯勒尔带着怜惜的口吻发出感慨，“哦，公爵，您对人的理解在很大程度上可以说还是瑞士式的。”

“难道还能补充？”公爵惊讶而又不好意思地问，“那您究竟指望从我这里得到什么，凯勒尔？请告诉我，您来做这番忏悔目的是什么？”

“指望从您这里得到什么？首先，单是瞧瞧您的傻样就挺有趣；

跟您一起坐下来谈谈也很愉快；不管怎样，我知道在我面前的是个无比善良的好人。其次……其次嘛……”

他嗫嚅起来了。

“也许，想借点儿钱？”公爵十分认真而又直率地提示道，他甚至感到有些难为情。

凯勒尔全身一震；他仍带着刚才那样惊讶的表情很快地正对公爵看了一眼，一拳头使劲捶在桌面上。

“咳，您这一招能叫人掉进五里雾中去！说实在的，公爵：像您那样憨直，那样天真，即使在黄金时代也闻所未闻；可在这同时，您又以无比深刻的心理观察像箭一般把人穿透。请原谅，公爵，这需要加以解释，因为我……我简直给弄糊涂了！不用说，归根到底我的目的是借钱，但您问起钱的时候好像并不认为这有什么悖情逆理的地方，好像这是情理中事。”

“对……您需要钱是情理中事。”

“您也不气愤？”

“不……有什么可气愤的？”

“听我说，公爵，我从昨天晚上起留在此地，首先是出于对法国大主教布尔达鲁[①]的敬意（我们在列别杰夫屋里开一瓶喝一瓶，一直干到三点钟）；其次，也是主要的一点（我可以指着所有的十字架起誓，我说的绝对是真话！），我留下来可以说是要向您作全面、真诚的忏悔，从而促进我自己的成长；我就抱着这样的想法在将近四点钟时泪流满面进入梦乡。现在不知您是否相信一个至诚君子的话。在我行将入睡的一刹那，无论心中还是脸上都充满热泪（因为我真的放声哭了，这我记得！），当时我产生一个可恶透顶的念头：‘到末了，也就是在忏悔之后，向他借几个钱怎么样？’于是，我准

---

① 布尔达鲁·路易（1632—1704），传播天主教的耶稣会教士。凯勒尔在这里戏谑地用这个名字来代替葡萄酒，因为“布尔达鲁”与“波尔多”（法国港口城市以及该地区所产葡萄酒名）两词发音近似。

备好一套忏悔，作为一道‘泪汁肉丁’送上，目的在于用这些泪汁泡软路径，等您感动之余好为我掏出一百五十卢布来。您不认为这是卑鄙的吗？”

“不过事实肯定不是这样，无非两件事碰在一起罢了。两个想法同时产生，这是常有的。在我身上就不断出现。然而，我认为这样不好；您知道吗，凯勒尔，在这点上我对自己责备得最厉害。刚才您对我讲的就像我自己的事。有时候我甚至以为人人都这样，”公爵继续说，态度非常认真、诚恳，决非漠不关心，“以致我开始对自己采取默许的态度，因为这种**双重**思想极难克服；我有体会。天知道它们是怎样来到头脑里、怎样萌生的。但您干脆把这称作卑鄙！现在我又将开始惧怕这种思想。反正我没有资格判断您的是非。不过，我总觉得不能干脆把这称作卑鄙，您意下如何？您要了个花招，想通过眼泪弄到钱，但明明是您自己发的誓，说您的忏悔还有另一个高尚的目的，不光是为了钱。至于您需要钱，为的是吃喝玩乐，对不对？在作了这样的忏悔之后，那当然是意志薄弱的表现。然而，一下子又怎么能放弃吃喝玩乐呢？我知道这是不可能的。那怎么办？最好还是由您自己的良心去权衡，您意下如何？”

公爵非常好奇地望着凯勒尔。他对双重思想这个问题看来久矣乎耿耿于怀。

“咳，听了您的分析，我实在不明白人家为什么说您是白痴！”凯勒尔惊叹道。

公爵微微红了脸。

“布尔达鲁教士不会饶过一个人的，可是您饶恕了一个人，对我作了入情入理的评断！作为对自己的惩罚，并且表明我受了感动，我现在不要一百五十卢布，您只要给我二十五卢布就够了！这就是我所需要的一切，至少可以对付两个星期。两星期内我不会来要钱。我本想让阿伽什卡高兴高兴，不过她不配。哦，亲爱的公爵，愿上帝赐福予您！”

最后，刚从彼得堡返回的列别杰夫走进来，他发现凯勒尔手里拿着一张二十五卢布的钞票，皱起了眉头。但凯勒尔钱一到手，赶紧溜之大吉。列别杰夫马上开始说他的坏话。

“您对他不公正，他确实真心诚意作了忏悔。”公爵听完列别杰夫的话后指出。

“他的忏悔又算得了什么？就跟我昨天说的‘我真卑鄙，真卑鄙’如出一辙，无非是几句空话！”

“那么您也只是几句空话喽？我还以为……”

“我可以告诉您，只对您一个人吐露真情，因为您能看到人的内心深处。嘴上说的也罢，实际做的也罢，谎言也罢，实话也罢——在我身上全都糅合在一块儿，而且是完全真诚的。实话和行动表现为我的真诚忏悔，信不信由您，我可以起誓；而空话和谎言表现为一种可恶透顶(而且始终存在)的念头——怎样诱人上钩，怎样通过悔恨的眼泪捞到好处！我可以向上帝起誓，确实是这样！对别人我不会说这话，人家会笑话或唾骂；但是您不会，公爵，您能作出入情入理的评断。”

“啊，这跟刚才他对我说的话一模一样，”公爵大声叫了起来，“而且你们俩好像都引以为荣！您简直使我吃惊，不过他比您更坦率一些，而您完全把这变成了一门生意。得了，您不用皱眉头，列别杰夫，也不用把手按在心口上。您有什么话要对我说吗？您是不会无缘无故上这儿来的……”

列别杰夫开始装腔作势，忸怩作态。

“我等了您整整一天，想要问您一件事。请您直截了当实话回答我，哪怕您这辈子只说一次真话：跟昨天那辆马车有关的事儿中间是不是有您的一份？”

列别杰夫又演起戏来了，他开始窃笑、搓手，后来甚至打了好几个喷嚏，但还是欲语又止。

“我看得出，您参与了。”

“不过是间接的，仅仅是间接的！我说的绝对是真话！我参与的一份只不过及时向某女士送了个信儿：我这里来了这样一批人，其中有那么几位。”

“我知道您差遣您的儿子到**那边**去过，刚才他自己告诉了我；但是，这究竟捣的是什么鬼？”公爵不耐烦地诘问。

“不是我捣的鬼，不是我，”列别杰夫连忙摇手为自己撇清干系，“这里头有别人，有别人；而且，这主要可以说是忽发奇想，而不是存心捣鬼。”

“到底是怎么回事？看在基督分上，请您解释清楚！难道您不明白，这件事直接牵涉到我？要知道，有人在往叶甫盖尼·巴甫洛维奇脸上抹黑！”

“公爵！最尊敬的公爵阁下！”列别杰夫又做出扭扭捏捏的样子。“您不是不让说出全部真相吗？其实我已经试着想告诉您真相，而且不止一次，您就是不让我说下去……”

公爵默然不语，考虑了一会儿。

“那么，好吧，把真相说出来。”他好不容易说了这么一句，看得出是着实经过一番斗争的。

“阿格拉雅·伊万诺夫娜……”列别杰夫当即开始说。

“住口，住口！”公爵拼命喊叫起来，由于愤怒，可能还由于羞愧而满脸通红。“这不可能，全是胡说八道！这一切都是您或者和您一样的疯子胡诌出来的。从今以后，再也不要让我从您口中听到这样的话！”

夜晚，已经十点多了，郭立亚带了一大摞消息来。消息包括两大类：彼得堡的和巴甫洛夫斯克的。他把彼得堡方面的消息中主要的几条草草略述一遍(多半是关于伊波利特和昨天之事的)，准备回头再谈，现在先尽快转到巴甫洛夫斯克这一头。三小时以前他从彼得堡回来，没有到公爵这里就直接去叶班钦家。“那儿的局面一塌糊涂！”不言而喻，处于中心位置的是马车事件，但肯定还出了什么问题，那是他和公爵所不知道的。“我当然不做探子，也不愿向任何人打听；不过对我的接待倒是挺好的，好得甚至出乎我的意料之外。但是，关于您，公爵，一个字儿也没提！”最主要和最耐人寻味的是：为了加尼亚，阿格拉雅今天跟家里人吵架了。详情如何——不得而知，反正是为了加尼亚(这简直很难想象！)，甚至吵得很凶，可见必有什么重大的事情。将军很晚才到别墅，脸色很不高兴，同来的叶甫盖尼·巴甫洛维奇受到了很好的接待，而叶甫盖尼·巴甫洛维奇本人的情绪和风度美妙得出奇。头条新闻则是叶丽扎薇塔·普罗科菲耶夫娜悄悄地把正在跟小姐们闲谈的瓦尔瓦拉·阿尔达里昂诺夫娜叫到自己屋里去，把她永远赶出叶班钦家，不过方式极其客气，——“是瓦丽雅自己说的”。然而，当瓦丽雅从叶丽扎薇塔·普罗科菲耶夫娜屋里出来向小姐们告辞时，连她们也不知道，她被永远赶出了这户人家，并且是最后一次跟她们道别。

“可是，瓦尔瓦拉·阿尔达里昂诺夫娜七点钟还到我这里来过。”公爵感到惊讶。

“她是在八点钟或将近八点的时候被赶出来的。我觉得瓦丽雅怪可怜的，加尼亚也可怜……毫无疑问，他们永远有不可告人的秘密，不搞密谋他们就无法过日子。我从来不可能知道他们在策划什么名堂，我也不想知道。但您可以相信我的话，我亲爱的、善良的公爵，加尼亚不是没心肝的。当然，他这个人在许多方面堕落了，但他身上也有许多方面存在着值得发掘的东西，我永远不会原谅自己过去没有理解他……。现在，瓦丽雅给撵走以后，我不知道该不该继续登门。虽然我从一开始就保持完全独立的姿态一个人行动，但总得考虑考虑。”

“您不必把您哥哥想象得过于可怜，”公爵向他指出，“既然事情已经到了这个地步，可见加甫里拉·阿尔达里昂诺维奇在叶丽扎薇塔·普罗科菲耶夫娜心目中是个危险人物，也就是说，他的某些希望正在确立。”

“怎么，他有什么希望？”郭立亚愕然惊问，“难道您以为阿格拉雅？……这不可能！”

公爵不则声。

“您是个可怕的怀疑论者，”隔了两分钟，郭立亚接着说，“我注意到，从某个时候起您变得非常倾向于怀疑；您开始对什么都不相信，老是揣测猜想……。在这种情况下，‘怀疑论者’这个词儿我用得对不对？”

“我认为用得对，不过，我自己也无法肯定是怎么回事。”

“但我自己放弃使用‘怀疑论者’这个词儿，我找到了新的解释，”郭立亚骤然喊道，“您不是怀疑论者，而是个醋坛子！您为某一位高傲的小姐而拼命吃加尼亚的醋！”

说完，郭立亚霍地跳起来哈哈大笑，恐怕他从来没有笑得这么厉害。看到公爵脸涨得通红，郭立亚更加纵声狂笑；他十分欣赏自己产生公爵为阿格拉雅而心怀妒意这个想法，但他发现公爵由衷地感到苦恼，当即打住。接下来，他们严肃认真而且满怀焦虑地又谈了一小时或一个半小时。

翌日，公爵有件急事要办，前半天一直在彼得堡，动身返回巴甫洛夫斯克已经是下午四点多钟。在火车站，他和伊万·费奥多罗维奇相遇。将军迅速抓住他的胳臂，仿佛心惊胆战似的四顾张望了一下，然后拉着公爵坐进头等车厢结伴同行。他迫不及待地要跟公爵谈一件很重要的事情。

“首先，亲爱的公爵，你别生我的气，如果我有什么不当之处——你就忘了吧。本来我自己昨天就要去看你，可是我不知道这会使叶丽扎薇塔·普罗科菲耶夫娜产生什么想法……。我家里……简直不是人待的地方，好像里边搬进了一尊神秘的斯芬克司，我实在莫名其妙。至于你，依我看，你的过错比我们所有的人都小，尽管许多事情由你而起。你瞧，公爵，做一个慈善家是愉快的，但并不尽然。你自己大概已经尝到了滋味。我当然赞赏善心并且尊重叶丽扎薇塔·普罗科菲耶夫娜，但是……”

将军如此这般还讲了很久，但他语无伦次，令人纳罕。看得出，有一件他百思不得其解的事情使他震骇万分，慌乱异常。

“我丝毫也不怀疑这件事跟您有什么牵连，”他总算说得明白了些，“但眼前一段时间你还是别上我们那儿去，我作为朋友请求你，直到风向转换为止。至于叶甫盖尼·巴甫洛维奇，”他激动非凡地拔高了嗓门，“这一切全都是毫无道理的诽谤，是诽谤中的诽谤！这是造谣中伤，是阴谋，有人想破坏一切，使我们吵架。听着，公爵，我对你说句悄悄话：我们同叶甫盖尼·巴甫洛维奇之间还什么也没有说定，你懂吗？我们并不受任何约束，不过那句话也许会说，甚至为期已经不远，甚至可能就在最近！所以有人想要破坏！至于目的何在，原因何在——我不明白！那女人与众不同、行动乖张，我实在怕她，简直睡不着觉。耀眼的车，雪白的马，这才叫帅，这正是法国话叫作 chic 的帅！这马车谁给她的？前天我曾以为是叶甫盖尼·巴甫洛维奇，我真是作孽！但后来发现这根本不可能；既然不可能，那她为什么要从中捣乱？这正是个谜！是想把叶甫盖尼·巴甫洛维奇留在她身边？但我对你再说一遍，我可以发誓，他们根本不认识，所谓的借据是胡编出来的！她还那么钝皮老脸地隔着马路冲他叫‘你’！地地道道的阴谋！事情明摆着，必须辟谣并加以鄙弃，而对叶甫盖尼·巴甫洛维奇则应加倍尊敬。我向叶丽扎薇塔·普罗科菲耶夫娜也是这样说的。现在我告诉你一个绝对不可外传的想法：我坚信她这样做是出于对我个人的报复，就为了从前的事，你该记得的，虽然我从来没有任何对不起她的地方。只要回想起来我就脸红。如今她又出现了，我还以为她已永远销声匿迹。请告诉我，那个罗果仁待在什么地方？我以为**她**早已是罗果仁太太了。”

用一句话概括此公目前的状态，那就是：惶惶不可终日。差不多一小时的旅程中，全是他一个人说话，自己提问题，自己作解答，时而握一下公爵的手，至少在一点上他使公爵相信：他对公爵决计不存任何疑心。这对于公爵来说很重要。临了，将军谈到了叶甫盖尼·巴甫洛维奇的亲伯父，说他是彼得堡某机关的长官，“位居要津，年已七旬，讲究享受，好吃成精，总的说来是位脾气随和的老先生……。哈哈！我知道他听说过娜斯塔霞·菲立波夫娜，甚至谋求赢得青睐。刚才我去拜访他，说是身体欠佳，不会客。可他富得很，富得很，又有地位和……愿上帝保佑他福寿绵长，不过将来反正一切都归叶甫盖尼·巴甫洛维奇……。是的……是这样……可我总是害怕！我不明白怕什么，可就是怕……。空中好像有什么东西在飞来飞去，倒霉的事儿像一只蝙蝠在头上盘旋，我怕，我怕！……”

最后，直到第三天，正如上文已经述及的那样，叶班钦一家与公爵列夫·尼古拉耶维奇才算正式和解。

十二

下午七点钟，公爵正准备到林苑中去。突然，叶丽扎薇塔·普罗科菲耶夫娜独自一人走上廊台来见他。

“**首先**，”她劈头第一句就说，“别以为我是来向你道歉的。没门儿！你浑身是错。”

公爵不作声。

“你错不错？”

“跟您一样。不过，无论我还是您，咱俩都没有故意做任何错事。前天我曾经认为自己有错，可是现在想通了，认为并非如此。”

“原来你是这样！那好吧；你听我说，并且先坐下来，因为我不打算站着谈。”

两人都坐了下来。

“**其次**，关于那帮恶少年，一个字儿也不要提！我跟你坐谈十分钟；我是来找你了解情况的（你大概不知想到哪儿去了，对不对？），你只要有半句话涉及那帮无礼的小子，我站起来就走，而且从此跟你一刀两断。”

“好。”公爵答道。

“请允许我问你：在两个月或两个半月以前，大约复活节前后，你有没有寄过一封信给阿格拉雅？”

“我写——过。”

“是什么目的？信上写些什么？把信给我看！”

叶丽扎薇塔·普罗科菲耶夫娜的眼睛目光如炬，她急得几乎要发抖。

“信不在我这里，”公爵大为惊讶，十分狼狈，“即使还保存着，那也是在阿格拉雅·伊万诺夫娜处。”

“别躲躲闪闪！信上写些什么？”

“我不躲不闪，我什么也不怕。为什么我不能写信？……我认为没有任何理由不准……”

“住口！这你以后再说。信上写些什么？你为什么脸红？”

公爵想了想。

“我不知道您有些什么想法，叶丽扎薇塔·普罗科菲耶夫娜。我只看出，这封信使您很不高兴。这样的问题我本来可以拒绝回答，这一点您应该同意；但是，为了向您表示我并不为这封信担忧，也并不后悔写了此信，更谈不上为之而脸红，”这时公爵的脸几乎加倍变红，“我可以把信的内容念给您听，因为我大概背得出来。”

说罢，公爵把信的内容背诵一遍，几乎与原信一字不差。

“荒唐！你认为这样的扯淡能意味着什么？”叶丽扎薇塔·普罗科菲耶夫娜异常仔细地听完信的内容后猝然问道。

“我自己说不周全；只知道我的感情是真诚的。在那里，我曾经有过一些充满生趣和无限希望的时刻。”

“什么希望？”

“很难讲清楚，不过并非您所想象的那种希望——您现在大概是这样想的……。总之，是对未来和欢乐的希望：也许我在**那边**不是异乡客，不是外国人。我忽然觉得祖国非常可爱。在一个阳光明媚的早晨，我拿起笔来给她写了这封信；为什么写给她——我说不上。反正有时候身边需要一个朋友；看来当时我也想要一个朋友……”公爵略一停顿后又作了补充。

“你产生了爱情，是不是？”

“不——不。我……是像给姐妹写信那样写的；我的落款也是兄弟。”

“嗷！故弄玄虚，我明白。”

“叶丽扎薇塔·普罗科菲耶夫娜，回答您的这些问题我觉得很不愉快。”

“我知道不愉快，可我才不管你愉快不愉快。听着，现在你就像面对上帝一样老实回答我：你是不是在对我撒谎？”

“我不撒谎。”

“你说没有产生爱情，这是不是老实话。”

“大概完全是老实话。”

“好一个‘大概’！是那小子转交的？”

“我请尼古拉·阿尔达里昂诺维奇……”

“那小子！那小子！”叶丽扎薇塔·普罗科菲耶夫娜愤激地打断对方的话，“我根本不知道有什么尼古拉·阿尔达里昂诺维奇！我只知道那小子！”

“尼古拉·阿尔达里昂诺维奇……”

“我对你说，就是那小子！”

“不，不是小子，而是尼古拉·阿尔达里昂诺维奇。”公爵终于用强硬的口气回答，不过语调还是相当沉着。

“嗬，好哇，亲爱的，很好！这笔账我给你记下。”

她花了一分钟时间克制自己激动的情绪，这才把一口气缓过来。

“‘可怜的骑士’又是怎么回事？”

“我一点儿也不知道；这跟我不相干；无非是开开玩笑。”

“好消息！不过，难道她会对你发生兴趣？她自己把你叫作‘畸形儿’和‘白痴’。”

“这话您没有必要再向我转述。”公爵用责备的口吻指出，声音低如耳语。

“别生气。这丫头固执任性、疯疯癫癫、娇纵惯了，——她要是喜欢什么人，就一定骂出声来，甚至当面嘲笑；当年我也是这样。不过，请先别得意，亲爱的，她不属于你；我不愿相信这事，她也永远不会属于你。我对你说这话，是要你马上采取措施。听着，你得发誓你没有和**那个女人**结婚。”

“叶丽扎薇塔·普罗科菲耶夫娜，您说到哪儿去了？”公爵惊愕之余几乎跳了起来。

“你不是差点儿结了婚吗？”

“差点儿结了婚。”公爵喃喃自语，低下头来。

“这么说，你是爱上了**她**，是不是？这次你来也是为了**她**？为**那个女人**？”

“我不是来结婚的。”公爵回答。

“世上有没有你视为神圣的事物？”

“有。”

“你得起誓不是来跟那个女人结婚的。”

“您要我怎么起誓都可以！”

“我相信你；现在你吻我一下。我总算松了口气。但你必须知道：她不爱你，你得采取措施；只要我活在世上，她就不会嫁给你！听见没有？”

“听见了。”

公爵脸红得没法正视叶丽扎薇塔·普罗科菲耶夫娜。

“好好记住。我曾经像盼神明那样盼你来(其实你不配！)，夜夜都把枕头哭湿，——不是为你，亲爱的，你放心，我另有自己的悲哀，而且年年月月老是那么回事。但我之所以那样巴巴地盼着你，就因为我至今还相信，是上帝亲自派你作为朋友、作为亲兄弟到我这里来的。除了贝洛康斯卡雅老太婆，我一个贴心人也没有，可是连她也飞走了，再加老来她变得蠢不堪言。现在你直截了当回答我：你知道不知道，大前天**她**为什么从马车上大喊大叫？”

“我向您保证，我没有参与这件事，并且也不知道！”

“够了，我相信你。现在我对这事也另有想法，可是直到昨天上午我还认为全是叶甫盖尼·巴甫洛维奇的过错。前天整整一昼夜和昨天一个上午。现在我当然不能不同意他们的看法。很明显，有人把他当傻瓜一样耍笑，其中必有原因，必有目的，必有动机(单单这一点就可疑！而且不体面！)，——反正阿格拉雅决不嫁他，我对你说了吧！即便他是个好人，这一点也不再改变。过去我也曾犹豫，而现在已经拿定主意：‘先得把我放进棺材，埋入地下，然后再嫁女儿’——今天我正是这样毫不含糊地对伊万·费奥多罗维奇说的。你瞧，我信得过你，看到了吗？”

“看到了，我明白。”

叶丽扎薇塔·普罗科菲耶夫娜以犀利的目光审视着公爵；也许她很想了解，关于叶甫盖尼·巴甫洛维奇的这一消息会对他留下什么印象。

“关于加甫里拉·伊沃尔京的事你一点也不知道？”

“您指的是？……我知道不少。”

“你知不知道他跟阿格拉雅保持着联系？”

“完全不知道，”公爵不觉一愣，甚至打了个寒噤，“怎么，您说加甫里拉·阿尔达里昂诺维奇跟阿格拉雅·伊万诺夫娜保持着联系？这不可能！”

“还是最近的事。整个冬季他妹妹像老鼠打洞似的一直在为他铺路。”

“我不信，”经过一阵沉思和激动之后，公爵断然重申，“如果真是那样，我肯定会知道的。”

“莫非他自己会来伏在你胸前淌着眼泪坦白？你呀，真傻，实在傻！所有的人都在骗你，把你当作……当作……。你相信他？真丢人！难道你看不出他处处把你蒙在鼓里？”

“我很了解他有时候在骗我，”公爵压低声音勉强说，“他也知道我了解这一点……”他找补一句，可又没说完。

“知道了还相信！这可称得上傻到了顶！不过，在你身上也必然会这样！用不着我大惊小怪。主啊！世上什么时候有过这样的人！你可知道，这个加恩卡，或者这个瓦丽卡[1]，还为她跟娜斯塔霞·菲立波夫娜牵线搭桥？”

---

① 加恩卡和瓦丽卡是对伊沃尔京兄妹表示轻蔑的称呼。

“为谁？！”公爵惊问。

“阿格拉雅。”

“我不信。这不可能！有什么目的呢？”

他从椅子上跳了起来。

“我也不信，尽管有证据。这丫头实在任性，老是异想天开、疯疯癫癫！可恶的丫头，可恶的丫头，可恶的丫头！要我重复一千年也行：她就是可恶！现在她们全都一个样，连那个一向蔫不唧的亚历山德拉也不例外，不过阿格拉雅完全成了脱缰的野马。可我还是不信！也许因为我不愿意相信，”她像是自言自语似的补充说，“你为什么不来？”忽然她又转而面向公爵，“为什么整整三天都不来？”她又一次不耐烦地冲着公爵嚷道。

公爵正欲说明缘由，但又被她打断。

“人人都把你当作傻瓜，欺骗你！昨天你进城去了；我敢打赌，你一定是去跪着哀求那个滥小人接受一万卢布来着！”

“完全不是，我连想也没有想过。我甚至没有见到他；何况，他也并非滥小人。我收到了他的一封信。”

“把信给我看！”

公爵从公文包里取出一封短简交给叶丽扎薇塔·普罗科菲耶夫娜。信中写道：

阁下：

在别人眼里，我当然绝对不配有自尊心。按照世人的见解，我太卑微了，谈不到什么自尊。但这是人们的看法，而不是您的看法。我充分相信，您阁下可能比别人好。我不同意多克托连科的观点，在这个问题上我和他有分歧。我永远不要您一个子儿，但是您接济了家母，对此我应当感谢您，哪怕这是软弱的表现。不管怎样，我对您另有看法，并认为有必要把这一点告诉您。在此之后，我认为我们之间不可能再有任何瓜葛。

安季普·布尔多夫斯基

尚欠二百卢布定当如数奉还。又及。

“扯淡！”叶丽扎薇塔·普罗科菲耶夫娜遽下断语，一边把信扔回去，“根本不值得一读。你笑什么？”

“您得承认，您读了也感到愉快。”

“什么？这种死要面子的胡扯淡你说我读了会感到愉快？难道你看不出来，他们这帮人个个都狂妄自大、死要面子到了疯狂的程度？”

“是的，但他毕竟认了错，跟多克托连科分道扬镳了；甚至可以说，他越是要面子，他的这种面子就越可贵。哦，您真是个小孩子，叶丽扎薇塔·普罗科菲耶夫娜！”

“你是打算要我请你吃一巴掌，还是怎么着？”

“不，我完全没有这个打算。无非因为这封信使您高兴，而您又不让人看出这一点。您为什么不好意思显露自己的感情？您在各方面都是这样。”

“往后不许你上我的门，”叶丽扎薇塔·普罗科菲耶夫娜蹦了起来，她气得脸色煞白，“从现在起，再也不要让我看见你，连你的影子也不要见到！”

“可是三天以后，您会自己来叫我上你们那儿去……。嗐，您不觉得难为情吗？其实，这是您最美好的感情，您何必羞于让人知道呢？这明明是在自己折磨自己。”

“我死也不会来叫你！我要把你的名字忘掉！我已经忘掉了！！”

她离开公爵就往外跑。

“在您之前已经有人禁止我上你们那儿去了！”公爵在后面冲她喊道。

“什——么？谁禁止你了？”

她倏地转过身来，仿佛有人用针扎了她似的。公爵刚要回答，却犹豫不决；他已觉得自己不留神走了嘴，这漏子可捅得不小。

“谁禁止你了？”叶丽扎薇塔·普罗科菲耶夫娜厉声吼叫。

“阿格拉雅·伊万诺夫娜禁止……”

“什么时候？你倒是说呀！！！”

“今天上午她捎信来，永远不许我到你们那里去。”

叶丽扎薇塔·普罗科菲耶夫娜站着直发愣，但她并没有失去思考的能力。

“捎来了什么？让谁捎来的？通过那小子？是口信？”她一下子又叫喊起来。

“我收到一张便条，”公爵说。

“在什么地方？给我！马上拿来！”

公爵考虑片时，还是从背心小兜里掏出皱巴巴的一张纸，上面写着：

列夫·尼古拉耶维奇公爵！

时至今日，如果您打算以光临我们的别墅使我惊讶的话，那么，您可以相信，我不会表示欢迎的。

阿格拉雅·叶班契娜

叶丽扎薇塔·普罗科菲耶夫娜反复思考了约莫有一分钟，接着突然跑到公爵跟前，抓住他的手拖着就走。

“走！现在就去！偏要去，马上就走！”她在一阵火烧火燎的情绪冲动下大声叫嚷。

“可是您这样会陷我于……”

“陷你于什么？好糊涂的傻瓜蛋！你简直不是个男子汉！这下我要亲眼看个明白……”

“您总得让我拿顶帽子……”

“拿去，咱们走！你这帽子也真够呛，你连挑一顶式样比较大方的都不会！……她这是……她这是为了前不久的一场风波……在气头上写的，”叶丽扎薇塔·普罗科菲耶夫娜喃喃自语，一边拉着公爵始终不松手，“前不久我为你辩护，曾经说过这样的话：你不上我们那儿去实在愚蠢……。要不是我说了这话，她不会写这样没头没脑的便条！这便条有失体统！对于一个聪明而有教养的大家闺秀来说是有失体统的！……嗽，”她继续说，“其实，她自己一定也因为你不去而很恼火，只是她没有考虑到，给一个白痴的信不能这样写，因为他是按字面来理解的，事实果然如此。你偷听干吗？”她发觉自己泄露了心曲，便咋呼道，“她需要像你这样的人给她开开心，她好久没见到你了，所以来请你！我很高兴，很高兴让你去挨她的嘲讽！你活该如此。她有的是这种本领，有的是！……”

第三部

一

时常可以听到这样的抱怨之声，说我国没有实干人才；比方说，政治家就很多，将军[1]也不少，各种各样的监督要多少有多少——可是没有做实际工作的人。至少大家都这样抱怨。据说，若干条铁路线上连称职的服务员都没有；想要在一家轮船公司建立一套差强人意的管理机构据说绝对办不到。君不闻，在某一条新近铺设的铁路线上，有火车相撞或从桥上塌下去；君不见，报载有一列火车险些封冻在茫茫雪原之中，因为这列火车只走了几个小时，却在雪地里停了五天。听说，成千上万担货物在某处等候发运，一搁就是两三个月，东西都腐烂了；有人告诉我(不过简直叫人没法相信)，某商人的雇员敦促主管者——也就是站长——把他的货发运出去，可是站长非但不发，竟以打对方嘴巴子来行使其职能，还把他的这种管理手段解释为“一时冲动”。为国家办事的有那么多机关衙门，简直想都不敢想；那么多人担任过公职，那么多人正在担任公职，那么多人有意担任公职，——似乎很难设想，具备这样的条件怎么连一套像样的轮船公司管理机构都凑不起来?

对此作出的回答有时非常简单，——简单得甚至无法相信这样的解释。有人说：不错，我国担任过公职或正在担任公职的人是不少，这套制度按照最佳的日耳曼模式从老祖宗到重孙的重孙已经沿袭了二百年，——但是，公职人员恰恰是最不善于实干的人，而且流风所及，直到不久以前，空泛浮漂和缺乏实际知识，甚至在公职人员之间几乎还被视为至上美德和最大长处。其实，我们无须议论公职人员，我们要谈的是实干人才。毫无疑问，胆小怕事和绝无半点主动精神，素来被认为是实际工作人员最主要和最优秀的特征，——甚至到现在还这样看。不过，假如认为这种意见是指责的话，我们又何必单单指责自己呢？缺乏独创性自古以来在全世界无时无处不被看作一个能干、勤恳、踏实的人必须具备的首要品质和最大优点，至少百分之九十九的人（这是最低估计）一贯作如是想，过去和现在顶多只有百分之一的人经常持不同的看法。

发明家和天才在其生涯之初（往往还有自始至终不变的），几乎总是被周围的人目为比傻瓜好不了多少，——这是无人不晓的最守旧的看法。比方说，几十年间人们都把自己的钱送进银号，按四厘年息把数十亿卢布存到那里去，如果一旦银号没有了，人人都得自己拿主意，到那时，不言而喻，这亿万资金大部分必将在狂热的股票交易中丧失或落入骗子手中，——这甚至是符合体面和中规中矩的。确实如此；既然在我国至今普遍承认，谨小慎微和求稳守成是一个勤恳的正派人必不可少的品质，那么，要是一下子变化太大就太不正派，简直太不体面了。比方说，一个钟爱自己孩子的母亲，如果发现儿子或女儿稍稍有些逸出轨道，岂不要惊慌失措或吓出病来？“不，宝贝，你最好不要与众不同，还是太太平平过安稳日子吧，”每个做母亲的在催摇篮里的孩子入眠时都这样想。而我们的保姆在哄孩子入睡时，自古以来都是这样念念有词、轻轻哼唱的：“宝宝长大满身金，步步高升当将军！”可见，连我们的保姆也把将军的头衔看成俄国式幸福的极限，也是象征安富尊荣的最通俗的民族理想。的确，只要考试及格，任职满三十五年，——到头来我们哪一个不能当上将军并在银号里积下一笔款子？因此，一个俄国人几乎无须作任何努力，最终也可以博得勤勤恳恳、踏踏实实的美名。实质上，在我国当不上将军的只

① 帝俄时代品级相当于军队将领的四等以上文官也领将军衔。

是那种与众不同的人，换句话说就是不甘苟安的人。这里头也许发生了什么误会；但是，总的说来，大概这是对的，我们的社会为理想的实干家所下的定义理由非常充足。

不过，以上毕竟还是说了好些多余的话；笔者其实只想就我们所熟悉的叶班钦一家作一些说明。这些人，或者至少是这一家中最有头脑的几位，经常感到烦恼，原因在于他们几乎全体共有的一种家风，与我们前面所议论的那些美德直接抵触。尽管对事实并不完全了解（因为了解事实是困难的），他们却往往怀疑他们家似乎什么都和别人家不一样。别人家顺顺当当，他们家疙疙瘩瘩；人家循着轨道滑行，他们总是不断出轨。人家每时每刻谨小慎微，他们却不是这样。叶丽扎薇塔·普罗科菲耶夫娜固然有些大惊小怪，甚至过于紧张，但这毕竟不是他们渴念的那种处世谨慎。其实，也许只有叶丽扎薇塔·普罗科菲耶夫娜一个人在那里干着急，因为小姐们还年轻，虽则她们洞察力颇强，对事物持冷嘲态度；而将军纵使也想洞察幽微（应该说是相当费劲的），但遇到比较棘手的场合只会说：嗬！到头来还是一切仰仗叶丽扎薇塔·普罗科菲耶夫娜，所以，责任全在她肩上。倒不是这一家子有什么了不起的主动精神，或者故意为了标新立异而越出轨道，那是完全要不得的。才不呢！根本不是那么回事，就是说，并没有任何存心追求的目标，然而结果又如何？叶班钦一家尽管深受尊敬，却总不像一切受尊敬的家庭应该有的那个样子。近来，叶丽扎薇塔·普罗科菲耶夫娜开始把一切都归咎于她自己一个人和她的“不幸的”性格，——因而增添了她的痛苦。她不时痛骂自己是个“愚蠢、荒唐的怪女人”，老是疑神疑鬼、心慌意乱，遇到一点小小的麻烦就毫无办法，老是夸大不幸。

还在本书的开始部分，我们就曾提到，叶班钦一家享有普遍的声望而非徒有虚名。即使将军伊万·费奥多罗维奇自己这样一个来历不明的人，也无疑到处受人尊敬。他之所以赢得尊敬，首先因为他拥有财富，是个“数得着”的人物，其次因为他十分正派，尽管才智有限。然而，头脑比较迟钝看来几乎是必不可少的品质，即便不是对任何事业家如此，至少每一个认真赚钱的人都在此列。最后，将军的举止非常正派，为人谦逊，善于保持缄默，同时也不让别人踩他的脚，这不光因为他是将军，也因为他是个正直和高尚的人。最重要的是他有坚强的靠山。至于叶丽扎薇塔·普罗科菲耶夫娜，前文已经说明，她的出身本来就好，尽管在我们的社会里对出身看得不是太重，除非在这同时还有必要的关系。但她也有必要的关系；有这样一些人瞧得起她和喜欢她，继那些人之后自然大家都尊敬并欢迎她。可以肯定，她的家庭烦恼并没有根据，究其因都是些鸡毛蒜皮，却偏偏被夸大到可笑的程度。但是，如果您鼻子上或脑门上长了个瘊子，您总觉得所有的人在世上只有一件事要做，那就是瞧您的瘊子，并为此笑您、骂您，即使您发现了美洲大陆也无济于事。同样可以肯定，叶丽扎薇塔·普罗科菲耶夫娜在她所结交的人中间确实被认为“古怪”，但人们无疑又都尊敬她；最后，叶丽扎薇塔·普罗科菲耶夫娜不再相信别人对她的尊敬，——这便是问题的症结所在。她瞧着自己的女儿，禁不住为心中的疑团所苦恼，她怀疑自己老是有什么地方妨碍着她们的前程，怀疑自己的性格可笑、荒唐、讨人嫌，——不用说，为此她不断责怪女儿们和伊万·费奥多罗维奇，整天跟他们怄气，同时又对他们爱到不顾自己和近乎狂热的程度。

最使她感到苦恼的是：她怀疑女儿们正在变得和她一样“古怪”，认为上流社会中没有、也不应该有像她们那样的姑娘。“她们不长成一伙虚无主义者才怪呢！”她经常忖道。这一年来，特别是最近，这个可悲的想法在她头脑里愈来愈牢固。“首先，她们为什么都不出嫁？”她时刻这样问自己。“就为了折磨我这个做母亲的，——她们把这看作生活的目的，事情当然是这样，因为这一切都是所谓的新思想，都属于该死的妇女问题！阿格拉雅半年前不是忽发奇想要把她那美丽的头发剪短吗？（天哪，当年我还没有这样的头发哩！）她已经把剪子拿在手里，是我跪在地上求她才放下的！……就算这一个存心要折磨母亲，因为这丫头狠心、任性、娇惯了，但主要是狠心、狠心、狠心！还有，那个胖胖的亚历山德拉，不是学她的样也要把自己蓬蓬松松的头发剪掉吗？她这已经不是闹别扭，不是耍脾气，而是真正的愚蠢，因为她听信了那个阿格拉雅的话，说剪掉头发以后她会睡得比较好，头也不疼了。已经五年了，供她们挑选的对象前前后后有过不知多少，不知多少，不知多少！其中确有人品好的，甚至出类拔萃的！可她们为什么不嫁？她们究竟等什么？就是要气我这个做母亲的，——此外没有任何理由！什么理由也没有！绝对没有！”

她这颗做母亲的心总算盼到了太阳升起；至少一个女儿，至少阿黛拉伊达的亲事终于可以定下来了。“能甩掉一个也好，”叶丽扎薇塔·普罗科菲耶夫娜有机会出声表达自己的想法时会这样说（其实她暗自思量时措辞要亲切得多）。事情自始至终进行得很顺利、很体面；甚至在上流社会中也已开始受人称道。Щ是个有名望的人，既是公爵，又有家产，人品也好，加以称她的心、中她的意，难道还有什么不够完美的？但是，对于阿黛拉伊达她操的心本来就比另外两个少，虽则她的艺术家脾性有时也颇使叶丽扎薇塔·普罗科菲耶夫娜永远七上八下的心中惶惶不安。“不过她的性格开朗，而且有头脑，——这丫头大概不至于栽跟头，”最后她算是放下心来。她最放心不下的是阿格拉雅。至于说到大女儿亚历山德拉，叶丽扎薇塔·普罗科菲耶夫娜自己也不知道该怎么处：要不要为她操心？她时而觉得“这丫头没指望了”，今年已二十五岁，看来只好做老姑娘。“辜负了一副好相貌！……”叶丽扎薇塔·普罗科菲耶夫娜夜里甚至为她流泪，而就在这样的夜里，亚历山德拉·伊万诺夫娜却睡得十分安稳。“她到底是怎么回事，——是虚无主义者，还是傻瓜一个？”其实，她并不傻，——在这一点上叶丽扎薇塔·普罗科菲耶夫娜完全可以肯定，因为她非常认真对待亚历山德拉·伊万诺夫娜的见解，喜欢同她商量。但她像一只“没精打采的偎灶猫”——这一点也毫无疑义。“她可实在沉得住气，怎么也推她不动！不过，‘偎灶猫’也有外松内紧的——嗐！我给她们彻底闹糊涂了！”叶丽扎薇塔·普罗科菲耶夫娜对亚历山德拉·伊万诺夫娜有一种无法解释的怜惜和好感，甚至超过对她的偶像阿格拉雅。但是，刺耳的唠叨（这是她的母爱和好感的主要表现方式)、故意找麻烦、诸如“偎灶猫”之类的雅号只能使亚历山德拉感到可笑。有时候甚至极其不足道的些许小事也会惹得叶丽扎薇塔·普罗科菲耶夫娜大动肝火、暴跳如雷。比方说，亚历山德拉·伊万诺夫娜十分喜欢睡懒觉，而且往往会做好多梦；但她的梦总是非常空幻和幼稚，——若是七岁的孩子如此还差不离。可就是这种幼稚的梦不知什么缘故会惹得妈妈生气。有一次，亚历山德拉·伊万诺夫娜梦见了九只母鸡，这件事竟引起她和母亲之间一场不折不扣的争吵，——为什么？——很难解释清楚。另一次，只有这么一次，她总算做了个比较别致的梦，——她梦见一个修士，独自待在一间黑屋子里，而她始终不敢走进去。这梦马上由两个妹妹呵呵笑着兴高采烈地告诉了叶丽扎薇塔·普罗科菲耶夫娜；不料妈妈又发起火来，把姐妹仨通通斥为傻瓜。“嗽！瞧她那副不紧不慢的傻样，完全像一只偎灶猫，怎么也推不动；可是她闷闷不乐，有时候显得十分郁悒！她在想什么，犯什么愁？”她间或向伊万·费奥多罗维奇提这个问题，而且照例用歇斯底里的威胁口吻，立等回答。伊万·费奥多罗维奇先是支支吾吾，皱皱眉头，耸耸肩膀，最后两手一摊，发表他的看法：

“需要一个女婿！”

“上帝保佑千万别找一个像您这样的，伊万·费奥多罗维奇，”叶丽扎薇塔·普罗科菲耶夫娜终于像炸弹一样爆炸起来，“千万别跟您的见解和判断相似，伊万·费奥多罗维奇，千万别像您这样一个粗野的村夫，伊万·费奥多罗维奇……”

伊万·费奥多罗维奇立即走为上计，而叶丽扎薇塔·普罗科菲耶夫娜在**爆炸**之后也就平静下来。不言而喻，当天晚上她必定一反常态，以体贴、温顺、亲切和恭敬的态度对待伊万·费奥多罗维奇，对待“粗野的村夫”伊万·费奥多罗维奇，对待她那善良、可爱的心肝宝贝伊万·费奥多罗维奇，因为她一辈子钟爱乃至热恋着她的伊万·费奥多罗维奇，这一点伊万·费奥多罗维奇本人也非常清楚，并为此而无比尊敬他的叶丽扎薇塔·普罗科菲耶夫娜。

但她主要的心病和经常为之苦恼的还是阿格拉雅。

“完全像我，跟我一模一样，在各方面都是我的写照，”叶丽扎薇塔·普罗科菲耶夫娜忖道，“任性、可恶的鬼丫头！虚无、古怪、疯狂、狠心、狠心、狠心！哦，天哪，她将是多么不幸啊！”

不过，我们已经说了，太阳升起，一度曾把一切融软、照亮。差不多有一个月，叶丽扎薇塔·普罗科菲耶夫娜完全摆脱生活中所有的焦虑，得到了休息。由于阿黛拉伊达出阁在即，外界也开始谈论阿格拉雅，加以阿格拉雅出现在任何地方都显得那么优美，那么大方，那么聪明，真是所向披靡；尽管有些傲慢，但这一点跟她正相称！整整一个月，她对母亲是那样亲昵，那样和蔼！（“不过，对那个叶甫盖尼·巴甫洛维奇还得好好察看，看个真切，把他彻底摸透，再说，阿格拉雅对他似乎也并不特别有好感！”）不管怎样，这姑娘毕竟一下子出落得令人惊叹，——她多俊哪！上帝啊，她太美了，简直一天胜似一天！可现在……

可现在这个蹩脚的公爵、这个可怜的白痴刚一露面，一切又都乱了套，家里变得一团糟！

到底发生了什么事呢？

在别人看来，肯定什么也没有发生。然而，叶丽扎薇塔·普罗科菲耶夫娜的与众不同之处就在于：她具有一种永远戴愁帽的本领，一些稀松平常的事情错综复杂地交织在一起，她随时都能从中看出什么有时能吓得她病倒的危机来，这种恐惧纯属捕风捉影，完全莫名其妙，因而却是最难克服的。如今，透过这一切荒唐可笑的天倾之忧，果真开始露出某种似乎确实重要的苗头，某种似乎确实堪虑和可疑的迹象，她又该作何感想呢？

“怎么有人竟敢……竟敢写匿名信给我，说那个**贱货**跟阿格拉雅有联系？”叶丽扎薇塔·普罗科菲耶夫娜拖着公爵一路想，到了家里让他在全家人聚会的一张圆桌旁坐下后还在想。“怎么有人竟敢这样想？万一我信了上面的片言只字，或把这封信给阿格拉雅看了，我不羞死才怪！对我们、对叶班钦家居然如此嘲弄！都怪伊万·费奥多罗维奇，一切都由您而起，伊万·费奥多罗维奇！啊，为什么我们不去耶拉京消夏？我明明说过去耶拉京的！信可能是瓦丽卡写的，我知道，或者可能……全是伊万·费奥多罗维奇的过错，都怨他！这是那**贱货**对他恶作剧，算是纪念过去的交情，把他当傻子展览，就像过去拿他当傻子取乐、牵着他的鼻子走一样，那时他还给那**贱货**送去珍珠……。反正我们是被卷了进去，您的女儿都被卷了进去，伊万·费奥多罗维奇，她们都是黄花闺女、千金小姐、待嫁的姑娘；当时她们都在，就站在那里，全听见了；还有那几个小子的事情也把她们卷了进去，她们也在场，也都听见了，您就高兴吧！我不能原谅，不能原谅这个公爵仔，决不原谅！为什么阿格拉雅三天来动不动就发歇斯底里？为什么跟两个姐姐几乎闹翻？阿格拉雅素来尊敬亚历山德拉，总是像吻母亲的手一样吻她的手，而这次甚至跟亚历山德拉也吵架。为什么这三天她让所有的人都摸不着头脑？这跟加甫里拉·伊沃尔京有无关系？为什么昨天和今天她夸起加甫里拉·伊沃尔京来，并且哭了？为什么匿名信中提到了那位可诅咒的'可怜的骑士'，而阿格拉雅甚至没有给两个姐姐看公爵的信？刚才我像一只发疯的猫似的跑去找他，现在亲自把他拖到这里来，这是为什么……有什么目的？天哪，我干出这种事来，准是神经错乱了！跟一个青年人谈女儿的秘密，而且……谈的还是几乎涉及他本人的秘密！上帝啊，幸好他是个白痴……又是……又是我们家的朋友！不过，难道阿格拉雅竟迷上了这么个活宝？主啊，我在胡扯些什么呀！呸！我们全是些罕见的标本……该把我们一个个罩在玻璃框内供人参观，首先把我拿去展出，门票每张一毛。这件事我不能原谅您，伊万·费奥多罗维奇，决不原谅！阿格拉雅现在为什么不熊他？说是要狠狠地熊他，可就是不熊！瞧，瞧，光是睁大眼睛望着他，不则声，站着不走，可明明是她自己不让他来……。他坐在那里，脸色煞白。讨厌，这个饶舌的叶甫盖尼·巴甫洛维奇真讨厌，尽是他一个人说话！滔滔不绝，一句也不让别人插嘴。我马上就能了解全部底细，只要把话题转过去……"

公爵坐在圆桌旁，面色确实近乎惨白，他好像在同一时间内既非常惶惑，某些片刻他又处在自己也莫名其妙并且充塞于胸的狂喜之中。哦，他不敢朝那边看，因为从那个角落有两只熟悉的黑眼睛直盯着他；同时他又幸福得几乎喘不过气来，因为他又坐在此地这些人中间，将要听到一个熟悉的声音——而且是在收到了她这样的一封信之后。“上帝啊，她马上就要说什么了！”他自己还没说过一句话，只是怀着紧张的心情在听叶甫盖尼·巴甫洛维奇的“滔滔悬河”——这一位难得像今晚此刻那样得意亢奋。公爵听着他说，可是半晌几乎未曾弄懂一句话。除了伊万·费奥多罗维奇还没有从彼得堡回来外，其余的都到齐了。Щ公爵也在这里。他们似乎准备待会儿在进茶点之前去听音乐。刻下的谈话显然是在梅诗金公爵还没来的时候就开始了的。不一会，不知打哪儿出现的郭立亚一下子溜到廊台上。“可见，这里照旧接待他。”公爵心想。

叶班钦家这所别墅相当豪华，是按瑞士村居精舍的格局构造的，左右前后都用鲜花绿叶装点得优美雅致。别墅四周有一座不太大、但很漂亮的花园环抱。大家都坐在廊台上，同公爵那里一样，只是这儿的廊台比较宽敞，布置得也花哨些。

正在议论的话题好像并不合多少人的意；不难料想，谈话是由一场火气很大的争执引起的，大家当然都愿意换个题目，但是叶甫盖尼·巴甫洛维奇大概因之而更加坚持不顾别人的反应；公爵的到来似乎越发使他上劲儿了。叶丽扎薇塔·普罗科菲耶夫娜虎着脸，尽管并不完全了解情况。阿格拉雅坐得比较靠边，几乎在角落里，并不走开，一直在听，始终不开口。

“不，”叶甫盖尼·巴甫洛维奇劲头十足地提出异议，“我决不反对自由主义。自由主义不是罪过；它是一个整体中不可缺少的组成部分，少了它，整体就会瓦解或毁灭；自由主义跟最安分的保守主义同样都有存在的权利。但我攻击的是俄国的自由主义，我再说一遍，我之所以攻击它，就因为俄国的自由派并不是**俄罗斯**自由派，而是**非俄罗斯**自由派。给我一个俄罗斯自由派，我当着你们的面马上和他亲吻。”

“不知他愿不愿意和您亲吻。”激动异常的亚历山德拉·伊万诺夫娜说。甚至她的两颊也比平时更红。

“说来也怪，”叶丽扎薇塔·普罗科菲耶夫娜暗自思忖，“往常她不是睡就是吃，如同大象的屁股推不动，可是一年中也会有那么一次突然奋发起来，并且说出的话能叫人目瞪口呆。”

公爵匆匆一瞥注意到，亚历山德拉·伊万诺夫娜似乎很不喜欢叶甫盖尼·巴甫洛维奇用过于轻松的口吻说话——他谈论的题目是严肃的，自己大概也有激烈的见解，可同时又像在开玩笑。

“刚才，正好在您光临之前，公爵，我提出自己的看法，”叶甫盖尼·巴甫洛维奇继续说，“我认为，我们的自由派至今只来自两个阶层：一是过去的地主（如今农奴制已经废除）；一是教会学校培养的人。由于这两个阶层最后都成为不折不扣的社会等级，成为某种完全独立于民族之外的东西，而且一代比一代愈来愈明显，结果凡是他们过去和现在所做的一切，都是绝对非民族的……”

“什么？难道所做的一切通通是非俄罗斯的？”Щ公爵听了不以为然。

“非民族的；尽管是俄国的，但并不是民族的；我们的自由派既不是俄罗斯的，保守派也不是俄罗斯的，都不是……。您可以放心，民族不会承认地主和教会学校学生所做的任何事情，现在不承认，以后也不会承认……”

“好极了！如果不是开玩笑的话，请问，您怎么能提出这种奇谈怪论？我无法接受关于俄国地主的这些邪说；您自己也是俄国地主。”Щ公爵坚决不赞成。

“关于俄国地主我并不是从您所理解的那种意义上说的。这是一个受尊敬的阶层，单凭我自己也属于这一阶层就够了；尤其在它已不再存在的今天……”

“难道文学界也没有任何民族的东西？”亚历山德拉·伊万诺夫娜不等他说完便问。

“文学我并不在行，但依我看，俄国文学也压根儿不是俄罗斯的，只有罗蒙诺索夫、普希金和果戈理算是例外。”

“这已经不少了，——此其一。其中一位是平民出身，其余两位也是地主，——此其二。”阿黛拉伊达笑道。

“确实如此，但是请不要高兴得太早。在所有的俄国作家当中，只有这三位每人道出了某些真正是他们**自己的**、而不是从任何别人那里拣来的东西，正是凭着这一点，这三位便成为民族的了。任何俄国人只要能说出、写出或做出一点自己的东西——非他莫属而又不是拣来的**自己的**东西，他就必定能成为民族的，哪怕他俄国话都说不好也无所谓。这是我的信条。不过最初我们不是讨论文学来着，我们刚才谈的是社会主义者，话题就从他们那儿扯开去了。我认定，我们没有一个俄罗斯社会主义者；过去和现在都没有，因为我们所有的社会主义者也都来自地主或教会学校学生。所有我们那些大言不惭、招摇过市的社会主义者，包括在国内和在国外的，无非都是些农奴制时代地主出身的自由派。你们笑什么？不妨把他们的著作、他们的学说、他们的回忆录拿来，我虽然不是文学评论家，却可以保证写出最有说服力的文学批评来，最清楚不过地向你们证明，他们的大本书、小册子、回忆录每一页都显示其作者首先是个旧式的俄国地主。他们的憎恨、愤怒、机智都是地主的（甚至是法穆索夫①以前的！）；他们的欢欣、他们的眼泪也许是真诚的，并非做作，然而是地主的！地主的或教会学校学生的……。你们又笑了，连您也在笑，公爵？您也不同意？”

的确，大家都笑了，公爵也不觉莞尔。

“我还不能一下子表示同意或不同意，”公爵说；他突然敛容并且打了个寒噤，宛如一个小学生调皮捣蛋给当场抓住，“但您可以相信，我以非常愉快的心情在恭听……”

他说这话时几乎气喘吁吁，额上甚至冒出冷汗。这是他在那里坐下来以后第一次开口。他本欲尝试环顾在座的人，但没敢这样做；叶甫盖尼·巴甫洛维奇察觉了他的动作意向，淡然一笑。

① 格里鲍耶陀夫的诗剧《聪明误》中的人物，是个农奴主。

“诸位，我告诉你们一个事实，”他仍用原先那种口吻继续说，那就是：一方面异常热烈认真，一方面却差不多在笑，也许在嘲弄他自己的话，“观察这一事实或者不妨说发现这一事实的人，我可以荣幸地指出就是我自己，甚至只有我一个人；关于这一点，至少还没有别人谈过或写过。从这一事实可以看出我所指的那类俄国自由主义的全部本质。首先，什么是自由主义？一般说来，自由主义无非要向事物的现行秩序发起攻击（至于攻击是有道理的还是错误的——则另当别论）。难道不是吗？好，那么我说的事实却是：俄国的自由主义并不攻击事物的现行秩序，而是攻击事物的实质，攻击事物本身；不是单单攻击秩序，不是攻击俄国的制度，而是攻击俄国本身。我说的自由派甚至发展到否定俄国本身，也就是恨自己的母亲，打自己的母亲。俄国每一件不幸的、不顺利的事实都会把他们逗乐，甚至引起他们的狂喜。他们痛恨民间习俗、俄国历史，痛恨一切。如果要为这种人辩解的话，只能说他们不懂得自己在做什么，把他们对俄国的憎恨当作最最卓有成效的自由主义（哦，你们经常可以遇见我们有些自由派接受其他人的捧场，实质上这些自由派也许是最荒唐、最顽固和危险的保守派，而他们自己却不知道！）。直到不久以前，我们的某些自由派还把这种对俄国的憎恨几乎视为对祖国的真正热爱，并自诩在怎样才算爱国这一点上看得比别人清楚；但现在他们已变得更加坦率，甚至开始羞于提‘爱祖国’这样的话，连爱国的概念也被当作有害的、无聊的东西加以排除和废弃了。这个事实不容怀疑，我坚持这个看法，并且……早晚总得把真相完全、如实、坦率地说出来；但这同时又是无论何时何地、自古以来在任何一个民族中从未有过、从未发生过的事实，所以这一事实并非永久性的，迟早会成为陈迹，这我同意。无论何处都不可能有恨自己祖国的自由派。那么，我们这里的一切究竟该如何解释呢？只能如此解释：俄国的自由派目前还是非俄罗斯的自由派。依我看，舍此没有别的解释办法。”

“我认为你说的都不是正经话，叶甫盖尼·巴甫洛维奇。”Щ公爵严肃地指出。

“我没有看见过所有的自由派，所以不敢妄加评断，”亚历山德拉·伊万诺夫娜说，“但听了您的高见觉得很气愤：您把个别现象夸大为普遍规律，可见这是诽谤。”

“个别现象？啊——啊！话出了口，”叶甫盖尼·巴甫洛维奇立刻接过茬儿，“公爵，您认为这是不是个别现象。”

“我也必须声明，我很少见过、很少接触过……自由派，”公爵说，“但我觉得，您的话也许有些道理，您所说的俄国自由派，确实有一部分倾向于憎恨俄国本身，而不是单单憎恨它的制度。当然，这只是一部分……当然，绝不可能人人如此。”

他开始嗫嚅了，结果没有说完。尽管他自己心情激动，这次谈话还是引起他极大的兴趣。公爵身上有一个特点，那就是：他总是非常天真地注意听引起他兴趣的话，并且在人家向他提问时也认真作出回答。他的面容及至他的体态似乎反映出这种天真、这种对于调侃或幽默概不怀疑的轻信。虽然叶甫盖尼·巴甫洛维奇对他说话久矣乎总是带着若干特别的嘲意，但现在听了他的回答，却正经八百地瞧了瞧他，仿佛完全没有料到他会这样回答。

“嗯……不过，这倒有点儿怪，”他说，“您确实是认真这样回答我的吗，公爵？”

“难道您不是认真问的吗？”公爵诧异地反问。

大家都笑了起来。

“相信他吧，”阿黛拉伊达说，“叶甫盖尼·巴甫洛维奇任何时候把任何人都当傻子捉弄！您不知道，有时候他会正经八百地讲好多难以想象的事情！”

“我认为这样的谈话很不愉快，压根儿就不该开这个头，”亚历山德拉不客气地指出，“本来我们想出去走走……”

“那就走吧，多么美妙的夜晚！”叶甫盖尼·巴甫洛维奇大声说，“但是为了向你们证明这回我说的话决非开玩笑，尤其要向公爵证明这一点（公爵，您激起了我极大的兴趣，我可以向您起誓，我还不是像别人肯定会得到的印象那样无聊的一个人，——尽管我这个人确实无聊！），现在……如果诸位允许的话，我还想问公爵最后一个问题，这纯粹是出于好奇，问过以后就结束。事有凑巧，这个问题是两小时前在我头脑中产生的（您瞧，公爵，有时候我也思考一些严肃的事情）；我已经有自己的看法，但我想听听公爵的意见。刚才谈到了'个别现象'。这名词儿在我国颇有代表性，经常可以听到。前不久，大家都在交谈中和文章里议论那个……青年杀害六条人命这桩惨案，议论律师的那篇奇怪的辩护词，其中竟说，被告在贫困的处境中**自然**会想到杀害那六个人。原话虽然不是如此，但大概是这个意思，或者接近这个意思。我个人认为，辩护人发表这一奇怪的见解时，完完全全确信他说的是在我们这个时代所能说出的最具自由主义色彩、最人道和最进步的话。好，现在请问：你们认为，像这样颠倒黑白、混淆是非，从这样歪曲而奇特的角度来看问题——是个别现象还是普遍现象？"

这番话引起哄堂大笑。

"个别现象；当然是个别现象。"亚历山德拉和阿黛拉伊达也笑了起来。

"让我再一次提醒你，叶甫盖尼·巴甫洛维奇，"Щ公爵补充说，"你这个玩笑已经老掉牙了。"

"您以为如何，列夫·尼古拉耶维奇？"叶甫盖尼·巴甫洛维奇注意到梅诗金公爵正以好奇而认真的目光注视着他，于是不等Щ公爵说完便问道，"您觉得，这是个别现象还是普遍现象？说实话，这个问题我是特地为您想出来的。"

"不，这不是个别现象。"梅诗金公爵回答的声音不高，但语气肯定。

"哎，列夫·尼古拉耶维奇，"Щ公爵有些着恼地叫道，"难道您看不出他正等着您呢？他肯定在找乐子，故意设这么个圈套等您上钩。"

"我以为叶甫盖尼·巴甫洛维奇是认真说的。"梅诗金公爵涨红了脸垂目下视。

“亲爱的公爵，”Ш公爵继续说，“请回忆一下大约三个月以前我跟您的一次谈话。当时我们恰恰谈到这样一点：我们的新司法制度实行不久，却已经可以举出那么多出类拔萃、才华超群的辩护人！而且，陪审团作出的决议也有好多是极其出色的！当时您非常高兴，瞧着您那样高兴我也高兴……我们说可以引为骄傲……。而这篇欠妥的辩护词、这种奇怪的论点当然是极个别的，仅为千万分之一。”

梅诗金公爵想了想，声音不高、甚至有些不好意思地说着，但态度十分坚定地回答：

“刚才我只是想说，颠倒黑白、混淆是非（用叶甫盖尼·巴甫洛维奇的话说）实在屡见不鲜，很遗憾，这是一种比个别现象远为普遍的现象。甚至可以说：倘若这种现象不是那么普遍的话，也就不会有如此不可思议的罪行，比方像那些……”

“不可思议的罪行？但是我可以肯定地告诉您，同样的罪行，也许还要可怕些，过去也有过，而且向来都有，不光在我国，到处都一样，依我看还将在很长时间内不断反复。区别仅在于过去我国没有那么多舆论，而现在对这些案件人们公开谈论，甚至发表文章，因此使人感到那些罪犯好像是新近才有的。这就是您的错觉，一种非常天真的错觉，公爵，您可以相信我的话。”Ш公爵揶揄地一笑。

“我不是不知道过去也有许许多多罪行，而且可怕的程度不下于此；不久前我到一些监狱去过，有机会认识几个犯人和被告。有的犯人甚至比那一个更奇怪，杀过十来个人，而且毫无悔过之意。但我同时也注意到：即使十恶不赦、死不悔改的杀人犯也毕竟知道自己是**罪犯**，就是说，他打心眼儿里认识到自己干了坏事，尽管一点都不后悔。他们每一个都这样；而叶甫盖尼·巴甫洛维奇所提到的那些人，甚至不愿承认自己是罪犯，自以为有这个权利，还觉得……自己干得好，或者差不多是这个意思。我认为这才是可怕的区别所在。请注意，这些都是青年，也就是说，他们恰恰处在最没有戒备的状态，最容易接受歪理谬论的影响。”

Ш公爵已不再笑，而是带着困惑的表情听梅诗金公爵说完。亚历山德拉·伊万诺夫娜早就想发表什么意见，这时却沉默不语，好像有一个特别的想法制止了她。叶甫盖尼·巴甫洛维奇望着公爵大为惊讶，这一回已经丝毫不带嘲弄的笑意。

“我的公子爷，”叶丽扎薇塔·普罗科菲耶夫娜突然插言道，“干吗您对他感到这样惊讶？难道他就比您笨，不会像您那样作出分析判断？”

“不，我不是这个意思，”叶甫盖尼·巴甫洛维奇说，“然而，公爵(请原谅我问得冒昧)，既然您看得这样清楚，那您怎么会(我再一次请您原谅)……在那件咄咄怪事上……就是几天前的事情……那人好像姓布尔多夫斯基……明明同样存在着是非黑白颠倒、道德观念混淆，您怎么就看不到了呢？情况明明完全一样！当时我觉得，您好像完全没有看出来。”

“我来告诉您吧，公子爷，”叶丽扎薇塔·普罗科菲耶夫娜沉不住气了，“我们自以为什么都看出来了，坐在这里自吹比他高明，可他今天收到了那一拨子人里头的一个写来的信，就是脸上长着不少粉刺、他们中间最主要的那一个，你还记得吗，亚历山德拉？那人在信上向他道歉，尽管这种道歉的方式自成一家，并且告诉公爵，他已跟一个伙伴绝交，就是当时不断怂恿他的那一个，你记得不，亚历山德拉？还说现在他认为公爵更信得过。可是我们还拿不出这样的信来，虽然我们这儿人人都有能耐在他面前把鼻子翘得老高。”

“伊波利特刚才也搬到我们别墅来了！”郭立亚喊道。

“什么？！已经来了？”公爵吃了一惊。

“您跟叶丽扎薇塔·普罗科菲耶夫娜刚走，他就到了；是我去把他接来的！”

“嘀，我敢打赌，”叶丽扎薇塔·普罗科菲耶夫娜一下子发作起来，完全忘了她刚刚还夸公爵来着，“我敢打赌，昨天他一定到那小子住的顶楼上去跪着求他宽恕，才使得那个脾气坏得够呛的小子赏脸住到这儿来。你去了没有？刚才你自己承认来着。是不是这样？你跪了没有？”

“完全不是那么回事，”郭立亚大声为之辩解，“恰恰相反：昨天伊波利特紧紧拽住公爵的手吻了两次，是我亲眼得见，就这样结束了整个交谈过程；另外，公爵只是说，住到别墅去对他比较方便，他马上答应等身体稍微好些就搬。”

“您何苦呢，郭立亚？……”公爵咕哝着站起来拿帽子，“您没有必要说这些，我……”

“你这是要上哪儿去？”叶丽扎薇塔·普罗科菲耶夫娜把他叫住。

“您不用操心，公爵，”浑身热辣辣的郭立亚继续说，“您别去惊动他，他一路劳顿以后睡着了；他很高兴；依我看，公爵，你们今天先不要见面，不妨推迟到明天，这样要好得多，否则他又会尴尬的。今天上午他说，已经足足半年他没有这样好的自我感觉，而且不像平时那么虚弱，连咳嗽也减少了三分之二。”

公爵注意到，阿格拉雅忽然离开她坐的地方，走到桌子跟前。公爵不敢看她，但整个身体无不感到此刻阿格拉雅正在看他，也许是怒目而视，她那双黑眼睛里必定充满愤慨，于是，他的脸唰地红了。

“可是我觉得，尼古拉·阿尔达里昂诺维奇，如果您指的就是几天前哭着邀请大家参加他的葬礼的那位痨病少年，您不该把他接到此地来住，”叶甫盖尼·巴甫洛维奇指出，“当时他谈到邻屋的一堵墙言语非常漂亮，您可以相信，他一定会闷闷不乐地怀念那堵墙的。”

“这话说得有理：他会跟你吵闹、打架，最后一走了之，你就等着瞧吧！”

说着，叶丽扎薇塔·普罗科菲耶夫娜煞有介事地把她的针线活小匾子挪到自己面前，忘了大家已经准备出去散步。

“我记得，他谈到那堵墙时颇有夸耀的味道，”叶甫盖尼·巴甫洛维奇又接着说，“离开了那堵墙，就不可能让漂亮话伴随他死去，而他非常想望由漂亮的话语为他送终。”

“那又怎样呢？”公爵嘀咕道，“如果您不愿意宽恕他，他也能在得不到您的宽恕的情况下死去……。现在他来是为了看看这里的树木。”

“哦，就我这方面而言，他的一切我都宽恕；您可以把这一点向他转告。”

“对此不应作这样的理解，”公爵不大愿意似的低声答道，一边继续凝视着地上的某一点，眼睛并不抬起来，“应该使您也愿意得到他的宽恕。”

“为什么要他宽恕我？我有什么地方对不起他？”

“如果您不理解，那就……但您并不是不理解；当时他想要……为你们大家祝福，并得到你们的祝福，仅此而已……”

“亲爱的公爵，”Щ公爵先和在座的人中间某几位交换眼色，然后有些提心吊胆地赶紧插进来说，“到达人间天堂可不容易；而您多多少少指望着人间出现天堂；造天堂这事儿不好办，比您美好的心灵所感觉到的要难得多。还是别再谈下去吧，否则恐怕又会叫我们大家脸上抹不开，那时……”

“咱们听音乐去[①]。”叶丽扎薇塔·普罗科菲耶夫娜遽然说，同时生气地从座位上站起来。

大家都跟着她离座起身。

二

公爵忽然走到叶甫盖尼·巴甫洛维奇跟前。

“叶甫盖尼·巴甫洛维奇，”公爵一把拽住他的手，用奇怪的激昂语调说，“请您相信，不管怎样，我认为您是个极其高尚的、非常好的人；请相信这一点……”

叶甫盖尼·巴甫洛维奇惊讶之余，甚至倒退了一步。瞬息间他竭力克制自己忍不住纵声狂笑的愿望；但在仔细近看之后，他发现公爵

① 巴甫洛夫斯克火车站附近有一座演奏音乐用的高台，并为听众设有座位。

的神态反常，至少有些异样。

“我敢打赌，”他嚷道，“公爵，您想说的完全不是这样的话，或许还完全不是想对我说……。不过，您怎么啦？您是不是觉得不舒服？”

“也许如此，很可能是的，您非常精细地注意到了，或许我并不想找您！”

说了这话以后，他作一个有些奇怪、甚至有些滑稽的微笑，但一下子好像又亢奋起来，大声表示：

“请不要向我提起三天前我的举动行为！这三天我感到非常惭愧……。我知道是我不对……”

“可是……可是您究竟做了什么要不得的事情？”

“我看得出，叶甫盖尼·巴甫洛维奇，您为我害臊的心情也许超过为任何人感到的羞愧；您的脸在红起来，这是美好心灵的标志。我马上就走，请放心。”

“他这是怎么啦？他这样是不是表明快要发病了？”叶丽扎薇塔·普罗科菲耶夫娜惊恐地问郭立亚。

“您不必在意，叶丽扎薇塔·普罗科菲耶夫娜，我不是发病；我马上走。我知道自己……得天特薄。我病了二十四年，从出生一直到二十四岁。现在也请听我作为一个病人说几句话。我马上走，这就走，请放心。我不感到脸红，——要知道，为此而脸红岂不怪哉？——但在与人交往方面我是多余的……。我并不是因为爱面子说这话……。这三天来我经过反复思考，决定一有机会就应该真心诚意和光明磊落地向你们讲清楚。有这样一些思想，有若干崇高的思想我不该随便谈论，因为我一定会使大家觉得滑稽可笑；刚才Щ公爵提醒我的正是这一点……。我不会做得体的姿态，也缺乏分寸感；我词不达意，说的话与想法并不相符，这样就糟蹋了那些想法。所以我没有资格……何况我又多疑过敏，我……我确信，这一家人不可能亏待我，在这里我能得到超过我所值得的爱；但我也知道（我完全可以肯定），二十多年的病必然会留下若干后遗症，因此我……有时候……

不能不令人发笑……可不是吗？”

他环顾众人，似乎在等候回答和决定。大家都被这一意外和病态的、至少是看不出什么原因的举动弄得莫名其妙，难堪地站着无所适从。然而，这一举动却引出一段奇怪的插曲。

“您在此地说这些话做什么？”阿格拉雅突然喊叫起来，“您向**他们**说这些话做什么？为什么向他们，他们？”

看来，她气愤到了极点，她的眼睛里快要迸出火花。公爵站在她面前无言以对，一下子脸色煞白。

“此地没有一个人配听这样的话！”阿格拉雅发作了，“此地所有的人通通都及不上您的一个小指，无论头脑还是心灵都谈不上！您比所有的人更诚实、更高尚、更厚道、更善良、更聪明！此地有些人甚至不配弯下腰去拣您刚才掉在地上的手绢儿……。您为什么要贬低自己，把自己置于所有人之下？您何苦曲解自己的一切，为什么您就没有自尊心？”

“主啊，这能料到吗？”叶丽扎薇塔·普罗科菲耶夫娜双手一拍失声惊呼。

“可怜的骑士！乌拉！”郭立亚欣喜若狂地高喊。

“住口！……有人居然敢在此地您的家里欺负我！”阿格拉雅忽然冲着叶丽扎薇塔·普罗科菲耶夫娜吼叫，她已经处在无视任何界限、敢越一切障碍的歇斯底里状态。“为什么所有的人无一例外地折磨我？整整三天，公爵，他们老缠着我，说您如何如何，这是为什么？我无论如何不嫁给您！决计不嫁，永远不嫁，您得知道！这一点您必须知道！怎么能嫁给您这样可笑的人？您现在不妨照照镜子，瞧您这模样配得上哪一个！……为什么，为什么他们故意逗我，说我要嫁给您？您必须知道这件事！您也是跟他们串通一气的！”

“任何人、任何时候都没有逗过！”阿黛拉伊达惊恐地嘀咕了一句。

“谁也没有这样想过，谁也没有这样说过！”亚历山德拉·伊万诺夫娜嚷了起来。

“谁逗她来着？几时有人逗过她？谁会对她说这事儿？她这是醒着还是在说胡话？”气得发抖的叶丽扎薇塔·普罗科菲耶夫娜问所有的人。

“人人都说过，每一个人都说了，说了整整三天！我决不嫁给他，决不！”

这样叫喊过后，阿格拉雅涕泗滂沱地伤心痛哭，她用手绢儿捂住面孔倒在椅子上。

“他还没有向你求过……”

“我没有向您求过婚，阿格拉雅·伊万诺夫娜。”公爵此话一下子脱口而出。

“什——么？”叶丽扎薇塔·普罗科菲耶夫娜忽然拉长调子问道，惊讶、愤怒、震骇之状溢于言表。“你说什——么？”

她不愿相信自己的耳朵。

“我是想说……我是想说，”公爵急得直哆嗦，“我只是想对阿格拉雅·伊万诺夫娜说明……希望我能有幸解释，我完全不打算……不指望有幸能向她求婚……哪怕在任何时候……。这完全不能怪我，上帝可以作证，不能怪我，阿格拉雅·伊万诺夫娜！我从来都不想，从来没有这个念头，永远不想，将来您会看清楚的，请相信我！这一定是别有用心的人在您面前诽谤我！您不用担忧！”

说着，他走到阿格拉雅近旁。阿格拉雅揭去捂住面孔的手绢儿，迅速地看了一下公爵和他整个吓得魂飞魄散的模样，明白了他的话意，突然直接冲他放声大笑，——这是一阵乐不可支的狂笑，一阵滑稽透顶、拿别人开心的狂笑，阿黛拉伊达第一个忍不住，尤其是在她也看了一下公爵以后，立刻扑到妹妹身边，把她搂在怀里，和她一样像小学生似的乐不可支、纵声狂笑。公爵望着她俩，一下子也笑逐颜开，并且带着欢快和幸福的表情连连念叨：

“哦，谢天谢地，谢天谢地！”

这时，亚历山德拉也忍不住打心眼儿里大笑起来。这三姐妹的狂笑简直没个完似的。

“哼，疯疯癫癫！”叶丽扎薇塔·普罗科菲耶夫娜嘟哝道，“一会儿把人吓得半死，一会儿又……”

但现在连Щ公爵也笑了，叶甫盖尼·巴甫洛维奇也笑了，郭立亚笑得不亦乐乎，公爵瞧着大家也哈哈大笑。

“散步去吧，散步去吧！”阿黛拉伊达嚷着，“大伙都去，公爵也一定得跟我们同往，您不许走，可爱的人哪！他这人真可爱，阿格拉雅！您说是不是，妈妈？不但如此，我还要，一定要吻他一下，一定要拥抱他，作为……作为对他刚才向阿格拉雅表明心迹的报答。妈妈，亲爱的妈妈，可不可以让我吻他一下？阿格拉雅！让我吻一下**你的**公爵吧！”这调皮的二小姐叫嚷着果真蹦到公爵面前，在他额上吻了一下。

公爵抓住她的双手紧紧地握着，差点儿没握得阿黛拉伊达叫起来。公爵无比喜悦地瞧着她，把她的一只手举到嘴唇边，接连吻了三次。

“咱们走吧！”阿格拉雅在召唤大家，“公爵，您搀着我。让拒绝了我的人搀着，这样行不行，妈妈？公爵，您不是永远拒绝了我吗？您的姿势不对，伸出胳膊让女士扶着，可不是像您这样。难道您不懂得该怎样搀着女士？这才对了，走吧，咱们走在最前头；您愿不愿意走在所有的人头里，没有旁人在场？”

她不住口地说着，还不时发出阵阵笑声。

“谢天谢地！谢天谢地！”叶丽扎薇塔·普罗科菲耶夫娜一再念叨，尽管她自己也不知道为什么高兴。

“真是些稀奇古怪的人物！”Щ公爵心想，自从和他们结识以来，恐怕他已经是第一百次这样想，然而……他喜欢这些奇怪的人物。至于梅诗金公爵这个人，他也许不太欣赏；当大家出外散步的时候，Щ公爵脸色比较阴沉，好像有什么心事。

叶甫盖尼·巴甫洛维奇似乎情绪极佳，一路上直到火车站不断逗亚历山德拉和阿黛拉伊达发笑，而她们俩对他的戏谑也特别乐于报以笑声，简直太利索了，以致他有那么一点点怀疑，也许她们压根儿不在听他说话。这个念头使他骤然间不说明原因就扬声大笑，笑得够厉害的，而且绝非做作(他就是这样的性格！)。那姐妹俩此时就像过节一般高兴，她们老是望着走在头里的阿格拉雅和梅诗金公爵；看得出，小妹妹给她们出了个高度费解难猜的谜题。Щ公爵一直试图跟叶丽扎薇塔·普罗科菲耶夫娜谈些不相干的事情，也许是想让她散散心，结果却使她腻烦得要死。她头脑里好像一团乱麻，往往答非所问，有几次干脆不搭茬儿。不过，阿格拉雅·伊万诺夫娜这天晚上的谜题还没有完。最后一道是归梅诗金公爵独个儿受用的。他们走到离别墅大约一百步的地方，阿格拉雅用近乎耳语的声音很快地对坚持沉默的男伴说：

“往右边瞧。”

公爵照办了。

“仔细瞧瞧。您看见林苑里那一把座椅没有？就在三棵大树那儿……绿颜色的座椅。”

公爵回答说看见了。

“您是否喜欢这个地方？有时候一大早，上午七点钟左右，大家还在睡觉，我一个人走到这里来坐在那儿。”

公爵喃喃地说这地方挺不错。

“现在您离开我走吧，我不想再跟您挽手同行。或者这样更好：您仍旧搀着我走，但一句话也不要跟我说。我要独自默想……”

其实，这番告诫毫无必要，因为即使不下禁令，公爵一路上也肯定不会开口。他听了关于座椅的那些话后，他的心怦怦跳得厉害。过一会儿，他想通了，并且惭愧地驱散他那荒唐的念头。

众所周知，至少大家都认为，平日到巴甫洛夫斯克车站一带去的人“比较整齐”，不像星期日和节日“各色人等”纷纷从城里涌来。人们虽然不是过节的打扮，衣着穿戴却很雅致。来此听音乐算是消夏一景。那里的乐队也许是我国的花园乐队中最好的一支，演奏的曲目也比较新。人们举止得体，彬彬有礼，尽管总的看来有一种家常气氛，甚至亲密无间。熟人大都是消夏客，通常到这里来互相看望。许多人由衷地喜欢这样做，来此就为这个目的；但也有专门去听音乐的。吵架之类煞风景的事情极少发生，不过即使平日也不是完全没有。反正这是少不了的。

这天晚上天气很好，游人也相当多。正在演奏的乐队近旁的座位都占满了。我们那一拨子在比较靠边的几把椅子上坐下，离火车站最左边的一个出口不远。人群和乐声使叶丽扎薇塔·普罗科菲耶夫娜精神振作了些，也使小姐们得到消遣；她们已跟一些熟人目光交接，并远远地向一些人点头致意；她们已仔细看过人家的服装，注意到某些奇特之处，并就这些异点交谈几句或付之一笑。叶甫盖尼·巴甫洛维奇也频频欠身行礼。阿格拉雅和公爵还在一起，他们已引起一些人的注意。不多一会儿工夫，熟人中就有几位青年向将军夫人母女们这边走来；有两三位留下来聊聊；他们都是叶甫盖尼·巴甫洛维奇的朋友。其中一位长得十分英俊的青年军官性格开朗，非常健谈；他赶紧同阿格拉雅攀谈，并且想方设法吸引她的注意。阿格拉雅在他面前显得挺随和、非常爱笑。叶甫盖尼·巴甫洛维奇征得公爵同意向他介绍了这位朋友；公爵几乎没弄清楚别人要他怎么样，反正双方算是认识了，两人互相鞠躬、握手致意。叶甫盖尼·巴甫洛维奇的朋友提了一个问题，但公爵好像没有作出回答，或者颇为奇怪地嗫嚅一通，致使那位军官集中注意向他瞧了瞧，然后又看看叶甫盖尼·巴甫洛维奇，并且立即明白后者给他们作这次介绍的用意，便淡然一笑，接着重又转向阿格拉雅。只有叶甫盖尼·巴甫洛维奇注意到这时阿格拉雅突然脸红了。

公爵甚至没有留意别人在跟阿格拉雅殷勤交谈，间或甚至于差点儿忘了自己正坐在她旁边。有时他想走开，完全从这里消失，哪怕到一个阴森荒凉的地方去他也乐意，但求能够一个人静思默想，不让任何人知道他在何处。或者待在家里廊台上也行，但希望别人一个也不在那儿，无论列别杰夫还是孩子们都不要来打搅，让他扑到沙发上，把脸埋在枕头里，就这样躺上一天一夜，再加一天。有几次他在瞬息间也梦想着峰峦山岭，特别是他始终喜欢回忆的山中一个熟悉的小点儿，他生活在国外的那几年，经常喜欢到那里去，从那里俯瞰村庄，眺望山下恍如白练的瀑布、天上飘浮的白云、远处废弃的古堡。啊，此刻他多么希望能立刻到那里去！去思索一件事情——这辈子光想这一件事情亦不为过，够想上一千年的！让这里的人彻底忘掉他。哦，这甚至是必需的。要是大家根本不知有他这么个人，要是眼前的一切纯粹是春梦一场，反倒更好。是梦也罢，是真也罢，还不是一样？！有时他忽然开始对阿格拉雅仔细观看，一连五分钟目不转睛盯着她的脸庞。但他的眼神太奇怪了：他望着阿格拉雅，仿佛在看一个离他有两里之遥的目标，或者仿佛在看她的画像，而不是看她本人。

“您干吗这样看着我，公爵？”她中断了与周围一些人兴致勃勃的谈笑，忽然问道，“我怕您；我总觉得您想要伸手用指头够着我的脸触摸一下。叶甫盖尼·巴甫洛维奇，他是不是这样看着我？”

公爵听到别人在对他说话，似乎很觉诧异，后来才知道是怎么回事，不过可能并不十分明白，也就没有回答；但他见阿格拉雅和其余的人在笑，忽然张开嘴巴自己也笑起来。周围的笑声更响了；那位军官想必是个爱找乐子的人，他索性扑哧一声喷出笑来。阿格拉雅蓦地悻悻然低声自语：

“白痴！”

“上帝啊！难道她会对这样一个人……莫非她真的疯了不成！”叶丽扎薇塔·普罗科菲耶夫娜透过牙缝嘀咕道。

“这是闹着玩儿的。跟朗诵‘可怜的骑士’那回一样，”亚历山德拉用肯定的口气向她耳语，“就这么回事儿！她照例又在拿他开心。不过这种玩笑开得太过分了；应该加以制止，妈妈！刚才她装神弄鬼演了一出戏，只顾自己调皮，把我们吓得半死……”

“幸好她撞上的是这样一个白痴。”叶丽扎薇塔·普罗科菲耶夫娜和她窃窃私议。女儿的话毕竟使她松了口气。

然而，公爵听见了有人管他叫白痴，并且打了个寒战，但不是因为被称为白痴的缘故。“白痴”两个字他随即忘了。但在离他坐的地方不远的人群中，好像从旁边某处——他绝对没法指出究竟在哪个方位，究竟在哪一点——有一张脸倏地一闪，那是一张苍白的脸，拳曲的黑色头发，带着熟悉的、非常熟悉的冷笑和眼神，——？一闪即逝。很可能这仅仅是他的幻觉；整个画面留在他印象中的只是冷笑、眼睛以及那位一闪即逝的先生脖子上一条时髦的翠绿色丝织领带。那位先生在人群中消失了呢，还是一溜烟钻进了车站，公爵也无法肯定。

但过了一分钟，他忽然迅速而又焦灼地开始四顾张望；那第一幅幻象可能是第二幅幻象的预兆和先驱。这是肯定无疑的。刚才跟大伙一起来火车站的时候，难道他忘了有可能狭路相逢？诚然，当他来火车站的时候，好像根本不知道在往这儿走，——他所处的精神状态便是这样。倘若他善于或者有可能比较细心地行事，那么一刻钟以前他就会注意到，阿格拉雅有若干次也好像忐忑不安地东投一瞥、西看一眼，似乎也在周围寻找什么。现在，他的焦灼之状已变得非常明显，阿格拉雅的激动和惶惑也随之加剧；只要他朝后张望，阿格拉雅几乎立即跟着也回过头去。惶惶不安的疑团不久便解开了。

从公爵和将军夫人母女们所坐的地方近旁车站最左侧那个出口处，一下子走出一群人来，至少有十个人。走在头里的是三个女人，其中两个美得出奇，无怪乎她们后面跟着这么多的崇拜者。但是，这几个女人也好，她们的崇拜者也好，都有点儿特别，跟其他来听音乐的游人完全不同。几乎所有的人马上就注意到了这一行，但大多数人竭力装作根本没瞧见他们的样子，只有某些年轻人望着他们露出笑容，窃窃私议。对这群人完全视而不见是不可能的，因为他们招摇过市、高声谈笑。不难料想，其中好几个还醉醺醺的，尽管看外表有几位的衣着相当摩登和雅致。但里边也有人模样很怪，身穿奇装，脸上火辣辣地红得诧异；其中有几名军人，也有年纪已经不轻的；有的穿着做工讲究、宽舒合身的服装，戴着戒指和领扣，套着乌黑油亮的假发，蓄着络腮胡子，脸上的表情特别高贵，虽然有些不屑的神态，不过社会上对于这种人都避之唯恐不远，像害怕瘟疫似的。我们的郊外

休憩场所中固然不乏高尚体面、名声颇佳的去处；但即使最谨慎的人也不可能每一分钟都提防着砖头从邻屋顶上掉下来。现在，这块砖头即将掉向来此欣赏音乐的体面听众。

从车站走到乐队所在的平台要下三级台阶。那群人就在台阶前面站住，正犹豫不决；但一个女的带头跨步向前，她的随员中只有两人敢步她后尘：一个是样子很不起眼的中年人，其外表各方面都还体面，但看上去像个十足的光棍儿，就是说：这等人从来不认识任何人，别人也不认识他们。不甘落后的另一人衣衫颇不整饬，形迹实在可疑。此外没有人跟那位奇特的女士走。但是，她下台阶时甚至没回头看一眼，好像她根本不在乎后面有没有人跟来。她仍然大声谈笑。她的穿戴非常高雅华贵，但略微花哨了些。她经过乐队走向平台的另一边，那里的路旁停着一辆马车在等什么人。

公爵已有三个多月没见到她。自从来到了彼得堡，这些日子他一直打算去见她；但也许是某种隐秘的预感使他踌躇不前。至少公爵怎么也无法揣测与她见面会得到什么印象，而公爵有时怀着恐惧的心情竭力加以想象。有一点他是清楚的，——重逢将是痛苦的。这六个月来，他曾几次回想这个女人的面容给他的第一个印象，当时他看到的还只是相片。据他回忆，即使从相片上得到的印象也蕴含着太多的辛酸。在外省的小地方，有一个月他们几乎天天见面，那一个月曾对他产生可怕的影响，以致公爵有时竭力不去想那段并不久远的往事。这个女人脸上老是有一种足以使他肠断的气质。在同罗果仁谈话时，公爵把自己这种感觉归结为无限的怜悯，此话不假，因为她的脸还在相片上就从公爵心中钩起一阵怜悯的痛苦。这种同情的感觉，甚至可以说为这个女人忍受痛苦的感觉，从未离开过他的心田，现在还是这样。哦，不，倒是更强烈了。但是，公爵总觉得他向罗果仁说的话不够贴切；直到此刻，就在她突然出现的这一刹那，他才明白，大概是凭直觉理解到，他向罗果仁说的话究竟缺少什么。缺少的是能够表达恐怖心情的词语；对，正是恐怖！此时此刻他才充分感觉到这一点；他相信，他自有特殊的理由充分肯定，这个女人发了疯。如果你爱这个女人甚于世上的一切，或者你正在想象中预先品尝这种爱情的可能性，忽然看到她戴着镣铐在铁窗里边挨看守的棍棒，——那么，你得到的印象与公爵现在的感受庶几近之。

“您怎么啦？”阿格拉雅很快地悄悄问道，同时打量着他并且天真地扯了一把他的胳膊。

公爵转过头来望着她，看了看她那双这时候不知为什么在忽闪忽闪的黑眼睛，尝试着冲她做一个微笑，但一下子仿佛把她忘了，重又把视线右移，又去注意那个突如其来的幻影。此刻娜斯塔霞·菲立波夫娜正打小姐们的座椅旁边经过，叶甫盖尼·巴甫洛维奇还在对亚历山德拉·伊万诺夫娜讲述一件大概非常可笑、非常有趣的事情，他讲得很快，劲头很足。公爵记得阿格拉雅忽然轻轻地说了一句：“她是多么……”

话没有说完，无法断定是什么意思；她倏地住了口，什么也没有找补，但这已经够了。娜斯塔霞·菲立波夫娜正经过那里，本来好像并不特别注意某人，于是蓦地冲他们这边扭过头来，仿佛这才发现叶甫盖尼·巴甫洛维奇。

“咳！原来他在这儿！”她一下子止步惊呼，“人家派专差四出寻找都不见人影，却原来你待在这谁也想象不到的地方……。我还以为你在那边……在你伯父那里！”

叶甫盖尼·巴甫洛维奇顿时红了脸，恶狠狠地瞪了娜斯塔霞·菲立波夫娜一眼，但旋又扭头不去看她。

“怎么？！莫非你不知道？天哪，还真的不知道呢！他开枪自杀了！今儿个早晨你伯父开枪自杀了！下午两点钟人家就告诉我啦；现在半个彼得堡都已经知道；据说三十五万卢布公款不见了，有的说是五十万。我老是指望着他还要传一大笔遗产给你呢，谁知他悄没声儿地花了个精光。真是个放荡透顶的老家伙……。那好吧，再见了，祝你交好运！难道你不想去一次？怪不得你及时引退，好狡猾的小子！不，胡说，你知道，你事先知道，也许昨天就已经知道……”

尽管这种胡搅蛮缠和故意显示事实上并非如此的熟不拘礼肯定包

含着目的，——这一点现在已毫无疑义，——但叶甫盖尼·巴甫洛维奇起先还打算不了了之，说什么也不理睬那位出言不逊的女士。然而，娜斯塔霞·菲立波夫娜的话像当头一个霹雳击中了他；听到伯父的死耗，他顿时脸色煞白，转身面向带来凶信的人。这时，叶丽扎薇塔·普罗科菲耶夫娜霍地离座起身，让别人也都跟着她站起来，几乎像逃跑一般从那里走开。只有公爵列夫·尼古拉耶维奇暂时留在座位上，似乎拿不定主意，还有叶甫盖尼·巴甫洛维奇仍然站在那里惊魂未定。但是，叶班契娜母女们才走开不到二十步，一场可怕的轩然大波已经闹开。

叶甫盖尼·巴甫洛维奇的好朋友，就是刚才跟阿格拉雅交谈的那位军官，简直气愤到了极点。

“应当用鞭子对付她，此外没有旁的办法管束得了这臭娘们！”这话他几乎是大声说的。（看来他以前就是叶甫盖尼·巴甫洛维奇的密友）。

娜斯塔霞·菲立波夫娜倏地面朝他转过头来。只见她目光一闪，向站在她两三步外那个素不相识的青年男子扑去，夺过握在他手中的一根辫状细鞭，使劲在辱骂她的人脸上斜抽了一鞭。这一切是在霎时间发生的……。军官气疯了，冲她直扑过去。娜斯塔霞·菲立波夫娜身边的随从已经不见：外表体面的中年绅士早就溜之大吉，而醉醺醺的那一位站在一旁狂笑不已。当然，警察马上就会来的，但若非救兵突然赶到，娜斯塔霞·菲立波夫娜眼前难免吃亏。当时也近在咫尺的公爵及时从后面抓住军官的胳膊。军官为了挣脱束缚，猛推前胸把他推开。公爵踉踉跄跄倒退三步，跌在一把椅子上。但娜斯塔霞·菲立波夫娜身边已经出现了另外两名保镖。在正欲发动攻击的军官面前站着一位拳击手，他就是读者已经知道的那篇文章的作者，也是过去罗果仁一帮的正式成员。

“凯勒尔！退伍中尉，”他以炫耀的口吻自我介绍，“如果您要徒手较量的话，大尉，我愿代替妇道人家奉陪；在下曾学完英国式拳击的全套教程。别推推搡搡，大尉；我同情您受到的奇耻大辱，但我不能容忍您当着大庭广众对一个女人动拳头。如果能做一个识时务的俊杰，那么，您当然会懂得，大尉……”

但是大尉已经定下神来，已不去理会他说些什么。这时，从人丛里出现的罗果仁迅即拉着娜斯塔霞·菲立波夫娜的胳膊把她带走。罗果仁本人看来也震惊得厉害，面色煞白，战栗不已。在把娜斯塔霞·菲立波夫娜带走的时候，他居然还顾得上冲着军官的脸发出冷笑，像个叫卖小贩一般得意扬扬地说道：

“呦！瞧这模样儿！脸上都挂了彩啦！呦！”

军官清醒过来以后，完全猜到了对方是什么人，于是他很有礼貌地（不过用手帕捂着脸）向已经从椅子上站起来的公爵说：

“请问，我有幸认识的是不是梅诗金公爵？”

“她是个疯子！有精神病！请相信我的话！”公爵用发抖的声音答道，并且不知为什么向他伸出哆嗦的双手。

“我当然不能自夸了解这样的情况；但是我必须知道尊姓大名。”

他点点头走开了。在最后几位登场人物消失以后过了五秒钟，警察赶到。其实，这场风波前后持续至多两分钟。某些游客从椅子上站起来走了，另一些仅仅换了一下座位；也有一些人看到这意外的一幕非常高兴，还有些人更是兴致勃勃地议论开了。总而言之，这件事的结束与惯例没什么不同。乐队重又奏起音乐。公爵走去跟上叶班契娜母女们。刚才他被军官一推跌倒在椅子上的时候，如果想得到或顾得上朝左边瞥上一眼，他就会看见阿格拉雅在离他二十步左右的地方驻足观望这一场纠纷，并不理会已经走得更远的母亲和姐姐的叫唤。后来，是 Щ 公爵跑到她跟前，才劝得她从速离去。叶丽扎薇塔·普罗科菲耶夫娜记得，阿格拉雅回到她们那里时激动异常，几乎没有听到她们催促的呼声。但是仅仅过了两分钟，当他们一行刚进入林苑，阿格拉雅又用她惯常那种淡漠而调皮的口吻说：

“我倒要瞧瞧，这出闹剧怎样收场。”

三

车站的一幕使母亲和女儿几乎都震骇万分。叶丽扎薇塔·普罗科菲耶夫娜在惊悸和激动中带着女儿从车站简直是一路奔跑回去的。按照她的观点和概念，发生的事情太多了，通过这一事件暴露出来的情况也太多了，以致在她的头脑里已经开始萌生一些果断的想法，尽管那里还是一团乱麻、一片恐慌。而且，大家也都明白，发生了不寻常的事情，一桩非同小可的秘密开始被揭穿，这也许是件好事。不管过去Щ公爵如何担保和解释，叶甫盖尼·巴甫洛维奇如今反正“现了原形”，假面给撕去，伪装被剥掉，他“与那个臭娘们的关系也已昭然若揭”。叶丽扎薇塔·普罗科菲耶夫娜，甚至还有两个大女儿，都是这样想的。由这一结论引出的结果却是：谜积得更多了。两位小姐心中虽则多少有些抱怨妈妈不该慌成这个样子，不该如此赤裸裸地逃遁，但在波澜动荡之初不敢问这问那去打扰她。此外，两位小姐有一种说不出所以然的感觉：她们的妹妹阿格拉雅·伊万诺夫娜对这件事的了解可能比她们母女仨合在一起更多。Щ公爵紧锁双眉，愁容满面，他也陷入了深思。叶丽扎薇塔·普罗科菲耶夫娜路上没跟他说过一句话，而他好像压根儿没注意到这一点。阿黛拉伊达曾试探性地问他：“刚才说起的那个伯父指的是谁？彼得堡那边究竟出了什么事情？”但Щ公爵带着极其尴尬的表情作了十分暧昧的回答，说是要作什么调查，并说这一切当然完全是扯淡云云。“这是肯定无疑的！”阿黛拉伊达说了一句，此后再也不问什么。阿格拉雅却显得异常平静，途中只提出一点看法：她们跑得太快了。有一次她回过头去，见梅诗金公爵在追赶她们。阿格拉雅发现他追得费劲，便作了一个嘲弄的微笑，于是没有再回头看他。

最后，几乎就在别墅门前，只见刚从彼得堡返回的伊万·费奥多罗维奇正迎着他们走来。他第一句话就询问叶甫盖尼·巴甫洛维奇的情况。但是将军夫人怒气冲冲打他身旁走了过去，既不答话，也不看他。根据女儿们和Ш公爵的眼神，他立刻料到家中山雨欲来。不过，他自己的面容本来也已经反映着一种不寻常的焦虑。他立即挽住Ш公爵的胳膊，让他在门口站住，几乎同耳语一般跟他悄悄说了几句话。后来他们登上廊台，去见叶丽扎薇塔·普罗科菲耶夫娜，从两人忧形于色的神情不难想见，他俩都听到了什么非同小可的消息。渐渐地，大家都聚集在楼上叶丽扎薇塔·普罗科菲耶夫娜屋里，廊台上最后只剩下梅诗金公爵一人。他坐在角落里，似乎在等候什么，不过他自己也不知道为什么还待在这里；看到这一家子慌乱若此，是不是离去为好——这一层他连想也没有想过；他好像把整个宇宙都忘了，即使要他在被安置的座位上一连坐上两年也行。他间或听到从楼上传来惶惑不安的谈话声。他自己也说不上这样坐了多久。时间愈来愈晚，天色已经全黑。忽然，阿格拉雅走到廊台上；她看起来神态自若，尽管脸色比较苍白。阿格拉雅见到公爵后，似乎有些困惑地微微一笑；她“显然没料到”公爵会坐在这个角落里的一把椅子上。

“您在这儿做什么？”她走到公爵跟前。

公爵经她一问，倒不好意思起来了，便支支吾吾不知说了些什么，并从椅子上霍地站起来。但阿格拉雅当即坐到他旁边，于是他也重新坐下。阿格拉雅忽然把他仔细打量了一番，接着像是毫无目的地朝窗外望望，然后又对他看看。

“也许她想要笑出来，”公爵心想，“不，如果她想要笑，那她是不会忍住不笑的。”

“您也许要喝茶，那我去吩咐。”在一阵沉默之后，阿格拉雅找了句话说。

“不，不……。我不知道……”

“嗯，这能不知道吗！哦，请听我说：要是有人要您跟他决斗，您怎么办？刚才我就想问您。”

“可是……什么人会？……没有人会要求跟我决斗的。”

“假定有人提出呢？您是不是非常害怕？”

“我想，我会非常……怕的。”

“当真？那么，您是懦夫？”

“不——不；也许并不。害怕而且逃跑的人是懦夫；如果害怕而并不逃跑，那还不算懦夫。”公爵考虑片刻后笑道。

“那您会逃跑吗？”

“也许我不会逃跑。”阿格拉雅提出的这些问题终于使他笑了起来。

“我虽然是个女子，可我决不逃跑，”她说话的语调差不多像是受了屈辱，“不过，您是在取笑我，在按您一贯的做法装蒜，好让您显得更有吸引力。请告诉我：决斗的时候一般是不是相距十二步开枪？有的甚至仅仅相距十步？也就是说，这样的结果肯定非死即伤，是不是？”

“决斗的时候恐怕命中的机会不多。”

“怎么不多？普希金不是给打死了吗？”

“这也许是偶然的。”

“绝非偶然；那是一场殊死的决斗，他就被打死了。”

“子弹打中的部位是那么低，可以肯定当时丹特斯瞄准的目标要高些：胸部或头部。而像子弹所打中的部位是谁也不会那样瞄的，可见子弹之所以命中普希金，很可能出于偶然，是歪打正着。这是懂行的人告诉我的。”

“可是有一次跟我交谈的一名士兵告诉我，操典规定他们在散兵射击时必须瞄准半中腰。‘半中腰’——这是他们的用语。由此可见，规定射击的目标不是胸部，也不是头部，而是半中腰。后来我问过一位军官，他说确实如此。”

“这大概是因为距离比较远的缘故。”

“您会打枪吗？”

“我从来没有打过枪。”

“难道您连装手枪弹药都不会？”

“不会。应该说，我懂得该怎么做，可是自己从未装过。”

“那就是不会，因为这需要实践！请您听着并且记住：首先去买一些好的手枪火药，不要湿的（据说湿的要不得，一定要很干燥的），要很细的一种，不要买大炮里用的那种。据说子弹自己可以浇铸。您有手枪吗？”

“没有，也不需要。”公爵一下子笑了起来。

“啊，真糊涂！您一定得买一把好手枪，法国或英国造的，据说这两种最好。然后取顶针儿那么大一撮或两撮火药抖在里边。还是多放一些为好。用一小块毡塞实了（据说一定得用毡塞，也不知什么道理），这东西哪儿都能弄到，从床垫或者门上撕一块下来就可以了，有的门上包着毡子。等毡子塞进去以后再装上子弹，——听见没有：后装子弹，先放火药，否则枪打不响。您笑什么？我要您每天练习几次，一定得学会打中目标。您能做到不？”

公爵还在笑；阿格拉雅悻悻然跺了跺脚。她在谈这席话时那种一本正经的样子使公爵有些纳罕。他在某种程度上感觉到，他应该打听些什么，询问些什么，——至少该说些比往手枪里装弹药更为正经的事情。然而这一切通通从他头脑里不翼而飞，留在意识中的只有一件事：阿格拉雅坐在他面前，他望着阿格拉雅，至于阿格拉雅不管说些什么，此刻他简直全不在乎。

最后，伊万·费奥多罗维奇自己下楼来到廊台上；他紧绷着脸，心事重重而又神态坚决地准备出去。

“啊，列夫·尼古拉耶维奇，是你……。现在你上哪儿？”他问，其实列夫·尼古拉耶维奇连一步也不想移动。“咱们一块儿走，我有句话要对你说。”

“再见。”阿格拉雅说着向公爵伸出一只手。

廊台上已经暗得很，公爵此刻不可能把她的脸看得十分清楚。过了一会儿，当他和将军快要走出别墅时，他忽然感到脸上火辣辣地烧得厉害，便紧紧握住自己的右手。

原来伊万·费奥多罗维奇和他同路。尽管时间已经很晚，伊万·费奥多罗维奇仍急于去找某人谈什么事情。眼下他先同公爵谈了起来，语调很快，口气紧张，颇有些语无伦次，不时提到叶丽扎薇塔·

普罗科菲耶夫娜。如果公爵此刻能把注意力集中一些，他也许会猜到，伊万·费奥多罗维奇想要顺便从他那里探听些什么，或者不妨说想要直截了当地问他些什么，可老是没法触及最主要之点。说来也惭愧，公爵竟然心不在焉到这种程度：一开始他简直什么也没有听进去，及至将军在他面前停下来急切地提出某个问题，才不得不向将军承认自己完全不明白他的意思。

将军耸耸肩膀。

“你们都成了些怪人，无处不怪，”他又说开了，“我在对你说，我怎么也不理解叶丽扎薇塔·普罗科菲耶夫娜的想法和忧虑。她正在发歇斯底里，又哭又闹，说人家让我们蒙了羞、出了丑。谁？出了什么丑？为了谁？在什么时候？为什么？我承认自己有过错（这一点我不否认），有很大的过错，但是，这个……性格不安分、行为又不正派的女人若再胡搅蛮缠，最终可由警察加以限制，我打算今天就去跟一些人见面，并向他们打招呼。一切都可以悄没声儿、和风细雨甚至客客气气地办妥，不伤和气，绝对避免面红耳赤。我也知道未来会发生很多事情，有一大堆问题尚待澄清；这里头还有不可告人的秘密。但是，既然这里什么也不知道，那边也就什么也无法解释。既然我一无所闻，你一无所闻，他一无所闻，那么请问：谁有所闻呢？照你看来，这还有什么理由可以解释呢，只有一种解释——事情多半是捕风捉影，子虚乌有，犹如月光……或其他幻象一样。”

“**她**准是疯了。”公爵痛心地猛想起刚才所发生的一切，不禁喃喃地说。

“既然你提到了她，我也有同感。我也多多少少产生过这样的想法，那时我就能安然入睡。可是现在我认识到，还是别人的看法比较正确，所以我不相信她疯了。可以认为这是个做事乖张的女人，然而她非但不疯，甚至颇有心计。今天在卡比东·阿列克塞伊奇的事情上所闹的恶作剧，再清楚不过地证实了这一点。她这样做其中必定有诈，至少是阴险莫测、别有用心。”

“哪个卡比东·阿列克塞伊奇？”

“我的上帝啊，你根本不在听，列夫·尼古拉耶维奇。我一开头就跟你谈卡比东·阿列克塞伊奇的事儿；我是那样震惊，甚至现在手脚还在发抖。今天我在城里多耽搁时间就为了这件事。卡比东·阿列克塞伊奇·拉多姆斯基，也就是叶甫盖尼·巴甫洛维奇的伯父……”

“哦！”公爵恍然大悟。

“今天清晨七点钟开枪自杀了。他是一位受尊敬的老人，七十岁，很会享福。那女人说得一点儿也不错，——果然短缺了公款，一笔数额很大的公款！”

“她又是怎么……”

“知道的？哈哈！告诉你吧，她刚一出现，在她周围就形成一个不折不扣的总部。你可知道，现在去拜访她和谋求与她结识这种‘荣幸’的是些什么样的人物？今天她很自然地可能从这些人那里听到了什么，因为现在整个彼得堡都已经知道；在这里，半个巴甫洛夫斯克或者整个巴甫洛夫斯克也已经知道。然而，据别人向我转述，她就脱去军服换便装这一点发表了精辟的见解，说叶甫盖尼·巴甫洛维奇的引退非常及时！确实一针见血！不，这不是疯癫的表现。我当然不愿相信叶甫盖尼·巴甫洛维奇事先就知道惨剧要在某日七点钟发生等等。但他可能预感到了这一切。而我，我们大家和Щ公爵还指望他继承伯父的遗产！可怕！太可怕了！不过，你要明白，我丝毫也不责怪叶甫盖尼·巴甫洛维奇，并急于向你说明这一点，不过总有点儿可疑。Щ公爵受到的震动非常之大。这一切像是很奇怪地爆出来的。”

“叶甫盖尼·巴甫洛维奇的行为究竟有什么可疑之处？”

“完全看不出来！他的举止表现落落大方。我也没有作任何暗示。我想，他自己的财产大概完整无损。当然喽，叶丽扎薇塔·普罗科菲耶夫娜根本不愿听……。但最糟糕的是，所有这些家庭纠纷，或者说所有这些烦恼，说实在的，简直不知道叫什么好……。列夫·尼古拉耶维奇，你是我家真正的朋友，你能不能想象：刚才我了解到（不过还不是十分确实），叶甫盖尼·巴甫洛维奇好像在一个多月以前就已经向阿格拉雅表示爱慕之意，据说遭到了她的断然拒绝。”

“不可能！”公爵激动地叫起来。

“莫非你了解什么内情不成？我最亲爱的朋友，”将军一愣，一动不动地在原地站住，“也许我对你说了不该说和不得体的话，但那是因为你……因为你……可以说因为你是这样一个人。也许，你了解什么特殊的情况？”

“我一点也不了解……叶甫盖尼·巴甫洛维奇。”公爵吞吞吐吐地说。

“我也不了解！老弟，她们简直……简直要我的命，要把我活活埋入地下，却不愿考虑一下，这对别人有多么难受，不愿想一想，我是不是受得了。刚才又是一场大吵大闹，真吓死人！我是像对亲生儿子一样对你说话。最可怕的是：阿格拉雅好像在嘲笑她的母亲。关于她大概在一个月以前曾拒绝叶甫盖尼·巴甫洛维奇的求婚，而且他们双方都把态度表示得相当明确，是她的两个姐姐作为一种猜测提出来的……不过她们很有把握。然而，阿格拉雅是个非常任性的姑娘，满脑袋古怪的念头，我简直说不上来！要说高尚的情操，心地和智慧的种种杰出品质——这一切她大概都具备；但是，她也爱耍脾气，好挖苦人，——总之，这鬼丫头的性格谁也摸不准，加上她还好发奇想。刚才她当面嘲笑母亲，嘲笑姐姐，还嘲笑 Щ 公爵；对我更是不在话下，她难得有不取笑我的时候。但是，要知道我就是喜欢她，甚至喜欢她笑我，——而这个鬼丫头也因此特别爱我，恐怕超过对所有别人的爱。我敢打赌，她也在某些方面嘲笑过你。刚才楼上大闹了一通以后，我发现你们在廊台上谈话；她和你坐在那儿，像个没事人似的。”

公爵脸涨得通红，他紧紧握住右手，但没有吭声。

“亲爱的，我的善良的列夫·尼古拉耶维奇！”将军突然感情冲动地说，“我……还有叶丽扎薇塔·普罗科菲耶夫娜(不过她又开始骂你，为了你同时把我也骂了，不知道究竟是什么缘故)，我们毕竟是爱你的，真诚地爱你、尊敬你，别的都不必理会，我是说不管表面上怎么样。但是，你也会同意的，亲爱的朋友，一下子听到这个冷血的鬼丫头那番话，怎能不感到莫名其妙、又气又恼！（我说她冷血，因为她站在母亲面前的神情对我们所有的提问一概表示极度的轻蔑，对我的提问尤其如此，因为我不知怎么鬼迷心窍地干了件蠢事，竟想摆出威严的架势，自以为我是一家之长，——你说，这不是干了件蠢事吗？）这个冷血的鬼丫头突然面带冷笑宣称，说那个'疯女人'——（这是她的原话，使我纳闷儿的是她竟和你的看法一样，她还问：'你们难道直到现在始终看不出来？'）——那个'疯女人拿定主意无论如何要我嫁给公爵列夫·尼古拉耶维奇，为了这个目的才千方百计要把叶甫盖尼·巴甫洛维奇从我家挤出去'……她就说这些；此外再也不作任何解释，只是一个劲儿地大笑，然后走了出去，哗的一声把门关上，弄得我们目瞪口呆。后来她们把游园之前她和你之间那一段插曲告诉了我……我……我……我认为，亲爱的公爵，你是个豁达大度和非常理智的人，你的这一点我注意到了，但是……你别见怪：我确信她是在拿你开心。她像小孩子一样爱笑会闹，所以你别生她的气，但事情肯定是这样。你不要有什么想法，——她无非在捉弄你和我们大家，完全是消闲解闷。好吧，再见了！你了解我们的感情，了解我们对你的真挚感情，可不是吗？这种感情是不变的，永远不变，丝毫不变……不过……现在我得往这边走了，再见！过去我很少意烦心乱到这种程度（该说心烦意乱还是意烦心乱？），而现在正是这样……。唉，这别墅生活实在是活受罪！"

等到岔口上只剩下他一个人时，公爵朝四下看看，很快地穿过道路，走到一座别墅透出灯光的窗子紧跟前，展开一张小纸片（在与伊万·费奥多罗维奇谈话的时候，公爵自始至终一直把这张纸紧紧握在右手之中），借助于微弱的光线读到：

明晨七时我在林苑的绿色长椅上等您。我决定同您谈一件非常重要的事情，此事与您直接有关。

希望您不要把这字条给任何人看。虽然对您叮嘱这一点我有些不好意思，但我考虑的结果，认为这对您是必要的，所以写上这一句，——与此同时，我为您可笑的性格而感到羞赧。又及。

绿色长椅就是今天我指给您看的那一张。您应当觉得惭愧。连这一点我也不得不补上一笔。再及。

字条上笔迹挺潦草，折得也很马虎，想必是阿格拉雅在走到廊台上之前匆匆写就。公爵怀着无法形容的、近乎恐惧的激动心情把纸片又在手中握紧，像个受惊的小偷急忙从窗前灯光下跳开；但在做这个动作的时候，他忽然跟正好来到他肩后的一位先生猛然相撞。

“我一直跟在您后面，公爵。”那位先生说。

“凯勒尔，是您？”公爵诧异地惊呼。

“我在找您，公爵。我在叶班钦家的别墅附近等您，进去当然不行。后来您和将军一起出来，我就跟在你们后面走。我愿为您效劳，公爵，您只管支配凯勒尔。我愿为您牺牲，甚至可以为您而死，如果有这个必要的话。”

“可……这是为什么？”

“哦，您一定就会面临挑战。那个莫洛甫佐夫中尉我了解，不过我和他并不认识……他受了侮辱决不肯罢休。我们这号人，也就是我和罗果仁之类，在他眼里当然跟垃圾差不多，这也许是公平的；因此，他只能找您算账。公爵，您只得付这笔账。我听见他在打听您的情况，明天他的朋友肯定会去找您，没准这会儿已经在等您。如果您赏脸选我充当助手，那么即使为您贬为士兵我也甘心；我找您就为这事儿，公爵。”

“原来您说的也是决斗！”公爵忽然纵声大笑，致使凯勒尔惊诧不置。

公爵狂笑不已。凯勒尔本来简直像热锅上的蚂蚁，直到提出自己愿意充当决斗助手的建议之后心里才舒坦，现在瞧着公爵笑得如此乐和，几乎感到受了屈辱。

“公爵，别忘了您刚才曾拉住他的胳膊。这是一个有身份的人在大庭广众之中很难忍受的。”

“可他也当胸推了我一下！”公爵笑道，“我跟他没有理由互相争斗！我可以向他道歉，事情就完了。如果要较量，那就较量！他可以开枪；我甚至希望这样。哈哈！现在我会给手枪装弹药了！您会装弹药吗，凯勒尔？先得去买手枪火药，不要湿的，也不要打炮时用的那种粗的；接下来先放火药，从门上或什么地方撕一块毡子，然后再把子弹装进去，不能先装子弹后放火药，否则枪就打不响。听着，凯勒尔，否则枪就打不响。哈哈！凯勒尔，这难道不是大有好处吗，我的朋友？哦，凯勒尔，您可知道，我马上要跟您拥抱、亲吻。哈哈哈！刚才您怎么会忽然出现在他面前的？您赶快到我那儿来喝香槟。咱们大家一起喝它一个烂醉！您知道吗，我有十二瓶香槟放在列别杰夫的酒窖里？前天列别杰夫‘以适当价格’卖给了我，那是在我住到他那儿去的第二天，我全买下了！我要把所有的人都叫来！怎么样，今夜您是不是打算睡觉？”

“同任何一夜一样，公爵。”

“那就祝您安睡！哈哈！”

公爵穿过道路，消失在林苑中，撇下有些摸不着头脑的凯勒尔去冥思苦想。他还没有见过公爵处于这样奇特的心境之中，而且在这以前连想象也无法想象。

“大概是一阵心血来潮，因为这人颇有点儿神经质，再加上这一切的影响，但他当然不会胆怯。这种人通常都不是胆小鬼，确实如此！”凯勒尔忖道，“唔，香槟！这毕竟是个有吸引力的消息。十二瓶，正好一打；不坏，储备相当充足。我敢打赌，一定是列别杰夫从什么人那儿作为抵押品接受了这批香槟。唔……他倒是挺可爱的，这个公爵；说实话，我就喜欢这样的人；不过，得抓紧时间……要是开香槟酒的话，那么现在正是时候……”

关于公爵正在心血来潮这一点，无疑是说对了。

他在黑暗的林苑中徘徊良久，最后才“发现自己”在一条林荫道上逛荡。他意识中存留着一点印象：这条林荫道他已经走过，从长椅到一棵高大醒目的老树总共百步左右，他来回走了有三四十趟。足足一个钟点，他在林苑内究竟想些什么，即使他愿意也无论如何回忆不起来。不过，他攫住自己在想一个念头，这使他忽然间笑得前俯后仰；尽管没什么可笑的事情，但他就是想笑。他想象到，决斗的假设可能并不在凯勒尔一个人的头脑里萌生，因此，有关如何装手枪弹药的那番话或许亦非偶然……。“咳！”他猛想起另一件事来，顿时停下脚步。“刚才我坐在角落里的时候，她走到廊台上，发现我在那里，惊讶得不得了，而且——笑得很特别……还问我要不要喝茶；其实，当时这张字条已经在她手中，可见她明明知道我坐在廊台上，那她为什么故作诧异之状？哈哈哈！”

他立即从兜里抽出那张字条来吻了一下，但旋又停下来陷入深思。

“这真是奇怪！这真是奇怪！”过了片刻，他甚至带着一点儿忧郁的口吻说。在强烈地感到喜悦的时刻，他总是会变得忧郁起来，而自己也不知道为什么。他定神四顾，惊异地发现自己竟来到这个地方。他觉得很累，便走到长椅前坐下。四周非常安静。车站那儿的乐声已经结束。林苑里也许已经没有人；当然，时间至少有十一点半。夜是那么宁谧、温暖、明亮——六月初的彼得堡之夜本该如此，但此刻他所在的树丛深处林荫道上，几乎已经一片漆黑。

这时设若有人指出他坠入了情网，正在热恋之中，他会惊讶地否认这个说法，也许还会感到愤怒。如果有人再补充说，阿格拉雅的字条乃是约恋人幽会的情书，他会为那人羞愧得脸上发烧，说不定会要求跟他决斗。这一切完全是由衷之意，他一次也未曾怀疑过，丝毫也未曾有过“模模糊糊”的念头——认为那姑娘可能对他或者他自己可能对那姑娘产生爱情。要说别人可能爱他，爱“像他这样的人”——他认为是件不可思议的怪事。他觉得，倘若这里头真有什么花样的话，那无非是她的恶作剧。但是，他对于恶作剧好像太不在乎、太习以为常了；他自己有完全另一码事需要操心和担忧。将军刚才激动地谈及阿格拉雅嘲弄所有的人，尤其嘲弄公爵，——这话他完全相信。与此同时他一点也不感到屈辱；他认为这是情理中事。对他说来主要的是明天一清早又将见到她，跟她并排坐在绿色长椅上，望着她，听她说怎样装手枪的弹药。其余的他什么都不要。她想要告诉他些什么？那件与他直接有关的重要事情究竟是什么？——这问题也曾在他头脑里闪现过一两回。此外，阿格拉雅叫他来确实有这样一件“重要事情”，对此他一分钟也没有产生过怀疑，但现在他几乎完全不考虑这件“重要事情”，而且到了这种程度：他甚至感觉不到一点点加以考虑的愿望。

林荫道沙地上轻微的脚步声使他抬起头来。一个在黑暗中面貌难以辨认的人走到长椅前，在他身旁坐下。公爵很快向他靠拢，几乎紧挨着他，这才看清楚罗果仁苍白的脸。

“我知道你在这一带逛荡，没找多大工夫。”罗果仁从牙缝里含含糊糊说了一句。

自从在旅店走廊里狭路相逢之后，这是他俩第一次会面。罗果仁的突然出现使公爵大吃一惊，竟半晌无法集中思想，痛苦的感觉又在他心中复苏。罗果仁看来明白自己给对方造成的印象；虽然起初他显得不太自然，说话故作满不在乎的样子，但很快公爵就觉得他身上没有任何装腔作势的味道，甚至没有一点儿特别的窘相。如果他的动作和说话中有什么别扭的地方，那也只是表面上如此；这人在内心深处是不可能改变的。

“你怎么……在这里找到我的？”公爵问，其实是无话找话。

“我听凯勒尔说（我上你那儿去过），你‘到林苑去了’；我想，果然是那么一回事儿。”

“你指的是怎么‘一回事儿’？”公爵不安地抓住他脱口而出的一句话问道。

罗果仁淡然一笑，但不作解释。

“我收到了你的信，列夫·尼古拉耶维奇；你这是多此一举……这又何苦呢？……我是从**她**那儿来找你的，她要我一定得把你叫去；她有话迫切需要对你说。她要你今天就去。”

“我明天去。现在我要回家；你……上我那儿去不？”

“干什么？我把该说的话全对你说了；再见。”

“难道你不去坐一会？”公爵平静地问他。

“你这人真怪，列夫·尼古拉耶维奇，值得让人欣赏欣赏。”

罗果仁冷冷地一笑。

“为什么？如今你跟我这么过不去究竟为的什么？”公爵既哀怨又激动地接着问，“现在你明明知道，你以前的那些想法都不是事实。不过我总觉得，你对我的恨至今还没有消，你知道这是为什么？因为你曾经加害于我，所以你的恨没消。告诉你，我只记住那天跟我交换过十字架的那个巴尔菲昂·罗果仁；我在昨天给你的信中写了这一点，希望你也彻底忘了这场噩梦，压根儿不要跟我提起此事。你干吗老躲着我？干吗你把手藏起来不让我看见？我告诉你，当时的一切我仅仅把它看作一场噩梦。对于你在那一天里前前后后所有的想法，我现在了解得一清二楚，就像对我自己一样。你想象中的事情根本不存在，也不可能存在。那么，咱俩之间的怨恨为什么还要让它存在下去呢？”

“你有什么怨恨？！”罗果仁听了公爵这番激昂得出人意表的话，又笑了起来。他站在那里，确实不正面看着公爵，与之保持两步距离，还把自己的手藏起来。

“列夫·尼古拉耶维奇，往后我完全不应该再来找你。”临了他用缓慢和带有结论性的语气说。

“你就恨我到了这个地步？”

“我不喜欢你，列夫·尼古拉耶维奇，那我还要找你干什么？唉，公爵，你简直像个小孩子，想要什么玩意儿了——要求立刻摆到你面前，可你并不明白道理。你现在说的跟你在信上写的完全一样，难道我不相信你？我相信你的每一句话，我知道你从来没有骗过我，今后也不会骗我；可我还是不喜欢你。你信上说你把一切都忘了，只记得和你交换过十字架的兄弟罗果仁，而不记得当时曾举刀想要杀你的那个罗果仁。可是你凭什么知道我的想法？”罗果仁又暗暗一笑，“也许从那以后我没有为这事后悔过一次，而你已经写信给我表示你的兄弟般的宽恕。也许我当天晚上已经在考虑完全不相干的其他事情，而把这件事……”

“彻底忘了！”公爵接过话茬说，“那当然！我敢打赌，当时你一定跳上火车直奔这里巴甫洛夫斯克的音乐厅，跟今天一样在人丛中寻访她的踪迹。难道你还能干出别的事来让我吃惊？！当时你所处的状态除了这件事什么都不会考虑，否则你也许就不会举刀想要杀我。那天从中午起我瞧着你，心中就有预感；你可知道当时你是怎样一副神气？在咱俩交换十字架的时候，这种猜测大概就已在我脑中滋生。当时你为何要带我去见你家老太太？你想用这个办法制止自己下手吗？你不可能这样想，你仅仅和我一样有这种感觉罢了……。当时我们的感觉可谓不谋而合。如果那天你没有对我下手(后来被上帝制止了)，此刻我在你面前又算什么呢？反正我总怀疑这是你干的，咱俩有同样的罪过，想法也不谋而合！(你不用皱眉头！你笑什么？)你说你‘没后悔过’！即使你想忏悔，恐怕你也不会忏悔，因为除此以外你还不喜欢我。即便我在你面前像天使一般清白，只要你一天认为她爱的不是你而是我，你就一天不会改变对我的憎恶。由此可见，这就是忌妒。这一个星期里我想得很多，巴尔菲昂，我来告诉你。现在她爱你可能甚于爱一切人，甚至她越是折磨你，就越是爱你。这话她不会对你明说，必须善于观察。归根到底，否则她怎么愿意嫁给你呢？将来她会把这点告诉你本人。某些女人甚至愿意像这样为人所爱，而她的性格恰恰如此！要知道，女人会用狠心和嘲弄折磨男人而一点不受良心的责备，因为她每次瞧着你心里总这样想：‘眼下我先把他折磨得半死不活，将来再用我的爱对他补报……’”

罗果仁听了公爵这番话，哈哈大笑。

“公爵，莫非你自己也碰上了这样一个女人不成？我听到一些有关你的情况，该是真的吧？”

“什么，你能听到些什么？”公爵忽然打了个寒噤，一下子显得非常难以为情。

罗果仁还在笑。他多少带着好奇的心情、也许还多少带着满意的心情听完了公爵的话；公爵喜滋滋、兴冲冲的样子使他颇感意外，也颇受鼓舞。

“不但已有所闻，而且现在我亲眼看到这是真的，”他找补说，“你什么时候说过像刚才那样的话？那简直不像是从你口中说出来的。要不是我听到别人这样说你，我也不会到这里来，何况是深更半夜到这林苑里来。”

“我完全不明白你的意思，巴尔菲昂·谢苗诺维奇。”

“她早就跟我谈过你的这档子事儿，刚才我又亲眼看见你跟那位小姐一起坐着听音乐。她向我起誓，昨天和今天都向我起誓，说你爱阿格拉雅·叶班契娜爱得神魂颠倒。我反正无所谓，这不干我的事：如果说你已不再爱她，她对你却还没有忘情。你也知道，她一定要你跟那位小姐结婚，她立誓非做到不可，嘻嘻！她对我说：‘否则我不嫁给你。什么时候他们进教堂举行婚礼，什么时候你我才能进教堂举行婚礼。’这里头到底是怎么回事，我闹不清，而且从来都不明白：要么她爱你爱得不得了，要么……既然她爱你，那为什么要你跟别人结婚呢？她说：‘我要看到他幸福顺遂。’可见，她还是爱你的。”

“我对你说过，也在信上写过，她……头脑不正常。”公爵听了罗果仁这番话，痛苦地说。

“只有上帝知道！也可能是你错了……。顺便告诉你，今天我把她从音乐堂带回去，她给了我日期。她说，过三个星期，也许更早些，我们一定举行婚礼；她起了誓，特地把圣像取下来吻了一下。所以说，公爵，这下就看你的了，嘻嘻！”

“这完全是神经错乱！你所说的我那档子事儿永远不可能，绝对不可能！明天我就上你们那儿去……”

“她怎么是神经错乱呢？”罗果仁不以为然，“为什么其他所有的人都认为她神经正常，唯独你一个人认为她神经错乱？她不是往那边写信吗？如果她疯了，人家从信上也看得出来的。”

“什么信？”公爵惊恐地问。

“写给那位小姐呗，她都读了。难道你不知道？那你会知道的。

她肯定会自己给你看信。”

“这事信不得！”公爵叫了起来。

“唉！列夫·尼古拉耶维奇，据我看，你在这条路上只走了一小段，还刚刚开了个头。先别着急，你将拥有一批你自己的密探，你将日日夜夜进行监视，了解那边的一举一动，只要……”

“不要说了，再也不要谈这事！”公爵急忙喝住他，“听着，巴尔菲昂，刚才你来之前我一个人在这儿漫步，忽然笑了起来，我自己也不知道笑什么，我记起来的唯一原因是明天正好碰上我的生日。现在差不多有十二点了。走，咱们去迎接新的一天！我那儿有酒，咱们去喝几杯，你就祝我……现在我自己也不知道希望得到什么。反正你向我祝贺，而我祝你快乐幸福，称心如意。要不，你就把十字架还给我！发生了那件事之后，你没有在第二天把十字架送还给我！你还挂着，是不是？这会儿也在你身上，是不是？”

“在我身上。”罗果仁说。

“好，那就走吧。我非要你跟我一起迎接新生活不可，因为我的新生活开始了！巴尔菲昂，我的新生活从今天开始了，你知道不知道？”

“现在我已亲眼看到，我也知道确实已经开始；我就这样去向她报告。你大大地变了，列夫·尼古拉耶维奇！”

四

当公爵和罗果仁一起走近列别杰夫的别墅时，公爵十分惊异地发现，在他租用的廊台上灯火辉煌，热闹非凡，聚集着一大群人。人们兴高采烈，纵情欢笑，高声喧哗，好像还扯开嗓门儿争辩不休；一下子就可料到那里正玩得不亦乐乎。的确，他登上廊台，看到大伙都在开怀畅饮，喝香槟酒，大概已经有好些时候，因为其中许多人已喝得非常亢奋。客人都是公爵的相识，但奇怪的是他们一下子都来了，好像是应邀而至，而事实上公爵没请过任何人，关于适逢自己生日一事他自己也是刚刚无意间想起来的。

“你忘了向谁表示过要用香槟请客？这会儿他们都跑来啦，”罗果仁咕噜着跟在公爵后面走上廊台，“我知道，这是老规矩；对他们只要打一声唿哨……”他差不多咬牙切齿地补充一句，显然是在回忆自己不久前的往事。

大伙一见公爵，纷纷发出欢呼，问候道好，把他团团围住。一部分人喧闹得厉害，另一部分人安生得多，但听说是他生日，急忙过来祝贺，每个人都等着轮到自己向他致意。在座的某些人使公爵颇为纳罕，例如布尔多夫斯基；但最令人惊讶的是，叶甫盖尼·巴甫洛维奇居然也出现在这一伙人中间。公爵简直不敢相信自己的眼睛，看见他时几乎吓了一跳。

其时，面孔通红、几乎欣喜欲狂的列别杰夫跑过来向他解释。列别杰夫已经灌得“水到渠成”。据他啰啰唆唆的解释，大家是自然而然地聚集在这里的，甚至纯属巧合。最先是伊波利特在未晚之前来到，他感觉自己好多了，表示愿在廊台上等候公爵。他在沙发上安顿下来，接着列别杰夫来陪他，然后是他的全家，也就是他的女儿们，还有伊沃尔京将军。布尔多夫斯基是陪同伊波利特一起来的。加尼亚和普季岑好像来了没有多久，他们是路过此地(他们到此的时间正好与车站上发生的那一幕相合)。随后，凯勒尔来说了生日的事，要求准备香槟。叶甫盖尼·巴甫洛维奇是半个小时前才来的。郭立亚也竭力主张开香槟，好好庆祝一番。于是列别杰夫欣然取出酒来。

“不过是我自己的酒，我自己的！”他对公爵说话的口齿已经不清，“由我掏腰包给您祝寿，底下还有酒菜点心，我女儿正在张罗。可是，公爵，您不知道他们在议论的话题是什么。还记得哈姆雷特的独白‘活着还是不活’吗？这是当代时髦的话题！有问有答……。伊波利特·杰连企耶夫先生兴致好极了……他觉也不想睡！而香槟他只呷了一口，才呷一口，对身体没害处……。请过来，公爵，您来主持！大伙都等着您来，大伙就等着听您精彩的妙语……”

公爵注意到了薇拉·列别杰娃亲切和蔼的目光，她也忙着从人堆里向他这边挤过来。公爵撇开所有的人，首先和她握手。薇拉高兴得涨红了脸，她祝愿公爵“**从这一天起**终生幸福如意”。然后飞也似的跑到厨房里去，因为她在那里做菜。但在公爵回来之前，只要能抽出一会儿工夫，她也屡次来到廊台上，贪婪地听带着几分醉意的客人们不断争论一些对她来说极其抽象和绝顶新奇的问题。她的妹妹张开嘴巴在隔壁房间里一只大箱子上面睡着了，但列别杰夫的儿子却站在郭立亚和伊波利特旁边，只消瞧他那张神采飞扬的脸就可以知道，他听得这样津津有味，即使一连再站上十个小时也愿意。

公爵接受了薇拉的祝贺之后，立即走到伊波利特跟前和他握手。伊波利特说：

“我等得您好苦哇！看到您这样满心欢喜地回来，我简直太高兴了。”

“您怎么知道我‘满心欢喜’？”

“从脸上看得出来。您跟其余各位一一招呼过后，快坐到我们这边来。我等得您好苦哇！”他又添上一句，显然要强调自己在等他这一点。

当公爵问及他这么晚还不睡是否有碍身体时，他回答说自己也觉得奇怪：三天以前他以为马上要死了，而今天晚上却觉得精神从来没有这样好过。

布尔多夫斯基急忙站起来，哩哩噜噜地说他“只是陪伊波利特来的”，并且表示也很高兴；他说在那封信中“写了些蠢话”，现在“只觉得挺愉快……”，话好像没说完，他紧紧握了握公爵的手，便在椅子上坐下。

公爵最后走到叶甫盖尼·巴甫洛维奇跟前。后者立即挽住他的胳膊。

“我有两句话要对您说，”他悄声低语，“有关一个非常重要的情况；咱们稍稍走开一会儿。”

“我也有两句话，”另一个声音在公爵另一只耳边悄悄地说，同时有另一只手从另一侧挽住他的胳膊。公爵惊诧地发现一个头发蓬乱、仪表极不整饬的人满脸通红地向他挤眉弄眼，咧嘴怪笑，随即认出那是菲尔狄宪柯——至于他是打什么地方来的，那只有上帝知道。

“还记得菲尔狄宪柯吗？”他问。

“您怎么会来的？”公爵不禁叫了起来。

“他已经表示忏悔！”凯勒尔赶紧跑过来说，“刚才他躲了起来，不想出来见您，他藏在那边角落里。公爵，他已经表示忏悔，觉得对不起您。”

“那是为什么？为什么要忏悔？”

“是我遇见了他，公爵，我刚才遇见了他，就把他带来了。这是我的朋友中不可多得的一位；但他已经表示忏悔。”

“欢迎各位，我非常高兴；菲尔狄宪柯，到那边去跟大家坐在一起，我马上就来。”公爵总算脱出身来，便急忙向叶甫盖尼·巴甫洛维奇那边走去。

“您这儿有趣得很，”叶甫盖尼·巴甫洛维奇指出，“我等了您半个钟点倒是挺开心的。是这么回事儿，最亲爱的列夫·尼古拉耶维奇，我跟库尔梅绍夫全谈妥了，特地来请您宽心。您不必忧虑，他非常非常识时务，何况依我看，主要是他自己的过错。”

“哪一个库尔梅绍夫？”

“就是刚才被您抓住胳膊的那个人……。起先他暴跳如雷，已经想要明天遣使来找您评理呢。”

“得了吧！简直荒唐！”

“当然荒唐，而且结果很可能也是荒唐的；可是咱们那些人……”

“您来找我也许还有别的事情吧，叶甫盖尼·巴甫洛维奇？”

“哦，自然还有别的事情，”他笑道，“亲爱的公爵，明天天一亮我就要为那件不幸的事（关于我伯父的事）去彼得堡。简直难以想象：这一切恐怕人人都已经知道，就我不知道。这一切使我如此震惊，以致连那边（叶班钦家）都没顾得上去；明天也去不成，因为我在彼得堡，您懂吗？我也许要三天不在此地，——总而言之，我倒霉透了。虽然不是什么了不起的大事，但我认为，有些问题我必须开诚布公地跟您讲清楚，而且时间不宜耽搁，也就是在我动身之前办妥。如果您不反对的话，我就坐一会，等您的朋友们散去；再说，我也没有旁的去处。我实在激动得没法睡觉。最后，尽管像这样跟您胡搅蛮缠太过意不去，太不礼貌，可是我对您直说了吧：我是来求您伸出友谊之手的，我亲爱的公爵。您是一位无与伦比的人，也就是不同于那号从来不说真话的人，或许从来不撒谎，而我有一件事需要一位朋友帮我出出主意，因为我现在成了十足的可怜虫……”

他又笑了起来。

“有一点不大好办，”公爵沉思片刻后说，“您想等他们散去，可是天知道这要等到什么时候。你我还是现在就到林苑里去；当然，得请他们稍待；我去打个招呼。”

“千万不要，我有我的理由不让人家怀疑我们在故意进行密谈；这里有些人对于你我的关系很感兴趣，——这情况您不知道，公爵？所以，如果让他们看到你我的关系本来就十分亲切友好，无须乎秘密交谈，那样会好得多，——您明白不？过两个小时左右他们就会散去；我只消占用您二十分钟，顶多半个小时……”

“那就请吧。即使不作解释，看到您我也极为高兴；至于对您就友好关系所说的亲切话语，我更是十分感谢。请您原谅我今天心不在焉；要知道，这时候我怎么也没法把注意力集中。”

“我看得出来，我看得出来。”叶甫盖尼·巴甫洛维奇带着淡淡的笑意咕哝道。

这天晚上他动不动就爱笑。

“您看出了什么？”公爵猛地一愣。

“亲爱的公爵，难道您不怀疑？”叶甫盖尼·巴甫洛维奇并不正面回答问题，而是继续似笑非笑地说。“难道您不怀疑我来的目的纯粹是糊弄您，顺便从您那儿套出些话来，啊？”

“您来套一些话这点是没有疑问的，”公爵终于也笑起来，“也许您还打算叫我受点儿骗。那又怎么样？我并不怕您；何况现在一切对我好像都无所谓，您信不信？而且……而且……由于我首先确信您毕竟是个出类拔萃的人，咱俩确实有可能最终成为朋友。我很喜欢您，叶甫盖尼·巴甫洛维奇，依我看，您是个……非常非常正派的人！”

“行，跟您打交道至少是十分愉快的，不管打什么交道，”叶甫盖尼·巴甫洛维奇最后说，“来吧，我要为您的健康喝一杯；我来参加你们的聚会感到极为满意。啊！”他突然站住。“那位伊波利特先生是不是搬到您这儿来住了？”

“是的。”

“我想他不会马上死吧？”

“您问这干吗？”

“没什么；我和他一起在此地待了半个钟点……”

这段时间伊波利特一直在等着公爵；当公爵和叶甫盖尼·巴甫洛维奇在一旁谈话时，他不断地望着他们俩。及至他俩走到桌旁，他狂热地振奋起来。他心神不定，激动异常，额上直冒汗。他那双忽闪忽闪的眼睛里，除了经常性的晃荡不安以外，还流露出一种难以捉摸的焦躁；他的视线漫无目标地从一个物体移到另一个物体，从一张脸移到另一张脸。尽管在这以前他积极参与大伙的高谈阔论，但他的劲头只是狂热的冲动，事实上他并不注意谈话的内容；他提出的争辩往往语无伦次、冷嘲热讽，全不顾自相矛盾。一分钟前自己激昂慷慨地开始发表的主张，不等说完就被他扔下了。公爵不胜惊骇和遗憾地了解到，这天晚上伊波利特竟在无人劝阻的情况下喝了满满两杯香槟酒，放在他面前的一杯已经是第三杯，而且也喝过几口。但这是公爵事后才知道的，此刻他不太注意这些。

“我要告诉您，我对于今天恰好是您的生日感到特别高兴！”伊波利特嚷道。

“为什么？”

“回头您自会明白，现在您快些坐下。首先因为您的这一……这一批人都到齐了。我估计这批人会来的；这是我生平第一遭估计对了！可惜我原先不知道您的生日，否则我会带礼物来……。哈哈！不过，也许我还是带来了礼物！到天明还有多少时间？”

“到天明剩下不到两个小时了。”普季岑看了看表说。

“其实，外面现在也亮得可以看书，又何必非要等到天明？”有人指出。

“因为我需要看到太阳的一条边儿。可以为太阳的健康干一杯，公爵，您说呢？”

伊波利特不客气地冲着大家问话，口气挺生硬，俨然在发号施令，但他自己似乎没有注意到这点。

“我看也不妨；不过，您需要静下心来休息，伊波利特，您说是不是？”

“您老是要我睡觉，公爵，简直像是我的保姆！等太阳刚一露面，在天空中‘发出巨响’（这是谁的诗句：‘太阳在天空中发出巨响’？[①]尽管没有意义，但是挺好！）——咱们就睡觉。列别杰夫！太阳不是生命的源泉吗？《启示录》中的‘生命泉’是什么意思？[②]公爵，您听说过‘茵陈星’吗？”

“我听说，列别杰夫认为这‘茵陈星’就是遍布在欧洲的铁路网。”

“不，对不起，这样不行！”列别杰夫喊道，他连跳带蹦，双手乱摇，仿佛想要遏止正欲爆发的哄堂大笑。“对不起！跟这几位先生……所有这些先生，”他忽然转向公爵，“要知道，在某些方面，这简直是……”他放肆地敲了两下桌子，结果大家笑得更厉害了。

列别杰夫虽则处于他通常的那种“晚间”状态，但这一回他被在此之前持续很久的“学术”争论过于逗得性起，而在这样的场合他往

---

① 见歌德所著诗剧《浮士德 · 天上序曲》一开始天使拉斐尔的诗白。中译文的一种（钱春绮译）是这样的：“太阳按照古老的调门／跟群星兄弟竞相合唱，／完成她的既定的旅程，／她的步声像雷鸣一样。”

②《圣经 · 新约 · 启示录》第 21 章第 6 节：“我是阿拉法，我是俄梅戛，我是初，我是终。我要将生命泉的水白白赐给那口渴的人喝。”

往以无比的、极其露骨的轻蔑态度来对待争论的对手。

“这样可不行！公爵，半小时以前我们曾约法在先：不准打岔；一个人说话的时候别人不准发笑，要让他充分发表自己的见解，然后哪怕让无神论者提出反驳也可以。我们推举将军坐主席位，这才对！否则还成什么体统？人家正在阐述高深的思想，发表精辟的见解，怎么能随便打岔！……”

“那您就说吧，说吧；这会儿没有人打岔！”好几个人的声音在敦促。

“说吧，可别说溜了嘴。”

“‘茵陈星’是怎么回事？”有人在打听。

“我无可奉告！”伊沃尔京将军答道，他煞有介事地仍在刚才的主席位上就座。

“我非常喜欢所有这些争论和抬杠，公爵，我指的当然是学术争论，”其时凯勒尔喃喃说道；只见他眉飞色舞、跃跃欲试，在椅子上简直坐不住了，“既是学术性的，又是政治性的，”他忽而转向几乎紧挨着他坐的叶甫盖尼·巴甫洛维奇，“我告诉您，我看报特别喜欢看关于英国议会的报道，我指的不是他们在那边议论的事情(我又不是政治家)，而是喜欢他们互相交谈的方式，那种所谓政治家的气派：‘坐在对面那位高贵的子爵’，‘和我有同感的那位高贵的伯爵’，‘我那位高贵的对手所提的建议使整个欧洲惊诧不置’——对于所有这些用语，所有这一套自由国家的议会制度，吾辈心驰神往！我就是着迷，公爵。我在内心深处始终是个艺术家，我向您起誓，叶甫盖尼·巴甫洛维奇。”

“那又怎样呢？”加尼亚在另一角激动地说，“照您说来，铁路是遭到诅咒的不祥之物，给人类带来毁灭，是落到地上来污染‘生命泉’的脓疮，是不是？”

加甫里拉·阿尔达里昂诺维奇这天晚上情绪特别昂奋，给公爵的感觉是心境愉快，几乎扬扬得意。跟列别杰夫他当然是闹着玩的，目的是逗他，但很快连自己也激动起来了。

“不是铁路，不！”列别杰夫反驳道，他在气急败坏的同时又感到无限快乐。“老实说，单是铁路还污染不了生命的泉源，而是这一切通通都遭到了天谴；最近几世纪以来的思想倾向，从总的方面来说，就其科学和实际方面而言，也许确实应该诅咒。”

“是肯定遭到天谴，还是可能？在这一点上是不能含糊的。”叶甫盖尼·巴甫洛维奇提出询问。

“肯定遭到了天谴，应该诅咒，应该诅咒！”列别杰夫斩钉截铁地重申。

“别忙，列别杰夫，您到早晨照例会温和得多。”普季岑笑眯眯地指出。

“可是晚上要坦率得多！晚上比较坦白和直率！”列别杰夫面红耳赤地转身冲他说，“比较纯朴和明确，比较诚实和厚道，即使这样我会遭到你们的攻击，我也不在乎。现在我敢向你们这班无神论者挑战：你们有什么办法拯救世界？你们，包括从事科学、办实业、开公司、拿工资以及其他等等的人们，你们为世界找到了正常发展的道路了没有？靠什么？信贷？什么是信贷？信贷会把你们引向何处去？”

“您的兴趣可真广泛！”叶甫盖尼·巴甫洛维奇说了一句。

“我认为，对这些问题不感兴趣的人，那就是整天在交际场中鬼混的无赖。”

“信贷至少有助于达到普遍的合作和利益的平衡。”普季岑指出。

“仅此而已，仅此而已！除了满足私利和物质需要，不接受任何道德基础？普遍的和平，普遍的幸福——出于需要！恕我冒昧，尊敬的先生，我是否应该这样理解您的意思？”

“人要活、要吃、要喝，这是普遍的需要，而缺乏普遍的合作和利益的兼顾是不可能满足这种需要的——这样一个坚定不移的、说到底也是合乎科学的信念恐怕是相当牢固的思想，足以成为人类未来若干世纪的支点和‘生命泉’，”加尼亚说这话时已经认真卷入了动感情的争论。

“要吃、要喝只是自我保存的本能……”

“难道光有自我保存的本能还不够？要知道，自我保存的本能是人类的正常法则……”

“这话是谁对您说的？”叶甫盖尼·巴甫洛维奇忽然喊道，“不错，这是法则，但要说正常，那么毁灭法则乃至自我毁灭法则同样也是正常的。难道人类的全部正常法则就在于自我保存？”

“呦！”伊波利特叫了一声，并且很快地转身面向叶甫盖尼·巴甫洛维奇，带着强烈的好奇心打量他；但看到他在笑，自己也笑了，并捅了一下站在旁边的郭立亚，再一次问他几点钟了，甚至自己把郭立亚的一块银表拉过来，贪婪地看上面的指针。嗣后，他好像把什么都忘了，便在沙发上躺下，两手枕在脑后，眼睛望着天花板；半分钟以后，他又挺直上身坐在桌旁，听愤激达于极点的列别杰夫大放厥词。

“好一个狡猾而又有讽刺意味的思想，鬼得很！”列别杰夫迫不及待地抓住叶甫盖尼·巴甫洛维奇这句怪话，“说出这一思想的目的在于挑动对手进行较量，——但这是个切中要害的思想！因为您只是交际场上一个擅长说挖苦话的骑兵军官（尽管不无才能！），所以您自己也不知道，您这个思想是个多么深刻和精辟的思想！是的。自我毁灭法则和自我保存法则在人类身上势均力敌！魔鬼同样统治着人类直到我们还不知道的时间之极限。您觉得可笑？您不信魔鬼？不信魔鬼是法兰西思想，是轻率的思想。您可知道谁是魔鬼？您可知道魔鬼的名字？您连魔鬼的名字都不知道，就仿效伏尔泰嘲笑魔鬼的形态、爪蹄、尾巴和头角，而这些恰恰是你们自己发明的。其实，魔鬼是伟大而威严的精灵，而并不带有你们给他臆造的爪蹄和头角。但现在问题不在魔鬼！……”

“您怎么知道现在问题不在魔鬼？”伊波利特忽然喊了一句，并且像癫痫发作似的哈哈大笑。

“这是一个巧妙而带暗示性的思想！”列别杰夫表示嘉许，“但问题仍然不在于此，我们的问题在于‘生命泉’是否衰竭了，是否由于大力发展了……”

“铁路？”郭立亚大声插了一句。

“不光是铁路交通，喂，心浮气躁的年轻人，而是整个潮流，不过铁路也许可以作为这一潮流的形象性艺术概括。轰隆隆，咯唧唧，来去匆匆，据说是为了造福人类！一位退隐的思想家抱怨说：‘人类变得过于喧闹，过于追求实利，缺乏精神上的安宁。’另一位到处游历的思想家以胜利者的姿态回答他说：‘闹就闹吧，但是给饥饿的人类运送粮食的滚滚车轮也许比精神安宁更好，’然后志得意满地扬长而去。我，卑贱的列别杰夫，就是信不过给人类运送粮食的车轮！因为如果缺乏行为的道德基础，给全人类运送粮食的车轮，会冷冰冰地把很大一部分人类排除在享用所运货物的乐趣以外，这已经有过……”

“您说车轮会冷冰冰地把他们排除在外？”有人接茬问道。

“这已经有过，”列别杰夫重复说，对提出的问题不予理睬，“已经有过一个马尔萨斯，人类的朋友。但道德基础脆弱的人类之友乃是吃人类的生番，且不说他的虚荣心；因为只要伤害了这些数不清的人类之友中任何一个的虚荣心，他为了进行卑劣的报复，可以立即从四方八面放火焚烧全世界，——其实我们中间任何一人同样如此，说句公道话，最最卑微的人也是如此，因为我也许第一个去抱柴火，而自己逃之夭夭。但问题仍然不在这里！”

“究竟在哪里呢？”

“讨厌！”

“问题在于下面这个古代轶闻，因为我非讲古代轶闻不可。在我们这个时代，在我们的祖国——我相信你们诸位和我一样爱我们的祖国，因为我本人甚至愿意流尽我的全部鲜血……”

“说下去！说下去！”

“在我们的祖国，正像在欧洲一样，人类遭受普遍的、席卷各地的、骇人听闻的饥荒，据不完全统计和我的记忆所及，如今平均四分之一世纪不超过一次，换句话说，就是每二十五年不超过一次。我不准备争论数字的准确性，但比较起来算是次数很少的。”

“同什么比较？”

“同十二世纪以及十二世纪前后几个世纪比较。当时，据书中所载和作家们认为，人类遭到普遍饥荒大约两年一次，至少三年一次，因此，在这种形势下，人甚至吃起人肉来，不过是保守秘密的。有一个这样的吃白食家伙老来在没有受到任何逼迫的情况下自己宣称，他在漫长而困苦的一生中杀死并以绝对秘密的方式亲自吃掉了六十名修士和几个俗婴——才六个，不多，就是说同被他吃掉的修士人数比起来是非常少的。至于成年的俗人，他却从来没有怀着这个目的碰过。”

“这是没有的事！”作为主席的将军亲自用近乎动气的语调叫了起来。“诸位，我经常同他讨论和争辩，而且总是关于这一类思想；但他最经常抛出的便是这种无稽之谈，简直叫人听了耳朵流脓，半句都信不得！”

“将军！不要忘了卡尔斯之围！我可以告诉诸位，我的故事是绝对真实的。同时我要指出，几乎一切真情实况尽管有其一成不变的规律，但差不多总是不可思议和难以置信的。而且越是真实的事情往往越是难以置信。”

“难道吃掉六十个修士是可能的吗？”周围笑声四起。

“显然他不是一下子吃掉那么多，也许是在十五年或二十年内吃掉的，这是完全可以理解的，也是十分自然的……”

“还是自然的？”

“是自然的嘛！”列别杰夫摆出一副死顽固的架势愣说，“除此以外，天主教修士的本性也是随和和好奇的，十分容易把他们骗到树林里或某个冷僻的地方去按上述办法处置他们，——但我也不否认被吃掉的人数是惊人的，甚至到了不加节制的地步。”

“诸位，也许真有这等事。”公爵忽然指出。

到目前为止，他一直默默听着争论者的意见而不介入谈话，常常随着哄堂大笑发出由衷的笑声。很明显，他十分乐意看到气氛这样活跃、这样热烈，甚至对于他们喝得这么多也感到高兴。本来，在这个晚会上他可能始终不发一言，但不知怎么忽然想到要说话了。他一开口语气就非常认真，所以大家一下子都好奇地把视线转到他身上。

“诸位，我指的是当时饥荒确实有那么频繁。这情况我也听到过，尽管我对历史很不熟悉。但是，这在过去恐怕是势所必然的。当命运把我带到瑞士山区的时候，那里许多骑士时代的古堡废墟曾使我非常惊讶；这些古堡都筑在岩壁陡峭的山坡上，垂直高度大概有半俄里（这就是说，上下要走几里长的山路）。大家知道，古代的城堡全是石头垒起的，工程之浩大简直无法想象！而这当然都是那些可怜的人——臣仆们——建造的。此外，他们还得缴纳各种赋税，供养修士。在这样的情况下，怎么能养家糊口、耕田种地？当时他们人数很少，想必饿死的很多，大概确实没有东西能填肚子。我有时甚至这样想：当时这些人怎么竟没有死光，没有绝种，居然给他们顶住了，熬过来了？从前有过人吃人的事，而且还很多，在这一点上列别杰夫无疑是对的；不过我不明白，为什么他偏偏要把修士扯进去，他这是想说明什么？”

“必定是想说明，在十二世纪只有修士能吃，因为只有修士长得肥。”加甫里拉·阿尔达里昂诺维奇指出。

“十分精辟而又绝对正确的思想！”列别杰夫嚷道，“要不，他对俗人怎么会连碰也不碰呢？吃了六十个修士而不吃一个俗人，——这是一个可怕的思想，一个历史学思想，一个统计学思想，说到底，这些事实到了能者手里便成了历史，因为可以用精确的数字来表示，修士比当时的其他人类至少幸福和自在六十倍。也许，他们的脂肪还比其他人类至少多六十倍……”

“言过其实，言过其实，列别杰夫！”四座笑声纷起。

“我同意这是个历史学思想，但您想引出什么结论？”公爵继续问。

他说得如此认真，丝毫没有开玩笑和嘲弄列别杰夫的意味，尽管大家都在拿列别杰夫开心；因而，在全体喧宾形成的总的气氛中，他的语调不免显得有些滑稽，就差一点儿大家对他也会开始取笑的，但他没有注意到这点。

“公爵，这是个疯子，难道您看不出来？”叶甫盖尼·巴甫洛维奇俯身到他面前说，“刚才这儿有人告诉我，他是想当律师和发表律师演说想疯了，一心指望通过考试。我估计接下来还有一场精彩的闹剧。”

“我要引出一个伟大的结论来，”其时列别杰夫直着嗓门在大叫，“但首先来分析一下罪犯的心理和法律状态。我们看到，罪犯——或者说是我的委托人——尽管完全不可能找到其他食物，在其饶有兴味的活动期间仍有若干次表现出忏悔的愿望，放弃啖食修士。从某些事实中我们可以清楚地看到这一点：前面提及，他毕竟吃了五六个婴儿；这个数字比较起来固然微不足道，但在另一方面意义重大。显然，他受到了可怕的良心责备(我的委托人有宗教观念和羞耻之心，这点我可以证明)，为了尽量减轻自己的罪过，他试验性地先后六次把他的食谱由修士改成俗婴。其性质属于试验这一点也是无疑的；因为设若仅仅是为了换换口味，那么这个数字就太少了。为什么只有六个，而不是三十个？（我觉得一半对一半比较恰当。)但既然这仅仅是一种试验，纯粹是出于因害怕亵渎和侮辱教会而产生的绝望心情，那么，六次这一数字便再明白不过了；因为考虑到这些试验不可能取得成功，所以六次试验对于安抚受谴责的良心已经足够。首先，我认为婴儿太小，也就是说个儿不够大，因此在一定时间内需要的俗婴数量必须是修士的三倍或五倍，那么他的罪过纵然在一方面是减轻了，最终在另一方面却加重了——不是在质量上，而是在数量上。诸位，我在这样分析的时候当然是把自己置于十二世纪一名罪犯的心理状态。至于我自己，一个十九世纪的人，也许有不同的看法，这一点我在此谨向你们声明，因此诸位不必冲我龇牙咧嘴，而您，将军，更不该如此失态。其次，我个人认为，婴儿的营养价值不高，也许还太甜、太腻，吃了不能满足需要，只会留下内疚。现在来收场吧，到尾声了，诸位，尾声中包含着当时和现代一个最大最大的问题的答案！

罪犯最后去向教会告发自己，把自己交给政府处置。有人要问，按当时的律例，等待着他的会是什么样的刑罚：让车轮碾还是架在火堆上烧？是谁怂恿他去自首的？为什么不在六十这个数字上断然刹车，把秘密一直保守到咽下最后一口气？为什么不放弃修士，隐居反省？甚至为什么自己不进修道院去当修士？答案现在要揭晓了！可想而知，必定有一种力量比车碾火烧，甚至比二十年的习惯更强大！可想而知，有一种思想比一切灾难、荒歉、酷刑、瘟疫、麻风更厉害，比整个地狱之苦更厉害，而要是没有这种把大家拴在一起、给心灵引路、使生命的泉源永不枯竭的思想，人类是无法熬过来的！请你们给我指出，在我们这个混沌和铁路的时代，有什么能和那种力量相比？……不，我应该说，在我们这个'火轮和铁路的时代'，可是我说了'混沌和铁路的时代'，因为我醉了，但也符合实际！请给我指出一种能把当今人类拴在一起的思想，哪怕只有七百年前那种力量一半强也行。最后，请你们壮起胆来说：在这颗'星'下面，在这张缠住人们的网下面，生命的泉源没有衰竭，没有变得浑浊。别拿你们的繁荣、你们的财富以及饥荒罕见和交通迅速来吓唬我！财富增加了，但是力量减弱了；把大家拴在一起的思想没有了；一切都变软了，一切都酥化了，人人都酥化了！我们大家，所有的人都酥化了！……不谈这些吧，现在主要的问题也不在于此，现在主要的问题在于：尊敬的公爵，我们是不是该吩咐把为客人们准备的小吃端出来了？"

列别杰夫差点儿没把一部分听众认真激怒(应当指出，酒一瓶又一瓶接连不断地被拔去塞子)，现在出人意料地提到小吃作为自己这篇宏论的结尾，一下子跟所有的对手达成了和解。他自己称这样的结尾为"律师巧妙的转舵"。欢快的笑声重又腾起，客人们劲儿上来了；大家纷纷从桌旁站起来，伸伸胳膊直直腰，在廊台上走几步活动活动。只有凯勒尔仍对列别杰夫的演说不满，非常气不忿儿。

"他攻击文明，宣扬十二世纪的残忍行为，拿腔作势，甚至完全不是什么幼稚天真。请问，他自己的房子是靠什么弄来的？"凯勒尔拖住每一个人大声诉说。

“我见过货真价实的《启示录》解释者，”伊沃尔京将军在另一角向另一些听众说，这部分人中有被他抓住一颗纽扣的普季岑，“就是已故的格里高里·谢苗诺维奇·布尔米斯特罗夫——此人的话才称得上扣人心弦。他先戴上眼镜，翻开一本黑色皮面精装的大开本古书，胸前银髯飘拂，还有因捐款而得的两枚奖章。开始时声色俱厉，将军们在他面前也都低下头来，而女士们往往吓得昏倒，可不像此地这一位——用小吃给自己收场！这算是什么玩意儿！”

普季岑听将军说时面带笑容，似乎想要去拿帽子告辞，但好像打不定主意或者老是忘了自己的意图。加尼亚还在大家从桌旁站起来之前即已骤然停止喝酒，并把杯子推开；他的脸抹上了一重阴影。当大家从桌旁站起来的时候，他走到罗果仁跟前，在他旁边坐下。旁人看来，他们的关系十分友好。罗果仁起先曾几次想悄悄地离去，现在却坐着一动不动，低首垂目，好像也忘了想走。整个晚会期间他没喝一滴酒，思绪沉沉，只间或举目把所有的人一一看过来。现在可以认为，他在这里等待一件对他极其重要的事情，并且拿定主意决不早退。

公爵总共才喝了两三杯，只是略带几分酒兴。他从桌旁抬起身子时，遇上叶甫盖尼·巴甫洛维奇的眼神，想起他们之间还要进行一番解释，便和颜悦色地微微一笑。叶甫盖尼·巴甫洛维奇向他点点头，忽然指指这个当儿自己正在留神观察的伊波利特。伊波利特躺在沙发上睡着了。

“公爵，您说这个小子来跟您纠缠有什么目的？”他忽然问道，语气明显地流露出不快甚至敌意，致使公爵感到奇怪。“我敢打赌，他一定不怀好意！”

“我注意到，”公爵说，“至少我有这样的感觉，今天您对他太感兴趣了，叶甫盖尼·巴甫洛维奇；是不是这样？”

“您还可以这样补充：处在我目前的境地，我自己该考虑的事情有的是，因此我自己也在纳这个闷儿，为什么整整一个晚上我的视线一直离不开这张讨厌的面孔！”

“他的脸挺俊的……”

“瞧，瞧，您瞧！”叶甫盖尼·巴甫洛维奇扯了一下公爵的胳膊急切地说，“瞧！”

公爵再次惊异地看看叶甫盖尼·巴甫洛维奇。

五

列别杰夫的长篇大论快结束时，伊波利特在沙发上忽然睡着了，现在又忽然醒过来，仿佛腰部被人推了一下似的。他打了个寒战，撑起来环顾四周，脸色霎时变白。他好像有些惊慌地四顾张望，及至想起一切并且反应过来以后，他脸上几乎现出恐怖的神色。

“什么，他们都要走了？结束了？一切都已经结束？太阳出来了？”他抓住公爵的手惶惶然问，“现在几点钟？请看在上帝分上告诉我：现在几点啦？我睡过头了？我睡着很久了吗？”他差不多带着绝望的神情添上这几句，仿佛他这一睡耽误了什么至少能决定他整个命运的大事。

“您睡了七八分钟。”叶甫盖尼·巴甫洛维奇答道。

伊波利特目不转睛地望着他，凝思片刻。

“啊……才七八分钟！这么说，我……”

他深深地、贪婪地倒抽一口气，似乎甩掉了非常沉重的负担。他终于意识到，什么都还没有“结束”，还没有到黎明时分，客人们从桌旁站起来只是为了小吃，结束的仅仅是列别杰夫的一通胡说八道。他微微一笑，面颊上泛起鲜艳的两团痨病性红晕。

“我睡着几分钟您都计算了，叶甫盖尼·尼甫洛维奇，”他用揶揄的口吻接着说，“整个晚上您一直盯着我，我看到了……。啊！罗果仁！刚才我梦见他了，”伊波利特对公爵低声说，同时皱起眉头朝坐在桌旁的罗果仁那边点头向公爵示意。“啊，对了，”他一下子又跳到别的题目上去，“演说家在哪儿？列别杰夫到哪儿去了？这么说，列别杰夫讲完了？他讲了些什么？公爵，您有一次是不是说过，

‘美’将拯救世界？诸位，”他向大家高声喊道，“公爵确信美将拯救世界！可我确信，他之所以有这种别出心裁的想法，是因为他现在有了心上人。诸位，公爵有心上人了；刚才他一走进来，我就吃准了这一点。别脸红，公爵，我会觉得您怪可怜的。什么样的美能拯救世界？是郭立亚向我转述了这话……。您是虔诚的基督徒吗？郭立亚说您把自己称为基督徒。”

公爵仔细端详着他，并不回答他的问题。

“您不回答我？您也许认为我非常喜欢您吧？”伊波利特突然加上一句，像是一下子撕破了脸。

“不，我不认为如此。我知道您不喜欢我。”

“什么？甚至在有了昨天的事之后还这样？昨天我对您是不真诚的吗？”

“昨天我就知道您不喜欢我。”

“是不是因为我羡慕您，忌妒您？您一直这样想，现在也这样想，可是……可是我又何必对您说这话？我想再喝一点香槟；凯勒尔，给我斟上。”

“您不能再喝，伊波利特，我不让您……”

公爵把酒杯从他面前挪开。

“这倒是真的……”他立即表示同意，并且作沉思状，“也许有人还会说……嗐，人家说什么关我屁事！可不是吗，可不是吗？以后就让他们去说吧，对不对，公爵？以后怎样跟我们大家有什么相干！……不过，我还没有醒透。我做了一个多么可怕的梦啊，现在才想起来……。我不希望您做这样的梦，公爵，尽管我也许确实不喜欢您。其实，如果不喜欢某一个人，又何必希望他倒霉呢，您说对不对？怎么老是我问这问那的，怎么老是我在问话！把您的手给我；我要紧紧握住您的手，就像这样……。您还是把手伸给我了？可见您知道我会真心诚意地跟您握手？……或许我再也不喝了。现在几点钟？哦，不用了，我知道几点钟。时候到了！现在正是时候。那边角落里在干什么？摆小吃？这样说来，这张桌子用不着？好极了！诸位，我……可是这些先生们都不在听……我打算读一篇文章，公爵；小吃当然更有吸引力，不过……”

说到这里，他忽然完全出人意料地从胸前的插兜里取出一个公文套尺寸的大信封，封口还盖有很大的朱印。他把信封放在桌上自己的面前。

这一突如其来的举动在没有思想准备——更确切地说是酒酣耳热准备小吃——的这一群中间引起了强烈的反应。叶甫盖尼·巴甫洛维奇甚至在椅子上跳了起来；加尼亚赶紧向桌边靠拢；罗果仁也是如此，但有些牢骚，好像他知道是怎么回事。凑巧就在近旁的列别杰夫睁大了一双好奇的眼睛走过来瞧那包东西，竭力想猜透其中的奥秘。

“您这是什么？”公爵不安地问。

“我说过，等太阳刚露出一条边儿，我就躺下，公爵；我向您保证，您瞧着吧！”伊波利特喊道，“不过……不过……莫非您以为我不能把这包东西启封？”他增补一句，并且带着挑战的神情把周围的人一一看遍，好像是对所有的人说的。公爵发现他浑身都在哆嗦。

“我们谁也不这样想，”公爵代表大家回答，“为什么您认为有人会这样想？您怎么忽发奇想，要读文章？您这里边是什么东西，伊波利特？”

“那是什么东西？他又在搞什么名堂？”周围的人纷纷问道。

大家都走过来，有的还一边吃东西；带朱印的信封像磁铁一般吸引着所有的人。

“这是昨天我自己写的。公爵，我向您保证要住到您这儿来以后，马上动手写这东西。我昨天写了一整天，接下来又写了一夜，到今天早晨才完成。夜里，将近拂晓的时候，我做了个梦……”

“是不是明天再说吧？”公爵畏畏缩缩地打岔道。

“明天‘不再有时日了’①！”伊波利特歇斯底里地一笑，“不

① 见《圣经·新约·启示录》第10章第6节。

过，请放心，我只要读四十分钟，顶多一小时……。瞧，大家都感兴趣，大家都走拢来了；大家都望着我封口的印记，要是我不把文章密封起来，就毫无效果可言了！哈哈！这就是神秘性的意义！诸位，要不要启封？”他高声问，一边发出奇怪的笑声，眼睛忽闪忽闪。“秘密！秘密！公爵，您可记得，是谁宣告‘不再有时日了’？这句话是《启示录》中一位大力天使说的。”

“还是不读为妙！”叶甫盖尼·巴甫洛维奇忽然喊道，但他的神态显得意外的紧张，以致许多人都感到奇怪。

“不读也罢！”公爵也把一只手按在信封上大声说。

“读什么玩意儿？这会儿吃东西要紧。”有人指出。

“文章？准备投到杂志上去还是怎么着？”另一位提问。

“也许怪乏味的？”又有一位添上一句。

“到底是什么名堂？”其余的人询问。

但是，公爵这一怪吓人的动作似乎把伊波利特也唬住了。

“您的意思是……不读也罢？”他好像提心吊胆地向公爵低语，发青的嘴唇上浮泛着不自然的微笑。“不读也罢？”他喃喃地说，一边环视在场所有的人、所有的眼睛、所有的面容，接着又摆出过去那种四面树敌的好斗架势招惹所有的人。“您……害怕了？”他转而又面朝着公爵。

“怕什么？”公爵问，脸色愈变愈难看。

“谁有两毛的银毫子，二十戈比的？”伊波利特蓦地从椅子上站起来，好像有人把他往上提了一把。“随便什么硬币都行，有没有？”

“给！”列别杰夫立刻递上一枚。他脑子里闪过一个念头：病重的伊波利特大概疯了。

“薇拉·鲁基扬诺夫娜！”伊波利特急忙发出邀请，“请拿起这个硬币扔在桌子上，看是正面朝上还是反面朝上？要是正面朝上——那就读！”

薇拉惊恐地看看硬币，又看看伊波利特，再看看父亲，然后怪别扭地昂起头来，好像为了表明她自己不看硬币，然后把它扔在桌上。

朝上的是正面。

“读！”伊波利特轻轻说了一声，似乎被命运作出的决定压得粉碎；即使他听到的是死刑判决，脸色也不会变得更加惨白。“不过，”沉默半分钟以后，他忽然打了个寒噤，“这是怎么回事？难道刚才我掷钱了吗？”他又憨态可掬地环顾四周所有的人，“要知道，这是一种奇异的心理现象！”他忽然现出由衷的惊讶之状向公爵叫喊，“这……这是不可思议的现象，公爵！”他劲头十足地重申，而且好像正在定下神来。“请您把这一现象记录下来，公爵，请您记住，您不是在搜集有关死刑的资料吗？……有人告诉过我，哈哈！哦，上帝啊，多么无聊而又荒唐！”他在沙发上坐下，用两个胳膊肘儿抵着桌子，双手捧住自己的脑袋。“这简直是丢人现眼！……可是丢人现眼又干我屁事！”他几乎当即抬起头来。“诸位！诸位，现在我来启封，”他突然下定决心宣布，“不过，我……我并不强迫你们听！……”

他用激动得发抖的手拆开信封，从中取出几张写得密密麻麻的信笺纸，放到桌上把它们摊开。

“这是什么？到底是什么玩意儿？要读什么？”一部分人阴阳怪气地嘀咕着；另一部分人保持沉默。但大家都坐好了，好奇地望着。也许他们确实在等待出现什么不同寻常的情况。薇拉攥住父亲坐的一把椅子，吓得快要哭了；郭立亚惊恐的程度也差不多。已经坐好的列别杰夫，忽然欠身拿起蜡台把它移到更靠近伊波利特的地方，让他读起来更亮些。

“诸位，这……这就是你们即将看到的东西，”伊波利特不知为什么加了这么一句，接着忽然开始宣读：“《必要的说明》！题句为我死后哪怕洪水泛滥……。呸，见鬼！”他好像被烫着了似的叫起来。“难道我当真会写上这样愚蠢的题句？……听着，诸位！……我可以告诉你们，这一切归根到底可能是最无聊不过的扯淡！这仅仅是我的若干想法……。如果你们以为其中有……什么神秘的或……犯禁的内容……总之……”

“读吧，开场白通通免去。”加尼亚打断了他的话头。

“装腔作势！”有人凑上一句。

“废话真多。”一直保持沉默的罗果仁插言道。

伊波利特忽然对他看了一下，当他们四目相接时，罗果仁咧嘴苦笑，扮了个鬼脸，并且慢腾腾地说出一句奇怪的话：

“这档子事儿不是这么干的，小伙子，不是这么干的……”

罗果仁的意思当然谁也不明白，但他的话对大家产生了相当奇怪的影响；每个人都被某种共同的思想擦到了一点边儿。这句话对伊波利特产生的影响委实可怕：他哆嗦得那么厉害，以致公爵想要伸出手去扶住他；若不是他的嗓子眼儿一下子失了音，他肯定会喊叫起来。足足有一分钟他一句话也说不出来，只是喘吁吁地一直望着罗果仁。最后，他上气不接下气地费了极大的劲儿才迸出这么一句：

“那么是您……是您？……”

“怎么是我？我怎么啦？”罗果仁惑然应道。

但是伊波利特勃然大怒，顿时像发了狂一般厉声叱喝：

“是**您**！上星期就在我上午去找过您的那天夜里一点多钟，您到我那儿去过！是**您**！！快承认吧，是不是您？”

“上星期，夜里？小伙子，你莫非真的疯了？”

“小伙子”用食指点在脑门上作思索状，又沉默了约有一分钟。但是他那惨白的脸上还保留着刚才因恐惧而扭曲变形的怪笑，这笑脸中忽然闪现出一种狡猾的、甚至是得意的表情。

“那是您！”他终于又说了一遍，声音轻得近似耳语，但非常肯定。“**您**到我那儿去过，在我屋里窗户旁边的椅子上不声不响坐了整整一个小时；不，不止一个小时，大约在半夜十二点到两点之间，后来过了两点您才站起来走开……。那是您，是您！您为什么要吓我，为什么来折磨我，——我不明白；但那是您！”

从他的目光中一下子迸射出无限的憎恨，尽管他身上因恐惧而产生的战栗还没有停止。

“诸位，有关这一切你们马上就会了解，我……我……请你们听着……”

他重又迫不及待地拿起他那几张笺纸；纸纷纷散落开来，他竭力想把它们叠齐；纸在他发颤的手中也颤个不停；他好半天都没能够理好。

宣读总算开始了。起初，约莫有五分钟，这篇出人意料的**文章**的作者还喘息不已，读得不大连贯，颇不顺口；但随后他的声调趋于稳定，已能充分表达所读内容的含义。只有相当厉害的咳嗽间或迫使他暂时中断；读到一半时，他的嗓音已大大沙哑。越往下读就越是牢牢地控制着他的亢奋状态，临了达到最高点，给予听众的不愉快印象同样达到最强烈的程度。下面是这篇“文章”的全文：

我的必要的说明

我死后哪怕洪水泛滥！

昨天上午公爵到我这里来过；除谈了若干问题外，他还说服了我搬到他别墅去住。我知道他一定会坚持这一点，我确信他会直截了当地向我提出，到别墅去我可以“在人们和树木中间比较轻松地死去”（这是他的说法）。但今天[①]他没有说到**死**，而是说“比较容易活下去”，不过，处在我这样的状态，对我来讲几乎没什么两样。我问他，他一再提到的“树木”指的是什么，为什么他老是这样喋喋不休地向我兜售“树木”，——使我惊讶的是，我从他口中了解到，似乎那天晚上我自己说过，我到巴甫洛夫斯克去为的是最后一次看看树木。我向他表示，在树木下面死去或者望着我窗外的砖墙死去，反正一样是**死**，犯不着为两个星期时间这样兴师动众，——他听了立即表示同意；但他认为，葱绿的环境和洁净的空气肯定会在我身上引起某种生理变化，我暴躁的脾性和**我的梦**也会改变，并且可能有所缓和。我再次笑呵呵地向他指出，他说话像个唯物论者。他也笑嘻嘻地向我回答，说

① 原文如此。

他一向是个唯物论者。由于他从不撒谎，这话还是有一定道理的。他的微笑挺可爱；现在我对他比较看仔细了。我说不准自己现在是不是喜欢他；现在我顾不上伤这个脑筋。应当指出，五个月以来我对他的憎恨在最近一个月内已开始彻底消融。很难说，我上次去巴甫洛夫斯克可能主要是想见见他。但是……当时我为什么要离开我的屋子？被判死刑的人不应离开自己的角落；要不是现在我已经作出最后的决定，要是我相反决意等到最后的时刻来临，那么，我当然无论如何不会离开我的屋子，也不会接受建议搬到他那儿去**死**在巴甫洛夫斯克。

我一定得赶紧在明天之前写完这份《说明》。也就是说，我将没有时间通读并加以修改；明天我再通读，那时我将读给公爵和两三位我设想能在他那里找到的证人听。由于这里头没有一句谎言，全部都是真话，最后的和庄严的真话，我现在就很想知道：到我开始通读的彼时彼刻，这份东西会给我本人什么样的印象？其实，我大可不必写上“最后的和庄严的真话”这几个字；为了两个星期时间本来就不值得撒谎，因为活两个星期本身就没有什么意思——这是最好的证明，足见我写的全部都是真话。（注意！别忘了一种设想：眼下我是不是一个疯子，我是说某些时候是不是这样？有人非常肯定地对我说，肺痨病人到了最后阶段往往会短时间精神失常。明天读这份东西的时候，可根据听者的反应对此加以核实。这个问题必须一丝不苟地彻底解决，否则什么都无从着手。）

我觉得刚才大概写了些愚不可及的蠢话，但我说过我没有时间修改；此外，我对自己立下誓言，故意不改动这份手稿中的任何一行，即使我自己发觉每隔四五行就自相矛盾，也不加改动。我正是要在明天宣读时对我的逻辑思路是否正确作出判断，看看我能不能发现自己的错误，由此确定半年来我在这间屋子里反复思考的一切是否有道理，抑或纯系痴人梦呓。

假如在两个月以前我得像现在这样离开我的房间，告别迈耶尔大楼的砖墙，我相信我一定会感到忧伤。现在我什么感受也没有，然而明天我将离开这屋子和这堵墙，和它们**永别**！我认为，为了两个星期时间已不值得惋惜或生发其他感情，看来这一信念已主宰着我的本性，现在已经能摆布我的一切情感。然而，果真是这样吗？我的本性果真被彻底征服了吗？倘若现在对我进行拷打，那我一定会喊叫，也一定不会说：因为活着的时间只剩下两个星期，所以不值得喊叫，不值得感到疼痛。

然而，我活着的时间果真顶多只剩下两个星期了吗？那天我在巴甫洛夫斯克撒了谎，事实上Б大夫什么也没对我说过，也从来没见过我。不过，大约一星期前有人把一位大学生基斯洛罗多夫[①]带到我这里来；就信仰而言他是个唯物论者、无神论者和虚无主义者，所以我把他叫来。我需要一个人最终能把赤裸裸的真相告诉我，不能怕痛怕痒。他确实这样做了，非但爽快干脆，甚至看得出还挺得意（我认为这就大可不必了）。他直截了当地对我说，我还能活一个月左右；如果有良好的条件，或许能多活几天；但是，也可能大大少于一个月。他认为，我有可能突然死去，比如明天就死。这样的例子也有过。仅仅在前天，科洛姆纳有一位患痨病并且情况和我相似的年轻女子，正准备到市场上去购买食品，忽然感到不舒服，躺到沙发上叹一口气，就死了。基斯洛罗多夫把这些情况告诉我的时候，甚至带有某种炫耀自己麻木不仁和毫无顾忌的味道，好像这样算是看得起我，也就是以此表示，他把我也看成对什么都持否定态度的高等生物，同他自己一样，而对他来说，死当然压根儿算不了一回事儿。不管怎样，这已经成了铁的事实：还有一个月，决不会更多！我完全相信他没有弄错。

使我深感诧异的是：日前公爵怎么会猜到我常做“噩梦”？

① 这个姓氏由俄语“氧气”一词而来。

他确实说过，到了巴甫洛夫斯克，我暴躁的脾性和我的**梦**会有所改变。为什么恰恰提到梦？他要么是医生，要么智慧过人，料事如神。（然而，他归根结底是个“白痴”，这一点也毫无疑义。）偏偏在他来访之前我做了一个好梦（不过，这是我现在所做的几百个梦中的一个）。我睡着了（大概在他来到之前一小时），梦见我在一间屋子里（但不是我的屋子）。房间比我的来得大、来得高，陈设也比较好，挺敞亮；家具有大衣柜、抽屉柜、沙发，我的床又大又宽，床上铺着绿色缎面的绗被。但我发现这屋子里有一只可怕的动物，不知是什么怪物。它样子有点儿像蝎子，但又不是蝎子，却更可恶，而且可怕得多，其原因大概恰恰在于自然界没有这种动物，它是**故意**在我屋里出现的，其中似乎包含着什么秘密。我把它看得十分清楚：那是一只褐色带壳的爬虫，长约四寸，头部有两指粗，向尾部渐渐变细，尾巴尖还不到十分之一寸粗。从距离头部一寸的身体里成四十五度角伸出两只爪子，左右各一，长两寸左右，因此，如果从上面往下看，整只动物呈一柄三叉戟形状。头部我没有细看，但见到两根不长的触须，像两枚硬针，也是褐色的。尾巴和每一只爪子的末端都有这样两根触须，总共有八根。那动物用爪子和尾巴作支撑，在房间里跑得很快，跑动时身体和爪子都像小蛇那样扭来扭去，尽管带着壳，仍然非常迅速，这样子看起来实在令人恶心。我吓得要命，生怕它螫我；有人告诉我，这东西有毒，但最使我苦恼的问题是：谁把它弄到我房间里来的？人家想要把我怎么样？其中的秘密究竟是什么？那怪物躲到抽屉柜下、大衣柜下，钻进各个角落。我爬到椅子上，把两条腿盘在身体下面。那东西很快地斜着穿过整个房间，在我的椅子近旁不见了。我惊恐地四下察看，但由于我是盘腿坐着，希望它不会爬到椅子上来。忽然我听到，在我后面，几乎就在我的脑袋旁边，有喀嚓喀嚓的响声。我回过头去，只见那虫豸正顺着墙壁往上爬，已经和我的脑袋一般高，它那条飞快地旋转扭动的尾巴甚至碰到我的头发。我霍地站起来，那动物就不见了。我不敢上床，怕它会钻到枕头底下去。我母亲和她的一位相识走到我屋里来。他们开始捕捉那爬虫，但他们比我沉着，甚至并不害怕。可是他们什么也不了解。忽然，那虫豸又爬了出来；这一回它爬得很从容，好像有什么特殊的意图，慢慢地扭动着（越发显得丑恶），再次斜穿房间向门口爬去。这时我母亲打开房门叫唤诺尔玛——我家一条黑毛蓬松的纽芬兰大狗，它在五年前死了。诺尔玛冲进房间，站在爬虫旁边一动也不动。那虫豸也停下来，但身体还在扭动，爪子和尾巴的末端在地上嚓嚓作声。如果我没有弄错的话，动物不可能产生具有神秘主义色彩的恐怖感；然而这时候我觉得诺尔玛的恐惧似乎很不寻常，好像也带有近乎神秘的意味，可见它也跟我一样预感到，这怪物身上包含着不祥之兆和某种秘密。狗在虫豸面前慢慢地后退，虫豸却不慌不忙、小心翼翼地向它爬过去，似乎准备发动突然袭击，螫那条狗。但是，诺尔玛尽管十分害怕，尽管浑身哆嗦，样子还是非常凶狠。忽然间，它慢慢地龇出可怕的犬牙，张开整个血盆大口，摆好姿势，觑准机会，拿定主意，一下子把爬虫咬住。那虫豸定然使劲挣扎，企图脱身，所以诺尔玛在它已经要溜走时又把它逮住，两次张大上下颚像吞咽食物似的把那还想逃跑的东西送入口中。只听见甲壳在犬牙之间发出碎裂声，翘在狗嘴外面的虫尾和爪子以惊人的速度颤动不已。忽然，诺尔玛发出一声凄厉的尖叫，原来那虫豸还是螫了它的舌头。随着尖叫和哀号，诺尔玛疼得张开了嘴，这时我看到被咬碎的虫豸还横梗在它口中不断扭动，从一半已经轧烂的体内往犬舌上释出大量白色浆液，就像被踩死的黑蟑螂体内的那种浆液……。于是我醒了，公爵也在这时候走进来。

"诸位，"伊波利特忽然放下所读的东西，简直感到惭愧地说，"我没有通读过，但是看来我确实写了不少多余的东西。这个梦……"

"果然如此。"加尼亚急忙插话。

“其中个人的东西太多，我得承认，也就是说，纯粹是关于我自己的……”

说这话的时候，伊波利特已显得很疲惫，在用手帕抹去额上的汗。

“是啊，您考虑自己太多了。”列别杰夫嘟哝道。

“诸位，我再说一遍：我并不强加于任何人；谁若不愿听，可以请便。”

“在别人家里下逐客令。”罗果仁轻轻嘀咕了一句。

“咱们一下子通通站起来走了吧，怎么样？”到现在为止一直不敢开口的菲尔狄宪柯出人意料地说道。

伊波利特顿时垂下双目，紧紧抓住手稿；但是，紧接着他又抬起头来，忽闪着眼睛，颊上带着两团红晕，直愣愣地盯着菲尔狄宪柯，说了一句：

“你们一点也不喜欢我！”

有人笑了；不过大多数人没有笑。伊波利特脸红得厉害。

“伊波利特，”公爵说，“把您的手稿收起来交给我，您就到我的房间里去躺在床上。咱们临睡前和明天一起谈谈，不过有个条件：再也不要打开这些纸了。好不好？”

“这怎么可能呢？”伊波利特大为惊讶地望着他，“诸位！”他喊道，并且又显得狂热地活跃起来，“刚才出现了一段无关紧要的插曲，我有些失礼。以后我一直读下去，不再中断。愿意听的就听……”

他急忙从杯子里喝了口水，急忙用胳膊肘儿抵着桌子避开大家的目光，固执地读下去。不过，羞惭很快就过去了……他继续念道：

我开始认真考虑不值得再活几个星期这一问题，大概在一个月以前，那时我还剩下四个星期可活；但这个念头把我完全控制住还只是在三天前那个晚上我从巴甫洛夫斯克回来以后。我被这个思想完全、直接渗透的最初一刹那发生在公爵的廊台上，那恰恰是在我想要作最后一次生的尝试的当儿，我想看看人们和树木

（就算这话是我自己说的），情绪激昂地坚持为布尔多夫斯基——“我的邻人”①——争取权利，幻想着他们一下子都会张开双臂把我搂在怀抱里，并且请求我宽恕，我也请求他们宽恕；总而言之，结果我扮演了一个无能的傻瓜。就在那个时候，“最后的信念”才在我头脑里突然形成。现在我总是纳闷儿，没有形成这个“信念”之前的整整六个月我是怎么过的？！我明明知道自己有肺痨病，而且是不治之症；我并不欺骗自己，对情况了解得很清楚。但是，我了解得越清楚，我就越是拼命想活；我死死地抓住生命不放，无论如何要活下去。诚然，当时我可能也怨恨冷酷阴森的命运毫无道理地像拍死一只苍蝇那样把我压得稀烂；但是，我在怨恨之余为什么还不甘心呢？为什么我知道已不能开始还硬要**开始**生活，知道已无可尝试还要尝试？其实我连一本书也无法读完，所以干脆不读了。还读它干吗？学了只能保存六个月的东西又有何用？这个想法曾促使我不止一次地撂下书本。

是的，迈耶尔大楼的这堵墙可以讲述好多好多事情。我在上面记下了好多好多东西。这堵肮脏的墙上每一个斑点我都了如指掌。该死的墙！然而，它对我毕竟比巴甫洛夫斯克所有的树木更可贵，就是说，它应该比任何人更亲；不过，现在我什么都不在乎了。

现在回想起来，当时我曾怀着多么浓厚的兴趣注意**他们的**生活；这样的兴趣过去是没有的。在我已病得不能走出房间的时候，我常常焦急地咒骂着等郭立亚来。我不厌其详地打听每一件琐事，热衷于搜集各种传闻，简直成了个制造流言的专家。比如，我不明白，这些人拥有那么多的生命，怎么就不会变成富翁？（不过，我直到现在还是不明白。）我认识一个穷人，后来人

① 按照基督教义的观点，自己以外的人都是同住在世上的“邻人”。因此，这个意义上的“邻人”一语往往是指“朋友”，甚至泛指“他人”。伊波利特用这个词显然含有讽刺意味。

家告诉我说他饿死了，我记得这件事曾使我大发雷霆；要是能让这个穷人复活的话，我大概会把他处死。有时候我连续几个星期觉得病势稍轻，可以上街走走；但是街景最终惹得我心头火起，我就故意整天闭门待在家里，尽管我可以像大家一样走出去。我讨厌那些在便道上从我身旁经过的人，他们来去匆匆、忙忙碌碌，一个个紧绷着脸，心事重重。他们干吗老是愁容满面，惶惶不可终日？干吗老是横眉怒目，一副凶相？（他们确实凶恶、凶恶、凶恶！）他们每人都有六十年的生命，如果他们不幸，不善于生活，这能怨谁？为什么扎尔尼岑还有六十年生命却让自己饿死呢？每个人都指着自己的破衣裳，伸出做工的手，怒气冲冲地叫嚷："我们像牛马一样干活，我们终年劳累，我们却像狗一样挨饿受穷！别人不干活，不劳动，可他们就是富！"（老调子！）就拿我们一栋楼里住在我们楼上的伊万·福米奇·苏里科夫来说吧。这是一个"贵族出身"的干瘪可怜虫，衣服的肘部老是两个窟窿，扣子也掉落了好几颗，他从早到夜奔波忙碌，为各色人等跑腿当差，而且是从早晨到夜里。你要是跟他交谈，准能听到："穷啊，苦啊，一贫如洗，老婆死了，因为没钱买药；冬天，我们一个小孩冻成了冰棍；大女儿卖给人家当……"——反正老是一把眼泪，一把鼻涕！哦，我对这些傻瓜一点也没有怜悯之心，完全没有；现在没有，过去也没有，——我可以自豪地这样说。为什么他自己不是罗特希尔德[①]？他没有罗特希尔德那样的亿万资产，没有成堆的金卢布、金法郎——像狂欢节市场上的吃食那样堆积如山的金币，这能怨谁？既然他活着，那就是说，一切都在他掌握之中！他不懂得这个道理，又能怨谁？

哦，现在我已经什么都不在乎了，现在我已经没有时间恼火，但当初，我再说一遍，当初我由于怒火中烧，夜里确实常常恨得咬我的枕头，撕我的被子。哦，当时我曾经这样幻想，曾经

---

① 原为德国籍的犹太富翁，后成为巴黎最大的银行家。

故意抱着这样的希望，希望我，一个十八岁的青年，几乎衣不蔽体地一下子被撵到街上，一无所有，没有住所，没有工作，没有饭吃，没有亲属，在偌大一座城市里没有一个熟人，腹中饥饿，还挨过打（这样更好！），但身体健康，——那时我要让别人瞧瞧……

瞧什么？

哦，难道你们以为我不知道，我写这份《说明》已经自甘堕落到什么程度？现在任何人都把我看作一个不谙世情的干瘪可怜虫，忘了自己已经不是十八岁，忘了像我在这六个月中那样过日子已经等于活到白了头！但是，由他们去笑，由他们去说这一切都是童话故事！过去我确实常常给自己讲童话故事。我常常用它们充填我的漫漫长夜直至天明；现在我还都能记起来。

但是现在连我也已经过了童话故事的时期，难道现在我又得重新讲这些故事？再说，讲给谁听？当初我是靠这些故事聊以自娱的，因为那时我清楚地看到，甚至我一度想学希腊文语法都被禁止。“我还没学到句法部分就要死了。”我才读第一页就这样想，于是把书本扔到桌子底下。那本书至今还扔在那里；我不许玛特辽娜把它捡起来。

如果我的《说明》落到某人手里而他有耐性读这篇东西，他可以把我当作一个疯子，或是一个幼稚的中学生，而十之八九会把我当作一个被判死刑的人，这个人很自然地认为，除了他以外，所有的人都太不珍惜生命，惯于把生命浪掷乱花，在利用生命方面太懒惰、太没有良心，因而无一例外地都不配享有生命！读者爱怎么想都可以。其实又怎样呢？我在此宣布：我的读者想错了；我的信念与我的死刑判决毫不相干。您只要问问他们，按照他们无一例外的理解，什么是幸福？哦，请相信我的话，哥伦布感到幸福不是在他发现了美洲的时候，而是在他将要发现美洲的时候。请相信我的话，他的幸福达到最高点的时刻大概是在发现新大陆的三天以前，那时哗变的船员在绝望之余险些把船头转向欧洲往回走！问题不在于新大陆，哪怕这块大陆化成灰、不见了也无所谓。哥伦布几乎没看到这块大陆就死了，他并不真正了解自己的发现意味着什么。问题在于生命，仅仅在于生命，——在于发现生命的这个不间断和无休止的过程，而完全不在于发现本身！但是，说这些又管什么用！我怀疑，现在我说的一切同那些老生常谈是那么相似，恐怕有人会把我当作一名低年级小学生拿出他根据《日出》这个题目所写的作文来献丑，或者有人会说，我也许想提出某些见解，但是纵有愿望也没有本领……“充分表达”。不过，我想作一点补充：人类的任何一种新思想，是天才的思想或者只是某人头脑里产生的一种有意义的思想，里边总会有某些东西怎么也没法使别人了解，哪怕您写下卷帙浩繁的皇皇巨著，花三十五年时间阐述您的思想，也总会有东西留下，怎么也不肯从您的头颅里出来，永远留在那里；您将带着这些东西死去，也许您的思想中最主要的东西却无人得知。但是，如果现在我也未能把这六个月内折磨着我的想法全部表达出来，人们至少能够理解，我为取得我现在这种“最后的信念”所付出的代价也许太昂贵了。正是这一点我认为有必要在我的《说明》中着重指出，用意何在，我自然知道。

不过，我先写下去再说。

六

我不想撒谎，在这六个月内，现实也曾把我引上钩，有时简直把我迷得忘了我已被判死刑，更确切地说是我不愿去想它，甚至还做点事情。顺便谈一下我当时的情形。大约八个月以前，我病势已重，我就中止一切交游，和所有我过去的同伴不再往来。由于我一向是个相当孤僻的人，同伴们一下子就把我忘了；当然，即使没有这个缘故他们也会忘掉我的。我家的环境——我指的是“家庭内”的环境——也挺孤寂。五个月以前，我把自己永远反锁起来，同家里人的房间完全隔断。他们经常服从我的意志，除了在固定的时间来收拾房间和给我送餐，谁也不敢进我的屋子。只要我一声令下，母亲总是吓得发抖；有时候我允许她到我房间里来，她在我面前甚至不敢哭鼻子。为了我，她经常揍孩子们，不许他们喧闹，怕我心烦；可我还是常常抱怨他们吵吵嚷嚷。由此可以想见，他们现在是多么爱我！“忠实的郭立亚”（这是我给他的雅号）大概也被我折磨得够苦的了。最近他也折磨我。这一切都很自然，人们生来就是为了互相折磨。但我注意到，他忍受我暴躁易怒的性格，像是事先对自己立过誓不跟有病之人一般见识。当然，这会惹我生气；但是，他大概想要仿效公爵那种“基督式的逆来顺受”，这就有些滑稽了。这孩子年纪轻，身上有一团火，当然对什么都模仿。但我有时觉得他该靠自己的头脑生活了。我非常喜欢他。我也折磨苏里科夫，就是住在我们楼上、从早到夜给人家跑腿的那个人；我经常向他论证，他的贫困是他自己的过错，以致后来他吓得不敢再来找我。这是个非常驯顺的人，驯顺得不得了（注意：据说顺从是一种可怕的力量；这个问题要向公爵了解一下，这是他自己说的）；但是，三月份我上楼到他家去看看他们怎么把一个小孩“冻成了冰棍”（这是他的原话）。我站在小孩尸体旁无意间现出一丝冷笑，因为那时我又开始向苏里科夫宣讲这是他“自己的过错”，——忽然，这个干瘪可怜虫的嘴唇哆嗦起来，他一只手抓住我的肩膀，另一只手指着门，用温和的口气几乎像耳语一般对我说：“请您走吧！”我走了出来，当时我对此十分欣赏，甚至就在他下逐客令的那个当儿，我就很欣赏他这一招；但事后回想起来，他的话有很长时间给我的印象是沉重的，我对他产生了一种奇怪的、糅合着轻蔑的怜悯——这完全违背我的意愿。这个人甚至在受到这般侮辱的时候（我感觉到自己侮辱了他，虽然并不是故意的），甚至在这样的时候也动不了怒！当时他的嘴唇哆嗦完全不是因为恼怒，我敢起誓；他抓住我的膀臂说出那句精彩的“请您走吧”

时，绝对没有发火。庄重、尊严倒是溢于言表，这对他简直毫不相宜(说实话，效果非常滑稽)，但没有恼怒。也许，他干脆鄙视起我来了。从那时起，我在楼梯上遇见过他两三次，他忽然向我脱帽行礼(过去他从来都不这样)，但已经不像过去那样停下来，而是很尴尬地匆匆走过去。如果说他鄙视我，那也是别具一格的“**顺从地**鄙视”。也许，他脱帽无非出于恐惧，是向女债主的儿子致意，因为他经常欠我母亲的钱，怎么也无法从债务中脱身。这大概是最接近实际情况的推测。我曾想跟他解释一番，而且我可以肯定，十分钟后他就会向我道歉；但是我考虑后认为，还是不去碰他为好。

就在那个时候，即苏里科夫把他的小孩“冻成了冰棍”前后的三月中旬，不知什么缘故我忽然觉得病情好多了，如此持续有两个星期左右。我开始出去走走，多半在黄昏时分。我喜欢三月的黄昏，那时乍暖还寒，又开始降霜，煤气街灯开始点亮；我有时走得相当远。有一回，在六铺街有一个“绅士”模样的人黑暗中从后面赶到我前头，我没有把他看仔细；他拿着一个纸包，身穿一件短小难看的夹大衣，——按季节说来太单薄了些。当他走到我前头十来步的街灯下时，我发现有件东西从他衣兜里掉出来。我赶紧走过去拣起来，——倒是拣得及时，因为一个穿长褂子的男人也已经三脚两步跳了过来，但他看到东西已经在我手里，没提出争议，只向我手中略一张望，便从旁边溜走了。那件东西原来是一只鼓鼓囊囊的摩洛哥皮老式大钱包；但是，不知为什么，我一看便料到里边可能什么都有，就是没有钞票。丢东西的过路人已经走到我前头四十步外，不久便消失在人群之中。我跑上前去向他叫唤；可是由于我除了“喂！嗳！”喊不出什么，他没有回过头来。忽然，他往左一拐，闪进一幢房屋的大门。等我跑进黑洞洞的门廊时，已经不见人影。那幢房屋非常之大，这类庞然大物是投机商建造起来租给小户人家的；这样的大楼有时一栋包括上百套低级公寓。当我跑步通过门廊时，似乎看到大院子尽头的右边角落里有一个人在行走，不过黑暗中我几乎没法看清楚。我跑到院子角上，看见有个楼梯的入口；楼梯很窄，脏得厉害而且完全没有灯亮；但听得出高处有人正顺着台阶还在往上走，于是我也开始登楼，估计在某一层楼上人家为他开门的时候我能追上他。我就这么办。楼梯的每一段都很短，总共数不清有多少段，所以我喘得要命。五楼上有一扇门开了又关上，这是我在离那儿还有三段楼梯时就听出来的。等我跑上五楼，在小平台上顺过气来，摸到了门铃时，已经过了好几分钟。给我开门的一个女人正在极小的厨房里吹茶炉子；她默默地听完我问的话，当然摸不着头脑，便默默地为我打开隔壁一间屋子的门。那个房间也很小，而且矮得可怕，有几件必不可少的蹩脚家具和一张挂着帐子的大床，躺在床上的“杰连季奇”（那女人用这名儿叫他）据我看已经喝醉。桌上一座铁制灯台里有个蜡烛头行将燃尽，一只容量为半俄升[1]的瓶子差不多已经倒空。杰连季奇躺着向我嘟哝了几句，朝另一扇门那边一挥手，而那个女人已经走开了，于是我别无他计，只得去开另一扇门。我这样做了，就此走进另一间屋子。

这一间比前面那一间更狭窄、更局促，我简直不知道该往哪一边转身；屋角一张单人床已经占去很多地方，其余的家具只是三把堆满各种破衣服的椅子和漆布面旧沙发前一张最起码的厨用木桌，床和桌子之间已走不过人。桌上同前面那间屋子里一样也有点着蜡烛的铁制灯台，床上则有一个小得可怜的婴孩在啼哭，从哭声听来可能出生才三个星期；一个病容苍白的妇人正在给小孩换尿布，她似乎还年轻，衣衫不整，极其随便，也许是产后刚刚下地；但小孩一个劲儿地哭个不停，等着吮枯瘦的母乳。沙发上睡着另一个孩子，是个三岁的小女孩，身上盖着的好像是一件燕尾服。坐在桌旁的一位先生穿一件很旧的常礼服（他已经把大

① 1 俄升等于 1.23 公升。

衣脱下，此刻放在床上)，他打开蓝色的纸包，里边是大约两俄斤小麦面包和两小条香肠。另外，桌上还有一壶茶和几片黑面包。从床底下露出一只没关好的手提箱和两个衣包。

如若一言以蔽之，只能说杂乱无章。我一看就觉得他们两位——先生和女士——都是正派人，但被贫穷逼迫到如此卑微的境地，杂乱无章的环境最终压倒了一切与之抗争的尝试，甚至把人们推到悲惨的反常状态——他们不得不从这日甚一日的杂乱中寻找某种辛辣的、仿佛向谁报复似的快感。

我走进去的时候，那位在我之前也是刚进去并且才把纸包打开的先生，正在和妻子交谈，他说得很快，情绪很激动。女的虽然还没有换好尿布，却已经哭起来了；可想而知，丈夫带来的照例是坏消息。这位先生看来二十八岁上下，一张黝黑的瘦脸镶着连鬓黑须，下巴颏儿刮得锃光，我觉得这张脸相当不错，甚至挺招人喜欢；他面有愠色，目光阴郁，带有一点儿自尊心太容易被触怒的病态色彩。我一进去就引起一场奇怪的风波。

有些人会从自己动不动就生气的性格中得到极大的乐趣，特别是当这种火气上升达于极点的时候(这个过程照例非常之快)；在这一刹那，他们似乎比没有受损害更乐于处在确实受损害的地位。这些容易动气的人事后总是痛悔不已，当然得有个条件：他们还是有头脑的，能够认识到自己发的火超过了必要的十倍。这位先生诧异地对我看了若干时间，而他的妻子则惊恐地望着我，仿佛有人会走进他们的房间是件骇人听闻的奇事。顿时，男的那一位简直冲我暴跳如雷；我还没来得及开口说上两句话，尤其见我穿得比较体面，他大概认为自己受到了极大的侮辱，因为我竟敢如此肆无忌惮地闯进他的角落，看到他自己为之深感惭愧的整个杂乱环境。当然，他欢迎这样一个机会，至少可以把自己所有不顺心的怒气发泄到某人头上去。我有片刻工夫甚至以为他要动手打人；他脸色煞白，就像女人歇斯底里发作时那样，可把他的妻子吓坏了。

“您怎么敢这样进来！滚！”他喝道，同时哆嗦着几乎说不出话来。但他忽然看到我手中拿着他的皮夹子。

“这好像是您失落的。”我尽可能平心静气而又毫无表情地说。（事实上也只能如此。）

他惊骇万状地站在我面前，有若干时间似乎什么也无法理解；随后他急忙去摸自己的插兜，吓得张口结舌，接着在自己脑门上拍了一下。

“天哪！您在什么地方发现的？怎么发现的？”

我用最简短的话和尽可能更板滞一些的语调说明，我怎样拣起了皮夹，怎样奔跑和叫他，后来又怎样凭猜想跟在他后面并且差不多是摸黑上楼来的。

“哦，上帝啊！”他向妻子发出一声惊叹，“这里头有我们的全部证件，有我最后的一些器械，这里头是所有的……哦，亲爱的先生，您可知道您为我做了一件什么事吗？否则我就完了！”

其时我抓住门把儿，打算不答话就走；但我自己喘得厉害，顿时我的激动引起一阵极其凶猛的咳嗽，竟使我几乎站都站不稳。我看见那位先生手忙脚乱地想给我找一把空椅子，最后他从一把椅子上拿起破衣服往地上一扔，赶紧搬过来，小心翼翼地扶我坐下。但我还是咳个不停，大约又持续了三分钟。当我清醒过来的时候，他已经坐在我旁边的另一把椅子上（那上面的衣服一定也被他扔到地上去了），正凝神注视着我。

“您大概……有病吧？”他用通常大夫着手给人看病时的那种语调说，“我本人……是行医的（他没有说‘医生’），”说到这里，他不知为什么指着室内的景象让我看，似乎在为他目前落到这般地步表示抗议，“我看得出，您……”

“我有肺结核。”我尽量简短地说了一句站起身来。

他也霍地站起来。

“您也许说得太严重了……如果适当注意的话……”

他实在茫然不知所措，左手拿着大皮夹，似乎还没有定下神来。

“哦，请放心，”我再次打断他的话，同时握着门把儿，“上星期 Б 大夫给我作过检查（我又把 Б 大夫抬了出来），——我的情况已确定无疑。对不起……”

我重又想去开门并且离开这位心怀感激而又羞愧万分、狼狈不堪的医生，但是该死的咳嗽偏偏又发作起来。于是我的那位医生坚持要我坐下休息一会。他向妻子示意后，那女的在原位上对我说了几句表示谢意和客气的话。她说时窘得很厉害，以致在她干枯蜡黄的面颊上甚至泛起了红晕。我留了下来，但神态每秒钟都表示我生怕使他们局促不安（这是应该的）。那位医生终于因悔恨而感到痛苦，这我看得出来。

“如果我……”他开始说，但他的话经常说到半句中断，又跳到另一句，“我对您非常感激，也非常抱歉……我……您也看到了……”他又指着室内的光景，“目前我处在这样的境地……”

“哦，”我说，“不用看，这种情形不稀罕；您大概丢了差事来申诉和另谋职位吧？”

“您怎么……知道的？”他惊异地问。

“一眼就可以看出，”我不由自主地用嘲弄的口吻回答，“有很多人从外省抱着各种希望来到此地，他们到处奔走，也是像这样住着。”

他忽然情绪激昂、嘴唇哆嗦地说开了；他开始抱怨，开始叙述，我承认被吸引住了，在他那里坐了将近一个小时。他把自己的全部经历都告诉我，不过也是很寻常的。他本是省里担任公职的医生，但那里有人搞起了什么阴谋，甚至把他的妻子也卷了进去。他的自尊心受到损害，一时有些冲动；省里的官长人选发生了有利于他的敌方的变动，于是有人挖他的墙脚，告他的状；他丢了差事，用剩下的最后一点钱来到彼得堡上告；到了彼得堡，有关方面照例很长时间不理他，后来听了他的申诉，接着加以拒绝，接着诱之以承诺，接着严词答复，接着要他写报告说明情况，接着拒不接受他所写的东西，命他呈状，——总而言之，他已经跑了四个多月，钱都吃光了；妻子的最后几件衣裳也当了，偏偏在这里又生了个小孩，而且……而且……“今天我的呈状最终被拒绝了，而我差不多连面包也没有，一无所有，妻子刚生产。我，我……”

他从椅子上站起来转过身去。他的妻子在角落里啜泣，婴儿又开始啼哭。我掏出我的笔记本，把一些情况记在里边。我写完后离座起身，他站在我面前，既担心又好奇地望着我。

“我记下了您的姓名，”我对他说，“以及任职地点、你们省长的名字、月份、日期等等。我有个朋友，还是小学同学，姓巴赫穆托夫，他的伯父彼得·马特维耶维奇·巴赫穆托夫是四等文官，目前主持……”

“彼得·马特维耶维奇·巴赫穆托夫！”我那位医生大喊一声，几乎开始发抖。“要知道，事情差不多完全取决于他呢！”

这位医生的遭遇及其由我无意中助了一臂之力的结局，确实跟小说里完全一样，其中有巧合，有波折，最后得到解决，好像都是有意这样安排的。我告诫这对可怜的夫妻不要对我寄任何希望，并说我自己是个穷苦中学生(我故意夸大自己人微言轻；其实我早已毕业，不是中学生了)，他们没有必要知道我的姓名，但我现在马上去瓦西里岛找我的朋友巴赫穆托夫，由于我确知他的四等文官伯父是个独身者，没有孩子，把他的侄子视为心肝宝贝，爱之欲狂，认为他们家族的世系就靠他继承，“也许我的朋友能为您、为我做点儿什么，当然，我指的是在他的伯父面前……”

“我只要求允许我向大人说明情况！只要大人肯赏脸让我进行口头解释！”他激动地说，同时浑身哆嗦像在打摆子，眼睛闪闪发光。

他确实用了“赏脸”这个词儿。我再次表示，事情很可能告吹，落得一场空，并且补充了一句：如果明天上午我不到他们的住所来，那就是说事情已经完蛋，他们也不必再等了。他们连连鞠躬送我出来，我看他们简直已有些神经失常。我永远忘不了他们脸上的表情。我雇了一辆马车直奔瓦西里岛。

在中学里，我跟这个巴赫穆托夫有好几年经常处于敌对状态。他在同学中间被视为贵族，至少我管他叫贵族。他衣着讲究，坐自备马车来上学，但一点也不好夸耀自己，总是跟人非常合得来，总是非常开朗，有时甚至很会说些俏皮话，不过才智相当平庸，尽管在班上老是名列榜首，而我在任何一方面从来没有得过第一。同学们都很喜欢他，只有我一个人除外。那几年中他曾几次主动和我接近，但每一次我都绷着脸火气挺大地不理他。现在我已经有一年左右没见过他；他在上大学。当我八点多钟进去见到他的时候(规矩还大得很：仆人通报了我的姓名)，他起先感到惊讶，甚至毫无欢迎的表示，但随即高兴起来，并且望着我忽然放声大笑。

“杰连企耶夫，您怎么想到会来找我？”他大声说，态度照例是那么随便，有时甚至毫无顾忌，但从不使人感到侮辱，我就喜欢他这一点，我恨他也正是为了这个缘故。“可是，这是怎么搞的？”他惊恐地叫了起来，“您病成了这个样子！”

咳嗽又开始对我用刑，我倒在一把椅子上，几乎喘不过气来。

“不要紧，我患了肺结核，”我说，“我有件事想请您帮忙。”

他诧异地坐了下来，我当即把医生的全部遭遇向他作了陈述，并向他解释，由于他本人对他的伯父拥有非常大的影响，也许能做点儿什么。

“我能做，一定做，明天我就向伯父发动攻势；我甚至感到高兴，而且您把这一切也讲得很好……。不过，我还是想问您，杰连企耶夫，您怎么想到来找我呢？”

"这件事在很大程度上取决于您的伯父，再者，巴赫穆托夫，我们一直是敌人，而由于您是一个高尚的人，我想您对敌人是不会拒绝的，"我带着讽刺的意味补充说。

"就像拿破仑向英国求助！[①]"他呵呵地笑着叫道，"我一定做，一定做！如果可能的话，我甚至准备马上就去！"他见我一本正经地从椅子上站起来，急忙添加一句。

果然，我们把这件事办得意想不到地好，简直没法更好。一个半月以后，我们那位医生又得到了职位，在另一个省份，领到了路费，甚至还有补助。我怀疑，往他们那儿走得很勤的巴赫穆托夫(而我却因此故意不再去找他们，有时医生来看我，我对他也相当冷淡)，——我怀疑巴赫穆托夫甚至劝说医生接受了他提供的借款。在这六个星期内，我跟巴赫穆托夫见过两次面，第三次见面是在给医生饯行的时候。这次饯别是巴赫穆托夫在自己家里以香槟宴会形式举行的，医生的妻子也出席了，不过她很快就告辞照料小孩去了。那是在五月初一个晴朗的傍晚，夕阳像一个巨大的球正向海湾里落下去。巴赫穆托夫送我回家；我们走在尼古拉耶夫桥上，两人都有几分酒意。巴赫穆托夫就这件事得以圆满结束谈他欣喜的心情，还莫名其妙地向我表示感谢，说做了一桩好事之后现在他的心情是多么愉快，认为应该把一切归功于我，而现在有不少人声称作几桩个别的好事毫无意义；他认为这种说教是没有道理的。我也很想谈谈自己的想法。

"谁要是攻击个别的'善行'，"我开始说，"那就是攻击人的天性，就是鄙视他的人格。但是，组织'社会的慈善事业'和个人自由问题——那是两个不同的问题，同时也不是互相排斥

① 拿破仑在滑铁卢战败和第二次被废黜以后，于 1815 年准备出亡美国。但是，由于英国舰队封锁了罗什福尔港，拿破仑不得不与他的宿敌英国人举行谈判，结果被放逐到圣赫勒拿岛。

的。个别的善行将永远存在，因为它是个人的需要，是一个人直接影响另一个人的切实需要。在莫斯科有一位带日耳曼姓氏的老人[①]，是位‘将军’，也就是四等文官；他毕生跑监狱去给犯人治病；每一批去西伯利亚的流放犯预先都知道，‘老将军’会到麻雀山去看望他们。他从事自己的工作极其认真、极其虔诚；他到了那里，总要走遍每一排把他围住的流放犯，在每一个人面前都要停下来，询问每一个人的疾苦，几乎从来不对任何人说教，管他们所有的人都叫‘亲爱的’。他给钱，寄一些必需的用品——像绑腿、裹脚、麻布之类，有时带几本劝人为善的书去分给每一个识字的罪犯，充分相信他们路上会读这些书，而且识字的会念给不识字的听。他很少询问人家犯了什么罪，除非犯人自己开始述说，他就听着。他对所有的犯人一视同仁，不加区别。他跟他们说话就像对兄弟一样，但他们自己到最后都把他当作父亲。如果他发现某个女流放犯带着小孩，他总要走过去抚弄一下小孩，用手指打几个榧子逗孩子发笑。他多年如一日这样做，死而后已；到后来，整个俄国和整个西伯利亚所有的人都知道他，我说的是所有的犯人。一个到过西伯利亚的人告诉我，他曾亲眼目睹一些心硬皮厚的罪犯也怀念老将军，而事实上将军去探望一批批犯人时给他们的钱每人难得超过二十戈比。诚然，他们怀念他的时候并非激昂慷慨或者庄严肃穆。有一个‘不幸者’曾干掉十二条人命，杀死过六个孩子，唯一的目的是为了取乐（据说有这种人）；某一天，大概二十年也只有这么一回，他忽然无缘无故叹了口气，说：‘不知老将军现在怎样了，是不是还活着？’说这话的时候也许还淡然一笑，——如此而已。然而您又何从知道，他二

① 作者指的是莫斯科监狱医院的总医师哈斯。弗里德里希（俄国人称他费奥多尔·彼得罗维奇）·哈斯（1780—1853）曾为改善尼古拉一世时期监禁囚犯和遣送流放犯的恶劣条件出了很多力。哈斯无私地关心犯人，免费给人治病，对他们倾囊相助，在居民中享有广泛的声誉。陀思妥耶夫斯基在服苦役时听到有关哈斯的为人，对他产生浓厚的兴趣。

十年没有忘记的这位‘老将军’在他心中永远播下了一颗什么种子？巴赫穆托夫，您又何从知道，一个人和另一个人的这种接近对被接近者的命运会产生什么影响？……要知道，人生是一条漫长的路，还有我们看不见的分岔多得不计其数。最高明的棋手、其中洞察力最强的也只能料到以后的几步棋；一位法国棋手能预先料到十步棋已经被当作奇迹大书特书。而人生有多少步棋要走？我们无法预料的又有多少？当您撒下您的种子的时候，当您撒下您的‘慈善’、做无论何种形式的好事的时候，您是在把您的个性的一部分给予别人，并把别人个性的一部分接纳到自己身上；你们互相交流，彼此沟通；只要稍加注意，您就会得到补偿，那就是知识，就是种种最意想不到的发现。您最终一定会开始把您做的事情看作一门科学，它将把您的整个生命吸引过去，也能够充实您的生命。另一方面，所有您的思想、所有您撒下后也许已经被您忘掉的种子，都将得到体现，都将成长发育；得之于您的人还将把它们交给别人。您怎么知道您在未来决定人类命运方面会起到什么作用呢？如果知识和毕生从事这项工作最后使您变得如此崇高，使您有可能播下至伟至巨的种子，为全世界留下至伟至巨的思想遗产，那么……”诸如此类的话当时我说了许多。

“可是怎能想象，在这同时却不让您享有生命！”巴赫穆托夫用愤激地责备某人的口吻喊道。

那时我们正站在桥上，用胳膊肘儿倚着栏杆俯视桥下的涅瓦河。

“您可知道我产生了一个什么念头？”我说着，身体向栏杆外探出更多。

“莫非想要投河？”巴赫穆托夫失声惊呼，他简直吓坏了。也许他从我脸上看出了我的想法。

“不，暂时只是如下这样一种推论：现在我还可以活两三个月，也许四个月；但是，比方说到了只剩两个月的时候，如果我非常非常想做一件好事，而这件事又需要出力、奔走，有不少麻烦，就像我们的医生这件事情那样，在那种情况下，由于我剩下的时间不够，量来我应当放弃这件事，另找一件比较小的、我**力所能及**的‘好事’(如果我做好事的欲望是那么强烈的话)。您必须承认，这是一个饶有兴味的想法!

可怜的巴赫穆托夫为我大起恐慌；他一直把我送到家门口，而且一路上十分知趣，一次也没有试图来安慰我，几乎始终保持沉默。分手时他热烈地握住我的手，要求允许他来看望我。我回答说，如果他作为“抚慰人”来看我(我向他解释：即使他不开口，他仍然是作为“抚慰人”来的)，那么他这样做本身每一次都将越发使我想到死。他耸耸肩膀，但还是同意了我的话。我们相当客气地互相告别，这甚至出乎我的意料之外。

但是，这天晚上和这天夜里撒下了我“最后的信念”的第一颗种子。我贪婪地抓住这个**新的**思想，贪婪地分析它的各种微差和各种形态(我彻夜未眠)。我对它研究得越深入，越是接受得多，我就越害怕。我终于被强烈的恐惧攫住，在接下来的好些日子里也没能摆脱它。有几次，我在考虑这种老缠着我的恐惧时，会很快地给另一种恐怖吓得手足冰凉：根据这种恐惧我不难得出结论，我的“最后的信念”在我头脑里卡得太牢固了，势必有了结的一天。但我缺乏决心加以了结。三个星期以后，一切都告结束，决心也来了，不过来得十分奇怪。

接下去我要在我的说明中标明所有的日期和天数。我当然什么都不在乎，但**现在**(也许只是此时此刻)，我希望将来评判我这一行为的人能清楚地看到，我的“最后的信念”是由一条怎样的逻辑推论锁链得出来的。上文我刚刚写到，为实现这“最后的信念”我所缺乏的终极决心，恐怕绝非来自逻辑推论，而是来自一股奇怪的推动力，来自一件与事态发展也许毫无联系的怪事。十天前，罗果仁为他自己的一件事来找我，这件事在此无须赘述。以前我从未见过罗果仁，但有关他的事情听到过很多。我向他提供了所需的全部情况，他很快就走了；由于他的目的是来了解情况，我们之间的接触便到此为止。但他引起了我过于强烈的兴趣，那天整整一天我始终处在一些奇怪的思想影响之下，于是我决定第二天自己去找他作为回访。罗果仁显然不欢迎我，甚至“委婉地”暗示我们没有必要继续交往；然而我还是度过了饶有兴味的一个钟点，谅必他也是如此。我们之间的对比太鲜明了，这一点我们双方都不可能不注意到，尤其是我。我是一个在世之日已屈指可数的人，而他正不折不扣、无间无隔地活在生命的此时此刻，根本不用考虑什么“最后的”推论、剩下的天数或一切的一切，只要不涉及使他……使他……还是直说了吧，只要不涉及使他发狂的那档子事。请罗果仁先生原谅我这一措辞，姑念我这个蹩脚文人实在不善于表达自己的思想。虽然他很不客气，我仍然觉得他是个有智慧的人，理解力很强，只不过他对旁的事情兴趣不大。我没有向他提及我“最后的信念”，但我不知为什么感觉到，他听了我的话已猜透此意。他没有说什么，这人极其沉默寡言。临走时我向他暗示，尽管我们之间差异太大，简直是正反两极，——**但相反的极端也会碰在一起**[①]（我用俄语把这句话给他作了解释），所以，他自己距离我那种“最后的信念”也许完全不像看起来那么遥远。对此他向我现出一副阴沉不悦的怪相代替回答，接着便站起来，主动把我的帽子递给我，做出好像看到我自己要走的样子，就此把我从他那阴森森的房子里打发走，表面上出于礼仪送我出来。他家的房子使我非常吃惊，简直像座坟场，可他大概挺喜欢，这也可以理解；像他所过的那种不折不扣、无间无隔的生活本身已经太充实了，不会对环境感到不满。

　　这次对罗果仁的回访累得我要命。除此以外，我从早晨开始就觉得不舒服；傍晚我已非常虚弱，便在床上躺下，不时感到在发高烧，间或还说胡话。郭立亚一直陪我到十一点。不过，他所

① 此处义近“殊途同归”。

说的和我们谈的我都记得。当我偶有几分钟合上眼皮的时候，总是看见伊万·福米奇·苏里科夫好像成了百万富翁。他有了这么多钱不知如何是好，为之伤透了脑筋，老是心惊胆战地怕被人偷走，最后决定把钱埋入地下。我向他劝说，与其把这么一大堆金币白白埋在地底下，不如用它给“冻成冰棍”的小孩铸一口金棺材，并建议他为此目的把小孩的尸体挖掘出来。苏里科夫听了我这番挖苦话似乎感激涕零，马上动手实行这个计划。我好像啐了一口唾沫悻悻而去。我醒来后，郭立亚断言这段时间我根本没有睡着，一直在跟他谈论苏里科夫。我不时感到非常苦闷和惶惑，因而郭立亚走的时候很不放心。当我自己从床上起来、在他走出去后把门上锁时，我忽然想起今天在罗果仁那儿看到的一幅画，那幅画挂在他家最阴暗的一间堂屋的门框上方。打那里经过时，他自己要我看这幅画；我在画前站住有五分钟。从艺术角度来看，此画无甚足观；但它在我心中造成一种杌陧不安的奇异感觉。

这件作品画的是刚刚从十字架上被取下来的基督。我觉得，钉在十字架上的基督也好，从十字架上取下的基督也好，脸上通常都被画家们画得还带着一种少有的美；他们竭力为他保持这种美，即使在忍受最可怕的酷刑时亦然如此。而在罗果仁的那幅画上根本谈不上美；这是一个人的尸体的全貌，他在被钉死之前就已饱尝无限的苦楚、创伤、刑罚，背十字架和跌倒在十字架下时又挨过看守的打，挨过民众的打，最后还被钉在十字架上忍受剧痛据我估计至少达六小时之久。诚然，这是一个人**刚刚**从十字架上被取下来时的面容，也就是说还保留着不少有生命和温暖的迹象，还完全没有僵硬，因而死者的脸上甚至流露出他此刻还感觉到的痛楚(这一点被画家很好地捕捉到了)。但是，这张脸丝毫没有被美化，只有本相；不管是什么人，在经受这般酷刑以后他的尸体也确实应当是这样的。我知道基督教会早在公元后最初几个世纪就确认，基督所受的苦难不是象征性而是实实在在的，那么他的肉体在十字架上也不折不扣、完完全全受到自然法则的支配。在那幅画上他的脸被打得青一块紫一块的，血肉模糊，惨不忍睹；他睁着眼睛，瞳孔歪斜，张开的眼白微微闪着死鱼般的玻璃样反光。但奇怪的是当你瞧着这被折磨至死的人的尸体时，会产生一个独特的、耐人寻味的问题：既然他所有的门徒、那些后来成为他主要的使徒的人看到的正是这样一具尸体，既然那些跟在他后面和站在十字架旁的妇女、所有信奉他的教义和尊他为神的人看到的正是这样一具尸体，那么他们怎么还能相信这个殉道者会死而复活？于是一个观念便油然而生：既然死这样可怕，自然规律的威力这样大，那又怎么能战胜它们？基督生前也曾降伏自然，使自然听命于他；他呼叫说："女儿，起来吧，"——她就起来了；[1]他呼叫说："拉撒路出来，"——那死人就复活了；[2]然而现在连他也无法战而胜之，那又怎能制服它们呢？看着这幅画，会感到自然依稀化为一只无情而又无声的巨兽，或者说得更确切些——尽管听起来比较奇怪，但要确切得多，——依稀化为一台最新式的庞大机器，它无谓地攫夺、麻木不仁地捣碎和吞噬伟大的无价生物——这样的生物一个就比得上整个自然界及其全部规律的价值，比得上整个世界的价值，而世界也许是专为这个生物的降生才被创造出来的呢！那幅画所表现的并使人不由自主地感受到的大概正是这个观念，即一切都服从于那股阴森、蛮横、无谓地永恒的力量。画面上一个也看不见的那些围着死者的人，在那个一下子使他们的全部希望甚至几乎使他们的信仰遭到破灭的晚上，肯定感到极度的悲痛和惶惑。他们肯定是在无比可怕的恐惧中散去的，尽管每个人都在心中带走一个了不起的思想，这个思想永远不可能从他们心中被夺走。倘若这位夫子在受刑前夕能看到他自己的形象，他会像后来那样走上十字架，那样

① 见《圣经 · 新约 · 路加福音》第 8 章第 54 节。

② 见《圣经 · 新约 · 约翰福音》第 11 章第 43—44 节。

去死吗？当你看那幅画的时候，这个问题也会油然而生。

在郭立亚走后足足一个半小时内，这一切时断时续地浮晃在我眼前，其实也许是夹在幻觉中间，有时甚至具形显像。并无形象的东西怎么会具形显像呢？但某些时候我好像觉得自己从一种不可思议的奇形怪状中看到这股无限的力量，看到这个麻木不仁、既聋且哑的东西。我记得仿佛有人举着蜡烛挽住我的手走去，让我看一只巨大而可恶的毒蜘蛛，对我说，这就是那麻木不仁而又无所不能的东西，并且嘲笑我的愤慨之状。我屋里的圣像前总要点一盏小灯过夜，——灯光如豆，昏暗微弱，可是什么都看得清楚，在灯下甚至还可以读书。我想那时已经过了午夜十二点；我根本没有入睡，而是睁开眼睛躺着。忽然我的房门被打开，罗果仁走了进来。

他进来后把门关上，默默地对我看了看，然后悄然走到角落里一张几乎就放在小灯下的椅子那儿。我大为纳罕，看他有什么动静。罗果仁把胳膊肘儿搁在小几上，无言地望着我。如此过了两三分钟，我记得他的沉默使我深感侮辱、非常恼火。究竟为什么他不愿说话？他这么晚来访我当然觉得奇怪，但我记得自己惊愕的程度也是有限的。甚至相反：虽然上午我没有把我的思想向他明明白白地说出来，但我知道他已经理解；而这个思想就其性质而言当然足以构成再来谈一次的理由，尽管时间已经很晚。我料想他就是为这件事来的。上午我们分手时怀有几分敌意，我甚至记得他曾露骨地以嘲笑的目光看了我两次。现在我从他眼睛里所看到的正是这种嘲笑，也正是这种嘲笑使我感到侮辱。对于这确实是罗果仁本人而不是幽灵或幻象，我起先认为毫无疑义，连怀疑的念头都没有。

彼时他继续坐在那里，老是面带那样的冷笑望着我。我赌气在床上侧过身子，也用胳膊肘儿抵着枕头，横下一条心来同样保持沉默，哪怕我们一直这样僵持下去也不开口。不知为什么，我非要他先开口不可。这样过了大约二十分钟。忽然我产生一个念头：会不会这不是罗果仁而只是一个幽灵？

无论在我病中或以前，我从未见过一个幽灵；但当我还是个孩子的时候，甚至现在，我是说甚至不久以前，我总觉得，如果我见到幽灵，哪怕只见到一次，我一定会当场死去，尽管我不相信有任何幽灵。但是，当我想到这不是罗果仁而是幽灵的时候，我一点也不害怕。不仅如此，我对之甚至还很生气。还有一点也挺奇怪：这究竟是幽灵还是罗果仁本人——我对这个问题并不像理应的那样感兴趣和担忧；我觉得当时我在考虑另外的事。例如：刚才穿晨袍和拖鞋的罗果仁，现在为什么穿燕尾服、白背心，系白领结？——我对这件事的兴趣要大得多。我也曾产生这样的想法：既然这是个幽灵，我又不怕它，那为什么不起来走到它跟前亲自核实一下？不过，可能我不敢，我害怕。但是，我刚一考虑到自己可能害怕，顿时好像有人用冰水把我全身浇得淋漓尽致；我感到一股冷气直透脊梁骨，我的两膝哆嗦起来。就在这个当儿，罗果仁似乎猜透了我在害怕，便放下肘儿抵着小几的那条胳膊，挺直身体，咧开嘴巴，似乎准备发笑；他一眼不眨地盯着我瞧。我怒不可遏，一心要向他扑过去，但由于我立誓决不先开口，结果仍留在床上，何况我还不能肯定这究竟是不是罗果仁本人。

这种状态持续多少时间，我记得不太确切；我是不是间或有几分钟失去知觉，也记不真切。反正最后罗果仁站起来，同先前进来的时候一样慢慢腾腾、仔仔细细把我打量一番，但不再冷笑；他轻轻地、几乎蹑着脚走到门前，开了门走出去，再把门带上。我没有下床；我不记得自己睁着眼睛还躺了多久，老是在想；天知道我在想些什么；我也不记得我是怎样昏昏入睡的。第二天上午九点钟以后，有人敲我的门，我才醒来。我和家里约定，如果九点钟以后我自己不开门，也不叫他们给我送茶来，那么玛特辽娜自己应当来敲我的门。当我给她开门的时候，立即产生一个念头：门是上了锁的，昨夜他怎么能进来呢？我询问后确信真正的罗果仁不可能进来，因为我家所有的门都是上了锁过夜的。

我不厌其详地描写的这件怪事，正是我下定“决心”的原因。可见，促使我作出最后决定的不是逻辑，不是合乎逻辑的说服力，而是厌恶。生命已开始呈现如此奇怪的、对我进行侮弄的形态，不能再活下去。这个幽灵使我感到屈辱。我不能顺从以毒蜘蛛形态出现的那股阴森的力量。直到我在暮色苍茫中终于感觉到自己完全下定决心的时刻，我才松一口气。这仅仅是第一境界；为了达到第二境界，我作了巴甫洛夫斯克之行，不过这已经无须乎解释。

七

我有一支袖珍小手枪，当我还是个孩子的时候，我就搞了这玩意儿，人们在那样可笑的年龄会一下子开始喜欢有关决斗、盗劫之类的故事，幻想有人如何约我进行决斗，而我站在对手的枪口前如何面不改色。一个月以前我把那支袖珍手枪察看了一下备用。在放枪的盒内我找到两颗子弹，而在角制火药筒内发现够装三发的火药。这支枪蹩脚得很，子弹打出去偏离目标，射程不超过十五步；但要是把它紧贴在太阳穴上，当然能把头颅打歪的。

我打算在巴甫洛夫斯克看见日出时到林苑里去死，免得惊动别墅里的任何人。我的《说明》足以向警察说明全部情况。心理学爱好者以及其他有兴趣的人可以从中得出他们愿意得出的一切结论。不过我不希望把这份手稿公之于众。我请求公爵自己保留一份，另一份交给阿格拉雅·伊万诺夫娜·叶班契娜。这是我的意愿。我把我的骨骼遗赠给医学科学院用于学术目的。

我不承认别人有权充当我的法官，并且知道现在任何法庭都管不了我。不久以前我还对这样一种假设感到十分可笑：倘若现在我忽然想到杀死什么人，哪怕一下子干掉十个人，或者做一件在这个世界上被认为最最可怕的事情，那么，在体罚和肉刑已被废除的情况下，法庭面对我这样一个只能再活两三星期的人将陷于何等尴尬的境地？我将会舒舒服服、暖暖和和地死在他们的医院里，有医生悉心照料，也许比在自己家里要舒服得多、暖和得多。我不明白，处在我这种状态的人为什么想不出同样的主意？哪怕只是开个玩笑也好嘛。不过，也可能想得出；即使在我们中间，善于找乐子的也大有人在。

但是，纵然我不承认对我的任何评判，我知道将来还是要被人评判的，而那时我已经既聋又哑，无从答辩。我不愿没有留下答词就离去；我的回答是自由而不是被迫作出的，不是为了给自己辩护，——哦，才不呢！我不用请求任何人宽恕，也没有任何事情要人宽恕，——我就是自己愿意回答，如此而已。

首先，这里存在着一个奇怪的思想：我有权支配属于我寿限之内的这两三个星期，对于我的这份权利有谁会想要提出争议？凭什么？出于什么动机？这干什么法庭的事？究竟谁非要我这样做不可？也就是要我不仅像现在这样被判刑，还要我乖乖地服满刑期！难道果真有人需要？这是道德的需要？我还懂得，倘若我在身强力壮的情况下夺去自己的生命，而我的生命“本来可能有益于我的邻人”等等，那么道德还可以按老一套的旧观念指责我擅自处置我的生命，或者扣上其他只有道德自己知道的什么罪名。但如今，在刑期已经判定并向你宣读了的现如今，哪门子的道德除你的生命之外还需要那嘶哑的最后一声嗟吁？何必随着这一声嗟吁才让你交出生命的最后一个原子，同时还得恭听公爵的抚慰，而他根据基督教义通过论证必定能幸福地认识到，实际上你死了倒好。（像他那样的基督徒照例都会取得这种认识，这是他们的拿手好戏。）他们搬出那些可笑的“巴甫洛夫斯克树木”来想要干什么？让我生命的最后若干小时好受些？想用生命和爱的幻影遮蔽迈耶尔大楼的砖墙以及如此直率和天真地写在上面的一切，不让我看见；其实，我越是忘其所以，越是陶醉于这最后的幻影，他们所做的结果就越是会加深我的痛苦。既然这不知何日方休的筵席一开始就唯独认为我是多余的，那么，你们的大自然、你们的巴甫洛夫斯克林苑、你们的日出和日落、你们湛蓝的天空和你们一张张志得意满的脸，对我来说还有什么意义？所有这一切美景我还要它则甚？事实上，现在我每一分钟、每一秒钟都必须知道和不得不知道：就连此刻正在我身旁一道阳光中嗡嗡作声的一只小苍蝇，也是这筵席和合唱的参加者，也知道其中有它的一席之地，它也热爱这一席之地并感到幸福，唯独我被淘汰出局，而且仅仅由于我的怯懦在这以前还一直不愿明白这一点！哦，我明明知道，公爵和他们那些人多么希望把我带到如下的一步：那时我发表的将不是这番“阴险恶毒”的言论，我将出于劝人为善和颂扬道德胜利的目的唱一节米尔瓦的经典名诗——

O，puissent voir votre beauté sacrée
Tant d'amais sourds à mes adieux!
Qu'ils meurent pleins de jours，que leur mort soit pleurée，
Qu'un ami leur ferme les yeux! ①

但是请相信我，天真老实的人们，请相信我，在这一节温良敦厚的诗句里，在用法文诗向世界表示的这种经院式祝福里，蓄积着那么多隐秘的苦味，那么多不可调和而在韵律中自行冲淡了的怨气，以致连诗人自己可能也闹糊涂了，把这股怨气当作了感动的眼泪，而且就这样死去；愿他的灵魂得到安息！要知道，意

① 陀思妥耶夫斯基所引的诗并非出自法国哀歌诗人米尔瓦(1782—1816)之手，而是法国诗人吉尔伯(1751—1780)《仿〈圣经·旧约·诗篇〉中若干篇所作的颂歌》中的一节(其中第一行与原诗略有出入)。大意如下：“哦，但愿对我的辞世一无所闻的朋友们将看到您神圣的美！但愿他们都是暮年寿终，有人为他们流泪致哀，有朋友把他们的眼皮合上！”

识到自己微不足道和无能为力这种耻辱是有限度的，超越了这个限度，人就无路可走，由此他反倒会开始从自己的耻辱中感到巨大的乐趣……。当然喽，从这个意义上说，顺从是一种巨大的力量，这我承认，——不过并非从宗教把逆来顺受视为力量那个意义上说。

宗教！我可以承认有永恒的生命，也许我一向承认。就算是最高主宰的意志把意识点亮，就算意识环顾世界后说出：“我存在着！”就算这位最高主宰忽然派定该意识必须化为乌有，因为那边出于某种需要如此安排(甚至不说明究竟为什么)，——就算是需要吧，这一切我都可以接受，但又要提出一个始终没有得到解答的问题：为什么在这同时还需要我的顺从？难道就不能干脆把我吃掉而不要求我颂扬把我吃掉的力量？难道那边果真有谁会因我不愿再等两个星期而动肝火？我不相信；比这准确得多的推测无非是——需要用我这微不足道的生命、仅仅是一个原子的生命去为某种全面的和谐锦上添花，去充当某一个正号或负号以达到某项对比的目的等等，等等，正像每天需要牺牲许许多多生物的生命一样，否则除此以外的世界就维持不下去(不过必须指出，这个思想本身气量不大)。但是算了吧！我同意，不如此(也就是说若非经常不断地你吃掉我、我吃掉你)这个世界无论如何摆不平。我甚至愿意承认我对于这种安排一窍不通，但有一点我绝对知道：既然已经让我意识到“我存在着”，那么这个世界在结构上有错误，否则它就维持不下去——干我什么事？既然如此，谁还会来指责我，为什么指责我？你们怎么想都可以，反正这一切是不合理和不公平的。

然而，无论我怎样渴望，我始终无法想象，身后的生命和天命都是不存在的。最确切的说法是：这一切都存在，但我们对身后的生命及其规律完全不懂。可是，如果这玩意儿那么难懂，甚至完全不可理解，难道我无法领悟莫测高深的道理，后果就得由我负责？诚然，他们说(公爵当然也和他们在一起)，在这个问题上需要服从，要不加思考、诚惶诚恐地服从，如果我温驯柔顺，到另一个世界一定能得到补偿。我们由于不理解天命而烦躁地把我们的观念说成是天命，这样就太贬低天命了。但这里又要指出，既然天命不可理解，那么，我再说一遍，要对人无法理解的东西负责也是困难的。既然如此，那怎么能因为我无法理解天命的真正意志和规律而指责我呢？不，还是撇开宗教不谈为好。

何况也已经够了。当我读到这里的时候，太阳谅必已经升起，“在天空中发出巨响”，无穷大的力量将倾泻在普天之下。就这样吧！我将一边正面望着力量和生命的源泉，一边死去，我已不要这条命！如果我有权力不出生到世上来的话，那我一定拒绝在这样嘲弄人的条件下生存。但我还有权力死去，虽然我退还的只是屈指可数的时日。这不是什么了不起的权力，也不算什么了不起的造反。

最后声明：我死决不是因为熬不过这三个星期。哦，我有足够的力量熬过去；而且，如果我愿意的话，单是意识到我受了委屈就足以使我告慰。但我不是一位法国诗人，我不要这样的安慰。说到底，这也是一种诱惑。自然法则以其判定的三个星期把我的活动限制到了这种程度，以致自杀也许是我还来得及按照我自己的意志善始善终的唯一事情。怎么说呢，可能我确实想把握住这最后一次**行动**的机会？抗议有时候是一种不可小看的行动……

《说明》到此结束；伊波利特终于打住……

在特殊情况下，直率可以达到极端肆无忌惮的最后阶段，那时，一个神经质的人被激怒而失去了自持力，已经什么顾虑都没有，哪怕吵翻了天也不在乎，甚至求之不得。他会向人们发动袭击，同时自己怀着一个模模糊糊、但很坚定的决心，准备在一分钟以后从钟楼高塔上掉下去，以此了结可能产生的一切误会。这种状态的征候通常表现为体力接近于衰竭。在这以前一直支撑着伊波利特的那种反常的高度紧张，现在已达到这样的最后阶段。这个病入膏肓的十八岁小青年本人的样子十分虚弱，就像从树上脱落的一张颤抖的枯叶。但是，他的目光才向听众一扫，——这是最近一小时内的第一次，——一种极度傲慢、极度轻蔑和侮辱性的厌恶之状立刻在他的眼神和笑容中表现出来。他急于向人们挑战。但听众也愤慨万分。大伙悻悻然从桌旁站起来，发出很大的响声。疲倦、香槟、紧张使他们得到的印象显得更加纷乱、更加恶心——如果可以这样形容的话。

忽然，伊波利特从椅子上蹦起来，仿佛被人抓离了座位。

“太阳出来了！”他看见了闪光的树梢喊叫起来，并当作什么奇迹似的指着它们给公爵瞧。“出来了！”

“您原先以为太阳不会出来还是怎么着？”菲尔狄宪柯从旁插了一句。

“又得烤上一整天，”加尼亚漫不经心地嘀咕道；他手里拿着帽子伸伸懒腰，打个哈欠，“要是这样一个月不下雨，那可够呛！……咱们走吧，普季岑，怎么样？”

伊波利特听着几乎惊讶得目瞪口呆；他一下子脸色白得可怕，浑身发抖。

“您十分拙劣地装出一副冷漠的样子来侮辱我，”他向加尼亚说，眼睛直盯着他，“您这个混蛋！”

“这太不像话了，怎么能这样放肆！”菲尔狄宪柯吼叫起来，“真是少有的神经脆弱！”

“不过是个蠢货。”加尼亚说。

伊波利特稍稍按捺住自己。

“我明白，诸位，”他开始说，身体还在发抖，结结巴巴地每一句话都要卡住，“难怪你们要对我进行人身报复，我……后悔用这些胡话（他指指手稿）惹你们心烦，不过我后悔没把你们烦死……”他作了一个愚蠢的微笑，“烦死没有，叶甫盖尼·巴甫洛维奇？”伊波利特突然转而问他，“烦死还是没有烦死？说呀！”

“稍微嫌长了点儿，不过……”

“把话都说出来！不许撒谎，哪怕您一辈子就这一回！”伊波利特哆嗦着逼问。

“哦，我根本不在乎！对不起，我请求您别缠着我。”叶甫盖尼·巴甫洛维奇扭头不去理他。

“祝您安睡，公爵。”普季岑走到公爵跟前向他告辞。

“他马上会开枪自杀的，你们怎么啦？瞧他！”薇拉发出一声喊，惊恐异常地冲向伊波利特，甚至抓住他的双手。“他不是说过等太阳出来就开枪自杀吗？你们怎么都像没事人似的？”

“他不会自杀的！”好几个人同声以幸灾乐祸的口吻说，其中也有加尼亚。

“诸位，你们可要留神！”郭立亚也抓住伊波利特的一只手喊道，“你们只要看一看他的脸色！公爵！公爵，您到底怎么啦？”

薇拉、郭立亚、凯勒尔和布尔多夫斯基麇集在伊波利特身边，四个人都抓住他。

“他有权利，有权！……”布尔多夫斯基讷讷地说，不过自己也是一副失魂落魄的样子。

“请问公爵，您打算如何处置？”列别杰夫走到公爵面前；他已经醉态毕露，并且被激怒到了不顾颜面的程度。

“处置什么？”

“不，让我说几句，我是这里的房主，尽管我毫无轻慢您的意思。就算您也是这里的主人，我也不愿让人这样在我自己家里……。就这档子事儿。”

“他不会自杀的；这小子在胡闹！”伊沃尔京将军愤激而又自以为是地突然大喝一声。

“说得对，将军！”菲尔狄宪柯附和道。

“我知道他不会自杀，将军，我深深尊敬的将军，但不管怎样……因为我是这儿的主人。”

“我说杰连企耶夫先生，”已经向公爵告辞的普季岑忽然说，并且向伊波利特伸出一只手，“您在手稿中好像谈到了您的骨骼，打算把它遗赠给科学院，是不是？您说的是您的骨骼，您自己的？也就是说，您要遗赠您的骨头？”

“对，我的骨头……”

“那就好。我是怕会不会搞错；据说已经有过这样的事情。”

“你们干吗要惹他？”公爵蓦地大声说。

“把人家眼泪都逗出来了。”菲尔狄宪柯添上一句。

但伊波利特根本没有哭。他想移动身子，但围住他的四个人一下子都抓住他的手。这时有人发出笑声。

“他正是指望别人会抓住他的手；他读那份东西就是这个目的，”罗果仁指出，“再见，公爵。坐得时间太久，骨头都疼了。”

“杰连企耶夫，如果您真的想自杀，”叶甫盖尼·巴甫洛维奇笑了起来，“换上我处在您的地位，听了这样的恭维话一定赌气不自杀，存心气气他们。”

“他们巴不得看到我自杀！”伊波利特冲他抬起头来。

他说话就像吵架似的。

“他们因为看不到，所以恼火。”

“那么您也认为他们是看不到的喽？”

“我没有怂恿您的意思；相反，我认为很可能您会自杀。主要的是您别生气……”叶甫盖尼·巴甫洛维奇摆出一副长者的姿态拉长调子说。

“我现在才明白，我把这份东西念给他们听是犯了一个可怕的错误！”伊波利特说时突然用充分信任的神态望着叶甫盖尼·巴甫洛维奇，好像在请一位朋友提供友谊的忠告。

“局面是可笑的，不过……说实在的，我不知道该向您提什么建议好。”叶甫盖尼·巴甫洛维奇含笑回答。

伊波利特严厉地直盯着他瞧，一眼不眨，也不说话。可以料想，他有时完全神志不清。

“不，让我说几句，这算是哪门子的派头！”列别杰夫说道，“他说：'我要到林苑里去开枪自杀，为了不惊动任何人！'他以为只要下台阶往花园里走上三步，就可以不惊动任何人啦？"

"诸位……"公爵正欲开口。

"我，让我说几句，我深深尊敬的公爵，"列别杰夫死抓住这个题目不放，"由于您亲眼看到这不是开玩笑，还由于至少一半客人也持这样的意见，并且深信，现在，既然已在这里说出了那样的话，他势必要开枪自杀以挽回面子，我作为房主当着见证人的面宣布，我敦请你们给予协助！"

"究竟该做什么，列别杰夫？我愿意协助您。"

"听我说：首先，要他立刻把刚才他在你们面前吹嘘过的那支手枪交出来，包括全部弹药。如果他肯交出来，考虑到他的病情，我同意让他在这座房屋里度过这一宿，当然必须在我的监视下。但是明天一定得请他自便；请原谅，公爵！要是他不交出武器，我一定马上扭住他的胳膊，我扭一支，将军扭另一支；我马上派人去通知警察，那时这件事就交给警察局去处理。请菲尔狄宪柯先生看在老相识分上去走一趟。"

此刻群情哗然；列别杰夫激动非常，已经什么都顾不上了；菲尔狄宪柯准备前往警察局；加尼亚一个劲儿地坚持说谁也不会自杀。叶甫盖尼·巴甫洛维奇保持沉默。

"公爵，您什么时候从钟楼上摔下来过没有？"伊波利特忽然低声问他。

"没——有……"公爵天真地回答。

"难道您以为我没有预见到对我这样的憎恨？"伊波利特又悄悄地说，一双眼睛忽闪忽闪望着公爵，好像真的在等他回答。"够了！"他突然冲着全体在场的人吼叫。"都是我的错……谁也没有我的过错大！列别杰夫，给你钥匙，"他掏出钱包，从中取出一串套在钢环上的三四只小钥匙，"这一把，最后第二把……郭立亚会指给您看的……郭立亚！郭立亚哪儿去了？"他喊道，其时他看着郭立亚却视而不见，"对……他会指给您看的；昨天是他和我一起把东西放进旅行包的。你带他去，郭立亚；我的旅行包……在公爵书房里桌子底下……用这把钥匙开，我的手枪和火药筒……在下面一只盒子里。昨天他自己放进去的，列别杰夫先生，他会指给您看；但有一个条件，明天一早我回彼得堡去的时候，您得把枪还给我。听见没有？我这样做是为了公爵，不是为您。”

“这才对！”列别杰夫抓起钥匙皮笑肉不笑地跑到隔壁房间里去。

郭立亚站住不走，想要说些什么，但列别杰夫把他拉去了。

伊波利特望着嘻嘻哈哈的客人们。公爵注意到他的牙齿在打架，像在恶寒时那样。

“他们都是混蛋！”伊波利特又咬牙切齿地向公爵低语。他跟公爵说话总是做出交头接耳的样子。

“离开他们吧；您太虚弱了……”

“我马上去，马上就去……这就去。”

忽然他把公爵搂住。

“您也许认为我是个疯子吧？”他望着公爵说，并且奇怪地笑了起来。

“不，可是您……”

“马上就去，马上就去，您别说话，什么也别说；您站着……我要看看您的眼睛……。就这么站着，让我看。我要告别大写的人。”

他站着一动不动地、默默地对公爵看了有十来秒钟，脸上全无血色，额角汗涔涔的，一只手奇怪地抓住公爵，好像生怕把他放了。

“伊波利特，伊波利特，您怎么啦？”公爵惊叫起来。

“马上就去……够了……我就去躺下。我要为太阳的健康喝一口……。我要，我要，别管我！”

他迅速拿起桌上的酒杯，突然离开原地，一眨眼就走到下廊台的台阶口。公爵正要追上去，偏偏就在这个当儿叶甫盖尼·巴甫洛维奇伸出手来向他告辞。过了一秒钟，廊台上所有的人忽然一齐大叫起来。接着出现一分钟极度的慌乱。

所发生的事情是这样的——

伊波利特走到下廊台的台阶口上站住，左手拿着酒杯，右手插在他身上所穿一件大衣的右侧兜里。凯勒尔事后声称，伊波利特在这以前也老是把那只手插在右边的兜里；当他还在跟公爵说话时，他的左手揪住自己的肩膀和领子，而那只右手一直插在兜里，凯勒尔声称自己就在那个时候第一次生了疑心。不管怎样，反正某种不安的心情促使他也向伊波利特追上去。但他也没有赶上。他只看见伊波利特的右手中有件东西刷地一闪，就在这同一秒钟，一支袖珍小手枪已经直接抵在他的太阳穴上。凯勒尔扑上去抓住他的手，但伊波利特也在同一秒钟内扣动了扳机。扳机发出干涩刺耳的咔嗒一声，但枪声没有响起来。当凯勒尔一把抱住伊波利特时，后者倒在他怀里，好像失去了知觉，也许果真以为自己已经被枪打死。手枪已经到了凯勒尔手里。伊波利特被扶住，有人搬来一把椅子让他坐下；大伙纷纷把他围住，你叫我嚷，问这问那。大伙都听到咔嗒一声，而看见的却是个活人，连一块皮也没有擦破。伊波利特则坐在那里，不明白发生了什么事，毫无表情地把所有的人一一看遍。列别杰夫和郭立亚就在这个当儿跑进来。

“卡壳了？”周围的人纷纷问道。

“也许没装弹药？”另有些人猜测。

“装着！”凯勒尔察看了手枪宣布，“可是……”

“难道卡壳了？”

“压根儿没有火帽。”凯勒尔宣布。

接下来那种啼笑皆非的场面实在很难描述。最初遍及所有人的惊恐迅速地开始被笑声取而代之；有几位甚至纵情狂笑，在这件事情中找到了缺德的乐趣。伊波利特歇斯底里地号啕大哭，扭绞着双手向所有的人哀告，甚至向菲尔狄宪柯哀告，用双手把他抓住，向他发誓说自己忘了，“完完全全无意而不是故意忘了”把火帽放进去，说“这些火帽全在这儿，在他的背心口袋里，有十只”（他让周围所有的人看），说他没有事先安上火帽是怕枪会在衣兜里走火，认为需要的话随时都来得及安上，不料给忘了。他向公爵、向叶甫盖尼·巴甫洛维奇诉说，恳求凯勒尔把枪还给他，他马上可以向所有的人表明什么是"他的名誉，名誉"……说他从此"永远名誉扫地了！"……

最后，他确实失去了知觉。他被抬到公爵书房里，酒已全醒的列别杰夫立刻派人去请医生，他自己带着女儿、儿子、布尔多夫斯基和将军守在病人床前。在人事不省的伊波利特被抬走以后，凯勒尔站到廊台中央，为了让所有的人都听见，他一字一顿清清楚楚而又声情激越地宣布：

"诸位，如果你们中间再有任何人当着我的面说出怀疑火帽是故意忘记安上的话，并认为那个不幸的年轻人无非演了一出滑稽戏，——对于说这话的人我决不客气。"

但是没有人答理他。客人们终于陆陆续续地匆匆散去。普季岑、加尼亚和罗果仁一道走了。

公爵见叶甫盖尼·巴甫洛维奇改变初衷，未作解释便欲离去，感到很奇怪。

"您不是说等大家散去以后要跟我谈谈吗？"他问叶甫盖尼·巴甫洛维奇。

"的确如此，"叶甫盖尼·巴甫洛维奇说着忽然在一把椅子上坐下，并让公爵坐在他旁边，"但现在我暂时改变了主意。我得向您承认，我觉得有点儿窘，您也是这样。我的思绪很乱；此外，我想要跟您解释的事情对我来讲实在太重要了，对您也是这样。情况是这样的，公爵，我希望做一件光明磊落的事，哪怕一辈子就这么一次，也就是绝对不夹杂一点点私心，但我认为此时此刻我不太具备做光明磊落的事的条件，再者，您可能也……也……同样……反正咱们以后再谈吧。我现在就要到彼得堡去三天，如果咱们等上这三天工夫，事态可能会趋于明朗，对我对您都一样。"

于是他又从椅子上站起来，以致使人觉得奇怪：何必坐下呢？公爵也觉得叶甫盖尼·巴甫洛维奇似乎怏怏不乐、面有愠色，看起人来带着敌意，目光跟刚才完全不一样。

“请问，您现在要去看病人吗？”

“是的……我担心。”公爵说。

“不要担心；我看他还能活上六个星期，甚至在这里还会好起来。不过最好是您明天就把他打发走。”

“也许我确实对他起了推波助澜的作用，因为……我什么也没有说；他可能认为我不相信他会自杀？您是怎么看的，叶甫盖尼·巴甫洛维奇？”

“我绝对不这样看。您实在太善良，所以还耿耿于怀。我听说过这等事，但从来没有真正看到一个人为了要人家夸他或者因为人家不夸他而赌气自杀。主要的是我不相信这种毫不掩饰的意志薄弱！不过，你明天还是把他打发走的好。”

“您认为他会不会再次自杀？”

“不，现在他不会自杀了。但是请提防那些咱们国产的拉塞内①！我再次提醒您，犯罪对于这批既无才干、又不耐烦的贪心小人是最寻常不过的逋逃薮。”

“难道这是个拉塞内？”

“本质相同，虽然戏路可能不一样。您会看到的，如果这位先生没有能耐纯粹为了‘开个玩笑’干掉十来个人的话，正像刚才他自己在《说明》中读给我们听的那样。反正如今他的这些话使我没法睡觉。”

“您也许过于多虑了。”

“您这个人真是妙不可言，公爵；您不相信他**现在**能杀死十个人？”

“我不敢回答您；这一切太奇怪了，但是……”

“那好吧，随您的便，随您的便！”叶甫盖尼·巴甫洛维奇末了

---

① 皮埃尔-弗朗索瓦·拉塞内(1800—1836)，19世纪30年代巴黎轰动一时的刑事案件中心人物，是个极端残酷的杀人犯。在他被处决后，曾有据称是他的《杂记》和《谈话录》出版。1861年，陀思妥耶夫斯基曾为《时代》杂志发表拉塞内一案的综述写了前言。

恼火地说，“此外，您这个人实在太勇敢；不过小心您自己别落到那十个人中间去。”

“很可能他不会杀死任何人。”公爵说时若有所思地望着叶甫盖尼·巴甫洛维奇。

叶甫盖尼·巴甫洛维奇气愤地笑了。

“再见，我该走了！您注意到没有，他把他的自白的一份副本遗赠给了阿格拉雅·伊万诺夫娜？”

“是的，注意到了，而且……我正在想这件事。”

“那就对了，以防万一成为十分之一。”叶甫盖尼·巴甫洛维奇又笑起来，然后走了出去。

一小时以后，已经三点多了，公爵走到林苑里去。他在家里曾试图睡一觉，可是睡不着，因为心跳得厉害。不过家里已经全都安置妥当，并尽可能让大家都平静下来。病人已经入睡，请来的医生说没有什么太大的危险。列别杰夫、郭立亚、布尔多夫斯基睡在病人的房间里，以便轮流值班；可见没什么需要操心的了。

但是，公爵的不安却一分钟比一分钟增长。他在林苑里踽踽而行，心不在焉地看着自己周围，当他走到车站前一片空地那儿，见一排排长椅和乐队的谱架都空着时，这才诧异地站住。这个地方使他大吃一惊，不知为什么在他眼里显得十分丑恶。他转身往回走，直接沿着昨天跟叶班契娜母女一起到车站去走的那条大路来到绿色长椅——指定的约会地点——那儿，在长椅上坐下，忽然扬声大笑，但紧接着又为此而愤慨异常。他的彷徨并未消失，他只想到一个什么地方去……。他不知道去哪儿。在他当头的树上有一只小鸟在啁啾啼鸣，他便用目光在叶丛中寻找；忽然，小鸟扑棱一声从树上飞起来，就在这一瞬间，他不知为何想起了“一道炽热的阳光中”的“一只小苍蝇”，伊波利特写到“连苍蝇也知道自己有一席之地，是合唱的参加者”，而他“却被淘汰出局”。这句话刚才就使他受到很大震动，现在他想起来了。一段早已忘却的往事在他记忆中开始晃动，一下子又历历如在目前。

那是在瑞士，在他接受治疗的第一年，甚至是最初几个月。当时他还完全跟白痴一样，连说话也不会好好儿说，有时不明白人家要他怎么样。有一回，在一个阳光明媚的大白天，他到山上去，带着一个痛苦的、但怎么也捉摸不定的念头踯躅良久。他面前是辉煌的天空，山下是一泓湖水，四周景物清朗，极目无涯。他望了很久，心中十分难受。现在他回忆起，当时他曾向着这明亮、无垠的苍穹伸出双手，潸然泪下。他痛苦是因为这一切通通与他无缘。他向往已久、从小时候就一直吸引着他的常年大庆、不散筵席到底是什么样的？他始终不能躬逢其盛。每天早晨都有这般光明的太阳升起，每天上午瀑布飞泻处都有彩虹，每天傍晚远处天边那座最高的雪峰都会燃起绯红的火焰；"一只小苍蝇在他身旁一道炽热的阳光中嗡嗡地叫，它是整个这场大合唱的参加者，知道其中有它的一席之地，它也热爱这一席之地并感到幸福"；每一棵小草都在生长并感到幸福！万物都有自己的路，都知道自己的路，它们唱着歌儿去，唱着歌儿来；唯独他不知道，什么都不懂，不了解人们，不了解声音，与一切无缘，已被淘汰出局。哦，当然，那时候他说不出这些话，吐不出自己心中的块垒；他默默地黯然神伤；但现在他觉得这一切当时他就说过，说的正是这些话，关于那只"小苍蝇"，伊波利特也是从他那里、从他当时的话语和眼泪中借来的。他对此肯定无疑，这个念头不知为什么使他的心怦怦直跳……

他在长椅上迷迷糊糊睡着了，但他的惊悸状态梦中还在继续。入睡前他想起伊波利特要杀死十个人，对这种设想之荒唐一笑置之。他周围是一片优美、明净的岑寂，只有树叶的飒飒声，而四周似乎因此显得更加宁谧、更加幽静。他做了许多梦，都是惶惶不安的，致使他隔一会儿就打寒噤。最后，有个女人走到他跟前；公爵认识她，而且熟悉到痛苦的程度；公爵随时能说出她的名字，指出她的所在，——但是说来也奇怪，——她现在的脸似乎和公爵素来熟识的完全不一样，于是公爵怎么也不愿承认她就是那个女人。这张脸上充满了悔恨和恐怖，好像她是一个可怕的罪犯，刚刚犯下令人发指的罪行。眼泪在她苍白的面颊上颤动；她向公爵招招手，用一个指头按在嘴唇上，似乎在告诫公爵悄悄地跟她走。他的心往下一沉；他无论如何不肯承认这个女人是罪犯；但是他感到马上就会发生什么可怕的事情，其后果将波及他的一生。那女人好像想带他去看什么东西，离此不远，就在林苑里。公爵站起来准备跟她去，忽然他身旁有人发出甜美、清新的笑声；有人忽然把一只手放到他的手里；他抓住这只手紧紧握着，就醒了。阿格拉雅站在他面前大声笑着。

八

她在笑，但她也在发怒。

“睡着了！您居然睡着了！”她带着一种惊讶而又不屑的神态嚷道。

“是您！”公爵喃喃说了一句，似乎还没有完全醒过来，一边诧异地渐渐认出是她。“啊，对了！是约好了的……我在这儿睡着了。”

“我看到了。”

“除了您，没有人叫醒我吗？这儿除了您没有别人？我以为这儿有……另一个女人来过。”

“这儿有另一个女人来过……”

他总算完全醒过来了。

“那只是一个梦，”他若有所思地说，“奇怪，在这样的时刻做这样一个梦……。请坐。”

他握住她的手让她坐在长椅上，然后自己在她身旁坐下来沉思。阿格拉雅并不开始谈话，而只是凝神注视着对方。公爵也注视着她，但有时好像根本没有看到她在自己眼前。阿格拉雅的脸红起来了。

“哦，对了！”公爵打了个寒噤，“伊波利特开枪自杀了！”

“什么时候？在您那儿？”她问，但并不十分惊讶。“昨天晚上他不是还活着吗？发生了这样的事，刚才您居然还睡得着？”她突然兴奋地叫起来。

“不过他没有死，枪没有打响。”

在阿格拉雅的坚决要求下，公爵不得不马上而且十分详细地把昨夜的事原原本本叙述一遍。她不时催着公爵快讲下去，但又不断提问打岔，而且提的几乎都是枝节问题。不过，她怀着很大的兴趣听了公爵转述叶甫盖尼·巴甫洛维奇的话，有几处她甚至要公爵重复一下。

“行啦，得抓紧时间，”她听完了以后断言道，“咱们只能在这儿待一小时，到八点，因为八点钟我一定得回到家里，免得让人知道我在这儿坐过，而我是有事情才来的，我有许多话必须告诉您。可是您刚才把我的思路全打乱了。关于伊波利特这个人，我认为他的手枪打不响是意料中事，这比较符合他的性格。但您相信他肯定想自杀而不是在糊弄人？”

“决不是糊弄人。”

“这倒有可能。他果真写了要您把他的自白带给我？那您为什么不带来？”

“他没有死嘛。我可以问他要。”

“您一定带给我，可不必问他要。谅必这会使他感到非常高兴，因为他向自己开枪的目的也许正是要我在事后读他的自白。我求求您，请不要认为我的话可笑，列夫·尼古拉耶维奇，因为事实很可能是这样。”

“我并不笑话您，因为我自己也相信，在某种程度上很可能是这样。”

“您相信？难道您也有这样的想法？”阿格拉雅忽然惊奇得不得了。

她问得急，说得快，但有时好像不知如何是好，往往意未尽而话已断。她不时急于想要提出什么警告。总的说来，她怀着非比寻常的忧虑，虽然强作勇敢和带着挑战的意味，但可能也有点儿胆怯。她穿一条极普通的家常连衣裙，不过对她很相宜。她坐在长椅边上，身子时常打战，面孔涨红。公爵也认为伊波利特自杀是为了要阿格拉雅读他的自白，这使阿格拉雅惊诧不置。

“当然，”公爵解释道，“除了您以外，他也希望我们大家都称赞他……”

“怎么称赞？”

“就是，这……怎么对您说呢？这很难说清楚。不过他肯定希望大家把他围住，竭力劝他不要死，对他说人们都喜欢他、尊重他。很可能他最希望您这样做，因为他是在那样的时刻提到了您……尽管他自己恐怕不知道指的是您。”

“这就叫我完全没法理解：指的是我，又不知道指的是我。不过，我好像明白了。告诉您，当我还是个十三岁的小姑娘时，我自己大约有过三十次考虑服毒自杀，并打算把这一切写成给父母的遗书，还想象我自己躺在棺材里的情景，那时人人都将为我痛哭流涕并责怪他们自己不该对我如此狠心……。您又在笑什么？”她皱起眉头很快添上一句，“当您一个人浮想联翩的时候，您关于自己还想些什么？也许您把自己想象成陆军元帅，并且打败了拿破仑？”

“说实话，我的确想这样的事，尤其在快要入睡的时候，”公爵笑了起来，“不过我打败的不是拿破仑，而是奥地利军队。”

“我一点也不想跟您打哈哈，列夫 · 尼古拉耶维奇。我自己会去看伊波利特；请您通知他一声。不过我认为您这样的做法很不好，因为像您评判伊波利特这样剖视一个人的心灵太不礼貌。您不懂得体贴，尽管句句真话，所以并不公正。”

公爵思索起来。

“我觉得您对我的态度是不公正的，”他说，“我完全不认为他这样想有什么不好，因为大家都倾向于这样想；何况他可能根本不这样想，而只是希望如此……他希望最后一次和人们相聚，赢得人们的尊重和喜爱。这明明是很好的感情，只是不知怎么的给搞糟了；问题在于他的病，还有其他原因！再说，有些人什么都干得好，而有些人无论干什么总是一团糟……”

“您大概把自己也扯进去了吧？”阿格拉雅指出。

“是的，我是说我自己。”公爵回答时并不理会这句问话中是否包含幸灾乐祸的意味。

“不管怎么说，我要是处在您的位置决计睡不着觉。可见，您无论挤到哪里，马上就能睡着。您这是很不应该的。”

“可是要知道我整整一宿没睡，后来又走呀走的，一直走到听音乐的地方……”

“什么音乐？”

“就是昨天有乐队演奏音乐的地方。然后又来到这里，坐下来想着想着就睡着了。”

“啊，原来如此！这还情有可原……。可是您到听音乐的地方去干吗？”

“不知道，反正去了……”

“好吧，好吧，以后再说；您老是打断我的话，您去听音乐跟我有什么相干？您梦见的那个女人是谁？”

“这……关于……您没看到……”

“我明白，太明白了。您对她非常……。您怎么梦见她了？梦里她是怎么个样儿？不过，我压根儿不想知道，”她陡然愤愤地说，“别打岔……”

她稍等了一会儿，似乎在给自己鼓气，或者力图驱散不痛快的情绪。

“我把您叫来是为了这么件事：我想正式建议您做我的朋友。您干吗忽然这样盯着我瞧？”她几乎愤怒地补上这一句。

公爵此刻确实十分注意地望着她，并发现她的脸又开始涨得通红。在这种场合，她越是脸红，恐怕越是为此生自己的气，这从她闪闪发亮的眼睛里明显地表现出来。通常，她在一分钟后便会迁怒于她说话的对象而不管对方是否有过错，并开始与之争吵。她知道并且感觉到自己这种乖僻和怕羞的脾气，所以平时不大与人交谈，比起她的两个姐姐来说话较少，甚至过于沉默寡言。如果非开口不可，尤其在这种微妙的场合，那么她就以非常傲慢的姿态开始谈话，好像摆出一副挑战的架势。她总是预先知道自己什么时候开始或将要开始脸红。

“您也许不愿接受这个建议？”她倨傲地望着公爵。

“哦，不，我愿意，只是这完全没有必要……我是说，我怎么也没有想到需要这样正式提出建议。”公爵窘得要命。

“您原先是怎么想的？我把您叫到这里来为了什么？您头脑里在考虑什么？不过，您大概把我看成一个小小的蠢货吧？家里人对我都是这样看的。”

“我不知道有谁把您看成蠢货，我……不认为是这样。”

“您不认为是这样？您很聪明。说得尤其聪明。”

“我认为，您有时候甚至可能非常聪明，”公爵继续说，“刚才您有一句话说得非常聪明。针对我在认识伊波利特方面没有把握这一点，您说：‘尽管句句真话，所以并不公正。’我要记住这句话，仔细琢磨琢磨。”

阿格拉雅一下子喜形于色。这些变化在她身上都是以极其率直的方式发生的，而且非常迅速。公爵也感到高兴，甚至一边看着她，一边乐呵呵地笑了起来。

“听着，”阿格拉雅又开始说，“我盼了很久，一直想把这些话全告诉您，从您打那边给我写了那封信的时候起我就盼望着，甚至还要早些……。一半您昨天已经听我说过：我认为您是最诚实、最正直的人，比任何人更诚实、更正直，如果有人说您的头脑……说您的头脑某些时候有毛病，那是不公正的；我这样认定了，并且跟人家辩论，因为虽然您的脑子确实有毛病（对此您当然不会见怪，我是从高级的观点说的），但您主要的头脑比他们所有的人高明，这种头脑他们连做梦也休想得到。因为头脑有两副：主要的和非主要的。您说是不是？难道不是吗？”

“也许是这样。”公爵用勉强可以听见的声音说；他的心颤得厉害，跳得剧烈。

“我知道您会明白的，”阿格拉雅郑重其事地说，“Щ公爵和叶甫盖尼·巴甫洛维奇对于这两副头脑完全不理解，亚历山德拉也一样，可是请您想象一下：妈妈却明白了。”

“您很像叶丽扎薇塔·普罗科菲耶夫娜。”

“这怎么会呢？难道是真的？”阿格拉雅纳罕地问。

“真的，是这样。”

“我向您表示感谢，”她想了想以后说，“我很高兴知道自己像妈妈。这么说，您很尊敬她喽？”她添上一句，完全没有意识到这话问得幼稚。

“非常尊敬，非常尊敬，您能这样正确理解这一点，我感到很高兴。”

“我也高兴，因为我发现人家往往……笑她。不过请您听我谈主要的：我考虑了很久，终于选择了您。我不愿让家里人笑我；我不愿人家把我当作一个愚蠢的小丫头；我不愿让人家逗我……。这一切我一下子全明白了，并且断然拒绝了叶甫盖尼·巴甫洛维奇，因为我不愿人家不断为我找女婿！我想……我想……唔，我想从家里逃出去，而我选择您是希望您能帮助我。”

“从家里逃出去？”公爵失声惊呼。

“是的，是的，是的，从家里逃出去！”她忽然喊道，愤怒的火焰异乎寻常地燃烧起来。“我不愿在那里老是被羞得面红耳赤，我不愿。我不愿在家里人面前红脸，不愿在 Щ 公爵、叶甫盖尼·巴甫洛维奇或是其他任何人面前红脸，因此我选择了您。跟您我什么都愿意谈，甚至谈最重要的事情，我什么时候想谈就什么时候谈；同样，您什么也不应当瞒着我。我希望至少有一个人我能跟他无话不谈，就像跟自己一样。近来，他们忽然说我在盼着您，说我爱您。这还是在您来到以前，而我并没有把信给家里人看过；现在人人都这样说了。我要表现得勇敢，什么也不怕。我不愿去参加那些舞会之类，我要做有益的事。我早就打算离开家庭。我在他们那儿像在瓶子里一样给关了二十年，他们都想把我嫁出去。我十四岁的时候就想逃走，尽管还是傻瓜一个。现在我已经把一切都计算好了，就等您来好向您打听国外的种种情况。我连一座哥特式教堂也没有见过，我想去罗马，我想参观各种学科的博物馆，我想去巴黎上学；最近一年我一直在自学准备考试，读了很多书；一些禁书我都看过。亚历山德拉和阿黛拉伊达什么书都看，她们可以，对我却不是所有的都让看，对我管得严。我不想跟姐姐吵架，但是对父母亲我早就宣布要彻底改变我的社会地位。我打算从事教育工作，我还指望着您呢，因为您说过您喜欢孩子。咱们可以一块儿从事教育工作，即使不是目前，也可以在将来，您说对吗？咱们一块儿做些有益的事；我不想当将军的女儿……。告诉我，您是个很有学问的人吧？”

“哦，完全不是。”

“这很遗憾，我还以为……我到底以为怎样呢？反正您将来当我的指导，因为我挑选了您。”

“这太荒唐，阿格拉雅·伊万诺夫娜。”

“我要从家里逃出去，我要逃出去！”她大声嚷着，她的眼睛又开始熠熠闪光。“要是您不同意，我就嫁给加甫里拉·阿尔达里昂诺维奇。我不愿在家里被看作一个下流女人，指责我这也不对，那也不是，天知道究竟有多少罪名。”

“您疯了不成？”公爵险些从座位上跳起来。“指责您什么？谁指责您？”

“家里人，所有的人，妈妈、姐姐、爸爸、Щ公爵，甚至还有您那个可恶的郭立亚！即使不是直说，至少也是这么想的。这话我当面对他们所有的人都说了，包括妈妈、爸爸在内。妈妈为此病了整整一天，第二天，亚历山德拉和爸爸对我说：我自己也不懂得自己胡言乱语说了些什么话。我当即毫不含糊地回答他们说：我已经什么都懂得，所有的话我全明白，我已经不是小孩子，还在两年前我就故意读了保罗·德·科克[①]的两本小说，为的是了解一切。妈妈听见以后险

---

① 夏尔-保罗·德·科克(1794—1871)，法国通俗小说家。他的作品格调不高但在当时的法国甚至整个欧洲非常流行，几乎全部都有俄文译本。

些昏倒。”

公爵头脑里有个奇怪的主意倏地一闪。他定睛注视着阿格拉雅，微微一笑。

他简直无法相信，坐在他面前的正是那位心高气傲的小姐，当初这位小姐曾那样骄矜、那样傲慢地把加甫里拉·阿尔达里昂诺维奇的信读给他听。他无法理解，这样一位目空一切、冷若冰霜的美人，内心深处怎么竟会是这样一个小孩子，也许**现在**也确实不是**所有的话**都理解的小孩子。

“您是不是一直生活在家里，阿格拉雅·伊万诺夫娜？”他问道，“我是想说，您有没有上过什么学校，有没有在贵族女子中学读过书？”

“从来没有去过任何地方，一直待在家里，就像密封在瓶子里似的，一旦从瓶子里出来便直接嫁人。您笑什么？我发现您好像也在嘲笑我，也站在他们一边，”她附加这句话时把脸一沉，大有发威之势，“别惹我生气，我本来就不知道自己是怎么搞的……我敢肯定您到这里来可谓信心十足，拿准了我已经爱上您并且约您来幽会。”她怒冲冲地断然说。

“我昨天的确担心这一着，”公爵实在窘得慌，糊里糊涂竟走了嘴，“但今天我确信，您……”

“什么？”阿格拉雅大叫一声，她的下唇一下子哆嗦起来。“您担心我……您竟敢以为我……。上帝啊！您大概怀疑我叫您到此地来是想引您上钩，然后让别人在这里撞见我们，迫使您和我结婚……”

“阿格拉雅·伊万诺夫娜！您怎么不害臊的？在您纯洁无邪的心中怎么可能产生这样肮脏的想法？我敢打赌，您对自己这些话一句也不信……您简直不知道自己在说什么！”

阿格拉雅坐在那里，固执地望着地上，似乎自己也对刚才所说的话害怕起来。

“我一点也不觉得害臊，”她喃喃地说，“您凭什么知道我的心是无邪的？当初您怎么敢寄情书给我？”

“情书？我的信是情书？这是一封极其恭敬的信，这封信是在我一生最痛苦的时候从我心中流出来的！当时我像回忆光明一般想起了您……我……”

“那就好了，好了，”她忽然打岔道，但已经完全不是刚才那种语气，而是彻底感到后悔，简直近乎恐惧，甚至俯首转向公爵，犹自竭力避免直接看他，想要碰碰他的肩膀，更加恳切地请他不要生气，“好了，”她羞愧万分地又说了一遍，“我觉得，刚才我使用了极其愚蠢的词语。我这是……想要试试您的心。您只当我没说过这话。如果我得罪了您，那就请您原谅。请不要正面看着我，把脸转过去。您说这是非常肮脏的想法；我是故意说出来刺刺您的。有时我自己也觉得我想说的话怪可怕的，可愣是一下子说了出来。刚才您说那封信是在您一生中最痛苦的时候写的……。我知道那是在什么时候。”她轻柔地说，眼睛又望着地上。

“哦，您哪里都能知道呵！”

“我全知道！”她又激动地叫起来，“那时候您和那个跟您私奔的下流女人在一套房间里住了整整一个月……”

她说这话时脸已经不红，而是变得煞白，并且霍地站起来，仿佛又忘其所以，但旋即醒悟过来，重新坐下；她的嘴唇还继续哆嗦了好一阵子。大约有一分钟谁也不则声。公爵对于这突如其来的一手大为震骇，不知该把它归因于什么。

“我一点儿都不爱您。”她蓦地说，犹如斩钉截铁。

公爵没有回答；两人又沉默一分钟左右。

“我爱加甫里拉·阿尔达里昂诺维奇……”她说得极快，但声音几乎听不见，而头垂得更低了。

“这不是事实。”公爵也用近乎耳语的声音说。

“这么说，我在撒谎？这是真话；我给了他保证，前天，就在这条长椅上。”

公爵吃了一惊，有一会儿工夫陷于深思之中。

“这不是事实，”他断然重复说道，“这一切都是您捏造的。”

“太客气了。要知道，他已经改好了；他爱我甚于自己的生命。他在我面前烫了自己的手，仅仅为了表明他爱我甚于自己的生命。”

“烫了自己的手？”

“是的，他自己的手。信不信由您——我不在乎。”

公爵又默不作声。阿格拉雅的话里没有开玩笑的意味；她在生气。

“既然这是在此地发生的，难道他把蜡烛带到这儿来了？否则我想象不出……”

“对……是带蜡烛来了。这有什么不可想象的？”

“是一支完整的，还是蜡台里的？”

“唔……不……是半支……是蜡烛头……是一整支，——反正都一样，别跟我纠缠！……他还带来了火柴，如果您愿意知道的话。他点亮了蜡烛，把一个手指头悬在蜡烛上足足有半小时；难道这是不可能的？”

“昨天我见过他；他的手指好好儿的。”

阿格拉雅一下子扑哧笑了出来，完全像个小孩子。

“您可知道我刚才为什么撒谎？”她忽然以十足孩子气的信任态度转向公爵，嘴唇上还颤动着憨笑。“因为撒谎的时候要是巧妙地插进一件不大寻常、稀奇古怪的事情，反正随便什么过于夸张或者根本不可能有的事情，那么谎话听起来会可信得多。这我注意到了。只是我的做功太糟糕，因为我不善于……”

忽然，她又板起了脸，仿佛一下子猛醒过来。

“那一回，”她严肃地、甚至忧伤地望着公爵，对他说，“那一回我给您朗诵了‘可怜的骑士’的故事，我虽然想用这个办法……为一件事赞扬您，但同时也想谴责您的行为，向您表示我知道……”

“您对我太不公平……对您刚才用那样可怕的字眼提到的苦命女人太不公平，阿格拉雅。”

“因为我全都知道，全知道，所以才用这样的字眼！因为我知道半年前您曾当着所有的人向她求婚。别打岔，您瞧，我说话时不加评论。在这以后她随罗果仁跑了；后来您和她一起住在乡下或城里某个地方，她离开您住到别人家里去了。”阿格拉雅脸红得可怕。“后来她又回到爱她爱得……发狂的罗果仁身边。而您刚一得悉她已返回彼得堡，马上跟踪赶到此地来，可见您的理智也是非常健全的。昨晚您挺身保护她，刚才又在梦里见到她……。您瞧，我全知道；您是为了她，是为了她才到彼得堡来的，可不是吗？”

“是的，是为了她，”公爵轻轻答道，同时低下头来黯然神伤，全然没有料想到阿格拉雅如何目光炯炯地望着他，“是为了她，目的只想了解……。我不相信她和罗果仁在一起能得到幸福，虽然……总而言之，虽然我不知道我能在此地为她做些什么和怎样帮助她，但我还是来了。”

他打了个寒战，对阿格拉雅瞧瞧；阿格拉雅带着憎恨的表情听他说。

“既然您不知道来干什么就来了，可见您爱她之深。”阿格拉雅终于说。

“不，”公爵回答说，“不，我并不爱。哦，您哪里知道，我和她一起度过的那段时光回想起来有多么可怕！”

说到这里，他身上甚至起了一阵战栗。

“您把一切都谈出来。”阿格拉雅说。

“这里头没有您听不得的东西。为什么我单单想跟您谈这一切，只告诉您一个人，——理由我说不上来，也许我的确很喜欢您。那个不幸的女人深信她是世上最堕落、最邪恶的人。哦，请不要辱骂她，不要向她扔石头。她由于意识到自己蒙受不应蒙受的耻辱，已经把她自己折磨得太苦了。哦，她每时每刻都在大声疾呼，说她不承认自己有罪，她是人们的牺牲品，是一个淫棍和恶贼的牺牲品；但不管她向您说什么，要知道，她自己首先不相信她自己，相反，她凭着自己的整个良知相信她自己是……有罪的。当我试图驱散这重黑雾时，她竟痛苦到那样的程度，以致我心头的创伤永远无法平复，除非那段可怕的时光从我记忆中消失。我的心就像被永远刺穿了一样。您可知道她离开我逃跑的目的是什么？恰恰只是为了向我证明她是卑贱的。但其中最可怕的是：她自己也许不知道她只是要让我看清这一点，而她逃跑是因为她心中无论如何想做一件丑事，这样马上可以对自己说：'你又干了桩丑事，可见你是个贱货！'哦，也许这您不能理解，阿格拉雅！您可知道，这种不断意识到耻辱的心情对她来说也许包含着某种可怕的、反常的乐趣，就像是对某人进行报复。有时候我使她仿佛又看到了自己周围的光明，但她马上又愤慨起来，甚至发展到痛责我把自己高高地置于她之上(其实我绝无此意)，最后针对我的求婚建议干脆向我宣布，她既不要任何人表示高傲的同情，也不要帮助，更不要任何人把她'拔高到与自己平等的地位'。昨天您看到她了；难道您以为她跟那一帮子在一起感到快乐？她难道应该与这帮人为伍？您不知道她的智力有多么发达，她能理解的事可多呢！有时候她简直使我惊讶！"

"您在那边对她也讲这些……大道理？"

"哦，不，"公爵并不理会对方问话的口吻，仍然若有所思地说下去，"我差不多一直保持沉默。我常常想开口，但我确实不知说什么好。您也知道，在某些场合还是不开口为好。哦，我曾经爱过她；哦，非常爱她……但后来……后来……后来她全猜透了。"

"猜透什么？"

"猜透我只是怜悯她，可是我……已经不爱她了。"

"您怎么知道？也许她确实爱上了那个……把她带走的那个地主？"

"不，我全知道；她只是拿他取笑罢了。"

"她就从来不取笑您？"

"不。她的笑是出于愤恨；哦，那时她怒火中烧，狠狠地指责我，——她自己也痛苦万分！但是……后来……哦，别提了，别让我再想起这段往事！"

他用双手捂住自己的脸。

"您可知道，她几乎每天给我写信？"阿格拉雅问。

“这么说，真有此事！”公爵失声惊呼，“我听说过，但一直不愿相信这件事。”

“您是听谁说的？”阿格拉雅吓了一跳。

“罗果仁昨天对我说过，只是说得不太清楚。”

“昨天？昨天上午？昨天什么时候？在我们去听音乐之前还是之后？”

“之后；晚上十一点多钟。”

“啊，既然是罗果仁……。您可知道她在那些信中给我写了些什么？”

“我对什么都不会觉得奇怪；她是个疯子。”

“这就是那些信，”阿格拉雅从衣兜里取出都套着信皮儿的三封信，把它们扔在公爵面前。“她已经足足有一星期老是在恳求、劝说、诱使我嫁给您。她……是的，她很聪明，虽然是个疯子，您说得对，她比我聪明得多……。她在信上告诉我，说她爱上了我，她每天都在寻找机会见到我，哪怕老远看一眼也好。她说您爱我，她知道这一点，她早就注意到了，还写到您跟她在那边如何谈起我。她希望能看到我称心如意；她深信只有我能构成您的幸福……。她写得那么荒唐……那么奇怪……。我没把信给任何人看过，我等着您；您知道这意味着什么吗？您一点也猜不出来？”

“这是神经错乱；这证明她是个疯子。”公爵说时，他的嘴唇已哆嗦起来。

“您莫非在哭？”

“不，阿格拉雅，不，我没有哭。”公爵对她看了一下。

“我该怎么办呢？您能给我出个主意吗？我总不能老是收到这些信哪！”

“哦，您别管她了，我恳求您！”公爵叫道，“在这片黑雾中您又能做什么呢？我一定尽一切努力叫她不再给您写信。”

“如果这样的话，那您是个没有心肝的人！”阿格拉雅激动地说，“难道您看不出她爱的不是我，而是您？她只爱您一个人！难道她所有的心思您都看出来了，而这一点竟看不出来？您可知道这是什么，这些信意味着什么？这是忌妒；这比忌妒更强烈！她……您以为她果真会嫁给罗果仁，就像她在这几封信中所写的那样？只要您跟我举行了婚礼，她第二天就会自杀！”

公爵全身猛地一震；他的心往下一沉。但他惊异地望着阿格拉雅。他不得不承认这个小孩子早已成长为一个女人，但他对此总觉得奇怪。

“上帝可以作证，阿格拉雅，为了使她恢复平静、得到幸福，我愿献出我的生命，但是……我已经不能爱她，她也知道这一点！”

“那您就牺牲自己，这对于您是很合适的！您本来就是个大善人。不要再称我阿格拉雅[1]……。刚才您一直光称我阿格拉雅……。您应当，您有义务使她得到新生，您必须再带她到别处去，使她的心得到平静和安宁。您明明是爱着她的！”

“我不能这样牺牲自己，尽管我一度曾想……也许现在仍然愿意。但我知道而且**认定**，她跟我在一起非毁灭不可，因此我要离开她。今天七点钟我本来应该去见她；但我现在也许不去了。冲她这份自尊心，她永远不会原谅我的这种爱，——那时我们俩都将毁灭！这是不自然的，但在这件事情上一切都不自然。您说她爱我，可这难道是爱情？在发生了我已经忍受过的一切之后，难道还可能有这样的爱情？不，这是别的东西，而不是爱情！”

“您的脸色多么苍白！”阿格拉雅忽然大吃一惊。

“不要紧；我睡得太少；精力不济，我……我们那时确实谈您来着，阿格拉雅……”

“这是真的？您果真**会跟她谈论我**？而且……那时您总共只见过我一次，您怎么会爱上我呢？”

“我不知道怎么会的。在我当时所处的那重黑雾中，我梦想着……也许是在幻觉中看到新的霞光。我不知道对您作为第一个对象

---

① 这话的意思是要公爵对她保持距离，用本名连父名相称。

我是怎么想的。当时我写信给您，说我不知道，这是真话。这一切仅仅是梦想，是当时那种可怕的局面的产物……。后来我开始埋头用功；本来我是三年也不会到彼得堡来的……”

“这么说，您是为她而来？”

阿格拉雅的声音有些发颤。

“是的，为她。”

双方保持阴郁的沉默达两分钟之久。然后，阿格拉雅从座位上站起来。

“既然您说，”她的声音晃晃悠悠地开始说，“既然您自己相信这个……您的这个女人……是疯子，那我可管不着她那些疯狂的胡思乱想……。列夫·尼古拉耶维奇，请您把这三封信拿去代我扔还给她！如果她，”阿格拉雅突然扯开嗓子大叫，“如果她胆敢再寄一行字给我，那么您告诉她，我要向父亲告发，会把她送进教养所的……”

公爵一跃而起，惊恐地望着勃然大怒的阿格拉雅；顿时好像一道雾幕在他眼前落下……

“您不可能有这样的感觉……这不是真话！”他喃喃地说。

“这是真话！真话！”阿格拉雅几乎失去理智似的嚷道。

“真话是指什么？什么样的真话？”他们身旁响起了一个惊恐的声音。

站在他们面前的是叶丽扎薇塔·普罗科菲耶夫娜。

“真话是指我要嫁给加甫里拉·阿尔达里昂诺维奇！是指我爱加甫里拉·阿尔达里昂诺维奇，而且明天就跟他私奔！”阿格拉雅冲她母亲撒起野来，“您听见了没有？您的好奇心满足了没有？这下您满意了吧？”

于是她跑回家去。

“不，我的公爵爷，现在您不能走，”叶丽扎薇塔·普罗科菲耶夫娜把公爵留住，“劳您驾到我那儿去讲讲明白……。这是哪辈子造的孽啊，我本来就一宿没睡……”

公爵跟随她走去。

九

一进家门，叶丽扎薇塔·普罗科菲耶夫娜在第一间屋子里就停下；她不能再往前走，只得精疲力竭地倒在一张躺椅上，甚至忘了请公爵坐下。这是一间相当大的堂屋，中间放一张圆桌，有壁炉，靠窗的搁板上摆着好多花草，后壁另有一扇玻璃门通往花园。阿黛拉伊达和亚历山德拉当即走进来，用疑问和困惑的目光望着公爵和母亲。

小姐们在别墅通常九点左右起床；只有阿格拉雅一人最近两三天接连起得比较早，到花园里去散步，但毕竟不是七点钟，而是八点或八点以后。叶丽扎薇塔·普罗科菲耶夫娜由于心事重重确实彻夜未眠，将近八点就起了床，特意准备在花园里遇见阿格拉雅，因为估计她已经起床；但在花园里和卧室里都没找到她。叶丽扎薇塔·普罗科菲耶夫娜这才认真着了慌，就把两个大女儿叫醒。她们听一名女仆说，阿格拉雅·伊万诺夫娜不到七点钟就往林苑去了。大小姐和二小姐知道这是怪念头特别多的小妹妹又一次忽发奇想，便莞尔一笑，并向妈妈指出，如果妈妈到林苑去找她，没准儿她还会生气，八成她现在带着书坐在绿色长椅上，还在三天以前她就谈起过那条长椅，为此差点儿跟Щ公爵发生争吵，因为Щ公爵不认为这条长椅的位置有何特别之处。叶丽扎薇塔·普罗科菲耶夫娜撞见了那里有约会，并且听到女儿说了些奇怪的话，吓得魂不附体，这是有很多原因的；但现在把梅诗金公爵带回家来以后，却为自己造次行事而心里有些发毛。“说到底，为什么阿格拉雅不能在林苑里跟公爵见面谈话，即使这是他们事先约好的会晤，又怎样呢？”

“我的好公爵，”她终于鼓起勇气来说，“请不要以为我把您拉到这里来是想审问您……。在发生了昨天晚上的事之后，亲爱的，也许本来我会很长时间不希望跟您见面……”

她稍稍顿住了一会。

“但您还是很想了解我和阿格拉雅 · 伊万诺夫娜今天是怎么见面的？”公爵十分从容地代她说完。

“那好吧，我是想了解！”叶丽扎薇塔 · 普罗科菲耶夫娜马上发起火来，“我不怕实话实说。因为我不得罪任何人，也不想得罪任何人……”

“的确，想了解是很自然的，谈不上得罪；您是母亲。我应阿格拉雅 · 伊万诺夫娜昨天的邀请，今天早晨七点正和她在绿色长椅那里相会。昨晚她用一张便条通知我，说她需要见我，跟我谈一件重要的事情。我们见了面，谈了整整一个小时，所谈的事情只跟阿格拉雅 · 伊万诺夫娜有关；情况就是这些。”

“当然就是这些，公爵爷，毫无疑问就是这些。”叶丽扎薇塔 · 普罗科菲耶夫娜庄矜地说。

“好极了，公爵！”阿格拉雅忽然走到房间里来说，“我从整个心底里感谢您认为我不至于卑怯到会在这里撒谎。您问够了吧，妈妈？是不是还打算盘问？”

“你知道至今还没有任何事情迫使我在你面前红过脸……虽然你也许乐于看到我红脸，”叶丽扎薇塔 · 普罗科菲耶夫娜用教训的口气回答，“再见，公爵；还请原谅我烦扰了您。希望您仍然相信我对您的尊敬一如既往。”

公爵立刻向两边各鞠一躬，默默地走出去。亚历山德拉和阿黛拉伊达吃吃地笑着在说什么悄悄话。叶丽扎薇塔 · 普罗科菲耶夫娜正色看了她俩一眼。

“妈妈，”阿黛拉伊达笑道，“我们只是觉得公爵行礼的姿势飘逸得很；他有时候实在土得够呛，可是一下子简直像……像叶甫盖尼 · 巴甫洛维奇。”

“风度和体面是自己的心而不是舞蹈老师教出来的。”叶丽扎薇塔 · 普罗科菲耶夫娜下了这句总结性的断语，然后上楼回自己房里去，对阿格拉雅连看也不看一眼。

公爵回到自己那儿已经快九点了，在廊台上遇见薇拉·鲁基扬诺夫娜和一个女佣人。她们一起在收拾、打扫昨天留下的杯盘狼藉的摊子。

“谢天谢地，我们总算赶在您回来之前都干完了！”薇拉高兴地说。

“早上好；我有点儿头晕；我没有睡好；我想睡一觉。”

“就在这儿廊台上，和昨天一样？好。我去告诉大家不要吵醒您。爸爸不知到哪儿去了。”

女仆走了出去，薇拉在她之后正欲跟上，但又回来神色焦虑地走到公爵身边。

“公爵，您就可怜可怜那个……不幸的人吧；今天别打发他走了。”

“我决不撵他；由他自己决定。”

“他现在已经什么也做不成，所以……您别对他太严厉了。”

“哦，我不会的，何必呢！”

“还有……您别取笑他：这一点最重要。”

“哦，绝对不会！”

“其实我真愚蠢，竟对您这样的人说这话，”薇拉涨红了脸，“虽然您感到疲倦，”她笑了起来，身子一半已经转过去准备走开，“可这时候您的眼睛是那么美好……那么幸福。”

“难道还幸福？”公爵兴致勃勃地问，并且快乐地笑了。

但一向心直口快、像男孩子一样大大咧咧的薇拉，忽然有些难为情，脸涨得更红，一边继续笑着从廊台上匆匆走出去了。

“多么……美好的姑娘……”公爵想道，随即把她忘了。公爵走到廊台角落里，那儿有一张沙发躺椅，躺椅前面摆着一张茶几；他坐下来，双手掩面坐了十来分钟；忽然他急促而紧张地把手伸到插兜里取出三封信。

但是门又开了，郭立亚走进来。公爵似乎因为只得把信放回衣兜再作道理而感到高兴。

“嗐，真是怪事一桩！”郭立亚说着在躺椅上坐下，开门见山进入正题，像他这类少年大都如此。“现在您对伊波利特怎么看，瞧不起他了吧？”

“为什么？……但是，郭立亚，我累了……。何况，这事再从头做起也太伤心了……。不过，他现在怎么样？”

“睡着呢，而且还能睡两个钟头。我明白：您没在家里睡觉，在林苑里逛荡……当然，心情难以平静下来……那还用说！”

“您怎么知道我在林苑里逛荡，没在家里睡觉？”

“刚才薇拉说的。她劝我不要进来；我熬不住，一会儿就走。这两小时我在床边值班，现在由高斯嘉·列别杰夫接替我坐在那里。布尔多夫斯基走了。您就躺下吧，公爵，祝您晚……现在只好说祝您日安了！不过，说老实话，我非常震惊！”

“当然……这一切……”

“不，公爵，不；使我震惊的是那份自白。主要是他谈到幽灵和未来生命的那一段。那里有一个惊心动魄的思想。”

公爵亲切地望着郭立亚，他此来的目的当然是想尽快谈谈这个惊心动魄的思想。

“但是主要的……主要的不仅仅在于思想，而在于整个布局！如果伏尔泰、卢梭、蒲鲁东写了这份东西，我读了以后会有所感触，但不会震惊到这种程度。但一个肯定知道自己只剩下十分钟的人说这样的话，——这是了不起的！这才是人格高度独立的表现，这才叫作横眉冷对……。不，这是惊心动魄的精神力量！在这之后再硬说他故意没有安上火帽，——这太卑下、太矫情了！可是您要知道，昨天他骗人了，耍了个花招：我根本没有和他一起把东西放进旅行包，也从来没有看见过那支手枪；行装都是他自己收拾的，我一下子给他闹糊涂了。薇拉说，您让他留在此地；我敢发誓说不会再有危险，何况我们大伙寸步不离守在他身边。”

“夜里你们谁在那儿？”

“我、高斯嘉·列别杰夫和布尔多夫斯基；凯勒尔待了一会儿，后来到列别杰夫屋里去睡了，因为我们那儿没有铺位。菲尔狄宪柯也睡在列别杰夫那边，到七点钟走了。将军一直在列别杰夫屋里，现在也走了……。列别杰夫大概马上就会到您这儿来；他在找您，我不知道为什么事，已经问过两次。如果您躺下睡觉的话，要不要让他进来？我也要去睡了。哦，对了，我要告诉您一件事儿：刚才将军使我大为惊讶。布尔多夫斯基不到七点钟、甚至六点刚过就叫醒我接他的班；我出去一会儿工夫，忽然遇见了将军，他还醉得没认出我来。他像根桩子似的站在我面前；刚清醒过来就冲我问：'病人怎么样了？我是来打听病人情况的……'我作了汇报，如此这般，等等。他说：'这些都很好，但我来是为了……我特地起来是为了要你留神。我有理由认为，当着菲尔狄宪柯先生的面不是什么话都能说的……得留点儿神。'您明白不，公爵？"

"是吗？不过……反正跟咱们没有关系。"

"是的，当然没有关系，咱们不是共济会会员！所以我甚至感到惊讶，将军特地为这件事夜里起来准备叫醒我。"

"您说菲尔狄宪柯已经走了？"

"七点钟走的；他顺便到我那儿打了个转；我在值班。他说要到维尔金那儿去补睡，——维尔金是个酒鬼。好了，我走啦！瞧，鲁基扬·季莫菲耶维奇来了……。喂，鲁基扬·季莫菲耶维奇，公爵要睡觉呢；向后转！"

"我只待一分钟，我深深尊敬的公爵，有件在我看来相当重要的事情。"列别杰夫进来用做作的深沉语调压低嗓门说，同时庄重地鞠了一躬。

他刚回来，甚至还没有到自己屋里去过，所以手里还拿着帽子，脸上一副正经八百的表情，带有一种特殊的、不寻常的自尊色彩。公爵请他坐下。

"您已经两次问起过我，是吗？也许，您还在为昨天的事担忧……"

"您是指昨天那个小青年吗，公爵？哦，不；昨天我的思想比较乱……但今天我已经不打算跟您的意图对干[①]，不管在什么事情上。”

“对干？……您说什么？”

“我说的是对干；这是一个法文词儿，同其他好多词语一样，已经进入俄语的词汇；但我并不特别主张用它。”

“列别杰夫，今天您怎么这样一本正经，说起话来咬文嚼字的。”公爵淡然一笑道。

“尼古拉·阿尔达里昂诺维奇！”列别杰夫几乎用一种感情洋溢的声调向郭立亚说，“我想告诉公爵一件事，这事只涉及……”

“哦，那当然，那当然，跟我不相干！再见，公爵！”郭立亚马上退出去。

“我喜欢这孩子的悟性，”列别杰夫望着他的背影说，“小家伙挺麻利，不过爱管闲事。我深深尊敬的公爵，昨天晚上或今天凌晨……我还无法断定确切的时间，——我碰上了一件非常不幸的事情。”

“什么事情。”

“从插兜里丢失了四百卢布，我深深尊敬的公爵；当时正在庆祝您的生日！”列别杰夫脸带苦笑添加这一句。

“您丢失了四百卢布？这太遗憾了。”

“对一个靠自己的劳动清清白白过日子的穷人来说尤其如此。”

“当然，当然；怎么会这样的？”

“是喝酒造成的后果。我来找您是把您当神明看待，我深深尊敬的公爵。四百银卢布这笔款子我是昨天下午五点钟从一个债务人那里收回后坐火车带到这里来的。皮夹在我衣兜里。我脱去制服换上常礼服时，把钱也挪到常礼服插兜里，心想放在身边比较妥当，打算当天晚上应人家的要求把这笔款子借出去……只等代理人来。”

“顺便问您一件事，鲁基扬·季莫菲耶维奇。您在报上登广告接

① 列别杰夫此处用了一个生造的词，是把法语 contrecarrer（反对）硬搬过来装上俄语动词词尾构成的。

受金银物品作抵押提供贷款，是真的吗？”

“是通过代理人的；不用我自己的名字，更不用我的地址。由于本钱少得可怜，考虑到寒门又添了家口，想必您也不反对收一点公平合理的利息……”

“哦，是的，是的；我只是问问罢了；对不起，我打断了您的话。”

“代理人没有来。而那时不幸的病人给送来了；我在晚餐后已经处于亢奋状态；那些客人来了，一起喝了点儿……茶，于是……我开始飘飘然，这就给自己种下了祸根。后来，已经很晚了，那个凯勒尔走进来宣布今天是您的大庆，还吩咐准备香槟；亲爱的、我深深尊敬的公爵，由于我有一颗心（您想必已经注意到，因为我是当之无愧的），由于我有一颗心，——即便不算体贴入微吧，至少不是忘恩负义的，这一点我引以为荣，——为了给准备中的聚会增添隆重的气氛并且盼望着当面向您表示祝贺，我想到去把身上的家常旧衣服换上我回来时脱下的制服。我就这么做的，想必您也注意到了，公爵，您看见我整个晚上都穿着制服。换衣服的时候我把皮夹忘记在常礼服里了……。上帝想要惩罚一个人的时候，总是先使他失去理智，这话一点不假。直到今天七点半钟一觉睡醒时，我才像疯子似的直跳起来，第一件事便是去摸那件常礼服，——兜里空空如也！皮夹已经不翼而飞。”

“啊，这倒是不愉快的！”

“的确不愉快；您刚才十分得体地找到一个恰当的字眼。”列别杰夫不无恶意地补上一句。

“不过怎么会？……”公爵寻思着开始感到不安，“这事情可就严重了。”

“的确严重；公爵，您又找到了一个字眼来表示……”

“啊，得了吧，鲁基扬·季莫菲耶维奇，这用得着找字眼吗？重要的不在于字眼……。您认为您有没有可能在酒醉状态中把钱从兜里掉了出来？”

“有可能。正如您实事求是地指出的那样，在酒醉状态中一切都有可能，我深深尊敬的公爵！但是请您考虑一下：倘若我在换去常礼服的时候把皮夹从兜里掉了出来，那么掉出来的东西应当还在那里的地上。可是东西到哪儿去了呢？”

“您有没有把它塞到桌子抽屉里什么地方去了？”

“我把所有的东西都翻了过来，所有的旮旮旯旯全找遍了，何况我没有往任何地方藏过东西，也没有拉开过哪一只抽屉，这一点我记得很清楚。”

“食品柜里看过没有？”

“一开始就看过，今天已经看过好几次了……。我怎么可能把皮夹塞到食品柜里去呢，我深深尊敬的公爵？”

“我承认，列别杰夫，这事儿使我感到不安。这么说，有人从地上拣到了？”

“或者从兜里偷走了！二者必居其一。”

“这件事叫我很不安宁，因为究竟是谁……这是问题的关键所在！”

“毫无疑义，这正是问题的主要关键所在；您的用词之贴切，发现问题、分析情况之准确是惊人的，公爵阁下。”

“嗳，鲁基扬·季莫菲耶维奇，别挖苦了，眼下……”

“挖苦？！”列别杰夫两手一拍叫了起来。

“得得得，不提也罢，我并不生气，眼下需要考虑的完全是另一回事……。我是在为人们担心。您怀疑谁？”

“这个问题极难回答……也极其复杂！对女佣人我不能怀疑，她一直待在厨房里。对我自己的孩子也一样……”

“那自然。”

“如此说来，是某一位客人。”

“但这可能吗？”

“完全不可能，极其不可能，但必定是这样。不过，我可以假定，甚至确信，如果有人行窃的话，那不是在全体参加聚会的晚上，而是在夜里或凌晨，由留宿的人干的。”

“我的天哪！”

“我自然把布尔多夫斯基和尼古拉·阿尔达里昂诺维奇排除在外；他们没有到我房间里去过。”

“那当然，即使他们进去过也一样！谁在您那儿过夜了？”

“连我计算在内，过夜的有四个人，分住毗连的两间屋子：我、将军、凯勒尔和菲尔狄宪柯先生。看来是我们四人中的一个！”

“应该说三人中的一个；但究竟是谁呢？”

“为公平和准确起见，我把自己也算在里边；但是您会同意，公爵，我不可能自己偷自己，虽然类似的情形世上也有……”

“啊，列别杰夫，真是无聊！”公爵不耐烦地大叫，“谈正经的，别扯开去！……”

“这么说，还剩下三个人，首先是凯勒尔先生，这个人反复无常、喜欢喝酒，在某些方面是个自由主义者，我指的是在对待钱包方面；在其他方面的倾向与其说像自由派，不如说更像古代骑士。他起初在这边的病人屋里留宿，夜里才挪到我们那一边，借口说睡在地板上太硬。”

“您怀疑他？”

“我怀疑过。早晨七八点钟我像疯子一样直跳起来拍自己的脑门时，马上叫醒睡得安稳香甜的将军。鉴于菲尔狄宪柯奇怪地失踪了，这一点已经引起我们的疑心，于是我们俩当即决定对睡得跟……跟……死猪差不多的凯勒尔搜身。我们搜得十分仔细：衣兜里一个子儿也没有，甚至没有一只衣兜没有窟窿。一条蓝色的方格纱手帕脏得可以。还有一封情书，是一个女仆写给他的，信中提出要钱并进行威胁；此外就是您已经知道的那篇讽刺文章的碎片。将军认为他是无辜的。为了进行彻底调查，我们还叫醒他本人，推了半天他才醒过来，勉勉强强弄明白是怎么回事。他张大了嘴，一副醉相，脸上的表情可笑而且天真，甚至愚蠢，——不是他干的！”

“哦，我太高兴了！”公爵欣然松了一口气，“刚才我真为他担心！”

“担心？这么说，您已经有那样的理由了？”列别杰夫微眯着眼睛问。

“哦，不，我不是这个意思，”公爵一时语塞，“我刚才说担心，这话实在太愚蠢了。我求求您，列别杰夫，这话不要向任何人传出去……”

“公爵，公爵！您的话藏在我心里……在我心的深处！那里就像坟墓一样！”列别杰夫把帽子按在心口得意地说。

“好，好！……这么说，是菲尔狄宪柯？我是想说，您怀疑菲尔狄宪柯？”

“还有谁？”列别杰夫轻轻说了一句，同时注视着公爵。

“是啊，那还用说？……还有谁呢！……不，我又说错了，我是想说，有什么证据没有？”

“有证据。首先，他在早晨七点、甚至不到七点就失踪了。”

“我知道，郭立亚告诉我，他曾到郭立亚那儿转了一下，说要到…… 我忘了是谁，反正到他的一个朋友家去补睡。”

“那人叫维尔金。如此说来，尼古拉 · 阿尔达里昂诺维奇已经告诉您了？”

“他没有提到失窃的事。”

“他是不知道，因为暂时我还把事情瞒着。那么，他找维尔金去了；看起来事情简单得很，一个醉鬼去找另一个和他自己一样的醉鬼，尽管天还刚刚亮，而且没有任何理由。但这里可以发现一个线索：他临走留下了去处……。现在请注意，公爵，我要提一个问题：他为什么要留下去处？……为什么他特地绕了个弯儿到尼古拉 · 阿尔达里昂诺维奇那儿去对他说：‘我要去维尔金家补睡’？他走不走，甚至他去维尔金家还是去旁的地方，——谁会感兴趣？何必告诉别人？不，这是花招，做贼的花招！他的意思是说：‘我故意不隐瞒自己的行踪，那我怎么是贼呢？难道贼会把自己要去哪儿告诉人家？’这是多余的小心，目的是撇清嫌疑，也可以说是为了擦去自己留在沙地上的脚印……。您明白我的意思吗，我深深尊敬的公爵？”

“明白了，完全明白，但要知道这是不够的。”

“第二个证据。那条线索其实是假的，他留下的去处也不准确。一小时以后，也就是在八点钟，我已经去维尔金家走访过；他住在这里的五号街，跟我还是相识。那儿连菲尔狄宪柯的影子也没有。不过我好不容易从一个耳朵完全聋的女仆那儿打听到，一小时以前确实有人去拉过门铃，甚至拉得很猛，把铃都弄坏了。但是那名女仆没有开门，说是不愿叫醒维尔金先生，不过也可能她自己不愿起来。这样的事也有。”

“您的证据全在这里了？这是不够的。”

“公爵，请问还能怀疑谁呢？”列别杰夫柔声媚气地最后说，从他的苦笑中却透出一种狡黠的意味。

“您还是把各间屋子和所有的抽屉再仔细看一遍！”公爵沉思片刻后忧心忡忡地说。

“都看过了！”列别杰夫更加柔声媚气地叹息一声。

“哦！……您干吗要把那件常礼服换去呵！”公爵烦恼地拍了一下桌子埋怨道。

“这是一出古老喜剧中的台词。但是，心地无比善良的公爵，您对我的不幸太看重了！我不配。我是说我一个人受之有愧；但是您也在为罪犯……为不足道的菲尔狄宪柯先生苦恼，是不是？”

“是的，是的，你们确实叫我烦恼，”公爵心不在焉而又怏怏不乐地打断他的话，“那么，既然您认定是菲尔狄宪柯干的，您又打算怎么办呢？”

“公爵，我深深尊敬的公爵，除了他还有谁呢？”列别杰夫扭扭捏捏、越来越令人肉麻地说，“由于没有其他人可以考虑，或者说，除了菲尔狄宪柯先生以外决计不可能对任何人产生怀疑，那么，这又是对菲尔狄宪柯先生不利的一项证据，已经是第三个证据了！因为我不得不再提这样的问题：除了他还能是谁？总不能怀疑布尔多夫斯基先生吧？嘿嘿！”

“别胡扯了！”

“最后，总不能怀疑将军吧？嘿嘿！”

“简直荒谬绝伦！”公爵几乎生气地说，同时在座位上不耐烦地把身体扭向一边。

“谁说不荒谬呢？！嘿嘿！此公——我是说将军——差点儿没把我笑死！刚才我和他一起趁菲尔狄宪柯离开不久追往维尔金家……我得向您指出，当我发觉失窃后第一个把将军叫醒时，他比我更感到震惊，甚至脸色也变了，红一阵、白一阵的，最后忽然表现出如此强烈的义愤，那种程度简直为我始料所未及。真是个品德了不起的人！他经常吹牛，这是他的癖好，但有高尚的情操，而且直性直肠，他的率真令人绝对信任。我已经告诉过您，我深深尊敬的公爵，我对他不仅有好感，甚至非常喜欢他。忽然，他在街道中央站住，解开常礼服的扣子，敞胸说道：‘你把我搜上一搜，你搜了凯勒尔，干吗不搜我？这样才合公道！’他手脚一齐哆嗦，甚至脸色煞白，凛然可畏。我笑了起来，说：‘你听我说，将军，要是别人在我面前这样说你，我可以立即亲手把自己的脑袋取下来，放在一只大盘子里亲自端给一切对你有怀疑的人。我会对他们说：“诸位看到了这颗脑袋，我可以用自己的脑袋为他担保。不光如此，我还可以跳进火堆里去。”我就敢这样为你担保！’于是他在大街中央当场和我拥抱，顿时涕泗交流，全身颤抖，而且把我紧紧搂在胸前，使我差点儿咳呛起来。他说：‘你是我患难中留下的唯一朋友！’这人极重感情！当然喽，他在路上立即捎带着讲了个故事，说他年轻时曾被怀疑偷了五十万卢布，可是就在第二天，他冲进一座起火的房屋的熊熊烈焰，把怀疑他的一位伯爵和当时尚未出嫁的尼娜·亚历山德罗夫娜从火海中救了出来。伯爵把他紧紧抱住，他和尼娜·亚历山德罗夫娜就是这样结的婚，而第二天在火场的瓦砾堆中找到了装失款的匣子。那是一只英国构造、带暗锁的铁匣，不知怎么掉到地板底下去了，所以谁也没有注意到，直到这场火灾过后才被发现。这个故事从头到底都是吹牛。但当他谈起尼娜·亚历山德罗夫娜的时候，甚至抽抽搭搭地哭了。尼娜·亚历山德罗夫娜是一位大贤大德的女人，尽管她生我的气。”

“你们认识？”

“几乎不认识，但我打心底里希望和她结识，哪怕只是为了在她面前表白一番也好。尼娜·亚历山德罗夫娜对我怀有成见，认为我通过灌酒现在要把她的丈夫引上邪路。可是我非但不把他引上邪路，反而劝阻他；我也许在竭力使他摆脱极其有害的交往。何况他是我的朋友，而且，实话对您说，今后我决不离开他，也就是说，他上哪儿我也上哪儿，因为只有体贴入微才能引导他。近来他甚至不再去找他的大尉寡妇，不过心里一直在思念她，有时甚至为她长吁短叹，尤其是每天早晨起来穿靴子的时候，我不知道为什么偏偏在这个时候。他没有钱，这是要害所在，而没有钱想去见那位寡妇绝对不行。他向您借过钱没有，我深深尊敬的公爵？”

“没有，没借过。”

“他感到羞愧。他本来要开口，甚至向我表示想来麻烦您，但不好意思，因为前不久您刚借过钱给他；除此以外，他还估计您不会给他。这话他是把我当作朋友向我吐露的。”

“那么您是不是借钱给他？”

“公爵！我深深尊敬的公爵！慢说是钱，为这个人我愣是连性命也……不过，我不愿把话说过头，还是不提性命；但是，可以这样说，为这个人即使害一次热病、起一块脓肿或者咳一阵子嗽，上帝可以作证，我心甘情愿，只要事非得已；因为我认为他是个伟大的、可惜一蹶不振的人物！所以，慢说是钱！”

“如此说来，您是借给他的？”

“不，钱我不给，他自己也知道我不会给的，但唯一的目的是要他节制和改正。眼下他缠磨着要跟我一起去彼得堡；我的确要去彼得堡趁早追踪菲尔狄宪柯先生，因为我肯定他已经到那里去了。我的将军正急得火烧火燎；但我疑心他到了彼得堡会从我身边溜走去拜访大尉寡妇。老实说，我甚至故意要放他走，我们已经说定到了彼得堡各奔一头，这样更便于抓住菲尔狄宪柯先生。我先把他放走，然后像雪崩似的出其不意在大尉寡妇那里把他找到，——纯粹是为了叫他懂得，作为一个有妻子儿女的人，乃至作为一般的人，他应该感到惭愧。”

“您可千万不要大闹大嚷，列别杰夫，看在上帝分上千万不要大闹大嚷。”公爵压低嗓门非常紧张地说。

“哦，不，纯粹是为了羞他一番，瞧瞧他会现出一副什么表情，因为根据一个人的面部表情可以判断很多事情，我深深尊敬的公爵，尤其是对他这样的人！啊，公爵！尽管我自己倒了大霉，但我即使现在也不能不为他着想，不能不考虑如何纠正他的品行。我对您有个非常恳切的请求，我深深尊敬的公爵，说实话，我正是为这件事来找您。您和他家已经相识，甚至在他们那儿住过；要是您，心地无比善良的公爵，决定在这件事情上协助我，纯粹是为了将军本人和他的幸福……”

列别杰夫索性像在祈祷时那样交叉捏紧十个指头。

“到底什么事情？怎样协助？请相信，我非常希望能充分理解您的意思，列别杰夫。”

“我正是抱着这样的信心来找您的！通过尼娜·亚历山德罗夫娜就可以采取行动，也就是在将军自己的家庭内部对他阁下进行经常的观察，注意他的举动。很可惜我和他家不熟……再说，还有尼古拉·阿尔达里昂诺维奇，他对您的崇拜可谓出于这个少年的一片真心，他大概也能帮忙……”

“不……上帝保佑，千万不要把尼娜·亚历山德罗夫娜……扯到这件事情上来！也不要把郭立亚……。不过，我也许仍然不理解您的意思，列别杰夫。”

“这没有什么需要理解的！”列别杰夫在椅子上蹦了起来，“只要体贴和温柔——这就是治疗咱们这个病人该用的全部药物。公爵，您是否允许我把他看作一个病人？”

“这甚至表明您的精微和聪明。”

“为明确起见，我用一个实例向您解释。您也明白他是怎样一个人：他现在一心迷着那位大尉寡妇，没有钱他是不能上那儿去的，我今天就打算在那儿把他揪住，这也是为他好；但是，就算问题不仅仅在于大尉寡妇，即便他犯下真正的罪行，或者干出什么最最不要脸的事来（尽管他决计不会这样做），纵使到了那个地步，我对您说，只消对他施以所谓慷慨的温柔，也什么都办得到，因为他是个极其重感情的人！请相信，不出五天，他自己会说出来，会痛哭流涕承认一切，——如果采取巧妙而高尚的行动，通过家属和您监视他的所谓一举一动、一言一行，那就尤其……。哦，心地无比善良的公爵！”列别杰夫简直是灵感横溢地跳了起来，“我并不断言一定是他……。我可以说愿意立即为他流尽我的全部鲜血，不过想必您也会同意，不自节制、酗酒再加上大尉寡妇——这一切合在一起可能导致的后果是不堪设想的。”

“对您想要实现的这种目标我当然随时愿意协助，”公爵说着准备站起来，“只是，列别杰夫，我得向您承认，我现在心神不安得厉害；我想问一下，您不是还认为……总之，您自己说您怀疑的是菲尔狄宪柯先生……”

“还能怀疑谁呢？我的最最真诚的公爵，还能怀疑谁呢？”列别杰夫又令人肉麻地十指交叉起来，脸上堆着令人肉麻的笑容。

公爵紧锁双眉离座起身。

“要知道，鲁基扬·季莫菲耶维奇，这种事万一弄错了可不得了。这位菲尔狄宪柯……我不想说他什么坏话……但是这位菲尔狄宪柯……反正谁也说不准，也许是他！……我是想说，也许他干那件事的可能性确实比……比别人大。”

列别杰夫目不转睛看着，竖起耳朵听着。

“是这么回事，”公爵结结巴巴地说着眉头愈皱愈紧，同时在廊台上来回地走，尽可能不看列别杰夫，“有人告诉我……有人跟我谈起菲尔狄宪柯先生，除了别的以外，还说这人在场时必须留点儿神，不要讲任何……多余的话，——您明白吗？我的意思是，他也许确实比别人更有可能……反正我的意思是不要错怪了人，——这是最要紧的，您明白吗？”

“是谁对您说了菲尔狄宪柯先生这样的话？”列别杰夫马上跳了起来。

“是人家悄悄对我说的；不过，我自己并不相信这话……我对于不得不告诉您这个情况感到非常不痛快，您可以放心，我自己并不相信这话……这大概是无稽之谈……。真要命，我做得多么愚蠢哪！”

“听我说，公爵，”列别杰夫简直浑身抖动起来，“这很重要，这一点现在太重要了，我指的不是菲尔狄宪柯先生，而是指您怎么会知道那件事的，”说这话的时候列别杰夫跟在公爵后面来回跑着，竭力与他的脚步合拍。“听我说，公爵，现在我也要告诉您一件事儿：刚才将军和我一起去找那个维尔金，在他给我讲完了失火的故事之后，他当然怒气冲冲地走着，忽然开始向我暗示菲尔狄宪柯先生如何如何，意思也一样，但他说得很不连贯，语无伦次，使我不得不向他提出若干问题，结果我完全确信，他了解的情况纯粹是他阁下心血来潮的产物……。可以说完全出于他的一片好心。因为他吹牛说谎的唯一原因也在于他克制不住自己的感情。现在您看到了：如果他撒了谎，这一点我深信不疑，您怎么也会听到这样的话呢？要明白，公爵，这明明是他一时的心血来潮，——既然如此，那么究竟是谁告诉您的呢？这一点很重要，而且……可说是……”

“这是郭立亚刚才告诉我的，而郭立亚是听他父亲说的，那是在早晨六点钟，反正在六点到七点之间吧，郭立亚不知出去干什么，在过道里碰见了他父亲。”

于是公爵把经过详细说了一遍。

“啊，对了！这才叫作线索，”列别杰夫搓着双手无声地笑着，“果然如我所料！这就是说，将军大人在六点钟特地中断了好梦去叫醒心爱的儿子，告诉他：与菲尔狄宪柯先生相处非常危险！由此可见，菲尔狄宪柯先生根本不是什么危险人物，而将军大人做父亲的忧虑又意味着什么，嘿嘿！……”

“听我说，列别杰夫，”公爵完全慌了手脚，“听我说，要悄悄地行事！不要大事声张！我请求您，列别杰夫，我恳求您……。在这样的情况下，我可以起誓进行协助，但不能让任何人知道，决不能让任何人知道！”

“您请放心，心地无比善良、为人无比真诚和品德无比高尚的公爵，”列别杰夫声情激越地表示，“您请放心，这一切将彻底埋在我忠贞不渝的心中！悄没声儿地协同行事！悄没声儿地协同行事！我不惜把我的全部鲜血……。尊敬的公爵阁下，我的灵魂和精神都是卑贱的，但您，无比真诚的公爵，不妨去问任何一个卑贱小人乃至任何一个无耻混蛋，问他更愿意同谁打交道：同像他一样的混蛋，还是同像您这样最最高尚的人？他一定回答说同最最高尚的人，——这就是美德的胜利！再见，我深深尊敬的公爵！悄没声儿地……悄没声儿地……协同行事。”

十

公爵终于明白，为什么每次触摸到这三封信的时候他就全身冰冷，为什么他要推迟到晚上着手读这些信。还在上午，他一直没有勇气打开三个信封中的任何一个，就这样在躺椅上昏昏沉沉睡着了，那时他又做了一个很不好受的梦，梦见那个“有罪的女人”又来到他面前。那女人又忽闪着一双睫毛长长的眼睛望着他，又叫他跟着自己去，而后他又像前一次那样醒了过来，痛苦地回忆她的面貌。公爵本想立刻去见**她**，但是不能；最后，他几乎不顾一切地把信打开来读。

这些信也像梦。有时会做一些奇怪的梦，不可思议而又不合情理。醒来后，您可以清楚地回想起梦里的情景，对一个奇怪的事实不胜惊异：您首先记得，在做梦的整个过程中，理智始终没有离开您；您甚至会想起，在这段很长很长的时间内，您的行动一直非常机警而且合乎逻辑，那时您被一帮杀人者包围起来，他们跟您耍花招，隐瞒自己的意图，对您挺客气，其实他们已经把凶器都准备好了，只等发出信号立即动手；您会想起您怎样巧妙地骗过他们，躲了起来；后来您猜透他们对您的计谋了如指掌，只不过装作不知道您躲在什么地方；但您将计就计再次把他们骗了，——这一切您都能清清楚楚回忆起来。然而在这同时，为什么您的理智对于充斥在您梦境中的那些明明是荒诞离奇和绝不可能的事情却安之若素？要谋害您的凶手之一在您眼前变成一个女人，又从女人变成一个矮小、狡猾、丑恶的侏儒，——您对这一切立刻作为既成事实接受下来，几乎一点也不觉得费解，而恰恰与此同时，在另一方面，您的理智却处在高度紧张的状态，表现出非凡的力量、机警、灵敏和逻辑，——这是为什么？梦醒过后，已经完全进入了现实，可是您几乎每次都感觉到，某一个对您说来还没有解开的谜被您连同梦境一起撇下了，这个印象有时甚至极为强烈，——这又是为什么？您的梦境之荒诞使您不觉莞尔，而同时您也感到，这些荒诞事情的离奇组合包含着某种思想，但那已经是现实的思想，属于您的真实生活，它如今存在于并且一贯存在于您的心中；您的梦仿佛以预言的方式向您说出了您期待着某种新东西；您的印象也许快乐，也许痛苦，反正是强烈的，但究竟是怎么回事，梦告诉您的到底是什么——这一切您既无法理解，也记不起来。

读了这几封信以后几乎也是这样。但还没有把信笺展开，公爵已感觉到，它们的存在和出现这一事实本身就像是噩梦。公爵晚上一边独自徘徊(有时他连自己也不记得在什么地方行走)，一边问自己：**她**怎么竟会给**她**写信？她怎么能在信中写**这件事**？她头脑里怎么会产生这样疯狂的梦想？但这个梦想已经具体化了，而他最纳罕的是：在他读这些信的时候，他自己差不多相信这个梦想是可能和合理的。是的，这当然是梦，是噩梦，是妄想；但其中也包含着具体得使人痛苦、真实得令人心酸的因素，这种因素在为梦、为噩梦、为妄想辩护。一连几个小时，他仿佛被读到的东西搅得神魂颠倒，不时回想其中的一些片段，反复咀嚼，玩味再三。有几回他甚至想对自己说，这一切他过去就预感和预料到了；他甚至觉得这一切他在很久很久以前的某个时候好像已经读过，而从那时起他为之憔悴、为之苦恼、为之担忧的一切，通通包含在这些他早已读过的信中。

第一封开头这样写着：

当您展开此信时，您首先要看一下信末的签名。这个签名会告诉您一切，把一切都解释清楚，因此我无须在您面前为自己辩护，无须向您作任何解释。倘若我多多少少能和您相提并论的话，您对于这种冒昧的举动可能还会动气；然而我是什么人，您是什么人？我们是如此相反的两极，我在您面前根本什么也算不上，即使我想要渎犯您也无论如何做不到。

底下她在另一个地方写道：

请不要以为我的话是一个精神病患者的病态狂喜，但在我看来您是十全十美的！我看见过您，我每天都见到您。我可不是对您妄加评论，我不是凭理性得出您是十全十美的这个结论；我干脆有此信仰。但我在您面前也犯有罪过：我爱您。可是，对完美的典型不能爱，只能看，只能作为完美的典型来看完美的典型，可不是吗？然而我爱上了您。虽然爱能使人们趋于平等，但请您放心，我甚至在隐藏得最深的思想中也没有把您和我相提并论。我写了"请您放心"，其实，您怎么会不放心呢？……如果办得到的话，我会吻您的脚印。哦，我跟您不可同日而语……。您看看签名，快看看签名！

她在另一封信中写道：

不过我要指出，我促使您跟他结合，却一次都还没有问过：您是否爱他？他才见过您一次就爱上了您。他回忆起您来如同回忆“光明”；这是他自己的原话，我听他亲口说的。不过他不说我也明白，您是他的光明。我在他身边生活了整整一个月，这才明白您也爱他。对我说来，您就是他，他就是您。

她还写道：

昨天我打您身旁经过，您好像脸红了，这是怎么回事？这不可能，一定是我眼岔了。即使把您带到最下流的藏垢纳污之所，让您看到赤裸裸的邪恶，您也不应当脸红；您决计不可能因受到侮辱而愤怒。您可以憎恨一切卑劣下流之徒，但不是为自己，而是为别人，为那些遭他们侮辱的人。任何人都不可能侮辱您。您知道吗，我觉得您甚至应该爱我。您在我的心目中和在他的心目中一样是光明天使；天使不可能愤怒，也不可能不爱。我经常向自己提出这样一个问题：对人人都爱，爱所有的人，爱一切邻人——这可能吗？当然不可能，甚至是不自然的。抽象地爱人类实质上几乎总是只爱自己。但这对我们说来是不可能的，而您则另当别论。既然您不可能把自己同任何人相提并论，既然您高于任何气恼，高于任何私愤，您怎么可能不爱任何人呢？唯有您才能无私地爱，唯有您才能不是单为自己而是为您所爱的人而爱。哦，如果我知道您由于我而感到屈辱或愤怒，那对我就太痛苦了！那只会坑害您自己，因为您一下子把自己降到了我的水平……

昨天我遇见您以后回到家里，想象出一幅画来。画家们都是根据福音书上的传说来画基督，要是我就不一样。我会把他画成孤零零一个人，——他的门徒也有离开他的时候。我将只画一个小孩和他在一起。小孩在他身旁玩儿，也许刚才用自己的小孩子语言给他讲什么来着。基督则听他讲，但现在沉入了深思；他的一只手不自觉地、出神地搁在孩子可爱的小脑袋上。他远望着天边；思想，如整个世界一般广大的思想，包容在他的眼神里；面容是忧伤的。小孩已沉默下来，用胳膊肘儿抵着他的膝盖，一只小手托住腮帮抬起小脑袋，现出儿童有时若有所思的那种表情凝视着他。夕阳西下……。我会这样去画！您是纯洁无邪的，您的完美就在于您的纯洁无邪。哦，请一定记住这一点！至于我对您的热爱，您不必去想。您现在已经是我的了，我将终生在您左右……。我快要死了。

最后，在末了一封信中有这样一些话：

看在上帝分上，请不要对我有什么想法；也不要认为我这样给您写信是在作践我自己，或者认为我属于那种以作践自己（哪怕是出于自尊）为乐的人。不，我有我自己的乐趣；但我很难向您说明此事。这一点我甚至对自己也很难讲清楚，尽管我为此而苦恼。但我知道，即使自尊心发作我也不可能糟蹋自己。而出于心地纯洁的自我作践我做不到。可见，我完全不是在糟蹋自己。

为什么我要促成你们的结合：为你们还是为我自己？自然为我自己，这样一来我所有的难题便可迎刃而解，我早就这样对自己说过……。我听说令姐阿黛拉伊达当初看到我的照片曾这样说过：凭这样的美可以颠倒乾坤。但我不要乾坤，不要世界；您听我说这样的话不是觉得可笑吗，因为您明明遇见我穿锦披绣、满身珠光宝气跟一帮酒鬼和流氓在一起。您别看这些，我已经差不多不存在了，我也知道这点。天知道代替我活在我躯壳中的究竟是什么。我每天从两只可怕的眼睛里看到这一点，这两只眼睛经常望着我，即使不在我面前时也是这样。这双眼睛现在**沉默着**（它们老是保持沉默），但我知道它们的秘密。他家的房子阴暗而沉闷，那里也有秘密。我肯定他抽屉里藏着一柄用绸子裹起来的剃刀，就像莫斯科那个杀人犯一样；那人也和母亲住在一所房子里，也用绸子把剃刀裹起来准备用它割破一条咽喉。我待在他们家里的时候，总觉得地板下面什么地方藏着一个死人，也许还是他父亲藏在那里的，并且盖着油布，就像莫斯科的那具死尸一样，四周也用一瓶瓶防腐杀菌剂围起来，我甚至可以指给您看在哪个角落。他老是不开口；但我知道他爱我已经到了对我恨不起来的地步。你们的婚礼和我的婚礼将同时举行；我跟他已经这样商定。我没有秘密瞒着他。否则我会因害怕而把他杀死的……。但他会先把我杀了……刚才他笑着说我是在撒呓挣；他知道我在给您写信。

那几封信中还有好多好多这样的呓语。其中第二封密密麻麻写满两大张信笺。

公爵终于走出暗沉沉的林苑，他在里边徘徊了很久，同昨天一样。他觉得清澈明亮的夜色似乎比平时更亮；“难道时间还那么早？”他心想。（他忘了带怀表。）他依稀听到远处好像有乐声；“想必在车站那儿，”他又想道，“当然，今天他们没有到那里去。”考虑到这点以后，他发现自己就站在他们的别墅门前。他知道自己最终一定会来到此地，于是怀着一颗怦怦直跳的心登上廊台。谁也没有向他迎上前来，廊台上空无一人。他稍待片刻后推开通堂屋的门。“他们家这扇门从来不关上的，”这个想法在他头脑里一闪，但堂屋里也空无一人，里边差不多一片漆黑。他站在屋子中央莫名其妙。忽然门开了，亚历山德拉·伊万诺夫娜拿着一支蜡烛进来。她看见了公爵，感到奇怪，便在他面前站住作询问状。显然，她只是经过这间屋子，从一扇门进来，准备从另一扇门出去，完全没想到会遇见什么人。

“您怎么会在这里？”她终于说。

“我……进来转转……”

“妈妈不大舒服，阿格拉雅也是这样。阿黛拉伊达正要上床，我也要去睡了。我们今天晚上一直待在家里，也没有人来。爸爸和公爵在彼得堡。”

“我来……我来看看你们……现在……”

“您知道现在几点了？”

“不……”

“十二点半。我们照例一点钟就寝。”

“啊，我以为才……九点半呢。”

“没关系！”她笑了起来，“刚才您为什么不来？也许有人在等您呢。”

“我……以为……”他嗫嚅着走了。

“再见！明天我管保大家都笑起来。”

公爵顺着环抱林苑的一条路往自己别墅走去。他的心跳得厉害，思绪纷乱，他周围的一切犹如在梦中。忽然，就像日间他两次梦见同一个幻影时惊醒过来一样，那个幻影又出现在他的眼前。正是那个女人从林苑中出来，在他面前站住，好像在此地等他似的。公爵打了个寒战止步不走。那女人抓住他的一只手紧紧握着。“不，这不是幻影！”

那女人终于和他面对面站在一起，自从他们分手以来这还是第一次。她在向公爵说着什么，但公爵默默地望着她；他的心满极而溢，发出痛苦的呻吟。哦，以后公爵永远忘不了同她的这次会面，而且回忆起来始终感到同样的痛苦。那女人就在通衢大道上不顾一切地向他跪下；公爵吓得倒退一步，可是那女人竭力捕捉他的手想要吻它，同刚才公爵梦见的一样，她那长长的睫毛上此刻正闪着泪花。

“起来，起来！”公爵惊恐地低声说着想把她搀起来，“快起来！”

“你幸福吗？幸福吗？”她问，“只要你对我说一句话，你现在幸福吗？今天，此刻？你见到她了？她说什么？”

她不站起来，不听公爵之劝；她急急忙忙地问，急急忙忙地说，好像后面有人追来似的。

“按照你的命令，我明天就离开此地。我不再……。我这是最后一次和你见面，最后一面！这下绝对是最后一面了！”

“你定一定神，起来！”他无可奈何地说。

那女人抓住他的两只手，贪婪地望着他。

“永别了！”她最后说罢站起来快步离他而去，简直跟逃跑差不多。公爵看见罗果仁忽然出现在她身旁，并且扶着她的胳膊把她带

走了。

“等一等，公爵，”罗果仁喊道，“过五分钟我还要回到这儿来一下。”

五分钟以后，他果然来了；公爵在原地等他。

“我把她扶上了车，”他说，“马车从十点钟起就在那边角上守候。她知道你整个晚上都和那位小姐在一起。刚才你信上给我写的话我都如实转告了。她再也不给那位小姐写信；她答应了；按照你的愿望，她明天就离开此地。她想最后见你一面，尽管你拒绝了；我们就在这个地方等候你回来，在那儿，在那条长椅上。”

“是她自己要你一起来的？”

“怎么不是？”罗果仁咧嘴一笑，“我看到的是我本来就知道的。那些信你看了吧？”

“难道你真的读过这些信？”公爵问道；这个念头使他大吃一惊。

“当然；她自己把每一封信都给我看过。关于剃刀的那段话你记得吗？嘿嘿！”

“她准是发疯了！”公爵扭绞着双手激动地说。

“这谁知道？也许并不。”罗果仁轻轻地说了一句，好像在自言自语。

公爵没有答话。

“好了，那就分手吧，”罗果仁说，“明天我也要离开此地；不要记我的恨！喂，老弟，”他迅速回过头来附加说，“你怎么一句也不回答她？‘你到底幸福不幸福？’”

“不，不，不！”公爵无限悲痛地连声喊道。

“我想你也不可能说：‘是的！’”罗果仁刻毒地笑起来，然后头也不回地走了。

第四部

一

自从本书中的两位人物在绿色长椅上会晤以后，过了大约一个星期。在一个晴朗的上午，十点半左右，瓦尔瓦拉·阿尔达里昂诺夫娜出来走访了几位相识之后，心事重重、神情忧戚地回到家里。

有这样一些人，对之很难用什么话可以把他们最典型、最有代表性的方面一下子完全表现出来。这是一些通常称作“普普通通”、“属于大多数”的人，他们确实构成任何社会的绝大多数。作家写长篇和中篇小说大都力求选取社会中的一些典型，形象地、艺术地加以表现，——与这些典型完全相同的人物在现实中是极其难得遇见的，然而他们几乎比现实本身更加现实。作为一个典型，波德柯廖辛[①]甚至可以说是很夸张的，但绝非凭空臆造。不知多多少少聪明的人从果戈理笔下认识了波德柯廖辛以后，马上发现他们有几十位、几百位熟人和朋友跟波德柯廖辛有惊人的相似之处。他们在看到果戈理的作品之前就知道他们那些朋友和波德柯廖辛一样，只是还不知道究竟该把他们叫作什么。在现实生活中新郎临到举行婚礼之前跳窗逃走的事是极其罕见的，因为别的不说，这样做至少很不方便。然而，不知有多多少少的新郎，甚至是有出息的聪明人，临到举行婚礼之前却在内心深处愿意承认自己是波德柯廖辛。也不是所有的丈夫到处都在号叫：“你这是自作自受，乔治·当丹！”[②]但是，天哪，全世界不知有几万甚至几亿个做丈夫的刚度过蜜月就从心底里发出这样的号叫，也可能就在婚后的次日，谁知道？

笔者不打算在这里发更认真的议论，只想说，在现实生活中人物的典型性似乎给掺了水，所有这些乔治·当丹和波德柯廖辛都是确实存在的，他们每天在我们面前来去匆匆，但好像以比较冲淡的形式出现。为实事求是起见，有必要附带声明一下，同莫里哀所创造的典型完全一样的乔治·当丹，在现实生活中也可能碰到，虽然难得一遇。好了，我们就此结束这番已经开始有点儿像杂志批评文章的议论吧。

尽管如此，我们面前仍然摆着这样一个问题：小说家该怎样处理那些寻常的、“普普通通”的人，该怎样把他们放到读者面前，才能使他们或多或少引起读者的兴趣？在叙述过程中完全绕过他们决计不可能，因为寻常的人们每时每刻并且大量地构成连接日常事件的必要环节；要是绕过他们，就会破坏真实性。如果小说里全部都是典型，或者为了提高兴趣干脆只写些稀奇古怪和子虚乌有的人物，那就没有真实性可言，恐怕也引不起兴趣。我认为，作家必须努力发掘有意思和有教益的特色，甚至在寻常人中间发掘。比方说，如果某些凡人的根本实质恰恰在于他们一成不变的平凡性，或者更好的是，如果这些人物尽管作了极大的努力无论如何要摆脱千篇一律的旧谱老调，可是到头来依然故我，仍依旧谱唱老调，那么，这样的人物甚至会具有某种独特的典型性，可以成为一种不甘心做凡人的凡人典型，他们千方百计想成为与众不同、独树一帜的人，而事实上连一点点独树一帜的本钱也没有。

本书中的某些人物就属于这类“普通”或“平凡”的人，有关他们的情况至今向读者交代得不够(这一点我得承认)。瓦尔瓦拉·阿尔达里昂诺夫娜·普季岑娜、她的丈夫普季岑、她的哥哥加甫里拉·阿尔达里昂诺维奇正是这类人物。

的确，最糟心的莫过于做一个例如这样的人：手里有钱，出身清

---

① 俄国作家果戈理所著喜剧《结婚》中的人物。

② 见莫里哀所著喜剧《乔治·当丹》第1幕第9场。

白，相貌可以，受过相当教育，人也不蠢，甚至心地善良，在这同时却没有任何才华，没有任何特点，甚至没有一点儿怪脾气，没有一个属于他自己的思想，无不“和大家一样”。钱是有的，但不是罗特希尔德那样的财阀；家世清白，但从来乏善足陈；相貌可以，但显示不出什么性格；学问不错，但不知道往哪儿用；有头脑，但没有**自己的思想**；有良心，但缺乏宽广的胸怀；如此等等，一切方面均无例外。这样的人世上非常之多，甚至比表面上看起来还要多。同所有的人一样，他们可分为两大类：一类想法狭隘，另一类“聪明得多”。前一类人的日子比较好过。对于狭隘的“普通”人来说，最省力的就是自命不凡，自以为与众不同，并且毫不犹豫地引以为乐。我们有些小姐只要把头发剪短，戴上蓝色眼镜，自称虚无主义者，马上就以为：只要戴上眼镜，她们立刻便有了自己的“信仰”。某人只要在自己心里产生一点点属于人情之常的良性感觉，马上就确信：谁也不具备他那样的情操，他是智慧发达的佼佼者。某人只要凭道听途说接受某一个思想或者没头没尾读了一两页书，马上就相信这是他“自己的见解”，是从他自己头脑里产生的。在那样一些情况下，赤裸裸的无知（如果可以这样说的话）会达到惊人的程度。这一切令人难以置信，但每时每刻都可以碰到。这种赤裸裸的无知，这种蠢人对自己和自己的才华毫不动摇的信心，被果戈理通过皮罗果夫中尉[①]这一绝妙典型表现得淋漓尽致。皮罗果夫甚至深信自己是天才，甚至高出一切天才；他是如此深信不疑，竟一次也没有向自己提出过这个问题；不过，对他来说问题是不存在的。伟大的作家最后不得不让他挨一顿打，以平道德感情受到侮辱的读者之愤；但是，看到此公受罚后只是晃晃脑袋，还吃了一块千层糕补充精力，作家也只得惊讶地两手一摊，撇下读者不管了。我一直为果戈理笔下这位伟大的皮罗果夫军衔这么小深表惋惜，因为皮罗果夫自鸣得意到了这种程度，随着他身上的肩章绶穗因年资关系而变粗和扭结，他完全可以把自己想象成叱咤风云的统

① 果戈理所著小说《涅瓦大街》中的人物。

帅；甚至无须想象，干脆确信无疑：既然升为将军，怎么不是统帅？这样的人后来在战场上一败涂地的有多多少少？而在我们的文学家、科学家、鼓动家中间，这样的皮罗果夫又有过多多少少？我说的是“有过”，其实，现在当然也有……

本书中的人物加甫里拉·阿尔达里昂诺维奇·伊沃尔京则属于另一类；他属于“聪明得多”的一类人，尽管他从头到脚浑身充满出类拔萃的愿望。然而，上文已经指出，这一类人比前一类日子要难过得多。问题在于：**聪明的**“普通”人即便有时候(也可能是一辈子)把自己想象成旷世奇才，可是在自己心里总保留着一条怀疑的蛆虫，这条蛆虫能导致聪明人最后完全绝望；纵使认命屈服，也已经被深入骨髓的虚荣心彻底毒化。不过，我们举的例子毕竟是个极端，绝大部分这类**聪明人**的命运远远不是那样悲惨；充其量他们的肝脏到晚年会在或大或小的程度上出毛病，仅此而已。然而，这些人一心想出类拔萃，从少年时代直至无可奈何的暮年，往往要折腾很久很久，这才认命屈服。甚至有一些奇怪的事例：为了要出类拔萃，诚实人不惜干下流事；这类不幸者之中有的人不仅忠厚老实，而且心地善良，是全家的一盏明灯，非但养家活口，还用自己的劳动养活他人，结果怎样呢？一辈子不得安宁！他如此敦厚地尽到了自己做人的责任，这个思想竟一点也不能使他心情舒畅、精神告慰，反而惹他心烦。他在想：“瞧，我把自己的一生都耗费在什么上头了！正是这一切束缚了我的手脚，妨碍了我干出一番惊天动地的事业来！若是没有这些拖累，我定能有所创造，——不是发明火药就是发现美洲，究竟什么我还不知道，但肯定是了不起的创举！”这些先生身上最有代表性的特征在于：他们确实一辈子都无法肯定，他们渴望做出的创举究竟是什么，他们毕生时刻准备完成的伟业究竟是什么：是发明火药还是发现美洲？不过，他们忍受的痛苦和对发明创造的渴念，说真的，也够得上造就一个哥伦布或伽利略了！

加甫里拉·阿尔达里昂诺维奇开始走的正是这样一条路，只不过刚刚起步。他注定要折腾的日子还长着呢。一方面深刻地、不断地感到自己缺乏才华，另一方面又不可遏止地想要证明自己是个最有独创性的人，——这个矛盾差不多从少年时代起就在他心中造成严重的创伤。这是一个见高眼红、野心勃勃的年轻人，大概生下来神经就受过刺激。他把自己强烈的欲望当作远大的志向。凭着那股无论如何要出人头地的热望，有时他准备做出最不合理性的举动；然而，一旦事情发展到即将做出不合理性的举动时，我们这位英雄总是有足够的头脑打消已经拿定的主意。这使他痛苦万分。也许，在一定条件下他甚至决定豁出去干卑鄙透顶的事，只要能达到梦寐以求的目的；可是，就像命中注定似的，一到节骨眼上他总是会表现出足够的羞耻之心而不屑干卑鄙透顶的事。（不过，卑鄙的小事情他随时都愿意干。）他带着厌恶和憎恨看待他们家道的清寒和式微。他甚至对母亲的态度也是傲慢和轻视的，尽管他自己十分清楚地懂得，他母亲的名声和性格眼下也是他的前程的主要支柱。当上了叶班钦的秘书，他立即对自己说："做坏蛋就做彻底的坏蛋，只要能赢，"可是——几乎从未成为彻底的坏蛋。其实，他为什么认为自己非做坏蛋不可呢？那时候他对阿格拉雅简直害怕，但并没有死心，一直抱着万一的希望，尽管他从来没有认真相信过阿格拉雅会俯就于他。嗣后，他在与娜斯塔霞·菲立波夫娜的一番纠葛中突然领悟到，得到**一切**的关键在于钱。"要做坏蛋就做吧，"当时他天天对自己重复这句话，内心相当自负，但也有些害怕；"既然要做坏蛋，那就索性坏到顶点，"他不时给自己打气，"没出息的人临到这种局面便会怯阵，可我们不怕！"他在输掉阿格拉雅并且被事态的发展压垮以后，完全泄了气，他确实把钱交给了公爵，那笔钱是一个疯女人当时扔给他的（为疯女人送这笔钱去的也是个疯子）。事后他对还钱之举追悔不下一千次，虽然也一直为此感到骄傲。在公爵尚未离开彼得堡的时候，他确实哭过三天，但在这三天内他也对公爵产生了憎恨，因为公爵过于用同情的眼光看他，而他归还这样一笔钱的事"不是每个人都有勇气做的"。他诚实地向自己承认，他的悲哀可以完全归因于虚荣心不断受压，——这番自供使他感到极大的痛苦。直到过了很长一段时间，他才看清楚并且认识到，他跟阿格拉雅这样一位天真而又古怪的小姐之间那件事，本来可能认真朝着多么不同的方向发展。悔恨啮蚀着他的心；他辞去了职务，陷入苦闷和忧伤。他住在普季岑家，和父母一起仰给于妹丈；他公开瞧不起普季岑，不过同时也听从其劝告，而且几乎总是明智地征求妹丈的意见。举例说吧：普季岑并不指望成为罗特希尔德，并不为自己树立这样的目标，这也叫加甫里拉·阿尔达里昂诺维奇生气。“既然放高利贷，那就干到底，对人们使劲榨，用他们铸成钱币，做一个大人物，成为犹太人的王！”普季岑谦逊而安详，总是不声不响地微笑，但有一次他认为有必要同加尼亚认真解释一下，并且把这件事做得挺大方。他向加尼亚证明自己不做任何缺德事，所以加尼亚骂他犹太佬没有道理；至于银根这样紧，那不是他的过错；他行事合情合理，实质上他不过是代办“这些”事情的一个经纪人；由于他办事认真负责，已经在一些顶呱呱的人物那里享有极好的声誉，他的业务正在扩大。“我不能成为罗特希尔德，也没有这个必要，”他笑着补充说，“可是在李捷依内大街上会有我的一栋楼，也许会有两栋，到那时我就收场。”“没准儿会有三栋，谁知道！”他暗自思忖，但从不说出来，一直隐瞒着这个理想。造化喜欢并厚待这样的人，它会给普季岑的奖赏不是三栋，而一定是四栋楼，就因为他从小就知道自己永远不能成为罗特希尔德。不过，造化的赏赐决不会再超过四栋楼，普季岑的事业也将到此为止。

加甫里拉·阿尔达里昂诺维奇的妹妹则完全是另一种人。她也有强烈的愿望，但顽强多于激烈。如果事情发展到最后关头，她身上绝不缺乏理智，而在未到最后关头之前，理智也没有离开过她。诚然，她也属于向往出类拔萃的“普通”人，但她很快就认识到自己没有一丁点儿特别与众不同的地方，对此也没有过分悲伤，——也许是出于一种独特的自尊心吧。她嫁给普季岑先生是下了极大的决心采取的第一项实际步骤；但出嫁的时候她并没有对自己说：“一不做二不休，只要能达到目的，”而在这种情况下加甫里拉·阿尔达里昂诺维奇是免不了会这样说的（当他作为兄长对妹妹的决定表示赞同时，还差点儿当着她的面说出来）。甚至恰恰相反：瓦尔瓦拉·阿尔达里昂诺夫娜出嫁之前心里就很踏实，相信她未来的丈夫是个谦和的人，可以说颇有教养，任何时候都决计不会干缺大德的坏事。至于一些小小的缺德事儿，瓦尔瓦拉·阿尔达里昂诺夫娜认为是微末细节，并不计较：这样一些细枝末节哪能免得了？十全十美的完人上哪儿找去？何况她知道，出嫁还能为母亲、父亲、兄弟提供一个栖身之所。看到哥哥的不幸，她还是想帮助加尼亚，尽管以前家里有过种种隔阂。普季岑有时催——当然是友好地催——加尼亚去找份差事。“你瞧不起那些将军本人和将军的头衔，”他往往用开玩笑的口吻对加尼亚说，“可是你瞧着，到头来‘他们’自己都成了将军；只要活得到那个时候，你自会明白。”“他们凭什么认为我瞧不起将军们和将军头衔？”加尼亚以讽刺的口吻自忖。

为了帮助哥哥，瓦尔瓦拉·阿尔达里昂诺夫娜决定扩大自己活动的范围。她打进了叶班钦家，童年的回忆在这方面起了很大的促进作用：她和哥哥小时候常同叶班钦的女儿们在一起玩儿。这里必须指出，如果瓦尔瓦拉·阿尔达里昂诺夫娜上叶班钦家是要实现某种不寻常的梦想，那么她这样做本身等于立刻脱离了她自己把自己归入的那一类人的行列。但她追求的目标不是梦想；她甚至作了相当周密的盘算，她是以这一家人的性格为依据的。她对阿格拉雅的性格的研究可谓孜孜不倦。她立意要使他们俩——她哥哥和阿格拉雅——重归于好。或许，她在某些方面确实达到了目的；或许，她也犯了一些错误，例如对哥哥估计过高，她寄希望于哥哥的事加尼亚永远做不到，无论如何做不到。不管怎样，她在叶班钦家采取的行动方针相当巧妙：有时一连几个星期不提起哥哥，态度始终非常诚恳，举止言谈不卑不亢。至于自己的良心深处，她并不怕往那里探视，认为完全没有什么可以责备自己。正是这一点给她增添力量。只是她有时注意到这样一个情况：她恐怕也有怨气，她也很爱面子，甚至近乎虚荣心很重却受到压抑的状态。某些时候，尤其是她从叶班钦家出来时，几乎每次都注意到这一点。

此刻，她正是从她们那儿回来，诚如本章开始时已经说过的那样，心事重重、神情忧戚。透过这重忧戚也流露出某些苦涩的嘲意。普季岑在巴甫洛夫斯克住的是一所不起眼、但面积相当大的木屋。这所房子坐落在一条尘土飞扬的街道上，不久即将全部归他所有，所以他已经开始在准备把它卖给什么人。瓦尔瓦拉·阿尔达里昂诺夫娜登上台阶时，听到楼上吵得很凶，从声音可以辨出是哥哥和爸爸在大叫大嚷。走进客厅，只见加尼亚气得脸色发青，几乎揪着自己的头发在屋子里来回跑，于是她皱眉蹙额、倦容满面地倒在沙发上，连帽子也没有摘下。瓦丽雅很清楚，如果她再沉默一分钟不问哥哥为何这样奔跑，加尼亚一定会生她的气；所以她赶紧以提问的方式说了一句：

“还是老样子？”

“什么老样子！”加尼亚喊道，“老样子！不，现在鬼知道究竟在搞什么名堂，可已经不是老样子了！老头儿真的离发疯已经不远……妈妈在哭。上帝可以作证，瓦丽雅，你爱怎么说都可以，反正我要把他从家里撵出去，要不……要不，我自己从你们这儿搬走。”他补充说，大概想起了不能从别人家里把人撵出去。

“得迁就点儿，”瓦丽雅嘀咕道。

“迁就什么？迁就他？”加尼亚的火又冒了起来，“迁就他的下流行为？不，不管你怎么说，这办不到！办不到，办不到，办不到！瞧他那份儿德行：明明是自己的错，反而更有理似的！‘我不愿走大门，给我把围墙拆了！……’你怎么坐着一点精神也没有？你的脸色为什么这样难看？”

“脸就是脸呗。”瓦丽雅不悦地回答。

加尼亚更仔细地注视着她。

“你到那边去了？”他忽然问。

“去了。”

“等一等，又嚷起来了！真是丢人，还偏偏在这个时候！”

“什么这个时候？什么特别的时候也不是。”

加尼亚进一步集中注意力把妹妹打量一番。

“你听到什么了？”他问。

“至少没有什么出人意料的事情。我打听到，这一切都是真的。我丈夫比咱俩猜得更准；他一开始就预言过，现在果然如此。他在哪儿？”

“不在家。你说结果怎样？”

“公爵正式订婚了，事情已经定局。是两个大的告诉我的。阿格拉雅表示同意；她们都已经不再隐瞒。（在这以前她们那儿的气氛老是神秘得很。）阿黛拉伊达的婚期又将推迟，准备两场婚礼同时举行，在同一天，——多么罗曼蒂克啊！真像一首诗。你还是做一首咏结婚的诗吧，别满屋子乱跑了。今天晚上贝洛康斯卡雅要到他们那儿去，她来得正是时候；还会有别的客人。他们将把公爵向贝洛康斯卡雅作正式介绍，尽管公爵跟她认识；看样子要当众宣布。他们只是担心公爵走进屋子的时候别当着宾客的面掉下或打碎什么东西，或者他自己别摔倒；对他不可不防。”

加尼亚很注意地听完了她的话，但使妹妹感到奇怪的是：这个对于加尼亚应该震动很大的消息，在他身上产生的反应似乎完全谈不上震惊。

“其实，这本来是明摆着的，”他稍加考虑后说，“那就到此为止！”他带着一种奇怪的微笑添加一句，一边调皮地看看妹妹的脸，一边继续在屋里来回走，但已经和缓得多。

“还好你能以哲学家的眼光看待这件事；说真的，我很高兴。”瓦丽雅说。

“现在担子可以撂下了；至少您的担子可以撂下。”

“我为你效劳算是尽了心力，既不发表意见，也不惹你心烦；我没有问过你，你想要在阿格拉雅那里寻找什么样的幸福。”

“难道我……是在阿格拉雅那里寻找幸福？”

“得了，请不要扯到哲学上去！当然是这样。事情已经完结，咱们也没什么可干的了，反正做了傻瓜。实话对你说，我从来就没能认真对待这件事；只不过抱着‘聊尽人事’的态度插手进去，把希望寄托在她那种可笑的性格上，而主要是想让你开开心，明知有百分之九十的可能要吹。我自己甚至直到现在还不知道你所追求的是什么。”

“从现在起，你们两口子准会使劲催我去找差事，对我讲有志者事竟成的大道理，不要太眼高啦，等等，等等，我都背得出来了。”加尼亚呵呵地笑起来。

“他头脑里有新的点子！”瓦丽雅在想。

“那边怎么样，高兴吗？我说的是她父母怎么样？”加尼亚忽然问。

“好像不怎么样。不过，你自己可以得出结论。伊万·费奥多罗维奇满意；她母亲害怕。本来嘛，她母亲过去一直讨厌把他作为女婿来考虑。”

“我问的不是这个；他作为女婿是不可思议和难以想象的，这很明白。我是问目前的情况，目前那边怎么样？她是不是正式表示同意了？”

“到目前为止她还没有说‘不’，——情况就是这些；但此外也不可能从她那里得到什么表示。你知道，她至今怕难为情和容易害羞到了多么荒唐的程度。小时候她常常钻到柜子里去，在那里蹲上两三个钟头，就是怕出来见客人。尽管她个儿长得这么高了，可直到现在还是那样。你知道吗，我总觉得那边确实有什么问题，甚至是她那方面的。据说，她从早到夜一个劲儿地取笑公爵，为的是掩盖自己的感情，但想必她每天都有办法偷偷对公爵说些什么，因为公爵简直像在天堂里一样眉开眼笑……。据说，他可笑得不得了。我也是听她们说的。我还觉得，她们——那两个大的——在当面取笑我。”

加尼亚终于皱紧眉头；也许，瓦丽雅故意在这个题目上进一步做文章，想窥探一下他的真实思想。但楼上又响起了叫喊声。

“我非轰他出去不可！”加尼亚大喝一声，他似乎欢迎这个泄愤的机会。

“那他又会到处去骂我们，跟昨天一样。”

“什么——跟昨天一样？你说什么跟昨天一样？难道……”加尼

亚忽然大起恐慌。

“啊，我的上帝，你还不知道？”瓦丽雅恍然大悟。

“怎么？……难道他真的到那边去了？”加尼亚惊呼，并且由于羞惭和狂怒而涨红了脸。“天哪，你不是从那边来吗？你听说什么了？老头儿去过那里没有？去过没有？”

于是加尼亚转身就朝门外跑；瓦丽雅急忙追上去，用双手把他拉住。

“你要干什么？你上哪儿去？”她说，“要是现在你让他出去，他会更加胡来，会去找所有的人！……”

“他在那边干了些什么？他说了什么？”

“她们自己也讲不清楚，不知道是怎么回事，反正把她们都吓一大跳。他去找伊万·费奥多罗维奇，——主人不在；他要求见叶丽扎薇塔·普罗科菲耶夫娜。他先向女主人谋职位，说要找份差事，然后开始派我们的不是，抱怨我，抱怨我丈夫，特别抱怨你……说了一大车话。”

“你没能弄清楚究竟说了什么？”加尼亚在发抖，就像歇斯底里发作那样。

“哪能呢！他自己也未必明白说了些什么，也可能她们没有原原本本都告诉我。”

加尼亚捧住脑袋跑到窗户那儿去；瓦丽雅在另一扇窗子旁边坐下。

“可笑的阿格拉雅，”她忽然指出，“她把我叫住，说：‘请特别代我向令尊令堂转致我个人的敬意；几天之内我一定能找到机会去跟令尊见面。’说得非常认真。真够奇怪的……”

“不是嘲笑？不是挖苦？”

“正因为不是，所以叫人奇怪。”

“依你看，她知道不知道老头儿的事？”

“他们家里的人还不知道——这一点我敢肯定；但是你使我产生了一个想法：阿格拉雅也许知道。不过，即使如此，也只有她一个人知道，因为当她那么正经八百地要我向父亲代为致意时，她的两个姐姐也感到奇怪：为什么特别向他致意？如果她知道，那就是公爵告诉她的。”

“谁告诉她是不难猜到的！居然做起贼来了！否则好像还不够似的。咱们家里出了个贼，还是‘一家之主’！”

“胡说！”瓦丽雅终于发火喝道，“无非喝醉后闹的把戏。你这话是谁编造出来的？列别杰夫、公爵……他们自己也都是好样儿的，鬼点子可多呢。这事儿我连那么一丁点儿也不信。”

“老子是小偷兼酒鬼，”加尼亚以发牢骚的口吻继续说，“我自己是穷光蛋，妹丈是放高利贷的，——够阿格拉雅眼馋的了！没说的，实在光彩！”

“这个放高利贷的妹丈现在正……”

“正在养活我，是不是？请直截了当地说吧。”

“你干吗火气这么大？”瓦丽雅自知失言了，“你真不懂事，简直跟小学生似的。你以为这一切可能有损你在阿格拉雅心目中的形象？你不了解她的脾气；她可以甩掉数一数二的金龟婿，心甘情愿地跑到某个穷学生住的顶楼上去跟他一起饿饭，——这才是她的理想！你永远不会懂得，要是你能咬紧牙关忍受咱们清贫的家境而不低头，你在她的心目中会变得多么有吸引力！公爵之所以能使她上钩，首先在于他压根儿不去钓这条鱼，其次在于人人把他看成一个白痴。在公爵的问题上她能把家里闹得鸡犬不宁，单是这一点现在就中她的意。咳，你什么也不懂！”

“我到底懂不懂现在还不能下结论，”加尼亚嘀咕道，似乎话中有话，“反正我不愿意让她知道老头儿的事。我本以为公爵口紧，不会说出去的。他还要列别杰夫守口如瓶呢；在我追问的时候，他对我也不愿全部抖出来……”

“现在你瞧，即使撇开他不谈，事情也已经全捅出去了。现在对你又有什么意义？你还指望什么？就算还有希望的话，这也只能使你在她眼里更像个受难者。”

“可是在丑闻面前连她也会给吓退的，不管她的气质多么罗曼蒂克。一切都有个限度，人人都有个限度，你们全是这样。”

“阿格拉雅会给吓退？”瓦丽雅用鄙夷的目光看了一下哥哥，激动地说，“你呀，真没出息！你们这号人都是些窝囊废。她虽然可笑和怪癖，可要比咱们所有的人高尚一千倍。”

“好了，好了，别生气。”加尼亚又嘀咕了一句，听口气他已感到满意。

“我只是觉得妈妈可怜，”瓦丽雅继续说，“我担心爸爸的这件事会传到她耳朵里。哎，我真担心！”

“肯定已经传到。”加尼亚指出。

“谁可能告诉她？”

“想必是伊波利特。我估计，他搬到咱们这儿来住以后，认为向妈妈报告这个消息乃是第一件乐事。”

“请问，他怎么会知道？公爵和列别杰夫决定不对任何人说，连郭立亚也一无所知。”

“伊波利特吗？他自己了解到的。你简直不能想象这家伙有多么狡猾，多么善于搬弄是非，而且鼻子特别灵，很快就能嗅出一切隐私、一切丑闻。信不信由你，我断定他已经把阿格拉雅握在手掌之中。即使还没有握住，也一定会握住的。罗果仁也跟他搭上了。公爵竟然注意不到！现在他是多么希望把我绊倒哇！他把我当作仇人看待，这一点我早就明白；他干吗要这样呢——我实在不能理解！他明明快要死了。不过我能叫他栽在我手里；你会看到，不是他绊倒我，而是我绊倒他。”

“既然你这么恨他，干吗要劝他搬到这儿来住？他值得你费心计去使绊子吗？”

“是你劝他搬到咱们这儿来住的。”

“我原以为可以利用他；你可知道，现在他自己爱上了阿格拉雅，还写信给她？她们向我问起过……没准儿他还给叶丽扎薇塔·普罗科菲耶夫娜写信呢。”

“在这个意义上他不是个危险人物！”加尼亚说着刻毒地笑了起来，“问题八成不在这上头。他害上了相思，这很可能，因为还是个乳臭小儿嘛！但是……他不会给老太婆写匿名信。他是个刻毒、自负而又平庸的小人！……我相信，我可以肯定，他在阿格拉雅面前把我描绘成一个阴谋家，一切由此而起。我承认，起初我像个傻瓜一样对他露了底儿，我原以为他单单出于向公爵进行报复的目的也会跟我利害一致；而他竟是这样狡猾的一个家伙！哦，现在我可把他摸透了。关于这桩偷钱的事他是听自己的母亲说的，就是那个大尉寡妇。老头儿要是真的干了，准是为那个大尉寡妇。他忽然无缘无故告诉我说，‘将军’答应给他母亲四百卢布，这话没头没脑，一点也不拐弯抹角。这下我全明白了。他还直接盯着我的眼睛，带着一种幸灾乐祸的表情；他一定也告诉了妈妈，目的纯粹是把她的心撕碎从中取乐。我真不明白，他为什么还不死？他明明说过顶多再活三个星期，可是在这儿还胖了起来！嗽也不咳了；昨天晚上他自己说已经有两天没咯血。”

“把他撵走。”

“我对他不是仇恨，而是蔑视，”加尼亚傲然说道，“就算是吧，就算我恨他，恨他！”他一下子暴跳如雷，大叫大喊。“我要当面这样对他说，即使他靠在枕头上快咽气了我也要说！你要是读过他的自白就知道了，——上帝啊，简直恬不知耻到了天真的地步！这是一个悲剧式的皮罗果夫中尉，悲剧式的诺兹德廖夫[1]，而更主要是一个乳臭小儿！哦，那天我真想好好揍他一顿，就是要让他吃那么一惊。现在他要向所有的人进行报复，因为那时候没能达到目的……。这是怎么回事？那边又闹了起来！这到底是怎么回事？我实在忍无可忍。普季岑！”他冲着刚走进房间的普季岑喊道，“这算什么名堂？这样下去究竟要闹到什么地步？这……这……”

但吵闹声越来越近，门忽然被打开，老伊沃尔京气得面孔发紫，

① 果戈理所著《死魂灵》中一个年轻的地主。

像个狂人一般冲着普季岑大发雷霆。跟在老头儿后面的是尼娜·亚历山德罗夫娜、郭立亚以及殿后的伊波利特。

二

伊波利特搬到普季岑家来住已有五天。这件事的经过倒是挺自然的，在他和公爵之间没有多费唇舌，更没有发生任何口角。他们非但没有争吵，表面上看起来甚至还是友好地分手的。那天晚上对伊波利特如此不客气的加甫里拉·阿尔达里昂诺维奇，却自己来看望他，不过已经是在发生那件事后的第三天，谅必受到某个突然想到的主意的驱使。不知什么缘故，罗果仁也开始常来探望病人。最初，公爵觉得，伊波利特如果从他家搬出去，也许对这个“可怜的少年”较为合适。但在搬走的时候，伊波利特就说他是搬到普季岑那儿去住，承蒙普季岑“一片好意”，为他“提供一隅之地”；好像故意不说搬到加尼亚那儿去，虽然恰恰是加尼亚力主家里收留他的。当时加尼亚便注意到这点，并且怀恨在心。

他对妹妹说病人有了起色，这话不假。伊波利特确实感到比以前好些，只要朝他望一眼就看得出来。他慢慢腾腾最后一个走进房间，不怀好意地现出嘲弄的微笑。尼娜·亚历山德罗夫娜进来时的神色惊恐万状。（这半年她变化很大，人瘦了；自从嫁了女儿并且住到女儿家来以后，她几乎不再过问子女在外面的事情。）郭立亚非常忧急，显得有些摸不着头脑；用他的话来说，这次“将军的发狂”对于他颇有些莫名其妙，他当然不知道家里这场新的风波的根本原因何在。但他清楚地看到，这一回父亲实在闹得凶，简直无时不闹，无处不闹，而且一下子变得那么厉害，好像已经根本不是原来那个人。使他忧急的还有一桩：老头儿最近三天甚至完全不喝酒了。他知道父亲已经离开了列别杰夫和公爵，甚至同他们闹翻了。郭立亚带着自己掏钱买的半俄升伏特加刚回到家里。

“说真的，妈妈，”刚才在楼上他这样劝尼娜·亚历山德罗夫娜，“说真的，还是让他喝的好。他已经三天没沾过唇；可见心里非常痛苦。说真的，还是喝的好；蹲债务监狱那一段，我也经常给他送去……”

将军把门开直，在门口站住，似乎因愤怒而发抖。

“先生！”他以如雷之声冲普季岑吼道，“如果您果真决心为一个乳臭未干的无神论者牺牲您的父亲、至少是您妻子的父亲、一个曾经效忠国君的人，那么从现在起我再也不踏进您的家门。请选择吧，先生，立刻作出选择：有我就没有这个……螺丝钉！对，螺丝钉！我无意间说出了口，但这小子的确是螺丝钉！因为他像一颗螺丝钉直往我的心上钻，根本不懂规矩……跟螺丝钉一个样！”

“恐怕是螺旋拔吧？”伊波利特插了一句。

“不，不是螺旋拔，因为在你面前我是将军，不是瓶子。我有军功章、勋章、奖章……你屁也没有。有他没我！您决定吧，先生，马上决定，立刻决定！”他发疯似的又冲普季岑吼叫。这时郭立亚给他搬来一把椅子，于是他几乎瘫倒一般坐了下来。

“说真的，您最好是……睡一觉。”给闹得晕头转向的普季岑含糊其辞地说。

“他还摆出威胁的架势！”加尼亚对妹妹悄悄说了一句。

“睡一觉？！”将军嚷道，“我没醉，先生，您是在侮辱我。我看得出，”他继续说，一边又站起来，“我看得出，这里一切都跟我作对，所有的人都跟我过不去。够了！我走……。但要知道，先生，要知道……”

大伙没等他说完就让他重新坐好，劝他平静下来。加尼亚怒冲冲走到角落里去。尼娜·亚历山德罗夫娜唯有颤抖、哭泣。

“我对他干什么了？他有什么可抱怨的？”伊波利特龇牙咧嘴嚷道。

“难道还没干什么？”尼娜·亚历山德罗夫娜忽然指出，“您这样干是特别可耻和……不人道的，折磨一个老人……何况处在您的地位。”

“首先，我的地位又怎么啦，夫人？我很尊敬您，尊敬您本人，但是……”

“这是一颗螺丝钉！”将军喊着，“他在钻我的灵魂，钻我的心！他要我信仰无神论！告诉你，嘴上无毛的小子，在你还没有生下来的时候我已经军功满身。你不过是一条忌妒心极重的蛆虫，给咳嗽绷成了两截……给一肚子的怨气和满脑袋的邪说撑得眼看快死了……。干吗加甫里拉要把你搬到这儿来？人人都跟我过不去，从外人一直到亲生儿子，都跟我作对！”

“够了，把你的悲剧收起来吧！”加尼亚大喝一声，“你要是不满城去给我们丢人现眼，也许还好一点！”

“什么，我给你丢人现眼，浑小子？你？我只会让你脸上光彩，而不是叫你丢人现眼！”

他又跳了起来，这下对他再也按捺不住；但加甫里拉·阿尔达里昂诺维奇显然也决了口。

“居然还有脸谈光彩！”他反唇相讥。

“你说什么？”将军咆哮如雷，脸色煞白地向他跨前一步。

“我说什么？我只要一开口就能……”加尼亚突然拔高嗓门，但没有说完。两人面对面站着，都冲动得失了分寸，尤其是加尼亚。

“加尼亚，你想干什么？”尼娜·亚历山德罗夫娜喊了一声，急忙过去制止儿子。

“哪一方面都在无事生非！”瓦丽雅愤愤地断然说，“算了，妈妈。”她拉住母亲。

“只是看在妈妈分上，我就饶了您。”加尼亚悲愤地说。

“你说嘛！”将军不顾一切地狂叫，“你说嘛，别怕遭到父亲的诅咒……说嘛！”

“哼，我怕您的诅咒？！您一连八天像疯子似的，这能怨谁？今天是第八天，我一天天数的……。小心别把我逼急了，我把一切都说出来……。昨天您去叶班钦家干什么？亏您活了这大把年纪，头发都白了，还是个做父亲的！真是好样的！”

“住口，加恩卡！”郭立亚喝道，“住口，你这蠢货！”

“我哪一点上侮辱了他，我怎么啦？”伊波利特仍不罢休，用的好像还是那种嘲弄的口气。“你们都听见了，他凭什么骂我是螺丝钉？他自己来缠住我；刚才他来谈起一个姓叶罗佩果夫的大尉。我根本不愿意跟您在一起，将军；以前我也敬而远之，您自己知道。请问，叶罗佩果夫大尉关我什么事？我不是为了叶罗佩果夫搬到这儿来的？我只不过向他表示了自己的看法，我说这位叶罗佩果夫大尉恐怕任何时候都不存在。他于是就吵得天翻地覆。”

“当然不存在！”加尼亚断然说。

但将军站着目瞪口呆，只是视而不见地四顾张望。儿子的话以其赤裸裸的直率使他震惊。他一时竟告语塞。伊波利特紧接在加尼亚这句话之后放声大笑，还嚷了一句：“嗨，您听见了，您自己的儿子也说压根儿没有什么叶罗佩果夫大尉，”——这时，老头儿才结结巴巴地咕噜道：

“是卡比东·叶罗佩果夫，不是‘卡比丹’——大尉……是卡比东……退役中校，叶罗佩果夫……卡比东。”

“卡比东也没有！”加尼亚已经恼怒得不可收拾。

“为……为什么没有？”将军喃喃说着顿时涨红了脸。

“算了吧！”普季岑和瓦丽雅劝道。

“住口，加恩卡！”郭立亚又大喝一声。

但是这样一来似乎点醒了将军。

“怎么没有？为什么不存在？”他气势汹汹地责问儿子。

“就因为没有。没有就是没有，也根本不可能有！这就是对您的回答。告诉您，别老缠着我。”

“这就是我的儿子……这就是我的亲生儿子，是我把他……哦，上帝啊！他们愣说没有叶罗佩果夫，没有叶罗什卡·叶罗佩果夫这个人！”

“瞧，一会儿叶罗什卡，一会儿卡比多什卡！”伊波利特插言道。

“是卡比多什卡，先生，是卡比多什卡，不是叶罗什卡！卡比东，卡比丹·阿列克谢耶维奇，不对，是卡比东……中校……退役中校……他娶了玛丽亚……玛丽亚·彼得罗夫娜·苏……苏……苏图果娃……他从士官时代起……就是我的朋友，我的老伙计。我为他流过……我用身体保护……他给打死了。说是根本没有卡比多什卡！根本不存在！”

将军狂热地嚷着，但旁人还以为眼前是一回事而叫嚷的是另一回事。诚然，若在别的时候，即使比听到别人说卡比东·叶罗佩果夫根本不存在可气得多的苦丸，他当然也会吞下去。他可能叫嚷一阵，闹点儿事，发一通脾气，但最后还是会上楼到自己屋里去睡觉。但这一回，由于人心的无比奇异，结果恰恰是叶罗佩果夫的存在遭到怀疑这样一滴苦酒，使杯内满极而溢。老头儿的脸成了猩红色，他举起两只手大声宣布：

“够了！我诅咒你们……。快离开这所房子！尼古拉，把我的旅行包拿来，我……这就走！”

他怒不可遏地匆匆走了出去。尼娜·亚历山德罗夫娜、郭立亚和普季岑急忙追上去。

“咳，你这下可把祸闯大了！”瓦丽雅对哥哥说，“他大概又要到那里去。丢人，真丢人！”

“可是不应该做贼！”加尼亚简直气急败坏地喊道；忽然，他的视线与伊波利特的交接在一起；加尼亚几乎开始发抖。“可是您，先生，”他高声说，“应该记住，您毕竟是在别人家里……接受人家提供的款待，不应该去招惹一个显然发了疯的老头儿……”

伊波利特似乎也猛地一震，但他立即把自己控制住。

“您说令尊发了疯，我不能苟同，”他沉住气回答，“我倒是觉得，近来他反而变聪明了，真的；您不信？他变得小心、多疑，什么都要打听，对每一句话都要掂量一番……。他跟我谈起那个卡比多什卡是有用意的；您不知道，他是想把我引到……”

“嗳，他想把您引到什么上头去关我屁事！请您不要耍花招糊弄我，先生！”加尼亚尖声喊叫，“既然您也知道老头儿这种状态的真正原因(这五天来您一直在此地当密探，肯定已经知道)，那您就完全不应该招惹……不幸的人，不应该夸大事实折磨我的母亲，因为这一切完全是无稽之谈，纯属醉后胡闹，甚至毫无证据，如此而已，我认为根本不值得一提……。但您偏要刺痛人家的心，当密探，因为您……您是……”

“螺丝钉。”伊波利特冷笑道。

“因为您是个滥小人，您把人家折磨了半个小时，想以自杀吓唬他们，结果用您一支空枪作了如此丢人的拙劣表演，您这个不叫座的自杀者、恼羞成怒的……两足怨气包。我为您提供了寄居的方便，您人也胖了，嗽也不咳了，可是您如此报答……”

“请允许我简单说两句；我是在瓦尔瓦拉·阿尔达里昂诺夫娜家里，而不是在您府上；您没有为我提供任何寄居的方便，我甚至认为您自己也在接受普季岑先生提供的寄居之便。四天以前我要求家母为我在巴甫洛夫斯克找一个住所，并要她自己也搬来，因为我在此地确实感觉好了一些，虽然谈不上发胖，而且还在咳嗽。家母昨晚通知我说，住所已经找到，因此我急于要告诉您，在向令堂和令妹表示谢意之后，我今天就要搬到自己的住所去，这个主意我昨晚就已定下。对不起，我打断了您的话；您好像还有许多话要说。”

“哦，既然如此……”加尼亚哆嗦起来。

“啊，既然如此，请允许我坐下，”伊波利特接着说，一边若无其事地在刚才将军坐的一把椅子上坐下，“要知道我毕竟有病；好吧，现在我洗耳恭听，何况这是我们的最后一次谈话，甚至可能是最后一次会面。”

加尼亚突然感到一阵内疚。

“请相信，我不至于卑下到跟您计较，”他说，“既然您……”

“您何必这样傲慢呢？”伊波利特打岔道，“我倒是在搬到这儿来的第一天就立意决不放弃这样一次享受，那就是：到我们分手的时候，一定要以最坦率不过的方式把所有的话一字一句说给您听。我恰恰打算现在来做这件事，当然在您说完之后。”

“我请您离开这间屋子。”

“您还是说的好，不说出来您会后悔的。”

“算了吧，伊波利特，这一切太丢人了；我求求您，算了吧！”瓦丽雅说。

“那就完全看在女士的分上，”伊波利特笑着站起来，“好吧，瓦尔瓦拉·阿尔达里昂诺夫娜，看在您的分上我愿意长话短说，但仅仅是缩短，因为我与令兄之间有些事情到了非说说清楚不可的地步，如果对某些问题不加澄清，我不肯离开。”

“您无非是一个搬弄是非的挑拨者，”加尼亚嚷道，“所以您不制造一些纠纷是不肯离开的。”

“您瞧，”伊波利特冷漠地指出，“您已经沉不住气了。的确，您不说出来会后悔的。我再次让您先谈。我可以等一会。”

加甫里拉·阿尔达里昂诺维奇默不作声，轻蔑地望着对方。

“您不愿谈。打算坚持到底，——那就悉听尊便。从我这方面来说，我尽可能谈得简短些。今天我已经听到两三次有关接受款待方面的指责；这是不公正的。您邀请我住到这里来，目的是想笼络我；您打的算盘是以为我要对公爵进行报复。另外，您还听到阿格拉雅·伊万诺夫娜向我表示同情并且读了我的自白。您不知根据什么理由认定我会完全服从您的利益，于是，您也许指望从我身上得到一个帮手。我不想作更详细的解释！同样，我既不要求您承认，也不要求您证实；我把您交给您的良心处置，我们现在彼此已了解得非常透彻，这就够了。”

“天哪，您何必把极其平常的事情这样小题大做！”瓦丽雅惊呼道。

“我已经对你说过：这是个‘搬弄是非的乳臭小儿’。”加尼亚插了一句。

“请让我说下去，瓦尔瓦拉·阿尔达里昂诺夫娜。我对公爵当然既不可能喜欢，也不可能尊敬；但这个人极其善良，虽然……也很可笑。但我绝对没有理由恨他；当令兄企图怂恿我反对公爵时，我故意不露声色；我的目的就是要在收场时笑个痛快。我知道令兄会在我面前露底，而且一定会大大地失算。果然不出所料……。我现在愿意饶恕他，但纯粹出于对您的尊敬，瓦尔瓦拉·阿尔达里昂诺夫娜。不过，既然向您说明了要我上钩不是那么容易的，我索性也向您说明，为什么我那么希望叫令兄弄巧成拙。要知道，我这样做是出于憎恨，我可以坦率地承认。临死的时候(因为我终究快要死了，虽然我胖了点儿，正如你们所说的那样)，临死的时候，如果我能把数不清的那种人愚弄一下，哪怕只是愚弄其中的一个人，我就感到自己走向天堂的心情将会无可比拟地舒畅得多，因为那种人使我憋了一辈子的气，我一辈子憎恨他们，而十分可敬的令兄又是这种人的一个突出的样板。我恨您，加甫里拉·阿尔达里昂诺维奇，唯一的原因，——您也许会感到奇怪，——**唯一的原因**在于：您是最蛮横、最自负、最庸俗、最讨厌的俗物的典型和化身、代表和顶峰！您是自命不凡的俗物，总是自以为是，像奥林匹亚山神一样怡然自得；您是庸人中的庸人！在您的头脑和您的心里，任何一点点自己的思想都是注定永远不可能形成的。但是您的忌妒心重得不得了；您坚信您是最伟大的天才，但在心情灰暗的时刻您偶尔也会产生怀疑，于是您就怨恨、眼红。哦，在您的地平线上还有些黑点；等您变得愚不可及的时候，它们自会消失，而那一天并不十分遥远。然而，您毕竟有一段漫长而复杂的路要走，估计不会是轻松愉快的，因而我对此感到高兴。首先，我可以向您预言，您不会得到那位小姐……”

“哦，这不能再忍受了！”瓦丽雅大喝一声，“您有完没完，您这个可恶的怨气包？”

加尼亚面色灰白，气得发抖，但不吭声。伊波利特打住后，聚精会神、饶有兴味地对他看了一阵，再把视线移向瓦丽雅，接着淡然一笑，点了点头走出去，没有再添一句话。

加甫里拉·阿尔达里昂诺维奇有理由抱怨命运，抱怨碰壁。当他跨着大步在妹妹面前来回走的时候，有一段时间瓦丽雅不敢与他交谈，连看也不敢看他一眼。最后，加尼亚走到窗前去，背对着她。瓦丽雅想到这样一句谚语：“水能载舟，亦能覆舟。”这时，楼上吵闹声又起。

“你要去？”加尼亚听见瓦丽雅正要从座位上站起来，忽然转身向着她。“等一下；你看看这个。”

他走过来把折成便条形状的一张小纸扔在她前面的一把椅子上。

“上帝啊！”瓦丽雅一声惊呼，双手一拍。

便条上的字只有寥寥数行：

加甫里拉·阿尔达里昂诺维奇！由于确信您对我抱着友善的态度，我决定就一件对我很重要的事情征求您的忠告。我希望明天早晨七点整在绿色长椅上和您见面。那里离我们的别墅不远。瓦尔瓦拉·阿尔达里昂诺夫娜**必须**陪您一起来，她对那个地方非常熟悉。**阿·叶**

“往后叫人怎么能摸透她的心思？”瓦尔瓦拉·阿尔达里昂诺夫娜两手一摊说。

尽管加尼亚这时无心摆架子，他毕竟不能不表露一下心中的高兴，何况是在伊波利特作出这等把人看扁的预言之后。得意的微笑使他容光焕发，连瓦丽雅也笑逐颜开。

“而且这恰恰是在她家准备宣布订婚之事的同一天！往后叫人怎么能摸透她的心思？”

“你认为明天她要谈什么？”加尼亚问。

“这并不重要，重要的是她六个月以来第一次表示了见面的愿望。听我说，加尼亚：无论怎样，不管情况发生什么变化，要知道，**重要的**是这一点！这太重要了！别再摆架子，别再捅娄子，但也不要胆怯，记住！半年来我往她们那里没少跑，她能猜不透我的目的？可是你想象一下：今天她没向我露一句口风，完全不动声色。我是偷偷去找她们的，老太婆不知道我在，否则恐怕把我轰了出来。我为了你铤而走险，无论如何要打听到……”

楼上又响起吵吵嚷嚷的声音；有几个人正从扶梯上下来。

“现在决不能让这事闹开去！”瓦丽雅吓得慌慌张张地说，“决不能蒙上一点点丑闻的阴影！去，给他赔个礼儿！”

但是老爷子已经到了街上，郭立亚提着旅行包跟在他后头。尼娜·亚历山德罗夫娜站在台阶上哭；她想要追上去，但普季岑把她拉住了。

“您这样只会给他火上加油，”普季岑对岳母说，“他没地方可去，过半个小时会有人把他送回来的。我已经跟郭立亚说好；您先让他使过了性子再说。”

“您充什么好汉，您要上哪儿去？”加尼亚从窗子里喊道，“您没地方可去！”

“回来，爸爸！”瓦丽雅呼唤着，“街坊都听见了。”

将军停步回过头来，伸出一只手大叫一声：

“我诅咒这一户人家！”

“他非要耍舞台腔不可！”加尼亚嘟哝了一句，同时把窗户砰然关上。

街坊真的听见了。瓦丽雅从屋里奔出去。

瓦丽雅出去后，加尼亚从桌上拿起便条吻了一下，用舌头弹出嗒的一声响，做了个腾空拍脚的舞蹈动作。

三

将军的风波在别的任何时候本来定然完全平息下来。以前他也发过这类脾气，不过次数相当少，因为总的说来他还是一个很温顺、近乎好心的人。也许，他曾上百次试图向最近几年陷入的恶习作斗争。他有时突然想到自己是个“做父亲的人”，便跟妻子和好，流下真诚的眼泪。他尊敬尼娜·亚历山德罗夫娜几乎到了崇拜的程度，因为妻子在许许多多事情上总是默默地原谅他，甚至在他落到这般可笑而又可怜的地步后仍然爱他。但是，克服痼癖的悲壮斗争通常持续不了多久。除此以外，将军还是个太“容易冲动”的人，尽管方式与众不同。平时他不甘忍受那种闭门思过、无所事事的家居生活，最后起来造反。他会阵发性地陷入狂热的冲动，在这同时他也许为此而暗暗责备自己，但又控制不住自己，于是跟人吵架，说话开始滥用华而不实的辞藻，要求别人对他表示超过限度和难以想象的尊敬，结果总是从家里出走，有时甚至很久不回去。近两年他对自己家里的事只知道一个大概，或者略有所闻，他已不想了解得更详细，因为对之丝毫不感兴趣。

但这一回“将军的风波”显得有些异乎寻常；大家好像知道了什么事情，大家又好像不敢说出来。将军“正式”回到家里——也就是去见尼娜·亚历山德罗夫娜——仅仅在三天以前，但似乎与过去几次“回头”时照例的表现不一样，不是那么依头顺脑，也没有悔过之意，相反火气还特别大。他说话很多，心神不宁，遇见谁就跟谁激烈地交谈，仿佛向人家兴师问罪，可是所谈的都是些东拉西扯、意想不到的事情，你怎么也弄不清楚他到底为什么这样心神不宁。有时他情绪较好，但大部分时间沉思默想，他自己不知道究竟在想什么；他会忽然开始讲述什么事情——关于叶班钦一家，关于公爵，关于列别杰夫，——可是往往一下子中断了再也不说下去，别人问及下文如何，他只是露出傻笑作答，甚至根本没有注意到别人在问而他自己在笑。昨夜他哎哟哦唷地把尼娜·亚历山德罗夫娜折腾得好苦。老伴整整一宿为他做热敷；到天快亮时忽然进入梦乡，睡了四个小时，醒来后疑心病大发，闹得不可收拾，结果是以跟伊波利特吵架和“诅咒这户人家”而告终。大家还注意到，这三天内他不断陷入一种死要面子的自大狂，由是而变得异常容易动气。郭立亚则坚持要母亲相信这完全是酒瘾发作，也可能是想念列别杰夫，因为最近将军跟他非常要好。但三天前他和列别杰夫忽然闹翻了，而且分手时暴跳如雷，甚至跟公爵也吵了一场。郭立亚曾请求公爵说明经过，结果却开始怀疑似乎有什么事情公爵也不愿告诉他。如果正像加尼亚极有把握地猜测的那样，伊波利特和尼娜·亚历山德罗夫娜进行过一次特别的谈话，那么奇怪的是，被加尼亚干脆称为挑拨者的这位刻毒的先生，竟没有用同样的方式去开导郭立亚并从中得到乐趣。很可能这并不是像加尼亚向妹妹勾画的那样恶毒的“乳臭小儿”，他的恶毒很可能属于另一种类型；再者，他把自己的观察结果告诉尼娜·亚历山德罗夫娜未必纯粹是为了“撕碎她的心”。我们不能忘记，人的行为的原因通常比我们事后弄清的远为复杂和多样，而且往往很难勾出清晰的轮廓。有时讲故事的人还是局限于平铺直叙事件为宜。接下来缕述将军这次发生的惨剧时笔者就决定这样做，因为无论怎样想尽办法，笔者还是不得不把比原先的设想较多的注意力和篇幅匀给本书的这位次要人物。

这些事件是按这样的次序一个接一个发生的——

列别杰夫到彼得堡去寻找菲尔狄宪柯之后，当天和将军一道回来，但没有告诉公爵什么特别的情况。倘若当时公爵不是被另一些对他来说很重要的思绪分心和占据了头脑的话，他很快就会发现，在此后的两天列别杰夫非但依然没有向他作任何说明，相反还好像避开和他见面，不知是何缘故。后来公爵终于注意到这一点，并且暗暗纳罕地想起这两天偶尔遇见列别杰夫时，他总是眉开眼笑、情绪极好，而且差不多每次都跟将军在一起。这一对朋友已经形影不离。公爵有时听到从楼上传来说得很快的高声谈话和夹着笑声的愉快争论；有一次，差不多已近深夜，突然有既像士兵又像醉汉唱的歌声送入公爵耳中，他立刻听出那是将军沙哑的男低音。但是，响起的歌声没唱完便戛然而止。接着是热烈兴奋的谈话，一切迹象表明说的都是醉话，如此又持续了一小时左右。可以猜到，在楼上开怀畅饮的两位朋友正互相拥抱，最后有人哭起来了。接下来忽然发生激烈的争吵，但也很快就一下子归于平静。这些日子郭立亚的心情总是特别忐忑不安。公爵大部分时间不在家，有时很晚才回来，每次都听说郭立亚白天一直在找他，问他哪儿去了。但在见面的时候，郭立亚除了对将军和他目前的举止大为“不满”外，说不出什么特别的名堂，无非是：“他们老是在一起鬼混，到离这儿不远的一家酒店里去买醉，在大街上拥抱、对骂，互相逗引，可就是分不开。”当公爵向他指出以前也差不多天天如此时，郭立亚完全不知道该如何回答，也无法解释他目前的忐忑不安究竟原因何在。

在大唱酒神颂歌和发生争吵之后的次日上午十一点钟左右，公爵正欲出去，将军忽然来到他的面前，看样子情绪激动非凡，几乎像受到了极大的震动。

“我谋求与您见面的荣幸和机会已经很久，我深深尊敬的列夫·尼古拉耶维奇，已经很久很久了，”他哼哼唧唧地说，同时把公爵的手握得非常之紧，简直使对方感到疼痛，“很久很久了。”

公爵请他坐下。

“不，我不坐了；何况我正耽搁您的时间，我下次再来。我大概可以借此机会祝贺……阁下的心愿已经实现。”

“什么心愿？”

公爵感到一阵难为情。和处在他那种状态的许多人一样，他以为别人肯定什么都看不见，什么都猜不到，什么都不理解。

“请宽心，请宽心！我不会惊扰您最最敏感的柔情。我自己有过这样的感受，知道什么叫作不知趣，也就是不相干的人把鼻子……像俗话所说的那样……伸到人家不欢迎的地方去。我每天上午都有这样的感受。我来是为别的事情，一件重要的事。为一件非常重要的事情，公爵。”

公爵再次请他就座，然后自己坐下。

“那我只坐几秒钟……。我是来请您帮我出主意的。我目前的生活当然没有什么实际目的，但为了尊重自己，尊重一般说来俄国人如此忽视的……实干精神……我想把自己和我的妻子女儿放到某种地位……总而言之，公爵，我是求教来的。”

公爵热情赞扬了他的意图。

“不过，这些都是扯淡，”将军很快打断了这个话题，“我主要不为这个，而是为另一件重要的事。我正是决定向您解释，列夫·尼古拉耶维奇，因为您是这样一个人，对您的至诚之心和高尚情操我深信不疑，因为……因为……。您对我的话不觉得奇怪吧，公爵？”

公爵即使不感到特别奇怪，至少也是非常留心和好奇地注意着他这位客人。老头儿面色有些苍白，嘴唇间或略微颤动，两只手像是不知搁在哪儿好。他才坐了几分钟，已经有两次不知为什么突然从椅子里站起来又突然坐下，显然对自己的举止全不在意。桌上放着几本书；他拿起其中的一本，一边继续说话，一边向被他翻开的那一页里看了一下，随即重新合拢放到桌上，又拿起另一本书，这回已经不把它翻开，而是在其余的时间内一直用右手拿着它不断挥舞。

“够了！”骤然间他大声说道，“我看得出，我已经很不应该地打扰了您。”

“哪儿的话！一点也不；相反，我听得很感兴趣，并且希望能了解……”

“公爵！我希望能把自己放到一个受尊敬的地位……我希望尊重自己和……我的权利。”

“一个人有这样的愿望，单凭这一点本身就完全值得尊敬。”

公爵说出这句老生常谈的时候，坚信它能产生很好的作用。他仿佛本能地料到，类似这样一句空泛的、但颇中听的话，如果说得恰当，有可能一下子征服像将军这样而尤其是处在将军这种状态的人的心灵，使之恢复平静。不管怎样，必须让这样一位客人离开时心头感到轻松，这就是目的。

这句话迎合了将军，触动了将军，甚至深得将军的好感：他一下子百感交集，顿时变更语气，开始长篇大论地慷慨陈词。但公爵无论怎样集中注意，无论怎样仔细地听，委实一窍不通。将军讲了有十来分钟，激情澎湃，语调很快，好像来不及把麇集在头脑里的思想都说出来；临了，他眼睛里甚至闪起了泪花，但这毕竟只是一些没头没尾的话，一些出人意料的语句和出人意料的思想，它们迅速而突然地冒出来，彼此不断地跳来跳去。

“行了！您已经理解，我也放心了，”他一下子收尾道，同时站起身来，“像您这样的心不可能不理解一个正在忍受痛苦的人。公爵，您的高风亮节堪称完人！别人怎能与您相比？但您还年轻，我为您祝福。归根到底，我是来请求您约我一个时间进行重要的谈话，这是我最主要的希望。除了友情和真心，我别无他求；我始终未能处理好我的心灵提出的要求。”

“可是为什么不现在就谈呢？我愿意恭听……”

“不，公爵，不！”将军急切地打断对方的话，“现在不行！现在谈——那是空想！这件事太重要，太重要了！约定谈话的时间将是最终决定命运的时刻。那将是**我的**时间，我不愿别人在这样神圣的时刻来打岔，而任何一个走进来的人、任何一个不知趣的讨厌家伙都可能打断我们的谈话，这样讨厌的家伙并不罕见，”他忽然俯身向公爵低语，姿态奇怪，口气神秘，简直有些恐怖，“这样的家伙不配做……您的一只鞋跟，我最心爱的公爵！哦，我不说我的鞋跟！请您特别注意，我没有提到我的脚，因为我懂得尊重自己，不会赤裸裸说出这话；但只有您一个人能理解，我在这种场合毅然不提我的鞋跟，也许表现出非凡的尊严和自豪。除了您，其余任何人都不能理解，而**他**更是其余所有的人中最蠢的一个。**他**什么都不懂，公爵；完完全全不能理解！必须有一片心才能理解！”

末了公爵简直害怕起来，便约将军于次日同一时间见面。将军精神抖擞地走出去，心里感到很大的安慰，差不多已经平静下来。傍晚六点多钟，公爵派人去请列别杰夫来一下。

列别杰夫急忙赶来，就像他进来第一句话所说的那样，“感到不胜荣幸”；至于这三天工夫他仿佛躲了起来，显而易见地同公爵避不照面，——好像压根儿没有这回事。他在椅子边上坐下，做出种种怪样子，满脸堆笑，一对小眼珠子露出嘲弄和刺探的目光；只见他搓着双手装作极其天真地准备听取一项十分重要的通知，而这个消息大家期待已久并且早就猜到。公爵又感到一阵不痛快；他开始明白，人们一下子都在有所期待于他，都在对他察言观色，仿佛想要给他道什么喜似的，或言语暗示，或会心微笑，或挤眉弄眼。凯勒尔大约已经有三次跑来逗留片刻，看得出他也想表示祝贺：每次都是兴冲冲地开头，哩哩噜噜不知所云，什么也没有说完，又很快地溜走。（最近几天他在某个地方纵酒痛饮，还在一间弹子房里大出风头。）甚至忧心忡忡的郭立亚也曾两次同公爵含含糊糊地谈起什么。

公爵开门见山而且有些生气地问列别杰夫，他对将军目前的状况有何想法，为什么将军这样心神不宁？公爵把上午的一幕向他作了简要的叙述。

“任何人都有自己的不安，公爵，尤其……在我们这个奇怪的、不平静的时代，确实如此。”列别杰夫不大热情地回答，然后怪委屈地闭口不语，显出一副大失所望的样子。

“这是什么哲学！”公爵淡然一笑。

“哲学还是要的，在我们这个时代非常需要把哲学加以实际运用，但它被忽视了，问题就在这里。从我这方面来说，我深深尊敬的公爵阁下，虽然承蒙您在您所知道的某一件事情上对我表示信任，但只到一定程度为止，决不超出仅仅与那件事有关的情况范围……。这我明白，也绝不抱怨。”

“列别杰夫，您好像在为什么事情生气？”

“一点也不，丝毫没有，我深深尊敬的、光芒四射的公爵阁下，丝毫没有！”列别杰夫把一只手按在心口声情激昂地说，“恰恰相反，我马上就领悟到，凭我在社会上的地位，凭智慧和情操的水平，凭财富的积累，凭我过去的行为，更不用说知识学问，——我哪一点都不配得到您的垂青，不配得到这种高出我的企望的信任；如果我能为您效劳，那也无非作为一名奴仆和佣工而已……。我哪敢生气，我只是忧伤。”

“鲁基扬·季莫菲耶维奇，您怎么啦？！”

“如此而已！现在也是这样，在目前情况下亦然如此！每次遇见您的时候，每当我的心和思想关注着您的时候，我总是自己对自己说：我不配作为朋友获悉真情，但是作为寓所的房东，在适当的时候即预定的日期之前，我也许可以得到您的指示，或者考虑到预期中即将出现的某些变化，我至少会得到您的通知。”

列别杰夫说这番话时，一双尖利的小眼睛盯住愕然望着他的公爵不放；他还抱着满足自己的好奇心的希望。

“我实在一点也不明白，”公爵近乎愤慨地嚷道，“而且……您的心眼儿也太鬼了！”他忽然发出绝非做作的大笑。

转瞬间列别杰夫也放声大笑，他那副笑逐颜开的神情清楚地表明，他的希望没有落空，反而倍增。

“您可知道，鲁基扬·季莫菲耶维奇，我想对您说什么？您可不要生我的气，您的天真实在使我惊讶，而且不光您一个人如此！就拿现在来说，此时此刻，您是那样天真地有所期待于我，以致我在您面前简直感到内疚，感到惭愧，因为我没有什么能使您得到满足。但我可以向您起誓，绝对没有什么，您该相信了吧？”

公爵又笑了起来。

列别杰夫摆出正经的姿态。的确，他有时简直太天真、好奇得太不知趣了；但同时这又是一个相当狡猾和诡计多端的人，在某些情况下甚至过于阴险，嘴上不说而居心叵测。由于不断把他推开，公爵几乎为自己树了一个敌人。但公爵推开他并不是因为鄙视他，而是因为他的好奇心集中在一个敏感的问题上。才几天以前，公爵还把自己的某些理想看成是罪过，而鲁基扬·季莫菲耶维奇则把公爵的拒绝视为对他个人的嫌弃和不信任，于是带着受到伤害的感情退下，并且为了公爵他不仅忌妒郭立亚和凯勒尔，甚至也忌妒自己的女儿薇拉·鲁基扬诺夫娜。甚至就在此时此刻，他本来也许会向公爵报告一个对于公爵至关紧要的消息，而且真心愿意这样做，但他保持了阴郁的沉默，没有说出来。

“那么，究竟有什么事我能为您效劳，我深深尊敬的公爵阁下？因为现在毕竟是您把我……叫来了。”他在沉默片时后终于说。

“哦，对了，我想问一下关于将军的事，”公爵刚才也有一会儿工夫沉浸在深思之中，现在忽然记起来了，“还有……关于您告诉过我的那次您失窃的事……”

“您指的是什么事情？”

“嗬，您现在好像听不懂我的话似的！啊，我的上帝！我说鲁基扬·季莫菲耶维奇，您怎么老是在演戏！钱，钱，当时您丢失了放在皮夹里的四百卢布，那天一大早您动身去彼得堡之前到这儿来说了这件事，——您总该明白了吧？”

“啊，您是指那四百卢布！”列别杰夫拖长了声调说，仿佛刚刚恍然大悟。“感谢您的真诚关注，公爵，这对我来说实在太荣幸了；不过……钱我找到了，已经找到很久了。”

“找到了？啊，谢天谢地！”

“您发出的惊叹是无比高尚的，因为对于一个靠艰辛的劳动度日、家里还有一大群孤儿的穷人来说，四百卢布绝对不是一件无足轻重的小事……”

“我不是这个意思！当然，我也为您找到了钱而高兴，”公爵赶紧纠正，“但……您究竟是怎样找到的呢？”

“极其简单，在我挂常礼服的一把椅子底下找到的，所以很明显，皮夹从兜里掉在地上了。”

“怎么会在椅子底下找到呢？不可能，您明明对我说，您把所有的旮旮旯旯全找遍了；这个最主要的地方您怎么没看呢？”

“问题就在于看过了！我清清楚楚记得当时看过，我记得太清楚了！我四肢着地爬过，把椅子搬开后在那个地方还用手摸过，因为我不相信自己的眼睛：我看见那里什么也没有，空空如也、溜光溜滑的一块地方，就跟我的手掌一样，可我还是继续摸索。一个人丢失了重要的东西，心里难受，一心想把它找到……那时往往会有类似的丧失信心的表现：明明看见什么也没有，明明某个地方空无一物，可还是会往那里看上十五次之多。”

“对，就算如此；可究竟怎么会这样的呢？……我还是不明白，”给闹得稀里糊涂的公爵嘟哝道，“上次您说那里没有，您在那个地方找过，可现在一下子又在那里了？”

“的确一下子又在那里了。”

公爵奇怪地望着列别杰夫。

“那么将军呢？”他忽然问。

“这跟将军有什么关系？”列别杰夫又惑然不解了。

“啊，我的天！我是问，当您在椅子下面找到皮夹的时候，将军怎么说？你们上次不是一起找过吗！”

“上次我们是一起找过。但这一次，说实话，我没吭气儿，认为还是不要向他宣布皮夹已经被我单独找到了。”

“这……又是为什么？钱都在吗？”

“我把皮夹打开过；钱都在，一个卢布也不少。”

“您至少应该来告诉我一声。”公爵若有所思地指出。

“我没敢来打搅，公爵，考虑到您自己的事情也许正在所谓非常微妙的佳境；此外，我自己也装做什么也没有找到的样子。皮夹我打开来看过，然后又把它合上，重新放到椅子下面。”

“究竟为什么？”

“不为什么；出于更进一层的好奇心。”列别杰夫忽然搓着手嘿嘿地笑道。

“这么说，皮夹现在还放在那里，从前天起？”

“哦，不；只放了一天一夜。是这么回事，从某种意义上说，我希望让将军也找到。因为，既然我终于找到了，那为什么将军不能发现椅子下面有一件所谓引人注目的东西呢！我几次搬起这把椅子调整它的位置，使皮夹完全暴露在外，但将军始终没有注意到，这样已经有一天一夜。看来他目前精神很不集中，谁也搞不清楚是怎么回事；他说话，讲故事，或嘻嘻哈哈，或放声大笑，可是一下子会冲我大发脾气，我不知道是什么原因。最后，我们从房间里出来，我故意不锁门；他倒犹豫起来，想要说什么，谅必担心皮夹里这么多钱，但忽然又生气得不得了，一句话也不说；我们在街上才走了几步路，他就撇下我朝另一个方向而去。到晚上我们才在酒店里碰头。”

“但是，您到底把皮夹从椅子底下拿走了没有？”

“没有；当天夜里它又从椅子底下不翼而飞了。”

“那么现在究竟在哪儿？”

“在这儿，”列别杰夫忽然笑道，一边从椅子上站起来全身挺直，一边怪可爱地望着公爵，“一下子到了这儿——我自己的常礼服下摆夹层里。瞧，您不妨亲自看一看，摸一摸。”

果然，在常礼服左裾的夹层里，正好是前摆最显眼的地方，好像鼓起一只口袋似的，用手一摸马上可以猜到，是从漏了底的兜里掉进那儿去的一只皮夹子。

“我掏出来看过，分文不少。我又放下去，从昨天上午起一直这样，把它带在下摆夹层里，走起路来它还在我腿上拍打。”

“您居然没有留意？”

“我居然没有留意，嘿嘿！您想一想，我深深尊敬的公爵阁下，——尽管这件事不值得您这样特别关注，——我的衣兜一直是好好儿的，可是一夜之间忽然出现这么个窟窿！我仔细察看了一下，——像是被人用削笔刀割破的；简直不可想象！”

“那么……将军呢？”

“整天气呼呼的，昨天和今天都这样；心境坏得不得了。一会儿兴高采烈、如醉欲狂，甚至说起恭维话来；一会儿多愁善感，脆弱得流泪；一会儿大发脾气，简直把我吓得要命，一点也不假；公爵，我毕竟不是军人。昨天我们坐在酒店里，我的衣裾无意间显得非常突出，鼓得老高老高；他乜斜着眼睛在生气。现在他已有很久不用正眼看我，除非醉得很厉害或者大动感情的时候；但昨天他有两次看得我背上直起鸡皮疙瘩。不过，我打算明天正式把皮夹子找到，在这以前让它在夹层里再待一个晚上。”

“你干吗要这样折磨他？”公爵大声说。

“不是折磨，公爵，不是折磨，”列别杰夫热烈地应道，“我打心眼里爱他……尊敬他；信不信由您，现在对我来说他变得更加可贵；我对他的评价更高了！”

列别杰夫这一番话说得那么认真，那么诚恳，委实把公爵气坏了。

“您爱他，可是这样折磨他！要知道，他把您丢失的东西放在那么容易发现的地方——椅子底下和衣服夹层里，——通过这一点本身他已经明明白白向您表示，他不想糊弄您，而是诚心诚意请您原谅。听见没有：他是在请您原谅。可见他希望您能将心比心，可见他把希望寄托在您对他的友情上。可是您竟如此侮弄这样一个……极其老实的人！”

“极其老实的人，公爵，极其老实的人！”列别杰夫应道，一双眼睛贼亮贼亮的。“无比高尚的公爵阁下，您才是唯一能说出这种公道话的人！正因为如此，我忠于您到了顶礼膜拜的程度，虽然由于种种恶习我这个人已经烂透了！就这么定了！我马上把皮夹找到，现在就找，而不是等到明天，瞧，我当着您的面把它掏出来；皮夹在这里；钱也全在里边；请您拿着，无比高尚的公爵，请您拿着保管到明天。明天或后天我来取。您可知道，公爵，这钱在丢失的第一天夜里显然在我花园里什么地方的一块石头底下藏过；您以为如何？”

“注意，您可不要这样当他的面说皮夹找到了。只要让他看到夹层里已经什么也没有，他也就明白了。”

“是吗？要不要告诉他我找到了，并且假装在这以前一直没有想到会在那里？”

“不要这样，”公爵若有所思地说，“不要这样，现在为时已晚；这样更危险；的确，还是别说为好！您得对他和颜悦色，但……不要过于做作，还有……还有……您也知道……”

“知道，公爵，我知道；也就是说，我知道是知道，恐怕做不到。因为这需要具有您这样的一颗心。何况我自己脾气也很暴躁，容易冲动，因为近来他对待我有时实在太傲慢了；一会儿哭泣和拥抱，一会儿开始侮辱和轻蔑地嘲笑；那时我就故意让他看下摆，嘿嘿！再见，公爵，因为很明显我耽搁了您，烦扰了您的所谓最微妙不过的感情……”

“但是，看在上帝分上，仍请严守秘密！”

“悄没声儿地协同行事，悄没声儿地协同行事！”

但是，这件事尽管结束了，公爵仍然忧心忡忡，几乎比原先更加不安。他焦急地等待明天和将军的约会。

四

约好的时间是十二点以前，但公爵完全出乎意料地来迟了。他回到家里，见将军已经在他屋里等他。公爵一眼就看出对方面有不悦之色，大概正是因为叫他久等之故。公爵表示了歉意，然后急忙坐下，但心里慌得出奇，仿佛他的客人是件瓷器，他每时每刻都生怕把客人打碎。过去他在将军面前从不胆怯，甚至没有胆怯的念头。公爵很快就看清楚，将军和昨天已判若两人：取代语无伦次和心不在焉显示出来的是一种异常的沉着；可以断定这个人最后下了决心要做某件事情。不过，这种冷静主要是外表而不是实际。反正客人表现得大方洒脱而又保持着有节制的尊严；起初对公爵甚至略带俯就的姿态，——某些自尊心强但是受了委屈的人往往正是这样故作大方洒脱之态。他说话客客气气，尽管语调多少有些悲哀。

"这是前些日子我向您借的书，"他意味深长地朝着他带来放在桌上的一本书点一点头，"谢谢。"

"啊，对了；您读了那篇文章没有，将军？您喜欢吗？您是否感兴趣？"公爵很高兴能快些从不太相干的题目谈起。

"感兴趣，不过恐怕失之粗俗，当然也是无稽之谈。里边可能比比皆是谎话。"

将军说时颇具自信，甚至把语调稍稍拖长。

"啊，这是一篇十分朴实的记叙文——一个目击当时情景的老兵记述法国人进入莫斯科的经过；某些地方非常精彩。再说，目击者的任何记述都是珍贵的，甚至可以不管目击者是什么人。您说对不对？"

"要是我当主编，我就不让发表；至于说到一般目击者的记述，人们多半愿意相信胡说八道但是有趣可乐的撒谎者，不大愿意相信真正有价值、有功绩的人。我知道某些关于一八一二年[①]的回忆文章，

① 拿破仑率军入侵俄国最后惨遭败绩的一年。

这些……。我已经作出决定，公爵，我要离开这座房屋——列别杰夫先生的房屋。”

将军意味深长地望着公爵。

“您在巴甫洛夫斯克有自己的寓所……在……在您的女儿那里……”公爵不知说什么好，但还是说了这么一句。他想起将军是为一件关系到他命运的大事征求意见而来的。

“在我的妻子那里；换句话说，在我自己家里，也是在我女儿的房子里。”

“请原谅，我……”

“我要离开列别杰夫的房子，是因为，公爵，因为我跟这个人绝交了；昨天晚上绝交了，我后悔没有早些这样做。我要求别人尊重我，即使我对某些人推心置腹，所谓把心掏出来给他们，我也希望受到这些人的尊重。公爵，我经常把心掏出来给人，差不多每次都上当。这个人不配接受我的礼物。”

“他身上有不少毛病，”公爵很有分寸地指出，“还有其他一些特点……但在这一切中间也可以感觉到一颗心，一副狡猾的、有时也挺可笑的头脑。”

优美得体的措辞、彬彬有礼的态度显然赢得了将军的好感，尽管他间或还会突然以不信任的目光看着对方。但公爵的态度是那么自然和真诚，不可能叫人生疑。

“至于他身上也有些优点，”将军接茬道，“那是我第一个指出来的，当时我可以说把我的友情赠送给了此人。我有自己的家庭，我不需要他的房子和他的款待。我不想为自己的恶习辩解；我不能节制自己，一直和他在一起喝酒，为此现在我也许想大哭一场。但是，我跟他结交并不单单为了一个喝字（公爵，请原谅一个恼怒的人粗俗的直率），并不单单为了一个喝字。正像您说的那样，恰恰是他的某些品质迷惑了我。但是一切都有个限度，即使具有某些品质也不例外。如果他忽然当面硬说，一八一二年他还是个小孩的时候，曾经失去一条左腿并把它埋在莫斯科的瓦甘科夫公墓，这就超过了限度，表现出一种不尊重的态度，显示了他的厚颜无耻……”

“也许这不过是开开玩笑。”

“我明白。为了开开玩笑撒一个并无恶意的谎，即使有些粗俗也不会伤害人家的心。老实说，有些人撒谎纯粹是出于友情，为的是让对方乐上一乐；但如果流露出不尊重的味道，如果有人正是想通过此类不尊重的态度表示他们对于相交已感到厌倦，那么，一个懂得体面的人只得毅然与之绝交，并正告侮辱者不要忘其所以。”

将军说得脸都红了。

“列别杰夫在一八一二年不可能到过莫斯科；他的年龄太小；这种说法太可笑。”

“此其一。但是就算当时他已经出生，怎么可以当面愣说一名法国轻步兵把大炮瞄准他，为了取乐而轰去他一条腿？还说他把那条腿拣起来带回家去，后来埋在瓦甘科夫公墓；还说他为那条腿竖了块碑，一面写着：‘此处埋有十等文官列别杰夫的一条腿’，另一面写着：‘安息吧，亲爱的躯体，直至欢乐的黎明’[①]；临了还说，他每年要为那条腿举行追荐仪式（这已经是亵渎神圣了），并为此每年要去莫斯科。为了证明所言不虚，他邀请我到莫斯科去，以便带我去看埋腿的坟墓，甚至还可以到克里姆林去看后来被缴获的那尊法国大炮；还说那是一尊老式的法国造伐尔哥内特[②]，从大门口数起第十一尊便是。”

“可是他的两条腿明明完好无损，谁都看得见！”公爵笑了起来，“请您相信我的话，这是没有恶意的玩笑；您别生气。”

“但是也请允许我有自己的看法；他明明两条腿都在，却愣那么说，这一点还不算荒谬透顶；他声称一条腿是切尔诺斯维托夫给安的假肢……”

---

① “安息吧，亲爱的躯体，直至欢乐的黎明”是俄国诗人卡拉姆辛所著《墓志铭集》中的一条。按照陀思妥耶夫斯基兄弟的意愿，这条铭文镌刻在他们的母亲坟前的墓碑上。

② 伐尔哥内特——一种置于叉形铁架上的小口径炮，以铅球作炮弹。

“啊，对了，据说装上切尔诺斯维托夫的假腿还可以跳舞。”

“这我完全知道；当切尔诺斯维托夫发明了他的假腿时，他做的第一件事便是跑到我那儿去给我看。但切尔诺斯维托夫发明假腿的时间不知要晚多少……。何况列别杰夫还声称，他那已故的妻子在他们结婚期间自始至终不知道她的丈夫有一条腿是木头做的。当我向他指出所有这些荒诞不经的地方时，他说：‘既然您在一八一二年当过拿破仑的侍童，那么请允许我也把一条腿埋在瓦甘科夫公墓。’”

“难道您……”公爵刚欲开口，立即感到不好意思。

将军傲气十足地看了看公爵，几乎带着嘲弄的意味。

“请讲下去，公爵，”他用特别柔和的语调慢悠悠地说道，“请讲下去。我不计较，把话都谈出来。您得承认，看见一个人在自己面前现出一副十足的潦倒和……可怜相，同时又听到这人说他是……伟大事件的见证人，此情此景您只要想一想就觉得滑稽。他还没有向您……胡诌些什么？”

“没有；我没听到列别杰夫说什么，——如果您指的是列别杰夫的话……”

“嗽，我原先的估计正相反。其实，我们昨天的谈话恰恰是关于《档案》上的这篇……奇文[①]。我指出了它的荒诞不经，因为我自己是见证人……。您在微笑，公爵，您在看我的脸？”

“不，我……”

“我看上去比较年轻，”将军慢慢腾腾地说，“但我实际上比看上去要大好几岁。一八一二年我十一岁。我的岁数我自己也不太清楚。履历表上的年龄已经减去了几岁；我喜欢把自己的年纪减去几岁，这是我一生的癖好。”

“请您相信，将军，我认为一八一二年您到过莫斯科完全不值得奇怪……您当然能追述……同所有到过那里的人一样。我们有一位自

---

① 指发表在《俄罗斯档案》杂志 1864 年第 4 期上的一篇文章《一八一二年的莫斯科新圣母修道院——目击者、文职人员谢苗恩·克里梅奇的叙述》。

传作者在他的书中一开头就写到，一八一二年他是个怀抱婴孩的时候，法国兵曾经喂他吃过面包。”

“是啊，您瞧，”将军屈尊表示赏识，“我的情况当然有些出格，但并无任何不可思议之处。真实的事往往好像是不可能的。侍童！听起来当然奇怪。但一个十岁儿童的奇遇也许恰恰可从他的年龄得到解释。一个十五岁的少年就不会遇上这样的事，这是肯定的，因为那年如果我十五岁，我就不会在拿破仑进入莫斯科那天从旧巴斯曼街我们家的木屋中跑出去，当时我母亲由于来不及离开莫斯科正吓得发抖。如果是十五岁，我反倒会胆怯，而十岁的我什么也不怕，就从人堆里挤过去一直来到宫殿的台阶前，当时拿破仑正从马上下来。”

“毫无疑问，您刚才指出的一点很有道理，正因为才十岁，可能不害怕。”公爵附和道，其实他觉得很难为情，并且痛苦地想到自己马上就会脸红。

“毫无疑问，事情的经过十分简单自然，只有实际发生的情况才可能如此；假若让小说家来写这件事，他一定会编造出大量荒诞离奇的情节来。”

“哦，正是这样！”公爵大声说，“这个想法也曾使我吃惊，而且就在不久前。我知道一桩为偷一块表杀人的真实命案，现在报上也已经登了。如果这是耍笔杆的人编出来的，——熟悉民间生活的行家和批评家马上会大叫这是不可信的；而在报上看到这样的事实，您会感觉到您正是从这样的事实中了解俄国的现实。您刚才指出的一点很有道理，将军！”公爵热烈地说完这番话，高兴得不得了，因为面红耳赤的窘态可以滑过去了。

“可不是吗？可不是吗？”将军兴奋得目光炯炯地喊道，“一个孩子，一个不懂得危险的娃娃，从人群中挤过去，想瞧瞧壮观的场面、整齐的军服、众多的扈从，最终也想瞧瞧其名气对我已如雷贯耳的一个大人物。因为当时连续好多年人人都在谈论此人。全世界充塞着这个名字，我可以说连同奶汁一起吮吸着这个名字。拿破仑在咫尺之外经过时无意间发现了我的目光；当时我身穿一套小少爷的服装，我的衣着一直很不错。人群中像这样的只有我一个，您不难想象……”

“毫无疑问，这一定给他留下很深的印象，并向他证明，不是所有的人都逃难去了，也有贵族和儿童留下。”

“正是这样，正是这样！他想吸引贵族。当他把老鹰似的目光向我投来时，想必我的眼睛也冲他忽闪了一下。‘多么麻利的孩子！你的父亲是谁？’我激动得几乎喘不过气来，但马上回答他：‘一位为祖国战死沙场的将军。’‘一位贵族的儿子，而且是一位勇敢的贵族的儿子！我喜欢贵族。你喜欢我吗，小家伙？’他问得快，我回答得也快：‘俄国人的心对于伟人即使他是祖国的敌人也能识别！’这里要声明一下，我的原话是不是这样我记不得了……当时我是个孩子……但意思肯定是这样！拿破仑非常吃惊，他考虑了一下，对自己的随从说：‘我喜欢这个孩子的骨气！但如果所有的俄国人思想都像这个小孩，那么……’他没把话说完便进宫去了。我立刻冲进扈从的队伍跟在他后面跑。扈从的队伍迅速分开，给我让路，他们已把我看成一个宠儿。但这一切只是一晃而过……。我只记得皇帝走进第一间厅堂，忽然在喀德邻女皇的画像前站住，对它凝神看了很久，最后说：‘这是一位了不起的女人！’——这才打旁边走过去。两天以后，宫里都认识我了，在克里姆林都管我叫俄国小少爷。我只有到睡觉的时候才回家去。家里几乎都急疯了。又过了两天，拿破仑的侍童巴桑库尔男爵[①]因不堪征战之苦而死去。拿破仑想起了我；于是有人来找我，把我带去，也不说明情由就让我试穿死者(十二岁的男童)的制服。我穿好制服被带去见皇帝，他点了点头，这时有人向我宣布，我已获恩准成为皇帝陛下的侍童。我很高兴，我确实对他怀有强烈的好感，而且由来已久……除此以外，您也会同意，漂亮的制服对一个小孩的意义可大了……。我穿着深绿色的燕尾服，后襟又窄又长；金色的扣子、

① 历史上确有其人，当然与伊沃尔京将军所说的不符。巴桑库尔男爵(1767—1830)——法国将军，曾随拿破仑一世多次参加远征。

红色绣金的袖口；高高的竖式敞领也用金线装饰；燕尾服的后襟上绣了花；白色的麂皮紧身裤、白缎子背心、白色长筒袜、带搭扣的皮鞋……当皇帝骑马闲游时，如果我在随从行列之中，则穿长筒马靴。尽管形势不太妙，已经可以预感到即将大祸临头，但礼仪还是尽可能维持，甚至灾难的预感越是强烈，规矩就越大。”

“是的，当然……”公爵几乎嗒然若丧地哼唧道，“您的回忆录一定……非常精彩。”

将军当然是在重复昨天已经向列别杰夫讲过的东西，所以讲得头头是道；但这时他又以信不过的目光瞟着公爵。

“我的回忆录？”他加倍神气地说，“要我写回忆录？这诱惑不了我，公爵！如果您愿意知道的话，我的回忆录已经写好，但是……放在我的书桌里。等将来我在坟墓里永远闭上了眼睛，那时再让它问世，并且一定会被译成各国文字，倒不是因为它的文学价值高，而是因为我所目击的惊天动地的事件实在太重要了，虽然我还是个孩子；唯其因为我是个孩子，我得以进入这个所谓‘伟人’的最秘密的寝室！我经常听到这个‘陷入不幸的巨人’夜里长吁短叹，他在一个孩子面前呻吟和哭泣不会感到羞耻，尽管我已经懂得，他痛苦的原因在于亚历山大皇帝的沉默。”

“是啊，他的确写过信……提出议和……”公爵不好意思地附和道。

“他信中究竟提出什么样的建议，我们具体不知道，但他每天都写，每小时都写，一封又一封！他紧张得不得了。一天夜里，趁没有旁人在场，我扑到他身边冲他喊道(哦，我是喜欢他的！)：‘您求饶吧，您向亚历山大皇帝求饶吧！’其实，我应该用这样的方式表达：‘您跟亚历山大皇帝讲和吧。’但因为我是个孩子，所以把自己的思想天真地说了出来。‘哦，我的孩子！’他回答说，——那时他在房间里来回走着。‘哦，我的孩子！’那时他好像没有注意到我才十岁，甚至挺喜欢和我交谈。‘哦，我的孩子，我愿意吻亚历山大皇帝的脚；可是对普鲁士国王，可是对奥地利皇帝，哦，对这些人我永远憎恨，而且……说到底……你对政治一窍不通！’他好像猛然想起自己在跟谁说话，于是就不吭声了，但他的眼睛过了很长时间还在冒火花。嗬，要是我把这些事实描写一番，——我还是好多最最重大事件的见证人，——要是我现在把它们发表出来，那些批评家会怎么说？还有那些文人的虚荣心和忌妒心，那些派别集团……不，还是另请高明吧！”

“关于派别集团您当然说得很有道理，我也同意您的见解，”公爵略一静默后平和地说，“前不久我也读了沙拉斯写滑铁卢战役的一本书[①]。这本书显然很有价值，专家们认为写得极其在行。但每一页都流露出从贬低拿破仑感到的高兴；如果沙拉斯对拿破仑在其他战役中表现出来的任何一点点天才也能提出争议的话，大概他是非常乐于这样做的；在这样严肃的著作中这就不好了，因为这是党同伐异。当时您侍候……皇帝很忙吧？”

将军得意非凡。公爵这话说得认真而又天真，终于把他最后残余的不信任感也打消了。

“沙拉斯！哦，我也大为愤慨！我当时就写信给他，不过……内容我现在记不起来了……。您问我侍候得忙不忙？哦，不！我被称为侍童，但即使在当时我也没有认真对待。加之拿破仑很快就对笼络俄国人完全绝望；要不是……要不是他对我本人有好感(现在我敢大胆这样说)，那么，他肯定也会把他出于政治上的考虑笼络在身边的我给忘了。我对他的好感则出于真心。对我的职责要求不严：只须偶尔到宫里去几次……骑马陪皇帝出去走走，如此而已。我骑马骑得相当可以。他一般在正餐前出去，随从中通常有达武[②]、我、奴隶亲兵卢斯当[③]……”

---

① 让-巴蒂斯特-阿道尔夫·沙拉斯(1810—1865)，法国政治家兼军事史家。陀思妥耶夫斯基在1867年读过他写的一本反拿破仑著作《一八一五年滑铁卢战史》(1858)。

② 路易·达武(1770—1823)，拿破仑一世的元帅和军事大臣。

③ 卢斯当(1780—1845)，拿破仑一世的心腹保镖。

“贡斯当[1]。”公爵不知为什么脱口说出这个名字。

“不，贡斯当那时不在；那时他送一封信到……约瑟芬皇后那儿去了；不过代替他职务的有两名传令兵和几名波兰枪骑兵……这就是全班随从人员，当然，另外拿破仑还经常带领一些元帅、将军去察看地形和军队的布阵，跟他们商议军情……。根据我现在的记忆，最经常在他身边的要算达武；这是个高大魁梧、头脑冷静的人，戴一副眼镜，有着奇特的目光。皇帝和他商量的时候最多。皇帝器重他的思想。我记得他们已经商量了好几天；达武上午来，晚上也来，他们甚至经常争论；后来，拿破仑似乎渐渐同意了。他们两人在书房里，几乎没有察觉还有我这个第三者。忽然，拿破仑的目光无意间落到我身上，从他的眼睛里闪现出一个奇怪的主意。‘孩子！’他蓦地对我说，‘你认为怎样：如果我加入了东正教并且解放你们的农奴，俄国人会不会跟我走？’‘决不会！’我愤怒地喊道。拿破仑非常吃惊。‘从这个孩子闪耀着爱国精神的眼睛里，’他说，‘我读到了全体俄国人民的意见。行了，达武！这一切都是空想！把您的第二套方案谈出来吧。’”

“是的，不过这第一套方案也是个好主意！”看得出公爵越来越感兴趣地说，“您认为这个方案是达武想出来的？”

“至少他们在一起商量。当然，主意是拿破仑的，这是一只老鹰的主意，但第二套方案也不等闲……。这就是著名的狮子的主张，拿破仑自己给达武的方案定的正是这个名称。这个方案主张率领全部军队闭守在克里姆林；建营房、挖壕沟、架大炮；宰杀尽可能多的马，把马肉腌起来；用包括掠夺在内的一切手段弄到尽可能多的粮食，挺过冬季熬到春天；开春后再冲出俄军的重围。这个方案强烈地吸引着拿破仑。我们每天骑马沿着克里姆林的城墙环行，他指出哪儿需要拆除，哪儿该修眼镜堡，哪儿该修三角堡，哪儿需要一排地堡，——这

---

① 贡斯当(1767—1830)，法国小说家、政治活动家。曾被拿破仑放逐。拿破仑“百日王朝”垮台后，贡斯当重返巴黎政治舞台。

才叫眼光、速度、魄力！一切都已布置停当；达武一再催他作出最后决定。他们又单独在一起，我是第三者。拿破仑抄着手在房间里踱来踱去。我的视线无法离开他的面孔，我的心跳得厉害。‘我走了，’达武说。‘去哪儿？’拿破仑问。‘去腌马肉，’达武说。拿破仑打了个寒战，命运就此决定。‘孩子！’他忽然对我说。‘你觉得我们的设想怎么样？’当然，他问我的口吻犹如一个绝顶聪明的人有时乞灵于掷钱币的正反面卜吉凶那样。我没有面向拿破仑，而是冲着达武心血来潮似的说了一句：‘将军，快逃吧！’方案被推翻了。达武耸耸肩膀，走出去的时候低声咕哝道：‘咳！他竟变得迷信起来了！’于是第二天宣布撤退。”

“这一切太有意思了，”公爵说得声音极轻，“如果确有其事的话……不，我是想说……”他急忙更正。

“哦，公爵！”将军叫道，他陶醉在自己讲的故事中，也许已经到了置最明显的失检于不顾的地步。“您说：‘如果确有其事的话！’其实还不止这些，您可以相信我的话，还远远不止这些！这些还只是起码的政治事实。但我对您再说一遍，我还是这个伟人夜里哭泣和呻吟的见证人；除了我，这是谁也没见过的！诚然，到最后他已经不哭了，眼泪也没有了，只是间或唉声叹气；但他的面容好像越来越被阴影遮蔽，仿佛永恒已开始用黑色的翅膀把他笼罩。夜里经常一连几个小时只有我们俩默默无言地在一起——亲兵卢斯当往往在隔壁一间屋子里打呼噜；这个人睡得很死。‘可是他忠于我和皇统，’这是拿破仑给他的评价。有一次我心里难受得不得了，皇帝忽然发现了我眼睛里的泪花；他感动地望着我。‘你舍不得我！’他激动地说。‘孩子，除了你，将来会舍不得我的也许还有另一个孩子——我的儿子罗马王[①]；其余的人都恨我，而一旦大难临头，我的兄弟将是首先出卖我的人！’我放声大哭，扑到他身边，于是他也忍不住了；我们互相拥抱，我们的眼泪混在一起。‘您写信吧，写封信给约瑟芬皇后！’我哭

① 拿破仑给他 1811 年生的儿子约瑟夫-弗朗索瓦-夏尔的封号。

着对他说。拿破仑猛然一震，想了想以后对我说：‘你提醒了我，还有第三颗爱我的心；谢谢你，我的朋友！’于是他当即坐下来给约瑟芬写了那封信，第二天就差贡斯当送去。”

“您做得很好，”公爵说，“他沉浸在恶念中，您仍能唤醒他的良知。”

“正是这样，公爵，您表达得太好了，完全符合您自己的善心！”将军发出热烈的欢呼，说来也奇怪，他眼睛里竟闪耀起真正的泪花。“是的，公爵，这是极为悲壮的场面！告诉您吧，我差点儿跟他去了巴黎，而且肯定会陪他同往‘酷热的幽囚之岛’①。惜乎，命运把我们拆开了！我们分了手：他被送到酷热的岛上，在悲从中来的时刻他也许想起了曾在莫斯科拥抱和宽恕他的一个可怜的孩子的热泪；我被送进士官学校，在那里接触到的唯有严酷的纪律、同学的粗俗和……。咳！一切都烟消云散了！‘我不愿从你母亲身边把你夺去，所以不带你走！’在撤退那天他对我说。‘但是我希望能为你做点儿什么。’他已经准备上马。‘您就在我妹妹的纪念册上给我写点儿什么留个纪念吧，’我怯生生地说，因为他神情沮丧、面色阴沉。他回过来要了支笔，拿起纪念册。‘你妹妹几岁了？’他已经握好了笔问我。‘三岁，’我回答说，‘还是个小娃娃。’于是他在纪念册上写道：

永远不要说谎！

您的挚友拿破仑

在这样的时候提出这样的忠告，您想一想，公爵！”

“是啊，确实了不起。”

“这一页永远用金边的玻璃镜框挂在我妹妹的客厅里最显眼的地

① 拿破仑第二次被放逐并殁于大西洋中距非洲西南岸约 2 000 公里的圣赫勒拿岛。该岛的纬度（南纬 16 左右）与赞比亚的卢萨卡差不多。

方，直到她死去——她是生小孩时死的；如今那纪念册中的一页在什么地方——我不知道……可是……啊，我的上帝！已经两点钟了！我把您耽搁太久了，公爵！这是不可原谅的。”

将军从椅子上站起来。

“哦，相反！”公爵支支吾吾地说，“您使我听得津津有味，而且……从根本上说……这是很有意思的；我非常感谢您！”

“公爵！”将军说着又把他的手握得好疼，并用一双闪光的眼睛注视着他，好像猛想起什么似的，而这个突如其来的念头简直把他惊呆了。“公爵！您实在太善良、太老实，有时候我甚至觉得您怪可怜的。我瞧着您，不禁深受感动；哦，愿上帝赐福于您！祝您的生活在……爱情中开始并且如鲜花怒放。我的一生已经完了！哦，请原谅，请原谅！”

他双手掩面快步走出去。公爵完全相信他的激动发自内心。他也明白，老头儿出去时正陶醉于自己的成功之中；但他毕竟隐约感觉到，将军所属的那一类吹牛者虽然吹起牛来会达到不克自拔乃至忘其所以的程度，可是在其乐陶陶的最高点，他们仍不免暗自疑心人家不相信也不可能相信他的话。老头儿在目前的状态下可能恍然大悟，继而羞惭过度，然后怀疑公爵对他无限怜悯，于是认为受了侮辱。“是不是我起了推波助澜的作用导致他如此异想天开？”公爵暗暗着急，随后忽然忍不住狂笑不已，约莫有十来分钟。他正欲责怪自己不该这样大笑，但马上又明白自己无可指责，因为他实在觉得将军太可怜了。

他的忧虑得到了证实。当天傍晚，他接到一封奇怪的便简，信虽短，但语气坚决。将军通知公爵与他也将永不交往，并说自己尊敬他、感谢他，但即使从他那里也不接受“同情的表示，因为这有损于一个已经够不幸的人的尊严”。当公爵听说老头儿在尼娜·亚历山德罗夫娜处闭门不出时，几乎对他放了心。但我们已经了解到，将军还在叶丽扎薇塔·普罗科菲耶夫娜家闯了些祸。这里我们不能详细缕述，只简单地表一表，那次会晤其实是将军把叶丽扎薇塔·普罗科菲耶夫娜吓了一跳，而一些涉及加尼亚的痛心暗示更使她震怒。将军被轰了出来。所以接下来的一宿和第二天上午他是这样度过的，最后对自己完全失去控制，几乎像发疯似的跑到街上。

郭立亚对事情的来龙去脉还不完全清楚，甚至指望用严厉的办法迫使他就范。

"喂，将军，您认为咱们现在能上哪儿去呢？"他说，"公爵那儿您不愿意去，跟列别杰夫也闹翻了，您又没钱，我一向身无分文。这下咱们只好在街上喝西北风。"

"喝一大瓮比喝西北风强，"将军喃喃地说，"我曾经用这句妙……妙语……把一群军官……逗得乐不可支……那是四四……那是一千……八百……四十四年的事，对！……我记不太清楚了……。哦，你不用提醒我，不用提醒我！'我的青春在哪里，我的风华在哪里！'就像某人发出的感慨那样……。郭立亚，这是谁的感慨？"

"这是在果戈理的《死魂灵》中的话，爸爸。"郭立亚回答，并且胆怯地瞟了父亲一眼。

"死魂灵！哦，是啊，是死了！等你把我埋葬以后，在坟墓上写这样一句话：'此处埋着一颗死魂灵！'

耻辱对我紧追不舍！

这是谁说的，郭立亚？"

"不知道，爸爸。"

"没有叶罗佩果夫其人！没有叶罗什卡·叶罗佩果夫这个人！……"他在街上停下来没命地吼叫，"这话是儿子说的，是我亲生儿子说的！叶罗佩果夫这人有十一个月等于我的兄弟，我曾为他跟人家决斗……。我们的大尉维戈列茨基公爵有一次喝得醉醺醺地问他：'格里沙，你说说，你的安娜是在哪儿弄来的？''在祖国的疆场上，在哪儿弄来的！'我喝彩道：'说得好，格里沙！'一场决斗就此发生，后来他娶了……玛丽亚·彼得罗夫娜·苏……苏图吉娜，最后在战场上阵亡……。一颗子弹从我胸前的十字架上弹出去恰恰跳进他的脑门子。‘我永远忘不了！’他喊了一声当场倒地。我……忠于职守，郭立亚；我克尽厥责，但是耻辱——‘耻辱对我紧追不舍！’你和尼娜会到我坟上来的……。‘可怜的尼娜！’很久以前我经常这样称呼她，郭立亚，那还是在最初的时候，她是那样爱我……。尼娜，尼娜！我让你过的是什么日子呵！你能爱我什么呢，你这颗任劳任怨的灵魂！郭立亚，你母亲有一颗天使般的灵魂，听见没有，天使般的！”

“这我知道，爸爸。爸爸，亲爱的，咱们回到妈妈那儿去吧！刚才她还跑出来追咱们呢！喂，您怎么啦？您好像不明白似的……。喂，您怎么在哭？……”

郭立亚自己也哭了，并且吻着父亲的手。

“你在吻我的手，我的！”

“对，您的手，您的。这有什么可奇怪的？您干吗这样在大街上哭鼻子，还叫作将军，还是个军人呢！走，咱们回去吧！”

“愿上帝赐福于你，好孩子，因为你能孝敬一个可耻的——是的！一个可耻的老头儿、你的父亲……。愿你将来也有同样的一个孩子……一个罗马王。哦，‘我诅咒，诅咒这户人家！’”

“到底出了什么事情？”郭立亚忽然再也按捺不住自己，“这究竟是怎么搞的？您现在为什么不肯回家？难道您发疯了不成？”

“我来向你解释，我来向你解释……我把一切都告诉你，你别嚷嚷，人家会听见的……罗马王……。哦，我实在感到恶心，我实在难受极了！

保姆啊，哪儿是你的坟墓？

这是谁的话，郭立亚？”

“不知道，我不知道这是谁说的！咱们马上回去，这就走！我去把加尼亚揍一顿，如果需要的话……。喂，您又要到哪儿去？”

但是将军拉着他走到近处一座房屋的台阶前。

“您要上哪儿？这是别人家的台阶！”

将军在台阶上坐下，同时仍抓住郭立亚的一只手把他往自己身边拉。

“你把身体弯下来，把身体弯下来！”他哩哩啰啰地说，“我把一切都告诉你……丢人哪！……你把耳朵……把耳朵凑过来；我跟你咬耳朵……”

“您这是干什么呀！”郭立亚大大地害怕起来，不过还是把耳朵凑过去。

“罗马王……”将军轻轻翕动嘴唇说着，他仿佛也在浑身哆嗦。

“什么？……您干吗老是把罗马王挂在嘴上？……他怎么啦？”

“我……我……”将军又翕动嘴唇，一边越来越使劲抓住“他的孩子”的肩膀，“我……要……把一切……都告诉你，玛丽亚，玛丽亚……彼得罗夫娜·苏……苏……苏……”

郭立亚挣脱出来，自己紧紧抓住将军的两个肩膀，像吓掉了魂似的望着他。老头儿脸色红得发紫，嘴唇泛青，一阵阵细微的痉挛还在牵动面部的肌肉。突然，他的身体一歪，开始缓缓地倒在郭立亚怀里。

“中风！”郭立亚冲着整条大街失声惊呼，他这才意识到是怎么回事。

五

其实，瓦尔瓦拉·阿尔达里昂诺夫娜在和哥哥的谈话中有些夸大关于公爵向阿格拉雅·叶班契娜求婚这一消息的确凿程度。也许，作为一个目光锐利的女人，她预料这是不久的将来势必会发生的事情；也许，由于美梦烟消云散（其实，她自己也不相信这梦想会实现），她作为一个凡人，忍不住通过渲染失败之惨往哥哥心中灌注更多的苦味，尽管她真心喜爱和同情哥哥。但是，她毕竟不可能从她的朋友叶班契娜姐妹那里获得完全确实的消息，只有一些暗示、缄默、未尽之言和费解的谜。也可能阿格拉雅的两个姐姐故意露些口风，为的是从瓦尔瓦拉·阿尔达里昂诺夫娜嘴里套出些话来；说到底，还可能她们不愿放弃女人的某种乐趣，想稍稍逗一下她们的童年伙伴——这么长一段时间，对于她的意图她们难道一点点都看不出来？

另一方面，公爵在向列别杰夫表示无可奉告并认为自己没有发生什么特别情况时，尽管完全没有撒谎，却也可能错了。事实上，所有的人好像都起了非常奇怪的变化：什么也没有发生，同时又好像发生了很多情况。瓦尔瓦拉·阿尔达里昂诺夫娜正是凭女人灵验的直觉猜中了这一点。

叶班钦家的人一下子忽然一致认为，阿格拉雅发生了重大的情况，她的命运即将决定下来。不过，这个想法究竟怎么会形成的——要讲得有条有理非常困难。但是，这个想法在大家头脑里刚一闪现，所有的人立即异口同声地宣称早已看出了苗头，而且清楚地预见到了这一切；说是情况从“可怜的骑士”开始就已十分清楚，甚至在这以前，那时还都不愿相信这样的荒唐事。大小姐、二小姐如是说；叶丽扎薇塔·普罗科菲耶夫娜当然比任何人更早地预见和了解到一切，而且此事成了她的“心病”为时已久；但是，已久也罢，不久也罢，反正现在她一想到公爵就不顺心，因为这个念头把她的设想全打乱了。眼下有一个必须马上解决的问题；然而，这个问题非但解决不了，甚至可怜的叶丽扎薇塔·普罗科菲耶夫娜无论怎样努力也没法十分明确地向自己提出问题。单是问题该怎么个提法就很不好办。“公爵要得要不得？这事合适不合适？如果不合适（这是毫无疑义的），那么究竟哪点不合适？如果合适的话（这也有可能），那么又合适在哪里？”作为一家之主的伊万·费奥多罗维奇最初自然感到惊讶，但后来忽然承认：“说真的，我在这段时间一直模模糊糊有类似的感觉，不时会产生这样的幻象！”在夫人威严的目光下他顿时噤若寒蝉，但只是在上午；到晚上只跟夫人两人在一起又不得不说的时候，他忽然好像特别大胆地谈出若干出人意表的想法：“实质上究竟怎样呢？……”（静默。)“如果确实如此，这一切当然很奇怪，我并不否认，但是……”(又是静默。)“从另一方面来说，如果不带偏见地看问题，那么，说实在的，公爵何尝不是一个极其可爱的人，而且……而且……归根到底，他的姓氏跟咱们的家族还有渊源，这件事在外界眼里将具有一种可以说是重振一个衰微的家族的性质，就是可以从这个角度来看，也就是说，因为……当然喽，外界嘛；外界就是外界；但公爵毕竟不无家产，哪怕只是略有一些。他还有……还有……还有……”(长时间的静默和无可挽回的碰壁。)听丈夫说完，叶丽扎薇塔·普罗科菲耶夫娜肺都气炸了。

她认为，所发生的一切都是“不可原谅甚至近乎犯罪的胡闹，纯属异想天开，愚蠢而又荒唐”！首先，“这个小小公爵是个有病的白痴，其次是个傻瓜，既不谙世故，又没有地位。你能把他向谁介绍，往哪儿塞？无非是个要不得的民主派，连个官衔也没有，人家……人家……贝洛康斯卡雅会怎么说？何况，咱们为阿格拉雅想象和设计的难道是这样一个女婿？”不言而喻，最后一个论点是最主要的。做母亲的心在这样的考虑之下战栗，在渗血，在流泪，尽管与此同时在这颗心的里边有一个什么东西突然萌动，悄悄地对她说：“公爵到底哪一点不合您的需要？”恰恰是她自己心里这种不以为然的声音最使叶丽扎薇塔·普罗科菲耶夫娜伤脑筋。

阿格拉雅的两个姐姐不知为什么挺欣赏公爵将成妹夫这个主意，甚至不认为非常奇怪；总之，她们有可能一旦完全站到他的一边去。但她俩决定保持沉默。这个家庭里有一条屡试不爽的规律：如果在某个有争议的家庭问题上叶丽扎薇塔·普罗科菲耶夫娜所持的不同意见和反对态度越来越坚决、越来越强烈，这在所有的人眼里恰恰是一种迹象，表明她也许已经在这个问题上趋向同意。不过，亚历山德拉·伊万诺夫娜无法始终保持沉默。妈妈早已把她视为自己的顾问，现在更是不时把她叫去要她发表意见，特别要她回忆经过，即：“这一切究竟是怎样发生的？为什么谁也没有看到？为什么当初不说？那个蹩脚的‘可怜的骑士’当时意味着什么？为什么只有她——叶丽扎薇塔·普罗科菲耶夫娜——一个人注定了得为所有的人把心操碎，还得留意一切和料到一切，而别人可以仰天数乌鸦，无牵又无挂?”如此等等。亚历山德拉·伊万诺夫娜起先比较谨慎，只表示她觉得爸爸的想法相当有道理，即：外界可能认为叶班钦家选中梅诗金公爵做女婿之一非常合适。后来渐渐动了感情，她甚至进一步指出，公爵根本不是“傻瓜”而且从来不傻；至于地位嘛，几年以后在咱们俄国一个正派人的地位将视什么而定，是决定于在过去不可缺少的官运亨通，抑决定于别的因素，这还只有上帝知道。对于这些话妈妈立即给予抢白，说亚历山德拉“离经叛道，一切都怪那个该死的妇女问题”。接着，在半小时以后叶丽扎薇塔·普罗科菲耶夫娜动身进城，再从那里去石岛找贝洛康斯卡雅——这位公爵夫人那时正好在彼得堡，不过很快又将离去。贝洛康斯卡雅是阿格拉雅的教母。

贝洛康斯卡雅“老太婆”听完了叶丽扎薇塔·普罗科菲耶夫娜忧心如焚、濒于绝望的自白，丝毫不为苦恼的母亲的眼泪所动，甚至用揶揄的目光瞧她。这是一个可怕的专制女王；对朋友，即使是多年的老朋友，她也不屑于平等相待，她把叶丽扎薇塔·普罗科菲耶夫娜则完全视为自己的被保护人，同三十五年前一样，绝对不能容忍后者性格中生硬和独立的一面。她认为“那些人按照自己的老习惯，总是过于性急，一说风就是雨”；她“无论怎样仔细地听，也不能肯定他们确实发生了什么严重的事情；还是先等一等，瞧瞧还会有些什么动静再说”；她认为“公爵是个正派的年轻人，不过有病，比较古怪，而且太没有地位。最糟糕的是他竟公然养着一个情妇”。叶丽扎薇塔·普罗科菲耶夫娜十分清楚地懂得，贝洛康斯卡雅由于她所介绍的叶甫盖尼·巴甫洛维奇的失利而有些生气。将军夫人返回巴甫洛夫斯克比她去彼得堡时火气更大，结果所有的人立刻倒霉，主要因为他们“发疯了”，谁家的事都不是这么个干法，只有他们家如此；“你们慌什么？出什么事了？我使劲儿观察，怎么也不能得出确实发生了什么事的结论！先瞧瞧还会有些什么动静再说！伊万·费奥多罗维奇完全可能神经过敏，会不会一说风就是雨呢?”如此等等。

于是乎得出结论：应该消停一下，沉住气静观其变。可是，唉！消停的状态维持还不到十分钟。迫使她自己沉不住气的第一击来自关于她石岛之行期间此地所发生情况的消息。(叶丽扎薇塔·普罗科菲耶夫娜此行是在头天公爵来过之后，不过公爵来的时间不是十点钟以前，而是将近一点钟了。)大小姐、二小姐对妈妈焦急的盘问回答得非常详细：首先，在她外出期间"好像没有发生什么事情"；公爵来过了，阿格拉雅很久不出来见他，约莫有半个小时；出来后马上建议公爵和她下象棋，公爵简直连棋子的走法也不懂，所以阿格拉雅一下子就赢了他；她非常高兴，并且拼命地羞公爵棋艺拙劣，拼命嘲弄他，简直叫人瞧着公爵都觉得怪可怜的。后来阿格拉雅提议打牌，玩杜拉克[①]。但这下完全倒了个过儿；公爵玩杜拉克的水平之高称得上像一位……教授，令人叹为观止；阿格拉雅极尽耍赖之能事，又是暗换自己的牌，又是当着公爵的面偷他赢的牌，然而公爵还是每次叫她当杜拉克，一连五次。阿格拉雅恼羞成怒，竟至干脆撒起野来；她冲公爵说了好多尖刻无礼的话，使公爵敛容止笑，最后脸色都变白了，因为阿格拉雅对他说，"只要公爵还待在这里，她决不跨进这间屋子，说公爵上她们这儿来简直不识羞，而且还在深夜十二点多，尤其**在发生了这一切之后**"。然后砰的一声把门关上走了。尽管她们努力劝慰公爵，他离开时却跟刚刚参加了一场葬礼差不多。公爵走后大约一刻钟，阿格拉雅忽然下楼跑到廊台上，匆忙间连眼睛也没有先擦一下，而她的眼睛哭过后还是湿的；她跑下楼是因为郭立亚来了并且带来一只刺猬。于是大伙开始看刺猬；郭立亚在她们的询问下回答说，刺猬不是他的，他刚才跟他的伙伴高斯嘉·列别杰夫(也是一个中学生)在一起走，此刻高斯嘉待在外边，不好意思进来，因为他拿着一把斧子；刺猬和斧子都是他们从路上遇见的一个乡下人那里买的。那乡下人本来在卖刺猬，他要了五十戈比，而斧子是他们劝他顺便也卖掉的，因为那是一把很好的斧子。这时阿格拉雅忽然开始跟郭立亚胡

① 这种纸牌游戏又译"杜洛克"，意即负者当"傻瓜"。

搅蛮缠，要郭立亚立刻把刺猬卖给她，而且一反常态，甚至管郭立亚叫“亲爱的”。郭立亚久久不肯同意，但最后还是顶不住去叫了高斯嘉·列别杰夫，后者进来时确实带了一把斧子，而且窘得厉害。但一问之下发现，原来刺猬并非他俩所有，而是属于姓彼得罗夫的第三个少年的，他把钱交给他俩，要他们为他向第四个少年买一部施洛塞尔的《历史》[①]，后者因为需要钱花而愿意贱卖该书；他们是出来买书的，可是忍不住买了刺猬，所以刺猬和斧子属于彼得罗夫，现在他们就准备把东西拿去给他，而没有买施洛塞尔的《历史》。但是阿格拉雅纠缠不休，他们终于把刺猬卖给了她。阿格拉雅一得到刺猬，马上在郭立亚帮助下把它装进一只篮子，用餐巾盖上，并要郭立亚立刻把刺猬直接给公爵送去，代她表示“最深切的敬意”请公爵收下。郭立亚欣然应诺，保证送到，但立即缠住阿格拉雅问：“刺猬和类似的礼物意味着什么？”阿格拉雅回答说这不关他的事。郭立亚表示自己坚信其中必有隐喻。阿格拉雅恼了，便抢白他无非是个乳臭小儿罢了。郭立亚当即还以颜色，说要不是自己看在她是个女的分上，要不是更看在自己的信念分上，一定毫不迟疑地让对方知道他会怎样回击类似的侮辱。不过，末了郭立亚还是兴冲冲地把刺猬带走了，高斯嘉·列别杰夫也跟在他后头跑；阿格拉雅见篮子被郭立亚提着摆动得太厉害，忍不住从廊台上冲他的背影喊叫：“郭立亚，请您别让它掉出来，亲爱的！”——就像刚才没跟他吵过架似的；郭立亚站住脚，也像没吵过架一样极其客气地喊道：“放心，我不让掉出来的，阿格拉雅·伊万诺夫娜。您尽管放心！”——说完又撒腿飞奔。在这以后阿格拉雅纵声狂笑，十分满意地跑回自己屋里去，接下来一整天都非常高兴。

这样的消息竟使叶丽扎薇塔·普罗科菲耶夫娜目瞪口呆。也许有人会问：这是什么缘故？看来她恰恰处于那样的心境之中。她的忧

① 弗里德里希·施洛塞尔（1776—1861），德国史学家。他的《世界通史》（著于1844—1856年）自1868年起开始出版俄译本。

虑被刺激到了无以复加的程度，而主要之点在于刺猬；刺猬意味着什么？其中有什么奥秘？它包含着什么潜台词？这是一个什么信号？是不是密码电报？可怜的伊万·费奥多罗维奇偏偏盘问时正好在场，他一句答话把事情全搞糟了。他认为根本不是什么密电，刺猬“仅仅是刺猬而已，此外除非表示友谊，捐弃前嫌，重归于好，用一句话概括就叫作淘气，不过至少无伤大雅而且情有可原”。

此处应当指出，叶班钦将军猜得完全正确。公爵遭到阿格拉雅的嘲笑和逐客令回到家里，在最黯淡的绝望心情中坐了大约半个小时，忽然郭立亚带着刺猬来了。霎时间云破天霁；公爵宛如死而复活，他向郭立亚详细了解，生怕听漏任何一句话，往往反复询问不下十遍，像小孩子似的笑着，不时跟两个少年握手，而郭立亚和高斯嘉也笑着，亲切地望着他。由此可见，阿格拉雅已原谅他，公爵今晚又可以去见她，而对于公爵来说这不仅是主要的，简直就是一切。

“我们还都是十足的孩子，郭立亚！这……这……实在太好了！”他终于发出乐滋滋的感叹。

“很简单，她爱上您了，公爵，就这么回事儿！”郭立亚以权威的开导口吻答道。

公爵刷地红了脸，但这一回没说一句话，而郭立亚则一个劲儿地拍手大笑；稍后公爵也笑起来，从此一直到晚上他每隔五分钟就要看表，看看到晚上还有多少时间。

然而脾气毕竟占了上风：叶丽扎薇塔·普罗科菲耶夫娜终于沉不住气，一时冲动起来。她不顾丈夫和女儿的劝阻，立即派人去把阿格拉雅叫来，准备向她提出决定一切的问题，要她毫不含糊地作出最后的回答。“为的是一下子彻底解决，从此了却心事，再也不要提起！”“否则，”她宣布说，“我活不到晚上！”大家这才认识到，事情闹到了何等不堪收拾的地步。可是从阿格拉雅那里什么也没有问出来，她只佯作惊讶，表示愤慨，哈哈大笑，讥讽公爵和所有盘问她的人。叶丽扎薇塔·普罗科菲耶夫娜躺到床上，直至估计公爵会来的茶点时分才下楼。她紧张得发抖地等候着公爵，及至公爵到来，她险些歇斯底里发作。

公爵自己也提心吊胆，差不多蹑手蹑脚地走进来，脸上带着奇怪的微笑，朝所有的人眼睛里窥望，仿佛在向所有的人询问，因为阿格拉雅又不在屋里，这使他立刻害怕起来。这天晚上没有外人，全部都是家庭成员。Ш公爵为了叶甫盖尼·巴甫洛维奇的伯父之事去彼得堡尚未回来。“要是他在这里，至少也能说些什么，”叶丽扎薇塔·普罗科菲耶夫娜暗暗引以为憾。伊万·费奥多罗维奇坐着显得忧心忡忡；大小姐、二小姐神情严肃，似乎故意保持沉默。叶丽扎薇塔·普罗科菲耶夫娜不知从何说起。末了，她突然把铁路狠狠地骂了一通，并且摆出坚决的挑战姿态望着公爵。

咳！阿格拉雅还不露面，公爵的心直往下沉。他像掉了魂儿似的有些讷讷不出于口，刚开始发表意见认为改进铁路好处极大，但是阿黛拉伊达扑哧笑了出来，于是公爵又嗒然若丧。正在这个当儿，阿格拉雅从容而端庄地进来，向公爵客客气气行了个礼，在圆桌最显眼的位子上一本正经坐下。她用带问号的眼光瞧着公爵。谁都明白，现在到了澄清一切疑惑的时候。

“您收到了我的刺猬没有？”她生硬地问，简直有些气鼓鼓的样子。

“收到了。”公爵回答时又是脸红，又是心跳。

“请马上解释一下，您对这件事有何感想。为了让妈妈和我们全家安下心来，必须这样做。”

“听我说，阿格拉雅……”将军顿时觉得不妙。

“这太不像话了！”叶丽扎薇塔·普罗科菲耶夫娜一下子不知为什么害怕起来。

“这没有什么不像话的，妈妈，”小女儿马上正色答道，“今天我让人给公爵送去一只刺猬，我希望知道他有什么想法。您以为如何，公爵？”

“您是问有什么想法，阿格拉雅·伊万诺夫娜？”

“对刺猬。”

"就是说……我认为，阿格拉雅·伊万诺夫娜，您想知道我是怎样接受……刺猬……或者说得更确切一些，我怎样看待……您托人给我送刺猬这件事，就是说……如果是这样的话，我以为……总而言之……"

他已经上气不接下气，只得默不作声。

"您没有讲出多少名堂，"阿格拉雅等了五秒钟以后说，"好吧，我可以撇开刺猬不谈；但我很高兴终于能够结束这种日积月累的不明不白的状态。请允许我向您本人直接了解：您到底是不是准备向我求婚？"

"啊，我的上帝！"叶丽扎薇塔·普罗科菲耶夫娜失声惊呼。

公爵猛地一愣，身子朝后一仰；伊万·费奥多罗维奇呆若木鸡；两个姐姐皱紧眉头。

"不要撒谎，公爵，请说实话。为了您，我不断遭到莫名其妙的诘问。这种诘问究竟有没有根据？请说！"

"我没有向您求过婚，阿格拉雅·伊万诺夫娜，"公爵忽然振奋起来答道，"但是……您自己也知道，我是多么爱您和相信您……甚至现在……"

"我是问：您是否向我求婚？"

"是的，我向您求婚。"公爵提着一颗快要跳出来的心回答。

在座的人纷纷作出强烈的反应。

"亲爱的朋友，这样不对头，"伊万·费奥多罗维奇激动异常地说，"这……这简直不可想象，这样的做法，格拉莎①……。请原谅，公爵，请原谅，亲爱的朋友！……叶丽扎薇塔·普罗科菲耶夫娜！"他向太太求援，"您得……管一管……"

"我不管，我不管！"叶丽扎薇塔·普罗科菲耶夫娜双手乱摇。

"妈妈，请允许我也说几句，因为在这样的事情上我本人也不应被撇在一边，这是决定我命运的非常时刻，"阿格拉雅正是这样说

---

① 阿格拉雅的昵称。

的，“我要亲自了解，此外，我高兴的是能当着大家的面这样做……。请问，公爵，既然您‘有这样的意思’，那么，您究竟打算用什么办法使我得到幸福呢？”

“说真的，阿格拉雅·伊万诺夫娜，我不知道该怎样回答您；这……这叫我怎么说呢？何况……这有必要吗？”

“您好像窘得厉害，气也顺不过来；您稍微休息一下，定一定神再说；喝杯水；对了，茶马上会给您送来。”

“我爱您，阿格拉雅·伊万诺夫娜，我非常爱您；我只爱您一个人，并且……请您别开玩笑，我非常爱您。”

“不过，这件事至关重要；咱们又不是小孩子，必须认真对待……。现在劳您驾说明一下，您的财产状况如何？”

“喂，喂，阿格拉雅。你怎么？这不对头，不对头……”伊万·费奥多罗维奇吓得话也说不利索。

“丢人！”叶丽扎薇塔·普罗科菲耶夫娜轻轻说了一句，但大家都能听见。

“真是发疯了！”亚历山德拉以同样的声调说。

“财产状况……您指的是钱？”公爵直纳闷儿。

“对。”

“我有……目前我有十三万五千卢布。”公爵涨红了脸讷讷地说。

“才这么点儿？”阿格拉雅大声而且公然表示惊讶，却一点也不脸红。“不过，这倒无所谓；要是省吃俭用更不要紧……。您打算做事吗？”

“我想通过考试当家庭教师……”

“非常合适；当然，这样可以增加咱们的收入。您有意当一名锦衣侍卫吗？”

“锦衣侍卫？我从未想象过，但是……”

这时两个姐姐忍不住扑哧一声笑了出来。阿黛拉伊达早已注意到阿格拉雅微微抽动的面部线条中掩藏着呼之欲出的狂笑，不过暂时她正竭尽全力克制自己。阿格拉雅刚欲板着脸对发笑的两个姐姐瞪上一眼，但自己连一秒钟也没能坚持，终于爆发出一阵疯劲十足、近乎歇斯底里的大笑。末了她从座位上一跃而起跑出屋去。

“我知道只是一场玩笑罢了！”阿黛拉伊达大声说，“从一开始就是这样，打买刺猬的时候起。”

“不，这样我可不答应，决不答应！”叶丽扎薇塔·普罗科菲耶夫娜勃然大怒，立刻向阿格拉雅追上去。两位姐姐继她之后也奔出房间。屋里只剩下公爵和这一家之长。

“这……这……这样的事你能想象吗，列夫·尼古拉耶维奇？”将军猝然喊叫起来，显然他自己也不知道想说什么。“不，说真格的，您能想象吗？”

“我看得出，阿格拉雅·伊万诺夫娜在嘲笑我。”公爵回答时黯然神伤。

“等一等，老弟；我去去就来，你等一等……因为……至少你得向我解释一下，列夫·尼古拉耶维奇，至少你得向我解释：这一切是怎样发生的，这一切从其整体来看意味着什么？你得承认，老弟，我是她的父亲，毕竟是她的父亲，可是我一点也不明白；那么至少你得向我解释一下！”

“我爱阿格拉雅·伊万诺夫娜；这她是知道的，而且……好像早就知道了。”

将军耸耸肩膀。

“奇怪，奇怪……。你非常爱她？”

“非常爱。”

“奇怪，这一切在我看来委实奇怪。就是说，这既是一大意外，又是一次打击，以致……。你要明白，亲爱的，我不是指财产状况（不过我原以为你不止这么一些），但是……我对女儿的幸福……归根到底……你有没有可能如通常所说为这种……幸福提供保证？而且……而且……这是怎么回事：她是开玩笑还是当真？我不是指你的态度，而是指她的态度，究竟怎样？”

门外传来亚历山德拉·伊万诺夫娜在叫爸爸的声音。

“你稍等一等，老弟，稍等一等！少待片刻考虑一下，我去去就来……”他匆匆说完，几乎惊慌失措地迎着亚历山德拉的呼唤飞奔而去。

他发现太太和小女儿彼此拥抱着相濡以泪。这是幸福的眼泪、感动的眼泪、和解的眼泪。阿格拉雅吻着母亲的双手、两颊和嘴唇；母女俩热烈地相互紧偎在一起。

“你来看，伊万·费奥多罗维奇，你瞧瞧她，这就是她现在的整个模样！”叶丽扎薇塔·普罗科菲耶夫娜说。

阿格拉雅把她热泪纵横而又充满幸福的面庞从妈妈怀里转过来，看了看爸爸，放声大笑，接着跳到他跟前，紧紧搂住他亲了好几下。然后又扑到妈妈身边，索性把脸一股脑儿藏在她怀里不让任何人看见，旋又哭了起来。叶丽扎薇塔·普罗科菲耶夫娜用自己披巾的一角把她遮住。

“咳，你呀，你究竟要我们怎样？你倒是说呀，你这个狠心肠的丫头！”她说，但已经是高兴地说着，仿佛她一下子觉得呼吸也比较顺畅了。

“狠心肠！是的，狠心肠！”阿格拉雅忽然接茬道，“吊儿郎当！娇生惯养！您把这话告诉爸爸。哦，对了，他在这里。爸爸，您在这里吗？您听见没有？”她一边淌眼泪一边笑道。

“我的心肝，我的宝贝疙瘩！”笑逐颜开的将军吻着她的手。阿格拉雅并不把手抽回去。“如此说来，你是喜欢这个……年轻人的喽？……”

“才不呢！我讨厌……您的那个年轻人，讨厌极了！”阿格拉雅一下子又发脾气，并且昂起头来。“您要是再敢……爸爸，我跟您说正经的；听见没有，我是认真说的！”

她确实说得很认真，甚至满脸通红，双目炯炯。爸爸不知所措，心里害怕。但叶丽扎薇塔·普罗科菲耶夫娜从阿格拉雅背后向将军发出信号，他理解这个信号的意思是：“不要多问。”

“既然如此，我的安琪儿，那就随你的便，你自己做主。他一个人在那里等候；要不要给他一个委婉的暗示让他走？”

将军也向叶丽扎薇塔·普罗科菲耶夫娜回递了一个眼色。

“不，不，这就大可不必了，尤其是什么‘委婉的’暗示。您可以先到他那儿去，我回头就来。我要向这个……年轻人道歉，因为我伤害了他的感情。”

“大大伤害了他的感情。”伊万·费奥多罗维奇一本正经地表示同意。

“嗯，这样吧……还是你们大家都待在这里，我先一个人去，你们随后就来；过一会儿就来，这样更好。”

她已经走到门口，忽然又回头。

“我会笑出来的！我非笑死不可！”她犯愁地说。

但她立刻转身跑到公爵那儿去了。

“这到底是怎么回事？你认为如何？”伊万·费奥多罗维奇急急忙忙地问。

“我简直害怕说出口，”叶丽扎薇塔·普罗科菲耶夫娜同样急急忙忙地回答，“不过，照我看来，已经很清楚。”

“照我看，也很清楚。就跟大白天一样清楚。她喜欢。”

“岂但喜欢，她已经爱上啦！”亚历山德拉·伊万诺夫娜插话道，“竟会爱上这么个人，想不到吧？”

“既然她命该如此，那就让上帝保佑她吧！”叶丽扎薇塔·普罗科菲耶夫娜虔诚地在自己身上画了个十字。

“看来的确是命运，”将军表示同意，“而命运作出的安排是逃脱不了的。”

于是他们一道向客厅里走去，而那边又有意想不到的事在等待着他们。

阿格拉雅走到公爵面前，非但没有像自己所担心的那样笑起来，甚至近乎羞怯地对他说：

“请原谅一个荒唐、愚蠢、惯坏了的姑娘，”这时她握着公爵的一只手，“请您相信，我们全家对您都怀着无限的尊敬。如果我冒昧把您的一片……至诚的好心拿来开了玩笑，就请您像原谅一个孩子的淘气行为一样原谅我吧。原谅我一意孤行这样恶作剧，这当然丝毫不会造成什么后果……”

末了那句话阿格拉雅是特别加重语气说的。

父亲、母亲和两位姐姐走进客厅正好赶上看见和听到这一切，而最使他们全体吃惊的是“恶作剧，这当然丝毫不会造成什么后果”那句话，尤其是阿格拉雅说到恶作剧时那种严肃的神态。他们彼此交换了带有问号的眼色；但公爵似乎没有理解这话的涵义，只觉得到了幸福的顶点。

“您何必这样说呢？”他嗫嚅道，“您何必……要……道歉呢？……”

他甚至想说自己不配接受别人的道歉。或许他察觉了“恶作剧，这当然丝毫不会造成什么后果”那句话的意思亦未可知，但这个怪人听了这句话没准儿反倒高兴。他又可以出入无禁地来见阿格拉雅，自己仍可以跟她谈话，跟她同坐，跟她一起散步，——毫无疑问，这一点本身对于他已经是极乐境界，甚至够他受用一辈子也很难说！（叶丽扎薇塔·普罗科菲耶夫娜暗自担心的恐怕正是这种知足；她了解公爵的为人；她暗自担心的还真不少呢，可她自己也无法用言语来表达。）

很难想象这天晚上公爵高兴、振奋到什么程度。他是那样快活，以致别人瞧着他也会感到快活，——这是阿格拉雅两个姐姐后来说的。他谈锋甚健，自从半年前他和叶班钦一家初次结识的那天中午以来，还从未显得如此健谈。回到彼得堡以后，他一直明显而有意识地不多说话，最近还曾当着大家的面对 Щ 公爵透露，他必须克制自己，少开口，因为他没有权利在自己用言语表达思想的过程中贬低思想的内容。而这天晚上，几乎始终都是他一个人在说话；他讲了好多故事，清晰、愉快而又详尽地回答别人的问题。然而，他的谈吐中绝无半点类乎调情的味道流露。他的话都包含着严肃的、有时称得上极其深刻的思想。公爵甚至谈出若干他自己的看法、他自己暗中观察的体会，这一切要不是谈得那么“娓娓动听”（这是听到的人们事后一致的评价），简直可以成为笑柄。将军虽则喜欢严肃的话题，但他和叶丽扎薇塔·普罗科菲耶夫娜心里认为书卷气毕竟太浓了些，所以到夜之将阑时简直无精打采。不过，公爵临了竟然讲了几件非常滑稽的趣闻，而且他自己率先笑起来，以致与其说别人是听了这些趣闻本身而笑，毋宁说是为他欢快的笑声所感染而笑。至于阿格拉雅，整个晚上她几乎一语不发，然而她始终聚精会神地听着列夫·尼古拉耶维奇说话，甚至主要的是在瞧他而不是听他。

“这丫头一个劲儿地瞧着，眼睛从不转向别处；对他的每一句话都仔细听，生怕漏掉一个字！”事后叶丽扎薇塔·普罗科菲耶夫娜对丈夫说。“可你要是指出她爱这个人，那还是赶快把圣像搬走[①]！”

“有什么办法？这是命运！”将军耸耸肩膀，此后他还有很长时间经常重复这句为他所欣赏的话。这里附带说明一下：作为一个讲究实际的人，他对目前这种状况有很多不以为然之处，主要是对事态仍不明朗不满；但他也决定暂时保持沉默并且看……叶丽扎薇塔·普罗科菲耶夫娜的脸色行事。

这一家子的欢乐气氛没有保持很久。第二天阿格拉雅又和公爵吵架，在此后的几天里老是这样周而复始。她常常一连几小时取笑公爵，简直把公爵当成小丑。尽管有时他们也在她家小花园的亭子里坐上一两个钟点，但有人注意到那时公爵几乎总是在给阿格拉雅读报或者念一本什么书。

“您可知道，”有一次阿格拉雅打断了读报对他说，“我发现您太没有学问。要是问您某人是谁，某一事件发生在哪一年，或者某种局面是什么条约的结果，您什么都不能答得头头是道。您委实太可怜了。”

---

① 这是俄语中的一句成语，形容某人可能做出极不像样的事，说出极不像样的话，还是赶快把供在屋子里的圣像搬走，免得亵渎神明。

“我告诉过您，我没有多大学问。”公爵答道。

“那您身上还有什么呢？我怎么还能尊敬您呢？往下念；算了，别念了。”

当天晚上她的表现又流露出某种谁也猜不透的乖僻。Щ公爵从彼得堡回来了。阿格拉雅对他很客气，问了很多有关叶甫盖尼·巴甫洛维奇的情况。（梅诗金公爵还没有来。）忽然，Щ公爵贸然暗示“这个家里不久又将添一桩喜事”，并提到叶丽扎薇塔·普罗科菲耶夫娜露出的一些口风，可能阿黛拉伊达的婚期又得往后挪，以便两场婚礼凑在一起。简直无法想象阿格拉雅对于“所有这些愚蠢的猜测”气愤到何等程度；而且，她竟脱口说出“还不打算让自己取代任何人的情妇”这样的话。

这话使所有的人大为震骇，但尤其是父母。叶丽扎薇塔·普罗科菲耶夫娜在和丈夫的秘密会谈中坚持要他去跟公爵就娜斯塔霞·菲立波夫娜的问题彻底讲讲清楚。

伊万·费奥多罗维奇发誓说，这一切纯系“乖张之举”，是由阿格拉雅“怕羞”引起的；如果Щ公爵不提起婚期，也不会有这样乖张的举动，因为阿格拉雅自己明明知道，知道得十分确凿：这些流言蜚语都是别有用心的人在造谣诽谤，事实上娜斯塔霞·菲立波夫娜即将嫁给罗果仁；公爵跟这件事毫不相干，更谈不上同她有什么关系，而且从来不曾有过什么关系，如果一定要挑明了说出全部实情的话。

而梅诗金公爵依旧坦荡荡，继续飘飘然。哦，当然，他有时也注意到阿格拉雅的眼神中似乎流露出阴郁和不耐烦的表情；但他比较更相信别的什么，于是阴影自然消失。也许他未免过于消停了；至少某一天在林苑里和他偶然相遇的伊波利特有这样的感觉。

“我当时就说过您有了心上人，这话没错吧？”他自己走到公爵跟前把他留住了问。

公爵向伊波利特伸出手去祝贺他“气色不坏”。病人看起来确实挺精神，这往往是肺结核患者的特征。

伊波利特向公爵走过来的目的正是要就他怡然自得的神态说几句

刻毒话，但随即离了题谈起自己来了。他开始发牢骚，抱怨这，抱怨那，说了相当长时间，也相当不好懂。

“您一定不会相信，”他临了说，“他们那边所有的人是何等暴躁、小气、自私、虚荣、平庸。信不信由您，他们无非是在要我尽快死去这样的条件下让我住到他们那儿去的，可是我没有死，相反还好了一些，于是他们个个暴跳如雷。真是一出闹剧！我敢打赌，您一定不相信我的话。”

公爵不想表示异议。

“有时我甚至考虑重新搬到您那儿去住，”伊波利特满不在乎地补充说，“不过，您认为他们接受一个人去住的目的不可能一定要他尽快死去？”

“我认为他们请您去住另有打算。”

“嗬！人家都说您傻，其实您还真不简单哩！现在不是时候，否则我可以向您介绍一下这位加尼亚的真面目和他所抱的希望。人家在挖您的墙脚，公爵，挖得可狠心呢！……我瞧您一副高枕无忧的样子，简直为您惋惜。可是，咳！您这个人改也难！”

“原来您为这一点表示惋惜！”公爵笑道，“依您看，难道我不那么高枕无忧反倒幸福一些？”

“宁可不幸而**心中有数**，也比幸福而被……蒙在鼓里强。您大概绝对不相信您遇到的竞争也……来自那一边吧？”

“您提到了竞争，伊波利特，这样的说法未免有些隔岸观火的味道；遗憾的是我没有权利回答您的话。至于说到加甫里拉·阿尔达里昂诺维奇，想必您也会同意，如果您对他的情况有所了解的话，那么，在他失去了一切之后，他心里能舒坦吗？我认为，最好要从这个角度来看。他还来得及改变；他来日方长，而生活是丰富的……不过……不过，”公爵一时不知怎么说才好，“关于挖墙脚的话……我简直不懂您指的是什么；咱们还是不谈这些为好，伊波利特。”

“那就暂且不谈；何况，您是坚持以德报怨的。不过，公爵，您必须亲自摸一摸，那时再不相信也未始不可，哈哈！现在您非常瞧不起我，是不是？”

“凭什么？难道凭您比我们受过更多的苦而且至今还在受苦吗？”

“不，是因为我有愧于自己所受的苦。”

“凡是能够忍受更多痛苦的人，也就更无愧于所受的苦。阿格拉雅·伊万诺夫娜读了您的自白，本想跟您见面，但是……”

“一直拖了下来……她不能，我明白，我明白……”伊波利特没让他说下去，似乎急于把话题岔开去。“对了，据说您亲自把这份前言不搭后语的东西全部念给她听了；这一切确确实实是在神志不清的状态下写出来和……做出来的。我真不明白，人怎么会——我不愿说残酷（这会使我感到屈辱），——人怎么会像小孩子一样虚荣心和报复心重到这种程度，居然利用这份自白来指责我，把它当作武器来攻击我！您别介意，我不是说您……”

“但我认为您不要这个本子是很可惜的，伊波利特；这本手稿是真诚的，而且我可以告诉您，即使是其中最可笑的地方——这样的地方很多（伊波利特眉头蹙得紧紧的）——也被痛苦所抵偿了，因为作这样的自白本身也是一种痛苦，而且……也许需要更大的勇气。推动您这样做的思想必定具有高尚的基础，不管表面上看来怎样。我现在越来越清楚地看到这一点，我可以向您起誓。我不是对您作什么评判，我说的是我想说的话，我对于当时没有说出来感到遗憾……”

伊波利特火了。他脑子里闪过一个念头，以为公爵在作假，在捉弄他；但仔细端详公爵的脸以后，他不能不相信公爵的真诚。于是他的表情豁然开朗。

“反正快要死了！”他说这句话时几乎想在前头加上“像我这样的人”几个字，“您听听您的那位加尼亚是怎样折磨我的。亏他想得出用不同意我的说法的方式表示：或许，那时候听我照本宣科的一些人中间，有三四个没准儿会死在我前头！怎么样？他认为这对我是一种安慰，哈哈！第一，还没有人死去；即使那些人都死光了，这又有什么可告慰的，您想必也会同意我的话！他是以自己的想法度人；不过，他走得比这更远，现在他索性骂街了，说一个正派人在这种情况下会默默地死去，而现在这一切完全是我的利己主义表现！怎么样？不，应该说他的利己主义发展到了何等程度！他们的利己主义有多么精妙，或者更确切地说，他们的利己主义同时又有多么粗俗，然而他们怎么也发现不了自己身上存在这种品性！……公爵，您有没有从书上看到十八世纪一个名叫斯杰潘·葛列勃夫的人是怎么死的？昨天我偶然读到了……”

“哪个斯杰潘·葛列勃夫？”

“就是彼得大帝时代被钉在桩上的。”①

“啊，我的上帝，我知道！他在桩上待了十五个小时，天气很冷，他裹在一件皮大氅里，死得非常惨烈；对，我读到过……您问这干吗？”

“上帝把这样的死法赐给人们，可偏偏不赐给我们！您也许认为，像葛列勃夫那样死去我做不到？”

“哦，完全不是，”公爵给窘住了，“我只是想说，您……不，倒不是说您跟葛列勃夫不一样，而是说……您……您更像当时的……”

“我猜得到：像奥斯特曼②，而不像葛列勃夫，——您是不是想这样说？”

“哪个奥斯特曼？”

“奥斯特曼，外交官奥斯特曼，彼得大帝时代的奥斯特曼。”伊波利特嘟哝道，他自己也有点儿糊涂了。

接着出现的局面显得有些困惑。

---

① 斯杰潘·鲍格丹诺维奇·葛列勃夫(约 1672—1718)，彼得一世第一个妻子叶甫多吉娅·洛普兴娜的姘夫。1718 年遭毒刑拷打后被处死刑，3 月 15 日在红场上他被钉在桩上，过了 14 小时才死。陀思妥耶夫斯基从乌斯特里亚科夫所著《彼得大帝在位时期史》一书了解到这一史实。

② 安德烈·伊万诺维奇(原名亨利希-约翰)·奥斯特曼(1686—1747)，日耳曼血统的俄国外交家。原来是荷兰海军中将的秘书，后来被彼得一世聘至俄国任职。

“哦，不——不！我想说的不是这个，”公爵沉默了一会儿以后忽然拖长语调说，“我觉得……您永远不会做奥斯特曼……”

伊波利特面有不悦之色。

“不过，我之所以这样有把握，”公爵突然又接下去说，显然想作一些修正，“因为那个时代的人（我可以向您起誓，这一点一直使我感到惊讶）似乎跟咱们现在的人完全不一样，似乎不是现在、不是咱们这个时代的种族，简直是另一个人种……。当时的人好像只有一种思想，而如今的人比较神经质，头脑比较复杂，感觉比较敏锐，好像一下子具有两种、三种思想……。如今的人想得比较宽广，——我敢说，正是这一点妨碍着他们做过去时代那种单一的人……。刚才我……我说的话纯粹是这个意思，而不是……”

“我明白；由于您刚才不同意我的话说得过于直率，您现在拼命安慰我，哈哈！您是个十足的孩子，公爵。不过我看得出来，你们所有的人都把我当作……当作一只瓷杯对待……。没关系，没关系，我不生气。不管怎样，咱们这次谈话非常可笑；您是个十足的孩子，公爵。不过，我可以告诉您，我也许希望做一个比奥斯特曼还要好一点儿的人物；为了做一个奥斯特曼还不值得死而复生……。不过，我明白，我应当尽快死去，否则我自己……。别管我了，您走吧。再见！哦，您说说也好；依您之见，我最好怎么个死法？……就是说，怎样才能死得尽量……合乎道德？来，说吧！”

“从我们旁边走过去，并且原谅我们，原谅我们的幸福！”公爵低声说。

“哈哈哈！果然不出我所料！我估计一定是类似这样的话！不过，您……不过，您……。是啊，是啊！真是些能说会道的人！再见，再见！”

六

关于叶班钦家的别墅里晚上有聚会，而且贝洛康斯卡雅要来的消息，瓦尔瓦拉·阿尔达里昂诺夫娜向哥哥所作的报道也是完全确实的；正是这天晚上将有客人到来；但在这件事上她的表达方式又比适当的火候稍稍过了点儿头。诚然，事出仓促，甚至略带一些完全不必要的紧张气氛，其原因恰恰在于这户人家“什么事情都跟人家的做法不一样”。一切都能从以下两点得到解释：“再也不愿心存疑惑”的叶丽扎薇塔·普罗科菲耶夫娜实在不耐烦了，此其一；做父母的两颗心都在为爱女的幸福而剧烈地颤抖，此其二。再者，贝洛康斯卡雅确实不久就将离开彼得堡；鉴于她的保护在社会上无疑是有分量的，又鉴于阿格拉雅的父母希望她能对公爵给予关照，他们打算让“外界”直接从万能的“老太婆”手中接纳阿格拉雅的未婚夫，即便这门亲事多少有些奇怪，那么在这样的保护之下看起来也就远远不那么奇怪了。问题恰恰在于做父母的自己怎么也无法作出判断：“这档子事究竟是不是有些奇怪？奇怪到什么程度？或许压根儿没什么奇怪？”眼下，由于阿格拉雅的缘故，事情尚未最后定局；在这个节骨眼上，请权威高、资格老的人发表友好而坦率的看法，一定管用。反正早晚得把公爵引进他对之连一点概念都没有的外界社会。简言之，他们打算让他“亮个相”。不过，晚会是从简安排的；邀请的客人都是“至爱亲朋”，人数极少。除贝洛康斯卡雅外，要来的还有一位女士——一位有财有势的大官夫人。年轻客人在计划中的几乎只有叶甫盖尼·巴甫洛维奇一人，他将陪同贝洛康斯卡雅到来。

早在晚会之前三天，公爵就听说贝洛康斯卡雅要来，但直至隔天才知道要举行这样一次正式的晚会。他当然注意到了这一家成员忙忙碌碌的样子，根据他们与他交谈中言词闪烁、欲语又止的不安之状，公爵甚至领悟到他们在担心，因为不知道他可能给人留下什么印象。但是，也不知怎么的，叶班钦全家人人都有这样一个观念，认为公爵傻乎乎的，自己绝不可能料到别人在为他担忧。因而，瞧着他谁都觉得心疼。不过，他的确对于自己所面临的大事几乎毫不在意；他惦记着的完全是另一码事：阿格拉雅一小时比一小时越来越任性，越来越阴郁——这使他大为沮丧。当他得悉叶甫盖尼·巴甫洛维奇要来时，非常高兴，并且说自己早就希望见到他了。不知什么缘故，这话谁听了都不乐意；阿格拉雅一气之下走出房间，一直到将近午夜时分，公爵已经要走了，阿格拉雅才利用送他的机会单独对他说了几句话。

“我希望您明天整个白天都不要来我们这里，等晚上那些……客人都到齐了您再来。您知道有客人要来吗？”

她的语气颇不耐烦，而且特别严厉；这是她第一次谈起这个“晚会”。她也是一想到客人简直就无法忍受；这是大家都注意到的。也许她恨不得为此跟父母大吵一场，但是傲气和怕羞没让她开口。公爵立即明白，阿格拉雅也在为他担忧（可又不肯承认这点），于是他自己忽然也害怕起来。

“是的，我接到了邀请。”他回答。

阿格拉雅显然感到很难再往下说。

“可不可以跟您谈一点正经的？哪怕一辈子就这么一次？”她一下子生气得很厉害，自己也不知道为什么，可是又无法控制自己。

“可以，我听着；我很高兴。”公爵胡乱应道。

阿格拉雅又沉默了一分钟左右，然后带着明显的厌恶心情开始说：

“关于这件事我不愿跟他们争论；在某些问题上他们是不可理喻的。我一向讨厌妈妈的某些老规矩。爸爸根本不在话下，对他什么也不能要求。当然，妈妈是个品德高尚的女人；谁要是胆敢建议她做什么卑鄙的事情，那可够谁瞧的。可是，她对那……可恶的东西总是顶礼膜拜！我指的不光是贝洛康斯卡雅一个人。这是个可恶的老太婆，生就一副可恶的性格，偏偏聪明得很，善于把他们一个个握在自己手掌之中，——她就是有这种本领。哦，真卑鄙！而且可笑，因为我们始终属于中等阶层，可以说是最普通不过的中等阶层；何必削尖脑袋往大贵人的那个圈子里钻呢？两个姐姐也朝着那个方向；这是Щ公爵搅昏了大家的头脑。您听说叶甫盖尼·巴甫洛维奇要来为什么高兴？”

“听我说，阿格拉雅，”公爵道，“我觉得您非常为我担心，生怕我明天在……这些人面前出洋相，是不是？”

“我为您担心？”阿格拉雅顿时涨红了脸发作起来，“我为什么要为您担心？即使您……即使您彻底丢人现眼又与我何干？您怎么可以使用这样的字眼？什么叫‘出洋相’？这是一个可恶的字眼，庸俗的字眼。”

“这是……学生的用语。”

“正是这样，学生的用语！可恶的字眼！您大概安心在明天净用这样的字眼说话。回家去在您的词汇里再多找一些这样的词儿，效果一定惊人！可惜，您大概懂得怎样好好儿走进一间屋子；您这是打哪儿学会的？在别人故意瞧着您的时候，您能好好儿拿起杯子来喝茶吗？”

“我想我能做到。”

“真遗憾；否则我就可以乐上一乐。至少您得把客厅里的中国瓷盆打破！这花盆很值钱，请您把它砸了；这是人家送的，妈妈准保气得发疯，会当着大家的面哭起来，因为她把那只花盆看得太宝贵了。想办法做一个什么动作，就像您经常做的那样，一碰就把它砸了。您得故意坐在靠近花盆的地方。”

“相反，我一定坐得尽量远一点。谢谢您提醒。”

“这么说，您已经预先担心会做大幅度的动作。我敢打赌，您一定会谈起某个严肃、高尚、书卷气很重的‘话题’来，对不对？这该有多……体面哪！”

“我认为这是愚蠢的……如果不合时宜的话。”

“请您永远记住，我只说这一回，”阿格拉雅终于忍不住了，“假如您再谈起什么死刑啦、俄国经济状况啦，或者‘世界将靠美来拯救’之类的东西，那么……我当然会非常高兴，会大笑特笑，但是……我先提醒您：往后您再也不要让我看见！我是认真说的，听见没有？这一回我是绝对认真说的！”

她确实**认真**提出了警告，甚至从她的话中可以听到、从她的眼里可以看出某种异乎寻常的味道，这是公爵过去从未注意到的，当然不像开玩笑。

“可是，您这样做的结果是：这下我肯定会说话‘走嘴’，甚至……可能……还会打破花盆。刚才我还什么也不怕，可是现在我什么都怕。我非出洋相不可。”

“那就别开口。坐着什么也别说。”

“不可能；我肯定会因害怕而说走了嘴，也会因害怕而打破花盆。也许我会在光滑的地板上摔倒，或者闹出诸如此类的笑话，因为我过去发生过这种事情；今夜我将一整宿做这样的梦；您为什么要提起呵！”

阿格拉雅板着脸对他看了看。

“这样吧：明天我最好还是干脆不来！我泡个病号，不就完了！”最后他说。

阿格拉雅跺了一脚，气得脸色煞白。

“上帝啊！哪儿见过这样的事！人家专门为他……可是他竟不来……哦，上帝！跟您这种……莫名其妙的人打交道可真够呛！”

“那我就来，我来！”公爵急忙更正，“我向您保证，整个晚上坐在那里不说一句话。我一定这样做。”

“这样很好。刚才您说：‘泡个病号’；您这些词儿到底打哪儿拣来的？您为什么净爱用这样的词儿跟我说话？您是存心怄我还是怎么着？”

“对不起；这也是学生的用语；以后不说了。我很明白，您是……在为我担忧……（可别生气！）这使我高兴得不得了。您一定不会相信，听您说这样的话我现在有多么紧张而又——多么高兴。不过，我可以向您起誓，紧张也好，害怕也好，通通算不了什么，根本不值一提。真的，阿格拉雅！可是喜悦会保留下来。我说不出有多么喜欢您是这样一个孩子，一个这样善良的好孩子！啊，其实您这个人非常美好，阿格拉雅！”

阿格拉雅当然会生气，而且已经想要生气，但忽然有一种她自己也感到意外的感觉霎时间抓住了她的整个心灵。

“您不会责备我刚才说的那些粗暴的话？……将来……以后？”她突然问。

“您怎么啦，您这是从何说起呢？您干吗又发起火来？瞧，您又板起了面孔！您有时脸绷得太紧了。阿格拉雅，您以前从来不这样。我知道，这是因为……”

“别说了，别说了！”

“不，还是说的好。我早就想说；我已经说过了，但……这还不够，因为您并没有相信我的话。您和我之间总是隔着一个人……”

“别说了，别说了，别说了，别说了！”阿格拉雅蓦地打断他的话，并且紧紧抓住他的一只手，几乎惊恐地望着他。这时有人叫她；她似乎很高兴，立刻撇下他跑了。

公爵发了一宿的热。奇怪，他已经接连好几夜发热。这一次他在半昏迷状态中产生这样一个念头：要是明天他当众癫痫发作怎么办？他以前不是也曾在类似的情况下发病吗？想到这里，他就浑身冰凉；整整一夜他老是想象自己置身于一些奇特的人中间，这些人古怪异常、闻所未闻。主要是他说“走了嘴”；他明知不该说话，但他说个没完，好像力图使他们相信什么。叶甫盖尼·巴甫洛维奇和伊波利特也在宾客之列，看样子两人非常要好。

他将近九点钟醒来时感到头疼，思绪纷乱，印象奇怪。不知什么缘故他极想见到罗果仁，见到他并且跟他谈很多事情，——究竟谈什么事情自己也不知道；后来公爵已拿定主意为某一件事去找伊波利特。他心里有一种模模糊糊的感觉，怎么也排遣不开，以致当天上午他遇上的一些事情给他的印象虽然非常强烈，还是不能完全占据他的思想。他遇上的这些事情中的一件便是列别杰夫来找他。

列别杰夫来得相当早，九点才过，而且几乎完全醉了。最近一个时期公爵虽然观察力不太强，但他还是注意到，自从伊沃尔京将军离开他们搬回去住以后，列别杰夫已经有三天表现得很坏。他好像一下子变得邋遢不堪，仪容极不整饬；他的领结歪向一边，常礼服的领子也撕破了。他在自己那一边还撒酒疯，隔着一个小小庭院这是听得见的。薇拉有一次哭着到这边来讲了一些情况。

如今列别杰夫来到公爵面前，捶着自己的胸膛开始说些非常奇怪的话，好像在责骂自己：

“我得到了……得到了报应，都是我的不仁不义招来的报应……。我挨了个耳光！”最后他用演悲剧的腔调说。

“挨了耳光！谁打的？……这么一大清早就……”

“大清早？”列别杰夫现出具有讽刺意味的笑容，“这跟时间没有任何关系……哪怕报应是直接身受的也罢……。但我得到的是精神上的报应……我在精神上、而并非事实上挨了一个耳光！”

他未经客套便坐下来开始述说。他的叙述颇有些语无伦次；公爵皱起眉头正欲走开，忽然有几句话使他大为愕然。他惊讶得目瞪口呆……。列别杰夫先生讲的事情好生蹊跷。

他显然是从一封什么信谈起的；提到了阿格拉雅·伊万诺夫娜的名字。后来列别杰夫忽然埋怨起公爵来了，听口气好像公爵委屈了他。他说，起初在与“某人”（即娜斯塔霞·菲立波夫娜）打交道方面，他蒙公爵垂青给予信任，但后来公爵完全用不着他了，把他从身边赶走，一点面子也不留，甚至气人到这样的程度：最近一次他“毫无恶意地问及这屋里不久将发生的变化”时，公爵竟粗暴地断然否认。列别杰夫流着酒醉的眼泪承认：“从此我再也不能忍受，尤其因为我知道的事情很多……非常之多……有来自罗果仁的，有来自娜斯塔霞·菲立波夫娜的，有的来自娜斯塔霞·菲立波夫娜的一位女友，有的来自瓦尔瓦拉·阿尔达里昂诺夫娜本人……有的甚至来自阿格拉雅·伊万诺夫娜本人，您也许想象不到中间通过了薇拉、我唯一心爱的女儿薇拉……是的……不过她不是唯一的，因为我一共有三个女儿。还有，是谁几次写信告诉叶丽扎薇塔·普罗科菲耶夫娜？而且是用极端秘密的方式，嘿嘿！是谁向她报告了娜斯塔霞·菲立波夫娜其人的全部关系和……一举一动？嘻嘻！请问，那位写匿名信的是谁？”

“莫非是您？”公爵惊问。

“正是在下，”醉翁大言不惭地应道，“今天八点半，仅仅半小时以前……不，已经有三刻钟了，我刚通知那位贤母，说我有一件……重要的事向她转告。我通过一名侍女从后门递进去一封简短的信。她收下了。”

“您刚见过叶丽扎薇塔·普罗科菲耶夫娜？”公爵问道，他几乎不敢相信自己的耳朵。

“刚刚见过，并且挨了一下耳光……精神上的耳光。她把信退给我，甚至是扔还给我的，连拆也没有拆过……还把我一脚踢了出来……当然只是精神上而并非事实上的一脚踢出……不过几乎跟事实上的一样，相差无几！”

“什么信她连拆也没拆就扔给您？”

“难道您？……嘻嘻！我还没告诉过您呢！我以为已经对您说过……。我曾收到这样一封信要我转交……”

“谁写的？要转交给谁？”

但是，列别杰夫的若干“解释”极其难懂，要想从中理出一点头绪实在不容易。不过，公爵还是尽其所能领悟到，信是清晨通过一名女仆递给薇拉·列别杰娃转交的……“跟以前一样……跟以前一样，都是那一位写给某人的……（前者我称之为“那一位”，后者仅称“某人”以示鄙夷和区别；因为将军的闺阁千金与……茶花女之间差异极大）。总之，写信的那一位名字第一个字母是A。”

“这怎么可能？写信给娜斯塔霞·菲立波夫娜？胡扯！”公爵激动地说。

“以前也有过，也有过，不是写给她，就是写给罗果仁，写给罗果仁也一样……甚至还写给杰连企耶夫先生，都是由第一个字母为A的那一位写了要求转交的，”列别杰夫睐眼一笑。

由于列别杰夫常常偏离正题扯到旁的事情上去，忘记自己是从何说起的，公爵只得缄口让他说完。然而还是极不清楚：书信究竟是通过他还是通过薇拉传递的？既然他自己声称“写给罗果仁跟写给娜斯塔霞·菲立波夫娜一样”，那就是说，八成不是通过他传递的，如果确有书信的话。至于这封信现在如何会落到他手里，依然一点也没有弄清楚；很可能应当假设是他用什么诡计从薇拉那里弄到了手……悄悄地偷来后抱着某种目的去送给叶丽扎薇塔·普罗科菲耶夫娜。公爵经过思考总算明白了。

“您发疯了！”他惶恐万状地叫了起来。

“不完全是这样，我深深尊敬的公爵，”列别杰夫不无恶意地回答，“的确，我本想交给您，直接交到您手中，讨您的好……但后来一想，还是去讨那边的好，把一切都告诉那位贤母……因为以前有一次我曾写信告诉过她，当然是匿名的；刚才我预先用便条请求在八点二十分接见时落款写的也是：‘跟您秘密通信的人’。我立刻获准……从后门进去见那位贤母，一刻也没有耽搁，甚至急得很哩。”

“以后又怎样呢？……”

“以后的事您已经知道，她险些打了我；就是说，动手只差一点点，甚至可以认为跟打了没什么两样。她把信扔还给我。当然，她本想把信扣下，——我注意到了，我看得出来，——但还是改变了主意扔还给我，并且说：‘既然人家信托你转交给此人，你就转交呗……’她甚至动了气。既然她不顾难为情在我面前这样说，可见是动气了。她性子一向暴躁！”

“那封信如今在什么地方？”

“还在我这儿，瞧。”

他说着把阿格拉雅写给加甫里拉·阿尔达里昂诺维奇的一封便简交给公爵，这正是同一天上午——两小时以后——加甫里拉·阿尔达里昂诺维奇扬扬得意地给妹妹看的那封信。

“这封信不应当留在您这儿。”

“给您，给您！我把它奉献给您，”列别杰夫急煎煎地接过话茬，“现在我又是您的了，从头到脚、自里至外都是您的忠实的仆人，尽管有过瞬息的不忠！把心处死，对这一把胡子就饶恕了吧，正如托马斯·莫尔……在英国和在大不列颠所说的那样。[①]我有罪，我有罪[②]，正如一位罗马教王所说的那样……不，应该是‘罗马教皇’，可是我把他说成了‘罗马教王’。”

“这信必须立即送去，”公爵着急起来了，“我去送交。”

“不过更好的办法是不是……是不是……最有教养的公爵阁下，更好的办法是不是……这么着！”

列别杰夫扮了个亲昵得叫人恶心的鬼脸；他一下子在原地不安生得厉害，宛如被人用针刺了一下似的，一边狡猾地挤眉弄眼，一边做着不知表示什么的手势。

“怎么？”公爵正色问。

“是不是先拆一下！”他用令人肉麻的口吻悄悄地说，一副倾心相告的体己模样。

公爵顿时暴跳如雷，列别杰夫急忙逃走，但跑到门口打住，看看是否有宽恕的余地。

“唉，列别杰夫！怎么能这样，怎么能堕落到像您这样不顾羞耻的地步？”公爵痛心地叹道。

列别杰夫的脸色开始转忧为喜。

“我真下流，真下流！”他马上又捱过来，一边照样涕泗交流地捶着自己的胸膛。

“这是卑鄙的行为！”

“正是卑鄙的行为。说得对极了！”

“您怎么老是喜欢这样……奇怪地行事？您这不是……在当奸细吗？您为什么要写匿名信去烦扰……这样一位极其贤德、极其善良的女人？说到底，阿格拉雅·伊万诺夫娜愿意给谁写信都可以，为什么她没有权利这么做？您今天是去告状的还是怎么着？您指望捞到什

---

① 托马斯·莫尔(1478—1535)，英国空想社会主义者、《乌托邦》一书的作者。因拒绝承认英国国王为英国国教首领，被亨利八世处死。就刑前莫尔把他的胡须捋向一边，说：“此须并未渎犯国王。”

② 原文为拉丁文。这是天主教会中进行忏悔时通行用语。

么？您去告密的动机是什么？”

“纯粹出于可意的好奇心和……甘效犬马之劳的一片至诚！”列别杰夫说，“现在我又是您的忠实仆人，整个儿都是您的！哪怕您把我绞死也心甘情愿！”

“您就是像现在这副模样去见叶丽扎薇塔·普罗科菲耶夫娜的？”公爵带着厌恶的心情问。

“不，比现在干净一些……甚至体面一些；我是受辱以后才落得……这般模样的。”

“嗨，那就好，您走吧。”

不过，这句话得重复好几遍，列别杰夫方始决定离去。他已经把门打开，又回来踮着脚走到房间中央，重新比划着拆信的样子；他不敢用言语说出这个主意。然后才谄笑着走出去。

听到这些情况心情是非常沉重的。其中最突出的是这样一个主要的惊人事实：阿格拉雅处在极度的惶惑、极度的犹豫和极度的苦痛之中，而且原因不明（“那是出于妒意”，公爵暗暗自语）。看来一定也有居心不良的人在扰乱她的平静，而她竟然相信那些人，这就非常奇怪了。毋庸置疑，这颗涉世不深、但是急躁而又傲慢的小脑瓜里正在酝酿什么特别的计策，也可能是破坏性的……甚至是完全离格的。公爵十分惊慌，可是惶恐中又不知道如何是好。无论如何必须及时采取措施，这一点他是感觉到的。他再次朝封了口的信皮上看看收信人的名字。哦，在这一点上对他来说不存在疑惑和不安，因为他相信阿格拉雅。此信使他杌陧不安的是另一点：他不相信加甫里拉·阿尔达里昂诺维奇。然而，公爵还是决定亲自去把这封信交给他本人，而且已经为此而出了家门，但在途中改变了主意。几乎到了普季岑家门口，偏巧遇见郭立亚，公爵便委托他把信交给哥哥亲收，就说是直接从阿格拉雅·伊万诺夫娜处带来的。郭立亚没有多问便递交给哥哥，因此加尼亚决计想象不到此信经历了这许多周折。公爵回到家里，把薇拉·鲁基扬诺夫娜叫来，把应该告诉她的情况对她讲了，并且让她宽心，因为薇拉直到现在没找到信，正急得直哭。当她得悉信是父亲拿走时，不由得大吃一惊。（事后公爵才从薇拉那里了解到，她曾不止一次地秘密为罗果仁和阿格拉雅·伊万诺夫娜效劳；她做梦也没考虑到这可能对公爵有所不利……）

而公爵竟至烦闷到了这样的程度：当两小时后郭立亚派人跑来说他父亲得了急病时，公爵在最初的一刹那甚至没能弄清楚是怎么回事。但正是这一意外事件使他恢复常态，因为这事把他的注意力大大引开了去。他在尼娜·亚历山德罗夫娜屋里差不多一直待到傍晚(病人自然被抬到了那里)。其实，他几乎帮不了什么忙，但有些人在这样的时刻只要能出现在患难者身边，对他们就是一种安慰，也不知是什么道理。郭立亚恐怖得不得了，不时歇斯底里地抽泣，但他一直在跑腿：又是请医生(一共觅来三位)，又是跑药房，又是找理发师[1]。将军喘过气儿来了，但没有恢复知觉；医生认为“病人仍然没有脱离危险”。瓦丽雅和尼娜·亚历山德罗夫娜不离病人左右；加尼亚感到惶恐和震惊，但不肯上楼，甚至怕见病人；他把自己的一双手扭来绞去，在和公爵前言不搭后语的谈话中他说了这样一句话：“偏偏在这个时候发生这样的不幸！”

公爵认为自己懂得他指的是什么时候。公爵发现伊波利特已经不住在普季岑家。傍晚，列别杰夫跑来；上午作了“解释”之后，他一直酣睡到现在。此刻他几乎是清醒的，为病人流了不少货真价实的眼泪，就像哭亲兄长似的。他大声自责，却不说明是怎么回事，并一再缠住尼娜·亚历山德罗夫娜，一刻不停地向她表示：“全怪我，都是我害了他，怨不得别人……我纯粹出自可意的好奇心……死者(不知为什么列别杰夫顽固地使用这两个字，尽管将军还活着)称得上是个举世无双的天才！”他特别郑重其事地坚持说将军是个天才，仿佛在这个当儿由此可以得到什么非同小可的好处似的。尼娜·亚历山德罗夫娜见他哭得至诚，终于丝毫不带责怪的意思、简直还很客气地对他说：“愿上帝保佑您，请不要哭了，上帝会原谅您的！”列别杰夫被这

---

① 旧时的理发师往往会推拿、放血等。

话和说这话的语调震惊得再也不愿离开尼娜·亚历山德罗夫娜(接下来的一些日子他几乎一直待在他们家里，直到将军死去)。这一天内叶丽扎薇塔·普罗科菲耶夫娜两次差人来问病人的情况。晚上九点，公爵来到叶班钦家已是嘉宾满座的客厅时，叶丽扎薇塔·普罗科菲耶夫娜立刻开始关切地向他详细打听病人的现状。当贝洛康斯卡雅问及“病人是谁？尼娜·亚历山德罗夫娜是什么人？”的时候，她也郑重其事作了回答。公爵对此颇有好感。他自己在向叶丽扎薇塔·普罗科菲耶夫娜介绍情况时，谈吐“优美得体”，用阿格拉雅两位姐姐事后给予的评价来说：“谦和、稳重，没有多余的话，没有不必要的动作，落落大方；进来时风度翩翩；衣着非常出色。”他不但没有像头天担心的那样“在光滑的地板上摔倒”，甚至显然给所有的人留下一个好印象。

公爵自己则坐下来向周围看了一下，立即发现在座的宾客根本不像昨天阿格拉雅所描绘而且把他吓得够呛的怪物，也不像他夜里梦见的魅影。他破题儿头一遭看见了那个名称挺可怕的“上流社会”之一角。出于某些特殊的意图、考虑和兴趣，他渴望能向这个像有魔法划地为界的人圈子里窥望一下，因此十分重视第一个印象。他得到的这第一个印象甚至是迷人的。他好像一下子忽然感到，所有这些人仿佛生来就是待在一起的，仿佛叶班钦这天压根儿没有举行什么“晚会”，没有邀请什么贵客，这些都是“自己人”，而他本人也仿佛早就是他们忠实的朋友和志趣相投者，现在是小别之后又回到他们中间。文雅的举止、人为的质朴和表面的诚恳几乎具有神奇的魅力。他怎么也没有想到，热情、潇洒、机智和高度的自重——凡此种种也许只是巧夺天工的艺术装潢。尽管外貌俨然，其实大部分宾客是些内涵相当贫乏的人，不过他们在得意中自己并不知道，他们身上的许多优点无非虚饰而已。然而这也怪不得他们，因为这是他们不由自主继承下来的遗产。公爵被他得到的第一个美妙印象的魔力所吸引，对此甚至不愿去怀疑。例如：他看到这位庄重显贵的老人，论年岁可以做他的爷爷，居然中断了自己的谈话来听他这样一个没有经验的年轻人发表意见；不光是听，还看得出挺器重他的见解，并且对他是那样蔼然可亲、那样热情诚恳，而他们还是初次见面，素昧平生。或许，正是这种炉火纯青的礼貌对公爵高度敏锐的感觉影响最大。或许，他对如此可爱的印象有一种先入为主的好感乃至偏爱。

然而，尽管这些人对于叶班钦一家以及彼此之间无疑都是“至爱亲朋”，公爵刚刚被介绍和他们见面时也认为如此，其实他们无论对于这一家人或是彼此之间都远远算不上好朋友。这里有的人任何时候、无论如何不会承认叶班钦一家能和他们平起平坐。这里有的人甚至互相切齿痛恨：贝洛康斯卡雅老太婆一生“瞧不起”那位“显贵老头儿”的妻子，而后者则对叶丽扎薇塔·普罗科菲耶夫娜毫无好感。她的丈夫——那位“显贵”——不知为什么从叶班钦夫妇年纪很轻时起就是他们的保护人，也是此地身价最大的人物；他在伊万·费奥多罗维奇心目中可谓高山仰止，只要有他在场，伊万·费奥多罗维奇除了诚惶诚恐，不可能有其他感觉；倘有一分钟把自己同他等量齐观而不是把他奉为奥林匹亚山上的主神宙斯，伊万·费奥多罗维奇甚至会打心眼里蔑视自己。这里有的人已多年未曾相遇，彼此间即便不是厌恶，也只是形同陌路而无其他感情；但现在他们会晤的神态宛然昨天还在三五友好中见过面，不过，宾客的人数并不算多。除了贝洛康斯卡雅和“显贵老头儿”（他确实是位要人）及其夫人外，这里首先要提到一位威仪堂堂的武职将军，他还是一位带有日耳曼姓氏的男爵或伯爵，——此公非常沉默寡言，却以深谙政府事务著称，几乎还有学问渊博之美誉；他属于那类神圣不可侵犯的行政长官之列，他们无所不知，“也许只有俄国本身例外”；此人平均五年说一句“深刻非凡”的格言，这句话必定变为成语，甚至会被最上层所知道；这类高官任职的时间一般极长（简直长得出奇），然后以显赫的头衔、在举足轻重的位置上腰缠万贯而死，虽然他们无多建树，甚至对于伟举业绩有些反感。这位将军是伊万·费奥多罗维奇的顶头上司，伊万·费奥多罗维奇本着一片感恩的赤忱，甚至出于一种特殊的爱面子心理，也把他视为自己的靠山，但后者绝对不认为自己是伊万·费奥多罗维奇的靠山，对他始终不冷不热，尽管也乐于接受他多种多样的效劳；如果出于某种考虑需要这样做，哪怕绝非万不得已，他也会立刻让另一名官员取代伊万·费奥多罗维奇。这里还有一位上了年纪、颇有身份的贵族，据说还是叶丽扎薇塔·普罗科菲耶夫娜的亲戚，其实毫无根据。此人官高位显，财力雄厚，家世烜赫；身材魁梧，体魄强健；性好饶舌，甚至大家都知道他牢骚多（不过完全是在容许范围之内的牢骚）、脾气坏（连这一点在他身上也是可以忍受的）；颇有一些英国贵族的派头和英国式的癖好（例如对于半生的烤牛肉、马具、听差等等）。他和那位“显贵”十分要好，经常为“显贵”逗趣解闷；除此以外，叶丽扎薇塔·普罗科菲耶夫娜不知为什么老是有一个奇怪的念头，认为这位上了年岁的先生（一个有点轻浮和比较喜欢女性的人）不定什么时候忽发奇想会向亚历山德拉求婚，从而使她受宠若惊。在最上面也是最显赫的一层贵宾之下则是年纪较轻的一层客人，不过他们十分高雅的品质同样光彩夺目。除Щ公爵和叶甫盖尼·巴甫洛维奇外，属于这一层的还有一位著名的N公爵，他那迷人的风度当年在整个欧洲不知疯魔和征服过多少颗女人的心；如今已是四十五岁的人了，却依然丰采翩翩，讲话娓娓动听；他拥有可观的财产，不过也挥霍掉不少，按习惯住在国外的时间居多。这里还有一些人似乎可以说构成了比较特殊的第三层，他们自己并不是社会“禁区”里的人，但有时在这个“禁区”里也能遇见他们，像叶班钦一家便属于这一层。按照被他们奉为圭臬的分寸感，叶班钦家喜欢在他们难得举行的正式聚会上让最显赫的贵宾同较低一层的人、同“中等阶层”的精选代表混合起来。叶班钦家甚至为此受到赞扬，说他们有自知之明，善于掌握分寸，而叶班钦家也把对他们的这种评价引为骄傲。那天晚会上这类中等阶层的代表人物之一便是一位上校工程师。这位严肃的人是Щ公爵的知己，也是由Щ公爵介绍和叶班钦家认识的，不过他在人前很少说话；他的右手很粗的食指上戴着一枚引人注目的大戒指，想必是赏赐给他的。这里甚至还有一位专业诗人；他是日耳曼人后裔，但写的是俄文诗，而且各方面都相当体面，因此可以把他带进体面人的圈子而无须担心。他的长相不俗，可是说不出为什么总有几分使人讨厌，三十八岁上下，衣着无可指摘；他出生在一个十足布尔乔亚但也颇受尊敬的德国家庭；善于利用各种机会钻营、得到权势者的庇护并且保住受宠的地位。以前他从德文翻译过一位重要的德国诗人的一部重要作品，善于用诗在自己的译本上作题献，善于炫耀自己跟一位著名的、但已经作古的俄国诗人的友谊（有整整一层作家酷爱把他们跟某些已经逝世的大作家的友谊在书中记载下来）；他不久前才经“显贵老头儿”的夫人介绍与叶班钦家认识。这位夫人素有文学家和科学家的保护人之称，她确曾通过自己影响所及的若干位居要津者为一两个作家弄到津贴。这样的影响她还是有的。这位四十五岁的女士（对于她的年迈丈夫来说是十分年轻的太太）曾经是个美人，按照许多四十五岁的女士特有的癖好，至今喜欢打扮得过于花哨；她的智力有限得很，文学方面的知识也是大可怀疑的。但为文学家充当保护人在她身上是一种同打扮得花里胡哨一样的癖好。许多著作和译本是题献给她的；有两三个作家在得到她同意的情况下发表了他们写给她的书简，信中谈到若干十分重要的问题……

所有这些人物都被公爵当作货真价实的足赤纯金。不过，事有凑巧，这天晚上所有这些人也都心情舒畅、怡然自得。他们每个人都知道自己来参加这次聚会是给叶班钦家很大的面子。惜乎，公爵完全不懂得个中奥妙。比方说，他压根儿没想到，叶班钦家在筹划女儿终身大事这样重要的步骤时，绝对不敢不把他——列夫·尼古拉耶维奇·梅诗金公爵——先让公认是他们家保护人的那个显贵老头儿看过。尽管显贵老头儿本人即使听到叶班钦家遭到大不幸的噩耗也会处之泰然，可是叶班钦家如果不跟他商量，所谓未经他点头就把女儿许配人家，那他非动气不可。就拿N公爵来说，这位可爱的人无疑谈吐隽永而且热情诚恳，可是他高度确信自己差不多是为了照亮叶班钦家的客厅而在这天夜里升起的太阳。他认为自己不知要高出他们多少，而恰恰是这一单纯而高尚的想法使他对叶班钦这一家子表现出一种奇妙的熟不拘礼的友好态度。他心中十分清楚，自己在这个晚会上一定要讲些什么使在座的人倾倒，甚至怀着一定的激情作了准备。公爵列夫·尼古拉耶维奇后来听了他讲的故事，承认如此绝妙的幽默、如此动人的快乐和天真自己闻所未闻，而天真的话出自N公爵这样一位情场老手之口简直令人感动。殊不知这个故事已经老掉了牙，在别处的客厅里人家都背得出来，早就熟极生腻，倒了胃口，只有在不知就里的叶班钦家又当作新鲜玩意儿，当作一位风流人物真诚而精彩的即兴式回忆抛出来！再说那位德国血统的诗人吧，虽然彬彬有礼，表现得非常谦虚。但连他也倾向于认为自己的光临是给这一家增辉。但公爵看不到反面，更不留意里子。这个问题是阿格拉雅没有预见到的。她自己这天晚上美得出奇。三位小姐都打扮得齐楚端整，但不是浓妆艳抹，还把头发梳成特别的式样。阿格拉雅坐在叶甫盖尼·巴甫洛维奇一起，非常友好地和他谈话、打趣。叶甫盖尼·巴甫洛维奇则比别的时候庄重一些，大概也是出于对显贵们的尊敬吧。不过，交际场中早已知道他这个人；他在那里已不是新来乍到，虽然年纪还轻。他帽子上戴了黑纱来参加叶班钦家的这个晚会，为此贝洛康斯卡雅称赞了他几句，说换了别的出入交际场所的侄子在这种情况下也许不会为这样一个伯父戴黑纱。叶丽扎薇塔·普罗科菲耶夫娜对这一点也很满意，但总的说来她显得过于忐忑不安。公爵注意到，阿格拉雅曾向他仔细地望过两次，看来对他感到满意。渐渐地他觉得幸福得不得了。前不久(与列别杰夫谈话之后)他心中的那些“胡思乱想”和疑虑，现在突然回想起来(但相当频繁)，他觉得像是捕风捉影、不可思议甚至滑稽透顶的一场梦！(在此之前的整个白天，他最强烈的、尽管并不自觉的愿望和冲动本来就是想方设法使自己不相信这个梦！)他很少开口，开口也只是回答人家的问话，后来索性不说话了，光坐着听，但显然沉浸在惬意之中。渐渐地，一种类似激情的东西也在他自己身上准备就绪，蠢蠢欲动……。他打开话匣子出于偶然，也是回答别人的问题，而且看来完全没有特别的意图……

七

当他对正在跟N公爵和叶甫盖尼·巴甫洛维奇愉快地交谈的阿格拉雅看得出神的时候，那位上了年纪的崇英派先生在另一角娱悦显贵老头儿，正有声有色地向他讲什么事情，忽然提到尼古拉·安德烈耶维奇·帕甫里谢夫的名字。梅诗金公爵迅速朝他们那边转过头去听着。

他们谈的是如今的世道和某省一些地主庄园里的混乱局面。崇英派述说的情况想必也包含一些可乐的内容，因为他那些尖酸刻薄的俏皮话终于逗得老显贵开始发笑。他用有些牢骚的腔调把单词逐个拆开，在元音上柔和地加重语气，头头是道地谈他如何被迫(正是被如今的世道所迫)卖掉他在某省的一处上好庄园，甚至在并不急需用钱的情况下只卖了个半价，同时却不得不保留另一处亏损累累的庄园，还得再花钱为它打官司。“为了避免在涉及帕甫里谢夫的田庄问题上又打官司，我干脆逃之夭夭。要是再添上一两宗这样的遗产，我非破产不可。而那边归我继承的田产仍有三千多公顷好地！”

“对了……伊万·彼得罗维奇正是已故的尼古拉·安德烈耶维奇·帕甫里谢夫的亲戚……。你不是要找他的亲戚吗？”忽然来到公爵身旁的伊万·费奥多罗维奇发现公爵对那边的谈话十分注意，便低声对他说。

在这以前，伊万·费奥多罗维奇正陪着他的将军上司说话，但早已注意到列夫·尼古拉耶维奇落落寡合的样子，开始为他着急。他想让公爵在一定程度上加入谈话，从而把他向“贵人们”作第二次展示和介绍。

“列夫·尼古拉耶维奇在自己的父母去世以后，是由尼古拉·安德烈耶维奇·帕甫里谢夫抚育成人的，”他借和伊万·彼得罗维奇的目光交接的机会插言道。

“十——分——高——兴，”伊万·彼得罗维奇说，“我还记得很清楚。刚才伊万·费奥多罗维奇为我们介绍的时候，我立刻认出了您，甚至是从面相上认出来的。说实在的，您没怎么变样，虽然我看到您的时候您还是个孩子，才十岁或十一岁。您的五官相貌有一种勾起我回忆的因素……”

“我小时候您看见过我？”公爵非常纳罕地问。

“哦，那是很久以前的事了，”伊万·彼得罗维奇继续说，“在兹拉托维尔霍沃，当时您住在我的表姐妹家里。从前我经常去兹拉托维尔霍沃，——您不记得我了？很可能您记不起来……。您当时……当时正在害一种什么病，甚至有一次我对您感到非常奇怪……”

“我一点也记不得了！”公爵热切地应道。

又经过一番解释，——就伊万·彼得罗维奇一方面来说是极其从容的，而就公爵一方面来说则激动非凡，——情况就清楚了。原来公爵曾被托付给两位老姑娘抚养，她们是已故的帕甫里谢夫的亲戚，当时住在他的兹拉托维尔霍沃庄园，而她们又是伊万·彼得罗维奇的表姐妹。伊万·彼得罗维奇也和所有的人一样，几乎完全无法解释帕甫里谢夫为何如此关心他所收养的小公爵。“当初我也忘了了解这方面的原因。”但他的记忆力看来还是很出色的，因为他甚至想得起，他的表姐玛尔法·尼基季什娜对这个年幼的学生是多么严厉。“有一次我为了您就施教方法问题还跟她吵过一架，因为对一个有病的孩子除了笞责还是笞责——这未免太……我想您也会同意……”相反，他的表妹娜塔丽亚·尼基季什娜对这可怜的孩子却很疼爱……。“如今她俩已经都住在另一个省，”伊万·彼得罗维奇进一步说明，“在那里她们得到帕甫里谢夫遗赠的一处井井有条、小巧玲珑的田庄。可就是不知道眼下她们是不是还健在？玛尔法·尼基季什娜好像曾打算进修道院；不过，我不敢肯定；也许我听说的是另一个人有此打算……对了，这是前不久我听说大夫的太太想进修道院……”

公爵噙着欣慰和感动的泪花听完这一番说明。接着他激动异常地表示永远不能原谅自己，因为在他到内地各省旅行的这六个月中间，他竟没有抓住机会去寻访从前养育过他的两位女士。“我天天想去，可总是被旁的事情分心……。现在我下了决心……一定要去……哪怕到这样远的省份去……。这么说，您是了解娜塔丽亚·尼基季什娜的？多么慈爱、多么圣洁的心肠啊！玛尔法·尼基季什娜也是……请原谅，不过您好像错怪了玛尔法·尼基季什娜！她很严厉，但是……对付像我在当时那样的一个白痴（嘻嘻！）实在不可能不失去耐心……。当时我是一个十足的白痴，您恐怕不会相信。不过……不过，那个时候您看见过我，而且……。请问，我怎么记不起您呢？那么您……啊，我的上帝，难道您真是尼古拉·安德烈耶维奇·帕甫里谢夫的亲戚？”

“我——敢——请——您——相——信。”伊万·彼得罗维奇打量着公爵微微一笑。

“哦，我这样说可不是因为我……有什么怀疑……何况这种事有什么可以怀疑的（嘿嘿！）……哪怕只是一点点，对吗？……也就是说，哪怕只是一点点怀疑也不可能！！（嘿嘿！）我无非想说，已故的尼古拉·安德烈耶维奇·帕甫里谢夫实在是个少有的好人！一个胸怀无比宽广的人，说真的，您可以相信我的话！”

公爵并非喘不过气来，而是“心里美滋滋地噎着了”——这是次日上午阿黛拉伊达在跟未婚夫Щ公爵谈话时形容的。

“啊，我的上帝！”伊万·彼得罗维奇笑了起来，“为什么我就不能和一个胸怀宽广的人沾亲呢？”

“哦，天哪！”公爵窘得叫起苦来，可是心里愈来愈着急，情绪愈来愈亢奋。“我……我又说了蠢话，不过……这是必然的，因为我……我……我又走了嘴！可是现在我算不了什么；在这样小巫见大巫的情况下……在这样小巫见大巫的情况下，请问，我又算得了什么？跟这样胸怀宽广、慷慨大度的人相比，——因为，上帝可以作证，他确实是个无比慷慨的人，您说对不对？您说对不对？”

公爵简直浑身哆嗦不已。他为什么突然这样心慌意乱，为什么他没头没脑如此感奋，而且跟话题似乎一点也不相称，——这个问题很难解答。反正他正处于这样的精神状态，反正此时此刻他对某个人、为某件事几乎怀着最热烈、最深切的感激之情，——也许是对伊万·彼得罗维奇，或许甚至是对全体宾客。他是“幸福过了头”。伊万·彼得罗维奇终于开始对他仔细端详，比刚才要仔细得多；老显贵也凝神注视着他。贝洛康斯卡雅向公爵投去愤怒的目光，并且紧闭嘴唇。N公爵、叶甫盖尼·巴甫洛维奇、Щ公爵和小姐们都中断了各自的谈话听着。阿格拉雅似乎非常惊慌，叶丽扎薇塔·普罗科菲耶夫娜干脆吓糊涂了。这母女俩也真奇怪：正是她们事先认为并且决定，最好让公爵整个晚上坐着不开口；然而，刚才她们见他在角落里清静独处、自得其乐，立即紧张起来。亚历山德拉已经想朝他那边走过去，准备穿过整个客厅小心谨慎地加入他们那一群，也就是加入贝洛康斯卡雅身旁的N公爵那一群。可是公爵自己才开始说话，她们就更紧张了。

“至于您认为他是个少有的好人，这话有道理，”伊万·彼得罗维奇敛容郑重地说，“是的，是的……他是个极好的人！一个值得称道的好人，”他稍作停顿后补充道，“甚至可以说非常值得尊敬，”在第三次停顿后他更加郑重其事地继续说，“我……我甚至感到很愉快，因为看到您对他……”

“是不是这个帕甫里谢夫曾经出过一桩……怪事？……是跟一个教士……那个教士……我忘了是跟哪个教士，反正当初大家都议论纷纷，”老显贵说时似乎在回首往事。

“跟古罗神父，一个耶稣会教士，”伊万·彼得罗维奇提示道，“是啊，这就是我们那些最最值得称道的好人！因为这个人毕竟有门第、有家产，还是锦衣卫，而且……如果继续任职的话，那……。可他忽然把职务和其他的一切通通撂下，就为了改宗天主教，成为一名耶稣会教友，还几乎是公开的，劲头足得很。说实在的，他死得倒是时候……的确；当初大家都议论纷纷。”

公爵已失去自持。

“帕甫里谢夫……帕甫里谢夫改宗天主教？这不可能！”他骇然惊呼。

“嗳，‘不可能’！”伊万·彼得罗维奇庄重地说，尽管齿舌不太利落。“这就未免过分了，我亲爱的公爵，我想您自己也会同意的……。不过，您对死者那么敬仰……的确，此人心地十分善良，这一点我认为正是古罗那个坏蛋之所以会得手的主要原因。但您应该问我，为了这件事我后来遇到多少麻烦，费了多少周折……而且恰恰是跟那个古罗打的交道！您想一想，”他忽然转向老显贵说，“他们居然想提出遗产要求，当时我甚至不得不采取最坚决的措施……叫他们放明白些……因为那都是些制造纠纷的行家！胡搅蛮缠的本领可大哩！不过，感谢上帝，事情发生在莫斯科，我马上去找了伯爵，总算使那些家伙……头脑清醒过来了……”

“您难以相信，您的话使我难过和震惊到什么程度！”公爵再次惊呼。

“我表示遗憾；说到底，这一切其实无聊得很，而且跟往常一样最后会以无聊而告终；我敢肯定。去年夏天，”他又对老显贵说，“据说K伯爵夫人在国外也进了一所天主教的修道院。我们有些人一旦受到那班……骗子手的蛊惑……往往顶不住，尤其在国外。”

“我认为，这都是我们……疲疲沓沓的结果，”老显贵以权威的口吻哩哩啰啰说道，“是啊，他们那一套传道的手段……很见功夫，自成一家……还善于吓唬人。一八三二年我在维也纳也给吓得够呛，我可以告诉你们；不过我没有上当，我从他们那里逃跑了，哈哈！”

“我听说，亲爱的，你当时跟那个美人儿列维茨卡雅伯爵夫人从维也纳跑到巴黎去了，把官职也扔下，而不是躲避耶稣会教士。”贝洛康斯卡雅忽然插话。

“欸，是躲避耶稣会教士，明明是躲避耶稣会教士！”老显贵辩解道，不过那段愉快的回忆使他呵呵地笑了起来。“看来您很虔诚，在如今的年轻人身上这是难能可贵的。”他亲切地向张口听着还在发愣的梅诗金公爵说。

看得出，老显贵想对列夫·尼古拉耶维奇作进一步的了解；出于某些原因公爵开始引起他很大的兴趣。

“帕甫里谢夫是个头脑清楚的基督徒，一个真正的基督徒，”公爵突然说，“他怎么可能接受一种……非基督教的信仰？天主教无异于非基督教的信仰！”他出人意外地添加这么一句，同时目光炯炯地望着前方，好像在扫视全体在座的人。

“欸，这太过分了。”老显贵咕哝着诧异地瞧了瞧伊万·费奥多罗维奇。

“天主教怎么是非基督教的信仰？”伊万·彼得罗维奇坐在椅子上转过身来。“那么是什么信仰呢？”

“首先是非基督教的信仰！”公爵无比激动而又激烈得失了分寸地重申。“这是第一点；第二，罗马天主教简直比无神论更坏，我的看法便是这样！是的！我的看法便是这样！无神论所宣扬的只是虚无，而天主教走得更远：他们宣扬的是被歪曲了的基督，是被他们诬蔑和败坏了名誉的基督，是基督的反面！他们宣扬的是反基督，我可以向你们起誓，你们可以相信我的话！这是我本人久已形成的信念，这种信念使我自己深感苦恼……。罗马天主教认为，没有世界范围的政权教会就站不住脚，并且叫嚷：我们不能！[①]依我看，罗马天主教甚至不是一种信仰，委实是西罗马帝国的延续，它的一切——从信仰开始——都服从于这个思想。教皇攫取了土地、凡间的王位并且抓起剑来；从此一切都沿着这条路走，只是除了剑以外又加上谎言、诡计、欺骗、狂热、迷信、邪恶；他们玩弄人民最神圣、最真挚、最纯朴、最炽热的感情，把一切都拿去换取金钱，换取肮脏的世俗权力。这难道不是反基督的邪说？！无神论难道不是从他们那里产生的吗？无神论就是从他们那里产生的，就来自罗马天主教！无神论首先起源于他们。他们能自己相信自己吗？由于对他们的厌恶，无神论才得以巩固；这是他们的谎言和精神力量贫乏的产物！这就是无神论！在我

---

① 原文为拉丁文。据《圣经·新约·使徒行传》第4章，官府、长老和文士想禁止彼得和约翰传道，于是这两位使徒说：“听从你们，不听从上帝，这在上帝面前合理不合理，你们自己酌量吧。我们所看见、所听见的，不能不说。”后来这句话被用作教皇诏书的传统公式。

国，不信宗教的还只是少数例外的阶层，前不久叶甫盖尼·巴甫洛维奇说得好，那是一些失去了根的阶层。可是那边，在欧洲，已经有人数多得可怕的民众开始不信宗教，——过去是由于愚昧无知，受了谎言的骗，如今则是出于狂热，出于对教会和基督教的憎恨！”

公爵停下来歇一口气。他说得奇快。他的脸色苍白，呼吸急促。大家面面相觑，但是老显贵终于公开放声大笑。N 公爵取出带柄眼镜目不转睛地端详着公爵。德裔诗人从角落里钻出来挨到桌子近旁，脸上露出不祥的微笑。

“您太夸——大——了，”伊万·彼得罗维奇略带无聊的表情拉长调子说，他甚至有些内疚的样子，“那边的教会里也有值得尊敬和品德高尚的人……”

“我绝不是指教会的个别人而言。我说的是罗马天主教的实质，我指的是罗马。一个教会怎么可能彻底绝迹？我说的绝不是这个意思！”

“我同意，但这一切都是人所共知的，甚至是不切题的……这属于神学的范畴……”

“哦，不；哦，不！不仅仅属于神学的范畴，我敢肯定，不仅仅如此！这跟我们的关系比您想象的密切得多。我们还看不到这不单纯是一个神学上的问题，这正是我们的全部错误所在！要知道，社会主义也是天主教和天主教本质的产物！社会主义和它的兄弟无神论一样来自绝望，从道德意义上说与天主教相反，目的是要取代宗教已经丧失的道德权威，去满足人类精神上犹如涸辙之鲋那样的渴望，不是靠基督，而是靠暴力去拯救人类！这也是通过暴力获得自由，通过剑和血达到统一！‘不得信奉上帝，不得私有财产，不得拥有个性，*博爱或死亡*[①]，两百万颗脑袋！’根据他们的所作所为你们将了解他们——这话已经说了！别以为这一切都是无害的，对我们并不可怕；哦，我

① 这本来是法国大革命时期的口令暗语，英国作家卡莱尔（1795—1881）据此在《法国革命史》一书中写了一句名言：“做我的兄弟，否则我就杀了你。”

们必须反击，而且要快，快！必须让我们的基督放射光芒给西方以迎头痛击！我们所保存的基督是他们从来不知道的！我们现在应当站在他们面前，不是俯首帖耳上耶稣会教士的钩，而是把我们的俄罗斯文明带给他们；不要再有人在我们这里说他们的传道手段很见功夫，就像刚才某一位所说的那样……”

“这是从何说起，这是从何说起呀！”伊万·彼得罗维奇大大地着了慌，他四顾张望，甚至开始胆怯。“当然，您所有的这些想法很值得称道，充满了爱国精神；但这一切都被夸大得很厉害，甚至……还是不谈为好……”

“不，不是夸大，倒是缩小了；恰恰是缩小了，因为我讲不清楚，但是……”

“这真是从——何——说——起——呢！”

公爵至此打住。他在椅子上坐得笔直，纹丝儿不动，用燃烧的目光看着伊万·彼得罗维奇。

“我觉得，您的恩人的那件事给您的震动太大了，”老显贵客客气气地说，在态度上仍不失其从容，“也许是孤寂的生活造成了您这样炽烈的性情……。如果您多和人们接触，而且我估量外界会欢迎您这样一位出色的年轻人，那么，您肯定能让自己的激情平静下来，那时您将认识到，所有这一切其实要简单得多……何况，像这类罕见的事例……依我的观点看来，一部分起因于我们的餍足，一部分起因于……无聊。”

“正是这样，正是这样，”公爵喊道，“极其精辟的见解！正是‘由于无聊，由于我们的无聊’，不是由于餍足，相反是由于渴望得不到满足……不是由于餍足，您此言差矣！这不单单是干渴，而且是炎症，甚至是发烧时的剧渴！请……不要认为这没有什么大不了便付之一笑；恕我直言，必须有所预感！我们有些人一上了岸，一旦相信他们脚下确是陆地，就会高兴得立刻一直走到天涯海角；这是为什么？你们对帕甫里谢夫感到惊讶，你们把一切归因于他的疯狂或善良，但事实并非如此！在这种情况下，我们俄国人的强烈感情不光使我们、也使整个欧洲吃惊。在我国，如果某人改宗天主教，他就非成为耶稣会教友不可，而且还是最秘密的地下教友。如果某人成为无神论者，他一定开始要求用暴力、也就是用剑铲除对上帝的信仰！这是为什么？为什么一下子如此凶猛？你们岂会不知道！因为他发现了过去在这里忽略的祖国，自然高兴；他登上了岸，找到了陆地，急忙趴下来吻它！产生俄国无神论者和俄国耶稣会教友的原因不仅仅是虚荣，不仅仅是庸俗的虚荣心，还有精神上的痛苦，精神上的渴念，向往崇高的事业，向往坚实的陆地，向往他们本已经不再相信的祖国，因为他们从未了解过它！俄国人成为无神论者太容易了，比世界上任何其他国家的人更容易！我们的人成为无神论者还不够，他们一定要**信奉**无神论，好像那是一种新的信仰而根本不在乎他们所信奉的是虚无。我们的人就是渴到这样的地步！‘凡是没有根基的人就没有上帝。’这不是我的话。这是我在旅途中遇见的一位旧派教徒商人说的。不过他的原话不是这样的，他说：‘不要故土的人也就是不要自己的上帝。’真难想象，我们有些文化极高的人居然也会参加鞭身派[①]……。不过，既然如此，鞭身派又有什么地方比虚无主义、耶稣会、无神论更坏呢？也许还比较深刻一些！但是由此可见苦闷能造成怎样的后果！……让哥伦布的那些渴得快要冒烟的伙伴看看‘新大陆’的岸吧，让俄国人看看俄国‘大陆’吧，让他们去发现金矿，去发现瞒着他们埋在地下的宝藏！向他们展示，将来也许唯有俄国的思想、俄国的上帝和基督才能使全人类面目一新、起死回生；到那时你们可以看到，一个多么强大而诚实、英明而温顺的巨人将出现在惊诧的世界面前，出现在惊诧而恐慌的世界面前，因为他们估计我们带给世界的只有剑，剑和暴力，因为他们以自身为依据来设想我们肯定离不开野蛮。迄今为止历来如此，并且愈演愈烈！而……”

---

① 自 17 世纪中叶出现在俄国的一个教派，其主要教义认为通过剧烈的身体动作可达到宗教狂喜，使基督现形于人。该派教徒举行宗教仪式时往往围着盛水的大木桶唱歌、跳舞、鞭打自身。

这时忽然发生一件事，演说者的话于是极其意想不到地被打断了。

这长长一大篇狂热的演说，这股乱糟糟挤成一团、彼此跳越的愤激的言词和亢奋的思想之涌浪，预示着这个无缘无故蓦地发作的年轻人处在一种危险而奇特的精神状态。客厅里所有原来认识公爵的人都提心吊胆地(有的还窘惭交加地)直纳闷儿；他为人一向稳重，甚至有些羞怯，在别的场合总是表现出一种少有和特别的知趣，对上等的礼仪具有本能的分寸感，可是今天他的举动跟平时怎么也连不起来。他们无法理解这一切缘何而起。他听到的有关帕甫里谢夫的情况不是原因所在。女客们从她们的一角望着他，把他当作一个疯子，而贝洛康斯卡雅承认："只差一分钟，我已经想要溜之大吉。"老显贵他们在第一阵惊诧之余几乎茫无所措；位居叶班钦顶头上司的那位将军在自己的座位上现出不满而严厉的神色。上校工程师坐在那里一动也不动。德裔诗人脸色都变白了，但仍堆起虚假的笑容望着别人，看别人有何反应。然而，只要再过一分钟，这一切以及整个这场风波本来可能以最寻常、最自然的方式告终。惊愕异常、但先于别人定下神来的伊万·费奥多罗维奇，已数次尝试让公爵打住未获成功；于是他抱着坚毅果断的目的朝公爵那边走过去。只要再过一分钟，如果非这样做不可的话，他大概决定客客气气把公爵带出去，就推说他有病，——这也可能是实际情况，而且伊万·费奥多罗维奇也暗暗深信是这样……。但事态出现了另一种变化。

还在公爵进入客厅之初，他就坐得尽可能远离阿格拉雅曾以此把他吓得要命的那只中国瓷盆。阿格拉雅昨天的话在他心里产生了一种甩不掉的念头，一种令人诧异和不可思议的预感，那就是：无论他怎样躲闪回避，免得闯祸，明天他还是一定会把那只瓷盆打破。这一点似乎颇不可信，但事实确是如此。晚会上另外一些强烈的、但是愉快的印象开始涌入他的心灵；这一点我们已经说过。他忘记了原先的预感。他听见有人提到帕甫里谢夫，随后伊万·费奥多罗维奇带他走过去，把他再次介绍给伊万·彼得罗维奇，这样一来他就移到靠近桌子的地方，正好坐在中国瓷盆旁边的一把圈椅里；那只精美的大花盆放在基座上，几乎跟他的胳膊肘相齐而略略靠后。

说到末了那句话时，他忽然站起来，不小心把手一挥，肩膀不知怎的一扭，于是……大家同时发出一声惊呼！瓷盆晃了一下，起初似乎犹豫不决：要不要往某一位老头儿脑袋上砸下去？但它突然朝相反的方向倾斜，吓得德裔诗人急忙躲开，然后花盆摔到地上。訇然一声巨响、脱口而出的呼喊、散落在地毯上的珍贵碎片、惊恐、骇异——哦，反正公爵的心情很难描摹，几乎也没有必要描摹！但笔者不能不提到在这一刹那特别使他震惊的一种奇怪的感觉，也是他从其余一大堆模糊而奇怪的感觉中突然清楚地意识到的一种。最使他震惊的不是羞愧，不是恐惧，不是事情发生得这样突然，而是预言竟告应验！这个想法中究竟有什么撼人心魄的地方，他也没法向自己解释清楚；反正他觉得这一惊非同小可，直透脏腑；他怀着近乎迷信的恐惧站在那里。又有一刹那，仿佛他面前的一切豁然开朗；取代恐怖的是光明、喜悦和欢欣；他开始感到窒息并且……但这一刹那过去了。谢天谢地，这不是他担心的那回事儿！他缓过气来，向周围看了一下。

他好像久久不能理解环绕着他出现的一阵骚动；应该说，他完全理解，一切都看到了，但像一个局外人那样站着，仿佛事情跟他毫不相干，他像童话里的隐身人那样潜入客厅，正在观察那些与他无关、但引起他兴趣的人。他看见碎片有人收拾，听到大家在很快地纷纷议论，看见阿格拉雅面色苍白、眼神奇怪地望着他，非常奇怪：这双眼睛里绝对没有憎恨，丝毫没有愤慨；阿格拉雅以惊恐的、但深表同情的目光看着他，而看别人的目光却熠熠如炬……他的心骤然感到一阵甜丝丝的隐隐作痛。他带着奇特的诧异心情终于看到大家重新落座，甚至在笑，好像什么也没有发生一般！又过了一会儿，笑声越来越大。人们已经一边望着他，望着他那副目瞪口呆的傻样，一边笑，但笑得挺友好、挺欢。不少人开始和他交谈，谈得十分亲切，带头的便是叶丽扎薇塔·普罗科菲耶夫娜：她笑着说了些地地道道充满善意的话。忽然公爵感觉到伊万·费奥多罗维奇在拍他的肩膀；伊万·费奥多罗维奇也在笑；但态度更好、更可亲、更和蔼的是那位显贵老头儿，——他拉住公爵的手轻轻握着，用另一只手掌轻轻拍着，劝他定一定神，像哄一个吓坏的小孩子，这使公爵喜欢得不得了；最后他还叫公爵紧挨着他坐下。公爵美滋滋地凝视着他的面容，不知为什么依旧说不出话来，只觉得呼吸不顺畅；老头儿的脸太叫他喜欢了。

"怎么？"他终于喃喃地说，"你们真的原谅我？还有……您，叶丽扎薇塔·普罗科菲耶夫娜？"

笑声变得更响。公爵热泪盈眶——他不敢相信自己，他实在太感动了。

"当然，这盆儿非常精美。我记得它放在这里已经有十五年，对……有十五年了……"伊万·彼得罗维奇正想往下说。

"这算不了什么！人也有寿终的一天，何况一只土盆子！"叶丽扎薇塔·普罗科菲耶夫娜大声说，"难道你竟吓成那样，列夫·尼古拉耶维奇？"她甚至有些忧虑地找补了一句，"得了，亲爱的，得了；你可真的叫我害怕起来啦。"

"您能原谅我的**一切**？除了花盆，其余的**一切**也都原谅？"

公爵忽然想离座起身，但老显贵马上又拉住他的手，不肯放他走。

"这事儿挺有趣，也挺严重！"老头儿隔着桌子向伊万·彼得罗维奇作耳语状，但声音相当大；公爵大概也听见了。

"我没有冒犯你们哪一位吧？你们无法相信，我想到这一点有多么高兴；但事情应该是这样的。难道在座的有哪一位可能以为我在冒犯他？如果我这样想，那又是对你们的冒犯。"

"放心吧，我的朋友，别看得那么严重。您根本没有必要如此满怀感激；这是一种美好的、但是夸大了的感情。"

"我对你们并不是感激，我只是……对你们表示欣赏；我瞧着你们，感到很幸福。也许我说的是蠢话，但我要说，要解释……哪怕是出于对自己的尊重。"

他的一切表现都带有冲动、恍惚、狂热的色彩；从他口中说出来的话很可能并不是他想说的那些话。他的眼神似乎在问：他可以说吗？他的视线落到贝洛康斯卡雅身上。

“没关系，亲爱的，往下说，往下说吧，只是别太心慌，”她指出，“刚才你一开始就气急败坏，才落到这个地步；话你但说无妨；这里的女士先生们见过比你更稀奇古怪的人，对你不会感到吃惊的。你还不是莫测高深到只有上帝知道的程度，只不过打破一只盆儿让大家吓一跳罢了。”

公爵笑眯眯地听她说完。

“难道不是您，”他忽然向显贵老头儿说，“难道不是您在三个月以前救了大学生波德库莫夫和公务员施瓦布林，使他们免遭流放吗？”

老头儿甚至微微红了脸，并且含含糊糊说了一句，劝公爵不要太激动。

“我还听说，”公爵旋又转向伊万·彼得罗维奇，“在某省，您的一些已经得到自由的农民给您添了不少麻烦，而他们遭到火灾以后，您白送给他们木材让他们盖房子？”

“呃，这太夸大了。”伊万·彼得罗维奇嘟哝道，不过马上喜滋滋地摆出一副庄重的姿态。

但这一回他说“这太夸大了”倒完全是真话，因为这仅仅是传到公爵那里的无稽野闻。

“而您，公爵夫人，”他忽而笑容可掬地转向贝洛康斯卡雅，“半年前，由于叶丽扎薇塔·普罗科菲耶夫娜给您写了一封信，难道不是您在莫斯科把我当亲生儿子一样对待吗？您还确实像叮嘱亲生儿子一般向我提过一个忠告，我永远不会忘记这个忠告。您记得吗？”

“你干吗老是走极端呢？”贝洛康斯卡雅颇有些心烦地说，“你为人厚道，只是太可笑：人家给你两个铜板，你就千恩万谢，好像救了你的命。你以为礼多人不怪，可这叫人厌烦。”

她几乎已经要发脾气，但一下子笑了起来，这一回笑声也是善意的。叶丽扎薇塔·普罗科菲耶夫娜同样笑逐颜开；伊万·费奥多罗维奇也转忧为喜。

“我说过，列夫·尼古拉耶维奇为人……为人……总之，只要他不心慌，正像公爵夫人指出的那样……”叶班钦将军颇有些飘飘然，哩哩啰啰地重复着贝洛康斯卡雅那些给了他很深印象的话。

唯独阿格拉雅黯然神伤；但她的脸上仍旧热辣辣地红得厉害，也许是怒火中烧。

“他的确非常可爱。”老显贵又对伊万·彼得罗维奇咕唧道。

“我到这里来的时候心中是痛苦的，”公爵愈往下说就愈觉得慌乱，语调愈来愈加快，神态愈来愈奇怪和亢奋，“我……我怕你们，也怕自己。最怕的是自己。我返回彼得堡来的时候，立意一定要见见我国的精华，见见古老家族的代表人物，我自己便属于这类代表，论世系我本人在其中名列前茅。现在我同和我一样的公爵们不是坐在一起了吗？我想了解你们，这有必要，很有必要！……我老是听到人家说你们的坏话，听得太多了，比好话多，说你们气量小，只顾自己的利益，落后于时代，文化低，还有种种可笑的习惯，——哦，关于你们的情况见于书报、闻于谈论的可多着呢！今天我到这里来又是好奇，又是心慌，我需要亲眼看一看，自己得出结论：俄罗斯人的整个这一上层是否真的不中用了，真的过完了他们的时代，耗竭了源远流长的生命，只能死去，但出于忌妒还在跟……未来的人们作渺小得可怜的争斗，妨碍着人家而并不意识到自己正在消亡？过去我也不完全相信这种看法，因为我国从来就没有过最高阶层，除非是御前廷臣，穿宫廷制服的或……应运而生的，如今已完全消失，是不是这样，是不是这样？”

“不，完全不是这样，”伊万·彼得罗维奇刻毒地笑道。

“哦，又唠叨开了！”贝洛康斯卡雅忍不住说了一句。

“让他说吧，他整个身体都在发抖，”老显贵又低声提醒他们。

公爵对自己完全失去了控制。

“可事实怎样呢？我看到的是些高雅、诚恳、聪明的人；我看到的是一位对我这样一个少不更事的人十分爱护、耐心地听我说话的长者；我看到的是一些既能谅解又能宽恕的人，一些心地善良的俄罗斯人，几乎同我在国外遇见的一样善良和真诚，几乎毫不逊色。你们可以想见，我是多么惊喜交加！哦，请允许我把这话说出来！我听很多人说过，自己也很相信社交界一切都是空场面，徒具颓败的形式，实质已经衰亡；但我现在亲眼看到在我们此地这是不可能的；也许在别的地方，但不是在我们这里。难道你们现在都是耶稣会教友和骗子手？我听到刚才N公爵讲的故事，这不是浑成自然、真情洋溢的幽默是什么？这不是真正的厚道是什么？这样的话难道会出自一个心灵和才智都已枯竭的……死人之口？死人难道会以你们刚才对待我的方式来对待我？这难道不是说明……还有前途、还有希望的材料吗？这样的人怎么可能不理解，怎么可能落后？”

“我再次请求您定下神来，亲爱的，有关这一切咱们下次再谈，我乐于奉陪……”老显贵淡然笑道。

伊万·彼得罗维奇干咳一声，在圈椅里转动身躯；伊万·费奥多罗维奇开始坐不住了；他的顶头上司在跟老显贵的太太交谈，对梅诗金公爵已经根本不去注意；但是老显贵的太太一再留心听公爵说话，还不时对他瞧瞧。

“不，还是让我说的好！”公爵在又一阵狂热的冲动下继续说，他好像特别信任地面向着老显贵，简直把他当作知己密友。“昨天阿格拉雅·伊万诺夫娜告诫我不要说话，甚至举出一些谈不得的题目；她知道我谈起这些问题来可笑得很！我快满二十七岁了，但我知道自己跟小孩子差不多。我没有权利把我的思想用言语表达出来，这一点我早就说过；我只有在莫斯科的时候跟罗果仁开诚布公谈过……。我和他一起读普希金的作品，全部读完；他过去什么也不知道，连普希金的名字也没听说过……。我老是担心自己可笑的模样会殃及思想和**主旨**。我不善于作姿态。我的手势动作总是帮倒忙，这就往往引人发笑，贬低思想。我也没有分寸感，而这一点很重要，甚至是最主要的……。我知道我还是坐着不开口为妙。当我拿定主意保持沉默的时候，看起来甚至明智得很，何况我还在思考。但现在我最好还是说话。我之所以开口，是因为您那么慈祥地望着我；您有一副慈祥的容貌！昨天我曾向阿格拉雅·伊万诺夫娜保证：在晚会上自始至终一言不发。”

“真的吗？”显贵老头儿微微一笑。

“但我有时候认为，我这样的想法是不对的。真诚的价值不比姿态小，可不是吗？难道不是吗？”

“有时候是这样。”

“我要把一切都解释清楚，一切，一切！哦，是的！您以为我是乌托邦主义者？空头理论家？哦，不，上帝可以作证，我的思想简单得很……。您不信？您在微笑？您可知道，有时候我是卑劣的，因为我会失去信心；刚才我在到这里来的路上边走边想：‘我该怎样跟他们交谈？应该从哪句话说起，才能让他们多少有所理解？’我很担心，但我更为你们担心，担心得不得了！其实我怎么能担心呢？担心岂不可耻？纵使一个先进人物得摊上这么黑压压一大片落后分子和不怀好意者，又有什么关系？使我高兴的是现在我已确信，根本不是黑压压一大片，而全是活生生的材料！人家觉得我们可笑，这没有什么难为情的，可不是吗？要知道事实的确如此：我们可笑、轻率，有坏习惯，疲疲沓沓，不善于看问题，不善于理解；我们人人如此，所有的人都这样，包括您，包括我，也包括他们在内！我当面对您说您可笑，您不觉得这是对您的侮辱，可不是吗？既然如此，您岂不是活生生的材料？依我说，被人取笑有时候挺不错，甚至更好；这样更容易相互宽恕，也更容易想通；总不可能一下子全都理解，不可能一开始就完美无缺！要达到至善至美，先得对许多事情不理解！如果我们理解得太快，恐怕也就理解得不透。我对你们说这话，因为你们已经善于理解很多事情……也善于对很多事情不理解。现在我不为你们担心了；你们并不因为一个少不更事的人对你们说这样的话而生气吧？您在发笑，伊万·彼得罗维奇？您以为我为**那些人**担心，认为我是**他们的**辩护士、民主派、倡导平等的演说家？”他歇斯底里地笑起来(他不时发出短促而亢奋的笑声)。“我为您担心，为你们大家，也为我们大家担心。我自己是古老世家的公爵，现在和公爵们坐在一起。我是为了拯救我们大家而说话，希望我们这一阶层不要稀里糊涂一无所知，对什么都骂，结果把一切都输光，昏昏沉沉地白白消失。明明可以保持在前列当领头的，为什么要消失，给别人让位？只要我们站在前列，我们就是领头的。让我们先做仆人，才能成为头领。”

他几次想从座位上站起来，但老头儿一直拉住他不放，而且愈来愈不安地望着他。

“你们听着！我知道光是口头上说说要不得。最好要做出榜样，最好先干起来……我已经开了个头……。难道真的可能做一个不幸的人？哦，只要我能够感到幸福，我的悲哀和我的灾难又算得了什么？我真不明白，打一棵树旁边走过，怎能不为看见那棵树而感到幸福？跟一个人说话，怎能不为爱这个人而感到幸福？哦，可惜我不善于用言语表达……而美好的事物俯拾皆是，即使最没有希望的人也能发现它们是美好的！只要瞧一瞧一个小孩，瞧一瞧天上的彩霞，瞧一瞧地上的青草长得多好，瞧一瞧那双望着您并且爱着您的眼睛……”

他早已站起来说话。老头儿已经在用惊恐的目光看他。叶丽扎薇塔·普罗科菲耶夫娜先于任何人猜到是怎么回事，立刻双手一拍叫了起来：“啊，我的上帝！”阿格拉雅赶紧跑到他跟前，及时把他扶住，接着就满怀恐怖并因痛苦而面无人色地听到那个可怜的人发出一声惨叫，——这是一声“把魔鬼也吓得发抖趴倒”的惨叫。病人躺在地毯上。有人急忙把一只靠垫枕在他的头下。

这一着谁也没有料到。一刻钟以后，N公爵、叶甫盖尼·巴甫洛维奇和老显贵试图让晚会的气氛重新活跃起来，但又过了半小时，人们都已散去。大家说了不少表示同情和惋惜的话，也发了许多议论。其中伊万·彼得罗维奇指出：“这位年轻人是个斯拉夫主义者[①]或有类似的思想，不过这并没有多大危险。”老显贵什么也没有说。诚然，

---

① 斯拉夫主义是19世纪中叶俄国的一股保守的社会政治思潮。其特点是把彼得大帝以前的古代俄国理想化，主张俄国走不同于西欧国家的独特的发展道路。

事后——在第二天和第三天——大家都有些生气；伊万·费奥多罗维奇甚至怄了气，但并不厉害。他的顶头上司在一段时间内对伊万·费奥多罗维奇稍有些冷淡。他家的“保护人”——那位老显贵——也向一家之主的叶班钦将军劝告了几句，同时用赞许的口吻表示他非常非常关心阿格拉雅的终身大事。他确实是一位比较慈祥的老人；但晚会上他对公爵发生兴趣的原因之一则是公爵与娜斯塔霞·菲立波夫娜的那段往事。关于那段往事他听说过一些，对之颇有兴趣，甚至想问一个明白。

贝洛康斯卡雅在离开晚会的临行之前对叶丽扎薇塔·普罗科菲耶夫娜说：

“怎么说呢，又好又不好。如果你想知道我的看法，那么，我认为不好居多。你自己也看到了他是怎样一个人。他有病。”

叶丽扎薇塔·普罗科菲耶夫娜暗自打定主意，他作为女婿是“不可能的”，并在一夜之间向自己立下誓言：“只要我还活着，公爵绝不可能成为阿格拉雅的丈夫。”次日上午，她也是抱着这样的决心起床的。但就在当天十二点多钟进午餐的时候，她又陷于奇怪的自相矛盾之中。

阿格拉雅在回答姐姐小心翼翼问她的一句话时，忽然态度冷漠、但口气傲慢地断然表示：

“我从来没有向他作过什么许诺，一辈子也没有把他看作我的未婚夫。他和任何人一样与我无干。”

叶丽扎薇塔·普罗科菲耶夫娜一下子发作起来。

“我没想到你竟会这样，”她痛心地说，“我知道，他作为女婿是不可能的；谢天谢地，在这一点上我们是一致的。但我没想到你竟会说出这样的话！我原以为你会说与此不同的话。我宁可把昨天所有的人通通轰走也要把他留下。这就是我对他这个人的看法！……”

她骤然住了口，自己被自己所说的话吓一大跳。然而她哪里知道，此刻她对小女儿的态度是多么不公正！阿格拉雅头脑里主意已定。她也在等待将要对一切作出决断的那个时刻到来；任何暗示，任何无意的触动，都会深深地刺伤她的心。

八

对于公爵说来，这天上午是在不祥预感的影响下开始的；这些预感可以归因于他的病体，但他在迷离恍惚的忧伤中陷得太深了，这对他比什么都痛苦。固然，不堪回首的事实明摆在他面前，好像在挖苦他，但他的忧伤比他所能回想起来并且认识到的更甚；他明白，他一个人是没法恢复平静的。渐渐地，他心中牢固地形成一种信念：就在今天，他将要发生不寻常的、有决定意义的事。他昨天的一次发病算是轻的；除了精神萎靡、脑袋有些发沉和肢体酸痛外，他并无其他紊乱失调的感觉。他的头脑运转相当正常，尽管心灵是痛苦的。他起床已经不早，而昨晚的事一下子分明还记得起来。虽则不是十分清晰，但他毕竟还能想起在发病半小时以后他被送回家来的情形。他得知叶班钦家已差人来了解过他目前身体怎样。十一点半又差人来问；这使他感到欣慰。薇拉·列别杰娃也是最先来探望和侍候他的。她刚见到公爵，一下子哭了起来；但在公爵随即让她恢复镇定之后，——她就笑了。这位姑娘对他的深切同情忽然使他大为感动；他抓住姑娘的手吻了一下。薇拉唰地红了脸。

“啊，您这是干什么，干什么！”她吓得直叫，并且迅速把自己的手缩回去。

薇拉不一会便怪难为情地走了。不过，她告诉了公爵，她父亲今儿个天刚亮就跑到被他称作“死者”的将军那里去，看看他是不是在夜里咽了气，听人家说八成快咽气了。将近十二点钟，列别杰夫自己回家并来见公爵，但“只待一分钟，问候贵体是否安康”等等；另外，也是为了打开他的“小柜儿”拿点儿喝的。除了唉声叹气，他什么正经事也没有，公爵不久便把他打发走；但列别杰夫还是尝试着问了一下昨天发病的事，不过看得出他对此事已知之甚详。他走后，郭立亚跑来，也只待一会儿；他的确很匆忙，而且惶惑异常，似有什么隐痛。他开门见山地坚决要求公爵把瞒着他的一切都讲清楚，并且声称昨天他几乎已经全都知道了。他受到了强烈而深刻的震动。

公爵尽自己所能怀着最大的同情把经过情形全部告诉了他，绝对按事实的本来面貌加以复述，结果对这可怜的少年犹如晴天霹雳。他一句话也说不出来，只是默默地哭。公爵感觉到，像这样的印象会永远留在脑海中，并将成为这少年一生的转折点。他急忙向郭立亚谈了自己对此事的看法，并且补充说，他认为将军之死主要是由于干了此事以后滞留在他心中的恐怖，而这种感觉不是每个人都能产生的。郭立亚听完公爵的话，眼睛里闪起了火花。

"没出息的加恩卡，还有瓦丽雅，还有普季岑！我不准备跟他们吵，但从此以后我们各走各的路！啊，公爵，打昨天起我有了许多新的感受；这对我是个教训！我认为今后母亲也全靠我了，虽然她在瓦丽雅那儿生活有着，但这总不是个办法……"

他想起别人正在等他，霍地站起来，匆匆问了一下公爵的健康状况；听到回答后，忽然急急忙忙接着说：

"是不是还有别的什么？我听说昨天……（不过，我没有资格），但如果您什么时候有什么事情用得着忠实的仆人，这个仆人就在您面前。看来咱俩都不太幸福，您说是不是？不过……我不想多问，我不想多问……"

他走了，而公爵却陷入更深的苦闷之中。人人都预言不幸即将来临，人人都已经得出结论，人人都以这样的眼光看着他，似乎他们知道什么他所不知道的事情。列别杰夫向他打听，郭立亚直接暗示，薇拉则哭。最后，他悻悻然把手一甩，心想："该死的疑心病又犯了！"下午一点多钟，他看见叶班钦一家进来探望他，"只待一会儿"；这时，他才开颜。这几位确实打算只待一会儿。叶丽扎薇塔·普罗科菲耶夫娜从午餐桌旁站起身来宣布大家马上一起去散步。这一告示是以命令的形式断然发布的，口气生硬，不加说明。大伙一道出来，即妈妈、三位小姐和Щ公爵。叶丽扎薇塔·普罗科菲耶夫娜径直朝着与每天散步的路线相反的方向走去。大家明白是怎么回事，可是谁也不作声，生怕惹妈妈发火。而她则像躲避埋怨和异议似的走在最前面，头也不回。后来，阿黛拉伊达指出，散步没有必要跑这么快，她可赶不上妈妈。

“听着，”叶丽扎薇塔·普罗科菲耶夫娜突然回过头来，“咱们就要打他门前经过。不管阿格拉雅有什么想法，也不管以后会怎么样，对于咱们他终究不是陌生人，何况现在他正在不幸之中，而且有病；至少我要去看看他。谁要是愿意，就跟我进去；不愿意的就往前走，路上没有设置障碍。”

不言而喻，大伙都进来了。公爵理所当然地急忙为昨天的瓷盆和……严重失态再次表示歉意。

“得了，这不打紧，”叶丽扎薇塔·普罗科菲耶夫娜答道，“盆儿没什么可惜，可惜的是你。这么说，你自己也意识到失态了，总算这一宿没白过。不过，这也不打紧，因为现在谁都明白对你不能苛求。好了，再见吧。要是体力吃得消，那就散散步以后再睡一觉——这是我的忠告。如果你有兴，还是照旧来玩。希望你永远不要怀疑：不论发生什么情况，不论出什么事，你仍然是我们家的朋友，至少是我的朋友。最低限度我能为自己担保……”

大家都对这样的挑战作出响应，纷纷重申和妈妈一致的感情。他们走了，但在这种急于来说几句亲切的鼓励话的一片好意后面隐藏着许多残酷的迹象，这是叶丽扎薇塔·普罗科菲耶夫娜没有意识到的。从“照旧来玩”的邀请和“至少是我的朋友”这句话里又可以听到像是预兆的味道。公爵开始回想阿格拉雅的态度。诚然，刚才阿格拉雅进来和临去之际都向他嫣然一笑，但没有说一句话，甚至当大家纷纷表示友情不变的时候也不开口，尽管曾凝神对他看了两次。她的脸色比平时苍白一些，好像一夜没睡好觉。公爵决意当晚一定“照旧”到他们家去，所以焦灼地看了看表。叶班钦一家走后正好过了三分钟，薇拉进来。

“列夫·尼古拉耶维奇，刚才阿格拉雅·伊万诺夫娜悄悄地让我给您捎个信儿。”

公爵不禁打了个寒战。

“便条？”

“不，是口信；连这也差点儿没来得及说。她请您今儿个整天无论如何一分钟也不要出门，直到晚上七点，或者甚至是到九点，我没有听得很清楚。”

“可……这是为什么？这是什么意思？”

“这我一点也不知道；只是她要我千万把信带到。”

“她真的说了‘千万’？”

“不，不是直接这样说的，因为她只有一转身的机会说话，实在太匆忙，幸亏那时我自己跑了过去。但从脸上的表情可以看出，她命令我千万要把口信带到。她朝我看了一眼，我的心简直完全停止了跳动……”

又经盘问几句之后，公爵虽然再也没有了解到更多的东西，倒是更加惶惶不可终日。等到只剩下一个人的时候，他在沙发上躺下，开始考虑。

“也许，有谁要在他们那里待到九点钟，而她又为我担心，怕我在客人面前干出什么蠢事来，”他总算悟出了道理，于是又开始频频看表，焦急地等待晚上到来。但谜底在向晚很久便揭晓了，揭晓的方式是通过又一次来访和出一个新的折磨人的谜题。叶班钦一家走后整整过了半小时，伊波利特进来，一副精疲力竭的样子，进来后一句话也不说，便像昏倒似的跌进一把圈椅，顷刻间陷入难以忍受的猛咳不止。他一直咳嗽到咯出血来。他的眼睛亮得出奇，两颊的潮红分外鲜明。公爵对他说了些什么，但他不答话，有半晌只是连连摆手，示意别人暂时不要烦扰他。后来他才仿佛悠悠苏醒。

“我要走了！”他终于用沙哑的嗓音勉强说道。

“如果您愿意，我送您去。”公爵说着刚要抬起身子，突然顿住了，因为想起适才接到禁令，叫他不得从家里走开。

伊波利特笑了。

“我指的不是离开此地，”他继续说时仍喘个不停，喉咙里直痒痒，“相反，我认为有必要来找您，因为有一件事……否则我也不会来打搅。我要**到那边**去了，这一回恐怕是真格的。完了！请您相信，我不是为了得到同情……。今天我从十点钟开始已经躺下，再也不准备起来，直到**那个**时候为止；可是我改变了主意，又一次下床来找您……可见确实有这个必要。”

“瞧您这样子实在太可怜了；您不妨差人来叫我一声，何必自己勉强到这儿来。”

“够了，到此为止吧。您表示了怜惜之意，就是说，在社交礼节方面也有了交代……。哦，我忘了问：您自己的身体怎么样？”

“我身体还好。我昨天……不太……”

“我听说了，听说了。倒霉的是一只中国瓷盆；可惜我不在场！我来找您有事。首先，今天我有幸看到加甫里拉·阿尔达里昂诺维奇在绿色长椅那儿跟阿格拉雅·伊万诺夫娜相会。瞧见一个人的蠢相可以蠢到什么程度真使我吃惊。等加甫里拉·阿尔达里昂诺维奇走后，我把这话当面向阿格拉雅·伊万诺夫娜说了……。公爵，您好像对什么都不觉得奇怪，”他望着公爵沉静的面容，不大相信地附加道，“据说，对什么都不觉得奇怪是大智的表现；依我看，这在同等程度上也可以是大愚的表现……。不过，我不是在隐射您，对不起……。今天我措辞不当得厉害。”

“我昨天就知道加甫里拉·阿尔达里昂诺维奇……”公爵突然顿住，看得出是感到为难，尽管伊波利特由于他听到这个消息并不觉得奇怪而大为扫兴。

“您已经知道！这倒是新闻！不过，您还是不要讲吧……。那么，今天您有没有目睹他们的约会？”

“既然您去过那里，您已经看到我不在那里。”

“也许您蹲在什么地方的矮树后面。不过，反正我感到高兴，当然是为您高兴，因为我甚至以为加甫里拉·阿尔达里昂诺维奇已经占了上风！”

“伊波利特，我请您不要跟我谈这件事，更不要用这种语言来谈。”

“何况您已经全知道了。”

“您错了。我几乎一无所知，而且阿格拉雅·伊万诺夫娜可以肯定我一无所知。我连这次约会的事也完全不知道……。您说他们之间有约会？好了，不谈这些……”

“您一会儿说知道，一会儿又说不知道，这究竟是怎么回事？您说‘好了，不谈这些’是不是？不，我奉劝您不要那么轻信！如果您一无所知，那更要不得。您太轻信了，因为您不知就里。您可知道这兄妹俩打的是什么算盘？这一点您大概多少有些怀疑吧？……好，好，我不谈……”他发现公爵做了一个不耐烦的手势，便添上这一句，“但我是为自己的事来的，我想就这件事……解释一下。真见鬼，不解释清楚我是死不瞑目的；我要解释的事情实在多得不得了。您愿意听吗？”

“您说吧，我听着。”

“不过，我又改变了主意，我还得从加尼亚说起。您也许想象不出，今天我到绿色长椅那儿去也是赴约。不过，我不想撒谎，是我自己要求面谈，坚持请她约见的，我许诺要告诉她一个秘密。我不知道是不是去得太早了(好像确实到得很早)，反正我在阿格拉雅·伊万诺夫娜旁边刚坐下，就看见加甫里拉·阿尔达里昂诺维奇和瓦尔瓦拉·阿尔达里昂诺夫娜挎着胳膊像散步似的走来。他俩发现我在那里，好像很吃惊；他们完全感到意外，甚至窘得厉害。阿格拉雅·伊万诺夫娜涨红了脸，信不信由您，她还显得有些慌乱，不知是由于我在那里，还仅仅是由于看见了加甫里拉·阿尔达里昂诺维奇，要知道他实在是个美男子，——反正她满脸通红，而事情在一秒钟内便结束了，滑稽得很。她欠身向加甫里拉·阿尔达里昂诺维奇的鞠躬和瓦尔瓦拉·阿尔达里昂诺夫娜的谄笑一一答礼，然后毫不含糊地说：‘我只想亲自向你们表示，对于你们诚挚友好的感情我感到欣慰，如果我需要这种感情的话，那么请相信……’于是她点头作别，那兄妹俩也就走了，——不知是觉得上当还是得意。加尼亚无疑做了傻瓜，他完全莫名其妙，脸红得像只龙虾(他的面部表情有时非常精彩！)。但瓦尔瓦拉·阿尔达里昂诺夫娜大概明白必须尽快逃之夭夭，因为阿格拉雅·伊万诺夫娜说出这样的话已经足够了，所以拉着哥哥就走。她比加尼亚聪明，我敢肯定现在她正得意呢。我去见阿格拉雅·伊万诺夫娜是为了安排同娜斯塔霞·菲立波夫娜晤面的事。”

“同娜斯塔霞·菲立波夫娜？！”公爵不禁喊出声来。

“啊哈！看来您也沉不住气，开始感到惊讶了？我很高兴看到您毕竟愿意做一个有七情六欲的人。为此我要让您乐上一乐。今天我挨了她一记耳光——这便是为年轻高贵的小姐效劳的报酬！”

“是精神上的耳光？”公爵这句问话不知怎的竟脱口而出。

“对，不是事实上的。我觉得谁也下不了手打我这样的人，即使女人现在也不会动手。甚至加尼亚也不至于如此，不过昨天有一段时间我满以为他会扑过来打我……。我知道您在想些什么，不信我可以跟您打个赌，好不好？您在想：‘对这个人打固然不行，但可以趁他睡着时用枕头或湿抹布把他闷死，——甚至必须这样做’……。此时此刻您所想的都写在您的脸上。”

“我从来没有这样想过！”公爵憎恶地说。

“我不知道，反正昨夜我做了一个梦，有一个人……用湿抹布把我活活闷死……我告诉您那个人是谁：请您想象一下，他是——罗果仁！您说，用湿抹布能把人闷死吗？”

“不知道。”

“我听说是可能的。好吧，不谈这些。您说，我干吗要搬弄是非？她凭什么今天骂我是个搬弄是非的小人？请注意，那是在她从头至尾听完了我的话之后，甚至对某些地方还重新问过……。但女人就是这样！为了她，我去跟罗果仁打交道(他倒是个挺有意思的人)；为了她的利益，我设法让她同娜斯塔霞·菲立波夫娜晤面。莫非因为我暗示她捞到娜斯塔霞·菲立波夫娜的‘残羹冷饭’已经很高兴这句话伤害了她的自尊心？其实我一直给她讲这个道理也是为她好，我不否认，我给她写过两封这样的信，今天是第三封，接着是面谈……。刚才我是这样向她说起的：我认为这对她是一种屈辱……。何况‘残羹冷饭’这话也不是我自己想出来的，而是别人说的；至少在加尼亚那里大家都这么说；连她自己也认为是这样。既然如此，她凭什么骂我是个搬弄是非的小人？我看得出，看得出，您现在瞧着我觉得可笑之极。我敢打赌，您正在把这样两行荒唐的歪诗用到我身上：

也许爱情会现出临别的微笑，
映照我凄凉的弥留时刻。[①]

哈哈哈！”他蓦地发出一阵歇斯底里的狂笑，而且咳嗽起来。“请注意，”他那沙哑的嗓音夹着咳嗽声说，“加尼亚是什么货色：他一边说‘残羹冷饭’，可现在他自己一心想捞什么？”

公爵半晌没吭声；他震骇万分。

“刚才您提到了同娜斯塔霞·菲立波夫娜的晤面，是不是？”他终于勉强问道。

“嗐，难道您真的不晓得？今天阿格拉雅·伊万诺夫娜要同娜斯塔霞·菲立波夫娜会见。为此，阿格拉雅·伊万诺夫娜通过罗果仁的关系，加上我的努力促成，特地把娜斯塔霞·菲立波夫娜从彼得堡请来，眼下她和罗果仁一起在她的朋友达利雅·阿列克谢耶夫娜……一位身份十分可疑的太太家里，也是她原先住的那所房子，离您这儿很近；阿格拉雅·伊万诺夫娜今天就要前往那户可疑的人家去同娜斯塔霞·菲立波夫娜进行愉快的谈话，并且解析各种各样的难题。她们想要做算术呢。您不晓得？您能保证不在作假？”

“这决不可信！”

“既然不可信，那好吧；不过，您怎么知道不可信？在此地，只要一只苍蝇飞过，立刻为众所周知，——这地方就是如此！但我已经给您报了信，您可以领我的情。那就再见了——八成是在另一个世界

① 这是普希金1830年所作题为《悲歌》的一首诗中的两行。

再见。还有一件事：我的行为对您虽然是够卑鄙的，因为……我为什么要放弃机会，请问？为了成全您吗？要知道，我的那篇自白正是献给她的。（这您不知道？）而且她是怎样接受的呵！嘿嘿！但我对她没有做过卑鄙的事情，我没有任何对不起她的地方；可偏偏是她羞辱了我，辜负了我的一片心……。其实，我也没有对不起您的地方；就算我不该提到'残羹冷饭'以及诸如此类的话，可现在我毕竟把会晤的日期、时间和地点都告诉了您，把这出戏的全部底细都捅了出来……当然是为了怄气，而不是出于慷慨。再见吧，我太饶舌了，因为我是个结巴，或者因为我有肺病。留点儿神，得采取对策，而且要快，如果您配得上称作一个人的话。会晤定于今晚，这是真的。"

伊波利特朝门那边走去，但公爵叫了他一声，于是他在门口站住。

"照您这么说，阿格拉雅·伊万诺夫娜今天要亲自去见娜斯塔霞·菲立波夫娜？"公爵问。

他的两颊和额上泛起一团团红晕。

"我说不准，但想必是这样，"伊波利特作半回顾状答道，"也不可能不是这样。总不会娜斯塔霞·菲立波夫娜上她家的门吧？再说，又不是在加尼亚那里；他那儿有个人几乎已经是具尸体。将军的状况您又不是不知道！"

"单凭这一点就不可能！"公爵紧接着说，"即使她愿意，她又怎么能出来？您不了解……这户人家的规矩。她不可能一个人去找娜斯塔霞·菲立波夫娜；这是无稽之谈！"

"听我说，公爵：平时没有人会从窗户里跳出去；可是一旦发生火警，恐怕最最体面的绅士和最最端庄的淑女也会跳窗。到了万不得已的时候，没有别的办法，咱们的千金小姐也会去见娜斯塔霞·菲立波夫娜的。难道这户人家对咱们那几位小姐哪儿也不让去？"

"不，我不是这个意思……"

"既然不是这个意思，那么她只消下台阶笔直走，哪怕不再回家也无妨。有时甚至船也可以烧掉，家也可以不回，这样的例子有的是。生活并不全部是由午餐、晚餐和Щ公爵组成的。我觉得您把阿格拉雅·伊万诺夫娜看作了一位娇小姐或寄宿女校的学生；我已经对她说过这话；她大概同意我的看法。您就等到七点或八点钟吧……。我处在您的位置，会派人到那里去守着，以便抓住她从台阶上下来的那一瞬间。您不妨派郭立亚去；他一定乐于充当细作，您可以放心，自然是为您当细作……因为这一切关系到……。哈哈！”

伊波利特走了。公爵没有必要请任何人去当探子，即便他干得出这种事也罢。阿格拉雅命他待在家里这件事现在几乎已得到解释：也许她要来找公爵。当然，或者她恰恰不愿公爵到那里去，所以嘱咐他待在家里……。这也未始不可。他的脑袋在打旋；整个屋子在团团转。他躺到沙发上，闭上眼睛。

是这样也罢，不是这样也罢，事情反正到了决定性的最后关头。不，公爵不认为阿格拉雅是娇小姐或寄宿女校的学生；他现在觉得自己担心已久，而且担心的恰恰是类似这样的事情；可是阿格拉雅为什么要见她？一阵阵冷战透过公爵的全身；他又在发寒热。

不，公爵并不把她当作小孩子！最近，阿格拉雅的某些眼神、若干言语不断使他大吃一惊。有时候公爵觉得她似乎太沉着、太克制了，现在回想起来，这种情况使他害怕。尽管这些日子他竭力不去想这事儿，把揪心的念头赶走，但隐藏在这颗心灵里的是什么？这个问题已折磨了他很久，虽然他相信这颗心灵。而这一切今天就要解决，今天就要水落石出。这个念头可怕极了！而且又是“这个女人”！为什么他老是觉得这个女人不早不晚一定会在最后的一刹那出现，把他的命运整个儿撕得粉碎，就像扯断一根烂掉的线似的？他老是有这样的感觉，对此他现在愿意赌咒，尽管他几乎处于半昏迷状态。如果说，最近一个时期公爵竭力把**她**忘掉，那纯粹是因为怕她。那么，他到底是爱这个女人，还是恨这个女人？今天他不止一次向自己提过这个问题；在这一点上他问心无愧：他知道自己爱的是谁……。他倒不是怕她们俩见面，不是怕这次会晤的奇特性质和他并不了解的原因，也不是怕会晤可能导致的结果，——不，他就是怕娜斯塔霞·菲立波夫娜本人。事后，过了几天，公爵才想起在这昏头昏脑的几小时内，自己面前差不多一直出现她的眼睛、她的目光，自己耳畔不时可闻她的话语——一些奇怪的话，虽然在这迷离恍惚、苦闷忧伤的几小时之后残留在他记忆中的寥寥无几。比方说，他勉强记住薇拉给他送来了晚餐而且他吃了；至于晚餐后他是否睡着过，就记不得了。他只知道，这天晚上他神志完全清楚是从七点一刻开始的，那时阿格拉雅突然走到他的廊台上，而他立即从沙发上站起来迎上前去，走到屋子中央。阿格拉雅是只身一人，她衣着朴素，好像仓促间胡乱穿了一件肥袖薄大氅。她的脸色和中午一样苍白，而眼睛射出刺眼的光芒；公爵从未见过她的眼睛有这样的表情。阿格拉雅把他打量了一番。

“您已完全准备停当，”她声音不高、似乎从容自若地说，“衣着整齐，帽子拿在手里；可见有人预先告诉您了，而且我知道是谁。伊波利特，对不对？”

“是的，是他对我说的……”公爵咕叽道，一副半死不活的样子。

“那咱们就走吧。您知道您一定得陪我去。我想，您出去走一趟体力上能行吧？”

“我能行，但……这难道可能吗？”

他倏忽间断了话音，然后再也说不出一句话来。这是公爵想阻止她的疯狂举动的唯一尝试，接下来自己便像个奴隶似的跟着她走。不管他的意识多么模糊，他毕竟懂得，即使自己不干，她也要到**那边**去的；既然如此，自己无论如何必须随她前往。他料想得到，阿格拉雅的决心有多大；他制止不了这股狂热的冲动。他们默默地走着，一路上几乎没有交谈一句话。公爵只注意到她路径很熟，当公爵想要多走一条小巷，选择行人比较少的道路并建议她这样做时，她似乎高度集中注意力听完以后，遽然答道：

“反正都一样！”

他们几乎已经走到达利雅·阿列克谢耶夫娜家门前时（这是一座面积和年龄都很大的木屋），从台阶上走出来一位浓妆艳抹的太太和一位年轻的小姐；两人高声谈笑着坐上停在台阶前的一辆华丽的马车，对于走近这座房子的人连看也没有看一眼，仿佛压根儿没注意到。马车刚走，门再次打开，已经候在那里的罗果仁把公爵和阿格拉雅让进屋里去，并随手关上了门。

“整幢房子里除了咱们四个，现在没有任何其他人。”他出声介绍情况，并用异样的目光对公爵瞧了一下。

娜斯塔霞·菲立波夫娜就等在第一间屋子里，她穿得也十分朴素，一身黑色衣服；她站起身来迎候他们，但没有笑容，甚至没有向公爵伸出手去。

她那专注而不安的目光焦灼地投向阿格拉雅。她们俩坐得距离比较远：阿格拉雅坐在屋角的沙发上；娜斯塔霞·菲立波夫娜坐在窗子旁边。公爵和罗果仁并未就座，也没有人请他们坐下。公爵困惑地，而且好像痛苦地又看了看罗果仁，但罗果仁脸上还带着原来的微笑。冷场持续了若干秒钟。

一种不祥的感觉终于在娜斯塔霞·菲立波夫娜的脸上掠过；她的眼神趋于固执、坚定，近乎憎恨，目不转睛地直盯着女客人。阿格拉雅显然有些尴尬，但并不胆怯。她进来时只向自己的对手瞥了一眼，此后一直低首垂目坐在那里，似在沉思。她曾两次好像不经意地环顾室内；厌恶之状明显地在她的脸上表现出来，仿佛她生怕在这里蹭一身污秽。她下意识地抻抻身上的衣服，一度甚至不安生地挪动位置，坐到沙发的另一角去。她自己未必意识到自己做了这些动作；但唯其出于无心，这些举动更容易得罪人。最后，她坚定地从正面望着娜斯塔霞·菲立波夫娜的眼睛，看到了闪耀在她对手咄咄逼人的目光中的一切。女人理解女人的心思。阿格拉雅打了个寒战。

“您当然知道我约您会晤的目的。”她终于开口道，但声音很轻，仅这么短短一句话就顿了两次。

“不，我完全不知道。”娜斯塔霞·菲立波夫娜回答，口气生硬，声调短促。

阿格拉雅脸红了。也许，她一下子感到奇怪透顶而又难以置信，此刻她居然和这个女人一起坐在“这个女人”家里，并且需要得到她的答复。刚听到娜斯塔霞·菲立波夫娜的声音，就好像有一阵震颤透过她的全身。这一切当然都被“这个女人”看在眼里。

“您全都明白……但是您故意装作不明白的样子。”阿格拉雅阴郁地望着地上说，声音近乎耳语。

“这又是为什么？”娜斯塔霞·菲立波夫娜淡淡地一笑。

“您想利用我的被动地位……因为我在您府上。”阿格拉雅继续说，但说得笨拙可笑。

“造成这种局面的是您，而不是我！”娜斯塔霞·菲立波夫娜顿时激动起来，“不是我约您来，是您约我会面的；而且我到现在还不知道为什么！”

阿格拉雅傲慢地昂起头来。

“请您口下留情；我来的目的不是用您的这种武器跟您较量……”

“啊！这么说，您毕竟是来‘较量’的喽？说实话，我原以为您……要机敏一些……”

她们彼此望着对方，已经不掩饰各自的怨恨。正是其中的一位前不久还给另一位写过那样的信。但是乍见面刚开口，一切顿时化为乌有。奇怪吗？此时此刻，在这间屋子里的四个人中，谁也不以为怪。公爵昨天还断乎不相信会看到这个场景，甚至不相信会梦见；现在他却站着、瞧着、听着，似乎这一切他早就预感到了。最荒诞离奇的梦一下子变成最生动清晰的现实。眼下，这两个女人中甲对乙蔑视到这样的程度，并且向对方说出此话的愿望又强烈到这样的程度(据罗果仁第二天说，甲也许正是为此而来)，可以认为，头脑紊乱、心灵痛苦的乙无论怎样做事乖张，恐怕事先拿定的任何主意在其对手那种充满怨毒、唯独女人才有的蔑视之下也无法坚持。公爵深信娜斯塔霞·菲立波夫娜不会主动谈及那些书信；从她熠熠闪光的眼神公爵猜得到，这些信现在能使她付出多大的代价；但公爵愿意献出生命的一半，但求阿格拉雅现在也不要谈起这些信。

但是，阿格拉雅好像倏忽之间定下神来，一下子把自己控制住了。

“您误解了，”她说，“我不是来跟您……吵架的，虽然我不喜欢您。我……我来找您……说几句合乎人情的话。我在召请您来的时候已经决定要对您说些什么，我不会放弃自己的决定，即使您完全没有理解我的意思。这将对您更加不利，而不是对我。我想对您写给我的信作出回答，当面回答，因为我觉得这样比较方便。请听完我对您所有的来信作出答复。从我第一次认识列夫·尼古拉耶维奇的那天起，以及接下来得悉在您生日晚会上所发生的一切之后，我就觉得公爵可怜。我所以可怜他，是因为他这人天真得很，他天真地相信和……这样性格的……一个女人在一起能得到幸福。我为他担心的情况果然发生了：您不可能爱他，把他折磨过后便抛弃了他。您之所以不可能爱他，是因为您太高傲……不，不是高傲，我说错了，是因为您好虚荣……甚至这样说还不确切，您爱面子到了……疯狂的程度，您写给我的信可以证明这一点。您不可能爱他这样一个普普通通的人，也许心里还瞧不起他，还在嘲笑他，您可能爱的只有您自己的耻辱以及老是认为您蒙上了羞耻和遭到了侮辱这样一个念头。如果您的耻辱少一点或者根本没有的话，您会感到更大的不幸……”阿格拉雅过分急于一吐为快，现在说出这些早已考虑好、准备着的话简直是一种享受。这些话早已考虑好，那时她连做梦也想象不到会有现在这次晤面。她以阴毒的目光注视着这些话在娜斯塔霞气得变了样的脸上产生的效果。“您还记得，”她继续说，“当时他给我写过一封信；他说您知道甚至看过这封信，是吗？从这封信上我全都明白了，而且没有理解错；不久前他自己向我确认过这一点，也就是现在我对您说的这些话，简直一字不差。在那封信之后我开始等待。我料定您要回到这里来，因为您离不开彼得堡：您还太年轻、太漂亮，外省留您不住……。不过，这也不是我的话，”她补充这一句时脸涨得通红，从这一刻起她脸上的绯红始终不退，直至把话说完。“当我又看见公爵的时候，我为他感到极大的痛苦和不平。请不要笑；如果您觉得可笑，那么您不配理解这一点……”

“您明明看到我没有笑。”娜斯塔霞·菲立波夫娜说，神情忧郁而严肃。

“不过反正我不在乎，您尽笑无妨。当我自己问他的时候，他告诉我说，他早已不爱您了，甚至关于您的回忆对他都是一种折磨，但他觉得您可怜，每当他想起您的时候，他的心就仿佛‘给永远刺穿了’一样。我还必须告诉您，我一生中从未遇见过像他这样天真厚道而又无比轻信的人。根据他说的话我了解到，任何人想要欺骗他，都能叫他上当，而不管是谁骗了他，以后他一概宽恕，正因为这一点我才爱上他……”

阿格拉雅似乎吃惊地顿了一刹那的工夫，好像自己也不相信自己竟会说出这一句话；但紧接着，她的眼神中闪耀起一种几乎是无限的自豪感。看来现在她已经豁出去了，哪怕“这个女人”对她这句脱口而出的自供马上笑起来也无所谓。

“我把一切都对您说了，现在您当然明白我所要求于您的是什么吧？”

“我也许明白了；但是请您告诉我。”娜斯塔霞·菲立波夫娜用平静的口吻答道。

阿格拉雅怒形于色。

“我想从您这儿了解，”她语气强硬、口齿清楚地说，“您凭什么权利干涉他对我的感情？您凭什么权利竟敢给我写信？您凭什么权利一再向他、向我表示您爱他？而且这是在您自己把他抛弃，还以如此气人和……可耻的方式从他身边逃跑之后！……”

“我既没有向他，也没有向您表示过我爱他，”娜斯塔霞·菲立波夫娜勉强迸出这么一句，“不过……您说得对，我是从他身边逃跑了……”她用轻得几乎听不见的声音找补说。

“还说既没有向他，也没有向我表示过？”阿格拉雅叫了起来，“您在信上又是怎么写的？谁请过您给我们做媒？谁要您劝我嫁给他？难道这不是表示？您为什么跟我们纠缠不休？起先我以为，您想通过插手我们的事引起我对他的厌恶，促使我把他甩掉；后来我才猜到是怎么回事。您无非认为，您这样装腔作势、矫揉造作是在从事一桩崇高的伟举……。试问，既然您这样好虚荣、爱面子，您怎么可能爱他？与其给我写那些荒唐可笑的信，您为什么不干脆离开此地？一位君子这样爱您并且给您面子、向您求婚，您为什么不嫁给他？原因太清楚了：您嫁给罗果仁以后，还有什么委屈可言？您甚至将得到太多的面子！关于您，叶甫盖尼·巴甫洛维奇曾经说过：您读了太多的诗文，受的教育太多，跟您的……身份不相称；您是个沉迷在书本里的女人、无所事事的娇小姐；再加上您的虚荣心，这就是您的全部原因……”

“难道您不是娇小姐？”

事态发展到这般出人意料的田地实在太猴急、太露骨了；情况之所以出人意料，是因为娜斯塔霞·菲立波夫娜动身来巴甫洛夫斯克之际还抱有幻想，不过，当然喽，她估计是凶多吉少；阿格拉雅则纯粹是一时冲动，就像从山上掉下来似的，在满足报复欲这种可怕的享受面前无法克制自己。娜斯塔霞·菲立波夫娜看到阿格拉雅这个样子甚至觉得奇怪；她望着她，简直不敢相信自己，在最初的一刹那竟告语塞。她究竟是一个如叶甫盖尼·巴甫洛维奇所说的读了许多诗文的女人，还是如公爵深信的一个地地道道的疯子？反正这个女人，——尽管有时候好像玩世不恭、胆大妄为，——事实上比别人所能推断的知耻得多、温柔得多、轻信得多。固然，她身上有不少书卷气，喜欢幻想，性格内向，也有离谱出格的地方，但是坚强和深刻的东西也很多……。公爵对此是理解的。现在，他脸上现出了痛苦的表情。阿格拉雅注意到了这一点，竟由于仇恨而开始发抖。

“您居然敢这样对我说话？”她摆出难以形容的倨傲姿态回答娜斯塔霞·菲立波夫娜的那句插话。

“您恐怕听错了，”娜斯塔霞·菲立波夫娜诧异地说，“我对您说什么啦？”

“既然您想做一个正派女人，那您当初为什么不直截了当……免去演戏那一套跟引诱您的托茨基一刀两断?”阿格拉雅突然无缘无故地说。

“您对我的处境知道些什么，竟敢这样来编派我?”娜斯塔霞·菲立波夫娜哆嗦不已，面色惨白。

“我知道您没有去做工，而是跟大富翁罗果仁走了，以便把自己打扮成一位谪仙。怪不得托茨基曾经想以自杀来躲避这样一位被逐出仙国的天使!”

“住口!”娜斯塔霞·菲立波夫娜带着恶心的感觉痛苦地说，“您对我的看法就像……达利雅·阿列克谢耶夫娜的女仆一样，这名女仆前不久跟她的未婚夫还打过官司。即使她的看法也比您高明一些……”

“想必是一位凭自己的劳动谋生的正派姑娘。为什么您那么瞧不起女仆?”

“我不是瞧不起劳动，而是瞧不起您，瞧不起您用这样的口气谈到劳动。”

“要做正派女人，就该去当洗衣妇。”

她们俩都站了起来，铁青着脸彼此对视。

“阿格拉雅，不要再说下去了!这是不公平的。”公爵失魂落魄似的喊道。

罗果仁已不再微笑，但他紧闭嘴唇、抄起双手听着。

“请看看她吧，”娜斯塔霞·菲立波夫娜说着气愤得直发抖，“看看这位小姐!我一直把她当作天使!阿格拉雅·伊万诺夫娜，您光临此地来找我没有带一名家庭女教师吧?……要不要我马上把您为什么来找我的原因直截了当、不加粉饰地说给您听?您害怕了，所以来找我。”

“我怕您?”阿格拉雅怒不可遏地问，并且由于对方竟敢这样跟她说话而显示出一种天真和放肆的惊讶之状。

“当然怕我!既然您下决心来找我，这说明您怕我。对自己所怕的人是不敢蔑视的。想不到我一直很尊敬您，直到这个时刻之前还是这样！您可知道：您为什么怕我，您现在主要的目的是什么？您想要亲自核实一下：他对我的爱是不是超过他对您的爱，因为您忌妒得不得了……”

“他已经对我说过，他恨您……”阿格拉雅结结巴巴勉强说了这么一句。

“也许如此；也许如此。我本来就配不上他，只不过……只不过您是在撒谎，我认为！他不可能恨我，他也不可能这样说！不过，考虑到您的处境……我可以原谅您……然而我原先把您想象得毕竟太好了；我原以为您要聪明一些，甚至漂亮一些，上帝可以作证！……行了，把您的宝贝拿去吧……他在那里，正瞧着您，像掉了魂儿似的。拿去吧，但有一个条件：马上离开此地！一分钟也不得耽搁！……”

她倒在圈椅里，泪如雨下。但她的眼睛里忽然闪耀起某种前所未见的表情。她目不转睛地逼视着阿格拉雅，并站起身来。

“要不要我立刻……下——命——令？你听见没有？只要我对他下——命——令，他马上会扔下你永远留在我身边，和我结婚，你只得一个人跑回家去，你信不信？要不要我这样做？”她发疯似的喊叫，大概连她自己也不相信会说出这样的话来。

阿格拉雅向门那边仓皇逃去，但是到门口站住了一动也不动地听着。

“要不要我把罗果仁赶走？你以为我为了使你满意已经跟罗果仁结婚？我可以当着你的面立刻大喝一声：‘走开，罗果仁！’而对公爵说：‘你可记得自己的诺言？’上帝啊！我何苦在他们面前这样贬低我自己？公爵，是不是你亲口向我保证过，不管发生什么事情，你都愿意跟我走，而且永远不离开我；说你爱我，一切都原谅我，并且对我表示尊……尊……。是的，这也是你说的！我仅仅为了不让你受到束缚，才从你身边逃跑，而现在我不愿意！她凭什么把我当作破鞋那样对待？我是不是破鞋，你问罗果仁，他会告诉你！现在，她已经把我羞辱了一场，而且当着你的面，难道你就此掉头不理我，拉着她的手把她带走？如果这样的话，我要诅咒你，因为我过去只相信你一个人。罗果仁，你走吧，用不着你了！”她几乎失去了理智地狂叫，费力地从胸中吐出话来，嘴唇枯焦，面目全非，显然自己半点也不相信这番大言不惭的自夸，然而还想把这种状态延长一会儿，哪怕一秒钟也好，以达到欺骗自己的目的。这股冲动是那么强烈，她也许会猝然死去，至少公爵觉得如此。“瞧，他就在那里！”她终于冲阿格拉雅嚷道，一边用手指着公爵。“如果他不马上向我走过来，如果他不要我，不把你扔下，那你就把他拿去，我让给你，我不要他！……”

于是，她和阿格拉雅摆开等待的架势站着，两人都像发了狂似的望着公爵。但公爵也许并不充分理解这次挑战所蕴涵的力量，可以说肯定不理解。他只看到自己眼前是一张失去理智、不顾一切的脸，有一次他曾向阿格拉雅透露，看到这样的脸他的心就像“给永远刺穿了”一般。他再也无法忍受，便指着娜斯塔霞·菲立波夫娜用恳求和责备的口吻对阿格拉雅说：

“怎么能这样呢！要知道，她是……多么不幸！”

但是他没能说出更多的话，便在阿格拉雅可怕的目光下哑口无言。这目光流露出这么多的痛苦，同时又表现出无限的憎恨，致使公爵做了个绝望的动作，发出一声惊呼向她跑过去，但已经晚了！阿格拉雅对他的犹豫连一眨眼的工夫也不能忍受，所以用双手捂住面孔，叫了声：“啊，我的上帝！”——立即冲出屋子。罗果仁跟着出去给她拔开临街门上的插销。

公爵也拔腿追上去，但在门口被两条胳臂紧紧抱住。娜斯塔霞·菲立波夫娜绝望的、几乎无从辨认的脸直愣愣盯着他，发青的嘴唇翕动着问：

“去追她？去追她？……”

她失去知觉倒在公爵怀里。公爵把她抱起来回到屋里，把她放到圈椅里，自己站在她身旁呆若木鸡。茶几上放着一杯水；罗果仁回来拿起杯子往她脸上泼了些水。她睁开眼睛，约莫有一分钟什么也不明白；但忽然向周围看了一下，打一个寒噤，发出一声喊叫，扑到公爵怀里。

“是我的了！是我的了！”她大声嚷道，“骄傲的小姐走啦？哈哈哈！”她歇斯底里地笑着。“哈哈哈！我竟想把他让给那个小姐！做什么？为什么？疯子！真是个疯女人！……去你的吧，罗果仁，哈哈哈！”

罗果仁凝神看了看他们俩，一句话也不说，拿起自己的帽子走出去。十分钟后，公爵坐在娜斯塔霞·菲立波夫娜身旁，目不转睛地望着她，用两只手抚摩着她的头发和面庞，宛如爱抚一个小孩子似的。她呵呵地笑，公爵也笑；她流眼泪，公爵也哭。公爵什么话也不说，却注意听着她急促、兴奋、不连贯的喃喃絮语，未必听懂什么意思，但是安详地微笑着；只要稍有一点点感觉到她又开始忧伤或哭泣，责备或抱怨，马上又重新抚摩她的头发，温柔地摸着她的面颊，又是安慰，又是劝说，犹如哄小孩子一般。

九

在前一章所述事件之后过了两个星期，本书人物的状况发生了极大的变化，以致笔者如不另外作一些解释碍难续叙下文。然而笔者觉得，应该仅限于单纯交代事实，尽可能不另作解释，理由极其简单：因为在许多情况下笔者自己也难于把所发生的事解释清楚。笔者的这一番声明，读者一定会感到十分奇怪和含混：怎么能叙述自己对之既无明确概念又无个人看法的事情？为了不使自己陷于更尴尬的境地，最好还是让笔者用一个例子来说清楚，这样善意的读者也许会谅解笔者的难处，何况这个例子也不是题外话，相反是这个故事正面和直接的继续。

两星期以后，就是已经到了七月初，以及在这两个星期的过程中，本书主人公的故事，尤其是这个故事的最近那段波折，变成了一桩奇怪的、十分可乐的、几乎不可思议而又明明白白的逸闻，沿着与列别杰夫、普季岑、达利雅·阿列克谢耶夫娜和叶班钦家的别墅比邻的大街小巷渐渐传开，简而言之，几乎在整个巴甫洛夫斯克及其周围一带的地方传开。当地的居民、别墅里的消夏客、来听音乐的游人——差不多社会上所有的人都在谈论同一个故事的上千种不同的说法，说是有一位公爵在一户有名的体面人家大出洋相之后，抛弃了这户人家已经跟他订婚的小姐，迷上一个出名的轻薄女人，断绝一切故交，置一切于不顾，无视别人的警告，冒天下之大不韪，打算日内就要在此地巴甫洛夫斯克，横眉冷对所有的人，和那个声名狼藉的女人当众公开举行婚礼。这件轶闻被添油加醋地装上许多耸人听闻的细节，许多有名望、有身份的人被牵扯进去，再异想天开地抹上种种神秘的色彩，而另一方面它又通过一连串无可辩驳和有目共睹的事实呈现在大家面前，因而人们普遍的好奇心和众说纷纭的议论当然是非常情有可原的。最精彩、最巧妙而又最煞有介事的说法版权应归某几位老资格的流言专家，这些好事者属于那一层有头脑的人，他们在任何时候、任何一个圈子里总是首先急于向别人讲解事件的来龙去脉，认为这是他们的天职，往往还乐在其中。按照他们的说法，一位世家子弟的青年公爵，几乎称得上富翁，患有痴呆症，但是个民主派，醉心于屠格涅夫先生所揭示的现代虚无主义[①]，连俄国话也不大会说，他爱上了叶班钦将军的一个女儿，将军家里已把他当未来的姑爷看待。最近报上刚登过一则轶闻，说法国有一个教会学校的学生故意献身宗教当一名神父，故意自己请求委以这一神职，履行了全套仪式，包括下跪、敬吻、宣誓等等，可是第二天就致函主教公开宣称他不信上帝，认为欺骗人民、白白接受人民的供养是不光彩的，因而决定卸去昨天接受的神职，并把这封信发表在一些自由主义报纸上。公爵似乎也像这个法国无神论者一样，演了一出独特的假戏。据说，他故意等到未婚妻的父母举行一次隆重的晚会，把他向好些要人作正式介绍的那一天，当众大声宣布其思想类型，痛骂德高望重的显要，公然以侮辱性的方式与未婚妻解约，在抗拒仆人把他驱逐出门的时候还打破一只精美的中国瓷盆。作为当代思潮的一个典型例证，好事者还补充如

① 指屠格涅夫所著小说《父与子》(1862)。陀思妥耶夫斯基对此书评价甚高。

下：这个不知天高地厚的年轻人其实是爱他的未婚妻即将军之女的，但他拒绝这门亲事纯粹由于虚无主义和为了制造即将成为事实的丑闻，不愿放弃与一个堕落的女人结婚向舆论挑战这样一种乐趣，并以此证明，在他的观念中女人没有堕落的与规矩的之分，只有一种即自由的女人；他不相信社会上古已有之的划分法，只相信“妇女问题”。更有甚者，在他心目中堕落的女人甚至比非堕落的还高出一筹。这种解释看来极其可信并为大多数消夏客所接受，加之逐日发生的事实也不断证实这一点。当然，不少情节还没有完全弄清楚：有人说，可怜的姑娘实在太爱她的未婚夫（用某些人的说法则是“勾引者”），就在被他抛弃的第二天便跑去找他，而那时他正坐在他的情妇身边；另一些人则声称，相反，是他故意把姑娘引到情妇那里，纯粹是出于虚无主义，也就是为了羞辱和侮弄那姑娘。不管怎样，人们对这一事件的兴趣可谓与日俱增，何况在一点上已丝毫不容存疑，那就是：具有丑闻性质的婚礼确实将要举行。

因此，如果要笔者作详细阐释，——当然不是关于事件的虚无主义色彩，而只是阐释，拟定了的婚姻在多大程度上符合公爵真正的愿望，他的愿望在此时此刻究竟是什么，本书主人公目前的心理状况究竟该如何测定，以及诸如此类的其他问题，那么，笔者承认，要回答是非常困难的。笔者只知道一点：婚礼确已决定要举行，公爵已亲自全权委托列别杰夫、凯勒尔以及列别杰夫为此目的介绍给公爵的一个熟人办理与此有关的全部事务，包括教会和世俗两方面的在内；要他们别舍不得花钱；婚礼是娜斯塔霞·菲立波夫娜力主并催着要办的；公爵的傧相已指定由凯勒尔担任，这是他自己坚决讨来的差使，娜斯塔霞·菲立波夫娜的傧相指定了布尔多夫斯基，他也欣然受命；婚期已定在七月初。但是，除了这些十分确切的情况，笔者还知道若干令人完全摸不着头脑的事实，因为这些事实与上述情况是互相矛盾的。比方说，笔者强烈怀疑，公爵全权委托列别杰夫等人去办理一切事务之后，几乎当天就忘记他已经有了典礼总管，有了傧相，有了举行婚礼的日期；他所以急忙把需要操办的事一股脑儿交给别人，仅仅是为了自己不去想这件事，甚至可能是为了尽快忘掉这件事。那么，他自己究竟在想什么，要记住什么，意欲何为？同样毋庸置疑的是，任何人（例如娜斯塔霞·菲立波夫娜）没有把任何意图强加于他。娜斯塔霞·菲立波夫娜确乎迫切希望从速举行婚礼，而且这个主意也是她而绝不是公爵想出来的，但公爵慨然应允，甚至有点儿漫不经心，就像别人向他要一件极普通的东西似的。这类奇怪的事实不在少数，可是它们非但不说明情况，依笔者愚见，甚至无论举出多少来也只会令人如堕五里雾中。不过，这里还要提供一个例子。

笔者完全了解，这两个星期内，公爵白天晚上都和娜斯塔霞·菲立波夫娜待在一起；她带公爵出去散步、听音乐；公爵每天陪她坐马车兜风；只要一个小时不看见她，公爵便开始挂念她（一切迹象表明，公爵是真心爱她）；不管她对公爵说些什么，公爵总是带着安详温顺的笑容听她说，可以听上几个小时，而自己几乎不开口。但笔者还知道，就在这些日子里，公爵曾去过叶班钦家几次，甚至多次，而且并不瞒着娜斯塔霞·菲立波夫娜，为此她几乎陷于绝望。笔者知道，叶班钦一家在巴甫洛夫斯克逗留期间再也不接待他，他要求面晤阿格拉雅·伊万诺夫娜总是遭到拒绝；每次他都默默无言地离去，而第二天照旧登门，仿佛完全忘了昨天碰的钉子，而今天自然又被摈诸门外。同样，笔者了解到，在阿格拉雅·伊万诺夫娜从娜斯塔霞·菲立波夫娜处跑出来以后过了一小时，甚至不到一小时，公爵已经去过叶班钦家，满以为能在那里找到阿格拉雅，而他的到来当时在叶班钦家曾引起极大的惊讶和恐慌，因为阿格拉雅尚未回家，家里人还是从公爵那里第一次听说阿格拉雅和他一起去找了娜斯塔霞·菲立波夫娜。据说，叶丽扎薇塔·普罗科菲耶夫娜、两个女儿甚至 Щ 公爵当时对公爵非常不客气、不友好，当即用激烈的言词表示和他不再做朋友，不再相交，特别在瓦尔瓦拉·阿尔达里昂诺夫娜突然来见叶丽扎薇塔·普罗科菲耶夫娜之后；她来报信说，阿格拉雅·伊万诺夫娜在她家已有将近一小时，心境恶劣至极，看样子不肯回家。这一最新消息给叶丽扎薇塔·普罗科菲耶夫娜的震动最大，而且是千真万确的：

阿格拉雅从娜斯塔霞·菲立波夫娜处出来以后，确实宁可死也不愿在这个时候去见家里的人，因此跑去找尼娜·亚历山德罗夫娜。瓦尔瓦拉·阿尔达里昂诺夫娜当即认为，必须毫不延宕地把一切通知叶丽扎薇塔·普罗科菲耶夫娜。于是母亲和两个女儿一起立即赶往尼娜·亚历山德罗夫娜的住处；随后，刚刚回家的一家之长伊万·费奥多罗维奇也去了；公爵列夫·尼古拉耶维奇不顾人家已下令逐客和严词绝交，也跟着前往，但是，在瓦尔瓦拉·阿尔达里昂诺夫娜的安排下，那边也不让他见阿格拉雅。不过，事情的结局是：阿格拉雅见母亲和姐姐为她流泪而一点也不责怪她，就和她们紧紧拥抱，马上跟她们一起回家。据说，——不过传闻不完全可靠，——据说，加甫里拉·阿尔达里昂诺维奇这一回仍然大大地不走运；在瓦尔瓦拉·阿尔达里昂诺夫娜跑去向叶丽扎薇塔·普罗科菲耶夫娜报信的当儿，他抓住只有他和阿格拉雅两人在一起的这个时机，竟想表述自己的爱情；阿格拉雅听着他说，尽管自己悲愤填膺、泪痕满面，却一下子纵声大笑，并且突然向他提出一个奇怪的问题：为了证明自己的爱情，他敢不敢现在就把自己的手指放在蜡烛上烧？据说，加甫里拉·阿尔达里昂诺维奇给这一着慑住了，竟不知所措，脸上现出极度困惑的表情，以致阿格拉雅冲他发出近乎歇斯底里的狂笑，然后撇下他跑到楼上尼娜·亚历山德罗夫娜的房间里去，她的父母就是在那里找到她的。这段插曲第二天通过伊波利特为公爵所闻。已经起不了床的伊波利特，特地派人把公爵叫去，向他转告这个消息。至于这消息是怎样传到伊波利特耳朵里的，笔者无可奉告；但公爵听到蜡烛烧手指一节，也哈哈大笑，甚至使伊波利特大为惊讶。后来他忽然全身震颤，潸然泪下……。总的说来，这些日子他神不守舍、惶惑异常，既说不出所以然，又痛苦不堪。伊波利特干脆断言他神经错乱；但这还完全无法加以肯定。

笔者提供所有这些事实，同时拒不加以解释，绝不是想在读者面前为本书主人公辩护。不仅如此，对于他在公众心里激起的那种愤慨（其中包括他的朋友的愤慨），笔者十分愿意表示自己也有同感。甚至薇拉·列别杰娃有一段时间也对他很气愤；还有郭立亚；还有凯勒尔（直到他被选定担任傧相为止）；至于列别杰夫就更不在话下，他甚至开始暗中跟公爵捣乱，那也是出于愤怒，而且完全发自内心。但这些留待以后再说。总之，笔者完全同意、高度赞赏叶甫盖尼·巴甫洛维奇的几句十分有力而又入木三分的话，这是他在发生了娜斯塔霞·菲立波夫娜寓所里那件事后第六或第七天一次友好的谈话中直截了当地对公爵说的。附带提一下，不仅是叶班钦一家自己，而且所有与这一家直接或间接相连的人都认为必须同公爵断绝一切关系。例如：Щ公爵遇见了公爵，扭头不予理睬，也不点头答礼。但叶甫盖尼·巴甫洛维奇不怕因走访公爵而败坏自己的名声，尽管他现在又天天去叶班钦家，并且显然受到特别热情的接待。他在叶班钦举家离开巴甫洛夫斯克的第二天去找公爵。进门时他已经知道在外界散播开来的种种传闻，也许他自己在这方面还起了一部分推波助澜的作用。公爵见他来访，高兴得不得了，马上就谈起叶班钦一家。如此诚恳坦率的开端使叶甫盖尼·巴甫洛维奇完全不受拘束，于是他开门见山，立刻进入正题。

公爵还不知道叶班钦一家已经离去；他很震惊，脸色都变白了；但过了一会儿，他无可奈何、若有所思地摇摇头承认，“这也是必然的”；紧接着便打听，“他们去了什么地方？”

其时叶甫盖尼·巴甫洛维奇正注意对他进行观察，公爵急切而又天真的问话，他的惶恐、不安、激动以及同时表现出来的一种奇怪的坦率，——这一切使叶甫盖尼·巴甫洛维奇大为纳罕。不过，他挺客气地把一切都详细告诉公爵。许多情况公爵还不知道，这是来自那一家的第一位信使。叶甫盖尼·巴甫洛维奇证实，阿格拉雅身体确实不好，几乎三天三夜没有睡着，一直在发烧；现在她好些了，已没有任何危险，但处于神经质的、歇斯底里的状态……。“总算还好，家里风平浪静！大家竭力不提过去的事，非但当着阿格拉雅的面如此，甚至私下也不谈。她们的父母已经商定，到秋天，一俟阿黛拉伊达的婚礼结束，立即去国外旅行。有关此行的初步谈论，阿格拉雅听了已表示默许。”叶甫盖尼·巴甫洛维奇可能也要去国外。甚至Щ公爵或许也会偕同阿黛拉伊达去两个月左右，如果没有事务羁身的话。将军本人将留下。现在他们全家都住到他们的田庄柯尔米诺去了，离彼得堡大约二十里地，那儿有一幢很宽敞的宅院。贝洛康斯卡雅还没有去莫斯科，看样子是有意留下来的。叶丽扎薇塔·普罗科菲耶夫娜坚决表示，发生了这一切之后，断乎不可再待在巴甫洛夫斯克。叶甫盖尼·巴甫洛维奇每天向她报告本地的种种传闻。他们认为，搬到耶拉京的别墅去住也不可能。

“是啊，确实如此，”叶甫盖尼·巴甫洛维奇补充道，“不能否认，这的确叫人受不了……尤其是知道您府上每时每刻都在进行的准备，公爵，再加您天天去**那里**求见，尽管每次都遭到拒绝……”

“对，对，对，您说得对，我要见阿格拉雅·伊万诺夫娜……”公爵又连连点头。

“啊，亲爱的公爵，”叶甫盖尼·巴甫洛维奇忽然带着热心和惋惜的口气叹道，“当时您怎么能让……这一切发生的呢？当然，当然，这一切对您来说太意外了……。我可以理解，您定然慌了手脚，而且……您也无法制止这位失去理性的姑娘，这是您做不到的！但是您应该明白，姑娘对您的……感情认真和强烈到何等程度。她不愿与另一个女人分享，而您……您居然会丢弃和摔破这样的无价之宝！”

“是的，是的，您说得有理；是的，都怪我，”公爵又无限伤感地说，“要知道：只有她一个人，只有阿格拉雅这样看娜斯塔霞·菲立波夫娜……。其余的人谁也没有这样看待。”

“正因为事实上没有什么大不了的，所以这一切更加令人愤慨！”叶甫盖尼·巴甫洛维奇越来越上劲地拔高嗓门说。“恕我冒昧，公爵，但是……我……我考虑过此事，公爵；我反复考虑过多次；我了解过去发生的一切，我了解半年前的种种情况，全部了解，我认为——这没有什么大不了！这一切无非是头脑发热时的冲动，是幻景，是空想，是烟雾，只有一个毫无经验的女孩子吓慌了的忌妒心才会把这当作什么了不起的大事情！”

叶甫盖尼·巴甫洛维奇说到这里，已肆无忌惮地开始发泄自己的积愤。他清清楚楚、头头是道，甚至——这里再重复一遍——入木三分地在公爵面前展示一幅描绘过去公爵与娜斯塔霞·菲立波夫娜关系的图画。叶甫盖尼·巴甫洛维奇一向善于辞令，这时他简直达到口若悬河的境界。“从一开始，”他像发表宣言似的说，“您就作假；凡是以作假开始的，必定以作假告终；这是自然规律。我不同意别人——反正有这样的人——说您是白痴，甚至感到愤慨。您太聪明了，和这个称号根本不相配。但您又是那么怪，和别人都不一样，这您不能否认。我认为，全部既成事实的基础是由以下几点构成的：首先是您天生缺乏经验(公爵，请注意“天生”二字)；其次是您天真得异乎寻常；再次是惊人地缺乏分寸感(您自己已承认过好几次)；最后则是头脑里塞满了一大堆纯理性的观念，而您凭着您少有的诚实至今把它们当作真正的、属于本性和直觉的信念！您得承认，公爵，在您对娜斯塔霞·菲立波夫娜的关系中从一开始就包含有某种**程式化的民主因素**(为了简便起见，我使用这一说法)，就包含有所谓‘妇女问题’的吸引力(这是更简便的说法)。当罗果仁给娜斯塔霞·菲立波夫娜送巨款去时在她家演出的又怪又丑的那一幕，我原原本本知道得一清二楚。如果您愿意的话，我可以把你们所有的人一个个详细分析给您听，让您像照镜子一样看到您自己，我对事情的来龙去脉以及如何会变成这样的原因肚子里有一本明细账！作为一个青年人，您在瑞士如饥似渴地思念祖国，如同向往一片神秘的乐土那样向往着俄国；读了很多有关俄国的书，也许是些出色的好书，但是对您有害；您带着渴望干一番事业的血气回国，准备像俗话说的一头扎进工作中去！不料，就在那一天，您听到关于一个苦命女子的令人肠断的悲惨故事，别人对您——一个骑士式的童男——讲起一个女人！当天，您看到了这个女人；您对她的美貌，对一种超尘脱俗、非仙即妖的美着了魔(我承认她是个美人)。再加上您的神经质；再加上您的癫痫症；再加上我们彼得堡能叫人发疯的融雪天气；再加上在一个陌生的、对您来说几乎是光怪陆离的都市里度过的一整天，包括遇见的人、目睹的场面、意想不到的结交、难以置信的现实、叶班钦家的三位小姐，其中有阿格拉雅；再加上旅途劳顿、头晕目眩；再加上娜斯塔霞·菲立波夫娜家的客厅和那里的情调气氛……试问，在这样的时刻，您对自己还能期望什么呢？”

“对，对；没说的，没说的，”公爵大摇其头，开始脸红，“可以说几乎就是这样。您可知道，其实在火车上头天夜里我差不多一宿没睡，前天也是整夜没睡好，身心很不愉快……”

“着哇！这正是我要引导的方向！”叶甫盖尼·巴甫洛维奇愈来愈激奋地往下说，“很清楚，在所谓欣喜若狂的冲动下，急于抓住机会当众宣布一个慷慨大度的思想：您，世家子弟的公爵，一个清白干净的人，不认为一个并非由于自己的过错、却是由于风月场中一名可恶的淫棍之罪而蒙受耻辱的女人是下贱女人。哦，上帝啊，这当然可以理解！但问题不在于此，亲爱的公爵，而在于：您的感情是否切合实际，是否真心诚意？是天然本性，还是单纯的理性狂热？在神圣的殿堂里，一个女人——同样的一个女人——得到了宽恕，但并没有对她说：你干得好，应该得到一切荣誉和尊敬；您说是不是？经过了三个月之后，难道常识没有向您自己提示这是怎么回事？即便她现在是无辜的，——我不坚持自己的看法，因为我不愿意，——然而，她的种种遭遇难道能抵偿她如此鬼迷心窍、令人无法忍受的傲慢？难道能抵偿她如此露骨、如此贪婪的利己主义？请原谅，公爵，我忘形了，但是……”

“是的，可能如此；也许您是对的……”公爵又嗫嚅起来，“她的确很容易发火，您当然说得对，但是……”

“但是值得同情，对不对？您是不是想这样说，我的好心的公爵？可是，为了表示同情，为了使她高兴，难道就可以羞辱高尚、纯洁的另一位姑娘，让她遭到**那双**傲慢可憎的眼睛的鄙视？这种同情接下去将会发展到什么地步？这明明夸大到了不可思议的程度！既然爱一个姑娘，怎么可以让她在她的对手面前受辱，为了另一个女人并且当着另一个女人的面把她抛弃，而且是在您已经亲口向她正式求婚之后……您不是向她求婚了吗？您曾当着她父母和姐姐的面说过这话！请问，公爵，干出了这样的事，您可称得上一位正人君子？而且……您要一位天使般的姑娘相信您爱她，这不是欺骗她又是什么？”

“是的，是的，您说得对，啊，我觉得是我的错！”公爵说，那种哀伤之状非笔墨所能形容。

“难道这样就够了吗？”叶甫盖尼·巴甫洛维奇怒目厉声说道，“难道只要叫一声‘啊，是我的错！’就够了吗？是您的错，可您还是一意孤行！当时您的心在哪里，您的‘基督式’的心？当时您明明看到她的脸：她的痛苦难道比不上**另一个女人**，比不上**您的**那个拆散好事的女人？您明明看到了，怎么能听之任之？怎么能这样？”

“可……我没有听之任之……”可怜的公爵嗫嚅道。

“怎说没有听之任之？”

“上帝可以作证，我真的没有听之任之。我至今闹不清楚怎么会造成这样的局面……我——我当时跑去追阿格拉雅·伊万诺夫娜，可是娜斯塔霞·菲立波夫娜昏倒了；后来总是不让我去见阿格拉雅·伊万诺夫娜，一直到现在。”

“这不是理由！您当时应该去追阿格拉雅，哪怕另一个昏倒在地也不管！”

“是的……是的，我应该……可是这样她会死的！她会自杀的，您不了解她……反正以后我会把一切都告诉阿格拉雅·伊万诺夫娜，而且……。不过，叶甫盖尼·巴甫洛维奇，据我看，您大概什么也不知道。您说说，为什么他们不让我去见阿格拉雅·伊万诺夫娜？我可以把一切都向她解释明白。要知道，当时她们俩说的都不是那么一回事，完全不是那么一回事，所以才造成这样的局面……。这事我对您怎么也讲不清楚；但我也许能对阿格拉雅解释清楚……。啊，我的上帝，我的上帝！您谈到那天她跑出去那一瞬间脸上的表情……哦，天哪，我记得！咱们走，咱们走！”他忽然从座位上急急忙忙跳起来，拽起叶甫盖尼·巴甫洛维奇的衣袖就走。

“去哪儿？”

“去找阿格拉雅·伊万诺夫娜，马上去找！……”

“我刚才告诉过您，她已经不在巴甫洛夫斯克。再说，去找她干什么？”

“她会理解的，她会理解的！”公爵十指交叉把两只手握在一起作恳求状，口中念念有词。“她能理解：这一切都不是**那么一回事**，而是完全不同的另一回事。”

“怎么是完全不同的另一回事？您不是仍然要跟那个女人结婚吗？可见您还是一意孤行……。您到底要不要结婚？”

“是的……我要结婚；是的，我要结婚！”

“那怎么‘不是那么一回事’？”

“哦，不，不是那么一回事，不是那么一回事！这跟我结婚的事不相干，没有关系！”

“怎么不相干、没关系？这种事难道是闹着玩儿的？您要跟心爱的女人结婚，要为她提供幸福，而阿格拉雅·伊万诺夫娜看到这一点，也知道这件事，怎么能说不相干呢？”

“幸福？哦，不！我只不过结个婚罢了；她要这样；我结婚又算得了什么？我……。反正这没有关系！要不然她一定会死的！现在我明白了，她嫁给罗果仁是疯狂的举动！以前我不明白的事情，现在我全明白了。您不知道，那天当她们俩面对面站着的时候，我看到娜斯塔霞·菲立波夫娜脸上的表情，实在受不了……。您不知道，叶甫盖尼·巴甫洛维奇，”他神秘地压低嗓门说，“我从来没有把这一点告诉任何人，甚至没有告诉过阿格拉雅，但我实在不忍看娜斯塔霞·菲立波夫娜的脸……。刚才您谈到在娜斯塔霞·菲立波夫娜家举行的晚会时说得对，但是还有一点您漏掉了，因为您不晓得：当时我望着**她的脸**！那天中午时分我从照片上看到就老大不忍……。例如薇拉·列别杰娃的眼睛就完全不像她那样；我害怕看她的脸！”他十分恐惧地附加说。

“您害怕？”

“是的；她是个疯子！”公爵翕动嘴唇轻轻地说，面色煞白。

“您是不是肯定了解这一点？”叶甫盖尼·巴甫洛维奇非常感兴趣地问。

“是的，我敢肯定；现在已经肯定无疑；现在，这几天以来，我已经完全可以肯定！”

“那您岂不是在做违心的事情？”叶甫盖尼·巴甫洛维奇大声惊呼。“这么说，您结婚是出于某种恐惧？这简直完全无法理解……。也许，您甚至不爱她？”

“哦，不，我全心全意地爱她！要知道，这是一个……孩子；现在她是个孩子，完完全全是个孩子！哦，您什么也不了解！”

“可您同时又声称自己爱阿格拉雅·伊万诺夫娜？”

“哦，是的，是的！”

“这怎么可以？如此说来，您想对两个人都爱！”

“哦，是的，是的！”

“喂，公爵，您在说什么？！快清醒一下！”

“要是没有阿格拉雅，我会……我一定得见到她！我……我不久将在睡梦中死去；我想我今天夜里就会在睡梦中死去。哦，我是多么希望阿格拉雅能了解，了解全部情况……一定得了解全部情况。因为必须了解全部情况，这是最重要的！为什么我们总是不能了解另一个人的**全部情况**，而有时候恰恰需要了解，尤其是当那另一个人有过错的时候！……不过，我现在不知道自己在说些什么，我头脑里乱得慌；您的话太使我震惊了……。难道她现在脸上的表情还跟那天跑出来的时候一样？哦，是的，是我的错！十之八九是我的错！我还不知道错在哪里，反正是我的错……。这里头有些事情我没法对您说清楚，叶甫盖尼·巴甫洛维奇，我不知道从何说起，但是……阿格拉雅·伊万诺夫娜会谅解的！哦，我始终相信她会谅解的。”

“不，公爵，她不会谅解的！阿格拉雅·伊万诺夫娜对您的爱是一个女人的爱，她是一个有血有肉的人，而不是……抽象的灵魂。您可知道，我可怜的公爵：很可能，您既不爱这一个，也不爱那一个，从来也没有爱过！”

“我不知道……也许如此，也许如此；您说的许多话很有道理，叶甫盖尼·巴甫洛维奇。您非常聪明，叶甫盖尼·巴甫洛维奇；啊，我的头又开始疼了，咱们去找她！看在上帝分上，看在上帝分上！”

“我对您说她不在巴甫洛夫斯克，她在柯尔米诺。”

“咱们一起去柯尔米诺，马上动身！”

“这——不——可——能！”叶甫盖尼·巴甫洛维奇拖长声调说着站起来。

“听我说，我来写一封信；您把信带去！”

“不，公爵，不！免了我这种差使吧，恕我不能从命！”

他们分了手。叶甫盖尼·巴甫洛维奇是带着奇怪的印象离去的：他也认为公爵精神不大正常。他那么害怕而又那么爱的这张脸究竟意味着什么？然而，要是没有阿格拉雅，他也许真的会死，那么，阿格拉雅也许永远不会知道公爵何等爱她！哈哈！怎么能两个都爱？以两种不同的方法爱吗？这倒很有意思……可怜的白痴！如今他会怎样呢？

十

不过，公爵直到自己结婚为止并没有死，既没有醒着死去，也没有像他向叶甫盖尼·巴甫洛维奇预言的那样在“睡梦中”死去。也许，他的确睡得不好，常做噩梦；但白天在人前似乎蔼然可亲，甚至看来挺愉快，只是偶尔心事重重，但这是在他一人独处的时候。婚礼在加紧筹备中，日期定于叶甫盖尼·巴甫洛维奇来访以后两星期左右。事情办得这样急促，即使是公爵最好的朋友（如果他有这样的朋友的话），也一定会对他们企图“挽救”这不幸的糊涂虫的努力感到绝望。传说叶甫盖尼·巴甫洛维奇那次走访，在一定程度上是伊万·费奥多罗维奇及其太太叶丽扎薇塔·普罗科菲耶夫娜的主意。但纵然他们从无限的好心出发愿意挽救可怜的痴人免于堕入深渊，他们当然也只能限于作这样聊胜于无的尝试；他们的处境，也许还有他们的心情

（这是很自然的），都不可能促使他们作更认真的努力。上文已经提到，甚至公爵身边的人也在一定程度上反对他。不过，薇拉·列别杰娃仅限于珠泪暗弹，还有就是待在自己屋子里的时间比较多，到公爵那边去的次数比过去少了。郭立亚这一时期在办父亲的丧事；老头儿死于第二次中风，跟第一次相隔八天。公爵对于他们家的悲哀深表同情，最初几天常常在尼娜·亚历山德罗夫娜身边陪上好几个小时；他去参加了葬礼和教堂里的仪式。很多人注意到，公爵到教堂和离开教堂的时候引起了公众的窃窃私议。在街上或花园里也是这样：凡是他步行或坐车经过的地方，总有人说长道短、指指戳戳、议论纷纷，还可以听到一再提及娜斯塔霞·菲立波夫娜的名字。人们在葬礼上想看看她，可是她没有露面。大尉的寡妻也没有出现在葬礼上，列别杰夫还是及时制止了她去参加。追荐仪式给公爵留下的印象是强烈而痛苦的；还在教堂里他就借回答某一句问话的机会悄悄地对列别杰夫说，他这是第一次出席东正教的追荐祈祷，只记得小时候还在某一座乡村教堂里参加过另一场追荐仪式。

“是啊，棺材里躺着的就好像不是咱们前不久还请他坐过主席位的那个人，还记得吗？”列别杰夫向公爵耳语，“您是不是在找什么人？”

“没什么，大概是我眼岔了……”

“是不是罗果仁？”

“难道他在此地？”

“在教堂里。”

“怪不得我好像看到了他的眼睛，”公爵惶惑地嘟哝道，“可是……他来干什么？他是应邀来的？”

“压根儿没考虑过邀请他。他和死者非亲非故。这里反正各色人等都有，是公共场所嘛。您何必这样大惊小怪？现在我经常看到他；最近一个星期我在这里巴甫洛夫斯克遇见他大约已经有四次。”

“我还一次也没有看见过他……从那个时候起。”公爵喃喃地说。

由于娜斯塔霞·菲立波夫娜也一次都还没有告诉他“从那个时候起”遇见过罗果仁，公爵现在得出一个结论：罗果仁不知为什么故意不露面。这一整天他深深地陷入沉思之中。娜斯塔霞·菲立波夫娜则整个白天和当天晚上都快乐异常。

在父亲去世之前即已跟公爵和解的郭立亚，建议他请凯勒尔和布尔多夫斯基充当傧相(因为事情已刻不容缓)。他担保凯勒尔会保持体面的举止，到时候没准儿“用得着他”；至于布尔多夫斯基更不在话下，这人文雅谦和。尼娜·亚历山德罗夫娜和列别杰夫向公爵指出，既然婚事已成定局，何必在巴甫洛夫斯克操办，还偏偏在人们来别墅消夏的旺季，何必如此招摇？到彼得堡去办，甚至在家里举行婚礼，岂不更好？公爵对于所有这些忧虑的意向太清楚了；但他简单明了地回答说，是娜斯塔霞·菲立波夫娜一定要这么办。

次日，凯勒尔来见公爵，他已经被告知要委以傧相之任。进来之前，他先在门口站住，一见公爵，便举起右手，伸出食指，以宣誓的方式大声说：

“我不喝酒！”

这才走到公爵跟前，紧紧抓住他的两只手热烈地握着，表示自己最初听到这桩亲事的时候充满了敌意，并且在弹子房里宣布与公爵为敌，理由非它，无非因为他早已认定，并且以一个朋友的焦急心情天天盼着看到站在祭坛前公爵旁的新娘门第比得上德罗安郡主[①]；但现在他已经认识到，公爵的思想比他们所有的人“加在一起”至少高尚十二倍！因为他要的不是气派，不是财富，甚至不是声望，而只是——真理！出类拔萃的贵人们的褒贬好恶大家太清楚了，而公爵的学问修养太高超了，老实说，谁也不能否认他是出类拔萃的人物！

“但是，混蛋和各种各样的庸人却不是这样看问题；在街头巷

---

① 玛丽·德罗安-蒙巴宗郡主(1600—1679)，再醮后成为德舍弗勒兹公爵夫人，法国女政客。与红衣主教黎塞留为敌，不得不亡命国外，于路易十二死后回国。但因参与另一次政治密谋，第二次又被放逐。

尾、大小人家，在聚会上、别墅里、乐坛下，在小酒店、弹子房，到处都在说三道四，到处都在高谈阔论即将举行的婚礼。我听说有人甚至打算在窗外搞起哄捣乱[①]，而且就在俗话所说的洞房花烛夜！公爵，如果您用得着一个带手枪的贴心正派人，那么，看在朋友义气分上，我拼着射它半打子弹打一场枪战，也要让您安安稳稳到第二天早晨从新婚的床上起来。”

凯勒尔还担心从教堂里出来时讨酒喝的人会像潮水一般涌上去，主张在外面准备好水龙带；但列别杰夫表示反对：“用水龙带非把房子冲塌不可。”

“这个列别杰夫在算计您，公爵，真的！他们想把您置于官方监护之下，您能不能想象？还连同您的一切，包括您的自由和金钱——也就是我们每个人区别于四足动物的两件东西！我听说了，确实听说了！这是千真万确的事实！”

公爵想起他自己好像也已经听到过类似这样的话，但不用说没有加以注意。他现在也只是发一阵笑，旋又丢在脑后。列别杰夫确乎忙活了一阵子；这个人的设想好像总是灵机一动产生出来，然后在不断加温之下变得过于复杂、节外生枝以致脱离原来的出发点朝四面八方远远地岔开去。正是由于这个缘故，他一生没干出什么名堂来。后来，几乎在举行婚礼那天，他来见公爵忏悔(他有一个改不了的老习惯：他跟谁过不去，总是会去找那人忏悔，尤其是在机关算尽一场空之后)，向公爵宣布说：他生来是个塔列兰[②]，可是不知为什么到头来只是个列别杰夫。接着他向公爵亮出全部底牌，这使公爵感到莫大的兴趣。据他自供，他开始时打算请必要时可做靠山的闻人贤达出面干预，为此曾去找过伊万·费奥多罗维奇。伊万·费奥多罗维奇·叶班钦将军感到为难，他对年轻的公爵充满善意，但表示“纵有挽救的愿

① 尤指在引起公众不满的人家门前喧嚷吵闹。

② 塔列兰(1754—1838)，法国外交家，曾两度出任外交大臣。这个名字已成为“惯于玩弄外交手腕、权变多诈的人物”的同义语。

望，奈何在这件事情上不便插手”。叶丽扎薇塔·普罗科菲耶夫娜则既不愿意听他，也不愿意见他；叶甫盖尼·巴甫洛维奇和Ш公爵连连摇手。但是列别杰夫并没有灰心，便去向一位精明的律师请教，——那是一位年高德劭的老先生，与他交情颇深，几乎是他的恩人。律师认为此事完全办得到，只要有智力障碍和精神错乱的充分证明，而同时主要必须有闻人贤达出面充当监护人。至此列别杰夫仍不泄气，有一次甚至带一位大夫来见过公爵，——那也是一位年高德劭的老先生，到此地的别墅来消夏的，脖子上还挂一枚安娜勋章[1]，——唯一的目的是像俗话所说的先摸一摸底，跟公爵认识一下，暂时非正式地，即所谓以朋友身份提出他自己的看法。

公爵想起来了，确实曾有一位大夫来访。他记得，列别杰夫头天就跟他纠缠不休，说他身体不好；在公爵坚决拒绝延医的情况下，列别杰夫突然带来一位大夫，托称他们刚从病势沉重的伊波利特·杰连企耶夫先生处来，关于病人的情况大夫有些话要对公爵说。公爵对列别杰夫称赞了几句，向大夫表示竭诚欢迎。当即就伊波利特的病谈得很投机。大夫请公爵详细讲一下有关自杀那一幕当时的情景，于是公爵把经过情形作了叙述和解释，引起大夫浓厚的兴趣。他们又谈到彼得堡的气候，谈到公爵本人的病情，谈到瑞士，谈到施奈德。公爵介绍施奈德的疗法体系，讲了不少故事，大夫听得津津有味，一坐就是两个小时，在这同时抽了公爵的好多支上等雪茄，而列别杰夫则命薇拉送上极其可口的果汁酒。大夫是个有家室的人，竟对薇拉说了一大堆不寻常的恭维话，激起她强烈的愤慨。当时大家友好地分了手。从公爵那儿出来后，大夫告诉列别杰夫，如果对这样的人通通实行监护，那么叫谁来当监护人呢？列别杰夫就迫在眉睫的事件作了扣人心弦的概述，大夫听了之后，非常滑头地晃晃脑袋，最后表示，撇开“什么人都可以娶，什么人都可以嫁”这点不谈，“那位勾魂摄魄的

---

① 沙俄时代奖给文武官员的勋章之一种(始于1742年)，以俄国女皇安娜·伊凡诺夫娜(彼得一世的侄女，1730—1740年在位)命名。

女士美艳绝伦，单是这一点便足以迷住有家财的人；而除此以外，她还拥有，——至少据我所闻，——她还拥有从托茨基和罗果仁那里得来的大笔财产，还有珍珠钻石、衣物家具，因此，那位亲爱的公爵所作出的选择，非但不能说明他像所谓‘睁眼吃耗子药’那样愚蠢透顶，倒是足以证明他的精明练达、工于心计。由此我倾向于得出相反的、对公爵大大有利的结论……”

这番见解给列别杰夫的印象犹如醍醐灌顶；他就此刹车。现在，他向公爵进一步表示，“现在，除了一片忠诚和甘洒热血的决心，您从我身上看不到其他任何东西；这就是我来的目的。”

最近几天，伊波利特也没少分公爵的心；他派人来叫公爵的次数太多了。他们家住在不远的一所小房子里；小孩——伊波利特的弟弟和妹妹——喜欢这地方，别的不说，至少可以躲开病人到花园里去玩。可怜的大尉寡妇对他百依百顺，完全处于伊波利特的统治之下。公爵每天得给他们劝架，病人则继续把他称作自己的“保姆”，同时由于他所扮演的和事佬角色好像非对他表示轻蔑不可。伊波利特非常记恨郭立亚，因为郭立亚先是陪垂死的父亲，后来则陪成了寡妇的母亲，几乎不来看他。最后，他把公爵近期内即将同娜斯塔霞·菲立波夫娜结婚一事作为嘲弄的目标，竟惹得公爵忍无可忍，不再去探望他。过了两天，大尉寡妇一大早便步履蹒跚地上门来，一把眼泪、一把鼻涕地请求公爵劳驾到他们那儿去一趟，否则**那个主儿**非把她一口吞下去不可。她捎带着说，伊波利特想要透露一个重大的秘密。公爵去了。

伊波利特希望和解，还哭了起来，而流泪过后怨气更大，这自不必说，只是不敢发泄罢了。他的情况坏极了，一切迹象表明这回真的快要死去。其实压根儿没有什么秘密，只有激动得确乎上气不接下气的几句重言告诫：“要提防罗果仁。这个人决不肯弃权割爱。他可比不得咱们，公爵；他想要干的事干起来绝对不会心跳手软……”等等，等等。

公爵详加询问，希望获悉一些事实；但是除了伊波利特个人的感觉和印象，没有任何事实。伊波利特最终还是把公爵吓得魂不附体，这使他得到极大的满足。起先公爵不愿回答他的个别问题；伊波利特劝他远走高飞，“甚至逃往国外亦无妨；俄国神父到处都有，可以在那里结婚”，公爵只是微笑，不置可否。但临了伊波利特抛出如下的假设：“老实说，我只是为阿格拉雅·伊万诺夫娜担心。罗果仁知道您是多么爱她。以爱还爱：您从他手里夺走了娜斯塔霞·菲立波夫娜，他可以把阿格拉雅·伊万诺夫娜杀死。虽则阿格拉雅现在不是您的了，然而您毕竟会深感悲痛的，可不是吗？”

伊波利特达到了目的。公爵离开他的时候委实像掉了魂儿似的。

公爵得到关于要提防罗果仁的这一番警告，已经是在婚礼的前一天。当天晚上，公爵和娜斯塔霞·菲立波夫娜在举行仪式之前最后一次见面；但是娜斯塔霞·菲立波夫娜没能使他定神安心，相反，最近她越来越加重公爵心中的惶惑。过去，即几天以前，她在和公爵见面时总是千方百计让他高兴，看到他的愁容怕得要命。她甚至尝试着给公爵唱歌；次数最多的是把自己所记得的可乐事儿一一讲给他听。公爵几乎老是装作笑得挺欢的样子，有时她讲得兴浓出神，公爵确实被她非凡的才智和隽永的幽默所逗乐，而她往往会兴浓出神。娜斯塔霞·菲立波夫娜看到公爵发笑，看到他所获得的印象，自己也欣喜非凡，开始感到自豪。但是，现在她的忧愁和心事几乎与时俱增。公爵对娜斯塔霞·菲立波夫娜的看法已确定不移，否则她如今的一切表现在公爵看来肯定莫名其妙和不可理解。但公爵真诚地相信她还能恢复过来。公爵对叶甫盖尼·巴甫洛维奇说自己全心全意地爱她，说自己对她的爱确实像疼一个可怜的病孩那样，对这个孩子不应该甚至不可能听其自然，——这些话完全是肺腑之言。公爵没有向任何人解释过自己对她的感情，甚至不喜欢谈这件事，即便无法回避这个题目也罢。他跟娜斯塔霞·菲立波夫娜本人从来没有坐在一起谈论“感情”，仿佛他俩都暗暗发过誓一般。任何人都可以加入他们平时那种生动活泼的谈话。达利雅·阿列克谢耶夫娜后来常说，这一个时期她瞧着他俩，只觉得悦目赏心，旁的都无暇顾及。

但是，公爵对娜斯塔霞·菲立波夫娜的心理和精神状态的这种看法，在一定程度上也免去了他其他许多疑猜。现在这已经是另一个女人，和他所知道的三个月前的娜斯塔霞·菲立波夫娜完全不同。现在公爵已经肯定无疑，例如：为什么当初她流着眼泪、发出诅咒和谴责逃避与公爵结婚，如今却自己力主尽快举行婚礼？“可见她已经不像当初那样害怕和我结婚会给我带来不幸。”公爵忖道。公爵认为，萌发得这样快的自信在她身上不可能是自然的。同样，这种自信也不可能完全来自对阿格拉雅的憎恨，因为娜斯塔霞·菲立波夫娜的情感不至于如此浅薄。会不会是出于恐惧，害怕与罗果仁共命运？总而言之，所有这些以及其他原因在这方面可能都起了作用；但公爵最清楚的恰恰是他早就开始疑心的那个原因，是一颗不幸的、创巨痛深的心灵崩溃所致。这一切尽管从某种意义上说能免去种种疑猜，却始终不能让他得到安宁或休息。有时他好像尽可能什么也不去想；大概他的确把结婚视为一道无关紧要的手续；他对自己的命运太看轻了。至于别人的反对、外界的闲话(诸如叶甫盖尼·巴甫洛维奇对他的责难)，他一概无法回答，觉得自己完全招架不住，因而对于类似的谈话总是避之唯恐不远。

不过，他注意到，娜斯塔霞·菲立波夫娜知道并且懂得阿格拉雅对他意味着什么。她太清楚了，只是不说罢了，但公爵看到过她的“脸”。起先，公爵还经常去叶班钦家求见；有几次她正好发现公爵准备出门，那时候她脸上的表情公爵都看在眼里。叶班钦一家离开此地以后，她的脸简直豁然开朗。无论他的眼力和悟性如何不行，他还是惴惴不安地感觉到，娜斯塔霞·菲立波夫娜为了把阿格拉雅从巴甫洛夫斯克挤出去，不惜掀起一场轩然大波。各处别墅里对这桩婚事甚嚣尘上的议论，无疑在一定程度上得到娜斯塔霞·菲立波夫娜的支持，其目的是刺激她的情敌。由于很难同叶班钦一家狭路相逢，娜斯塔霞·菲立波夫娜有一次叫公爵坐在她的马车上，让马车载着他们打叶班钦家别墅的窗前经过。这对公爵是极其可怕的一大意外；当他发觉的时候照例已无可挽回，马车正从窗前经过。他什么也没说，但接下来连续病倒两天；娜斯塔霞·菲立波夫娜再也没有重复这样的试验。临近婚期的最后几天，她的忧思愁绪越发加深；每次她最后总是战胜自己的忧愁，重新打起精神来，但似乎变得文静了些，不像过去，不像没多久以前那样喧闹、那样欢快、那样幸福。于是公爵加倍留神。他心里纳罕，为什么娜斯塔霞·菲立波夫娜始终不跟他谈起罗果仁？只有一次，离婚期还有五天，达利雅·阿列克谢耶夫娜忽然派人来找公爵，要他马上前去，因为娜斯塔霞·菲立波夫娜情况非常糟糕。公爵发现她处于近乎完全疯狂的状态：她不时尖叫，浑身哆嗦，大喊罗果仁藏在花园里，就在她们的房屋内，她刚才看见罗果仁来着，夜里罗果仁要杀死她……要把她干掉！她一整天都没法平静下来。但当天晚上公爵到伊波利特那儿去探望他时，到彼得堡去办自己的事刚回来的大尉寡妇说，今天罗果仁在彼得堡到她的住所去找过她，问起巴甫洛夫斯克的情况。公爵问，罗果仁到她住所去究竟在什么时候；大尉寡妇回答的时间几乎正是娜斯塔霞·菲立波夫娜自称今天在家中花园里看见他的那个时候。事情只能解释为心造的幻影。后来娜斯塔霞·菲立波夫娜自己去找大尉寡妇详细询问，这才如释重负。

婚礼前夕公爵离开娜斯塔霞·菲立波夫娜时，她正处于高度兴奋的状态。向女裁缝定制的明天要用的服饰已从彼得堡送来，包括结婚礼服、帽子等等穿戴之物。公爵没有料到这些服饰会使她激动到这种程度。公爵自己对所有的衣物都加以称赞，她听了越发欢天喜地。但她说走了嘴：她已经风闻城里群情愤激，一些好事之徒的确在准备搞起哄捣乱，有音乐，恐怕还有专门为此创作的诗，而这一切几乎得到其余各界人士的赞同。她现在偏要在他们面前把头昂得更高，以优美华丽的服饰使所有的人黯然失色。“由他们去嚷，由他们去嘘，只要他们敢！”一想到此，她的眼睛便闪闪发光。她还有一个藏在心底的希望，但她没有说出来：她希望阿格拉雅或者至少是她派来的某一个人，届时也将混在教堂里的人群中瞧热闹，也将看到这场面，娜斯塔霞·菲立波夫娜正在暗暗作这样的准备。晚上十一点左右，她和公爵分手时脑子里尽是这些念头；但午夜的钟声尚未敲响，达利雅·

阿列克谢耶夫娜就派人来找公爵，要他立刻前往，说情况大大不妙。

公爵发现未婚妻关在卧室里不顾一切地大哭大叫，大发歇斯底里。有很长时间她根本听不见别人隔着反锁的门对她说的话。后来门总算开了，她只让公爵一个人进去，接着又把房门锁上，跪倒在他面前。（至少达利雅·阿列克谢耶夫娜事后这样追述，她当时多少偷看到一些动静。）

“我这是在干什么？！我这是在干什么？！我怎么能对你干这种事！”她号叫着，神经质地抱住公爵的两条腿。

公爵陪她坐了整整一小时，他们谈了些什么，笔者不得而知。据达利雅·阿列克谢耶夫娜说，他们在一小时后和好欢乐地分了手。这天夜里公爵还曾派人去问候，但娜斯塔霞·菲立波夫娜已经入睡。第二天清晨，她尚未睡醒，公爵又两次派人去问达利雅·阿列克谢耶夫娜，派去的第三个人受托回来转告，“娜斯塔霞·菲立波夫娜身边现在围着一大群从彼得堡请来的女裁缝和美容师，昨天的样子连一点踪影都没有，眼下正忙于打扮，像她这样一位美人在举行婚礼之前自然免不了把心思都用在衣着穿戴上，此时此刻正在为一个问题进行紧急磋商：究竟戴哪件钻石首饰好？”

公爵这才完全放心。

关于这场婚礼接下来的全部实况，据了解内情者所述经过如下，大概也是可信的：

仪式定于晚上八时举行；娜斯塔霞·菲立波夫娜七点钟便准备停当。看热闹的群众从六点开始就陆续聚集在列别杰夫的别墅周围，但麇集在达利雅·阿列克谢耶夫娜家门外的人特别多。七点以后，教堂里也开始拥挤起来。薇拉·列别杰娃和郭立亚为公爵万分担忧，不过家里有许多事情要他们张罗，公爵屋子里迎接和款待来宾的事都由他们安排。不过，婚礼之后估计没有什么人会来；除了举行仪式时必须在场的人外，列别杰夫邀请了普季岑夫妇、加尼亚、脖子上挂安娜勋章的大夫、达利雅·阿列克谢耶夫娜。当公爵问列别杰夫为什么邀请“几乎完全陌生”的大夫时，列别杰夫得意扬扬地回答：“脖子上挂勋章，是位受尊敬的人物，请他支个门面，”——引得公爵放声大笑。凯勒尔和布尔多夫斯基身穿燕尾服，戴着手套，样子体面得很；只是凯勒尔毫不掩饰地表现出一些好斗的倾向，满怀敌意地望着聚集在门外的围观者，从而使公爵及其心腹们仍不免提心吊胆。七点半，公爵终于坐马车出发前往教堂。这里顺便提一下，他自己故意不愿省略任何一道习俗和惯例；一切都是堂而皇之“按规矩”公开进行的。到了教堂，凯勒尔向左右两边投射威严的目光，引领公爵在公众的窃窃私议和频频感叹声中穿过人群，公爵暂时得以躲进祭坛，而凯勒尔则去请新娘。在达利雅·阿列克谢耶夫娜家门口的台阶前，他发现人群不但比公爵家门外密度大一至两倍，而且其放肆程度也许是那里的三倍。凯勒尔登上台阶，听到的一些呼喊声使他忍不住摆开架势面对公众，正想发表一通必要的演说，幸而被布尔多夫斯基以及从屋里奔出来的达利雅·阿列克谢耶夫娜制止。他们把他夹在中间拉进屋里去。凯勒尔又恼又急。娜斯塔霞·菲立波夫娜站起来，再次照一下镜子，据凯勒尔事后追述，她带着一丝“苦笑”说她自己“面无人色”，还虔诚地向神像行了一礼，然后走到台阶上。鼎沸的人声迎接了她的出现。诚然，最初一刹那可以听到笑声、掌声，恐怕还有嘘声；但继这一刹那之后也响起另外一些人的声音：

“好一个美人儿！”人群中有人喝彩。

“她不是第一个，也不是最后一个！”

“婚礼花冠往头上一套，就什么都掩盖起来了，你们这班蠢货！”

“不，这样的绝色美人上哪儿找去？乌拉！”离得最近的一些人喊道。

“公爵夫人！为了得到这样一位公爵夫人，要我出卖灵魂也干！”一名机关办事员嚷了起来，“‘用生命的代价买我一夜的爱！……’”[1]

---

① 这是普希金所著小说《埃及之夜》中即兴诗人朗诵的诗句。诗中借女王之口说：“我要把自己的爱情出卖；说吧：你们当中有谁肯用生命的代价买我一夜的爱？”

娜斯塔霞·菲立波夫娜出来时确实面色煞白；但她的一双黑色大眼睛像两块烧红的炭向着人群闪亮。人们抵挡不住这样的目光；愤激变成了欢呼。车门已经打开，凯勒尔已经伸出一只手准备扶新娘上车，忽然她大叫一声，冲下台阶直接往人丛里跑。所有陪同新娘的人都惊呆了，人群在她面前向两旁分开，在离台阶五六步的地方突然出现了罗果仁。娜斯塔霞·菲立波夫娜正是从人群中发现了他的眼睛。她像发疯一般跑到罗果仁跟前，抓住他的双手。

“救救我！把我带走！你愿意把我带到哪儿去都行，马上走！”

罗果仁几乎把她抱了起来，差不多一直带到马车旁。接着，才一眨眼的工夫，他已经从钱包里抽出一张一百卢布的钞票，把它递给马车夫。

“去火车站，要是赶得上末班车，再给一百卢布！”

于是他继娜斯塔霞·菲立波夫娜之后自己跳进车厢，关上车门。马车夫片刻也没有迟疑，当即在马身上抽了一鞭。事后凯勒尔都怪事情发生得太出人意料。“只要再过一秒钟，我就会清醒过来，我不会放他逃跑的！”他在追述这段奇遇时这样解释。他曾和布尔多夫斯基一起搭上凑巧也在那里的另外一辆马车去追了一程，但在途中改变了主意，认为“反正来不及了！硬拽也拽不回来！”

“况且公爵也不愿意！”震惊异常的布尔多夫斯基断然说。

而罗果仁和娜斯塔霞·菲立波夫娜及时赶到了车站。罗果仁下了马车，在快要上火车的时候还把一个过路的姑娘叫住，——她披一件虽然旧、但还体面的深色斗篷，裹一方丝绸头巾。

“我出五十卢布买您的斗篷！”他忽然向姑娘递钱过去。姑娘刚来得及感到惊讶，还没有弄明白是怎么回事，罗果仁已经把一张五十卢布的钞票塞到她手里，卸下她的斗篷和头巾，把这两件东西往娜斯塔霞·菲立波夫娜肩上和头上一披。新娘过于华丽的服饰太显眼了，上了火车会吸引所有人的注意；那姑娘后来才明白，人家为什么给她那么大的好处买她的一文不值的旧东西。

这段奇闻的风声以少有的速度传到教堂。当凯勒尔来找公爵时，许多他根本不认识的人纷纷向他打听。人们高声谈论，连连摇头，甚至发笑；谁也不从教堂里走出去，大家都在等着瞧新郎对这一消息作出什么反应。公爵面色变白，但对这个消息的反应是镇定的，只以勉强听得见的声音说道：

“我一直在担心；但我毕竟没有料想到会发生这样的事……”在略一停顿之后，他又说：“不过……根据她的精神状态……这完全合乎逻辑。”

事后连凯勒尔也把这种反应称作“绝无仅有的哲学”。公爵走出教堂时显然既不慌乱，也不沮丧；至少有很多人注意到这一点并在事后如此说。看来他很想回到家里去尽快一个人清静一会；但他没有得到清静。几位应邀而来的宾客也跟在他后面走进房间，其中有普季岑、加甫里拉·阿尔达里昂诺维奇以及一时也不会走的大夫。除此以外，整幢房屋简直给闲人围得水泄不通。公爵从廊台上也能听见凯勒尔和列别杰夫跟一些完全不相识的人发生激烈的争执，那些公务员模样的人一个劲儿地想要到廊台上来。公爵走到争吵双方跟前，问明是怎么回事，然后客气地请列别杰夫和凯勒尔闪开，很有礼貌地转向站在台阶上的一位头发已经花白的肥胖绅士，看样子是这些人中为首的，请他莅临赐教。那位先生倒有些不好意思起来，不过还是接受了邀请；继他之后又有第二位、第三位。整个人群中共有七八位不速之客，他们进去时尽是装作满不在乎的样子；但此外没有人想要加入；很快，就在群众中有人开始对那些闯入者表示谴责。公爵请进屋的人坐下，开始交谈，有人送上香茗，——这一切都做得非常合乎礼仪、大方自然，使进去的几位多少有些纳罕。当然，有些人试图让谈话活泼起来，把话锋转到“有兴趣的”题目上去；有人提了几个不知趣的问题，有人发表了几点浮躁的意见。公爵对所有的人答话都是那么朴实、诚恳，同时又不卑不亢，相信客人都是正派规矩的，致使不知趣的问题自然而然地无人再提。渐渐地，谈话几乎开始趋于严肃正经。一位先生不知在谈到什么的时候忽然非常气愤地发誓说，不管发生什么事情也决不卖掉田庄，相反，他要等着瞧，一直等到底，并且说

“家业强似金钱”；“我可以告诉您，亲爱的先生，这就是我的经济体制”。由于这话是对公爵说的，公爵便热情赞扬了几句，尽管列别杰夫向他附耳说这位先生穷得不名一文，从来不曾有过什么田庄。几乎过了一个小时，茶也喝了，茶后客人们终于不好意思再待在这里。大夫和花白头发绅士向公爵热情道别；其他人也热闹而友好地纷纷告辞。有的表示了良好的愿望，有的提出自己的看法，诸如“不必难过，这一切也许反倒更好”等等。诚然，有人想要讨香槟喝，但比较年长的客人制止了比较年轻的。等宾客都散去以后，凯勒尔俯身向列别杰夫说：“你我本来一定会闹得鸡飞狗跳、打架出丑，最后把警察拖来；可是他反倒又交上一批朋友，而且我知道他们都是些何等样人！”已经灌到相当“火候”的列别杰夫叹道：“我以前就说过，他瞒过有识见、明事理的人，却向娃娃们和盘托出；现在我还要补充说，他——这个娃娃——自己险些掉进深渊，多亏上帝保佑，是上帝和众位圣徒救了他！”

直至十点半左右，公爵才得一个人清静一会。他已觉得头疼。最后一个走的是郭立亚，他帮公爵把结婚礼服换上家常衣着。他们怀着热烈的感情分了手。郭立亚没有多谈所发生的事件，但答应明天早一点来。事后他作证说，公爵在最后一次作别时没有给他任何暗示，可见对他也没有透露自己的意图。不一会，全幢房子里几乎谁也没有留下：布尔多夫斯基去看望伊波利特；凯勒尔和列别杰夫不知上哪儿去了。只有薇拉·列别杰娃还在公爵的几间屋子里逗留若干时间，把房间里的喜庆布置匆匆除去，恢复平时的样子。她临走时去看了一下公爵。公爵用两肘抵着桌面，双手捧住脑袋坐在那里。薇拉轻手轻脚走过去，碰了一下他的肩膀；公爵莫名其妙地望着她，差不多花了一分钟时间，似乎在努力回忆；但及至恢复记忆、一切都明白过来以后，他忽然激动得异乎寻常。最后，他只不过向薇拉提出一个热烈的、不寻常的请求：要薇拉明天一大早七点钟就来敲门叫他，以便去赶第一班火车。薇拉应允了；公爵开始恳求她千万不要把此事告诉任何人；她也应允了。最后，当薇拉已经开了门要走出去时，公爵第三次把她叫住，把她的双手拿起来一一亲吻，然后在她脑门上也吻了一下，带着跟往常“不一般”的神情对她说了声：“明天见！”至少薇拉在事后是这样说的。她离开的时候心里为公爵老大担忧害怕。第二天清晨，她按约定的时间刚过七点便去敲公爵的房门，告诉公爵，火车在一刻钟后开往彼得堡；她觉得公爵开门时精神很好，甚至面带笑容，于是她也稍感宽心。公爵夜里几乎没有脱去衣服，但是睡过。据他说，他当天就能回来。根据以上情况可以得出这样的结论：在那个当儿，关于自己要去彼得堡这件事，公爵认为只能告诉薇拉一个人，也只需要告诉她一个人。

十一

一小时以后，他已经到了彼得堡，九点多钟在罗果仁家门外打铃。他走进正门以后很久叫不开里边的门。后来，罗果仁母亲那边的门开了，门口出现一个样子相当整洁的老年女仆。

“巴尔菲昂·谢苗诺维奇不在家，”她从门内向门外说，“您要找谁？”

“找巴尔菲昂·谢苗诺维奇。”

“他不在家。”

女仆简直像看什么怪物一般好奇地打量着公爵。

“那就请您告诉我，昨夜他是不是住在家里？还有……他昨天是不是一个人回来的？”

女仆继续望着他，但不答话。

“昨天……晚上……娜斯塔霞·菲立波夫娜有没有和他一起在这里？”

“请问，您是哪一位？”

“列夫·尼古拉耶维奇·梅诗金公爵，我和他很熟。”

“他不在家。”

女仆低首垂目。

“那么娜斯塔霞·菲立波夫娜呢？”

“这事我什么也不知道。”

“请等一下，等一下！他什么时候回来？”

“这我也不知道。”

门关上了。

公爵决定过一小时再来。他走到院子里，遇见一个扫院子的。

“巴尔菲昂·谢苗诺维奇在家吗？”

“在家。”

“那刚才人家怎么对我说他不在家？”

“他屋里的人说的？”

“不，是他母亲屋里的女佣人说的。我在巴尔菲昂·谢苗诺维奇门外打铃，可是没有人开门。”

“也许出去了，”门房说，“他不告诉别人。有时候他把钥匙也带走，屋子常常锁着三天不开门。”

“您是不是肯定知道他昨夜在家？”

“在家。有时他从正门进来，那就看不见了。”

“那么，娜斯塔霞·菲立波夫娜昨天是不是和他一起来的？”

“这就不知道了。她不常来；要是她来的话，我想会知道的。”

公爵走出大楼，在便道上沉思徘徊了一些时候。罗果仁住的那几间屋子的窗户全关着；他母亲那边的窗子差不多全部打开。天气晴热；公爵穿过马路走到对面的便道上，站住脚再次看看那些窗户，发现窗子不但关着，而且几乎到处都放下了白色的窗帘。

他站了一会儿，说也奇怪，他忽然觉得有一幅窗帘边上被撩起一点点，只见罗果仁的面孔一闪，一闪之后瞬息即逝。他又等了片刻，已经决定再去打铃叫门，但是想了一想，还是打消这个念头，等过一个小时再作计较。“谁知道，没准儿是我眼岔了……”

主要的是他现在急于前往伊兹迈洛夫团找娜斯塔霞·菲立波夫娜不久以前住过的寓所。公爵知道，三星期前她接受公爵的请求离开巴甫洛夫斯克后，在伊兹迈洛夫团她过去的好友、一位教师的寡妻家里住下。这是一位受尊敬的贤妻良母，几乎靠出租一套带家具的上好房间维持生计。娜斯塔霞·菲立波夫娜又搬到巴甫洛夫斯克去时，很可能还保留着这套寓所；至少她极有可能在这寓所里过夜，因为罗果仁昨天当然会把她送到那里。公爵雇了一辆街车。途中他想到，其实应当先去找那个地方，因为她绝不可能夜里直接到罗果仁家去。这时他也记起了扫院人所说娜斯塔霞·菲立波夫娜不常去的话。既然本来就不经常去，现在怎么会在罗果仁家留宿？公爵用这些想法给自己宽心，终于半死不活地来到伊兹迈洛夫团。

使他大为愕然的是：教师的寡妻家昨天和今天都没有听到娜斯塔霞·菲立波夫娜的消息，但家里人都跑出来像看奇迹似的看他本人。教师寡妻人口众多的一家——全是女孩子，年龄挨得很近，从十五岁到七岁。她们跟在母亲后面倾巢而出把公爵围住，冲着他张口瞠目。在她们后面走出来一位系黑头巾的干瘦黄脸女人——她们的姑姑；最后出现的是她们的奶奶、一位戴眼镜的老太太。教师的寡妻诚意相请他进去坐一会，公爵从命照办。他当即猜到，她们完全了解他是谁；她们十分清楚地知道，昨天应该是他结婚的日子。她们亟欲询问婚礼的情况，一心想了解何来这样的咄咄怪事：他竟来向她们打听此时应该和他一起在巴甫洛夫斯克的那个女人。但是她们很知趣。公爵简单地谈了一下婚礼的事以满足她们的好奇心。诧异、感叹和惊呼接踵而至，于是公爵不得不把其余的一切几乎都告诉她们，当然只能是其中的荦荦大者。最后，这几位明智而激动的女士商议的结果，认为首先一定要敲开罗果仁的门，从他那里确切地了解全部情况。即使他不在家(这一点必须彻底弄清楚)或者不愿说，那就上谢苗诺夫团去找娜斯塔霞·菲立波夫娜的朋友、一位与母亲同住的日耳曼裔女士，没准儿娜斯塔霞·菲立波夫娜因为激动得厉害和想躲起来，就在她们家里留宿。

公爵离座起身的时候沮丧万分；据她们事后追述，他“脸色煞白煞白的”；的确，他的两条腿也发软了。后来，透过七嘴八舌的一片嘁喳之声，他勉强弄清楚，她们在商量和他一起采取行动，并问他要城里的地址。他在彼得堡没有地址；于是她们建议他先找个旅馆落脚。公爵考虑了一下，就把他住过的一家旅馆的地址告诉她们，这就是五个星期以前他曾在那里癫痫发作的一家旅馆。然后他又去找罗果仁。这回非但罗果仁那边不开门，连他母亲那边的门也没开。公爵下楼去找扫院人，好不容易在院子里把他找到。扫院人正有事忙着，对公爵几乎不大搭理，简直连正眼也不给一个，但还是明确宣称，"巴尔菲昂·谢苗诺维奇一大早就到巴甫洛夫斯克去，今天不回家了。"

"我等他；兴许他晚上回来？"

"兴许一星期不回来，谁也说不准。"

"这么说，昨天他到底是在家里过夜的？"

"过夜是在家里过的……"

这一切非常可疑，看来其中有诈。扫院人在这段时间内很可能得到了新的指示。第一次他甚至相当饶舌，而这一回干脆避而不答。但公爵决定过两小时再来，必要的话甚至准备守在门外；而眼下只剩日耳曼女士那里的一线希望，于是他驱车赶奔谢苗诺夫团。

但在日耳曼女士那里，人家甚至不懂他的来意。根据对方漏出来的片言只语，他可以猜到，那位漂亮的日耳曼女士大约两个星期以前甚至同娜斯塔霞·菲立波夫娜闹翻了，因此这些日子关于后者的情况她一无所闻，并且现在也竭力表示她根本没有兴趣与闻，"哪怕她嫁给全世界所有的公爵也由她去"。公爵匆匆离去。公爵还产生一个念头：她也许和上次一样到莫斯科去了，而罗果仁自然跟踪前往，也可能和她同行。"哪怕找到一点线索也好！"不过他想起了必须去旅馆落脚，于是急急忙忙赶到李捷依内大街，那里立刻给了他一个房间。茶房问他要不要用一点便餐，他心不在焉地回答说要；及至突然明白过来以后，他对自己大发雷霆，因为这顿便餐使他多耽搁了半个小时，直到事后才想到，其实他完全可以撇下送上来的便餐不吃。在这光线暗淡、空气窒闷的旅馆走廊里，他被一种奇怪的感受所控制，这种感受费劲地力图具体化为某个想法；但他总是猜不透，这个硬要冒出来的新想法究竟是什么。最后，他失魂落魄似的走出旅馆；他的脑袋在旋转，可是上哪儿去呢？他又去找罗果仁。

罗果仁没有回来；打铃无人应门；他去打罗果仁母亲那边的铃；开门的人也说巴尔菲昂·谢苗诺维奇不在，也许三天不回家。使公爵感到困窘的是人家跟第一次一样像看什么怪物一般好奇地打量他。这回他根本找不到扫院人了。他和刚才一样走到对面的便道上望着窗户，在难忍的酷暑中徘徊达半小时之久，也许还不止。这一回毫无动静：窗子没有打开，白色的窗帘纹丝儿未动。他终于认定，刚才所看到的想必也只是他的错觉，因为窗户事实上暗沉沉的久矣乎没有擦洗，即使真的有人隔着玻璃窗朝外张望，也很难看清楚。他对这个想法感到高兴，于是又上伊兹迈洛夫团教师寡妻家去。

那边已经在等他。教师的寡妻已经去过三四个地方，甚至也到罗果仁家去过；毫无音信。公爵默默听完以后，走进房间，在沙发上坐下来望着大家，仿佛不明白她们在对他说些什么。说来也怪：他忽而洞察秋毫，忽而又心不在焉到难以想象的程度。这户人家事后认为，那天他委实是个“出格”的怪人，可见“结局也许当时就已经显示轮廓”。最后，他站起来要求带他去看看娜斯塔霞·菲立波夫娜的房间。那是两间轩敞明亮的屋子，陈设十分讲究，所费当不在少数。那几位女士事后说，公爵仔细端详屋子里的每一件东西，看到有一本向图书馆借阅的书翻开在茶几上——法国小说《包法利夫人》[①]。他发现后就在翻开的那一页上折起一只书角，请求让他把书带走，并且还没听完房东指出书是从图书馆借来的，就立刻把它揣入兜里。他在一扇打开的窗前坐下，见一张小型牌桌上用粉笔记着分数，便问：是谁在这里玩牌？她们告诉他，娜斯塔霞·菲立波夫娜每天晚上和罗果仁玩杜拉克、普瑞菲朗斯、磨坊主、惠斯特、自选王牌等各种牌戏，并说玩牌还是最近的事，即从巴甫洛夫斯克搬到彼得堡以后才开始，因为娜斯塔霞·菲立波夫娜老是抱怨闷得慌，抱怨罗果仁往往整个晚

① 这是法国作家福楼拜(1821—1880)所著的一部长篇小说，1857年出版。陀思妥耶夫斯基经屠格涅夫推荐于1867年读了此书，并且给予很高的评价。

上坐着不开口，什么也不会说，她自己经常流泪；第二天晚上，罗果仁忽然从兜里掏出一副纸牌；娜斯塔霞·菲立波夫娜笑了，从此他们就开始玩牌。公爵问：他们玩的牌在哪里？但是纸牌这里没有；牌总是由罗果仁自己揣在兜里带来，每天换一副新牌，然后自己带走。

那几位女士建议他再去找一次罗果仁，再次使劲叫门，但不是现在，而是等到晚上，“兴许能得到一点结果”。与此同时教师的寡妻本人自告奋勇在入晚以前到巴甫洛夫斯克去找一趟达利雅·阿列克谢耶夫娜，看看那边是否知道什么消息。她们请公爵不管怎样当晚十点钟再来，以便商量明天如何行事。

尽管好心的人们劝慰再三，不断为他鼓气，公爵的心还是被无限的绝望所攫住。他怀着难以形容的凄怆徒步走到旅馆。夏天的彼得堡尘土飞扬、闷热难当，他觉得自己好像被夹在一把钳子中间。他在紧绷着脸或醉态可掬的人流里挤来挤去，漫无目标地注视他们的面容，也许走了大大超过必要的路，几乎直至晚上才走进旅馆里他的房间。他决定稍事休息，然后依照人家的忠告再去找罗果仁。他在沙发上坐下，用两个胳膊肘抵着桌子，陷入了沉思。

他想了多久，只有上帝知道；他想些什么，也只有上帝知道。他担心很多事情，并且痛苦地、难受地感觉到自己怕得要命。他想起了薇拉·列别杰娃；后来一个念头油然而生，列别杰夫对这件事也许有所了解，即使不了解，也能比他快、比他省事地打听到。接着他想起了伊波利特，想起罗果仁去找过伊波利特。随后他回忆起罗果仁本人：回忆起不久前在追荐仪式上看到过罗果仁，还有在林苑里，还有——在此地的走廊里，那时他躲在角落里，带着刀子打他的埋伏。现在他又回忆起罗果仁的眼睛，那双当时在黑暗中望着他的眼睛。他打了一个冷战：刚才那个硬要冒出来的想法此刻突然出现在他的头脑里。

他的想法是这样的：假如罗果仁在彼得堡，那么，即使他暂时不露面，最后必定要来找他，来找公爵，不管来意是好是歹，哪怕跟以前那一次一样也罢。不管怎样，倘若罗果仁出于某种原因需要来找他，不可能去别的地方，只能到这里来，到这条走廊里来。罗果仁不知道他的住址，那就很可能认为公爵仍在以前住过的那家旅馆下榻；至少要到这里来找一找……倘若很有必要的话。然而，也许他确实会有很大的必要，这谁知道？

这就是他的想法，而且他不知为什么觉得完全有此可能。如果他要对这个想法加以深究，例如：罗果仁为什么会突然需要找他？为什么他们最后非见面不可？——他决计答不出所以然来。但这个想法还是沉甸甸压在他心上。“要是他觉得挺好，就不会来，”公爵继续忖道，“他多半在心境不好的情况下会来；而他的心境是肯定好不了的……”

既然对此深信无疑，当然不应该外出，应该在旅馆里等候罗果仁；但他好像不堪自己这个新想法的重压，拿起帽子就往外跑。走廊里差不多已经完全黑了。“会不会他现在突然从那个角落里闪出来，在楼梯旁把我拦住？”当公爵走近那个熟悉的地方时，脑子里出现这样一个念头。但是没有人闪出来。他下楼进门洞，走到便道上，惊诧地发现有如此密密匝匝的人潮随着夕阳西下一齐涌上街头（夏季的彼得堡总是这样）。他朝豌豆街的方向走去。在距离旅馆五十步左右的第一个道口，人群中忽然有人碰了一下他的胳膊肘儿，凑到他耳边轻轻地说：

“列夫·尼古拉耶维奇，跟我来，老弟，有个事儿。”

这人是罗果仁。

奇怪的是：公爵欣喜之余，忽然讷讷地开始告诉罗果仁，——几乎一句没结束第二句又接上，——刚才他满以为会在旅馆的走廊里遇见罗果仁的。

“我去过那里，”罗果仁出人意料地答道，“走吧。”

公爵对他的话感到惊讶，但是在过了两分钟玩味出这句答话的意思后才感到惊讶。及至玩味出这句答话的意思，他吓了一跳，开始仔细观察罗果仁。罗果仁已经走在他前头半步，直着眼睛凝视前方而不去看迎面而来的任何人，下意识地小心翼翼给所有的人让路。

“你既然去过旅馆……为什么不到房间里来找我？”公爵忽然问道。

罗果仁停下来，对他看了看，想了一下，似乎不太明白这句问话的意思，然后说：

“这样吧，列夫·尼古拉耶维奇：你在这一边笔直往前走到家里，知道吗？我在那一边走。你得注意让咱俩保持在一条线上……”

说罢，他穿过马路踏上对面的便道，再朝这一边看看公爵是否在走；他见公爵站着睁大眼睛对他瞧，便挥手示意公爵朝豌豆街的方向走，然后自己迈开步子，不时扭头看看公爵要他跟上。他见公爵明白了他的意思，没有从另一边便道向他走过去，显然放心了。公爵估量罗果仁需要密切注意某人，怕在途中漏掉，所以到另一边的便道上去。“可是他为什么不说要注意什么人？”

他们如此走了五百步左右，忽然公爵不知为何开始发抖。罗果仁仍扭头回顾，虽然次数比刚才少了。公爵再也忍不住，便向他招招手。罗果仁立刻穿过马路走到他跟前。

“娜斯塔霞·菲立波夫娜难道在你那儿？”

“在我那儿。”

“上午在窗帘后面朝窗外看我的是你？”

“是我……”

“你怎么？……”

但公爵不知该往下问什么，也不知如何结束这样的问答。况且他的心跳得厉害，连说话都感到困难。罗果仁也不作声，依然和刚才一样、也就是若有所思地望着他。

“那我就过去了，”罗果仁忽然说，又准备穿过马路，“你管你自己走。咱俩在马路的两边各走各的……这样对咱俩都比较好……各走一边……你会明白的。”

他们终于从两边的便道各自折上豌豆街，渐渐走近罗果仁家。公爵的两条腿又开始发软，几乎很难迈开。时间已是晚上十点左右。他母亲一边的窗户跟刚才一样开着；罗果仁一边的仍关着，白色下垂的窗帘在昏暗中似乎更加醒目。公爵从另一边便道走到那幢大楼对面；罗果仁则从他那一边的便道跨上台阶，并且向他招招手。公爵过马路登上台阶与他会合。

“现在连扫院子的也不晓得我回家了。我先前对他说到巴甫洛夫斯克去了，对我母亲也是这样说的，”他带着狡狯的、几乎是得意的微笑悄悄地说，“别让谁听见咱们进去。”

他已经把钥匙握在手中。上楼的时候他回过头来用手势警告公爵，示意他走得轻一点；然后他用钥匙开了自己那边的房门，让公爵进去，自己小心地跟在他后面，把门锁上后钥匙放回兜里。

“往里走。”他悄悄地说。

还在李捷依内大街的便道上他就压低声音说话。别看表面上镇定自若，他内心深感焦虑。他们进入书房前的客厅，罗果仁走到窗前，神秘地招招手叫公爵过去：

“白天你来打铃找我，我在这儿马上料到是你；我轻手轻脚走到门口，听你在跟帕甫努季耶夫娜说话，而我在天刚亮的时候就关照过她：如果你来，或者你派的什么人来，或者不管什么人来敲我的门，无论如何不许说我在家；特别是你自己来找我，更不能说；我把你的姓名也对她说了。后来你出去了，我忽然想到：你会不会站在附近，从街上监视这里的动静？我就走到这扇窗前，撩起窗帘的一角往外瞧，你站在那里，正好冲我这边望着……。事情就是这样。”

“娜斯塔霞·菲立波夫娜……到底在哪儿？”公爵喘着大气费力地说。

“她……在这里，”罗果仁慢慢腾腾地说，似乎故意稍等一下再回答。

“到底在哪儿？”

罗果仁举目凝神望着公爵，说：

“跟我来……”

他仍压低嗓门说话，一副不紧不慢、慢条斯理的样子，而且跟刚才一样作奇怪的沉思状。即便在谈到窗帘的时候，尽管语气激昂，但他心里想要说的与他口中所述好像完全是两码事。

他们进入书房。自从公爵上一回到此以来，这间屋子里发生了一些变化：横贯整个房间张着绿色花缎的厚幕，两端各有一个出入口，这道帷幕把一间凹室同书房隔开，罗果仁的床铺就在那凹室里。厚实的帷幕低垂，两边的口子关着。但是屋子里暗得很；彼得堡夏季的“白夜”已开始渐渐变黑，如果晚上没有满月，罗果仁这几间本来就阴森森的屋子里放下了帘幕简直很难看清什么东西。固然，面目还能辨认，但非常模糊。罗果仁照例面色苍白；他的眼睛注视着公爵，亮得厉害，但似乎呆滞不动。

“你怎么不点一支蜡烛？”公爵问。

“不，不用。”罗果仁答道，然后拉住公爵的手，让他坐在一把椅子上；他自己坐在公爵对面，并把椅子挪得很近，几乎与公爵膝盖相促。在他们之间略略靠边的地方有一张小圆桌。

“坐下，咱们先坐一会！”他说，好像在劝公爵别急。两人沉默片刻。“我知道你又在那家旅馆住下，”他开始说，正如人们在进入正题之前有时候先从与事情没有直接关系的闲文细节谈起，“我一进走廊，心想：‘会不会这时候他正在坐着等我，就像我在等着和他见面一样？’你到教师寡妇家去了？”

“去了。”公爵心跳得几乎说不出话来。

“这一点我也考虑到了。我想，反正还有的是话要谈……后来我又想：‘我把他带到家里过夜吧，那么今夜可以在一块儿……’”

“罗果仁！娜斯塔霞·菲立波夫娜在什么地方？”公爵突然翕动嘴唇说着站起来，浑身上下哆嗦不已。罗果仁也站了起来。

“在那边。”他朝帷幕那边一扭头轻声说。

“睡着了？”公爵轻声问。

罗果仁又和刚才一样凝神望着他。

“咱们还是过去吧！……不过你……得了，咱们过去！”

他撩起帷幕，站住脚，又向公爵回过头来。

“进去！”他朝帷幕里边把头一扭，请客人先走。公爵走到帷幕后面。

“这里暗得很。”他说。

“看得见！”罗果仁咕唧了一句。

“我勉强可以看见……一张床。”

“走近点儿。”罗果仁悄声建议。

公爵又跨近一些，一步，两步，然后打住。他站着看了有一分或两分钟。两人在床边几乎始终不说一句话；公爵的心跳得那么响，在这死一般寂静的房间里恐怕听得出来。但他的眼睛已经适应到看得见床上的整个景象。床上睡着一个人，睡得很死，一动也不动；听不见丝毫窸窣之声，听不见半点儿呼吸的气息。床上的人给用一条白色的被单蒙头盖了起来，但身体四肢的轮廓依稀可辨。根据身体的线条只能看出那人是直挺挺躺着的。周围一派乱七八糟的景象，床上、脚边、床畔的圈椅里，甚至地板上，散扔着脱下的衣裳：华贵的白色丝绸礼服、鲜花、缎带。床头旁边的小几上扔着卸下的钻石首饰在闪光。脚边是一些揉作一团的花边网绣，就在一堆白色的花边上，从被单下面露出一只光脚的脚尖——它看起来像是用大理石凿出来的，那种纹丝儿不动的静态实在可怕。公爵看着，只觉得他越往下看，屋子里的气氛就越显得死一般的静穆。忽然，一只被惊动的苍蝇嗡嗡地从床的上方飞过，在床头那边止声。公爵打了一个寒噤。

“出去吧。”罗果仁碰了一下他的胳膊。

他们出来以后仍坐在那两把椅子上，仍然面对面。公爵哆嗦得越来越厉害，并始终用疑问的目光注视着罗果仁的脸。

“我看得出，列夫·尼古拉耶维奇，你在哆嗦，”罗果仁终于说，“几乎跟你在莫斯科的时候一样，那时你也有过几次像这样紧张失常，还记得吗？或者正好跟某一次发病之前一样？我简直想不出现在对你该怎样做才好……”

公爵竭尽全力注意听着，想明白他说些什么，同时眼神始终在发问。

“是你干的？”他终于朝帷幕那边扭了扭头说出这么一句。

“是……我……”罗果仁低声说着垂下脑袋。

两人沉默了足有五分钟。

“因为，”罗果仁忽然接下去说，仿佛谈话并未中断过，“万一你发起病来，万一你的癫痫发作，大喊大叫，给街上或院子里的人听见，人家就能猜到有人在屋里过夜，于是就会敲门进来……因为他们都以为我不在家。我连蜡烛也没有点，为的是不让街上或院子里的人猜到。因为我不在家时总是把钥匙带走，往往三四天都没人进来收拾屋子，这是我立下的规矩。所以，不能让人家知道咱们在这儿过夜……”

“等一下，”公爵说，“白天我问过扫院子的和老妈子：娜斯塔霞·菲立波夫娜有没有在这儿过夜？这就是说，他们已经知道了。”

“我知道你问过。我告诉帕甫努季耶夫娜，说娜斯塔霞·菲立波夫娜昨天来过，可是昨天就到巴甫洛夫斯克去了，只在我这里待了十分钟。所以他们不知道她在这里过夜，——谁也不知道。昨天我们也是悄悄地进来的，跟咱们今天一样。在火车上我还暗自寻思：她也许不愿意悄悄地进门。不料完全不是那么回事！她悄声说话，踮着脚走，还把裙裾提起来捧在手里，免得发出声响，在楼梯上她自己伸出一个指头示意我噤声，——她一直害怕的只是你。在火车上她完全像发了狂，那都是因为害怕，是她自己表示要到我这儿来过夜的；起先我打算把她送到教师寡妇家去。谁知她完全不那么想！她说：‘在那边天一亮他就会找到我，你得先把我藏起来，赶明儿一早就去莫斯科。’然后她说要去奥廖尔的一个什么地方。她临睡的时候还叨咕着要和我一起到奥廖尔去……”

“且住；你现在打算怎么办，巴尔菲昂？你想干什么？”

“我就是对你不放心，你浑身直哆嗦。咱们就在这儿过夜，待在一起。除了这张床，这儿没有别的床铺；不过我想过了，可以把两张沙发上的靠垫取下来，就在这帷幕旁边安一张铺，咱俩一块儿睡。因为要是有人进来查看或寻找，马上就会看到她并且把她抬走。他们问起我来，我就说是我干的，于是我也马上会被带走。所以现在还是让她靠近咱们躺在那里，靠近我，也靠近你……”

“对，对！”公爵热烈赞同。

“也就是说，不去自首，不让抬走。”

“对，决不！”公爵断然说，“绝对不！”

“我拿定的就是这个主意，老弟，决不交给任何人！咱们悄没声儿地过一宿。今天我只从家里出去一个小时，那是在上午，其余的时间一直守在她身旁。后来，到了晚上，我才去找你。我还担心的一件事就是天气闷热，怕会有味儿。你闻到味儿了没有？”

“也许闻到了，我自己也不知道。到明天上午肯定会散发出味儿来。”

“我用油布把她裹了起来，是很好的防水油布，上面再盖被单，还开了四小瓶防腐杀菌剂放在旁边，现在还在那儿。”

“就跟……发生在莫斯科的那桩案子一样？”

“因为怕有味儿，老弟。你瞧她躺在那里的样子……。赶明儿天一亮，你再瞧瞧。你怎么啦，连站也站不起来了？”罗果仁担心而又惊讶地问，他见公爵哆嗦得没法抬起身子。

“腿儿迈不开，”公爵咕哝道，“这是由于害怕，我知道……。等定下神来以后我再站起来……”

“你等一下，我来给咱们安铺，你可以躺下……我也跟你一块儿睡……咱们一起静听……因为，老弟，我还不知道……老弟，我现在还不是全知道，所以我先对你说，让你心里有个底儿……”

罗果仁这样语言闪烁地哩哩啰啰说着开始安铺。看来，也许他上午就在心里打好了这样安铺的主意。昨夜他自己睡在沙发上。但是一张沙发上睡不下两个人，所以他现在费那么大的劲从房间的另一端把两张沙发上大大小小的靠垫通通搬到帷幕的出入口旁。铺位算是马马虎虎安好了；他走到公爵跟前，温柔而又热情地挽住胳膊把他搀起来，扶他走到铺位前。他发现公爵自己能走；可见恐惧即将过去，正在“定下神来”；不过，公爵还在哆嗦。

“因为天热，老弟，”罗果仁忽然开始说，他让公爵躺在左边比较好的靠垫上，自己和衣躺在右边，双手枕在脑后，“你也知道，说不定会有味儿……。窗我不敢开；我母亲那边倒有几盆花，有好多花，而且香味很好；我本想搬几盆过来，可是帕甫努季耶夫娜会起疑心的，因为她好奇。”

“她的确好奇。”公爵表示同意。

“除非去买，用一束束鲜花把她围起来，可好？不过我想，朋友，瞧着她围在花丛里多可惜呀！”

“我问你……”公爵说，但似乎心中无数，仿佛在思索究竟应该问什么，可是随即又忘了，“我问你：你是用什么对她干的？刀子？就是那一把？”

“就是那一把。”

“再等一会！巴尔菲昂，我还想问你……我有许多事想问你，什么都想问……不过你最好先告诉我，首先让我知道：你是不是在我的婚礼举行之前，在教堂门口就想要杀死她，用刀子杀死她？你是不是这样想？”

“我不知道是不是这样想……”罗果仁干巴巴地回答，似乎对这个问题甚至感到有些奇怪，不解其意。

“你从来没有把刀子带到巴甫洛夫斯克去？”

“从来没带去过。关于这把刀子我可以告诉你，列夫·尼古拉耶维奇，”他顿了一下以后又说，“我今天清晨才从锁着的抽屉里取出来，因为事情全部发生在清晨三四点钟。刀子还夹在我的一本书里……。而且……还有一点我觉得奇怪的：刀子好像插进去有一寸半……甚至有两寸深……就在左边的胸脯底下……可是流到衬衣上的血总共只有半羹匙光景；没有更多的了……”

“这，这，这，”公爵忽然撑起上半身，他激动得不得了，“这，这我知道，我在书上看到过……这叫内出血……。甚至有一滴血也不流的。这是在正好刺中心脏的情况下……”

“等等，你听见没有？”忽然罗果仁迅速地打断他的话，惊恐地在铺位上坐起来。“你听见没有？”

“没有！”公爵同样迅速和惊恐地说，一边望着罗果仁。

“有脚步声！听见没有？在客厅里……”

两人开始侧耳谛听。

“我听见了。”公爵肯定地轻声说。

“是不是在走动？”

“在走动。”

“要不要把门锁上？”

“锁上……”

门锁上了，两人重又躺下。长时间的静默。

“啊，对了！”公爵还是像刚才那样激动而匆促地悄声说，他仿佛抓住了一个念头，生怕再把它丢了，甚至在铺位上霍地坐起来。“对了……我想要……那副牌！纸牌……。据说，你跟她一起玩过牌？……”

“玩过。”罗果仁沉默片刻后说。

“纸牌……在哪儿？”

“在这儿……”罗果仁又隔了更多一会儿以后说，“就是这副……”

他从兜里掏出一副包在一张纸里的用过的牌，把它递给公爵。公爵接过纸牌，他好像有些惑然。一种陌生的、忧伤而凄凉的感觉揪住了他的心。他忽然认识到：此时此刻以及在这以前的很长时间内，他说的都不是他所要说的，他做的都不是他所要做的；如今他拿在手里并使他如此高兴的这副纸牌，再也帮不了忙，什么忙也帮不了。他站起来，两手一拍合在一起。罗果仁躺着不动，好像没有听到也没有看见他这个动作；但是透过黑暗可以清楚地看到罗果仁的一双亮闪闪的眼睛睁得很大，一眨也不眨。公爵坐在椅子上，恐怖地望着他。过了约莫半个小时，罗果仁忽然不自然地大声叫起来，笑起来，似乎忘了必须压低嗓门。

“那个军官，那个军官……还记得吗，她在音乐台下扇过那个军官一个耳刮子，还记得吗，哈哈哈！还有一名士官……一名士官……一名士官也冲上前去……”

公爵在又一阵恐惧驱使下从椅子上跳起来。等罗果仁平静下来（他的声音戛然而止），公爵慢慢地向他俯下身去，在他旁边坐下，提着一颗怦怦直跳的心，费力地喘着气对他细细端详。罗果仁没有向他转过头去，甚至像是把他忘了。公爵看着他，等待着；时间在流逝，天色在逐渐转亮。罗果仁间或突然开始喃喃自语，说得很响，语气生硬而不连贯；有时他开始叫喊、发笑；那时公爵就向他伸出一只哆嗦的手，轻轻地触到他的脑袋、头发，温柔地加以抚摩，还抚摩着他的面颊……此外什么也干不了！公爵自己又开始颤抖，他的腿好像一下子又不听使唤。一种前所未有的感受以无限的哀伤啮蚀着他的心。其时天完全亮了；他终于躺到靠垫上，仿佛已经力竭精疲、灰心绝望，用自己的脸贴着罗果仁苍白、呆滞的脸；眼泪夺眶而出，流到罗果仁的面颊上。但是，他当时也许已经感觉不到自己的眼泪，已经完全没有这样的意识……

过了好几个小时以后，当门被打开、人们走进来的时候，发现凶手已完全昏迷，并在说胡话。公爵一动不动地坐在他身旁的铺位上，每当病人发出狂叫或呓语时，就急忙用发颤的手轻柔地抚摩他的头发和两颊，似乎在对他表示疼爱，让他平静下来。但是，公爵已经完全不懂得别人问他的话，也认不出进来围在他身边的人。假如这时候施奈德亲自从瑞士赶来，对他过去的学生兼病人瞅上一眼，那么，他回想起公爵在瑞士接受治疗的第一年那种状态，现在必定会跟当年一样一甩手说：“白痴！”

结　尾

教师的寡妻赶到巴甫洛夫斯克，直接去找从昨天起就忧心如焚的达利雅·阿列克谢耶夫娜，把自己知道的一切都告诉她，吓得她非同小可。两位女士立刻决定与列别杰夫取得联系，后者作为房东并作为房客的朋友也焦急得很。薇拉·列别杰娃谈了她所了解的全部情况。根据列别杰夫出的主意，两位女士加上他决定三人同赴彼得堡，以期尽早制止"非常可能发生的事情"。因此，第二天上午十一点左右，罗果仁的住所已被打开，开门时在场的有警方、列别杰夫、两位女士以及住在侧屋里的罗果仁之兄谢苗恩·谢苗诺维奇·罗果仁。最有助于弄清案情的是扫院人的证词：他昨天晚上曾看见巴尔菲昂·谢苗诺维奇和一位客人从台阶上进来，而且好像行踪诡秘。本来警方以法律的名义也叫不开门，听了这番证词已不再存疑，终于破门而入。

罗果仁患脑髓炎达两个月之久，痊愈后便接受审讯。他在一切方面都毫不含糊地供认不讳，故而公爵从一开始就被免予追究法律责任。罗果仁在诉讼过程中很少说话。他没有跟自己的辩护人发生矛盾，这位精明能干、口才出众的律师条理清楚而又合乎逻辑地论证，所犯罪行是脑髓炎症的结果，而被告由于懊丧过度在作案之前很久即已开始患此病症。但罗果仁本人没有作任何补充来证实这一意见，而是与过去一样清楚而明确地承认并回忆起作案经过的全部细节。考虑到可使罪行减轻的情况，他被从宽判处去西伯利亚服苦役十五年。罗果仁听了对自己的判决，神色严峻，默默无言，"若有所思"。他的巨大财产，除去相对地说只是极小一部分初期挥霍掉的以外，全部转归

他的哥哥谢苗恩 · 谢苗诺维奇所有，使后者大为满意。罗果仁的老母亲还活在世上，有时好像还想得起她的爱子巴尔菲昂，但不太清楚。多亏上帝保佑，使她的神志和心灵免于意识到她那个阴郁凄凉之家所发生的惨剧。

列别杰夫、凯勒尔、加尼亚、普季岑以及本书中其他好些人物日子过得跟过去一样，很少变化，关于他们笔者几乎没有什么可交代的。伊波利特在可怕的激动中去世，而且比他自己估计的略早，大约在娜斯塔霞 · 菲立波夫娜死后两个星期。所有这些事件使郭立亚受到极大的震动；他和母亲更加相依为命。尼娜 · 亚历山德罗夫娜担心他过于好沉思，与年龄不相称；他也许能成为一个好人。顺便提一下，在一定程度上由于他的努力，公爵未来的命运得以安排妥帖。在郭立亚最近一个时期认识的人中间，他早已看出叶甫盖尼 · 巴甫洛维奇 · 拉多姆斯基特别能干；郭立亚首先去找他，就所发生的事件把自己所知道的全部详情以及公爵目前的状况向他和盘托出。郭立亚做对了：叶甫盖尼 · 巴甫洛维奇十分关切不幸的“白痴”的命运，在他的努力和关照下，公爵又出国到了瑞士施奈德的那个治疗中心。叶甫盖尼 · 巴甫洛维奇自己出国以后，打算在欧洲住很长一个时期，他公开自称是“一个在俄国完全多余的人”；他经常去探望在施奈德处接受治疗的那位朋友，几个月内至少去一次。但是施奈德愈来愈皱眉摇头；他暗示公爵的智力器官受到了全面损伤；他尚未断言治疗已经无望，但不讳言自己持相当悲观的态度。叶甫盖尼 · 巴甫洛维奇把这事常挂于心，而他是个有心人，其例证便是：他经常收到郭立亚的信，有时甚至还写回信。但除此以外，他的性格还表现出一个奇怪的特征；由于这是一个好的特征，笔者急于把它勾画起来。每次去过施奈德的治疗中心之后，叶甫盖尼 · 巴甫洛维奇除了给郭立亚写信，还寄信给彼得堡的一个人，极其详细而又深表同情地报告公爵目前的病情。除了最恭敬地表示一片忠诚，这些信中有时（而且愈来愈频繁地）开始出现某些坦率表露看法、观念、感觉的段落，——总之，开始显示一种近乎好感和友情的迹象。和叶甫盖尼 · 巴甫洛维奇通信（尽管次数不多）并赢得他如此眷顾和尊敬的这个人，乃是薇拉·列别杰娃。笔者始终未能准确地了解这种关系是如何形成的。当然，它和公爵的那件事还是有些渊源；当时薇拉·列别杰娃在伤心震惊之余竟病倒了，但两人相交并成为朋友这一过程的详情笔者不得而知。笔者提到那些信最主要的原因是：其中几封包含着有关叶班钦一家、主要是有关阿格拉雅·伊万诺夫娜·叶班契娜的消息。叶甫盖尼·巴甫洛维奇寄自巴黎的一封颇有些颠三倒四的信中提到过她，说她在短时间内对流亡国外的一位波兰伯爵产生异常的好感之后，突然违背父母的意愿嫁给了那位伯爵；将军夫妇尽管最后还是同意了，那是因为事情有酿成一大丑闻的危险。后来，几乎沉默半年之后，叶甫盖尼·巴甫洛维奇又在一封不厌其详的长信中告诉薇拉·列别杰娃，他最近一次去瑞士的施奈德教授处时，在那里遇见了叶班钦一家（当然，有事留在彼得堡的伊万·费奥多罗维奇除外）和 Щ 公爵。这是一次奇怪的会面；他们见到叶甫盖尼·巴甫洛维奇都非常高兴；阿黛拉伊达和亚历山德拉不知为什么甚至感谢他“对不幸的公爵表示天使般的关怀”。叶丽扎薇塔·普罗科菲耶夫娜看见公爵病成那么一副可怜相，由衷地哭了。显然，对公爵的前嫌已经一笔勾销。在这同时 Щ 公爵道出了一些颇合时宜的真知灼见。叶甫盖尼·巴甫洛维奇觉得，Щ 公爵和阿黛拉伊达还没有达到水乳交融的程度，但将来热情的阿黛拉伊达恐怕势必会心甘情愿地服从 Щ 公爵的明智和经验。况且叶班钦家得到的教训，尤其是阿格拉雅与流亡伯爵最近的事例，对阿黛拉伊达的影响至巨。一家人在勉强同意阿格拉雅嫁给那位伯爵时所忧虑的一切，半年之内就已经成为事实，还附带一些原先做梦也没有想到的“意外收获”。原来这位伯爵根本不是什么伯爵，如果说他确实流亡在国外，那是因为有一段不可告人的历史。他凭着一颗为祖国忧伤致碎的崇高心灵迷住了阿格拉雅，而且迷到这样的程度：阿格拉雅在嫁给他之前就成了国外某个复兴波兰的委员会成员，更有甚者，她竟向一个使她折服得如醉如狂的著名神父按天主教方式进行忏悔。伯爵曾向叶丽扎薇塔·普罗科菲耶夫娜及 Щ 公爵出示几乎无懈可击的证据表明自己拥有的巨大财产，原来纯属子虚乌有。不但如此，结婚才半年，伯爵和他的朋友、那位著名的忏悔神父，已使阿格拉雅和娘家人彻底闹翻，以致他们已经有好几个月没见到阿格拉雅……。总之，可谈的事多得很，但叶丽扎薇塔·普罗科菲耶夫娜和两个女儿，甚至还有 Щ 公爵，已被所有这些“恐怖奇闻”震骇到这般地步，他们在跟叶甫盖尼·巴甫洛维奇的谈话中甚至怕提某些事情，虽然知道即使他们不说，有关阿格拉雅最近迷了心窍的故事叶甫盖尼·巴甫洛维奇也了解得很清楚。可怜的叶丽扎薇塔·普罗科菲耶夫娜想回俄国，据叶甫盖尼·巴甫洛维奇述说，将军夫人在他面前把外国的一切都批评得一无是处。“哪儿也烤不出像样的面包，冬天像地窖里的耗子那样挨冻，”她说，“在此地我至少为这个可怜的人按俄国方式哭了一场，”她激动地指着完全不认得她的公爵添上一句。“昏头昏脑的蠢事做得够了，该清醒过来了。所有这一切，国外的全部生活，你们的整个欧洲——通通都是一片空幻，我们在国外也都是一片空幻……记住我的话吧，到时候您自会明白！”在和叶甫盖尼·巴甫洛维奇分手的时候，她得出这样的结论，而且愤激之状几乎溢于言表。

译后记

我在念高中的时候，曾如饥似渴地吞咽过不少外国文学（包括戏剧）的译本，其中尤以阅读傅雷所译的巴尔扎克人间喜剧系列小说和文化生活出版社那些黑白封面的欧美名著（如巴金、丽尼、陆蠡译述的屠格涅夫作品等等）兴趣最浓。虽然我从未系统研读过欧洲文学史之类的专著，但经常在书店里站着翻阅一些久闻大名的经典，看到那里陈列陀思妥耶夫斯基的作品之多，对这位俄国大文豪早就肃然起敬。他的姓氏中文译名第一个字“陀”，其实与原文发音相去甚远，可能也和其他许多外国人姓名的中文音译一样，保留着当年全国出版中心上海的沪语读音痕迹。然而这个“陀”字加上我浮光掠影地从作者简介中读到宗教哲学在他作品中所占的重要地位，再辅以他的画像和照片所展示的悲怆神情，我总是把他和苦行僧牢牢地联系在一起。自上世纪前期起，在很长一段时间内，陀氏作品的中译本基本上只有耿济之译自俄文和韦丛芜译自英文的两套。由于历史的原因和陀氏文风的特殊性，我多次尝试“啃”那些译文的努力，均以失败告终。到五十年代过半以后，我才二十多岁，浑然不知艺山学海的高低深浅，仗着仅学了四五年俄文这点可怜的“底气”，通过预订购得苏联在一九五六至一九五八年间陆续出齐的十卷本陀氏文集，居然雄心勃勃地妄图对这座碉堡发起强攻。不幸的是，除了《白夜》、《舅舅的梦》以及果戈理风格最鲜明的《庄院风波》（即《斯捷潘契科沃田庄与庄院中的人们》）等几个在多种意义上不那么厚重的中篇外，从《罪与罚》一直到《卡拉马佐夫兄弟》那黑压压一堆“庞然大物”，还是令我望而生畏。倒是五十年代末公映的苏联彩色故事片《白痴》，由于编导坚定地聚焦于原著第一部的“名花归属”主题，不及其余，译制质量也相当高，特别有孙道临、张瑞芳这样台词功底深厚的名演员担纲为男女主角配音，使我顿悟洗练萃取对于提高文艺作品感染力和影响力是何等重要。

无论是《白痴》的读者还是观众乃至读者兼观众，看到女主人公娜斯塔霞·菲立波夫娜将十万卢布一捆钞票扔进壁炉付之一炬，恐怕任谁的心灵都会经受一次强烈的冲击。这一堆烧钱的烈火，象征着陀氏创作的一个高峰，它不仅在星光灿烂的十九世纪俄国文坛，而且在整个世界文学宝库中也当之无愧地堪称经典。倘若我在此条分缕析地重复《白痴》的内容，哪怕只是讲一个故事梗概，恐怕无异于干一桩煮鹤焚琴那样煞风景的蠢事，尤其对于初次接触此书的读者简直是一场灾难。费奥多尔·米哈伊洛维奇·陀思妥耶夫斯基一八二一年十一月十一日生于莫斯科一个后来跻身贵族的医官家庭。他那残酷虐待农奴的父亲于一八三九年被自己田庄里十几名忍无可忍的农奴殴打致死。费奥多尔毕业于彼得堡军事工程学校，在军队里待了四年，以中尉军衔退役，一八四四年开始了职业作家生涯。他的处女作书信体中篇小说《穷人》(1845)曾受到来自革命民主主义阵营的热烈赞扬，但随后发表的一些中短篇却得到完全相反的评价从而导致陀思妥耶夫斯基与别林斯基等人的决裂。这位青年作家从一八四六年春开始参加以废除封建农奴制为己任的激进革命团体彼得拉舍夫斯基小组的活动，并成为其中的积极分子。一八四九年，他和其他几名小组成员一起被沙俄当局逮捕并判处死刑。旧历十二月二十二日(公历已是一八五〇年初)，这些死囚被押赴刑场执行枪决，行刑前又突然被改判流放西伯利亚服四年苦役，此后还得当兵。陀思妥耶夫斯基在西伯利亚几乎度过了整个五十年代，于一八五九年才获准偕妻子和继子返回俄国的欧洲部分，定居在彼得堡。一八六〇年初，他的两卷本作品集出版。

陀氏一生始终没能摆脱癫痫症对他生理上、精神上造成的巨大痛苦，而嗜赌成性和债务缠身又压得他经济上永世不得翻身。说来也许近乎残忍，长达九年的流刑经历为陀氏写《死屋手记》提供了无价的第一手资料，此书曾被屠格涅夫比作但丁的《神曲·地狱篇》，赫尔岑则把它与米开朗琪罗的壁画《最后的审判》相提并论，它更在一个世纪后催生了诺贝尔奖得主索尔仁尼琴的一系列劳改文学名作，如《伊万·杰尼索维奇的一天》、《癌病房》、《古拉格群岛》等。与此相类似，频频发作而且病势不断加重的癫痫、明知结局有输无赢也要饮鸩止渴的赌瘾、越陷越深以致永远无法清偿的债务——这些亲身体验都成了陀氏的创作源泉，就描写的真切性和刻画的深度而言，其他途径都无法与之相比拟。

《白痴》的男主人公列夫·尼古拉耶维奇·梅诗金公爵，加上《卡拉马佐夫兄弟》中那个真正的弑父凶手斯乜尔加科夫，无疑是古往今来所有此类艺术形象中写得可谓入木三分、最令人信服的癫痫病患者。作者笔下的梅诗金公爵被很多人视为白痴，甚至公然如此骂他，事实上只是因为长期在国外疗养，回国后与周围的生活脱节，显得不谙世故，不明事理，但他有着一颗水晶般纯净无邪的仁爱之心，言行举止光明磊落，任何权术、城府和私欲与他都不沾边。通过梅诗金公爵这一形象，作者旨在表明自己理想中“完完全全美好的人”便该如此。陀氏于一八六八年初构思此书期间写给他外甥女索菲亚·伊万诺娃的信中有如下一段话：“……历数基督教世界文学作品中的美好人物，最完美的莫过于堂·吉诃德。但他之所以美好，仅仅因为他同时也很可笑。狄更斯笔下的匹克威克（比堂吉诃德差远了，简直不可以道里计，但仍不失为一大创意）也很可笑，而且这一招还真管用。美好者不知自身的价值，反而遭到嘲笑，于是引起同情——由此可见，读者中也是有同情心的。同情之所以会被激发出来，正是幽默的秘密。让·瓦尔让这个人物（雨果名作《悲惨世界》的主人公——译者按）也是一次精彩的尝试，但他引起同情是由于他本人遭到巨大的不幸，而且社会对他不公。我要写的人物与他们毫无相似之处，绝对没有，所以我怕得要命，担心这会是一次彻头彻尾的失败。”

上述那封信还包含这样的内容：陀思妥耶夫斯基认为耶稣基督

才是他心目中美好人格的最高典范。他在小说的草稿中干脆称男主人公为“基督公爵”。这位圣徒一般的公爵无财无势，在人欲横流、寡廉鲜耻的黑暗社会上饱受欺辱，可是他既不愤怒，更不反抗，总是逆来顺受。尽管《白痴》的第一稿后来被推倒重写，但从我们今天持有的定本中某些部分(如第一部第六章梅诗金向将军夫人母女们讲述自己在瑞士与孩子们和玛丽如何由疏变亲的经过)，仍看得出作者勾勒梅诗金的身世时，显然受到福音书中一些情节的影响，才会导致为梅诗金所作的“性格画像”与“基督公爵”的轮廓相合。陀氏把顺从和苦难加以理想化，否定激进道路和斗争手段，这是他历来遭到抨击和责难最多的要害。俄国直到一八六一年才废除农奴制，在欧洲是最晚的，而此后在如何进行改革方面，各派的分歧又特别严重。陀思妥耶夫斯基害怕资本主义，害怕革命，反对俄国走西欧的发展道路。他后半生的言论和创作始终在与所谓的“西欧派”论战，尤以一八七三至一八八一年在期刊上陆续发表的《作家日记》为甚。应该说，他对弱肉强食的残酷现实绝非熟视无睹，也不是天生怯懦，他反叛过，抗争过。自从他一八四九年被捕成为死囚，接着流放西伯利亚先服苦役后当兵，一八五九年回到彼得堡后又在内务部秘密监视下苦熬那种很少有人体验过的孤独达十年之久，被侮辱、遭欺凌、受伤害到虽生犹死甚至生不如死的地步，这漫漫二十载的另册岁月，毕竟在他的世界观、人生观上留下了不可磨灭的烙印。从他的成名作《穷人》起，无限同情小人物，为他们并且与他们一起受苦，在他的作品中始终占有主旋律的位置。但他确信专制政体已根深蒂固，无法撼动，于是转而求助于宗教，把在人世间受苦难视为通向灵魂得救的必由之途，宣扬被践踏的弱者对施虐者报之以宽恕等等，直至他撒手人寰之前八个月，还在莫斯科由普希金纪念碑揭幕仪式奏响序曲的纪念活动集会上发表演说，还公开号召“桀骜不驯的”俄国知识分子“顺从吧”。一八八一年二月九日，这位一代文豪与世长辞。

娜斯塔霞·菲立波夫娜在俄国文学史上是与安娜·卡列尼娜、卡秋莎·马斯洛娃交相辉映的伟大艺术形象。不过，古今中外的诗篇小说、戏剧影视中多的是红颜薄命的弱女子。倘若有谁备足了餐巾纸愿为一枚缠绵悱恻的“催泪弹”欷歔不已，本书肯定会令这样的读者大失所望。诚然，娜斯塔霞拥有超凡脱俗的美貌和聪慧，可谓风华绝代（陀思妥耶夫斯基用那么多笔墨来描述她的一张相片给梅诗金公爵留下的深刻印象，本身也属罕见），但赋予此书永恒价值的是她身处阴谋旋涡的中心，不甘心任人摆布，敢于在富豪权贵头上动土，举起反叛的义旗向恶势力复仇，终于在力量悬殊的搏斗中骄傲地倒下的悲剧命运。

岁月荏苒，此译本自一九八六年初版以来，已过了二十个年头，在此期间以各种不同开本、不同装帧重印的普及本、文集本累计的册数，可能是陀氏作品在我国迄今为止拥有读者最多的一本。由于种种原因，主要还是生怕误导读者而藏拙，我一直没有为这个译本写过任何前言或后记。可是躲了二十年还是躲不过去。尽管如此，我在此依然想恳请读者不要把寥寥几页背景材料和人物简介当作什么导读，以免思想驰骋的空间变得湫隘、逼仄。从贝多芬《升 C 小调第十四钢琴奏鸣曲（作品 27 之 2）》第一乐章漾出的音流，很可能与月光风马牛不相及，一百位听众可以作出一百种甚至更多不同的解读，也许这才是经典真正的艺术魅力所在。

荣如德

于二〇〇六年元宵节震耳欲聋的爆竹声中